Berthold Auerbach

Zur guten Stunde

Zweiter Band

Berthold Auerbach

Zur guten Stunde
Zweiter Band

ISBN/EAN: 9783741129773

Hergestellt in Europa, USA, Kanada, Australien, Japan

Cover: Foto ©Andreas Hilbeck / pixelio.de

Manufactured and distributed by brebook publishing software
(www.brebook.com)

Berthold Auerbach

Zur guten Stunde

Zur

Guten Stunde.

Gesammelte Volkserzählungen

von

Berthold Auerbach.

In zwei Bänden.

Mit 334 Bildern nach Originalzeichnungen

von

Karl Hoff, Eduard Ille, Wilhelm v. Kaulbach, G. Koch, A. Kögler, Adolf Menzel,
Paul Meyerheim, Moriz Oppenheim, Arthur v. Ramberg, Ludwig Richter,
Julius Schnorr, Julius Scholz, Moriz v. Schwind, Paul Thumann.

Zweiter Band.

Stuttgart.

Hoffmann'sche Verlags-Buchhandlung.

Der gefangene Gevatter.

Eine Erzählung.

Erstes Kapitel.

in leicht gebauter Stuhlwagen mit breitem Sitz und weitem
Korb im Rücken rollte an einem hellen Märztage auf der
Landstraße dahin. Zwei wohlgenährte Grauschimmel zogen
wie spielend das leichte Fuhrwerk und den schweren Mann, der
in seinen Pelzmantel gehüllt fast die ganze Breite des Sitzes
einnahm.

Er hatte die Peitsche neben sich gesteckt, die Lenkriemen, auf deren
Ende er saß, hingen locker über das Spritzleder; man hat hier in der
Ebene nichts weiter zu thun, als einem begegnenden Fuhrwerk auszu-
weichen, die Sperre ist fast reiner Luxus, denn es gibt hier nicht Höhen
und Thäler, es hat schon Mühe genug gekostet, in den Sand hinein eine
Straße mit festem Grund zu legen.

Der breite Mann mit dem wohlrasirten vergnüglichen Gesicht grüßte freundlich
die Begegnenden am Wege. Er war offenbar in freudiger Stimmung und gab
gern Jedem etwas davon, und das ist leicht erklärt, wenn man weiß, daß unter
dem Wagensitz eine Schachtel und in der Schachtel ein vielfach mit Früchten gespickter
Matronenkuchen und auf dem Kuchen ein „Vivat Adelheid", das in rothen Zügen
hell aufschreit, und der Kuchen ist vom Hof-Conditor, das macht ihn noch besonders
schmackhaft; neben dem Kuchen liegt auch noch wohlverpackt ein schönes schwerseidenes
Kleid für die Nichte und in einer großen Kiste viele Geschenke für Pfarrer, Hebamme,
und Alles, was sich schickt. So eine Freude im Kasten und eine in Aussicht und
frisch und gesund im Fuhrwerk dahin fahren — warum soll man da nicht vergnügt
und munter sein? Denn, kurz gesagt: der Schlächtermeister Valentin aus der

Residenz fährt über Land — es sind gute zehn Meilen weit — um Gevatter zu stehen bei seiner Nichte, der Frau Rittmeister Baronin von Großnitz.

Einen stillen Aerger aber hat der Meister doch, und zwar gegen seine Frau. Es ist nicht recht von ihr, sie hätte mitfahren müssen; die gute Adelheid nimmt's gewiß übel, daß die Tante nicht mitkommt. Aber so sind die Frauen! Sie sind viel mißtrauischer als wir. Da sagt die Meisterin, sie gehe nicht, denn sie passe nicht dahin; ein Mann könne überall hingehen, zu Hohen und Niederen, aber eine Frau werde leicht schief angesehen und eine Frau werde leichter und schneller beleidigt als ein Mann, und müsse leichter beleidigt sein; darum gehe sie nicht dahin, wo sie nicht eben so viel Ehre bringt als bekommt. Ja, die Weiber! dachte Valentin, aber wenn sie Recht hat? Wenn's doch möglich wäre, daß die Hoffärtigen . . . nein, es kann nicht sein. Aber wenn's doch ist, wenn's Krieg gibt, da ist's besser, die Männer gehen allein.

Meister Valentin nahm die Peitsche wieder auf und spielte damit. Von den Pferden schaute eins nach dem andern zurück, sie waren sich doch keiner Saumseligkeit bewußt und verstanden nicht, was das zu bedeuten habe. Aber der Meister betrachtete die Peitsche und die Pferde und ärgerte sich noch einmal, daß er der Frau nachgegeben. Er hatte — weil es zu einem Feste ging — Peitsche und Zügel mit rothen Bändern schmücken wollen, hatte aber nachgegeben, weil das Aufsehen errege. Warum soll's nicht? Warum soll man nicht der Welt durch ein Zeichen kundgeben, daß man lustig ist? Darf man denn nur Trauer zeigen und nicht auch Freude? Aber so wird jetzt die Welt! Jeder für sich, Alles still abgemacht. Meinetwegen!

Der Meister dachte nun hin zu seiner Nichte. Ja, das ist ganz ihre brave und getreue Art, daß sie ihren Onkel und Vormund zu Gevatter bittet, und daß ihr Mann einen so schönen Brief schreibt. In Gedanken über diese schöne Art nickte er fröhlich vor sich hin, und ein Vorübergehender sagte „Schön Dank", denn er hatte geglaubt, das freundliche Nicken gelte ihm. Im Weiterfahren kamen dem Meister wieder andere Gedanken: Wunderlich, wie die Frauen so mißtrauisch sind! Da meint meine Frau, es sei der Adelheid und ihrem Mann nicht so ernst mit dem Anerbieten der Gevatterschaft. Warum soll's ihnen nicht ernst sein damit? Bin ich nicht ihr einziger Blutsverwandter? Hab' ich mich nicht darnach benommen von ihrem sechsten Jahr an, wo mein Bruder hat sterben müssen? Ist's nicht gewesen, wie wenn's mein eigen Kind wäre? Aber so sind die Frauen! Weil sie wissen, daß sie selber so viel Redens machen, lächeln und schönthun bei einem Besuche, wo nichts dahinter steckt, da denken sie auch so von Anderen; es sucht Keiner den Andern hinter der Thür, wer nicht selber einmal dort gehorcht.

Es läßt sich gar viel denken, wenn man so allein dahin fährt in der Morgenfrühe eines Märztages.

Meister Valentin war schon vor Tag weggefahren und war jetzt bereits in einer Landschaft, in die er selten kommt. Er schaute fröhlich um. Die Wintersaat ist gediehen, wir haben viel Schnee gehabt, da sind die Wiesen gut getränkt und das Schlachtvieh wird billiger. Uebermorgen auf dem Heimweg nehme ich gleich einige Kälber mit; sie müssen da herum, wo nicht Alles für die Eisenbahn geboren wird und wächst, noch billiger sein.

Meister Valentin nahm den Brief heraus und las: „Wenn Ihnen, hochgeehrter Herr Onkel und hochgeehrte Frau Tante, die Reise zu beschwerlich sein möchte, so wollen wir hier Stellvertreter ernennen und Ihre Namen in's Kirchenbuch eintragen lassen."

Hat meine Frau Recht, daß sie darin einen Haken findet, weil da deutlich gesagt sei, man wolle uns nur zum Schein einladen und es sei ihnen doch lieber, wenn wir daheim blieben? Nein, das kann nicht sein. Es wird sich zeigen, was ich oft gesagt habe: die Menschen sind nicht schlechter, wenn sie adelig sind, und das Bischen Höflichkeit mehr, das schadet ja nichts.

In der nächsten Stadt hielt Meister Valentin an, und erst als er ausstieg, bemerkte er, daß der große schwarze Metzgerhund ihm gefolgt war. Er hatte ihn daheim noch vor dem Hause einem der Gesellen übergeben, aber der Hund mußte doch durchgerissen sein.

„Du bist da, Blitz?" sagte er, als er den Hund sah. Der Hund legte sich nieder und schaute zu seinem Herrn auf, wie um Verzeihung bittend: Ich kann dich doch nicht allein reisen lassen, sagten seine Blicke. „Schon gut!" sagte der Meister, und der Hund sprang freudig auf und zu den Pferden und bellte ihnen zu: Der Herr ist gut, ganz gut, sehr gut — ich gehe nun offen mit. Er machte während der ganzen Fahrt nur selten einen Sprung in die Felder an der Straße, meist rannte er gebuckten Kopfes zwischen den Hinterrädern.

Meister Valentin ließ sich und seinen Pferden, die er nicht ausspannte, ein gutes zweites Frühstück geben. Es sind jetzt mehr als dreißig Jahre, seit der Meister hier auf der Wanderschaft gewesen; er hatte überall umgefragt, aber keine Arbeit gefunden; er hatte schon wieder heimkehren wollen, aber er hatte sich geschämt und war weiter gegangen. Im Städtchen auf dem Marktplatz sah Alles noch so aus, wie ehedem; gegenüber vom Wirthshaus ist noch der Laden, da hängen noch die rothen Taschentücher, es scheinen noch dieselben von damals, nur hat sich ihnen jetzt das aberwitzige Vogelgestell, genannt Crinoline, zugesellt. Da ist noch der Markt-brunnen, an dem hat der Meister damals in mächtigen Zügen getrunken und ist dann zum Thor hinausgewandert; beim Thorwart hat er sein Wanderbuch mit dem ersten Visum vorzeigen müssen; jetzt ist kein Thor mehr da und weit hinaus ziehen sich die Häuser. Hier in der Nähe an dem kleinen See hat er damals zwei Wander-burschen getroffen, einen Tischler und einen Schlosser, und sie sind dann mit einander lange im Lande umhergezogen. Sieh! Jetzt eben sitzen auch wieder zwei Wander-burschen da auf der Steinbank. Der Meister hält an und ruft barsch:

„Guten Morgen! Könnt ihr denn nicht fechten?"

„Wir können schon, aber wir bekommen nichts," sagt der Eine, aber der Andere setzt hinzu:

„Nein, wir wollen nicht, die Handwerksburschen sind keine Bettler mehr!"

„So?" rief der Meister. „Meinetwegen! Da habt ihr einen blanken Thaler.

1 *

Hier auf dieser Straße hab' ich selber auch einmal gefochten; es mag recht sein und auch besser, daß ihr nicht mehr fechten wollt, aber eine lustige Zeit war's doch damals."

Der Meister fragte nach dem Handwerk der Beiden. Der das Fechten für vergeblich hielt, war ein Schlächter, der es für unwürdig ansah, ein Schuster. Fröhlich fuhr der Meister davon und konnte sich nicht satt daran denken, wie es den Burschen hinter ihm drein zu Muthe sein müßte; er horchte auf, er meinte, er müsse

ein Jauchzen hinter sich hören, aber er vernahm nichts. Er hielt an und rief den Burschen zu:

„Kommt noch einmal her!

Sie kamen.

„Wollt ihr mitfahren?"

„Wenn's erlaubt ist."

„Kommt herauf!"

Der Schlächter ließ dem Schuster den Platz neben dem Meister und setzte sich hinten in den Korb. Die Fahrt ging nun lustig davon und der Meister hatte seine besondere Freude an dem Gesellen neben ihm. Der Bursche war gut geschult und hatte ein freies Denken. Er konnte nicht genug erzählen, wie leid es ihm sei, daß er nicht mehr Abends nach der Arbeit in den großen Handwerkerverein gehen könne. Der Meister war selber Mitglied des Vereins, ja sogar einer von den Gründern desselben, er ging freilich jetzt nur selten mehr hin, aber auch er war voll Glück über die schöne Einrichtung und erzählte den Genossen, wie ganz anders das ehedem war: Da war man allerdings wie ein Familienglied des Hauses, in dem man arbeitete, aber in den freien Stunden wußte man nicht, wo man sie hinthun sollte, und wenn man nicht in's Wirthshaus ging, hielt man sich in der Regel bei der Waschfrau auf in großen Trupps, und da wurde fast nichts als dummes Zeug getrieben. Wie ganz anders ist das jetzt, wo der Handwerksgesell mit seinen Genossen von guten und freien Menschen belehrt und erheitert wird. Der Schuster war ein braves Beispiel, wie schön und frei sich da die Menschen selbst erziehen; sein ganzes Behaben und Alles, was er redete, that dem Meister gar wohl.

Am Mittag aß der Meister behaglich mit den beiden Gesellen. Es schmeckte ihm dreifach; denn daß er so Andere speisen und tränken konnte, das that ihm fast so wohl, als wenn er selbst genoß. Er dachte zurück, wie es ihm gewesen wäre, wenn ihn Jemand in vergangenen Zeiten so zu Tische geladen hätte. Es gab doch damals gewiß auch gute Menschen — warum fiel es keinem ein? Man schelte so viel man will über unsere Zeit, das ist doch: wir denken viel mehr an das Leben unserer Mitmenschen als unsere Vorfahren.

Auch der Schlächtergesell zeigte sich bei Tisch als ein geordneter Mensch; allerdings etwas beschränkter als sein Genosse.

„Von jetzt an fahre ich wieder allein," sagte der Meister nach Tische. „Aber wenn ihr morgen in die Garnisonsstadt kommt, fragt nach mir beim Rittmeister von Großnitz."

Der Schuster schrieb sich rasch diesen Namen in sein Taschenbuch, das noch ganz neu war, und berichtete auf die Frage des Meisters, daß er sich da hinein die Erlebnisse seiner Reise aufschreiben wolle.

Man trennte sich wohlgemuth. Der Meister fuhr lustig dahin, Mann und Roß waren wohlgesättigt; man wollte nicht ausgehungert beim Baron anlommen.

Wohl freute sich der Meister auf das Fest, aber fast noch mehr darauf, den Ort einmal wiederzusehen, wo er als Wanderbursch die erste Arbeit gefunden. Wie gesagt, es sind schon über dreißig Jahre seitdem, aber was man in der hellen Jugendzeit erlebt, das haftet fest, und so oft man lebhaft dessen gedenkt, spürt man etwas von der entschwundenen Jugendlichkeit.

Nur zu seinem Vergnügen, denn die Grauschimmel bedurften keiner Ermunterung, knallte der Meister beständig mit der Peitsche und sang dazu ein Wanderlied. Er hatte lange nicht mehr gesungen, und als er das Lied leise ausgesungen, pfiff er die Melodie gewiß noch hundertmal vor sich hin. Jetzt war Meister Valentin kein Mann bei Jahren, kein Mann, der schon dick geworden und etwas Ueberfracht geladen — es war ein lustiger junger Bursch, der da am Wege ging und pfiff, und das war er selbst, wie er vor dreißig Jahren mit dem Ränzel dahinschritt. Es war ihm gar wohl zu Muth, und Alles, was er in den vielen Jahren erlebt, war wie ausgelöscht, und wie erwachend besann er sich, daß dies Fuhrwerk sein eigen. Das ist doch das Beste auf der Welt, daß Jeder durch redliche Arbeit zu Etwas kommen kann; ein Stück Glück gehört freilich auch dazu. Wenn aber jeder Adelige auch wieder von vorn anfangen müßte, dann stünde es anders.

„Wenn ich nur im Wirthshaus wohnen dürfte," sagte Meister Valentin fast laut vor sich hin; in dem Einladungsbrief aber stand und war doppelt unterstrichen,

daß man für die Verwandten und für die Pferde im Hause des Barons ein Unterkommen bereit halte. Im Wirthshause wäre er viel freier und könnte auch leichter seine alten Bekannten heimsuchen und bei sich haben; aber es hat doch wieder etwas Ehrenhaftes, daß man ihn in der Familie behalten will und sich seiner nicht schämt. Schämt? — er war fast bös auf sich, daß er solch einen Gedanken hatte. Hat sich noch Jemand in der Welt je geschämt, daß er Meister Valentins Bekanntschaft hatte? Und warum sollte er auch? Er ist ein angesehener Mann, und noch vor Kurzem hat ihn sein Stadtbezirk zum Stadtverordneten gewählt und mit großer Stimmenmehrheit zum Wahlmann.

Meister Valentin war froh, als er endlich das Ziel seiner Reise, die Garnisonsstadt, vor sich sah. Am Thore hielt er an, um dem Thorwart Zeit zu lassen, ihn nach Allem auszufragen; er spürte ein gewisses Vergnügen, ihm wohl ausgeruht vom Wagen herab zu antworten. Vor dreißig Jahren hatte er hier müde sein Wanderbuch aus der Tasche gezogen und sich geschämt, daß noch keine Arbeitszeit darin stand. Aber auch hier war der Thorwart abgeschafft, und Meister Valentin schaute um und um. Da rieb sich ein Soldat, der ohne Waffen nicht weit von dem Wachtposten stand, die Augen und rief:

„Ei, Herr Valentin, Sie sind hier? Und du auch, Blitz?"

Der Hund hatte in dem Soldaten sogleich einen alten Bekannten erkannt, er sprang lustig an ihm herauf. Der Meister aber entgegnete verwundert:

„Ja, wer — wer — ?"

„Kennen Sie mich nicht mehr? Fritz Blume, bin bei Ihnen in Arbeit gestanden, bis ich Soldat geworden.'.'

Valentin reichte ihm vom Wagen herab die Hand:

„Freut mich. Schön! Nun kannst du mir auch wol sagen, wo der Rittmeister von Großnitz wohnt?"

„Sind Sie denn der Herr Onkel? Das ist ja prächtig! Jetzt wissen wir doch endlich, wer der Herr Onkel ist. Wir haben uns in der Küche den Kopf zerbrochen, die stolze Frau Majorin hat so geheim damit gethan. Also Sie sind der Herr Onkel?"

Der Soldat Blume konnte sich vor Erstaunen gar nicht erholen und sagte endlich:

„Ihretwegen bin ich ja daher geschickt. Ich bin ja Bursche bei dem Herrn Rittmeister."

Meister Valentin ließ den Burschen nicht weiter reden. Es ist schon häßlich, wenn ein Dienstbote über die Herrschaft loszieht, und nun gar über seine eigenen Verwandten durfte er's nicht anhören.

„Wie geht's der Frau und dem Kind?" fragte er.

„Zu Befehl, gnädige Frau und der junge Herr Baron sind sehr wohl."

Der Meister lächelte über den seltsamen Menschen und freute sich, daß man ihm den Burschen entgegen geschickt. Die Leute haben doch Manier, das muß man ihnen nachsagen, das verstehen sie vom Adel; es ist eine gute Art darin.

Zweites Kapitel.

Zur selben Stunde, als der Meister mit den beiden Wander-
burschen von der Straße zu Mittag aß, hatten in der Garni-
sonstadt ebenfalls drei Menschen um einen runden Tisch gesessen.
Die schöne junge Frau, deren längliches, noch etwas blasses Antlitz
von einer unter dem Kinn gebundenen Spitzenhaube eingerahmt wurde,
war Adelheid von Großnitz. Ihr gegenüber saß, mit aufgeknöpfter
Uniform, der Rittmeister. Er hat ein lernhaftes, etwas gebräuntes Gesicht, nur die
hohe Stirn ist schneeweiß, Klugheit und Sicherheit spricht aus seinen Mienen. Er
wischte sich zierlich mit einem Zipfel der Serviette den großen braunen Schnurrbart,
sein dunkles Auge ruhte mit Wohlgefallen auf seiner jungen Frau. Zwischen den
Ehegatten saß eine stattliche alte Dame, die sich immer stramm hielt wie ein Soldat;
die grauen Locken waren ein Schmuck ihres Antlitzes, das immer unruhig und gespannt war, wie wenn sie jede Minute etwas zu beantworten und anzuordnen hätte.
Die Dame — die beiden Eheleute nannten sie „Frau Tante", die Dienstboten aber
„Frau Majorin" — legte den Beiden vor.

„Nun sind Onkel und Tante schon halbwegs," sagte die junge Frau, „und
wenn morgen schön Wetter ist — der Arzt hat mir erlaubt, auszugehen — da gehen
wir Alle gemeinsam vor das Thor und nehmen das Kind mit. Es ist doch gar
schön, daß das Kind so in den Frühling hineinlebt."

„Ich muß Sie nur bitten, meine gute Adelheid," sagte die Majorin, „recht
ruhig zu bleiben bei dem Wiedersehen und sich nicht zu echauffiren. Sie schaden sich
damit. Nur nicht echauffiren! sagte deine selige Mutter immer, lieber Kurt; sie
hatte das Wort von Ihrer Majestät der hochseligen Königin, bei der sie Hof-
dame gewesen."

Ein Blick des Rittmeisters sagte seiner Frau: Erwidere nichts auf diese letzte
Bemerkung! Die junge Frau schwieg.

Man sprach von einem jüngst verkündeten Avancement, und die Majorin konnte
sich nicht enthalten, hinzuzusetzen: „Ach, wenn mein guter Mann noch lebte, wäre er

jetzt Generallieutenant! Er stand in der Rangliste um drei Jahre vor dem Commandanten von hier. Ach, wie schön wär's, wenn Wir hier im Schlosse wohnten und ihr zu uns kämet!"

Es klingelte. Der Briefbote brachte einen Brief. Adelheid erkannte das Siegel mit dem Ochsenkopf und rief: „O weh, sie kommen nicht!"

Die Majorin schlug die Augen nieder; das war's ja, was sie gewünscht hatte.

Der Rittmeister erbrach den Brief und las, daß der Onkel allein komme. Die Majorin sah den Rittmeister groß an.

Nach Tische empfahl die Majorin der Nichte, nun nochmals zu ruhen. Sie geleitete sie nach dem innern Zimmer, kam aber rasch zurück und sagte:

„Kurt, komm mit mir; ich habe ein ernstes Wort mit dir zu reden."

Der Rittmeister begleitete sie in ihr Zimmer und sie sagte:

„Setz' dich. Ich verlange keinen Dank, es ist meine Familienpflicht, ich hatte ein schönes ruhiges Leben bei meiner Luise im Forsthaus, ich habe sie verlassen und mich nun seit einem Jahr bei dir einquartirt; ich glaube deiner Frau eine Hülfe gewesen zu sein und ich muß sagen, sie nimmt gute Lehre an. Ich verlange keinen Dank!

„Nun aber muß ich dir etwas sagen: Du weißt, mir ist die Ehre unseres Namens das Höchste. Ich habe mich schwer darein gefunden, daß du ein Mädchen geheirathet, das nicht von Familie ist; du hättest bei deiner Stellung und deiner Persönlichkeit auch ein reiches Mädchen von Familie heirathen können. Doch, das ist nun einmal geschehen und Adelheid bemüht sich. Gut, Alles gut. Aber Kurt, nun kommt etwas, das eine Folge des Mißverhältnisses ist, und das kann dich in bittere Widerwärtigkeiten bringen. Glaube mir, ich kenne die Welt: die Mehrzahl hat ihre höchste Lust an der Schadenfreude, die sogenannte bessere Minderzahl am Mitleid —"

Der Rittmeister war ganz erstaunt, was für ein Unglück ihm denn bevorstehe. Nun erklärte ihm die Majorin, wie entsetzlich das sei, daß diese gemeinen Bürgersleute eine Höflichkeit nicht verstehen; man habe sie doch nur zum Schein und Anstands halber zu Gevatter gebeten, und nun nehmen die einfältigen Menschen das wörtlich und kommen. Sie behauptete, daß sie genaue Kunde davon habe, wie sich Alles in der Stadt darauf spitze, den Schlächtermeister zu becomplimentiren, wenn er durch die Straßen gehe, und die Frau des Commandanten lache schon seit acht Tagen darüber, was das für einen Spaß geben werde.

Der Rittmeister widersprach, da die Frau des Commandanten wol eine stolze, aber keine unedle Frau sei.

Da wurde die Majorin so erbittert, daß sie fast weinte. Sie beklagte den Tod ihres Mannes: wenn der noch lebte, wäre er jetzt Generallieutenant und Commandant, und man würde auch ihr den Hof machen, während sie jetzt überflüssig sei und mit ihrer Güte wol gar aufdringlich erscheine. Der Rittmeister suchte sie zu beschwichtigen, und da die Majorin darauf bestand, daß die Commandantin eine falsche, scheinheilige und heimtückische, ja sogar mit ihrer interessanten Halblaubheit kokettirende Frau sei, sagte er endlich:

„Immerhin, laß sie!"

„Nein, ich lasse sie nicht!"

„Wie willst du's hindern?"

„Ganz einfach. Es müssen alle Mittel aufgewendet werden, daß dieser ehrbare Bürgersmann nicht aus dem Hause kommt, so lange er hier ist. Wir müssen es schon um seinetwillen thun. Der ehrsame Bürgersmann soll nicht mit übertriebenen Höflichkeiten beleidigt werden. Und nun gar das Entsetzliche! Jetzt will morgen deine Frau eine Prozession mit dem Manne machen, den ich ja für ganz achtungswerth halte, der aber doch nicht —"

„Liebe Tante," fiel der Rittmeister ein, „ein Mittel, den Meister im Hause zu halten, gibt es nicht."

„Wenn ich Vollmacht habe, bringe ich's dahin."

Der Rittmeister lächelte und gab der Tante Vollmacht. Er that es halb im Scherz, aber er that es; denn trotzdem er eine besser geartete Natur war, erschien auch ihm diese Schaustellung des Oheims, die ein fast vergessenes Mißverhältniß wieder auffrischte, peinlich. Er ließ die Tante gewähren und war sicher, daß sie es mit Takt thun würde. Es war ihm zuwider, daß auch ihm eine Rolle dabei zugetheilt wurde — er sollte seine Frau zu Haus behalten, so lange der Oheim da war — aber er willfahrte doch, denn „die Märzluft ist doch zu rauh," sagte er halblaut.

Die Majorin traf nun verschiedene Anordnungen im Hause, und sie war's, die durch den Mund des Rittmeisters den Burschen nach dem Thore schickte.

Der Bursch sah sie seltsam an, als dieser Befehl gegeben wurde, denn er hatte das Gespräch im Nebenzimmer gehört — er hatte es nicht hören wollen, aber er hatte es doch gehört. —

Meister Valentin hatte den Burschen zu sich auf den Wagen sitzen lassen und die Beiden fuhren vergnüglich plaudernd durch die Stadt. Der Hund aber ging wieder mißmuthig und niedergeschlagen zwischen den Hinterrädern, denn sein Herr hatte ärgerlich zu ihm gesagt: „Blitz, ich wollt', du wärst daheim geblieben, du Schlingel!" Es war dem Meister jetzt doch peinlich, daß er einen Schlächterhund in das Haus seiner Verwandten mitbringe.

Am Hause des Rittmeisters sprang der Bursche schnell ab, droben winkte der Rittmeister am Fenster, auch Adelheid winkte, aber sie durfte das Fenster nicht öffnen; es ging eine scharfe Märzluft. Meister Valentin ließ zuerst Alles hinauftragen, die schöne Torte nahm er selbst und trug sie behutsam. Die Köchin, das Hausmädchen, Alle kamen herbei, Jedes trug etwas. Der Rittmeister kam vor dem Hausflur dem Oheim entgegen, schüttelte ihm wacker die Hand und bat ihn, recht ruhig zu sein, da Adelheid noch angegriffen sei. Die Majorin stand neben Adelheid in der Stube. Adelheid stürmte dem Eintretenden entgegen, umarmte ihn und küßte ihn mit Inbrunst.

„Mein guter Onkel! mein guter Onkel!" rief sie immer und streichelte ihm mit ihrer zarten Hand über Stirn und Wange.

„Das thut gut! das Streicheln thut gut!" jagte er zum Rittmeister. „So ein janftes Händchen im Gesicht — ich hab's schon lange nicht mehr gespürt."

Er lächelte dem Rittmeister zu und Adelheid legte ihren Kopf an die Brust des Cheims, da drin schlug ein Herz für sie, so gut, so getreu!

„Lieber Onkel," jagte sie, sich aufrichtend. „Sie kennen ja die Tante noch nicht. Das ist unsere Tante, Frau Majorin von Kranichberg."

Die Tante verneigte sich holdselig, Meister Valentin streckte ihr die Hand entgegen, sie reichte ihm die ihrige zögernd und sagte:

„Seien Sie uns willkommen!" Sie lächelte dabei und es gab doch nichts zu lächeln.

„Nun, lieber Onkel, müssen Sie unseren Sohn sehen!" Adelheid führte den Cheim in die Kammer; dort lag das Kind in der Wiege und schlief. Der Cheim betrachtete den nackten Arm und sagte: „Ein gesunder Bursch, der hat feste Knochen." Er nahm sogleich die Schnur mit den Denkmünzen aus der Tasche und legte sie dem Knaben auf die Wiege . . . .

Als Meister Valentin, von Blitz gefolgt, die Treppe heraufgekommen war und die Tante noch auf dem Stuhl saß und die breiten Ohren ihres Wachtelhundes Pretty durch die Hand zog, da sprang der Hund plötzlich mit Gebell von ihrem Schoße; er merkte, es kommt ein Eindringling, und gab laut zu verstehen, daß solch ein Grobian, solch ein Thier von niederem Stande nicht in ein solches Haus gehöre. Meister Valentin wollte einer näheren Begegnung der beiden Hunde vorbeugen, er übergab den seinigen an Blume, und Blitz blieb gern bei seinem alten Bekannten. So war ihn der Meister gut los geworden.

Es war Nacht geworden, und Meister Valentin bat, ihn auf eine Stunde zu entschuldigen, er müsse hier gute Freunde besuchen; aber Adelheid bat so bringlich, doch diesen Abend bei ihr allein zu bleiben. Der Oheim willfahrte. Es gefiel ihm wohl im Hause, es war Alles so stattlich und so sauber. Nach dem Nachtessen saß der Oheim noch eine Weile mit der Nichte allein und er fragte sie:

„Du bist doch recht glücklich?"

„Ja gewiß, mein Mann ist ein guter Mann, ein ehrliches Herz."

„Er ist fast wie ein einfacher Bürgersmann."

„Das nicht, lieber Onkel, er hält auch viel auf den Adel, aber er ist grundgut und es kommt kein unschönes Wort aus seinem Munde."

„Und wie ist denn die Tante? Da hast du gewiß eine große Ueberlast?"

„Das gerade nicht, aber sie ist ein bischen stark altmodisch. Geholfen hat sie mir doch viel, denn ich hätte mich nicht so bald in dies Leben hineingefunden. Denn, Onkel, das ist doch eine ganz andere Art als bei uns. Von Anfang war mir's doch, wie wenn ich in ein anderes Land gekommen wäre, unter Menschen, die eine ganz andere Sprache sprechen, einem fremden Volk angehören und eine ganz andere Religion haben. Jetzt bin ich freilich auch schon mehr daran gewöhnt."

„Also die Tante ist deine —"

„Die Tante ist in ihrer Art ganz recht," unterbrach ihn Adelheid — sie wollte kein schlimmes Wort über die Tante sagen lassen und fuhr daher rasch fort: „Ja, das ist eben unter den Offiziersfrauen ein ganz ander Leben wie bei uns; es ist viel glitzeriges Elend, und wenn sie nicht das Bischen Stolz hätten, hätten sie gar nichts. Sehen Sie, die Tante mit ihrer kleinen Pension, da ist Alles so ärmlich, und drum ist sie eben so erpicht auf ihren Titel und auf ihren Adel."

Der Oheim merkte wohl, daß Adelheid viel litt unter der Anwesenheit der Tante, aber er wollte da nicht stören; es gibt überall etwas zu ertragen, und er war sehr zufrieden mit sich, als er sagte:

„Ja, Adelheid, das ist einmal so in der Welt: wenn man sich verheirathet, heirathet man die Familie mit. Du hast die Tante mit heirathen müssen und er uns, das geht Null für Null auf."

Adelheid lachte herzlich über die frische Heiterkeit, mit der der Oheim Alles ansah, und dieser sagte:

„Recht so, das ist noch dein Turteltaubenlachen, das hast du noch; es hat mir lange gefehlt, als du uns verlassen hattest."

Und nun erzählte er von daheim, von Freunden und Nachbarn. Es war eine herz-innige Stunde, welche die Beiden so beisammen saßen. Da kam die Tante und sagte, Adelheid müsse jetzt schlafen. Sie sagte das mit so viel Sorgfalt und Güte, daß der Oheim bestätigte:

„Ja, mein Kind, schlaf recht wohl. Ich schicke dir morgen früh das Taufkleid herunter, das die Tante für den Jungen mitschickt. Gute Nacht, schlaft wohl mit einander!"

Es war noch Zeit, daß der Oheim nach seinen Bekannten im Städtchen um-schauen konnte: aber in der Stube draußen nahm ihn gleich der Rittmeister in

Empfang, indem er sagte, man könne nicht wissen, ob man morgen Zeit finde, und er halte es für Pflicht, dem Onkel zu zeigen, wie er das Heirathsgut der Adelheid angelegt habe. Er legte den Schein vor über die 12,000 Thaler Kautions-gelder und das Uebrige war in guten Papieren angelegt; er sagte, da er nun einen Sohn habe, wolle er, wenn sich eine schickliche Gelegenheit biete, ein Gut kaufen, und der Oheim versprach, ihm dabei Beistand zu leisten, denn das verstehe er. Und so schied er von dem Rittmeister in guten Gedanken.

In seinem Zimmer fand er Alles wohl geordnet und auf dem Nachttische vor seinem Bette lag eine schwarz eingebundene Bibel.

„Die hat die Tante noch heut Abend hergelegt," sagte Blume.

Valentin antwortete nichts darauf. Er fand es ganz schön, daß man das
Buch neben sich in der Nacht liegen hat in der Fremde, das gehört doch Allen und
überall ist es doch, als wenn gute Geister da neben Einem Wache halten, und es
sind starke, seelenmächtige Menschen da drin in dem Buche.

Der Meister las aber nicht, er war müde und hatte heute gar viel erlebt.

Drittes Kapitel.

rüh am Morgen hatte die Tante eine heftige Zurechtsetzung
mit dem Rittmeister. Sie sagte ihm, er habe eines der besten
Mittel vorzeitig verschwendet: die Ordnung der Geldangelegen-
heiten mit dem Oheim. Das sei ja einer der besten Köder gewesen, mit
dem man ihn hätte hinhalten können, wenn er hätte durchreißen wollen;
denn Geld und Glaube, das seien noch die einzigen Dinge, mit denen man
die Menschen aus den niederen Ständen geschmeidig machen könne.

Der Rittmeister ließ sich nicht auf allgemeine Erörterungen ein; er sagte vielmehr der Tante mit großer Bestimmtheit, daß er durchaus keinen Theil haben wolle
an dem Plane, den Oheim im Hause fest zu halten, er mißbillige denselben und
sage sich davon los; der Oheim sei ein Ehrenmann und man habe sich seiner nicht
zu schämen; er bat die Tante, ihn ganz frei gewähren zu lassen. Die Tante lächelte
stolz. „So seid ihr jungen Leute! Ihr wollt, daß die Dinge geschehen, wollt sie
aber nicht thun.“ Diese Worte lagen ihr auf den Lippen, aber sie sprach sie nicht
aus. Es wird schon eine Zeit kommen, wo sie das dem Herrn Neffen gehörig ein-
tränken kann. Sie kann warten. Sie war überzeugt, daß Kurt nur den Schein
vor ihr retten wollte.

Der Morgen war trüb, es stand ein Nebel über der Straße.

Als sich Meister Valentin ankleiden wollte, sagte ihm der Bursche, er habe
seine Stiefel zum Schuhmacher tragen müssen, sie seien an der Seite ganz aufgerissen
oder eigentlich nicht aufgerissen, sondern wie mit einem scharfen Messer aufgeschnitten;

der Meister müsse irgendwo an etwas Scharfem hart gestreift sein, und es sei nur unbegreiflich, wie er sich nicht in den Fuß geschnitten hätte. Der Meister konnte sich auf so etwas gar nicht besinnen; aber er beruhigte sich, denn die Frau Majorin hatte ein Paar feine gestickte Pantoffeln geschickt und dabei sagen lassen, der Onkel solle nur zum Frühstück kommen. Valentin beruhigte sich und willfahrte.

Die Tante war noch allein, der Rittmeister war auf dem Exercirplatz. Die Tante war überaus liebreich.

„Sagen Sie einmal, Herr Meister," begann sie nach dem Morgengruß, „ich habe, seit ich Sie jetzt persönlich zu kennen die Ehre habe, viel über Sie nachgedacht: Sie sind doch jetzt ein Mann bei Jahren und haben so ein Ehrenansehen — ist es Ihnen nun nicht schrecklich und fast grausam, immerwährend Thiere zu schlachten?"

„Gar nicht, das ist ein Geschäft wie ein anderes."

„Ich meine doch — ich weiß nicht, wie ich's nennen soll —"

„Ich weiß schon, aber, Frau Majorin, Ihr verstorbener Mann und die Herren Offiziere und der ganze Adel und die Könige und Alles, was sich für vornehm hält auf der Welt — sagen Sie einmal, ist es denen nicht ein besonderes Vergnügen, auf die Jagd zu gehen? Sie schießen Hasen todt und Hirsche und Rehe und Gemsen auf den Bergen, rühmen sich, eine wilde Sau geschickt abzufangen, und thun das Alles nur zum Vergnügen. Jetzt denken Sie einmal auch darüber nach: ist's weniger grausam, Thiere zu tödten aus Vergnügen oder aus Geschäft? Und die Herren haben nur eine Freude daran, die Thiere todt zu machen — ich nehm's ihnen meinetwegen nicht übel, es muß auch das wol sein in der Welt — aber ist es Ihnen, Frau Majorin, je eingefallen, einen Mann scheel anzusehen, weil er auf die Jagd ging?"

„Sie sind ein kluger Mann, sehr originell, ja, ich muß sagen, Sie verstehen Alles von einer eigenthümlichen Seite zu erklären. Unsere gute Adelheid ist auch so."

Die Majorin sah dem Meister mit gnädigem Blicke an; sie hat dem Mann etwas Großes geschenkt, sie hat ihn sehr gelobt, er muß sehr glücklich sein. Aber der Meister schaute sie ganz ruhig an, ja fast mitleidig — es ist eine arme Frau, die von ihrer kleinen Pension lebt, gegen die muß man manierlich sein und ihr den Stolz lassen, daß sie Einen ehren darf, das ist ja Alles, was sie hat — so dachte der Meister still bei sich, und er wollte eben von dem starken Nebel auf der Straße reden, als plötzlich ein fürchterlicher Lärm, Gebell und Gehenl auf dem Hausflur entstand und die Tante vor Schreck fast die Kaffeekanne fallen ließ, aus der sie eben die erste Tasse einschenken wollte. Sie eilte hinaus, der Meister hinter ihr. Blitz war durch eine Unachtsamkeit aus seinem Versteck, wo ihn Blume untergebracht hatte, herausgekommen und auf dem Hausflur war ihm Pretty begegnet; der hatte ihn mit verächtlicher Miene betrachtet, niestе, rümpfte die Nase und sagte: Pfui! was bist du ein gemeiner Kerl! und ließ noch manche derartige Bemerkungen gegen das ungeschlachte Thier hören. Blitz that, als ob er das gar nicht merkte. Was hatte er sich nun einen solchen geschniegelten Knirps zu kümmern? Aber als

Pretty feder ward und zuletzt kläffend und schnappend an ihn sprang, hob er eine seiner Pfoten, und schlug den Wicht nieder. Pretty schrie und heulte ganz erbärmlich, und als Tante und Onkel herauskamen, hielt Blitz noch immer seine Pfote auf dem am Boden winselnden Thier und schaute nur seinen Herrn an, als ob er fragte: soll ich ihm den Garaus machen? Aber der Meister schalt ihn tüchtig aus. Und nun geschah Blitz etwas, was ihm noch nie geschehen war — er wurde angebunden. Das war ihm doch zu viel! Ein wohlerzogenes Wesen, freilich etwas un-

geschlacht, aber doch gut geartet, an eine Kette legen. Das ist gräßlich! Da kann nur die böse Alte dran schuld sein!

„Ja, das kommt von deinem Vorwitz,". sagte ihm Meister Valentin, „das hast du nun davon, daß du dich mit Gewalt dazu gedrängt hast, mit auf die Reise zu gehen!"

Blitz schaute um, ob Niemand seine Schande bemerke, er riß an der Kette und schrie erbärmlich: wie unehrenhaft werde ich hier behandelt und daheim bin ich so geehrt, jedes Kind kennt mich und Alles hat Respekt vor mir! Aber es nutzt ihm Alles nichts, hier in der Fremde wird er nicht geachtet, und er legt sich nieder und schließt die Augen; er will seine Schande gar nicht sehen; zuletzt versteckt er sich in die Hundehütte, und als ihm am Mittag Blume zu fressen brachte, sah er jammervoll zu ihr auf — er hat noch nie in seinem Leben an der Kette gefressen und hier behandelt man ihn so! Aber was will man machen? Hungrig ist man doch, und es wäre schade um das gute Essen! Also frisch aufgespeist und dann wieder in die Hütte! Das Elend wird doch hoffentlich nicht lange dauern!

Als nach hergestelltem Frieden Onkel und Tante wieder in der Stube waren, kam auch der Rittmeister zurück. Er sah frisch aus von dem Morgenritt und sein Bart glänzte vom Reif. Man setzte sich zum Frühstück. Die junge Frau schlief noch.

„Das ist ein böser Nebel für das Kind," sagte Valentin, der im Mitleid über die arme Majorswittwe seinen früheren Gedanken fast ganz vergessen hatte.

„Warum für das Kind?" fragte die Tante, die ihm sehr freundlich den Kaffee einschenkte.

„So viel ich mich von damals, wo ich hier gearbeitet habe, erinnere, ist es von da weit bis zur Garnisonskirche."

„Wir gehen gar nicht in die Kirche, wir lassen die heilige Handlung hier im Hause vollziehen."

Valentin, der eben den ersten Bissen genommen hatte, mußte stark husten, die Semmel kam ihm in die unrechte Kehle, und erst nach vieler Mühe und nachdem er ganz roth im Gesicht geworden, sagte er:

„So, also auch bei euch in der kleinen Stadt ist schon die dumme Mode eingerissen? Ich muß sagen, ich bin den Pfarrern bös, die das zugeben, wenn's nicht aus Gesundheitsrücksichten nöthig ist. Das Schönste und Heiligste an der Taufe ist, daß das Kind der ganzen Gemeinde übergeben wird und nicht mehr blos den Eltern und der Familie gehört, sondern der ganzen Welt; damit sind wir Alle Kinder Gottes!"

„Ich freue mich, den Herrn Oheim so fromm zu finden," lächelte die Tante.

„Ich bin gar nicht so fromm, im Gegentheil —"

Der Rittmeister kannte die freigeistigen Ansichten des Oheims, er lenkte ab, indem er sagte:

„Wir können keine Ausnahme machen!"

„So sagt Jeder," rief der Oheim, „und drum wird's immer nichtsnutziger in der Welt; heißt das, in vielen Dingen wird's auch besser, aber gute Gebräuche läßt man verkommen, weil Jeder sagt: Ich kann mich doch nicht ausschließen und auszeichnen. Aber nichts für ungut! Ich bin nicht hierher gekommen, um die Welt anders zu machen. Jetzt aber muß ich fort und mich in der Stadt umsehen, ich kann's nicht erwarten, bis ich meine alten Kameraden wiedersehe, und mein Meister, der Schnabel, lebt auch noch, da nicht weit vom Rathhaus, bei dem großen Brunnen, da hab' ich damals ein Jahr lang gearbeitet. Bis wann geht's denn zur heiligen Handlung? Da bin ich pünktlich wieder da."

„Ja, bester Herr Oheim, Sie müssen jetzt noch ein wenig bleiben. Der Geistliche will Sie noch vorher sprechen und er kann jede Minute kommen."

„Warum? Ist er vielleicht einer von den Teufel-Austreibern? Ich sage Ihnen, wenn das ist und ich soll Ja sagen, da steh' ich nicht Gevatter, ich bleibe gar nicht in der Stube. Ich lasse Jeden bei dem Seinigen; aber wo etwas vorgeht, was ich nicht für wahr halte, da kann ich davon bleiben."

„Ich glaube, der Geistliche will in einer Familien - Angelegenheit mit Ihnen sprechen."

„Gut, so will ich einstweilen vor dem Haus auf- und abgehen. Mir ist so eng, wie wenn ich gefangen wäre."

Valentin ging nach seiner Stube und die Majorin schickte einen zweiten Boten zum Pfarrer.

Valentin war entsetzt, als er seinen Stiefel sah.

„Das geht nicht mit rechten Dingen zu!" rief er.

„Herr Meister, ich will Ihnen etwas sagen," begann Blume.

„Wenn's etwas über deine Herrschaft ist, will ich's nicht hören. Du hast die schlechte Angewohnheit, über deine Herrschaft zu sprechen gegen fremde Leute. Das ist nicht brav!"

„Nein, es betrifft Sie."

„So? Mich? Heraus damit!"

„Sie müssen mir aber Ihr Wort drauf geben, daß Sie mich nicht verrathen."

„Dann will ich's nicht wissen, ich geb' kein Wort in's Blaue hinein, ich kauf' keine Katz im Sack."

„Nun gut, Sie werden mich auch so nicht verrathen. Also die gnädige Frau Majorin hat Alles drauf angelegt, daß Sie nicht aus dem Haus kommen, so lange Sie hier sind."

„So, das weißt du?"

„Ja, ich hab's gehört, ganz deutlich; ich weiß nicht recht, warum sie's will, aber daß sie's will, das weiß ich. Und die Stiefel da sind Zeugniß. Der Schuster sagt, die hat Eines mit Fleiß mit einem Messer aufgeschnitten, und ich sag': das hat Niemand anders gethan, als die Majorin."

In Meister Valentin kochte das Blut. Er ahnte, warum man ihn nicht aus dem Hause lassen wollte — man schämte sich seiner. Aber gleich sein zweiter Gedanke war, was da die junge Frau auszustehen haben müsse; gewiß hatte sie viel zu leiden, weil sie nur eine Bürgerstochter war und Keine vom Adel.

Der Meister ging fuchswild in der Stube auf und ab. Er betrachtete sich Alles: die Standuhr unter der Glasglode, die Tassen und Figuren auf dem Nipptische, den Kronleuchter, der von der Decke herabhing; der Boden zitterte unter seinen schweren Tritten. Er faßte seinen Stock, der in der Ecke stand, er war in der Stimmung, Alles zu zertrümmern, kurz und klein zu schlagen; sie sollten sehen, was ein Mann thut, den man an seiner Ehre beleidigt — er schlägt ihnen ihren ganzen nichtigen, erbärmlichen Kram zusammen. Aber nein! Das wäre ihnen ja eben recht; da könnten sie sagen: Seht den rohen Schlächtermeister! Ist's nicht ein Unglück, daß man mit solch einem Manne verwandt sein muß? So stört er das heilige Fest! ... Ja, so sind sie, die Vornehmen — Einem still das Herz vergiften, das nennen sie noch fein, aber wenn einmal Einer im Zorn aufschreit, da heißt's:

Pfui! wie roh, wie unnobel, wie gemein! — Nein, ihr vornehmes Gesindel! ich will euch schon! wartet nur! —

Der Meister erschrak, als er sein Bild im großen Spiegel sah. Er knüpfte sich das Halstuch lockerer, es drückte ihn im Halse, alles Blut stieg ihm zu Kopfe. Plötzlich aber lachte er sich im Spiegel an: Nein, nicht so; mit euch wollen wir anders kutschiren. Das wäre ein schöner Spaß, all die Sachen zu zerschlagen, die von unserm Geld gekauft sind — ja, von unserm! Ich will's ihnen schon auf's Brod streichen.

Der Meister wurde gerufen, der Geistliche sei da. Er war noch in der Neben-stube beim Rittmeister und die Tante empfing ihn. Sie war äußerst freundlich, aber sie erschrak fast über den Blick, mit dem Valentin sie ansah, denn in diesem sprach's: O du verlogenes Gesindel! Aber wart' nur! Ich hab' schon mit manchem verknifftenen Schelm einen Handel gemacht und er hat geglaubt, er hat mich, und derweil habe ich ihn. —

„Sie scheinen sehr ernst," begann die Tante und lächelte, und es war doch gar nichts zu lächeln, aber sie lächelte doch und zeigte dabei ihre schönen falschen Zähne. Valentin fand es nicht nöthig, auf Alles zu antworten, und — es ist auch besser so. Wenn man mit Schelmen zu thun hat, ist's geschickter, sie zappeln sich ab und man wartet, bis man sie am Grips fassen kann. Er nickte nur still, und die Ma-jorin fuhr salbungsvoll fort:

„Ich habe Ihre schönen Worte in's Herz genommen. Es freut mich, daß wir so einig sind. Ja, an solch einem Tage wird das Haus zu einer Kirche!"

Die Majorin sprach noch viel Frommes, denn sie dachte, solche rohe Menschen werden noch am Besten durch die Religion gebändigt, das ist das Einzige, womit man ihnen Zügel und Zaum anlegen kann.

Der Meister knirschte die Zähne über einander und dachte in sich hinein: Warum langt nicht jetzt unser Herrgott vom Himmel herunter und reißt Der da die falsche Zunge aus? Wie darf Die da von Gott reden, vom Allerhöchsten, und hat doch nichts im Sinn, als ihre dumme Eitelkeit?

Die Majorin war ganz unglücklich über die seltsame Starrheit des Meisters, und als sie jetzt die Hände zusammenlegte, betrachtete er mit scharfem Blicke ihre Finger: Ja, die hat lange Nägel — das gehört sich für einen Teufel mit Krallen! dachte er in sich hinein und schwieg.

Nach längerer Pause fragte die Majorin wieder:

„Wie gefällt Ihnen die Einrichtung?"

„Alles schön und stattlich! Gott Lob, daß mein Bruder so viel gehabt hat, daß sein Kind sich Alles das hat anschaffen können!"

Die Majorin erwiderte nichts auf diese scharf hervorgestoßenen Worte. Sie preßte nur die Lippen zusammen.

Der Schlag sitzt! dachte Meister Valentin vor sich hin. Als die Majorin aber noch immer nichts sprach, ruhig und majestätisch stehen blieb und ihn nur mit großen Augen anschaute, da schlug er den Blick nieder. Das ist falsch, dachte er in

3 *

sich hinein, so ist's verkehrt: da hätte sie ja Recht, wenn sie gering von dir dächte. Er sagte daher laut:

„Frau Tante —"

„Majorin von Kranichberg!" erwiderte die Angeredete kurz und scharf, kaum die Lippen bewegend.

„Wie Sie wollen. Also, Frau Majorin von Kranichberg, Sie müssen nicht glauben, daß ich die Menschen nach dem Geld schätze; ein Armes ist mir grad so viel wie ein Reiches, wir bringen Alle nichts mit auf die Welt."

„Doch, es gibt Menschen, die einen Ehrennamen mitbringen, der sich nicht laufen läßt."

„Freilich."

Der Meister war der Haltung und Schärfe der Majorin nicht gewachsen, so nicht, das spürte er. Und die Beiden schauten einander an wie zwei Ringer, die einander die schwachen Seiten ablauschen wollen, und eigentlich fürchteten sich Beide vor einander, der Meister vor den geheimen, die Majorin vor den offenen Schlägen.

Es war nicht wahr gewesen, daß sich der Geistliche im Nebenzimmer bei dem Rittmeister befinde. Er trat jetzt rasch ein und entschuldigte sich, dann bat er Valentin, ihm Einiges von seinem verstorbenen Bruder zu erzählen; er finde es schicklich, bei Familienfesten von den Angehörigen und namentlich von den zum ewigen Frieden Eingegangenen ein Wort zu sprechen, und er habe die junge Wöchnerin nicht durch schmerzliche Fragen anregen wollen.

„Das hätten Sie schon thun dürfen. Adelheid ist stark und gesund, und es schadet einem Kinde gar nichts, wenn es wieder einmal weint über den Tod der Eltern und es bitter empfindet, daß sie von der Erde abgefordert sind."

Valentin erzählte nun von seinem Bruder. Er begann ruhig, aber bald wurde seine Stimme bewegt und ein feuchter Glanz stand ihm in den Augen, als er berichtete, welch ein kernbraver Mann der Verstorbene gewesen, und hinzusetzte, sein Tod habe ihm das Beste von der Welt weggenommen.

„So?"

„Ja, Herr Pfarrer, das Beste ist doch, an seine Kindheit denken. Und wenn ich jetzt daran denke, da steht mein Bruder überall mitten drin, und der ist todt und wir können nicht mehr mit einander dran denken. Ich bin nur ein Jahr älter als er; bis in unser zwölftes Jahr haben wir in Einem Bett geschlafen, an Einem Tisch unsere Schularbeiten gemacht, immer die gleichen Kleider angehabt, und Keiner hätt' einen Apfel gegessen, wo er nicht dem Andern davon gegeben. Und so haben wir alle Tage mit einander gelebt, die paar Jahre ausgenommen, die wir auf der Wanderschaft waren, und dann haben wir zwei Schwestern geheirathet und es war Alles Eins. Mein Bruder war gar ein gescheiter Mann. Wenn ich nur den halben Verstand von ihm hätte! Und dabei war er viel besser als ich, viel besser, ein wahrer Armenvater, und ein Friedensrichter und — kurz, ein Ehrenmann, so was man einen rechtschaffenen Bürger heißt."

Valentin konnte nicht weiter reden, die Stimme stockte ihm.

Der Pfarrer tröstete in üblicher Weise. Die Frau Majorin hielt ihr Tuch an die Augen, der Meister sah sie grimmig an; er hätte ihr gern das Tuch von den Augen und die Augen aus dem Kopf gerissen. Er ärgerte und schämte sich, daß er vor solch einem Geschöpf sein Herz aufgemacht hatte. Er riß an sich herum, als müsse er Ketten und Banden abreißen. Er schaute wild umher und sagte:

„Ich muß fort!"

„Mein Neffe hat noch Etwas mit Ihnen zu sprechen," sagte die Majorin unter ihrem Tuche hervor, ging nach der Thür und rief:

„Kurt, du sollst hereinkommen."

„Ja," sagte der Geistliche, „wegen des Namens."

Der Rittmeister sagte, da er den Namen seines Vaters trage, so solle der Knabe den Namen des verstorbenen Schwiegervaters als Rufnamen haben.

„Das ist recht. Johannes!" sagte Valentin, und es ward ihm leicht dabei.

„Ich wollte nur bitten," begann der Rittmeister wieder, „daß wir den Namen in Hans umsetzen; es ist ja dasselbe."

„Wenn's dasselbe ist, warum denn Hans?"

„Weil der Name Hans," fiel die Tante ein, „besser zu unserem Familiennamen paßt."

„So, also Hans ist vornehm? Sonst hab' ich gemeint, es paßt nur zu Narr, denn man sagt doch Hansnarr und Hanswurst."

Der Rittmeister winkte der Tante mit den Augen, nichts weiter zu sagen; diese grobe Manier war auch ihm zuwider. Aber Valentin war innerlich froh — einen Genickschlag hat doch die Alte jetzt weg, und so will er's weiter halten; nur nicht verdrossen sein, im Gegentheil!

Es fuhren bereits Wagen mit Gästen vor.

„Herr Gevatter," sagte die Majorin, „Sie müssen mit mir die Gäste begrüßen."

Sie reichte ihm die Fingerspitzen, aber Valentin faßte sie nicht. Dennoch ging er mit.

„Sie brauchen gar nicht furchtsam und befangen zu sein," ermuthigte die Dame, und der Meister erwiderte:

„Wüßte gar nicht warum."

Es kamen zuerst die Frauen der vornehmen Offiziere, mit Blumen im Haar und sehr bauschigen und sehr weit ausgeschnittenen Kleidern. Keine von den Damen wollte den Platz auf dem Sopha einnehmen, und wie all die Quengeleien der sogenannten guten Gesellschaft heißen. Es war schnell ein Durcheinandergespräch wie von einer Heerde Gänse. Eine Dame nach der andern ging in's Nebenzimmer, um die Frau Rittmeister zu beglückwünschen.

Die Gäste kamen nur allmälig an, denn es waren nur zwei geschlossene Miethwagen in der Stadt, und diese mußten nun immer hin- und herfahren. Die Herren kamen zu Fuße.

Während die Gäste sich sammelten, ging Valentin schnell nach der Kammer zu seiner Nichte.

„Adelheid, ich habe eine Bitte an dich," sagte er.

„Mit Freuden! Aber was ist denn? Sie sehen ja so blaß aus."

„Ich blaß? Das kommt nur von deinen grünen Vorhängen. Aber meine Bitte ist — nicht wahr, Kind, du thust mir die Liebe? Bleibe du heute in deinem Zimmer, geh gar nicht hinaus in die Gesellschaft."

„Aber warum denn?"

„Sieh, Kind, wenn ich dir sage: thu etwas mir zu lieb, da brauch' ich dir ja keinen Grund anzugeben. Versprich mir's! Thust du mir die Liebe?"

Adelheid reichte ihrem Oheim die Hand. Diese Hand zitterte. — Ist's möglich, daß der Oheim weiß, was die Tante mit ihm vorhat? Adelheid hatte es wol erfahren und ihr Herz bebte, aber sie wußte nicht, wie sie es ihm sagen und ihn beruhigen soll. Es war ein wunderbares Widerspiel zwischen den Beiden, Jedes wollte dem Andern jagen: Weißt du's denn auch? Und Jedes schwieg.

Der Cheim fuhr sich abermals mit der Hand durch's Halstuch — es schien ihm noch nicht locker genug — und ging wieder in die Stube zu den Gästen.

Als Adelheid ihrem Kinde das schöne Taufkleid anzog, fielen schwere Thränentropfen auf das Kleid. Das Kind war, bevor die Kirche es taufte, mit dem Weihwasser des Schmerzes getauft, jenes tiefen Schmerzes, daß die Menschheit so zerfallen. —

Auch der Sohn der Majorin war gekommen, ein langgestreckter blonder Leutenant. Er kämmte sich immer mit der Hand seinen Bart, der wie die Zitzen eines Ziegen-Euters an den Kiefern herabhing, und sah oft rasch nach dem großen Spiegel. Der Bursche des Leutenants brachte etwas in Papier gewickelt herein, es wurde aufgewickelt und Alles staunte über das schöne Sophatissen mit dem Wappen derer von Großnitz — der Leutenant hatte es selbst gestickt, er war Meister darin und rühmte sich dessen; er lächelte vergnügt, als Valentin sagte:

„Jetzt seh' ich doch auch, womit man die Leutenantslangeweile vertreiben kann. Meine Frau wird mir das kaum glauben. Aber schön, recht schön ist die Arbeit."

Der Leutenant strehlte mit allen fünf Fingern seinen Bart und dachte: Gut, daß du mit mir anbindest, dir will ich's schon heimzahlen.

„Ich kann auch einen Ochsenkopf sticken," sagte er und ließ ein meckerndes Lachen hören.

Endlich war Alles beisammen, und die weiten Kleider machten die Stube so eng, daß man sich kaum wenden konnte. Der Nebensaal wurde geöffnet und die Frau Majorin bot dem Meister den Arm, um den Täufling hereinzuholen. Sie schlug die Augen nieder, denn es war ihr allerdings noch nicht vorgekommen, mit einem Schlächtermeister Arm in Arm zu gehen.

„Sie sollten auch Handschuhe anziehen," sagte sie, „haben Sie solche?"

„Wohl, ganz frisch, und die Handschuhe sind nicht zerschnitten wie meine Fußschuhe."

Der Arm der Frau Majorin zitterte. Sollte der schreckliche Mann die Sache wissen? Sie war seiner Diskretion übergeben. Wenn er diesen Streich hier vor der ganzen Gesellschaft verkündigte! Aber er ist ein gutmüthiger Mann, er wird das nicht thun.

Die Schonungslosigkeit rechnet auf Schonung. Wird sie sich nicht verrechnen?

Der Meister zog ein Paar frische weiße Glanzhandschuhe an. Die heilige Handlung ging ohne Störung vorüber. Nur war es Meister Valentin zuwider, daß der Tisch, an dem so eben die Taufe vollzogen, sogleich zur Tafel gedeckt wurde. Er konnte nicht umhin, das dem Pfarrer laut zu sagen.

Die Anwesenden staunten und Einige betrachteten den seltsamen Kauz durch ihre schnell aufgesetzten Augengläser.

Ehe man sich zu Tische setzte, sah Valentin noch, wie der Pfarrer leise aber heftig mit der Majorin sprach. Meister Valentin wurde den Gästen vorgestellt, und zwar jedem einzeln und niemals als Schlächtermeister, sondern immer nur als „Herr Stadtverordneter Valentin", so daß er endlich sagte:

„Erlauben Sie, Frau Majorin, Stadtverordneter heiße ich eigentlich nicht, das bin ich nur nebenbei; das ist ein Amt, wie eigentlich das Soldatenamt auch sein sollte, so nebenbei neben einem andern Geschäft, und wenn's auch nur Sophatissen-stiden wäre. Ich heiße Valentin und bin Schlächtermeister."

Valentin spürte mitten im Reden, daß er eigentlich zu grob werde, aber er redete doch fort, als ob ihn etwas zwinge, und als er fertig war und die verdutzten Mienen sah, dachte er: Schadet nichts! Diese Menschen glauben, sie könnten Unsereins mit einem Compliment glücklich machen.

—

Viertes Kapitel.

ei Tafel saß Valentin gut eingeklemmt zwischen dem Pfarrer und der Majorin. Man hielt ihn im Einzelgespräche fest: als aber der Wein die Geister immer fröhlicher machte und endlich der Champagner knallte, da rief der stidereibeflissene Lentenant:

„Herr Valentin, als redekundiger Stadtverordneter sollten Sie eine Rede auf den Täufling halten."

„Ja! Ja!" hieß es von allen Seiten, man versprach sich einen Spaß, und es waren nicht Wenige dabei, Männer und Frauen, die sich gern eine Derbheit gefallen ließen, wenn nur ihr Gastfreund, der Rittmeister, dadurch bloß-gestellt wurde. Warum hat er die unverzeihliche Sünde begangen, solch ein Haus machen zu können und die schönsten Pferde zu haben und die Frau die reichste Garderobe.

Der Rittmeister sah auf seinen Teller nieder. Valentin aber besann sich nicht lange, sondern stand auf und sagte:

„Ein redekundiger Mann bin ich grade nicht, aber was ich dem jungen Bur-schen da drin für sein Leben wünschen möchte, das kann ich schon sagen. Der junge Bursch trägt die Namen von seinen beiden Großvätern, und die sind Beide jetzt da, wo es Eins ist, ob man eine weiße Schürze oder eine Uniform getragen hat; da gibt's keine Schlachtmesser und keine Degen mehr und es ist Eins, ob man den Degen gegen die Menschen oder das Beil gegen das Vieh gehandhabt hat. Und wenn man das ansieht, da ist's gar einfältig, wenn ein Mensch sich vor dem andern etwas herausnimmt. Es ist eben so dumm, wenn ein Bürgersmann einen Adeligen, wie wenn ein Adeliger einen Bürgersmann scheel ansieht. Also — ja, das hab' ich sagen wollen: wir wollen wünschen, daß der junge Bursch ein braver Bürger und ein braver Soldat in Einem Stück werde, und so soll er hoch leben!"

Alles rief „Hoch!"

Man vergaß gern, was Scharfes mit untergelaufen war. Der Meister schaute sich um, es war ihm doch, als wenn er zu grob geworden wäre, und das hatte er nicht gewollt, im Gegentheil, er hatte mit Gewalt alle Bitterkeit in der Seele unterdrückt; er wollte sie vor den Menschen nicht preisgeben und auch im Gedanken an das unschuldige Kind wollte er nichts Gehässiges dreinmischen, und es kam ihm doch vor, als hätte er's gethan. Aber Alles kam an seinen Platz und ließ freundlich mit ihm an und der Rittmeister drückte ihm noch dazu herzlich die Hand. Es muß also doch gut gewesen sein, dachte Valentin; er wußte gar nicht mehr, was er eigentlich gesagt, und er war vergnügt und lachte sogar der Majorin zu. Als sich der Rittmeister wieder an seinen Platz setzte, sagte er leise und entschieden zum Leutenant:

„Cousin, ich verbitte mir alles weitere Hänseln des Oheims."

„Kommet nur herein! Geh du nur voran, da sitzt der Meister Valentin!" rief Friß Blume plötzlich, und auf Valentin zutretend, sagte er:

„Herr Meister, die Zwei da wollen Sie sprechen."

Valentin schaute um und rieb sich die Augen; er war verwirrt. Was ist denn das? Er kannte im Augenblick die beiden Gesellen nicht, die er gestern auf der Reise mitgenommen und hierher bestellt hatte; er war seitdem und in dieser Minute in einer ganz andern Welt.

„Entschuldigen Sie, Herr Meister," sagte der Schuster, „Friß Blume, der mich vom Handwerkerverein her kennt, hat uns da herein geführt; wir haben nicht gewußt, daß hier so viele Gäste sind."

Der Rittmeister war aufgestanden, trat auf die Beiden zu und fragte nach ihrem Begehr. Die Augen aller Anwesenden richteten sich auf die Gruppe: jetzt geht der Scandal los, das wird sehr interessant!

„Herr Rittmeister," begann Valentin, nachdem er sich gesammelt, „das sind zwei Handwerksburschen, die ich gestern auf der Straße getroffen. Meine Herren und Damen," wendete er sich an die Gesellschaft, „jetzt habe ich freiwillig ein paar Worte zu sprechen. Darf ich bitten, daß Sie mir ruhig zuhören?"

„Ja! Ja!" erwiderte es allseitig.

„Nun denn, so hören Sie. Das Schönste auf der Welt ist doch das: Jeder, wer er auch sei, hat Eltern, und bei Jedem, wer er auch sei, gab's eine Freude bei seiner Geburt. Unser neugeborenes Kind hat es gut, ihm ist das Glück beschieden, daß zur Freudentafel, an der man seine Geburt feiert, Fremde kommen von der Straße herein. Das Beste, was man ihm wünschen kann, hat damit begonnen. Es soll ihm sein Leben lang beschieden sein, Freuden zu spenden. Das ist das Beste."

„Er spricht gut, er spricht gut," sagte der Leutenant zu seinen Nachbarn; man bat ihn aber, ruhig zu sein, und Valentin fuhr fort:

„Also diese beiden Wanderburschen, wie ich auch einmal einer gewesen, sie sollen von unserem Festwein haben und von unserem Festkuchen. Da, nehmt!" rief er den Burschen zu und gab jedem eine Flasche Wein und ein Stück Kuchen. Dem

Schuster aber gab er noch besonders ein Glas Champagner und sagte: „Du, thu' einen Spruch!"

Der Schuster rief: „Ich bleib' bei meinen Leisten, und so heißt mein Spruch: Ich wünsche dem Neugebornen, daß er alle seine Schuhe und Stiefel in Gesundheit zerreißen möge."

„So ist's recht!" schloß der Meister vergnügt, „so ist's recht! Und nun könnt ihr wieder gehen und denkt an den Schlächtermeister Valentin, und wenn ihr einmal eine Freude in eurem Hause feiert, so ruft auch Leute herein von der Straße und gebt ihnen von eurem Festwein und von eurem Festkuchen."

Der Meister war selig über diesen Zwischenfall, das war so ganz nach seinem Herzen. Eigentlich hatte er die Bursche an den Tisch setzen und mitessen lassen wollen, aber er fühlte schnell, daß das zu viel sei. So war's gut, schnell abgemacht, und die ganze aufgeputzte Gesellschaft hatte doch gesehen, daß man Jeden von der Straße hereinrufen kann, wenn er von rechten Bürgersleuten einer ist und er weiß ein gutes Wort zu sprechen. Ueberaus glückselig setzte sich der Meister wieder nieder. —

„Es ist doch noch Poesie in der Welt," sagte eine sehr schlanke Dame zur Rechten des Pfarrers, „da heißt es in dem Goethe'schen Gedichte:

> Hänschen, lauf' und säume nicht,
> Ruf' mir neue Gäste!
> Jeder komme wie er ist,
> Das ist wohl das Beste!

Wir finden das schön, aber wir thun's nie selber. Jetzt ist's doch einmal wahr geworden."

„Die Menschen finden leider Vieles schön, was sie nicht selber thun," versetzte der Pfarrer; „unser Meister Valentin hat den hohen Spruch bewahrheitet: Suchet die auf, die am Wege und hinter den Hecken stehen."

Valentin hörte nicht mehr, was um ihn her gesummt und gesprochen wurde; er dachte nur hinaus, wie die beiden Bursche sich an dem Wein erlaben und wie sie wie durch einen Zauber herein und wieder hinaus gekommen. Die werden noch ihren Kindeskindern davon erzählen, dachte er, und es war ihm, als könnte er in die Ferne und Zukunft sehen.

Der Festschmaus war glücklich zu Ende. Die Gäste verabschiedeten sich nach und nach, Valentin war eine kurze Weile bei seiner Nichte und sagte:

„Adelheid, ich hab' jetzt zu Allem Courage. Wenn dir's recht ist, schmeiß' ich die Majorin zum Haus hinaus. Ich hab' sie in der Hand. Soll ich?"

Adelheid bat, daß er das um Gottes Willen unterlassen solle, sie werde sonst schwer darunter zu leiden haben, denn man würde doch den Verdacht hegen, daß sie ihn dazu aufgefordert.

„Wie du willst," sagte er und ging wieder in die Stube.

Den Hauptschlag muß die Alte doch noch bekommen. Er ärgert sich jetzt nur, daß er bei der Nichte gewesen; es kann nun wirklich scheinen, als hätte sie es ihm angerathen, und dann hat sie's erst recht schlimm. Die Waffe ist ihm aus der Hand entwunden.

Als er wieder in die Stube trat, meldete Blume Seine Excellenz den Herrn Commandanten und Frau Gemahlin.

„Was die nur jetzt wollen?" rief sichtlich bestürzt die Tante. „Ich bitte dich, Kurt, veranlasse nur schnell, daß der Onkel aus dem Haus geht. Die holdselige

4 *

Frau Commandantin wird liebreich gegen ihn sein und uns verhöhnen, so viel sie kann. Sie kommt nicht umsonst."

Der Rittmeister war in doppelter Verlegenheit. Er gestand der Tante, daß er sehr ärgerlich auf sie sei; man müsse sich nur glücklich schätzen, daß die Sache so discret abgelaufen, denn der Oheim müsse in der That wissen, was man mit ihm vorhatte, und er habe sich noch sehr rücksichtsvoll dabei benommen. Daneben war der Rittmeister sehr ärgerlich auf seinen Cousin, der fast absichtlich den Oheim zum Gespött hatte machen wollen.

„Gut, das werden wir morgen Alles zurechtlegen; aber jetzt hilf schnell, der Oheim muß fort!"

„Ich kann ihn nicht fortschicken!"

„So thu Ich's, ich muß doch Alles übernehmen."

„Lieber Herr Oheim," begann die Tante, „wollen Sie nicht noch jetzt Ihre Freunde besuchen?"

„Es ist mir nicht mehr so drum!" sagte der Meister und setzte sich behaglich in einen großen Stuhl. Die Thüre wurde geöffnet und herein trat der Commandant und seine Frau. Die Tante war überaus glücklich, ihre beste Freundin, ihre liebste Jenny, an dem heutigen so frohen Tage bei sich zu sehen; das ist wieder ganz ihr feines, süßes Herz!

Die Commandantin dankte mit gleicher Münze. Der Rittmeister hatte während-deß den Oheim vorgestellt. Der Commandant hatte ihm Glück gewünscht und lobte die Nichte als eine der liebenswürdigsten Frauen der Garnison. Die Commandantin bat die Majorin, auch sie dem Oheim vorzustellen; sie reichte dem Mann die Hand, und um der Tante zu zeigen, daß er auch die sogenannte feine Lebensart kenne, küßte Valentin mit einer nicht ungeschickten Verbeugung die Hand der Comman-dantin.

Sie lächelte.

Der Commandant wußte bald das Gespräch auf die Verproviantirung der Soldaten zu bringen. Er hatte jene Weise der Gönnerschaft, die auch zugleich etwas Menschenfreundliches hat: den Fremden in den Kreis seines Berufs zu führen. Das thut dem Fremden doppelt wohl, denn es macht ihn gescheit und dankbar; es gibt ihm Gelegenheit, den Fragenden etwas zu lehren und sich dabei zu zeigen. Der Meister fühlte sich behaglich; er fand, daß der Commandant ein sehr kluger Mann war.

Bald ging das Gespräch auch auf andere Dinge über, und der Rittmeister hatte seine Freude, wie bestimmt und bescheiden zugleich der Meister seine Meinung ausdrückte. Die Commandantin bat ihn: „Rücken Sie etwas näher, Herr Valentin; ich höre leider nicht gut."

„Das hab' ich Ihnen gleich angesehen," bemerkte Valentin, „ich habe auch eine Schwester, die nicht gut hört, und solche, die nicht gut hören, aber im Herzen gut sind, haben meist so aufmerksame und dankbare Gesichter."

„Danke für das Compliment. Schade, daß Sie nicht länger hier bleiben, ich wollte Sie bitten, uns zu besuchen. Wo ist denn Ihre Nichte, unsere liebe Frau Adelheid? Ich darf wohl sagen, daß ich eine besondere Freundin von ihr bin."

„Das gönn' ich ihr, ich gönne ihr eine so gute Frau als Freundin in der Fremde. Aber meine Nichte hält sich heute gefangen, freiwillig, ja ganz freiwillig; heißt das, ich habe sie darum ersucht."

Die Anwesenden sahen einander staunend an. Was spricht denn da der Mann? Hat ihn der Wein benebelt? Der Rittmeister sah starr auf die Majorin, diese aber drehte schnell die drei auf einander gereihten Bracelets an ihrem Arm rechts- und linksum. Sollen das wol Fesseln sein, die sie Jemand anlegen möchte?

„Es ist eine sonderbare Stimmung," sagte die Commandantin endlich, „wenn man zu Befreundeten kommt, die eben von einer Festtafel aufstehen."

„Sehen Sie, das ist eine kluge Frau! Die versteht in den Herzen zu lesen!" sagte Valentin zur Majorin.

Die Majorin lächelte.

„Herr Commandant," begann Valentin wieder, „Herr Commandant, ich hätte eine Frage: hat Jemand anders hier in der Stadt das Recht, Einen gefangen zu halten, als Sie?"

Die Tante zitterte bei dieser Frage. Was will der entsetzliche Mann? — Er wird doch nicht — — Die Pulse klopften heftig unter den Bracelets — sie steht unter der Discretion dieses Mannes — er weiß offenbar Alles — Wenn er nun weiter geht — wenn er sie hier vor der freundlichen Feindin und vor dem, der die Stelle ihres Mannes geerbt — wenn er sie hier bloßstellt? — —

Es trat eine peinliche Pause ein.

Die Majorin schlug die Augen wie bittend zu Valentin auf und doch ballten sich dabei ihre Fäuste. Valentin sah nicht auf sie. Der Commandant antwortete erst nach langem Zögern:

„Ich verstehe Sie nicht."

„Ich habe auch nur so gefragt," erwiderte Valentin, und jetzt nickte er der Majorin zu. Er stand auf, ging an die Kammerthür und rief:

„Adelheid, du kannst jetzt schon hereinkommen mit dem Kind."

Adelheid kam, die Amme trug das Kind und nun nahm das Gespräch einen heiteren Verlauf, bis der Commandant und seine Frau Abschied nahmen.

Die Familie war wieder allein und Valentin sagte:

„Schicke das Kind wieder in seine Stube; es soll nicht dabei sein, was da jetzt ausgemacht wird."

Auch die Majorin wollte gehen, aber Valentin faßte sie am Arm und drückte ihr die Bracelets sehr unsanft in das Fleisch.

„Bleiben Sie nur da," sagte er, „Sie geht's am meisten an. Sie haben gesehen, daß ich an mich halten kann, ich hätte Sie vor all den Leuten da in Schande und Spott hinstellen können; aber das soll nicht sein, Sie gehören einmal zur Familie, und: schieb' ich meine Nase, schänd' ich mein Angesicht, sagt das Sprichwort. Wir sind jetzt unter uns. Sie, Herr Rittmeister, und du, Adelheid, ihr habt nichts davon gewußt, aber Die da — da feht euch den Stiefel an! Die Hand da mit den Handschuhen, die hat meinen Stiefel zerschnitten, damit ich nicht aus dem Hause gehen könnte, und hat Alles darauf angelegt, daß ich nicht im Städtchen umhergehe und ihr euch meiner zu schämen hättet. Ich bin lang genug hinterhällig gewesen, jetzt muß es heraus!"

„Kurt, halte den entsetzlichen Menschen!" rief die Tante voll Angst.

„Brauchst dich nicht zu fürchten, ich thue dir nichts! Ich rühre dich nicht an!" tönte kräftig die Stimme Valentins.

„Wo ich solchen Beschimpfungen ausgesetzt bin, da verlasse ich das Haus!" rief die Majorin.

Der Rittmeister suchte zu beschwichtigen und wendete sich vornehmlich an Meister

Valentin, während Adelheid die Tante bat, doch Alles gut aufzunehmen, sie bleibe ihr stets dankbar für so viel Gutes, das sie ihr gethan. Sie wollte die Tante umarmen. Diese aber stieß sie von sich und rief:

„Die ganze Schlächtersippschaft soll mir vom Leibe bleiben!"

„Reden Sie nicht mit mir, reden Sie mit Dieser da!" sagte Valentin dem Rittmeister und eilte auf Adelheid zu und schloß sie in seine Arme. Der Rittmeister sprach leise einige scharfe, bestimmte Worte zur Majorin.

„Ich verlasse das Haus," entgegnete diese aber laut, „augenblicklich verlasse ich das Haus."

„Sie hält hier Niemand gefangen!" entgegnete Valentin. „Wir, das schwöre ich Ihnen, wir werden nichts von der Sache erzählen. Wenn Sie's thun, ist's Ihre eigene Schande."

„Er hat mir gar nichts zu sagen! Er geht mir gar nichts an!" platzte die Majorin heraus; ihre Lippen zuckten und ihre Zähne wackelten, sie bebte am ganzen Leibe.

Adelheid wollte nochmals auf die Tante zugehen und sie beruhigen, aber Valentin hielt sie zurück, und ohne ein weiteres Wort verließ die Majorin die Stube. Der Rittmeister eilte ihr nach. Er kam mit blassem Gesicht zurück.

„Sie ist fort!" sagte er und ging gesenkten Kopfes mit starken Schritten auf und ab. Es kämpfte offenbar in ihm.

„Herr Rittmeister," begann Valentin, nachdem er Adelheid auf einen Stuhl gesetzt, „wenn ich zu schnell gewesen bin, ich kann nicht dafür; denn sehen Sie, wenn eine Büchse still geladen ist, so knallt sie doch endlich los."

„Sie haben nicht um Verzeihung zu bitten. Verzeihen Sie uns und vergessen wir Alles, was geschehen. Ich muß sagen, ich muß Ihre Zurückhaltung noch bewundern. — Das hätte eine böse Geschichte werden können vor allen Menschen!"

Er reichte dem Oheim die Hand, beugte sich dann zu seiner Frau nieder und küßte sie. „Es ist doch zart vom Oheim gewesen, daß er zuvor das Kind weggeschickt hat," sagte er dabei, und die Drei gingen hinein in die Stube und saßen still bei einander um die Wiege des Kindes, bis die Dämmerung eintrat. Endlich begann Adelheid: „Nun aber, lieber Onkel, besuchen Sie doch Ihre Freunde noch."

„Ich will keine Freunde mehr hier sehen, als Euch. Ich hoffe, daß ich nicht zu Bösem bei Euch gewesen bin und will zu Gutem wiederkommen!" Er küßte das schlafende Kind und sagte: „Sei froh, daß du geschlafen hast und nichts davon weißt, was für alberner Trödel noch bei deiner Geburt sich breit gemacht hat. Wenn du groß bist, wird hoffentlich keine Rede mehr davon sein" ....

Der Meister fuhr noch in der Nacht heimwärts, und es war gut, daß die Pferde so trefflich eingefahren waren und nur selten einem Fuhrwerk auszuweichen hatten auf der ebenen Straße, denn der Meister schlief auf dem Wagen ein.

Die Abfahrt erst hatte Blitz von seiner verhaßten Kette getrennt; als er losgemacht wurde, schüttelte er sich immer, wie wenn er jeden Gedanken an die Kette los werden wollte. Er betrachtete noch einmal mit einem stillen, vielsagenden Blicke das Gefängniß und die Kette, die nun auf dem Boden lag wie eine Schlange. Als man endlich fortfuhr, bellte er durch das ganze Städtchen: Pfui! Pfui über diese ganze Stadt! Schämt euch! Einen ehrbaren Hund so zu behandeln! Und ich habe doch gar nichts gethan, ich habe doch gar keinen Gebrauch gemacht von meinen scharfen Zähnen! Pfui! und tausendmal Pfui! über euch ungehobelte Menschen! Pfui! Pfui! Pfui! So ging's in einem fort — und ich habe dem frechen Stuben- und Schooßhocker ja nur gezeigt, was ich könnte, wenn ich wollte, aber es ist mir viel zu gering, daß ich so einem eingebildeten Schwächling was thue, dazu bin ich viel zu stolz ... Er räsonnirte bis zum Thor hinaus, und weit braußen, als man schon dem ersten Dorfe nahe war, kehrte sich Blitz noch einmal gegen das Städtchen um und schleuderte ein äußerst machtvolles Pfui! gegen die ganze Stadt zurück. — Valentin gebot ihm — er war aus dem ersten Schlummer geweckt worden — still zu sein, und der Hund schwieg nun und knurrte nur noch Unverständliches in sich hinein, ein Knurren, das man vor dem Wagengerassel nicht hörte.

Der Meister schlief und in seinen Schlaf hinein spielte ein Traum von einer Zeit, wo die Geburt die Menschen nicht mehr trennt.

Da, wo Valentin vorgestern Mittag gemacht, hielten die Pferde von selbst an. Der Meister ruhte einige Stunden, dann fuhr er heimwärts.

Er hat Niemand, selbst seiner Frau nicht, von dem erzählt, was geschehen ist. Erst nach Jahren, als die Brigade des Rittmeisters, der nun Major geworden, in die Residenz verlegt wurde, sprachen sie noch manchmal von der alten Tante, die bei ihrer Tochter, der Frau Oberförsterin, noch heute lebt.

Blitz dagegen erzählte gleich bei der Ankunft daheim seinen Kameraden von der Unbill, die ihm unterwegs geschehen. Der Kamerad, eine unerfahrene junge Seele, wußte gar nicht, was ein Kettenhund ist, er konnte sich gar keine Vorstellung machen; und Mittags führte ihn der vielerfahrene Blitz in einen großen Hof in der Nachbarschaft, dort zeigte er ihm einen Hund, der an der Kette lag. Jetzt verstand der Jüngling und floh davon, winselnd, wie wenn er geschlagen worden wäre.

Die Geschichte vom gefangenen Gevatter aber hat Niemand erfahren bis auf den heutigen Tag, wo sie nun da steht.

Der Prellſchuß.

Eine Geſchichte von unterwegs.

in heller Hochſommer-Mittag lag auf dem grünen Thale. Es iſt ein frohes Wandern auf der Straße am Waldesrand, hüben und drüben ſteigen ſteile, bewaldete Berge hinan, drunten rauſcht und brauſt der Bach über wildes Geſtein und auf den ſaftig grünen Wieſen zittert das Sonnenlicht und ſlimmert durch das Gezweige, wie tauſend und abertauſend hellgrüne Tagesſterne. Es iſt ſtill ringsum, nur die Nußhäher ſchätern noch laut mit einander im Wald, die Finken und Amſeln, die jetzt nicht mehr ſingen, fliegen oft von den Waldbäumen auf die Straße, laſſen den Wanderer ganz nahe kommen, ſchauen ihn verwundert an und fliegen davon.

Einen tiefen, vollen Athem des Lebens ſog der Wanderer ein, der ſich jetzt unter einem Baum am Wege niederlegte.

Bald trat ein alter, ſtädtiſch gekleideter, hagerer Mann aus dem Walde und grüßte den Ruhenden, und erquidlicher als der Blid über Wald und Berg und Fluß iſt der Blid in ein freundliches Menſchenauge, wohltönender als aller Vogelgeſang iſt der Zuruf einer wohlwollenden Menſchenſtimme.

Der Alte und der Wanderer gingen bald mit einander fürbaß in guter Wechſelrede.

Eine Wolke zog auf und ſtand über dem Thale. Der Alte forderte den Wanderer auf, bei ihm einzukehren, denn das Gewitter werde bald losbrechen und bis eine Stunde Weges weiter hinauf ſei kein menſchliches Obdach mehr zu finden.

Die Beiden waren bald bei einer Sägmühle, daneben ſtand ein ſtattliches Wohnhaus, der Alte führte den Wanderer in eine abgeſonderte Stube und ſagte: „Da bin ich daheim. Seien Sie willkommen.“ Er reichte die Hand.

Es war behaglich und wohnlich in der Stube. An der Seite ſtand ein Clavier und darüber war ein Bücherbrett mit einigen vielgeleſenen Büchern beſtellt. Der

Wanderer sprach seine Freude aus, hier in wilder Waldgegend solch ein wohliges Heimwesen zu schauen, worein sich natürlich die Verwunderung über Clavier und Bücher mischte.

„Ich war vordem Schullehrer," erklärte der Alte und ließ den Wanderer allein, kam aber bald wieder mit Speise und Trank.

Das Gewitter brach mächtig los und der Alte sagte: „Sie müssen in Geduld abwarten bis das Unwetter vorüber ist. Wenn sich einmal ein Gewitter in unser Thal verfangen hat, da muß es sich ganz ausloben. Und so geht es auch bei manchen Menschen: wenn da ein Unwetter in's Herz gekommen ist, es kann nicht mehr heraus und muß sich ganz ausloben."

Wer so etwas sagt, muß Schweres erlebt haben.

Der Wanderer berichtete manche Erfahrungen und bald waren die Beiden mit einander wie alte Vertraute.

„Ja," sagte der Alte endlich, als draußen der Regen in mächtigen Güssen niederstoß, „ich könnte Ihnen auch etwas berichten, und es wäre gut, wenn Sie es weiter geben möchten; vielleicht wäre der Prellschuß, den wir erfahren haben, und der uns fast Alle niedergeschmettert hätte, auch anderen Menschen zu Nutz und guter Lehre."

„Erzählen Sie. Was ist denn das mit dem Prellschuß?"

„Es war eigentlich kein Schuß, aber ich nenne es so und habe damit schon oft geholfen. Sie werden schon erfahren, was ich damit meine.

Ich bin, wie gesagt, eigentlich Schulmeister und habe zweiundvierzig Jahre meinen Beruf erfüllt, so gut als ich's konnte. Seit drei Jahren bin ich hierher gezogen zu meinem Sohn, dem da die Sägmühle gehört. Er hat mir das Stübchen schon lange hergerichtet, aber ich habe nicht müßig sein wollen, und bin erst jetzt, seitdem meine Frau gestorben ist, hierher gezogen. Ich habe seitdem die rechte Kraft nicht mehr und habe auch, wie ich glaube, das Meinige gethan in der Welt. Man muß Feierabend machen, so lang es noch Tag ist. Und ich kann auch hier meinen Enkeln Manches beibringen, ich hab' deren fünf, sie sind jetzt in der Schule, eine Stunde von hier thalaufwärts, da im Dorf, wo Sie hin wollen. Ich habe nur den einzigen Sohn, den Sägmüller, und eben den betrifft die Geschichte vom Prellschuß.

Ich war also Schulmeister drüben im jenseitigen Thal; wenn Sie zwei gute Stunden thalaufwärts gegangen sind und auf die Anhöhe kommen, sehen Sie das Dorf Hüttenbach links. Es liegt ganz abseits von der Landstraße. Da ist meine ganze Lebenszeit drin und Alles, was mir zugekommen ist, und was ich erstrebt habe. Wenn ich sterbe, müssen sie mich auch dorthin bringen und mich neben meiner Frau begraben.

Aber ich will Ihnen jetzt vom Prellschuß erzählen. Mein einziger Sohn Konrad war ein unbändiger Bursch. Er hat einen guten Kopf, im Rechnen war er mein bester Schüler. Ich hätte es gern gehabt, wenn er auch Schulmeister geworden wäre, oder besser, sich zu einer Amtsschreiberei ausgebildet hätte; er will aber nichts davon wissen, er artet seiner Mutter nach und ist ein echtes Bauernkind und will nichts vom Stubenhocken.

Ich muß bekennen, ich habe meine besondere Freude an Konrad gehabt. Er war ein ganzer Bursch, wild wie ein Füllen auf der Weide, aber auch folgsam und gutherzig. Sein größtes Glück war, wenn er Einem eine Freude machen konnte, wo man es gar nicht erwartet. Befehlen ließ er sich nicht gern, er that lieber Alles von selbst, und konnte vor Zorn weinen, wenn man ihm etwas auftrug, was er eben aus freien Stücken thun wollte. Sie werden schon merken, was dahinter steckt, und daß das eben so zum Guten wie zum Bösen ausschlagen kann.

Weil ich mich in meiner Jugend als armes Schulmeisterkind viel habe ducken müssen, so freute mich's besonders, daß sich Konrad von Niemand was gefallen ließ, und ich habe ihm noch zugeredet: Wehr' dich! Gib zwei Schläge dem, der dir einen gibt.

Ich seh' jetzt wohl ein, weil ich das übertrieben habe, trage ich auch meinen Theil Schuld.

Drei Stunden von hier, drüben in Haidenreuthe, hab' ich einen Schwager, der die Tochter eines reichen Wälders geheirathet, viel Waldung hat und einen großen Holzhandel treibt. Ich erlaube dem Konrad oftmals, drüben beim Ohm zu bleiben, und da war er lustig und anstellig zu Allem. Wilde Pferde reiten, ein Viergespann regieren, das war seine höchste Lust. Wie er nun aus der Schule kommt, erklärt er mir rundweg, daß er nichts Anderes werden will als ein Bauer. Ich gebe ihn zu meinem Schwager als Knecht. Er hat eine schwere Schule durchzumachen, aber er macht sie gut durch. Und mit siebzehn Jahren ist er schon ein ausgewachsener Mann, stark in Gliedern, so groß wie er jetzt ist, um einen halben Kopf größer als ich und doppelt so schwer als ich. Er ist der erste Raufbold in der ganzen Gegend, aber auch der beliebteste Mensch. Er hat was an sich, daß ihn alle Menschen lieb haben müssen, und dabei kann er Zither spielen und singen, daß einem Jeden das Herz aufgeht. Er hätte es in der Musik zu etwas bringen können, aber er will keine Noten lernen und ist zufrieden, daß er Alles, was er nur einmal hört, spielen und singen kann.

Beim Schwager auf der Haidenreuthe ist, seitdem der Konrad dort dient, ein ganz anderes Leben, und der Stallbub — denn das war Konrad das erste Jahr, es ist ihm nichts geschenkt worden an schwerer Lehrzeit, darin war mein Schwager mit mir einig, daß das nicht sein soll — der Stallbub war auf einmal eine wichtige Person auf dem Hof.

Neben meinem Konrad oder eigentlich über ihm ist ein Oberknecht, ein stolzer Mensch, hat aber auch was Tüchtiges gelernt, denn er ist auf der Ackerbauschule Knecht gewesen und versteht die Feldwirthschaft meisterlich, aber er ist auch herb und streng und geht das ganze Jahr herum, wie wenn er immer vergessen hätte, noch etwas zu befehlen. Er läßt sich nicht bei seinem Taufnamen rufen, sondern bei seinem Geschlechtsnamen: Fallensteiner. Der Fallensteiner nimmt den Konrad besonders in die Zucht, plagt ihn bis auf's Blut und verspottet den Schulmeisterssohn.

wo er nur kann, und bürdet ihm immer das Schwerste auf. Konrad ist zu stolz, das dem Ohm zu klagen und bei ihm Hülfe zu suchen. Er verdruckt Alles in sich hinein und lacht den Fallensteiner heimlich aus, und endlich lacht er ihm in's Gesicht.

Der Fallensteiner hat die Tochter des Schwagers gern und sie hat ihn auch gern. Aber der Konrad, der so lustig ist wie ein Vogel im Hanffamen, singt seine Lieder zur Zither, Liebeslieder und Schelmenlieder, und da singt und nistet er sich in's Herz der Marie hinein. Der Fallensteiner merkt's und will's nicht glauben, daß ihn so ein grüner Bursch vertreiben kann — die Marie ist nur acht Tage jünger als der Konrad — und wie er's endlich glauben muß, da redet er kein übriges Wort; wenn er aber mit dem Viergespann in's Feld fährt und heimkommt, da knallt er beständig mit der Peitsche so mächtig, daß der Wald widerhallt und man meint, eine ganze Schwadron kommt daher.

Weder der Marie noch dem Konrad hat der Fallensteiner ein böses Wort gesagt, und die Ungetreue fürchtet, daß der Fallensteiner einmal plötzlich ein Unheil anrichten werde, aber es geschieht nichts; der Fallensteiner ist zu stolz, es merken zu lassen, daß ihm die Untreue zu Herzen geht, und die Marie ist lustig und macht sich gar kein Gewissen daraus, so plötzlich einen sonst braven Burschen aufgegeben und sich an einen Anderen gegeben zu haben. Dafür hat sie auch büßen müssen.

Sehen Sie, ich bin jetzt alt, habe viel erfahren und tausendmal gesehen, an mir und Anderen, daß sich Alles im Leben bezahlt. Wenn man nur ehrlich sich Rechenschaft geben will, kann man's finden. Freilich, ich kenne auch grundschlechte Menschen und begreife nicht, wie sie so im Wohlleben stehen. Ich kenne einen Menschen, der ist wie ein Wolf, unbarmherzig und raubgierig, und Alles, was er anrührt, schlägt ihm zum Glück aus; und ich kenne einen Anderen, bei dem ist jedes Wort nichts als Lug und Trug, und er gedeiht dabei. Da muß man denn doch den Uebertrag auf jenes andere Folio im Himmel machen, wo es eine Rechnung gibt, die nicht mit unseren vier Spezies abgethan ist.

Der Fallensteiner war Soldat und muß wieder einrücken, und Konrad tritt auf dem Haidenreuther Hof an seine Stelle. Mit achtzehn Jahren wird er Oberknecht, und das ist viel. Er füllt aber seinen Platz mit Ehren aus.

Es kommt die Zeit zur Militärpflicht. Mein Konrad möchte sich gern loskaufen, er hat sich ein ordentlich Stück Geld verdient. Jetzt hat sich auch an den Tag gegeben, daß die Marie ihn gern hat, und so gern, wie nur je ein Mädchen einen Burschen im Herzen gehabt. Der Schwager hat nichts dagegen, er will nur, die jungen Leute sollen noch ein paar Jahre warten. Und in Ehren haben sie einander lieb gehabt, wie es rechtschaffenen jungen Leuten zusteht.

Gerad' in dem Jahr, als der Konrad zur Militärpflichtigkeit kommt, haben sie das Gesetz gegeben, daß Keiner mehr sich loskaufen darf, wie's auch recht und billig ist. Mein Konrad muß Soldat werden, und sie haben bei der Musterung ihre Freude an ihm. „Er hat ein mächtig Kreuz," sagen sie bei der Visitation. Und sie haben ihn zur reitenden Artillerie genommen.

Es ist nicht mehr Mode, daß die Mädchen weinen, wenn die Burschen Soldaten werden müssen. Es glaubt kein Mensch mehr an Krieg. Und doch, mein'
ich, könnten wir einmal plötzlich über Nacht darin stecken, und dann heißt es: Jetzt,
Deutschland, jetzt mach' dich fertig, oder — nein, es gibt kein oder, es ist eine
Sünde, das nur zu denken. —

Die Marie hat beim Abschied des Konrad geweint, wie's noch in meiner
Jugend gewesen ist, denn damals hat man nichts als den Tod vor sich gesehen, wenn
man hat Soldat werden müssen. Hat ja der Napoleon einmal selbst gesagt: so und
so viel Menschen werden jährlich geboren und so und so viel brauche ich, um sie
erschießen zu lassen, damit ich die Welt unterjochen kann.

Drei Tage ist die Marie bei uns im Dorf geblieben, nachdem der Konrad ab-
geteilt war, und ich muß sagen, ich und meine Frau, wir hatten unsere Freude an
ihr. Es gibt doch nichts Schöneres auf der Welt, als so ein rechtschaffen liebendes
Herz zu sehen. Daß sie eine Untreue auf dem Herzen gehabt, davon habe ich damals noch nichts gewußt, und sie selber hat auch nichts mehr davon gewußt.

Ich brachte sie heim zu ihrem Vater und unterwegs hat sie mir immer noch
mehr gefallen, denn draußen auf dem Feld, da war sie noch viel gescheiter, und jetzt
ist sie auch wieder lustig gewesen wie eine Lerche. Dabei hatte sie ein besonderes
Auge auf die Hausgärtnerei in den Dörfern. Bei manchem Blick über den Zaun
sehe ich's ihr an, daß sie denkt: das haben wir bei uns daheim besser im Stand;
aber wenn sie was Vortheilhafteres sieht, sagt sie: „So will ich's auch machen, das
ist viel gescheiter." So war sie fröhlich und guter Dinge; und einmal geht sie ein
paar Schritte von mir weg und betrachtet mich und sagt: „So wie Ihr, Ohm, nur
ein Bischen breitschultriger, so wird mein Konrad auch einmal aussehen, wenn er
ein alter Mann ist."

Es war ein fröhliches Wandern mit dem lustigen Mädchen. Als sie aber ihr
elterliches Haus sah, da jammerte und weinte sie, daß der Konrad nicht mehr da
ist, und daß er in der Kaserne stecken muß; sie klagte, daß sie ihn gewiß hudeln
und plagen werden, aber — und das hat mir besonders gefallen — keine Minute
ist nur ein Gedanke über ihr gekommen, daß er ihr untreu werden könnte.

Es vergeht ein Jahr, Konrad kommt auf Urlaub, und ich sehe erst jetzt, was
für ein prächtiger Bursch er ist, und dabei hat er was Manierliches bekommen. Er
bleibt nun wieder drüben beim Schwager, bis er einrücken muß. So vergehen die
Jahre und jeder Mensch hat seine Freude daran, wie ehrbar und wie schön die
beiden jungen Leute leben, und wie lustig Alles auf Haidenreuthe ist. Der Konrad
hat seine besondere Freude an der Sägmühle, und er bringt den Schwager dazu,
noch eine Sägmühle anzulegen und die alte zu vergrößern. Man hat viel mehr
Verdienst, wenn man die Stämme verbrettert. Und überhaupt, Konrad benimmt sich
als ordentlicher, gesetzter Mann, weit über seine Jahre hinaus. Wo's aber einen
Tanz gibt, eine Hochzeit oder eine Kirchweih, da ist er der Tollste von Allen und
die ganze junge Mannschaft der Umgegend ist ihm unterthan.

Bei der letzten Kirchweih war er mit seiner Braut bei uns in Hüttenbach.

Ich bin bis tief in die Nacht hinein beim Tanz geblieben. Es war eine Augen-
weide, den Konrad und die Marie mit einander tanzen zu sehen, und es thut gut,
einmal wieder leichtherzige junge Leute vor sich zu haben, man kommt sonst dazu,
daß man meint, die ganze Welt sei so alt geworden, wie man selber ist. Alle aus
dem Ort und aus der Nachbarschaft sind zu mir und meiner Frau gekommen und
haben uns Glück gewünscht.

Der Konrad sitzt einmal bei mir und wir trinken mit einander und er sagt:
„Vater, das Schwerste beim Soldatenleben ist eigentlich das, daß man so viel Hudelei
erdulden muß und nichts dagegen sagen und thun darf. Ich gäb' einen Finger von
der Hand drum, wenn ich Rache nehmen dürfte an meinem Feldwebel."

Ich rede ihm nun zu, daß er sich das um Gotteswillen aus dem Kopfe schlagen
soll. Denn es gibt nichts Schrecklicheres auf der Welt als Rache, und wer Rache
nimmt, den trifft sie selbst.

Ich sehe, wie der Konrad feuerroth im Gesicht wird. Er sagt kein Wort mehr,
und erst später ist mir's wieder in Erinnerung gekommen, was wir damals gesprochen haben.

Jetzt also kommt der Herbst, da Konrad zum letzten Male einrücken muß.
Das war ein fröhliches Abschiednehmen. Wir begleiten ihn ein gut Stück Wegs,
und er sagt noch zu seiner Braut: „Für dies Mal nehme ich noch Abschied, in zwei
Monaten kriege ich den Abschied und dann gehe ich nicht mehr vom Fleck." Wir
hören ihn noch lang, wie er im Thal jauchzt und singt.

Man sollte nichts darauf halten, aber wunderlich ist's doch, daß es so oft ein-
trifft. Die Braut war dies Mal gar traurig, und sie sagt: „Mir ist, wie wenn
ein Unglück geschehen sollte; ich weiß nicht was, aber so schwer ist mir's beim ersten
Abschied nicht gewesen, wie jetzt." Sie steckt mich mit ihrer Traurigkeit an und ich
habe bei mir gedacht: die beiden jungen Leute werden fast zu sehr glatten Weges
glücklich, das geht im Leben fast nie. Ich rede der Braut ihre Traurigkeit aus,
aber ich selber werde eine Bangigkeit nicht los. Ich schreibe gleich am andern Tag
dem Konrad, er soll mir bald berichten, ob er gut angekommen und ihm kein Unglück zugestoßen sei. Ich kriege einen guten Brief von ihm, einen lustigen und gescheiten, und er sagt darin, er wisse nicht, was uns Alle plage, auch die Braut habe
so traurig geschrieben; er sei munter und glücklich.

So sind wir's denn auch geworden.

Die Zeit vergeht, und es sind nur noch zwei Tage, bis der Konrad seinen
Abschied erhalten muß. Die Braut kommt wieder zu uns herüber und sagt, sie will
ihn da erwarten. Und mir ist's recht, ich bin auch voll Unruhe, und es wartet sich
am besten, wenn man beisammen ist. Aber diese zwei Tage ist mir's schwer geworden, Schule zu halten.

Ich habe dem Konrad geschrieben, er solle nicht zu Fuß gehen, er solle mit
der Post fahren bis zur Amtsstadt und dort wollten wir ihn abholen. Also am
Morgen des Tages, an dem er ankommen muß, gehe ich mit der Braut nach der
Stadt. Wir sitzen in der Post und trinken einen Schoppen, aber es will uns nicht

recht munden. Ich sage: „Laß noch ein Glas geben, daß der Konrad gleich mit-
trinken und anstoßen kann." — „Nein," sagt die Braut, „er braucht kein besonderes
Glas, er trinkt aus Einem mit mir." Und sie stellt einen Stuhl an den Tisch und
blickt ihn an, wie wenn sie den schon sähe, der darauf sitzen wird. Da tönt das
Posthorn. Wir springen auf und eilen auf die Straße. Ein Handlungsreisender,
von Kopf bis Fuß grau gekleidet, steigt aus und streckt sich und gähnt. Es ist doch
lächerlich, daß man sich so etwas merkt und in Gedanken behält; ich glaube, ich sehe
den Menschen noch jetzt ganz leibhaftig vor mir. Ich springe an die andere Seite
des Wagens: „Konrad, bist du da?" — Keine Antwort. Der Schaffner löst das
Felleisen vom Deck, ich frage ihn: „Ist kein Soldat mit Euch gefahren?" — „O
freilich!" sagt er, „zwei, der eine war aus Kreuzlingen, der andere aus Wolterdingen."

„Wo sind sie denn?"

„Sie sind bei Wolterdingen ausgestiegen. Die Burschen waren so lustig wie
die Vögel, die aus dem Käfig kommen."

„Und war keiner von Hüttenbach dabei?"

„Nein, aber ich glaube, sie haben von Einem erzählt, der eingespundet worden
ist. Ich weiß aber nichts Gewisses."

Meine alte Bangigkeit kommt wieder und die Braut schaut drein, als ob sie
irrsinnig wäre. Ich sage ihr: „Er kommt gewiß zu Fuß, er ist zu geizig, um mit
der Post zu fahren." Ich sage das, wie man oft so etwas sagt, man glaubt es
selber nicht recht und will es doch einem Anderen einreden. Mir selber war auch
bang um's Herz, und ich sage der Marie: „Ich will ihn schon tüchtig auszanken,
daß sich da vier Hände ausgestreckt haben und wieder leer heimfahren müssen." Die
Marie lächelt, wie ich das sage. Wir kommen in's Zimmer, wo noch der Wein
steht, den der Konrad hätte trinken sollen. Und wie da Marie den leeren Stuhl
sieht und das volle Weinglas, das auf ihn wartet, da wendet sie sich schnell ab und
weint und bedeckt ihr Gesicht mit der Schürze. Der Postmeister kommt zu mir und
sagt: „Gut, daß Ihr da seid, Herr Schulmeister, da ist ein Brief an Euch." Die
Hand zittert mir, wie ich den Brief nehme, und ich sage der Marie: „Sei ruhig,
das ist seine Handschrift, er ist gesund." — Ich öffne den Brief, mir wirbelt's vor
den Augen, und die Marie ruft: „Um Gotteswillen, was ist? Ihr verfärbt Euch
ja, Vetter!" Ich hab's ihr nicht verleugnen können, und in diesem Brief heißt es:

„Lieber Vater! Jetzt in dieser Stunde wartet Ihr auf mich mit meiner
Marie. Ich habe die Erlaubniß bekommen, Euch schreiben zu dürfen, dann wird
meine Hand wieder in Ketten gelegt, und ich möchte sie Euch so gern reichen. Ich
komme vor das Kriegsgericht. Wenn Ihr nur zu mir kommen könntet! Wer weiß,
was aus mir wird" . . .

Wir besinnen uns nicht lang und beschließen, gleich zum Konrad nach der
Hauptstadt zu fahren. Wir schicken einen Boten zu meiner Frau und zu den Eltern
der Marie und lassen ihnen das sagen.

Um Ein Uhr in der Nacht kommt der Eilwagen, der nach der Hauptstadt fährt. Ich will, die Marie soll sich ein paar Stunden schlafen legen, aber sie kann nicht, und so sitzen wir Beide in der Wirthsstube beim einsamen Licht, der Wein steht vor uns und Keines trinkt einen Tropfen, und Jedes will schlafen und kann nicht. Stundenlang steht die Marie am Fenster und schluchzt in sich hinein, und ruft immer: „Da sind ja noch alle Sterne am Himmel, alle! Und wie oft hast du gesungen: So viel Stern' am Himmel stehen, So vielmal seist du gegrüßt." — Und dann weint sie wieder und schluchzt, als ob es ihr das Herz abstoßen müßte. Ich weiß nicht, wie ich sie trösten soll; ich bin so müd' und kann doch nicht schlafen, und ich weiß gar nicht mehr, wo ich bin.

Endlich um Ein Uhr kommt der Eilwagen, aber er ist voll, ich muß mit der Marie in einen Beiwagen und da müssen wir auf jeder Station aussteigen. Und überall ist's, wie wenn die ganze Welt verkehrt wäre und man hätte gar nie in der richtigen Welt gelebt. Wir stehen da in der Nacht vor fremden Scheunen und in fremden Höfen, halten uns an der Hand und können uns doch nicht helfen, und da gehen die Pferde so langsam an den Wagen und stehen so gemächlich an der Deichsel, es wird so langsam angespannt und sie fahren so langsam. Und die Marie sagt einmal: „Ich möchte den Pferden helfen ziehen, das dauert ja eine Ewigkeit und an jedem kleinen Berg geht's im Schritt." Wir steigen oft aus und gehen hinter dem Fuhrwerk drein und die Nacht war stockdunkel. Und es ist, wie wenn man gar nicht mehr aus der Nacht herauskäme, ist gar nie Tag gewesen und wird nie Tag werden. Mir ist es, wie wenn das Herz aus der Brust sich lösen und zur Erde fallen müßte.

O, so eine Nacht verleben! Das geht nie mehr aus den Gedanken. Man weiß gar nicht, so lang man in Ruhe daheim ist, wie schrecklich es ist, in der wildfremden Welt auf der Straße in der Nacht und einen Kummer im Herzen, daß man meint, man muß zusammenbrechen.

Wir fahren endlich in die Hauptstadt ein, an der Kaserne vorüber, wo der Konrad drin ist. Aber wir dürfen da nicht aussteigen, wir müssen nach der Post und von da erst wieder zurück. Wir steigen aus und es ist Morgens sieben Uhr, aber noch Nacht. Die Straßenlaternen werden ausgelöscht, und die Leute, die das thun, geben uns den Weg an zur Artilleriekaserne. Endlich stehen wir am Thor. Ich frage nach Konrad, es heißt: er sitzt im dritten Grad. Wir wollen zu ihm, das muß aber erst beim Hauptmann gemeldet werden. Das Hin- und Herlaufen dauert lang, und mir schneidet es in's Herz, wie ich von den Soldaten, welche die Kleider ausklopfen, Lieber singen höre, vielleicht haben sie diese von ihm gelernt und er sitzt jetzt im Finstern und weint und rast.

Man bringt uns zum Feldwebel, und wie die Marie den Feldwebel sieht, fällt sie fast um, denn wer ist's? Der Fallensteiner. —

Er sieht die Marie mit einem bösen Blick an und lacht und spottet: „Du hast jetzt auch den Lohn für deine Treue." Darauf wendet er uns den Rücken.

Wir erfahren endlich vom Oberfeldwebel, was mit dem Konrad geschehen ist. Es war am letzten Tag vor dem Abschied, da sagt der Fallensteiner zum Konrad:

„Schulbub, hol' Wasser für mein Pferd." Konrad sagt: „Ich hab' das meinige geholt, ich brauch' kein weiteres." Und der Feldwebel: „Kerl, du gehst!" — Drauf Konrad: „Kerl, ich geh' nicht!" Und da hebt der Feldwebel die Faust und schreit: „Nimm dich in Acht! Du bist noch in meiner Gewalt!" — „Was, in deiner Gewalt?" schreit Konrad. „Da liegst mit sammt deiner Gewalt," und packt an und wirft den Feldwebel zu Boden. Da war das Unglück geschehen. Sechs Jahre hindurch hatte sich der Konrad untadelig gehalten, und am letzten Abend kann er den Ingrimm nicht mehr verhalten und läßt sich eine solche Widersetzlichkeit zu Schulden kommen.

Zum Glück treffe ich einen Soldaten aus meinem Ort, einen Schüler von mir, denn allein hätte ich mich nicht zurecht gefunden zum Hauptmann, und dieser erlaubt mir, mit der Marie den Konrad zu besuchen.

Es war heller Tag, aber wir haben eine Laterne mitnehmen müssen. Die Riegel gehen auf, da sitzt es, gefesselt in einer Ecke, und das ist mein Sohn. Ich rufe ihn an, Marie ruft ihn; er schaut nicht auf und beugt sich nieder, tief, und verhüllt sich mit den gefesselten Händen das Gesicht und weint. Auf das kalte Eisen weint er und stöhnt und bringt kein Wort hervor. Die Marie hält mich, sonst wäre ich umgesunken. Ich trete auf ihn zu und lege ihm die Hand auf den Kopf und rede ihm zu und tröste ihn. Er kann lange nicht reden. Die Marie redet ihm zu, sich zu fassen, sie kann's besser als ich. Endlich sagt er:

„Es geschieht meiner Hand recht, sie hat nicht ihn getroffen — er hätt's verdient, tausendfach; sie hat Euch getroffen, Euch, Vater, und dich, Marie."

Allmälig beruhigte er sich etwas, und plötzlich mitten im Zureden der Marie fragt er mich: „Vater, ist's draußen denn auch noch Nacht oder ist es schon Tag?" Ich sage ihm, daß es heller Tag ist, und da weint er wieder: „O Marie, was hab' ich gethan! Mir wird's nicht mehr tagen, dir und Euch auch nicht. O Marie, könnt' ich nur mit Euch heim! Nimm mich mit, ich ersticke hier!"

Ich muß sagen, ich war schwach, ich habe vor Herzbrechen gar nichts hervorbringen können. Aber die Marie war stark, ich habe im Gefängniß keinen Klagelaut von ihr gehört. Sie hat dem Konrad so zugeredet, so gute Worte hat sie gehabt, so gefaßt und stark, daß wir endlich zur Ruhe gekommen sind.

Und der Konrad sagt: „Vater, Ihr habt damals Recht gehabt, Rache nehmen trifft den, der sie nimmt. Das war ein Prellschuß, der geht auf den Schützen zurück" . . . .

Das ist das Wort, das hab' ich seit damals behalten, und es hat gar Manchem schon gut gethan, wenn ich ihm erklärt habe, was es bedeutet. Und es wird gut sein, wenn Sie es noch weiter sagen, Andern, Allen, es kann's Jeder brauchen.

Unsere Zeit war um, wir mußten den Konrad verlassen, ich habe nichts mehr reden können. Aber die Marie sagt ihm:

„Sei stark, Konrad, du bist ja immer stark gewesen. Und wenn du Jahre lang büßen mußt, mein bist du, und ich warte geduldig auf dich. Quäle dir dein Herz nicht ab, sonst stirbst du und wir sind Alle elend."

Wir müssen jetzt fort, ich kann nicht vom Fleck, ich bin da selber angeschmiedet wie mein Sohn. Der Gefängnißwärter bringt mich hinaus, die Thüren werden wieder geschlossen, die Riegel vorgeschoben, die Schlösser umgedreht, jeder Ton ist mir durch Mark und Bein gedrungen.

Ja, man sollte es nicht meinen, was man Alles im Leben ertragen kann.

Der Heimweg war fast noch schrecklicher als die Hinfahrt. Jetzt ist das Elend erst recht über die Marie gekommen. Es begegnen uns viele Soldaten, die lustig singen, sie haben ihren Abschied in der Tasche, und ein Wort, das die Marie da sagt, das hat mir ihr ganzes Herz gezeigt.

„Ach Gott!" klagt sie, „wie gern möchte ich mich mit ihnen freuen, aber das ist das doppelte Elend, daß man sich nicht freuen kann mit Anderen, wenn man selber im Elend, und man wird fast bös, daß es neben uns glückliche Menschen geben soll."

Weil der Konrad sich seine ganze Dienstzeit so untadelig benommen und der Hauptmann ihm gern geholfen hat, ist er nur auf drei Jahre in die Straf-Compagnie eingetheilt worden. Aber nach einem Jahr bin ich zum Fürsten und habe einen Fußfall gethan, und er hat den Konrad begnadigt.

Der Konrad hat gleich mit mir heimgehen können. Wir sind mit einander gefahren, aber nicht erst heim zur Mutter, ich habe ihr einen Boten geschickt; wir sind gleich ab des Weges zur Marie. Ein gut Stück vor der Haidenreuthe steige ich aus, um der Marie nicht den jähen Schreck zu machen, aber wie sie mich sieht, ruft sie gleich:

„Ihr bringt den Konrad!" . . . .

Jetzt also wohne ich hier bei ihm, und das ist ein Haus voll Rechtschaffenheit und Glück. Es hat eben nicht sein sollen, daß die beiden Leute so glatten Weges gar so glücklich werden sollten.

Mein Konrad ist ein bedächtiger und braver Mann, so bedächtig, wie's nicht leicht einen gibt. Er ist sein Lebtag ein gutes Kind gewesen an mir, aber jetzt möchte er mir das Blaue vom Himmel herunter holen, um mir zu vergelten, was ich um ihn gelitten.

Der Falkensteiner ist Inspektor auf einer fürstlichen Domäne im Unterland. Er kommt nie mehr in unsere Gegend. —

Es ist doch eine wunderliche Welt! Da verfeinden sich die Menschen und bringen einander in's Elend, und es könnte doch so schön in der Welt sein, wenn nur Einer dem Anderen zu Gefallen lebte." — —

∗ ∗ ∗

Die Erzählung des Schulmeisters war oft von dem heftigen Gewitter unterbrochen worden, und als er jetzt zu Ende war, leuchtete die helle Sonne, Feld und Wald dufteten und trieften vom frischen Gewitterregen.

Der Schulmeister geleitete den Wanderer ein gut Stück Weges; nicht weit vom Dorfe begegnete ihnen ein Fuhrwerk, drauf saß ein breitschultriger Mann mit seiner Frau und vor ihnen standen zwei Knaben und ein Mädchen und hielten ihre Schulsäcke im Arm.

„Großvater, der Vater hat uns mitgenommen," riefen die Kinder.

Das Fuhrwerk hielt an, der Schulmeister mußte einsteigen, der breite Mann — es war der Sägmüller Konrad — setzte sich vorn auf das Brett, der Schulmeister mußte zu Marien sitzen.

Das Fuhrwerk rollte davon, der Schulmeister winkte noch einmal zurück. Die ganze Welt ringsum leuchtete erhellt im Glanze nach einem schweren Gewitter.

Der Nasenring.

Eine Erzählung.

ach einem Zeitraum von Jahrzehnten sollte ich einen Jugendgenossen wiedersehen. Wir hatten uns nur selten briefliche Mittheilung gemacht, aber wir wußten, daß wir einander treulich zugehörten.

Ich war in der Universitätsstadt und wanderte nach dem neuen Stadttheil, der sich vor dem westlichen Thore gebildet. Schon von ferne grüßte der Thurm der Sternwarte, der mitten in der flachen Gegend auf einem kleinen Hügel steht. Das Gebäude ist von einem wohlgepflegten Garten umgeben, und durch das Gitter eingetreten, fühlt man sich im Bannkreise des Burgfriedens.

Wer kann auch beim festesten Vorsatze, die Ruhe zu bewahren, sich eines beschleunigten Schrittes und haftigen Athems erwehren, wenn er der Schwelle eines langentbehrten Freundes sich nähert? Alexis Braun, der hier als Assistent auf der Sternwarte lebte, war der Alte geblieben. Auf seinem Angesicht, das den Ausdruck einer genügsamen Natur hatte, lag etwas von der Friedsamkeit und Stetigkeit seines Berufes, und dabei blickten noch das Jünglings-Antlitz, ja die Kinderzüge aus den Mienen heraus und grüßten wie ein Stück eigener Jugend.

Wir hatten einander viel zu berichten, und es bleibt ein durch Nichts auszugleichender Nachtheil des geschriebenen Wortes, daß ihm der Eindruck der Stimme versagt ist. Freund Alexis hatte bei Allem, was er sagte, einen so herzwarmen, milden und dabei doch wieder heiteren Ton, aber von jener Heiterkeit, der man das schwer Errungene anmerkt.

Bald nach der ersten Begrüßung zündete er die einem Grubenlicht ähnliche Handlaterne an und führte mich auf den Thurm, denn er hatte den Durchgang des

Polarsternes zu beobachten, um die Lage unseres Mittagskreises zu bestimmen. Die Dämmerung brach ein. Er öffnete mit einer Kurbel die Drehkuppel des Thurmes, richtete die Schrauben an dem großen Refractor, setzte sich rittlings auf den Stuhl mit der schiefen Lehne, legte sich zurück und schaute in den Himmel, hin und wieder Einiges aufzeichnend; nachdem noch diese letzte Arbeit für heute vollendet, kehrten wir wieder in seine Amtswohnung zurück und saßen wohlgemuth bei einer Flasche Rheinwein und einem einfachen Abendessen, das die Schwester Braun's hergerichtet.

Wir hatten uns nach Jahrzehnten wiedergesehen, aber bald nach den ersten Begrüßungen ergingen wir uns in alter Weise, als ob nie eine Trennung gewesen, in Wünschen und Betrachtungen für das Vaterland und die Menschheit.

„Ja, die fröhliche Studentenzeit," rief Braun, „sie ist der Mandelberg des Märchens, durch den man sich durchgegessen, um dann sein Leben lang sich an guten Erinnerungen zu sättigen. Die heutigen Studenten ziehen indeß die wirklichen Mandelberge vor. Die neue Gletscher-Theorie, nach welcher die Eisbildung sich wieder weiter zurückziehen soll, findet einen Ausgleich darin, daß die Zuckerbäckerei und die Eisbude immer weiter in die Bier- und Wein-Zone vordringt. Unsere Musensöhne — der Ausdruck ist freilich veraltet — befleißigen sich der nüchternen, schweigsamen Lederhaftigkeit, und ich meine doch unmaßgeblich, ein schöner Rausch mit Lärm und Gesang und folgerichtigem Katzenjammer ist eine weise Einrichtung der Natur, die die sonnigen Höhen und nächtigen Tiefen des Daseins kennen lehrt."

„Du hast wol viel Verkehr mit Studenten?"

„Nur wenig. Ich habe manchmal den Einen und den Anderen zum mathematischen Examen vorzubereiten, und da sehe ich denn, Alles eilt, um so bald als möglich zu einer Versorgung zu gelangen. Du bist doch viel in der Welt herumgekommen — sage mir: ist anderwärts das Streben nach Anstellung und Versorgung in unserem deutschen Sinne ebenso im Schwange? Ich meine, ist draußen das Verlangen nach Anstellung auch so allgemein?"

„In Frankreich wohl und auch in Amerika, in England aber sehr gering und es schwindet ja auch bereits bei uns in Deutschland. Das Streben nach Unabhängigkeit und Selbständigkeit ist weit größer als das nach Amt und Anstellung. Auch ist ja unsere höher begabte Jugend nicht mehr auf Universitäten allein; die Industrie und der internationale Verkehr saugen einen großen Theil der besten Kräfte auf."

„Ja, der große Weltverkehr — mit Einem Schlage reich werden, glänzend leben," klagte der Freund; sein feines, edles Gesicht nahm einen schmerzlichen Ausdruck an, seine Lippen bebten und er strich sich die langen, schlichten, grauen Haare von der hohen Stirn zurück und glättete sie.

Eine Verfinsterung zog über die milden Züge, und mit einem Tone, in dem eine seltsame Mischung von Bitterkeit und Bescheidenheit sich kundgab, nahm er wieder auf:

„Verkenne mich nicht, ich schelte die Jugend nicht. Wenn man selbst anders geworden oder sich in der Richtung einer vergangenen Zeit eingelebt hat, sieht man

in Gefahr, die Gegenwart mit ihrer fremden Physiognomie und ihren neuen Bestrebungen nicht mehr gerecht zu erkennen. Das wäre schlimm; man muß nie vergessen: es gibt immer wieder achtzehnjährige Menschen, und die Rose blüht jedes
Jahr wieder und die Cultur versteht die schöne Pflanze immer schöner zu machen
und besser zu pflegen. Ich habe auch vor Kurzem einem Tanze zugesehen — sie
haben jetzt einen neuen Reigen, den sie Lancier nennen, er ist äußerst geschmackvoll.
Also bitte, glaube nicht, daß ich gegen Horaz und König Salomo sündige. Ich bin
kein Rühmer vergangener Zeiten, weil die vergangene Zeit meine Jugend war. Ich
glaube, ja ich weiß, die Welt wird immer schöner; selbst im Gegenstande meiner
Wissenschaft. gibt es Neubildungen, die das Universum immer herrlicher erscheinen
lassen. Ich wollte nur sagen, daß die Sucht, reich zu werden, zu glänzen, zu genießen, leicht etwas Profanirendes, tief Entweihendes hat; es tritt da eine Fluth
in das Festland der Seele —"

„Du sprichst, als ob du das selbst erfahren. Ist denn auch über dich die
Versuchung gekommen? Du hast dich doch nie entweiht und ließest dich auch nie
entweihen?"

„Doch, doch, lieber Freund. Willst du in einer Viertelstunde hören, was mich
Wochen und Monate, ja, wenn ich's recht bedenke, fast zwei volle Jahre meines
Lebens einen schweren Kampf gekostet hat?"

„Gewiß! Erzähle nur."

·„Ich erzähle dir im Trockenen von meiner Meerfahrt. Damals aber tauchtest
du auch in meiner Erinnerung auf. Ich wollte, wenn das, was man Glück nennt,
mir hold war, zu dir reisen; in meiner Angst wollte ich dir auch einmal schreiben
und dich zu mir rufen. Ich habe indeß das Schweben zwischen Furcht und Hoffnung ganz allein in's Gleichgewicht bringen müssen.

Ich wurde, wie du weißt, alsbald nach Vollendung der Studien in den Vor-
himmel versetzt, ich wurde widerruflich als Hilfsarbeiter bei der Sternwarte angestellt. Ausgabe und Einnahme stimmten; ebenso klein als mein Gehalt, ebenso groß
war mein Glück. Je länger man mit den großen Zahlen zu thun hat, um so mehr
schwindet der Nimbus der Erhabenheit; aber eine gewisse vertrauliche Stille erquickt
die Seele. Das Kämmerchen unter der Treppe, das ich dir gezeigt habe, das, worin
wir jetzt die alten Instrumente aufbewahren, beherbergte damals mich und mein
ganzes Glück. Ich weiß nicht, ob du schon die Bemerkung gemacht hast, daß am
Abend am meisten das Auge ermüdet ist und darum auch am meisten des Schlafes
bedarf, wie ja auch das Auge im Schlafe seine besondere Gestalt annimmt; du kannst
das schon daran beobachten, daß die Blinden sehr wenig und oft unterbrochenen
Schlaf haben. Meine Augen waren müde, aber ich schlief doch sehr wenig, besonders
in den ersten Jahren, und damals, als ich den Kometen zu beobachten hatte, bedurfte ich nur weniger Stunden Ruhe. Der Komet, ein Vagabund ersten Ranges,
machte mich zu einem Fixstern; ich wurde definitiv als Assistent angestellt. Ja, es
ist doch ein behagliches Sicherheitsgefühl, wenn man das Anstellungs-Dekret in der
Hand hat, und das heißt: du kannst nun lebenslang nicht verhungern.

Ich hatte das Glück, meine Mutter und Schwester zu mir in's Haus nehmen zu können. Eine neue Häuslichkeit zu gründen hatte ich aufgegeben. Gerade drei Monate nach meiner Anstellung verheirathete sich Luise Hermann, die Tochter unseres Lehrers in der Residenz. Und das mußte gut sein, denn es war Wirklichkeit. Ich bezog diese meine Amtswohnung, und meine Schwester, die bisher als Friseurin mit guter Kundschaft sich ernährt hatte, führte unseren Haushalt. Wir haben ein Dutzend henkelbehaftete Tassen und dreizehn silberne Theelöffel, und wohlgemerkt, auch drei silberne Eßlöffel.

Ja, das mußt du besonders beachten — du wirst erkennen, daß ich die Mittagshöhe meiner Laufbahn erstieg. Auf Verwendung unseres damaligen Directors wurde ich Lehrer der Astronomie bei unserem Kronprinzen, der zur Zeit auf der Universität verweilte. Er war ein freundlicher und liebenswürdiger Jüngling, und da ich ihn etwas zu lehren hatte, so war ich in diesen Stunden der Souverän, und meine Wissenschaft kann stolz machen — lächle nur, ich bin auch nicht ganz frei von dieser schönen heidnischen Tugend.

Der Kronprinz war sehr aufmerksam, aber die eigentlich strenge Arbeit wurde ihm schwer; er hat indeß einen Einblick in unsere Wissenschaft erhalten, und das kommt uns noch jetzt zu gut, denn nun, da er König geworden, hat er unserer Sternwarte die reichlichste Ausstattung zugewendet; der neue Thurm mit dem beweglichen Dache wurde in seinem ersten Regierungsjahr gebaut und unser großes Instrument ist ein Geschenk aus seiner Privatschatulle.

Bei seinem Abgang von der Universität schenkte er mir zur Erinnerung einen prachtvollen Brillantring, in dessen Mitte ein Smaragd; er sagte dabei sehr heiter:

„Tragen Sie den Ring zur Erinnerung, daß Sie mich gelehrt, wie ein glänzender Sternenkreis die grüne Erde umfaßt."

Diese Anrede war mehr elegant als wissenschaftlich und machte mich auf meinen Unterricht keineswegs stolz, denn unser Planet ist ja nicht Mittelpunkt des Weltalls; aber der Fürst hatte doch so viel gelernt, um auch der Wissenschaft ein anmuthiges Compliment machen zu können. Dafür nahm ich's. Aber was sollte ich mit dem Brillantring? Ihn tragen? Er war freilich für den Finger; aber eben so gut hätte ich einen Ring an der Nase tragen können, als solchen Schmuck an der Hand. Ich hieß ihn nie anders als den Nasenring, und so heißen bei mir alle Geschenke, die die Leute machen, bloß um ein Geschenk gegeben und sich abgefunden zu haben, ohne zu bedenken, ob der Beschenkte das Ding auch gebrauchen kann. Ich legte also den Nasenring in den Schrank und viele Jahre haben die Brillanten nicht das Licht gesehen. Warte nur, sie kommen schon wieder heraus.

Meine gute Mutter hatte die Geschichte mit dem Nasenring noch erlebt und er funkelte noch in ihre letzten Träume hinein. Sie prophezeite mir viel Wunderbares davon, und es ist auch eingetroffen; nur eben anders, als sie vorher gesagt hatte.

Ich war im fünften Jahre Assistent, als unser Director starb. Mancher Freund, vor Allen aber meine Schwester, bedrängte mich, ich solle mich um die erlebigte Stelle bewerben. Ich war — warum soll ich es nicht sagen? — ich war ein guter Hülfsarbeiter, aber ich hatte nichts gethan, das mir einen hervorragenden Namen machte. Ich kann nicht sagen, ich habe es erfunden, aber als Sohn eines Uhrmachers habe ich eine wesentliche Verbesserung gemacht in der Anbringung des Uhrwerkes, das dem Instrument· eine solche Bewegung gibt, daß es dem Lauf des Sternes nachgeht, und indem er dauernd im Gesichtsfelde bleibt, die ganze und ruhige Beobachtung gestattet. Es hat für uns jetzt etwas Erschreckendes, wenn wir daran denken, wie ein Kepler beobachten mußte, da ihm durch die schnelle Drehung der Erde der beobachtete Himmelskörper immer so rasch über das Gesichtsfeld des Instrumentes hinweglief. Ich will dir hier gleich sagen, daß das mechanische Talent, das in unserer Familie heimisch scheint und sich bei mir nur im Kleinen zeigen konnte, sich jetzt wahrscheinlich einen besonderen Träger geschaffen hat. Der älteste Sohn meines Bruders hat das mechanische Talent des Großvaters, das dieser, wie er oft bellagte, nicht zur vollen Entwicklung hatte bringen können; ich habe nun meinen Neffen hier im Hause, er ist in der Stadt in der Lehre, du wirst ihn heut Abend noch sehen.

Also zum Director einer Sternwarte war ich nicht tauglich und bin es vielleicht jetzt noch nicht, eine solche Stelle gebührt nur einem Führer der Wissenschaft als Belohnung und Anerkennung.

Als das Ministerium auch von mir ein Gutachten verlangte, wem das Directorium übergeben werden solle, bezeichnete ich unsern jetzigen Vorsteher als den Würdigsten, natürlich mit dem Vorbehalt, so weit ich das beurtheilen könne; denn ich kannte die Verdienste und Werke der anderen Vorgeschlagenen nicht gründlich.

Ich hatte die Freude, daß der auch von mir Bezeichnete eingesetzt wurde, und mein Verhältniß zu meinem Vorgesetzten hat nie eine Störung erfahren, außer eben damals, als ich nahe daran war, ein Abtrünniger zu werden oder eigentlich geworden bin. Nur das glückliche Ereigniß, das freilich die Anderen ein höchst unglückliches nannten, hat mich gerettet.

Es war im dritten Jahr des neuen Directoriums, am Pfingstdienstag Morgen, da erzählte mir meine Schwester, sie habe gestern die Frau des Banquier Möller — du weißt ja, das ist der Reichste unserer Stadt — zu einem großen Festschmause frisirt. Diesen einzigen Kunden hatte sie noch behalten, denn sie kannte Frau Möller von Kindheit an, und die Dame hat an ihr und unserer Mutter viel Gutes gethan. Nun erzählte sie mir, daß gestern Herr Möller in das Ankleidezimmer gekommen sei und seiner Frau einen Brillantschmuck in neuer Fassung übergeben habe. Meine Schwester konnte nicht genug schildern, wie reich und doch scheinbar so einfach der Schmuck sei. Natürlich erzählte sie auch von dem einzigen Kleinod, das in der Truhe unseres Hauses ruhte: von meinem Nasenring. Sie hielt immer den Glauben fest, daß ein besonderer Segen unserer Mutter auf dem Ring ruhe; und so leid es mir um das todte Kapital that, ich durfte den Ring nicht verkaufen.

Herr Möller wurde bei Erwähnung des Nasenrings plötzlich sehr aufmerksam, fragte nach meinem Ergehen und ob ich seit dem Regierungsantritt des Königs nicht eine Zulage oder eine Rangerhöhung erhalten. Meine Schwester mag mich als nicht sehr gewandten Weltmann und unsere Verhältnisse vielleicht etwas zu bescheiden geschildert haben, denn bei aller Gutmüthigkeit war sie doch bisweilen ungenügsam und verglich sich mit Anderen, denen es besser geht. Außerdem hatte sie damals eine Neigung zu einem ältlichen Candidaten der Theologie, dem ich Unterricht in der Mathematik gab; das Predigen war ihm beschwerlich, da er brustleidend war, und er wollte sich für eine Stelle auf einem Rechnei-Amte vorbereiten.

Möller hörte mit viel Wohlwollen die Schilderung unserer engen Häuslichkeit und sagte zu seiner Frau: „Da siehst du nun, Flora, mit wie Wenigem man glücklich sein kann." Er fragte indeß meine Schwester, ob ich mich wol dazu bereit finden lasse, eine umfassende Berechnung über eine neue Finanz-Speculation auszuarbeiten; er könne mir jedenfalls ein gutes Honorar bieten, und wenn die Sache gelinge, mein und meiner Schwester Glück damit machen.

Natürlich bejahte meine Schwester, daß ich Alles ausarbeiten könne; denn mir sei Alles möglich, wenn ich nur wollte. Sonst mußte ich bei jeder Gelegenheit von ihr hören, wie entsetzlich unpraktisch ich sei: nun aber berief sie sich auf die Freunde, die mir oft scherzend vorhielten, ich nütze meine Talente nicht gehörig aus, ich sei zu bescheiden und hätte nicht Ehrgeiz genug. Als ich den Einwand machte, daß eine solche Arbeit gar nicht innerhalb meines Berufskreises liege, weinte sie. Der Candidat kam und er war gern bereit, mir bei der Arbeit zu helfen. Er hatte ein besonderes Geschick, saubere Tabellen zu verfertigen; er schwärmte für rothe Tinte. Ich versprach, den Versuch zu machen, und es war ein glücklicher Abend, an dem wir Drei beisammen saßen, ja es war für lange Zeit der letzte stillglückliche. Ich nahm nun einige Bücher vor, die derartige Gegenstände behandelten; aber es wurde mir ganz wirr dabei.

Am anderen Morgen erhielt ich einen Brief des Banquier Möller. Ich ging zu ihm.

Ich kann dir nicht sagen, wie mir zu Muthe war, als ich am frühen Morgen, während draußen bei uns in der Vorstadt Alles voll Vogelsang und Rosenduft war, hier in den großen Gemächern des Comptoirs Geld zählen hörte; da und dort brannten Kerzen, wurden Rollen gesiegelt, Beutel geschnürt, und hin und her ging's in Anfragen, Zurufen von Aufträgen, Discontiren, Trassiren, Telegramme, Course, Differenzen und wie all die geschäftlichen Dinge heißen. Da sind zwanzig, dreißig junge Leute, gewiß sehr ehrenhafte und wohlgeschulte Menschen, aber ich hatte tiefes Mitleid mit ihnen, daß sie schon in der Frühe mit all der Hast des Erwerbes sich abmühen müssen; Jahr aus Jahr ein, Tag für Tag, vom Morgen bis zum Abend in dieser Thätigkeit stehen — ist es dabei wol noch möglich, einen Gedanken in der Seele zu bewahren, der über all den Plunder hinaushebt? Wie ganz anders ist es dort auf meiner Studirstube, auf unserer Sternwarte! — Ich konnte gar nicht begreifen, daß ich mit diesen Menschen auf demselben Planeten lebe. Endlich beruhigte ich mich doch, während ich wie träumend in diese andere Welt hineinschaute. Es ist da gewiß auch viel innere Erhebung der Seele, die der draußen Stehende nicht merkt. Ueberall ist inneres Licht. Wir haben ja durch die Chemie gelernt. die glänzenden Anilinfarben aus der Steinkohle zu ziehen; was die Urwellsonne da einstrahlte, kommt heraus. Gewiß ist also auch hier in diesem Treiben viel Licht und Erhebung.

Ich wurde aus meinen Träumereien in das Cabinet des Banquiers gerufen. Er hieß mich mit großer Freundlichkeit willkommen und bot mir eine Zigarre; ich dankte, da ich ja nicht rauche. Mit großer sachlicher Genauigkeit und dabei mit einer herzgewinnenden Liebenswürdigkeit — und ich muß sagen, ich habe ihn in beiden Eigenschaften stets gleichmäßig gefunden — legte mir nun Möller den Plan zu einer neuen Credit-Bank dar. Er beantwortete meine Fragen mit ruhiger Bestimmtheit und händigte mir einige Statuten fremdländischer Anstalten ein, indem er mir dabei seinen neuen Plan erklärte, der offenbar sehr viel Gemeinnütziges hatte. Ich verstand damals noch nicht, wie das Gemeinnützige und das Gewinnbringende sich verschlingen. — Ich erklärte, daß ich die Berechnung wol machen könne, das sei aber eigentlich keine Sache für mich; ich hätte vielmehr einen Freund und Schüler, der sich hier an der Handels-Akademie befinde und sich weit besser dazu eignen würde. Möller betonte nachdrücklich, daß er nur mir persönlich das Vertrauen schenke, und daß es von besonderer Bedeutung sei, wenn gerade Ich die Arbeit machte und die Ehre meines Namens dafür einsetzte. Er sprach davon fast nur beiläufig, wie ich mir gebührendermaßen dabei eine sorglose Existenz verschaffen könne. Auf meinen Einwand, daß ich für Derartiges auch nicht die geringste Autorität beanspruchen könne, lächelte er, zündete sich eine frische Zigarre an der eben ausgerauchten an und betrachtete mich dabei mit großem Auge.

Während unseres Gesprächs waren mehrmals Depeschen gekommen. Möller gab durch ein Sprachrohr Bescheid darauf und fuhr, fast ohne im Fluß seiner Rede unterbrochen zu sein, in den Darlegungen fort. Nun bat er mich, ihn zu verlassen. Ich fragte, ob ich den Candidaten bei der Arbeit verwenden dürfe; er verneinte das kurzweg, und so freundlich die Unterhaltung gewesen, so frostig und knapp war nun der Abschied. Die Sache war vorerst erledigt, jedes weitere Wort schien überflüssig; das ist wol Geschäftsstil.

Der Portier begrüßte mich sehr ehrerbietig; ich war so lange im Cabinet des Handelsherrn gewesen, ich war also eine wichtige Person. Da stand ich nun auf der Straße. Wagen fuhren vorüber, Postboten, Comptoirdiener trugen Geldsäcke ab und zu. Ich kam auf die Sternwarte wie in eine fremde Welt. Die Instrumente sahen mich so wunderlich an, als ahnten sie, welche Papiere ich in der Brusttasche trug. —

In den nächsten Tagen erging es mir seltsam, mir fehlte die Sammlung bei der Arbeit meines Berufes, und mein Director — er hatte sich eben in den Pfingsttagen verlobt — erzählte mir später, er habe geglaubt, auch ich sei verliebt.

Die Arbeit für Möller kostete mich unsägliche Mühe; aber sie war einmal unternommen und mußte vollführt werden. Da ich den Candidaten nicht verwenden durfte, so schickte mir Möller einen Commis. Es war ein sehr verständiger und geistig reg-

samer junger Mann, der mich auch von meinem Vorurtheil belehrte, daß die vor-
herrschende Richtung auf Gelderwerb die höheren Lebensinteressen ausschließe.

Ich brachte Möller die Tabellen. Er sprach in aufrichtigem Tone seine Bewun-
derung aus, wie ich den Plan nicht nur vollkommen begriffen, sondern auch neue,
sehr günstige Berechnungen ausgeführt hätte. Ich erklärte, daß diese nur nothwendige
Folgen der aufgestellten Grundlagen seien; er lobte meine Bescheidenheit und war
stolz darauf, in mir eine ausgesprochene Begabung für Finanz-Projekte entdeckt zu
haben. Ich mußte ihm mein Wort geben, daß ich mich nie Jemand Anderem zur
Verfügung stelle.

Ach, lieber Freund, wer ist stark genug, daß er sich nicht bisweilen durch
Schmeicheleien gefangen nehmen und gegen die eigene Ueberzeugung etwas aufreden
läßt, wenn man in neuem Glanze dabei erscheint? Ich sah mich im großen Spiegel
des Cabinets und sah einen Menschen, der stolz und glücklich war, ein verborgenes
Finanz-Genie zu sein.

Der Rückschlag kam bald, denn Möller legte mir eine sehr sauber geschriebene
Eingabe vor, worin er und ich gemeinschaftlich die Concession für die neue Credit-
Bank nachsuchten.

Es kam mir überaus komisch vor, daß ich, der ich nie das Talent hatte, es
zu hundert Thaler Schulden zu bringen, auf einmal der Welt viele Millionen Credit
geben solle. Aber es muß im Geschäftsleben so sein, daß auch der Cours der
Stimmung schnell auf- und abgeht. Sofort überfiel mich wieder ein Schreck. Mein
Name bei einem Erwerb-Institut und dann tagtäglich in den Zeitungen mit Abrech-
nungen, Dividenden, Reservefonds und Amortisationen? Wie kann ich noch je in
die Tempelstille der Wissenschaft eintreten, wenn ich einen Wechsler und Geldgewinner
in mir herumtrage? Nein! Nie!

Möller erkannte meine Scheu vor der Erwerbsthätigkeit und bewies dabei eben
so viel Schonung als Einsicht; ja er lobte den hingebenden Stolz der Wissenschaft
und beneidete mich fast darum. Dennoch suchte er mich zu überzeugen, daß ich in
einem Vorurtheil befangen sei, und ich staunte über seine mir in der That neue
Beweisführung.

„Denken Sie an Gutenberg," sagte er. „Es war einfach Erwerbstrieb, Ueber-
windung der Concurrenz, die ihn zur weltgeschichtlichen Erfindung der Buchdruckerkunst
führten; der Geist der Geschichte hat diese Erfindung zum stärksten Hebel der Cultur
gemacht und unsterblicher Ruhm ruht mit Recht auf diesem Manne, der doch zunächst
nur ein vortheilbringendes gewerbliches Unternehmen beabsichtigte."

Dieses und noch andere Beispiele führte mir Möller an und ich mußte den
Mann, der die Erwerbsthätigkeit in ihrer Gemeinschaft mit der sittlichen Wirkung
erkannte, auf's Neue hochachten. Ich blieb indeß bei meiner Weigerung und — gestehe ich's nur offen — zunächst aus Furcht vor Verkennung, denn ich konnte ja
nicht allen Menschen erklären, wie ich die Besserung und Mehrung des allgemeinen
Wohlstandes im Auge haben könnte; daß daneben auch mir ein Vortheil zufließt, ist
ja nicht vom Uebel.

7*

Möller bedauerte, daß es ihm nicht gelingen wolle, mich, meine Schwester und unseren Bruder — er wußte, daß dieser ein armer Dorfschulmeister ist — in den Besitz von Hunderttausenden zu setzen; denn es sei keine Frage, daß bei Gewährung des Unternehmens sich ein solches Erträgniß sofort ergäbe. Mir schwindelte.

Möller legte seine Hand auf meine Schulter und erklärte, daß ihm allerdings meine mathematischen Kenntnisse und meine persönliche Zuverlässigkeit von großer Bedeutung seien; der wesentliche Grund indeß, warum er mich zum Compagnon nähme, liege in meiner hohen Beziehung.

Meine hohe Beziehung — was ist das?

Der Rasenring kam an's Licht! Ich war ja ehedem Lehrer des nun regierenden Königs gewesen; in den nächsten Tagen sollte ich nun gemeinschaftlich mit Möller nach der Residenz reisen und in unmittelbarer Audienz beim König die Genehmigung unseres Entwurfs erwirken.

„Sie besitzen ein Crebitkapital," erklärte Möller, „das Sie nun ausmünzen müssen, und die Sache ist um so eiliger, da sich bereits, wie mir ein Freund aus dem Ministerium mitgetheilt, zwei andere Gesellschaften um Genehmigung eines ähnlichen Instituts bewerben. Ziehen Sie sich aus Geringschätzung des äußern Besitzes oder sonst einem Vorurtheil zurück, so erlauben Sie mir, dies einfach als Verschwendung zu bezeichnen; man verschwendet nicht blos durch unnöthige Ausgaben, sondern auch durch Todtlegung seines Kapitals."

Also ich besaß ein Crebitkapital, das nur der Ausmünzung harrte, und ich war ein Verschwender?

Möller hatte in der That ganz neue Fähigkeiten in mir entdeckt. Ich ließ mich indeß nicht irre machen und lehnte wiederholt auf das Bestimmteste ab. Möller blieb dabei, daß er um meiner selbst und um der Meinigen willen es für seine Pflicht halte, meine Ablehnung, so sehr er sie auch andererseits zu würdigen verstehe, nicht als endgültig zu betrachten; ich möge die Sache noch bis zum nächsten Tage ruhig überlegen.

Heute war ich froh, als er mich endlich kurzab entließ.

Wieder stand ich wie taumelnd auf der Straße, und als eben eine schöne Kalesche vorbeifuhr, flog mir rasch der Gedanke durch den Kopf: solch eine wirst du auch haben, die Pferde sind auch für dich geschaffen, die Wagen auch für dich gebaut, auch für dich gibt es dienende Menschen und du wirst sie gut behandeln... alle Herrlichkeiten der Welt sind dein... Ich spürte einen Stich im Herzen und zugleich im Kopfe, als ob man mir da und dort zugleich mit einem Dolche hindurchstieße; ich konnte mich kaum fortschleppen, ich war bereits so schwer, als ob die Tausende, die ich gewinnen sollte, schon an mir hingen. Ich rief eine Droschke an und fuhr nach unserer Wohnung. Ich kam in meine Stubirstube. Wie eng und dumpf! Ich riß das Fenster auf. Auf meinem Pulte lag das wunderbare Buch Keplers über die Harmonie der Sphären. Ich sah hinein, es war ein fremder Mensch, der darin las, ein zweiter, hinter mir, neben mir, über mir. Die Buchstaben, die Zahlen krochen durcheinander. Ich ließ ab vom Lesen und dachte an den

erhabenen Geist Keplers. Wie wurde er so jämmerlich dahingerafft von Lebens-
sorgen, fast buchstäblich vom Hungertod; er hat sich zwingen müssen, aus der Sterndeuterei sich Brod zu verschaffen, um dann der freien Wissenschaft dienen zu können.
Ist das, was ich unternehme, unternehmen soll, nicht weit besser, als Sterndeuterei?
Und ist es nicht unsere Aufgabe, uns in den Bedürfnissen des Lebens frei zu stellen,
um, aller Beschwerniß erledigt, dem höheren Geiste zu dienen?

Du weißt ja, wie sich Alles verwandelt. Das traurige Schicksal Keplers wollte
mir zu einer Befreiung werden, und ich vergaß fast ganz, daß ja eigentlich keine
Lebensnoth mich hinderte, Großes zu leisten, und daß mir nur die höhere Begabung fehlt.

Meine Schwester sah meine Verstörung und — ja, lächle nur, du hast es
errathen — Eva, Altmutter Eva spielt ihre Flüsterrolle durch die ganze Geschichte
der Menschheit und jedes einzelne Menschenleben. Verzeih! Du bist verheirathet,
aber ich bin Junggeselle. Ich war schwach genug, meiner Schwester meine Zweifel
und Hoffnungen zu berichten. Sie umhalste mich, tollte im Zimmer umher, lachte
und weinte in lauter Glückseligkeit, und Mutter Eva sprach — sie hat's von der
Schlange gehört —: Du armer Schelm, du fürchtest dich, vom Baume des Reichthums zu pflücken? Versuch' es nur, du stirbst nicht daran, du wirst leben, frei,
erhaben, beglückt und beglückend leben . . .

Plötzlich, inmitten aller trauten Plaudereien und klugen Reden, rief sie: „Ach
Gott, ich habe dir den Brief nicht zeigen wollen, jetzt muß ich's doch. Da schreibt
Bruder Albert und bittet um zehn Thaler, er müsse ein neues Bett anschaffen und
auch einige Groschen in Vorrath haben, weil er in den nächsten Tagen das siebente
Kind erwarte. Da ist ja Allen geholfen, Allen — auch mir!"

Sie warf sich an meine Brust und gestand mir ihre Liebe zu dem Candidaten
und wie der Arzt gesagt habe, werde er vollkommen gesund, wenn er auf ein Jahr
nach Italien oder Aegypten gehen könne; sie dankte mir schon im voraus, daß ich
ihm und ihr das Leben rettete.

Mir zitterte das Herz. So viel Glück kann ich schaffen? Ich will ja nichts
für mich selbst — so viel Glück kann ich Anderen bereiten und soll es von mir
weisen, eines Vorurtheils und einer Weltverkennung wegen? Ich schalt mich selbst
pedantisch und eitel. Und doch — ich kann nicht anders — innerhalb meines Berufes darf ich mich den Meinigen opfern, das Opfer meiner selbst aber können sie
nicht verlangen.

Ich schrieb sofort einen Brief an Möller, worin ich auf das Bestimmteste erklärte, daß ich an Weiterführung der Sache mich nicht betheiligen könne, dagegen
bäte ich ihn, mir ein entsprechendes Honorar für die Ausarbeitung zu schicken, da ich
dasselbe jetzt für einen Angehörigen verwenden könne; die Arbeit an sich sei in keiner
Weise mein Eigenthum und stände zu keiner freiesten Verfügung.

Meine Schwester übernahm es, den Brief zu besorgen; sie sah mich sehr
niedergeschlagen an, aber ich konnte ihr nicht helfen.

Von den vielen Gemüthsbewegungen ermüdet, schlief ich am hellen Tage ein.

In meinen Traum hinein brannten die Lichter aus dem Comptoir, hörte ich Geld klimpern und dazwischen sah ich die mächtige Gestalt Wallensteins, in dessen Diensten Kepler stand, auf- und abwandeln und er sprach immer: „Muß ich denn die That vollbringen, weil ich sie gedacht?" Und dann sah ich Kepler im einsamen Zimmer zu Regensburg verlassen sterben.

Ich wurde geweckt. Meine Schwester stand mit Möller vor mir. Möller übergab mir eine Rolle von hundert Dukaten und sagte, daß er dies als erste Anzahlung betrachte, ich sollte sie sofort meinem Bruder schiden.

Ich wußte mich nicht zu fassen. Habe ich denn in meinem Briefe zugesagt oder abgelehnt? Erst als Möller mit eindringlicher Beredtsamkeit mir zusprach, erinnerte ich mich dessen, was ich geschrieben. Seine Beweisführung ging mir zu Herzen. Es ist wahr, auch der Gelehrte wird weit mehr Muth und Kraft zu groß angelegten Arbeiten haben, wenn ihm die gemeine Lebenssorge abgenommen ist.

Endlich reichte ich Möller die Hand mit dem Entschlusse: „Ich reise mit Ihnen zum König."

Als Möller unsere Wohnung verließ, wollte meine Schwester wieder jubeln und weinen, aber jetzt war keine Minute zu verlieren, unsern Albert aus seiner Noth zu befreien. Während ich schrieb und die Hälfte des Goldes einpackte, begoß meine Schwester die Pflanzen und Blumen vor unserem Fenster, und ein kleines Myrthenbäumchen, das sie bisher versteckt gehalten, stellte sie nun offen in's beste Sonnenlicht. Eine Wohlthat thun zu können, ist wie Blumenbegießen; es macht fremdes Leben gedeihen. — Mit meiner Schwester gemeinsam trug ich die fünfzig Dukaten auf die Post. Wir waren glückselig und dankbar, daß meine Verpackung regelrecht befunden wurde, und daß der Postbeamte so gut war, die Sendung ohne Weiteres anzunehmen. Ach, in solchen Stunden wird jedes Begegniß zu einem offenen Blumenkelch, aus dem sich Honig saugen läßt! Wir waren zwei glückliche Menschen, als wir die Post verließen, und malten uns die Freude aus, die Albert beim Empfange haben wird. Und solche Freudenspendung soll uns nun immerdar gegeben sein . . .

Einen Theil meines Honorars verwendete ich dazu, mir einen neuen schwarzen Anzug zu kaufen, und andern Tages fuhr ich mit Möller in dessen Wagen nach dem Bahnhof. Ich drückte mich in die Ecke, damit mich Niemand sehe, und ich erschrak schon jetzt, wie es einst sein wird, wenn ich offen im eigenen Wagen dahinfahre. Zum Erstenmal in meinem Leben fuhr ich in der ersten Wagenklasse nach der Residenz. Ich wagte kaum, den Livreebedienten anzusehen, der uns Kissen und Handtaschen in den Wagen legte und in einer andern Wagenklasse mit uns fuhr. Ich glaube, daß ich auf der ganzen Fahrt nicht zehn Worte gesprochen habe. Beim Gerassel der Eisenbahnwagen läßt sich so eigenthümlich träumen, und du glaubst mir, ich dachte nur an das Glück meiner Geschwister; dann aber schien mir mein bisheriges Leben plötzlich so armselig. Habe ich denn nicht auch ein Recht auf alle Genüsse des Daseins, so gut wie meine Mitmenschen? Ich ziehe mich auf mein Landgut zurück, und wenn Louise Herrmann — sie ist seit drei Jahren Wittwe — noch so meiner gedenkt, wie ich ihrer, so wird unsere alte Liebe wieder eine junge; wir haben nicht mehr zu entsagen. Meiner Wissenschaft bleibe ich getreu, ich baue mir eine eigene Sternwarte, rüste sie mit den besten Instrumenten aus, besolde einen tüchtigen Gehülfen, meine Schwester mit ihrem Manne, mein Bruder mit seiner zahlreichen Familie, sie wohnen in meiner Nähe, vielleicht im Schlosse selbst, und es ist ein schönes, vollgesättigtes Leben um mich her.

So träumend und phantasirend kam ich in der Residenz an. Wir waren bereits telegraphisch angemeldet, auch hier wartete ein Wagen; der Diener besorgte Alles, wir hatten uns nur einzusetzen. Ach, wie bequem ist die Welt eingerichtet, wenn man Geld hat! Unsere Zimmer im Gasthof waren bereit, ein gutes Frühstück stand über warm haltenden Untersetzern auf dem Tische; wir speisten, der Diener hatte unsere Kleider ausgepackt und zurechtgelegt, wir kleideten uns um und fuhren in einem schönen Wagen nach dem Schlosse. Möller hieß mich vorangehen.

Wir wurden gemeldet, durch mehrere schön ausgestattete Zimmer geführt und endlich in einen Saal, wo wir warten sollten.

Durch die Thürvorhänge trat der König ein. Wir verbeugten uns. Er kam auf uns zu, streckte mir die Hand entgegen und sagte mit gütiger Stimme: „Seien Sie mir von Herzen willkommen, lieber Doctor Braun."

Ich dankte und stellte meinen Gefährten vor. Der König hieß ihn besonders willkommen als meinen Freund, und in bester Laune setzte er scherzend hinzu: er bewundere die Spürkraft des Geschäftsmannes, daß er in mir solche merkantilische Erfindungsgabe entdeckt habe.

Ich wehrte mich bereits nicht mehr gegen diese Annahme, und muthig gemacht durch meine Gönnerstellung, empfahl ich dem König meinen einsichtigen und edelmüthigen Freund — wie ich ihn wol nennen durfte.

Der König sprach sehr weise über die Verbindung von Wissenschaft und Praxis, als deren Vertreter er uns Beide betrachte; er setzte hinzu, daß er unsere Sache möglichst fördern wolle, doch dürfe er als gerechter Herrscher nur der besseren Sache den Vorzug geben; er zweifle indeß nicht, daß unsere Sache gegenüber den anderen Bewerbern auch die bessere sei. Er fragte Möller, ob es nicht wohlgerathen wäre, wenn die verschiedenen Bewerber sich vereinigten, statt sich gegenseitig Concurrenz zu machen. Möller erklärte, daß unser Plan ebenso neu als in seinen Combinationen zweckentsprechend sei; er betonte wiederholt, daß das Auszeichnende unseres Planes wesentlich mir zu verdanken sei, und wie es dem König besondere Freude gewähren müsse, seinen ehemaligen Lehrer in eine nicht minder sorgenfreie als gemeinnützige Stellung zu versetzen.

Wir schieden mit den besten Zusicherungen. Als wir wieder in den Wagen stiegen, drückte mir Möller die Hand und sagte: „Ich gehöre nicht zu Denen, die einen Plan schon sofort als verwirklicht ansehen; aber ich glaube Ihnen doch zu zweimalhunderttausend Thalern gratuliren zu können."

Solltest du es glauben, daß mir das nun schon als gering erschien? Aber ich war doch genügsam, und eine Jahresrente als erster Begründer wird sich natürlich noch daran fügen. Möller sagte, daß er nunmehr bei dem Referenten im Ministerium die Sache allein betreibe; ich hatte freie Zeit bis zu unserer Rückfahrt am Abend. Als reicher Mann und als Wohlthäter meiner Mitmenschen wanderte ich durch die Straßen der Residenz. Ich möchte nur wissen, wie mich die Menschen angesehen haben. Eine Weile betrachtete ich mir auch ein schönes Haus am Ufer — es ist in gutem Stile gebaut, liegt ruhig, hat einen weiten Horizont, ein Thurm, den man daran baut, wird ihm gut stehen. Vielleicht ist es besser, statt auf dem Lande in der Residenz zu leben, im Verkehr mit einem Kreise edel gebildeter Menschen: bedeutsame Fremde besuchen mich, ich unterstütze die strebsame Jugend; die Welt soll etwas davon genießen, daß ein Mann der Wissenschaft zu großem Reichthum gekommen. Ich bilde ein offenes und gastfreies Haus, das ist doch wol besser als die Abgeschlossenheit auf dem Lande. Merkst du, wie ich bereits drauf und dran war, nicht mehr durch mich selbst, sondern durch mein Besitzthum etwas sein und leisten zu wollen?

Ich kam auch hier an der Sternwarte vorüber; dort oben arbeitete unser Freund Ludekus, aber ich fürchtete, daß er mich jetzt sehe und anrufe, und ging rasch vorüber.

Ich kam auch an dem Hause vorbei, wo die nun verwittwete Louise Hermann wohnte. Ich sah im Erker, wo du und ich so oft gesessen, ein Frauenhaupt mit braunen Locken; jetzt sah sie auf, wer weiß, ob der Blick nicht etwas Magisches hat? Ich flüchtete schnell in ein Haus gegenüber. Ja, die Welt ist doch jetzt gut eingerichtet. Der Ritter, der nach seinem Liebchen schaut, kann sich dabei in eine wohl assortirte Conditorei setzen; eine solche war hier. Ich sah, Louise strickte; aber ist Stricken eine gemeinere Arbeit, als Spinnen und Weben, dessen sich die Ritterfräulein in alten Zeiten befleißigten?

Ich erfuhr von dem Zuckerbäcker, daß dort oben Louise mit ihrer Mutter wohne; sie sei gar fleißig und brav, und ein leichtsinniger Student habe sie früher sitzen lassen. Ach Gott — ich und leichtsinnig! Aus Angst und Sorge entsagten wir ja. Aber jetzt hat das ein Ende. Ich stand mehrmals auf, ich wollte zu ihr und die alte Liebe anrufen zu neuem Glück. Ich hielt an mich, erst wenn Alles erfüllt ist, will ich kommen, und sie soll bestimmen, ob wir in der Residenz bleiben oder auf's Land ziehen.

Mitternacht war vorüber, als ich in Möllers Wagen vor unserm Hause ankam. Meine Schwester wachte noch, und ich ließ sie nach Herzenslust träumen und phantasiren von dem uns Allen bevorstehenden Glücke. Sie klagte nur, daß die Briefe aus Aegypten immer so lange zu laufen hätten; sie tröstete sich indeß, daß man wol auch bald nach Aegypten telegraphiren könne, und das sei ja das besondere Glück: wenn man keinen Geldaufwand zu scheuen habe, da könne man sich ja stündlich Nachricht geben.

Seit der Audienz beim König wurde mein Leben immer seltsamer. Ich wollte fleißig arbeiten, aber Alles verwirrte sich mir, denn in alle Beobachtungen und Aufzeichnungen hinein sprang mir stets die Vorstellung, wie es nun sein wird, wenn die

Hunderttausende über mich ausgeschüttet sind. Ich war bereits etwas mißtrauisch gegen Möller. Ich beschloß, daß ich mir nicht von ihm bestimmen lasse, welcher Antheil mir zukommt; dafür habe ich rechnen gelernt, um das selbst einzusehen, und dafür habe ich die Gunst meines Königs eingesetzt, die nur mir gehört; Möller kann zufrieden sein, daß er den vollen gleichen Antheil hat.

Mein Bruder kam zu Besuch. Ich wollte ihm nichts mittheilen; er war glück- lich und zufrieden — warum ihn stören? Warum ihn mit uns auf die schwankende, veränderliche Wolke der Phantasie setzen? Meine Schwester konnte sich aber nicht enthalten, ihm unser voraussichtliches, ja eigentlich sicheres Glück zu verkünden.

Albert nahm die Sache mit vieler Haltung auf, und um sich einstweilen an Tausende zu gewöhnen, kaufte er sich auf meine Rechnung 1000 Stück bessere Zi- garren. Er reiste ab und nahm den Candidaten mit, denn er wohnte in einer milden Gebirgsgegend, deren Luft dem Candidaten zuträglicher war, als die Luft unserer flachen Universitätsstadt.

Wochen und Monate vergingen. Ich verbrachte sie in beständigem Warten. Mein ganzes Leben war wie ein Wohnen im Wartesalon der Eisenbahn, wo jede Minute der Pfiff der Locomotive erschallen kann; die Stühle und Polstersitze hier bieten keine Ruhe; auch kein Vergessen, kein Versenken in einen allgemeinen Gedanken will sich ergeben. Meine Wissenschaft war mir fremd, ich hoffte, wenn nur erst der Ueberschwall der Glücksumstände sich ruhig gesetzt hätte, wieder heimisch zu werden. Oft war mir's, als müsse ich ein Bad nehmen und mich reinigen vom Staub der Welt und der Unruhe, und damals ließ ich mich zur schwersten Sünde hinreißen. Ich ward ein Abtrünniger meiner Wissenschaft. Ich ward ihr gram. Sie ist alt, freilich dadurch auch die ehrwürdigste — aber sie ist fertig, die großen Entdeckungen des Geistes sind vom Teleskop auf das Mikroskop übergegangen, da werden neue Entdeckungen gemacht und Alles ist im vollen lebenden Wachsthum. Unsere Wissen- schaft ist eine abgeschlossene, es bleibt uns nichts, als nach dem Gesetz der Schwere die Bewegungen der Himmelskörper abzuleiten und diese Ergebnisse der Theorie mit der Beobachtung zu vergleichen; es können keine neuen Thatsachen, es können nur noch neue Methoden gefunden werden, die uns allerdings wieder neue Richtungen geben. Wir finden jetzt Stoffe, die auf den Fixsternen vorhanden sind, zum Beispiel auf der Sonne.

Sieh, Freund, jetzt eben, indem ich das ausspreche, gibt mir's noch einen Stich durch's Herz, als übte ich in der Erinnerung einen Verrath. Damals aber quälte mich Tage lang und Nächte lang der Gedanke, daß ich, der ich nun im fünfzigsten Lebensjahre stand, vielleicht zu etwas Anderem berufen sei, vielleicht gar nicht zu einem Gelehrten, sondern zu einem großen Finanzmann. Ich verlachte den Gedanken und konnte ihn doch nicht los werden. Ich gab mir das Wort, wenn ich frei und Herr über meine Zeit sei, andere Wissenschaften zu studiren, um dadurch auf die meinige neu zu wirken. Das beruhigte mich etwas.

Ich mußte noch mehrmals zur Residenz fahren. Möller hatte Kunde erhalten, daß unsere Angelegenheit wieder fraglich stände. Daß auch Andere sich um die Genehmigung eines ähnlichen Instituts bewerben wollten, erschien mir jetzt als Anmaßung, ja fast als Raub. Ich war sonst kein Freund der Vorrechte und Privilegien, aber hier durfte doch einmal eine Ausnahme gemacht werden, und wir werden sie nicht mißbrauchen.

Dein Weg führte dich ja auch von der Residenz hieher, du kennst also den Tunnel. Mir brachte er damals überraschende Schreden. Wenn ich so plötzlich im Lesen oder im Ausschauen in die sonnige Landschaft in die Nacht einfuhr, mußte ich fast immer denken: wie wär's, wenn du erblindetest und nun ewig so in Nacht lebtest? Ja, Freund, es ist ein schweres Dasein in einer ungewohnten Lebenswende.

Ich suchte um Audienz beim König nach, erhielt aber nur eine kurze, höchstens zwei Minuten dauernde, worin mir der König eilig sagte: meine Sache — er nannte sie mit Nachdruck meine Sache — stünde gut, die Entscheidung ließe sich indeß noch nicht treffen: sie werde in den nächsten Tagen ergehen.

Mir wurde ernstlich bange. Es wäre grausam, wenn — — Nein, das kann nicht sein. Aber wo man zweifelhaft und ängstlich ist, wird man zum Wortgrübler und Mienendeuter. Der König hatte die Sache meine Angelegenheit genannt — überlegte ich auf der Rückreise — das ist von Bedeutung; er will mir wohl. Aber wie ist das zu vereinbaren, daß die Sache gut steht und doch so schwer sich entscheidet? Das Wörtchen „indeß" machte mir viel zu schaffen, es war so vieldeutig.

Die Entscheidung kam. Sie war abschlägig. Wieder war mir's jetzt im hellen Cabinet Möllers, als ob ich unversehens in den Tunnel einführe, es braust und knattert, aber ich werde fortgezogen und es ist lang Nacht, lang. Werde ich je die sonnige Welt wieder sehen? Möller war voll unehrerbietigen Zorns: das sei der alte Schlendrian, man werde die Sache in unserm Lande erst gestatten, wenn die Nachbarländer vorangegangen und uns den Hauptvortheil geraubt hätten.

In den Zeitungen stand, daß ein Credit-Institut, um dessen Bewilligung Dr. Alexis Braun und Banquier Möller nachgesucht und das sehr gewinnbringend hätte sein sollen, von der Regierung verworfen sei.

Da hatte ich's nun. Jetzt stand ich in den öffentlichen Blättern und war in aller Leute Mund als Gewinnsüchtiger und hatte nicht einmal den Gewinn.

Ich sehe dir's an, auch du hast das damals gelesen und dich gewiß über meine Veränderung gewundert. Ja, lache nur, es ist zum Lachen und meine gerechte Strafe. Aber weil erdrückender, als das Gerede der Leute, war meine innere Verlorenheit. Du kannst dir den Zustand meiner Seele kaum denken, ich selber kann es fast nicht mehr; ich weiß nur noch: Wochen lang war mir's, als ob alles Denken von mir genommen wäre; dazu kam noch   denn das Unglück hat immer eine große Familie — die Trauerbotschaft, daß der Candidat schwer erkrankt sei. Meine Schwester reiste zu ihm und pflegte ihn getreulich, bis er starb.

Ich war allein, entsetzlich allein, denn ich hatte mein Einziges nicht mehr, um dessenwillen ich lebte: meine Wissenschaft. Fremd, kalt, abstoßend war mir, was ich vornahm. Ich war entweiht. Mein Auge, sonst so sicher und fest, blinzelte immer, wenn ich durch das Fernrohr sah, und wenn ich Bücher vor mir hatte, war mir's oft, als müsse ich erst buchstabiren und die vier Species lernen.

Wenn man nicht mehr gradaus lebt, bekommt Alles ein doppeltes Gesicht und wird zum Sinnbild. Du hast bemerkt, daß es da oben immer etwas zugig ist; das geschieht absichtlich, damit die Luft im Zimmer immer so sei, wie die draußen. Nun aber war's bei mir nicht mehr so — ich lebte in verschiedenen Temperaturen. Wir hören hier oben wenig Geräusch der Stadt, doch aber noch immer so viel, daß wir, um es abzulenken und während der Beobachtungen den Pendelschlag der Uhr zu vernehmen, uns Hörrohre anlegen. Ich aber hörte noch immer ein anderes Geräusch; es war in mir. Ich zählte laut; es half nichts.

O, Freund, was ich damals durchlebt, kann ich nie ausklären. Ich war aufgelöst, zerfahren, ich mußte mich wieder zusammenfinden und am wirklichen Unglück meiner Schwester fand ich mich. Ich mußte sie trösten und ich fand die Kraft dazu.

Damit das Maß meines Mißgeschickes voll werde, wurde wenige Monate später einer neuen Gesellschaft die Concession zu demselben Credit-Institute gegeben, das wir beabsichtigt hatten, und einer unserer ersten Rechtslehrer an der Universität war glücklicher Mitbegründer.

Ich habe dir nichts verhehlt und darf dir also sagen, daß mich dies Ereigniß kaum mehr berührte; es ging in einer andern Welt vor, und ich lernte einsehen: Nichts ist verderblicher, als auf plötzlichen Gewinn und Glückswechsel bauen. Es darf auch der Gelehrte an dem Weltverkehr Theil nehmen, aber wehe ihm, wenn er sich so hingibt, daß es ihn aus seinem eigentlichen Wesen reißt. Es kann allseitige Naturen geben, aber sie sind selten, die in die unmittelbare Welt eingreifen und doch im Reiche der Gedanken stehen.

Ich habe mit Andacht, ja mit Kasteiung gearbeitet, um die Weihe meiner Wissenschaft wieder zu gewinnen. Ich glaube, ich habe sie wiedergewonnen, und aus all dem Wirrwarr ist mir ein Gedanke aufgestiegen, dessen Verwirklichung freilich erst künftigen Zeiten vorbehalten ist. Ich habe in das Weltgetriebe gesehen. Credit und wirklicher Besitz entsprechen den Gesetzen der Anziehungskraft und der Schwere. Man wird in Zukunft, wenn einmal die Erfahrungen von Jahrhunderten, die Strömungen des Weltverkehrs, die Thermometerbeobachtungen der Börse sich übersichtlich festgestellt und gesammelt haben, den Weltverkehr nach ähnlichen festen Gesetzen bemessen können, wie den Kreislauf der Sterne. Ich glaube, daß das kein phantastischer Traum ist, daß er vielmehr in Zukunft sich wohl verwirklichen wird. Du siehst, daß ich die Jugend nicht verkenne und ihr eine Verbindung von Dingen zumuthe, die für uns noch getrennt sind.

Mir wurde ein Anderes. Gerade das, daß ich gebeugt, verloren, zerfallen, mein selbst beraubt geworden, gerade das gab mir neuen Muth. Ich mußte mich selbst wieder gewinnen. Ich hatte auf etwas außer mir meine eitlen Hoffnungen gesetzt, mir war nichts geblieben als ich allein; und jetzt sah ich, daß ich immer nicht die rechte Kraft gehabt hatte. Die Bescheidenheit wird auch leicht zur Bequemlichkeit. Ich habe, eine kurze Zeit ausgenommen, nie meine Pflicht versäumt, aber ich gefiel mir darin, eine untergeordnete, eine dienende Kraft zu sein, und muthete mir nie etwas Rechtes zu; ich hatte mich von jeder großen Aufgabe freigesprochen. Jetzt, indem ich mich selbst wieder gewann, errang ich aus der Verlorenheit heraus auch eine höhere Kraft. Ich wagte mich an eine große Aufgabe. Ich mußte mich selbst erproben. Jahre lang, Tag und Nacht, arbeitete ich an dem Werke, das ich nun endlich vollendet -- so weit man das vollendet nennen kann — in die Welt hinaus-gegeben habe. Dir sage ich's und du glaubst mir's von ganzem Herzen: ich erwarte keinerlei äußeren Lohn davon; ich habe meinen Lohn in mir; höheren, als mir von außen je einer werden kann. Und hier — ich öffne dir meine ganze Seele — ich habe das Gefühl, daß ich nun sterben kann. Ich habe etwas geschaffen, von dem, wenn auch im mindesten Grade, mit des Dichters Worten gesagt werden kann:

> Es kann die Spur von meinen Erdentagen
> Nicht in Aeonen untergehn.

Nun gehe ich in mir befriedigt und gesättigt die Lebenstage dahin, die mir noch beschieden sind. Wie ich gleichgültig geworden bin gegen den Spott der Men-schen, so bin ich's auch — ich hoffe, daß ich's bin -- gegen ihre Ehrendarreichung. So, mein Freund, das ist die Geschichte meiner Abirrung und meines Wieder-findens"...

Der Freund stand auf, sein Angesicht glänzte; er reichte mir seine Lebens-arbeit, wie er sie nannte, ein dickes Buch, voll von Zahlen und Zeichen, die ich leider nicht verstand.

„Und nun," sagte ich ihm. „laß mich deinen Talisman, den Nasenring, noch zu guter letzt sehen."

Braun ging nach einem Pulte und kam mit einem großen Papier zurück: sein mildes Gesicht war wieder ruhig, und lächelnd sagte er: „Ja, Freund, ich hatte ihn einen Nasenring gescholten, und hat er sich nicht in Wahrheit zu einem solchen ge-macht? Bin ich nicht mit diesem Ringe an der Nase herumgeführt worden in die Hunderttausende und in's Schloß und in allerlei irrlichtelirende Schwärmereien? Es war ein wirklicher Nasenring. Aber es war auch, wie du sagst, mein Talisman, der die Zauberkraft hatte, sich zu verwandeln und mir eine Bethätigung jenseits des Todes zu bieten. Sieh hier, ich habe den Nasenring verkauft und mich damit in die Lebensversicherung eingekauft, damit meine gute Schwester nach meinem Tode nicht in Noth gerathe."

So erzählte der alte Freund, und wir wurden auf's Neue Freunde.
Und gewinnt er sich nun vielleicht noch viele neue dazu?

Neue Stücklein vom alten Gevattersmann.

Menschenfreundlichkeit auf der Eisenbahn.

Wohlwollend und freundlich sein gegen Menschen, die man kennt, das ist wol gut, aber die reine Güte noch nicht. Aber da ist ein Mensch, du kennst nicht seinen Namen, seine Herkunft, seine Lebensstellung, du weißt nichts, als: es ist ein Menschenkind gleich dir, mit dir athmend die kurze Lebenszeit und oft gehetzt und athemlos von innerer Sorge und äußerer Bedrängniß; — du reichst ihm hülfebereit die Hand, du hilfst ihm durch ein gutes Wort über eine bange Lebensstunde hinweg: das ist echte, reine Menschlichkeit, da zeigt die That, daß die ganze Menschheit eine einzige Familie ist, eine Zeitlang wohnend in derselben Heimath, die wir Erde nennen.

Nicht immer ist es gegeben, daß Einer dem Andern entgelte, aber was Ihr einem Fremden thut, mit dem Euch nichts verbindet als die Menschen-Einheit, das ist die wahre, reine Güte.

Besonders die Eisenbahnen entfremden die Menschen einander; diese zufällige und schnell abbrechende Gemeinsamkeit macht egoistisch . . .

Es war am frühen Wintermorgen, noch tagte es nicht, da stand ein Vater vor einem Eisenbahnwagen, der Sohn, der in die Fremde zog, hielt ihm die Hand. Der Vater suchte den Sohn warm einzuhüllen und gab ihm noch die Worte mit, die ihm die Seele erwärmen sollten auf dem kalten, fremden Wege. Da sagte eine Frau, die verhüllt im Wagen saß: „Erlauben Sie, daß ich Ihnen meinen Namen nenne." Sie war die Frau eines braven Geistlichen. Sie versprach nun, auf den Sohn bis zu seinem Reiseziele, das auch das ihre war, ein Auge zu haben, und erzählte dann, daß sie hier in der Stadt ihren kranken Sohn besucht hatte.

Die Locomotive pfiff, fort rollte der Zug. Der Vater stand einsam. Er ging hin, den kranken Sohn des Geistlichen zu besuchen, und während die Frau bei dem fremden Kinde saß und ihm Trost zusprach, saß der Vater am Bette des kranken Sohnes des Geistlichen, und Jenem dort wie Diesem hier wurde wohl zu Muthe. Gehet hin und thuet desgleichen.

Die erste Spinnwebe am Ehehimmel.

—

Der junge Kaufmann Saldo hat die fröhliche und frische Stimmung seiner Turnerschaft mit in die Ehe hinübergenommen. Er faßt das Leben wohlgemuth an und turnt mit leichter Spannkraft über die kleinen und großen Widerwärtigkeiten hinweg.

Nun hat er sich ein prächtiges Weibchen geholt, anmuthig, sangeslustig und vor Allem liebevollen, häuslichen Sinnes. Das junge Paar verlebte die erste Ehezeit in ununterbrochener Heiterkeit.

Eines Morgens aber erwacht das schöne junge Weibchen und sagt:

„Fritz, mir ist heute so widerwärtig zu Muthe, ich weiß nicht warum, aber ich bin so verstimmt, so mißmuthig, fast traurig — weißt du nicht, warum ich so bin? Ach, hilf mir doch!"

„Ja wohl, ich weiß es und ich kann dir helfen. Es ist auch Schande genug — sieh einmal da oben beim Ofen, zu Füßen deines Bettes — ist das nicht eine Schande für eine Frau, die so fein säuberlich und nett sich das Haus halten will, daß da oben — sieh einmal hin — eine große Spinnwebe hängt?"

„Ich sehe nichts," erwiderte die junge Frau, die ihres Zeichens ein wenig kurzsichtig ist.

„Steige nur auf den Bettpfosten, dann wirst du's sehen. Hier, nimm den Kehrbesen."

„Ich sehe noch immer nichts!" rief die junge Frau, auf dem Bettpfosten stehend.

„Ja, da ist wahrscheinlich nichts da," erwiderte Saldo, herzlich lachend, „und auch in deinem Gemüthe ist nichts als eine eingebildete Spinnwebe."

Auch die Frau lachte und rief: „Du hast Recht!" und seitdem ist von eingebildeten Flausen im Kopf und von Nachgiebigkeiten gegen dieselben keine Rede mehr.

Freundes-Proben.

W o ich seine Unterschrift sehe für eine öffentliche Sache, setze ich ohne Weiteres meinen Namen darunter.

B. Wenn ich bei ihm, mit ihm bin, fühle ich immer, daß ich ein besserer Mensch bin. Sein Edelsinn weckt das Beste, was in der Seele schlummert. Der Umgang mit ihm hat etwas Belebendes und Nahrhaftes zugleich.

A. Sein Wesen ist so haltungsvoll aufrecht; wenn ich entfernt von ihm nur an ihn denke, richte ich mich stramm in die Höhe.

B. Mir ist er der liebste Genosse in der Freude. Er gibt Allem eine edlere Weihe.

A. Und ich habe gefunden, daß er ein Freund in der Noth, helfend, rathend und im besten Sinne des Wortes theilnehmend; er nimmt einen Theil des Ungemachs auf sich und erleichtert damit die Last.

B. Ja, als er mir auf meinem schwersten Lebensgange still die Hand auf die Schulter legte, da fühlte ich, er wollte damit sagen: „Ich möchte dir von meiner Kraft geben" -- und er gab mir damit Kraft.

A. Eine Kränkung, eine Mißkennung, die ihm geschieht, ist mir wie eigene Kränkung und Mißkennung, und er selber duldet es nicht, daß in seinem Beisein ein Unwort gegen einen Freund ausgesprochen wird. Wo Andere schnell verurtheilen, sagt er: „Da mein Freund dies gethan oder gesagt, muß er einen Grund haben, den wir noch nicht kennen, der ihn aber gewiß rechtfertigt oder entschuldigt."

B. Ja, er ist die Treue selbst. Und wenn meine Todesstunde kommt, so möchte ich, daß er mir vor Augen wäre. Ich weiß, es wäre mir Trost und Hülfe.

So sprachen sie von einem Manne, der noch lebt und wirkt.

Sieh nun, lieber Leser, ob du einen Menschen hast, von dem du das Eine oder das Andere bekennen magst. Ist dies der Fall, dann bist du glücklich; kannst du aber Alles das von ihm sagen, dann bist du glückselig.

Hilfe gegen einen Unverschämten.

Also in diesem Jahre wird die Spielbank in Baden-Baden aufgehoben. Es ist Zeit oder war eigentlich schon lange Zeit, diese schmachvolle offene Lasterhaftigkeit aus Deutschland zu vertilgen. Freilich geschieht das noch nicht gründlich, wenn nicht auch im Staate Hessen-Homburg — es ist das auch ein Staat für sich —, in Nassau und Kurhessen das Spiel aufgehoben wird. Das ist ja das Elend unserer deutschen Zustände, der Mangel an Einheit in allen Dingen, daß keine zwingende Gewalt da ist, um Recht und Sittlichkeit einzusetzen; aber gut ist's doch, daß einstweilen in Baden damit der Anfang gemacht ist; Jeder muß für sich das Sittliche vollziehen, unbekümmert um seinen Nachbar, der das Laster hegt.

Man wird in künftigen Tagen sich kaum mehr eine Vorstellung davon machen können, welch eine aller Sitte und allen Anstandes entledigte Bande sich in den deutschen Bade-Orten am hellen Tage tummelte. Das geheime Laster wird nie zu vertilgen sein, aber es ist schon viel damit gewonnen — denn das Laster ist dadurch gebrandmarkt — wenn es sich geheim halten muß.

Nun aber spazirte, ritt und fuhr da der Auswurf der menschlichen Gesellschaft in allerlei feden Trachten, und dazwischen gingen Frauen strenger Sitte und Männer ernsten Berufes, Richter und Geistliche, und es läuteten die Glocken zur Kirche und hohe Herren sahen vergnüglich drein und ergötzten sich an dem Treiben. Wenn wir heute lesen und in Zahlen vernehmen, welch ein zuchtloses Treiben auf dem Concilium zu Konstanz war, wo sie Johannes Huß verbrannten, schaudern wir und finden es kaum glaublich, und doch haben wir's erlebt, daß die Spiel-pächter Wohlthätigkeits-Concerte gaben, Kirchen bauten.

Wie gesagt, das ist nun vorbei und wird später kaum geglaubt werden.

Eine entschlossene Geistesgegenwart von einem Mädchen sei nur noch bei dieser Gelegenheit verzeichnet.

Die Tochter eines angesehenen Bürgers von Berlin, ein siebzehnjähriges Mädchen, frischen und munteren Antlitzes, war in Baden, und da sie die Gabe hatte, Landschaftsbilder zu zeichnen, ging sie eines Morgens in der Frühe mit ihrer Zeichenmappe durch die Lichtenthaler Allee nach einem Punkte, den sie sich Tags vorher ausersehen hatte.

Ein junger Mann mit den Manieren und dem Aussehen eines eleganten Wüstlings verfolgte sie, ging mehrmals rasch an ihr vorüber und kehrte wieder um, ihr fed in's Antlitz sehend.

Als er nun wieder mit zudringlichem Blicke neben ihr war, nahm das Mädchen rasch entschlossen die Börse heraus, hielt ihm eine Münze hin und sagte: „Hier!"

Der Wüstling erzitterte und das Mädchen ging ungestört seines Weges. Sie hat aber nachmals bekannt, daß ihr diese Abwehr alles Blut im Herzen zusammen drängte.

Hoffentlich ist nun fortan die Sittsamkeit in deutschen Landen einer solchen, auch nur durch den Versuch beschmutzenden Zudringlichkeit nicht mehr preisgegeben.

Eigene Erfahrung.

Schade, daß man den Namen des Mannes nicht nennen darf, dem die Geschichte passirt ist, sonst könnte Niemand daran zweifeln, daß sie wahr und wirklich geschehen in der Hauptstadt — sie ist keine von den größten und keine von den kleinsten und hat keinen Fluß und keinen Berg in der Nähe, vielleicht erräthst du hieraus, welche gemeint ist, und kannst einmal selbst nachforschen. Den Namen des Majors und vielleicht ihn selber kannst du kennen lernen Abends nach elf Uhr im Casino auf der Stube Nr. 7, genannt „zum Hausschlüssel“, denn da darf Niemand mitzechen und mitplaudern, der nicht seinen Hausschlüssel aufweisen kann. Noch ein Merkmal will ich dir geben: an der Wand hinterm Tische ist ein schwarzer Fleck, denn das ist seit Jahrzehnten der feste Platz des eben so braven als unverheiratheten Regierungsraths Frembensacher, und an diesen Fleck lehnt der allbeliebte Mann seinen mit einer zierlichen Perrücke bedeckten Kopf an, wenn er sich auf dem Stuhle rückwärts schaukelt, und er thut das immer, wenn er nur kurze Bemerkungen macht oder den anderen Genossen zuhört.

Nun hast du Merkmale genug und kannst dich überzeugen, daß die Geschichte wirklich und wahrhaftig ist. Vor dem Major aber, dem sie passirt ist, laß dir nichts davon merken, es verdrießt ihn doch, wenn er auch sonst gern mitlacht.

Der Major also ist noch einer von den alten Wetterharten, und er ward besonders grimmig darüber, wenn er hörte, wie zimperlich man jetzt mit den Menschen
umgeht. Darum war er auch ein eifriger Vertheidiger der Prügelstrafe, und als
man ihm einstmals vorhielt, daß die Strafe doch gar zu grausam und hart sei,
sagte er:

„Pah, daraus macht sich ein gesunder Mensch gar nichts. Ich lasse mir Zwölf
aufzünden und kehre mich gar nicht daran.“

Der Major ist Einer von Denen, die Ernst machen aus dem, was sie sagen,
und heimlich auf seiner Stube wurde die Execution in's Werk gesetzt. Der Feldwebel ließ sich nur schwer dazu bestimmen, an seinem Vorgesetzten das Dictirte zu
vollziehen, aber der Major befahl:

„Du verpfändest dein Ehrenwort, du gibst mir mein volles Dutzend, nicht
stärker und nicht schwächer als jedem Andern.“

Der Feldwebel mußte willfahren. Der Major ließ sich auf die Bank schnallen
und das Werk begann. Die ersten vier Schläge hielt der Major aus und lachte
dabei, aber es war doch etwas Gezwungenes in dem Lachen; beim fünften schrie er:

„Jetzt ist's genug! Ich geb' dir dein Wort zurück, du kannst aufhören.“

Der Feldwebel aber blieb dabei, daß er nicht dürfe, und so erhielt der Major
sein volles Dutzend.

Seitdem ist er vollständig belehrt, und wenn man von der Prügelstrafe spricht,
hat er immer Etwas an seiner langen Pfeife zu thun und die Rauchwollen ent-
strömen schneller seinem Munde.

Vor Kurzem war natürlich auch vom Prügellande Mecklenburg in der Stube
„zum Hausschlüssel“ die Rede, und der Regierungsrath sagte in seiner lächelnden
Weise:

„Prächtig ist's doch, daß es keinen Mecklenburger Junker mehr gibt, der nicht
selber geprügelt ist.“

„Wie das?“ wurde allgemein gefragt.

„Mir berichtete ein Studiengenosse dort, daß seit Wiedereinführung der Prügelstrafe die Junker unversehens bei Nacht und im Walde die ausgetheilten Prügel
mit Zinsen heimgezahlt bekommen, und sie erhalten ihre Tracht ungezählt und müssen
sie im Stillen verschmerzen.“

Alles lachte und der Major lachte besonders laut.

Mahnung eines alten Schulmanns.

an sollte jedem Kinde, das den Robinson gelesen hat, sagen:

Merke dir, der Mann, der dies herzige Buch geschrieben, hieß Daniel Defoe, und er schrieb auch zwei Schriften, von denen die eine gegen die Herrschsucht der Geistlichen und für das Recht der Freidenker eintrat: die andere Schrift aber zeigte, daß die Lehre von der göttlichen Herrschermacht eine falsche sei. Für diese Schriften hat der Verfasser des Robinson öffentlich am Pranger stehen und zwei Jahre im Kerker büßen müssen. Er ertrug das, was ihm zur Schmach werden sollte, mit Gleichmuth und heiter in dem Bewußtsein, der Wahrheit gedient zu haben.

Ihr, die Ihr den Robinson gelesen, merkt Euch das!

Mittel gegen Horcher.

Der Rosenwirth hatte eine Magd, welche eine, wie man sagt, nicht seltene Gewohnheit hatte, nämlich, wo sie nur konnte, zu horchen.

„Die will ich schon kuriren," sagt er eines Tages. Er sitzt in seiner Stube und berichtet seiner Frau:

„Ich weiß nicht, wie ich's der Magd beibringen soll — so eben erfahre ich, daß ihre Mutter ertrunken ist."

Die Magd stürzt zur Thür herein und rast und jammert.

„Sei nur ruhig," sagt der Rosenwirth, „so, du wirst künftig nicht mehr horchen. Es ist nichts an der Sache."

Traue Einer den Weibern.

Ja, die Weiber! hieß es in dem Bierhause, wo die Männer nun den runden Tisch saßen und sich gütlich thaten bei Tabak und Gerstensaft. Ja, die Weiber! Kein Männerverstand kann ausklügeln, was sie für Schliche haben! Und nun gab es gar reiche und seltsame Berichte, und Jeder meinte, seine Geschichte sei die ausbündigste von allen. Da sagte endlich der Schwertfeger Georgi: „Was will das Alles heißen, was Ihr da erzählt? Mir ist das Unbegreiflichste passirt. Ich habe mir einen Nothpfennig gespart — es waren so 120—130 Thaler, genau kann ich's nicht angeben, aber weit gefehlt werde ich nicht haben. — Ich habe mir das Geld zurückgelegt, ich weiß nicht für was, man weiß ja nicht, was einmal kommt, und da thut's gut, so eine Reserve zu haben, von der die Frau nichts weiß. Da werde ich vergangene Woche zur Jagd eingeladen, ich mache das ganze Jahr Büchsen und Stutzen, und das Schießen auf den Scheibenstand ist doch nicht das rechte. Ich muß sagen, ich freue mich wie ein Schneekönig, daß ich wieder einmal ein Wild vor den Lauf kriegen soll, und auf Hochwild geht die Jagd. Es war schön kalt, so ein echtes und gerechtes Jagdwetter, und drei Tage soll ich ausbleiben. Ich nehme meine Doppelflinte, die ich gut eingeschossen habe — nur um Gotteswillen bei solchen Gelegenheiten nicht ein neues Gewehr mitnehmen, man ärgert sich, daß man sich selbst in die Flinte laden möchte — also Morgens früh, wie es auf die Reise geht, denke ich: Halt! deinen Sparpfennig, den du immer bei dir trägst, den nimmst du nicht mit. Man kann nicht wissen, wie man so etwas verliert, und wenn auch das nicht, man ist unruhig und greift immer nach der Brusttasche, ob man's auch noch bei sich hat. Nein, das thust du ab! Aber wohin? Den Schlüssel zum Geldschrank gab ich der Frau, und sie führt mir ja auch das Buch und führt es gut, besser als ein gelernter Kaufmann. Also wohin mit dem Geld? Ich nehme den Schlüssel zum Wäscheschrank und denke, da liegen die Sommerstrümpfe, meine Frau hält viel darauf, daß immer das volle Dutzend daliegt, schön zusammengewickelt. Jetzt im Winter, denke ich, kommt sie nicht darüber, und husch! habe ich mein Geld da hinein gesteckt, und es ist mir, wie wenn ein Stein vom Herzen gefallen wäre, da ich das Geld nicht mehr drauf trage. Ich nehme Abschied, reise ab und habe eine glückliche Jagd. Ich komme heim, und meine Frau sagt: ‚Denke dir nur, was uns

geschehen ist! Vorgestern Nacht war ein Dieb im Hause und hat den ganzen Wäsch-
schrank ausgeleert!' Nun frag' ich Euch, Ihr Männer, wie kann man sich auf die
Frauen verlassen?"

Das erste Mal wirkt's.

ie Jesuitenprediger verstehen es, die Gemüther aufzuregen und
zu packen. Da predigte einer unter freiem Himmel vor Tau-
senden von Menschen, und mitten in der Predigt rief er: „Wir Alle sind unwürdig,
Deinen Namen zu nennen, Herr, Herr, Dir zu dienen; zerbrich uns, zerschmettre
uns, wirf uns nieder, mich vor Allen, mich, Deinen unwürdigen Knecht, den
Wurm!"

Und er schaute auf zu einem Gnadenbilde, streckte die Arme empor, schluchzte
und weinte, schlug sich auf die Brust, riß sich das Gewand auf und warf sich nieder,
und alle Anwesenden waren so ergriffen, daß sie sich mit ihm niederwarfen.

Nur ein altes, einfältiges Bäuerlein blieb aufrecht stehen, und als sich ein
Beamter, der auch in die Kniee gesunken war, wieder aufrichtete, sagte er:

„Nun sagt einmal, warum seid denn Ihr so ruhig geblieben, als wir Alle
wie von unsichtbarer Gewalt uns niedergeworfen fühlten?"

„Ja," sagte das Bäuerlein, „wie ich den Pater da ganz eben so zum ersten
Mal in Rüttingen gerade so hab' machen und wüthen sehen, da hat mich's auch
niedergeworfen, jetzt aber wirkt's nicht mehr."

Verrechnet.

In der alten Rheinbrücke zu Köln saß vor Jahren ein Greis erbarmungswürdigen Ansehens. Neben dem ersten Laternenpfahl war er Jahr aus Jahr ein da zu finden, so sicher wie der Laternenpfahl selbst. Er bettelte nicht mit Worten, aber sein ganzes Aussehen bettelte, und dabei nickte er den Vorübergehenden zu und zwinkerte mit den Augen, als ob er ihnen sein Elend nur im Geheimen andeuten wolle.

Nun kamen einst zwei fröhliche Gesellen von Deutz aus dem Marienbildchen herüber, wo sie sich gütlich gethan hatten. Ihre Fröhlichkeit machte sie auch freigebig: sie hielten bei dem Alten an, spendeten ihm eine Gabe, und der Alte sagte:

„Ich wünsche Ihnen dafür, daß Sie sich nicht auch verrechnen wie ich."

„Wie meint Ihr das?" fragten sie.

„Ja," sagte der Alte, „ich habe auch einmal gute Tage gesehen und habe sorglos draufgehen lassen, hab' nicht gedacht, daß ich so alt werde, jetzt in's 84ste hinein. Ich hab' mich verrechnet und, wie gesagt, ich wünsch' Ihnen eine Lebensversicherung, damit sie sich nicht auch verrechnen mögen."

Die beiden fröhlichen Gesellen gingen ernster davon.

Bei einer Schätzung der Steuerumlage.

Der Bürgermeister: Also Sie behaupten, Herr Schmidt, daß wir Sie viel zu hoch eingeschätzt haben?

Schmidt: Viel, viel zu hoch.

Bürgermeister: Und Sie würden das an Eidesstatt betheuern?

Schmidt: Leider, ja.

Bürgermeister: Gut. Wir wollen also die Sache noch einmal überlegen. Sie können jetzt gehen.

Schmidt: Ach, lassen Sie mich noch eine Weile hier sitzen! Hier sitz' ich als reicher Mann und in meinem Hause bin ich ein sorgenvoller.

Stahlfeder-Wohlthätigkeit.

Leser, du kannst dich und deinen Nebenmenschen daran kennen lernen, je nachdem das, was ich hier zu erzählen habe, angesehen wird, ob lächerlich oder anmuthend.

Meister Hämmerlein — so nannten wir immer den Mann, weil er wie der gleichnamige im Schullesebuch überall, wo er etwas Schadhaftes sieht, einen Nagel einzuschlagen sucht — also Meister Hämmerlein ist ein Mann von einem guten Herzen, wie es wenige gibt auf der Welt. Er hat nichts Großes zu Stande gebracht, aber er hat Manchem, der ihm begegnet, eine Lebensstunde oder auch nur eine Minute erleichtert und erheitert; und seine Gutherzigkeit ist immer wach und nichts ist ihr zu gering, sich daran zu bethätigen. Er ist auch unverdrossen, denn gar vielen Menschen erscheint Gutmüthigkeit als Zudringlichkeit. Er hat schon oft einen mürrischen Blick dafür bekommen, wenn er z. B. einem Einsteigenden auf der Eisenbahn das Handgepäck abnehmen oder ihm gar zur Bequemlichkeit die Hand reichen wollte; das stört ihn aber nicht.

Meister Hämmerlein ist viel auf Reisen in seinem Geschäft, und wenn er in einem Gasthofe übernachtet, hört man in der ersten Stunde oft ein Rücken und Schieben in seinem Zimmer, denn er stellt die Möbel um, daß Bett und Schreibtisch lichtgerechter sind, und macht überhaupt die ganze Anordnung wohnlicher. Er denkt nicht: du bleibst ja nur einen oder zwei Tage; er freut sich, daß der nach ihm Einziehende auch Alles bequemlicher und wohnlicher finde.

Die Wirthe kennen ihn, necken ihn und lassen ihn gewähren.

Nun hat er sich neuerdings noch eine ganz geheime Wohlthat ausersehen.

Gewiß hast du auch schon gefunden, daß in allen Gasthöfen unbrauchbare Federn beim Tintenzeug liegen.

Meister Hämmerlein läßt nun überall, wo er übernachtet, eine gute, rein geballene Feder im Halter zurück für Die, die nach ihm kommen.

Frage dich nun noch einmal: ist das anmuthend oder lächerlich?

Ein Toast auf Goethe.

Vor dem Jahr 1848 — dieses Jahr hat auch hierin einen Einschnitt gemacht — wurde in vielen Kreisen, namentlich in Berlin, Goethe's Geburtstag festlich begangen. Es ist zu hoffen, daß jenseits der Kämpfe um ein einiges Vaterland, die mit dem Jahr 48 begonnen, und in welchem wir heute noch stehen, sich die großen Gedenktage des deutschen Volkes wieder erneuen. Denn erst, wenn ein gesundes staatliches Leben errungen ist, geziemt es, in neuer Weise das Andenken Derjenigen zu feiern, welche die deutsche Kunst und alles höhere Leben so ruhmvoll vor aller Welt begründet haben.

Auch schon vor 48 fühlten freie Geister, daß die Gegenwart nichts darzubringen habe, mit dem sie in dem Tempel des höheren Lebens, Feste feiernd, eintreten könne. Zu diesen für Vaterland und Freiheit wirkenden Männern gehörte der geistvolle Professor Eduard Gans in Berlin. Nun war er auch einmal am 28. August bei einem Festmahle zur Erinnerung an Goethe, und nachdem viele Trinksprüche ausgebracht waren, die den Ruhm und die schönen Werke des großen Dichters priesen, sagte Professor Gans, sich erhebend:

„Meine Herren, ich will Ihnen zu dieser Festfeier eine Geschichte erzählen. Mein Vater wohnte in der Kurstraße und uns gegenüber wohnte ein lustiger, aber nicht eben der Mäßigkeit huldigender Schuster, der sich indeß immer einen Grund dafür suchte, wenn er einen guten Trunk zu sich nehmen wollte. Da ließ mein Vater eines Tages unser Winterholz führen. Der Nachbar Schuster sieht zum Fenster hinaus und sagt: ,Ei, ei, was da der Herr Gans für schönes buchenes Holz führen läßt — darauf muß ich eines trinken.' — Meine Herren, trinken wir auf Goethe!"

Zeit für Kinderbücher!

———

Zwei, drei Tage vor Weihnachtsabend, ja oft erst am Vorabend desselben heißt es: Karl, Wilhelm, Lina wünscht sich auch ein Buch! Und der Mann sagt: Besorge du das, liebe Frau! Oder wenn's besonders gut steht, geht er auch noch mit in den Buchladen. Da ist Alles gar bunt ausgelegt, Einbände, wie man sie nicht schöner wünschen kann. Man trägt seinen Wunsch vor und der Buchhändler fragt: Wie alt ist das Kind? Ist's ein Knabe? Ist's ein Mädchen? Und er legt eine ziemliche Auswahl vor, natürlich Alles mit Bildern, bunten oder schwarzen, denn ohne das geht's nicht mehr. Man entscheidet sich je nach Preis und Ansehnlichkeit für ein bestimmtes, und in den vielbewegten Weihnachtstagen ist man froh, daß mitten in aller Unruhe das Kind in sein Buch versenkt ist und in nichts stört.

Was aber liest das Kind? Das weiß weder Vater noch Mutter. Sie sind in religiösen Dingen frei gesinnt, und das Kind liest frömmelndes Zeug; sie sind stark und rüstig, arbeitsam und klar, und das Kind schlürft Süßlichkeiten ein, die noch verderblicher sind als allerlei Zuckerwerk; sie sind aller Phantasterei und gewaltsamen Aufregung abhold, und das Kind liest schauerliche Abenteuer von Blutaussaugern und Menschenfressern, die ihm freilich das Blut nicht aussaugen, aber es unnatürlich erhitzen und ihm das einfache Menschengefühl aufzehren.

So ist's. Die Polizei warnt vor Spielzeug mit giftigen Farben, die Eltern sind sorgsam bedacht, daß das Kind nichts genießt, was seine Gesundheit schädigt. Aber die giftigen Farben der Bücher, die verderblichen Genüsse der Schrift lassen sie sorglos und unbekümmert in seine Seele bringen.

Allerdings wäre es besser, wenn die Kinder nichts zu lesen brauchten, wenn sie sich im Freien tummeln könnten, oder wenn ihnen die Eltern erzählen könnten. Aber Beides ist in unseren Verhältnissen nicht mehr anders zu gestalten. Das städtische Leben, die Abgemessenheit der Wohnräume läßt das freie Tummeln der

Kinder nicht mehr auffommen, und Vater und Mutter, zumal der Ernährer des Hauses, ist von der Strenge des Berufes und der Arbeit, wie sie heute erfordert wird, derart ermüdet, daß nur noch selten Einer dazu kommt, seinen Kindern Geschichten zu erzählen. Man muß ihnen also Bücher geben. Am besten wär's, sie kämen mit Grimm's Kinder- und Haus-Märchen und etwa noch mit Gustav Schwab's Sagen des Alterthums aus; aber das ist auch bald verbraucht und die Kinder werden es überdrüssig. So muß man also zu Neuem greifen, und hier tritt die Mahnung an die Eltern ein, dem Kinde kein Buch in die Hände zu geben, das sie nicht selbst ganz oder doch größtentheils durchgelesen haben. Was nicht werth ist, daß es die Eltern durchsehen, ist gewiß auch nicht werth, den Kindern in die Seele gepflanzt zu werden.

Der „Pädagogische Verein" in Berlin hat ein Verzeichniß von Kinderbüchern herausgegeben, das den Eltern die Auswahl erleichtern kann; aber bei diesem Verzeichniß scheinen Rücksichten obgewaltet zu haben, die allerdings, wie sich von selbst versteht, nicht geradezu Schädliches, aber doch Läppisches und Verwaschenes aufnehmen ließen.

Das Beste also ist und bleibt, daß Vater und Mutter sich in den Wochen vor Weihnachten die Zeit nehmen, die Bücher, die sie ihren Kindern geben wollen, selbst durchzulesen, und es wird ihnen daraus nicht nur eine Beruhigung, sondern auch eine neue Freude werden: Wenn sie das Kind in sein Buch versenkt sehen, werden sie wissen, welche Bilder und Gedanken jetzt in seine Seele dringen, und sie können mit ihm davon reden und sich erzählen lassen, seine Auffassungsfähigkeit und seinen Charakter immer besser erkennen und leiten lernen.

Wer es nicht nur mit dem körperlichen, sondern auch mit dem geistigen Wohl seines Kindes ernst nimmt, der lasse sich diese Erinnerung zu Herzen gehen.

Ein vornehmer Lehrling.

Hochgeehrter Herr Geheimer Rath!

Es ist mir sehr erfreulich, daß Sie mir Ihren Sohn in die Lehre geben wollen. Ich muß Ihnen aber bemerken, daß es nach dem Herkommen unseres Hauses unmöglich ist, mit demselben eine Ausnahme zu machen. Er wird daher nicht nur die Briefe zur Post tragen und abholen müssen, sondern ist auch verantwortlich für Herrichtung der Lampen u. s. w. und muß dabei selbst mit Hand anlegen.

Ich halte es daher für besser, Ihnen dies schon jetzt im voraus mitzutheilen u. s. w.

Werner, Kaufmann.

Hochgeehrter Herr Werner!

Indem ich Ihnen für Ihre Mittheilung danke, sage ich Ihnen, daß ich durchaus nichts dagegen habe, wenn mein Sohn als Lehrling in Ihrem Geschäft die Lampen herrichtet u. s. w. Dies wird meinem Sohne nichts schaden, und ich wünsche nur, daß es Ihren Lampen nichts schade u. s. w.

Korn, Geheimer Rath.

 ## Wer ist niederträchtig?

„Es ist doch schrecklich," sagte ein vornehmthuerischer Kaufmann jüdischer Confession zu einem Glaubensgenossen, „es ist doch schrecklich! Ich lasse meine beiden Töchter, um keine Trennung und kein Aufsehen zu erregen, in der Schule, die sie besuchen, auch den christlichen Religionsunterricht mit anhören, und da brach nun in der letzten Stunde der Geistliche mit einem so bittern Haß gegen die Juden los, die Christum gekreuzigt haben sollen, daß meine Kinder ganz verzweifelt heimkamen und vor Weinen fast vergehen wollten."

„Das ist niederträchtig."

„Nicht wahr, Sie finden es auch niederträchtig?"

„Ja wohl, aber zunächst von Ihnen. Der Geistliche mag es vor seinem Gewissen verantworten, daß er Zwietracht in die jungen Herzen pflanzt; von Ihnen aber ist es einfach niederträchtig, aus Furcht und Zaghaftigkeit oder gar aus Lässigkeit Ihre Kinder nicht daran zu gewöhnen, offen ihren Glauben zu bekennen und sie darum theilnahmslos oder mit Widerspruch in der Seele in eine Unterrichtsstunde zu versetzen, die ihnen fremd bleiben soll."

Der Angeredete ließ den Klagenden stehen, der ihm staunend nachsah.

Der gute Kamerad.

Es war ein Regentag in Reichenhall. Regentage sind überall schlimm, wenn man auf gut Wetter wartet; da stehen die Berge ringsum, aber man hat eben so viel davon, als wenn man in Prenzlau wäre, und Prenzlau hat einen der besten Männer zu seinem Bürgermeister; das macht aber noch keine schöne Gegend aus.

Nun saß eine Gesellschaft, welche die Eisenbahnfahrt nach Traunstein zusammengekoppelt hatte, beisammen. Es wurde Mancherlei erzählt. Eine Geschichte, die ein eben so behäbiger als liebenswürdiger Major erzählte, ist werth, daß man sie wieder erzählt.

Da war in der Garnison ein junger Leutnant, der mit den Kameraden täglich am gemeinsamen Tisch aß, beliebt, aber nicht besonders beachtet war, denn er konnte nur wenig Aufwand machen. In diesem Lande ist nicht der schöne Brauch wie in Oesterreich, daß alle Offiziere des ganzen Landes Du zu einander sagen, sofort bei der ersten Begegnung, wenn sie auch einander nie gesehen. Der stille Kamerad machte aber doch eines Tages eigenmächtigen Gebrauch von dem vertraulichen „Du". Es war ihm eine große Erbschaft von einem Onkel in Südamerika zugefallen. Als man nun am Montag zu Tische kam, fand jeder Offizier unter seiner Serviette einen versiegelten Brief, des Inhalts:

„Mein guter Kamerad! Mir sind reiche Glücksgüter zugefallen und ich möchte nun vor Allem meinen Genossen damit ein Gutes thun. Schreib' mir also genau auf einen Zettel, und schick' mir ihn versiegelt, wie viel Schulden Du hast. Ich will sie Dir bezahlen und bitte mir nur das Eine dafür aus, daß Du mir nicht dankest. Aber noch das Eine bitte ich dazu: Falls Du der Glückliche bist, der keine Schulden hat, so theile Niemand davon mit und thue nichts dergleichen, damit der neben Dir sich nicht scheue, mein Anerbieten anzunehmen."

Nun, lieber Leser, denke dir selbst aus, was für einen Rumor das in der Garnison machte; es ist eine Freude, sich so viel Glück auszudenken.

Eine Heerschau über die mannhaften Bürger.

———

n dem freundlichen Städtchen B . . . machte sich die Nachwirkung des großen deutschen Schützenfestes geltend. Es ist nichts damit gethan, daß man einige Tage jubelte, Hoch rief und von Brüderlichkeit überfloß; es galt nun, auch in dem Städtchen einen Schützenverein zu gründen.

Der junge Bierbrauer Haberland ist ein frischer und schmucker Mann. Er ist seit zwei Jahren verheirathet und doch erst siebenundzwanzig Jahre alt. Das ist ein großes Glück; denn es ist das Beste, die volle Jugendkraft mit in die Ehe zu bringen und nicht, wie die ganze verderbte Welt glaubt, erst dann eine Familie zu gründen, wenn man, wie die Redensart geht, sich ausgetobt hat oder, wenn man das grabaus sagt, sich im Laster verbraust hat. Stramm und frisch steht Haberland seinem Gewerbe vor und hat die Freude, daß er denken darf, einst, wenn er noch in voller Manneskraft steht, seine Kinder erwachsen zu sehen und mit hineinzuschauen in die Zukunft, was aus ihnen wird. Der junge Haberland hatte es freilich gut, denn sein Vater baute ihm ein schönes Haus, draußen an der freien Straße, wohin sich jetzt das Städtlein immer mehr ausbreitet. Er las die Berichte vom Schützenfeste mit großer Begierde. Eines Abends, als mehrere seiner Jugendgenossen oder auch seiner Turngenossen — denn das ist jetzt eine rüstige Mannschaft, die aus dem Turnerleben erwachsen ist — sich bei ihm einfanden, nahm er die Genossen mit in die Wohnstube, denn er hatte etwas mit ihnen zu besprechen. Und da war der Zimmermann Jacobi, ein starker und besonnener Mann, der gleichfalls bereits seinen Hausstand gegründet, der Fuhrmann Albrecht, der eben Bräutigam war; ein junger Kaufmann, ein Arzt, ein Postbeamter, diese Drei waren noch ledig. Haberland trug nun seinen Plan vor, daß es nöthig sei, auch in ihrem Städtchen einen Schützenverein zu gründen. Ja, wir haben hier keine Leute, hieß es. Diejenigen, die gern bereit wären, haben meist kein überflüssiges Geld, um sich die Stutzen anzuschaffen, und Diejenigen, die das im Stande wären, haben allerlei kleinliche Furcht und Rücksichten. Denn noch fürchtet oder besorgt man, daß die Regierung, die jede Selbständigkeit mißtrauisch ansieht, es allen Denen, die irgendwie in öffentlichem Amte stehen oder sonst von der Regierung abhängig sind oder sich abhängig glauben, zur Pflicht machen werde, sich davon zurückzuziehen.

„So laßt uns Heerschau halten," rief Haberland, „fangen wir bei der oberen Gasse an. Der Oberförster, der am Ende des Städtchens wohnt" ...

„Thut nicht mit," hieß es, „mischt sich nicht gern unter die Menschen, müßte natürlich Schützenmeister werden und würde nur besten Falls mitthun, wo es eine Parade gilt, um ein wohlgefälliges Reden von oben einzuernten. Weiter um ein Haus," hieß es. „Der Bäder Zwiebel war bei den früheren Schützen; aber wenn er nicht Schützenkönig werden kann, will er von der Sache nichts, und er hat eine besondere Angst, mit Leuten, die nichts besitzen, Kameradschaft zu machen."

Weiter um ein Haus! Nein. Da wohnt gegenüber der Tischler Greif, der Mann arbeitet sich halb zu Tode, um seine sieben Kinder mit Ehren zu erhalten. Ja, dem wäre es zu gönnen, daß er einmal auch eine freudige freie Stunde hätte, aber er wird sich nicht dazu verstehen.

„Ich wäre bereit, ihm die Summe zur Anschaffung eines Stutzens vorzuschießen," rief Haberland. Aber er thut das nicht, hieß es, er ist zu stolz, er borgt nicht und will von Niemand eine Gefälligkeit.

Schade! Sein Nachbar, der Schiffer Martin, der ist dabei. Er ist zwar ein arger Händelsucher, aber er wird sich schon fügen. Gut, haben wir also Nummer 1.

„Vergeßt mir meinen Schneider Schnurr nicht," rief der Doctor, „der wird glücklich sein; und wenn wir uns braune Joppen mit grünen Kragen und Aufschlägen anschaffen, wollen wir ihm die Sache übergeben. Und dazu bläst er im Geheimen das Waldhorn. Er wird unser Signalist sein und mit Vergnügen Tagwach blasen."

Gut. Also Nummer 2. „Und mein Chirurgus, oder, da er das lieber hört, Herr Doctor Maus, wie könnt Ihr mir den nur vergessen?" sagte der Doctor.

„Ja, er wird aber zu viel reden, und wer weiß, ob er nicht seine sämmtlichen Aeder, die Rasirgesichter des Amtes und der beiden Geistlichen, zu verlieren fürchtet."

„Seid ohne Sorge; er hilft sich heraus."

„Also Nummer 3."

„Daß mein Herr Vetter, der Schnittwaarenhändler Zierlein, dabei ist, versteht sich von selbst. Die Joppe wird ihm gut stehen, und dadurch wird er ein eifriger Schütze."

„Der Sägmüller Braus, an dem haben wir einen festen Stamm. Es gibt nichts auf der Welt, wobei er nicht mit Freuden Hand anlegt."

„Ja," rief der Doctor, „es ist ein wahres Glück, daß es noch solche ehrenhafte Männer in der Welt gibt. Wir haben gemeinschaftlich zwei Zeitungen, und wenn ich ihm begegne, da strahlt sein ganzes Gesicht, wenn er von etwas Gutem gelesen, das in der Welt vorgegangen, und alles Schlimme, Hinterlistige, geht ihm zu Herzen, wie ein persönliches Unglück. Es ist jammerschade, daß sein großes Gewerbe ihn verhindert, Landtagsabgeordneter zu werden. Das ist das Elend in unserer Zeit, daß diejenigen Männer, die unabhängig sind und mit freiem Blick die Welt ansehen, so in's Geschäftsleben hineingerissen sind, wie ein Mann, den das Schwungrad erfaßt hat und ihn ganz mitnimmt. Unsere Hoffnung beruht darauf, daß die Männer von Bildung und freiem Denken, die nicht angestellte Beamte sind — Fabrikanten, Kaufleute, Gutsbesitzer — unser Volk vertreten sollten, wie sie in Wahrheit seine meisten Interessen vertreten. Nun aber heißt es immer: ich kann von meinem Geschäft nicht fort. Seht, da geht der Sägmüller eben vorüber, ich will ihn hereinrufen."

Der Mann wurde hereingerufen. Es war eine keineswegs derbe, sondern eigentlich feine Gestalt, und er lächelte zufrieden, als man ihm mittheilte, was man hier vorhabe. Er war sofort bereit, beizutreten, nur mit dem Vorbehalt, daß er eben wenig Zeit verwenden könne.

Nun wurde die Heerschau weiter ausgedehnt. Der Müller nannte zuerst seinen Schwager, „den halben Mond". Man stimmte bei, obgleich eigentlich Niemand rechte Liebe zu dem Manne hatte; denn man konnte sagen, was man wollte, der halbe Mond gab Jedermann Recht. Er lächelte still einverständlich, wenn ein Freisinniger mit ihm sprach, und gab auch einem Reactionär zu verstehen, daß die Leute, die Etwas zu vertreten haben, Grund und Boden, nichts von Umsturz und derlei Dingen wissen wollen. Er hatte neben seiner großen Wirthschaft ein beträchtliches Bauerngut, und doch war es ihm eine wahre Lust, der gehorsame Diener aller Welt zu sein. Die anderen Wirthe des Städtchens, und es hat deren viele, wurden auch sogleich genannt, denn ein Verein muß darauf denken, keinen Wirth hintan zu setzen, vielmehr jeden in's Interesse zu ziehen.

„Wollen wir nicht auch den Amtmann auffordern?"

„Allerdings, und die beiden Actuare ebenfalls."

„Der Amtmann wird wol zuerst bei der Regierung anfragen, was sie zu dem Schützenverein denkt."

„Ich hoffe," sagte der Müller, „daß die Regierung so gescheit sein wird, den Schützenverein nicht zu einer Oppositionssache zu stempeln. Freilich, wer weiß, was sie da oben denken. Sie haben den Grundsatz: Verboten ist, was nicht befohlen ist. Wir fordern die Amtleute derenthalben auf, warten aber nicht, bis Antwort von oben da ist, sondern gehen gleich morgen vor. Mein Werkführer wird mit dabei sein, und überhaupt wäre es gut, wenn wir recht viele ehemalige Soldaten dabei hätten."

„Der Anterschmied, der ehedem auch Soldat war, wird ein eifriges Mitglied sein."

„Der Schuster Heim ist brav, der Maurermeister Zint, der Töpfermeister Grund; da hätten wir nun schon ein gutes Contingent. Aber draußen in der Vorstadt, wo die armen Leute wohnen," sagte der Doctor, „da sind ebenfalls tüchtige Männer. Die Steinbrecher, die Holzhauer, die Schiffsknechte, die gehören eigentlich viel mehr dazu, als ich mit meiner Brille. Leider können sich diese Männer nicht Stutzen verschaffen."

„Da ist leicht geholfen," rief Haberland, „ein Jeder von uns steuert, je nach

Kräften, eine gewiſſe Summe bei, aus der den Armen zur allmäligen Abzahlung Stuhen angeſchafft werden."

„Das iſt gut," ſagte der Müller, „aber wir wollen noch ein wenig weiter gehen. Keiner ſchafft ſich ſeinen Stuhen ſelbſt an, weder wir, die wir ſie ſofort baar bezahlen können, noch die, die ſie nur in Groſchen wochenweiſe abzahlen können. Es werden etwa fünfzig Stuhen, und wir werden kaum Männer genug dazu haben, auf Koſten des Vereins angeſchafft, und Jeder hat das Recht, den Stuhen zu eigen zu haben oder ihn als Eigenthum des Vereins zu laſſen."

Dies wurde nun beſchloſſen, und in dem kleinen Städchen B ... beſteht ſeit dem Auguſt 1862 ein Schühenverein in voller Blüthe, und auf dem Bremer Schühenfeſt hat Haberland auf der Scheibe Germania den drittbeſten Schuß gethan. Die Beamten ſind zwar nicht dabei, aber man ſcheint doch von Seiten der Regierung vorläufig nichts dagegen thun zu wollen. Man iſt doch nicht mehr ſo ſchnell bei der Hand, mit Mißtrauen und Verbot drein zu fahren; man hat warten gelernt. Wer weiß, ob man nicht einmal den feſten Arm und den ſichern Blick der freien Bürger brauchen kann.

Bezahlte Herablaſſung.

wei Freunde machten mit einander eine Gebirgsreiſe. Der Eine, mächtigen Körperbaues, hatte ſogar etwas Ueberfracht geladen, die er nun auf der Fußwanderung los werden wollte; der Andere eine Geſtalt von feinem Gliederbau. Sie waren Beide Männer der Freiheit und widmeten ſich dem Vaterlande mit treuer, unabläſſiger Hingebung.

Nun trafen ſie auf ihrem Wege einmal mit dem Pechmännlein zuſammen, das der geneigte Leſer vielleicht von anderswoher kennt. Das treuherzige Weſen des Pechmännleins ſprach die Beiden an, und ſie wanderten mit ihm den Berg hinan, durch den Wald bis da, wo die Wege ſich ſchieden.

Als man nun Abſchied nahm, konnte der Schlanke ſich nicht enthalten, dem Pechmännlein zu ſagen und bei aller Freigeſinntheit mit etwas herablaſſendem Gönnertone:

„Es war uns recht angenehm, mit Euch zu gehen. Ja, wenn man ſo das ganze Jahr eine ſitzende Lebensweiſe führen muß, thut ſolches Wandern wohl."

„Sie sind wol ein Schneider?" sagte das Pechmännlein und war, ehe man sich's versah, im Walde verschwunden.

Der dicke Kamerad nedte noch lange seinen Genossen mit dieser Bezeichnung, und wenn du ihm einmal begegnest, lieber Leser, laß dir nicht merken, daß du die Geschichte weißt, denn sie verdrießt ihn jedesmal doch.

„Das liebe Vieh."

Kein anderes Volk der Erde und keine andere Sprache hat diesen Ausdruck, er ist dem Deutschen allein eigen. Allerdings hat diese zutrauliche Bezeichnung einen wesentlich mitleidigen Inhalt, aber auch schon darin liegt eine gewisse Innigkeit, die weit entfernt ist von jeder Rohheit, welche die neben uns lebenden Geschöpfe nicht nur unbarmherzig ausnutzt, sondern auch oft rücksichtslos und mutwillig abquält. — Es ist ein Gradmesser für die Herzensbildung eines Volkes und eines Menschen, wenn man aufmerkt, wie sie die Thiere betrachten und behandeln.

Die Vereine gegen Thierquälerei sind ein erfreuliches Zeichen eines schönen Edelsinnes, der in allen Gebieten menschlichen Lebens und Empfindens sich zur Gemeinsamkeit zusammenschließt und fördert. Nur sollten solche Vereine erst im äußersten Fall die Polizeigewalt anrufen. Jedes auf das Sittliche gerichtete Bestreben sollte nur sittliche Mittel anwenden.

Das Stein-Duell.

Geschichte von unterwegs.

— —

elche Kameradschaft ich für die lustigste auf der Welt halte? Unbedingt die unter Künstlern. Bei Malern, Bildhauern und Baukünstlern geht's nicht nur wohl= gemuth in der Werkstatt her — sie können pfeifen und singen, während sie arbeiten, und je besser sie es können, um so besser gedeiht die Arbeit — die Künstlerschaft hat auch noch den wahrhaftigen Feierabend. Denn da das Licht ihr nothwendiger Arbeitsgehülfe, so ist eben der Abend so fröhlich und frei. Was aber die Hauptsache ist: in keinem andern Beruf kann der Genosse dem andern so viel und so leicht helfen, als im Künstlerberuf. Da sagt der Eine zum Andern: Komm einmal in meine Werkstatt, sieh dir meinen Entwurf, meine Gruppe, mein halbfertiges Bild, meinen Bauriß an; sag' du, welchen Eindruck es auf dich macht. Und da kommt der Genosse, sieht mit Einem frischen Blick das Geschaffene, kann sagen: Rück' diese Gestalt besser vor, schieb' jene besser zurück, an dieser Stelle ist's noch zu leer . . . und was eben ein freies fremdes Auge sofort erfassen kann.

Das ist in keiner anderen Berufsart möglich. Und wie gesagt, dann kommen am Abend die fröhlichen Genossen zusammen, muthige, leichtlebige, sich nach eigenem Geschmack führende Gestalten, verheirathete und ledige, und in diesem fröhlichen Kreise gibt es eigentlich keinen Neid, keine Concurrenz, denn je mehr tüchtige Kräfte zur selben Zeit in der Künstlerschaft sich regen, um so höher steht die Kunst, um so leb= hafter ist die Theilnahme der Welt. Und wie glücklich ist das Herz des Mannes, der da schafft! Gestern war das noch ein Stück Leinwand, heute schauen uns daraus Gestalten an und Berge, Wälder und Wiesen; wie es das Künstlerauge erfaßt, so bleibt es nun für jeden freien frischen Blick auf immerdar festgehalten.

Ja, weil ich eben erst so spät dazu kam, weil ich mich so lange im fremden Leben abmühte, wo Eines sich um das Andere kaum kümmert oder gar ihm den Vortheil abzujagen sucht; ja, eben deßwegen kann ich nicht genug sagen, welch' ein Glück es ist, ein freier Künstler zu sein. Ich bin doch erst in meinem vierundfünfzigsten Jahre — nachdem ich mich im Leben umgethan und schwer habe ringen müssen — in die Künstlerschaft eingetreten, aber noch jeden Tag ist es mir, als wenn mir ein zweites Dasein geschenkt wäre.

Ich muß dir nämlich erzählen, wie es mir ging.

Du hast Gefallen an den zwei Figuren dort, die in Stein gehauen sind und die einen Baustein tragen — das ist eben meine Geschichte, und ich will sie dir erzählen.

Also! Mein Vater war Maurermeister am Oberrhein, ich wurde sein Lehrling und war auch ein halb Jahr sein Gesell. Junge, sagte er mir immer, lerne ordentlich zeichnen. Damals, als er mir das sagte, habe ich es nur wenig beachtet; es ist mir erst später aufgegangen. Ich habe wohl etwas zeichnen gelernt, aber doch nicht so, wie ich wünschen möchte. 17½ Jahr alt ging ich auf die Wanderschaft. Ich habe in München an der Glyptothek gearbeitet, freilich nichts Anderes, als man an jedem Bauernhaus thun könnte, gewöhnliche Maurerarbeit; sie ist eben auch nöthig zum schönsten Bau. Damals aber ist es mir aufgegangen, daß ich Künstler werden möchte, und zwar Bildhauer. Das Ding gefiel mir gar so sehr. Aus einem Stein eine Menschenfigur machen, die nun alle Menschen ansieht, und da hinstellen, was nur ich in mir gesehen habe — das ist doch das Herrlichste. Als ich zum ersten Mal die Statue der Venus sah, hab' ich gemeint, ich müsse verrückt werden, aber noch ärger ist's gewesen, als ich den Apollo gesehen. Ja, lach' nur, es gibt noch etwas mehr als verrückt.

Ich arbeitete also in München. Als es gegen den Winter ging, wanderte ich nach Marktbreitbach, um einstweilen Steinhauer zu werden; dort war ein guter Meister, ein studirter, ein wirklicher Künstler. Der Meister muß sein Gefallen an mir gefunden haben, ich war damals auch ein hübscher Bursch, fast schon sechs Schuh groß, wie jetzt, nicht so breit, aber schlank und flink, bin seit meinem achtzehnten Jahr nicht mehr gewachsen. Den spärlichen grauen Haaren sieht man's nicht an, daß ich einmal die schönsten blonden Haare gehabt, ein glattes Gesicht, rothe Backen und helle Augen; die ganze Welt hat gesagt, ich sei ein hübscher Bursch, und ich hab's auch geglaubt. Ich sag' also zum Meister, ich wünsche Steinmetzarbeiten bei ihm, er soll mir weiter nichts geben, als was ich dem Schuh nach verdiene. Er sieht mein Buch nach und sagt: Du bist ja Maurer, ich habe auch Maurerarbeit für den Winter; du kannst bei mir bleiben. Ich bestehe aber darauf, daß er mich zu den Steinmetzen nimmt.

Ich komme nun in die Werkstatt. Die Gesellen, trotzige Menschen mit kurzen Stummeln im Mund, gaffen und paffen mich an. Was ist denn das für ein seltsamer Bursch, der da kommt? Ich grüße nach Handwerksbrauch, sie danken mir kaum; ich kümmere mich nicht darum. Sie fragen, was ich sei; ich sage: gerade was Ihr seid. Und damit war es fertig.

11 *

Nun gibt es nichts Mühseligeres als Steinmetzenarbeit, wenn man sie nicht versteht; ich habe mich entsetzlich abgeradert und Niemand hat mir geholfen und Anweisung gegeben. Natürlich habe ich auch nur wenig verdient, aber ich hatte mir etwas erspart, und nach vierzehn Tagen war ich so ruhig, so flink und genau in der Arbeit als nur irgend Einer in der Werkstatt. Ich habe mit Breithammer, Spitzhammer und Meißel nur so ruhig gespielt und mich nicht dabei erhitzt: das muß Alles gleichmäßig vorangehen. Meine Nebengesellen haben mich nicht leiden mögen, die Menschen werfen einen Haß auf diejenigen, die nicht den gewohnten Weg gehen und es zu etwas bringen wollen. Abends habe ich gezeichnet und bin auch manchmal in's Wirthshaus gegangen. Es muß etwas an mir gewesen sein, daß mich die besseren Leute zu sich zogen. Nach einem Vierteljahr hatte ich die beste Kameradschaft mit einem Apotheker, einem Drechsler, einem Schullehrer und einem Barbier; lauter gescheidte und gutmüthige Menschen, und ich habe viel von ihnen gelernt.

Ich komme auch einmal in's Bureau zum Meister und sage, er soll mir doch auch Bureau-Arbeit geben, Zeichnungen, Berechnungen und was eben nöthig ist. — Er sagt: Ja, was wirst denn du können? Er gibt mir aber doch Einiges, und ich mache es zu seiner Zufriedenheit; ich bin ihm von Nutzen, und von da an ist er besonders gut gegen mich.

Mit den Nebengesellen hat es immer Streit gegeben, besonders mit Einem, den ich einmal an die Wand abgezeichnet habe. Er trug immer die Mütze mit dem Mützenschild auf der Seite und streckte die Unterlippe weit vor und berühmte sich der besonderen Geschicklichkeit, daß er mit seiner Zungenspitze die Nasenspitze berühren könnte. Probir' es nur einmal, es ist nicht so leicht, wie du meinst. Ich zeichne ihn nun an die Wand, wie er das Kunststück macht, und er droht mir, daß er mir alle Knochen im Leibe zerbrechen werde.

Ich fürchte mich nicht, sage ich, Jeder von Euch kann kommen und mit mir raufen; ich bin bereit. — Gut, rufen sie, am Sonntag auf der Wiese, und wer der Schwächere ist, der muß ein Faß Bier auflegen. — „Ja, wie wollen wir denn raufen?" heißt es. Ich sage: „Wir wollen es so machen. Wir Zwei tragen mit einander einen Stein, du sollst ihn auswählen; der Eine trägt oben, der Andere trägt unten. Wer zuerst nachläßt, hat verloren." — „Eingeschlagen! Es gilt!" —

Nun wählte der mit der schiefen Mütze einen großen Stein; wir loosen durch Halmenziehen, wer oben und wer unten anfassen muß. Das Loos trifft mich oben: es ist schwerer, man sollte es nicht glauben, aber es ist so.

Wir gehen nun eine Weile, den Stein tragend, da ruft das Kind des Meisters aus dem Hause:

„Lorenz! Laß los! Thu's nicht; Vater, komm, sieh, was der Lorenz thut."

Wir kümmern uns nichts um das Kind und es kann ja den Meister nicht rufen, der ist ja über Land. Meine Feinde necken und reizen, machen allerlei Possen und Witze, damit ich lachen müsse; denn so wie ich lache, ist's vorbei, da kann ich nicht mehr halten und habe verloren: ich aber bleibe ernst. Mein Widerpart mit der schiefen Kappe fängt an zu zittern und mit rothem Kopf starrt er mich an und ruft endlich:

„Nun, du, bist du noch nicht müd?" — „Nein," sage ich. — „Hol' dich der Teufel," schreit er . . . Ich störe mich nicht daran, und da läßt er zuerst den Stein nieder. —

„Gewonnen!" heißt es allerseits, die Genossen kommen auf mich zu und geben mir zum ersten Mal ordentlich die Hand. Ich habe nichts davon gespürt, denn meine Hand war mir wie zerknickt; aber gewonnen hatte ich doch.

Wir gehen nun hinab in den Felsenkeller; der mit der schiefen Kappe legt ein Faß Bier auf, ich lege noch eins dazu, und so war es gut. Von da an haben sie mich in Ruhe gelassen.

Nun hatte der Meister noch einen großen Steinbruch im Spessart, da arbeiteten wir, und unser Polier wird in die Heimath gerufen und wir sind allein. Der Meister schickt Zeichnungen, nach denen wir meißeln sollen; meine Nebengesellen wissen nicht damit fertig zu werden, ich zeige es ihnen und es geht Alles gut. Aber sie sind mir eher bös als dankbar; ja, recht auffässig. Besonders ärgerlich waren sie, weil ich nicht rauchte und mir all das Geld, das dabei aufgeht, ersparte. Ich machte mir einmal, während sie am Sonntag Alle fort waren, den Spaß und verklebte das ganze Innere unserer kleinen Hütte mit lauter Tabakspapier, das ich gesammelt. Wie sie heimkommen, lachen sie übermäßig; aber von da an sah unsere Hütte doch viel wohnlicher aus. Ich streiche dann das Papier mit Kalk an und mache allerlei große Zeichnungen, freilich sehr ungeschickte, und die Gesellen verunstalten sie mir noch. —

Nun kam der Meister und machte mich zum Polier. Alle sind grimmig auf mich, aber ich blieb bei meinem Recht. Ich zwackte Keinem etwas ab, ich sah auf den Vortheil des Meisters und auf den gerechten Lohn eines Jeden. Und gefürchtet haben sie mich doch, denn vom Stein-Duell her haben sie gewußt, daß ich stark bin.

Wir bauten damals eine Brücke, und da war die große Ramme, die Zentner wiegt. Ich komme hinab, um Alles zu beaufsichtigen, da ruft mir Einer zu, ein böser Bursch mit gerollten blonden Haaren. „Polier," ruft er, „ich habe auf dich gewettet, daß du die Ramme allein aufziehen kannst." Ich sage: „Wie kannst du auf mich wetten? Ich thu es nicht." Da werden sie fuchswild; ich sage aber: „Ich lasse mich nicht zwingen, was gehen mich Eure Wetten an?" Da kommt der Meister dazu, er hört, was vorgeht, und er fragt mich: „Getraust du dir's denn, Lorenz?" Ich sage Ja und gehe hin und ziehe die Ramme ganz allein in die Höhe. Es hatte ein Fäßchen Bier gegolten, es war gewonnen; ich lege eins dazu und nun war es wieder gut.

Ja, ich sag' es und bleib' dabei, es gibt wenig gute Menschen auf der Welt, schelmisch, betrügerisch, neidisch, giftig sind die meisten; sie wissen nicht warum. Das habe ich draußen in der Fremde kennen gelernt, und nun gar erst daheim, seitdem ich die Fabrik habe. Ich sage mir tausendmal vor: Laß dich nicht betrügen; aber wenn es dazu kommt, lasse ich mich doch immer wieder anführen.

Ich bin heimgerufen worden, mein Vater war gestorben und ich sollte für meine Mutter unser Geschäft übernehmen. Im Geheimen habe ich immer das Verlangen gehabt, sobald ich so viel habe, um ein Jahr zu leben, geh' ich zu einem Bildhauer in die Lehre. Jetzt war's vorbei; ich mußte für meine Mutter und Geschwister sorgen. Gut denn, es hat nicht sein sollen.

Ich habe nun unser Geschäft tüchtig in die Hand genommen, aber ich habe kein volles Genügen dran gehabt; es ist mir eben immer etwas Anderes' im Sinne gelegen; war's die Bildhauerei, war's etwas Anderes — ich war nicht recht froh.

In der Kindheit hatte mir mein Vater einmal erzählt, daß da drüben auf dem Berg eine Kalkgrube gewesen sei von einem Kalt, der nicht so schön aussieht wie der gewöhnliche, der aber viel besser sei, besonders zu Wasserbauten; und wir haben jetzt viele Wasserbauten. Das hat mir keine Ruhe gelassen. Ich habe Geognosie zu studiren angefangen und habe am Sonntag, oder wenn ich sonst auf's Land und über die Berge mußte, immer meine Säuren bei mir gehabt und überall Versuche angestellt, ob ich nicht etwas finde; es ist mir nicht gelungen.

Da gehe ich nun einmal Abends heimwärts, und wie ich da auf dem Berge stehe und auf unser Städtchen herunter schaue, da denke ich: Was plagst du dich mit dem Suchen und warum bist du überhaupt nicht lustig, wie es deinen Jahren gebührt? Fort mit den Säuren!... Ich nehme das Fläschchen aus der Tasche und werfe es in eine Bergschlucht hinab. Halt, da zischt es und dampft. Ich springe nach und sehe. Richtig! da ist Kalkstein. Ich nehme einige gute Stücke mit, um sie zu Hause besser zu untersuchen, und richtig! es ist der beste schwarze Kalt, der zu finden ist. Ich kaufe nun das Stück Land und lege eine Kalkgrube an zum eigenen Gebrauch und suche auch allmälig meinen Kalt in den Handel zu bringen. Aber die Landleute bleiben dabei, sie wollen nur weißen Kalt, wie sie von jeher gewohnt sind.

Da ist mir ein kluger Streich eingefallen. Ich lasse mir eine große Masse weißen Kalt kommen und halte nun den schwarzen und den weißen neben einander feil. Du glaubst nun wol, daß ich den schwarzen aus meiner Grube billiger gegeben hätte? Gerade umgekehrt. Ich setze fest: der Zentner weißer Kalt kostet einen Gulden, der Zentner schwarzer Kalt kostet zwölf Kreuzer mehr. Versteh mich wohl! Hätte ich meinen schwarzen Kalt billiger angesetzt, sie hätten ihn mir nimmer abgenommen. Endlich haben sie sich besonnen und denken, der schwarze muß doch besser sein, weil er theurer ist; allmälig griffen sie zu, und wie nun gar die großen Eisenbahnbauten kommen und die Regierung den schwarzen Kalt vorzieht, da ist die Sache gewonnen.

Nun muß ich aber noch etwas rückwärts erzählen. Wie damals beim Steintragen das Kind des Meisters — es war noch ein halbes Kind — mir zugerufen hat; ja, es hat noch gerufen: „Du bist zu gut dazu, um dich mit diesen Menschen abzugeben," das ist mir in der Erinnerung geblieben. Ich habe das Kind von damals an nicht mehr gesehen, es war in ein Institut gethan worden, ich weiß nicht wohin. Jetzt also, wie es mir gut geht, fällt mir ein: Du mußt doch deinem Meister schreiben. Ich schreibe ihm also meine ganzen Verhältnisse. Es kommt lange kein Brief, und ich denke: Was soll denn das sein? Meinetwegen! Sei es, was es wolle; ich habe meine Schuldigkeit gethan und mehr als meine Schuldigkeit.

Nach zwei Monaten endlich kommt ein Brief, und da heißt es:

„Lieber Lorenz, die letzte Freude, die der Vater noch gehabt hat, war dein Brief. Siehst du, Kind, hat er mir noch gesagt, zehn Menschen thut man Gutes und sie vergessen es, der Elfte aber vergißt es nicht; darum soll man es Elfen thun. In der Nacht des Tages, an dem dein Brief gekommen, ist der Vater gestorben. Ich komme erst jetzt dazu, dir das Alles zu sagen, und du wirst entschuldigen, daß ich dich wie in meiner Kindheit noch Du nenne; ich denke ebenso an dich. Ich habe jetzt nichts mehr als das Denken an gute Menschen, die einmal zu uns gehörten. Ich stehe ganz allein . . .“

So ungefähr, aber noch viel schöner gesagt, hat es in dem Briefe geheißen.

Ich habe das Meisterkind nicht lange allein stehen lassen in der Welt, ich bin hingereist, und du kennst sie ja, wie sie aussieht und wie sie ist. Und wenn ich oft grimmig und wild geworden bin auf die neidischen und gehässigen Menschen, da sagte sie: „Denke an meinen Vater! Zehn Menschen vergessen das Gute, was man ihnen gethan, der Elfte vergißt es nicht; darum soll man es Elfen thun."

Dreißig Jahre lang haben wir in Glück und Freude mit einander gelebt; wir haben auch Leid gehabt, es sind uns drei Kinder gestorben, aber zwei sind uns geblieben, eine Tochter, die an den Holzhändler verheirathet ist, und mein Sohn, der die Fabrik übernommen hat; denn es hat sich gute Cement = Erde gefunden, und da haben wir eine schöne Fabrik angelegt, und Alles frei, keinen Groschen Schulden auf dem ganzen Anwesen.

Jetzt aber kommt meine Hauptsache. Am Tage nachher, an dem mein Sohn Hochzeit gemacht hatte und wir in unserer besonderen Wohnung sind, wir Zwei wieder ganz allein, da sagt meine Frau:

„Lorenz, wenn ich du wäre, ich wüßte, was ich thäte."

„Was denn?"

„Ich überließe dem Johannes das ganze Anwesen, du bist jetzt vierundfünfzig Jahr alt, es ist noch nicht zu spät. Du hast dein Lebenlang genug gearbeitet. Mach' jetzt Feierabend."

„Ja, das möchte ich auch, aber was anfangen?"

„Hast du denn vergessen, was du in deiner Jugend einmal werden wolltest? . . ."

Ja, wenn man mich mitten in Flammen hineingestellt hätte, heißer hätte es mir nicht werden können, als wie jetzt, da sie mich daran erinnert.

Natürlich überlege ich es mir, ob es nicht zu spät ist. Meine Frau redet mir zu; es kommt auf den Versuch an, und so bin ich denn hierher gereist auf die Akademie. Der Direktor hat gelacht und die Kameraden haben gelacht, daß sie einen so alten Schüler bekommen sollen; aber sie waren doch Alle freundlich zu mir, und es hat nicht lange gedauert, da fange ich an und versuche es mit dem Relief eines Vulcan, der dem Amor Pfeile schmiedet. Es ist mir nicht gelungen. Ich weiß nicht, wie es gekommen: so lange ich daran arbeite, sehe ich immer nur meinen Kameraden mit der schiefen Kappe vor Augen, den ich schon lange vergessen habe. Unser Professor geht durch die Werkstatt, kommt mehrmals an mir vorüber, wie ich eben den weichen Thon auf dem Brett auftrage, und der Schweiß steht mir auf der Stirn. Ich sehe den Professor an, er spricht aber kein Wort und geht mehrmals an mir vorüber. Endlich kommt er auf mich zu, nimmt mir die Spachtel aus der Hand, wie wenn er etwas an meiner Arbeit ändern wolle; aber o weh! er schneidet den ganzen aufgelegten Thon ab, daß er sich nur so vorn überbeugt und auf den Boden fällt. Da liegt die Bescheerung, Vulcan und Amor. Ja, lache nur; du kannst dir aber nicht denken, wie mir da zu Muthe war. Der Professor fragt mich, ob ich denn gar nichts Anderes zu machen wüßte; ob mir denn gar nichts im Kopf liegt, was ich aus mir zu machen hätte. Ja, sage ich und erzähle ihm die Geschichte vom Stein-Duell. — „Machen Sie das," sagt er, und ich mache es und es geht. Alle Genossen kommen und freuen sich darüber und geben mir gute Anweisung, und es wird noch besser. Und daß es Dir gefallen hat, ist mir noch eine besondere Freude.

Und so ist's nun. Ein großer Künstler bin ich nicht und werde ich nicht, das ist ausgemacht; aber ich habe meine Freude daran, manche gute Verzierung zu machen zum Bau, und das ist genug. Und wie glücklich wir hier leben, meine Frau und ich, das läßt sich gar nicht sagen, und so halten wir unsern schönen Feierabend, bis es einmal heißt: Gute Nacht, Welt!

Blicke in Kinderherzen.

(Nach Mittheilungen einer Mutter.)

1. Der Vater ist nicht nur Vater.

Der Vater bringt den Knaben in die Schule. Er übergibt ihn der großen Welt und lehrt ihn dieselbe kennen und verstehen. Ja, der Vater ist für das Kind unmittelbar der Vertreter des großen Weltzusammenhanges.

Das Kind betrachtet sich die Mutter als ihm zugehörig, als von Natur zu seiner Wartung und Pflege bestimmt; die Mutter ist für das Kind allein da. Sie genießt daher in der Regel weniger Respect, aber weit mehr Liebe. Die Mutter ist eben nur Mutter. Aber der Vater ist nicht nur Vater; er ist zugleich noch etwas Anderes in der Welt, er ist Doctor oder Schuster, Maurermeister oder Advokat, Kutscher oder General, kurz — er ist noch etwas mehr als Vater, und wenn auch das Kind natürlich kein Gefühl oder wenigstens kein besonderes Verständniß von der Würde und Bedeutung des Vaters in der Welt hat und seinen Respect nicht darnach abmißt — das wäre traurig —, so hat das Kind doch das Gefühl, daß der Vater etwas aus der Welt mit heim bringt. Nicht nur, daß er durch seine Thätigkeit Speise und Trank, Wohnung und Kleidung erwirbt, das Kind empfindet überdies: der Vater ist nicht für mich allein da.

Mir wird das ganze Verhältniß immer neu klar, wenn ich allein mit meinen Kindern esse und der Vater nicht am Tische ist.

Ich habe, wie so viele Mütter, die Gewohnheit oder auch die Bequemlichkeit, dann, wenn wir allein sind, kein so geordnetes Mahl herzurichten. Ich esse mit den Kindern eine ihrer Lieblingsspeisen, und das ist meist Milchreis; es wird nicht so

ſtreng geregelt gedeckt wie ſonſt, und wie geſagt, die Kinder ſind dann bei Tiſche
weit weniger in Zucht zu halten.

Ich glaube, daß ich ein Mittel gefunden habe, um den Kindern wenigſtens in
Etwas die unſichtbare väterliche Gewalt in's Gedächtniß zu rufen: ich laſſe, ſo oft
mein Mann nicht bei uns zu Tiſche iſt, nicht nur ſeinen Platz unbeſetzt, wie das
auch früher immer geſchah, es wird auch Stuhl und Gedeck hingeſtellt, als ob er
jede Minute eintreten könnte.

Die Kinder ſtutzten, als ſie das zum erſten Mal ſahen. Aber dieſe Veran-
ſchaulichung, daß wir beiſammen ſind, aber das Haupt der Familie fehle, erweckt
bei Reiſen u. dgl. nicht nur ein inniges Gedenken an den Vater, ſondern führt auch
etwas von ſeiner machtgebietenden Geltung in die liebe, tolle Schaar ein.

2. Der Vater iſt müde und verſtimmt.

Die Art, wie unſere Männer heutigen Tags in Anſpruch genommen ſind, war
bei unſeren Vätern nicht. Mein guter Vater hatte trotz ſeiner bedeutenden Stellung
immer Zeit für die Familie — mein Mann hat ſie faſt nie.

Wir haben unſere Eßſtunde nach den Schulſtunden regulirt, aber wie oft ſitzen
wir da und warten und warten, und der Vater kommt nicht!

Die heutigen Poſt- und Telegraphen-Verbindungen durchſchneiden alle Zeit-
eintheilungen. Mein Mann kann nicht aus dem Bureau weg, wie die Uhr beſtimmt,
er muß bald da, bald dort hin; dazu kommt ſeine Thätigkeit in Gemeinde- und in
größeren politiſchen Angelegenheiten. Da ſitzen wir dann oft und harren und ſchauen
aus, ja ſogar an Sonntagen und an Mittwochs- und Sonnabend-Nachmittagen, wo
keine Nachmittagsſchule iſt — der Vater kommt immer nicht. Die Kinder werden
ungeduldig, und kommt er dann, iſt er in der Regel müde und verſtimmt, abge-
ſpannt, der Ruhe und Stille bedürftig. Und doch iſt es mir gelungen, den Sinn
der Kinder für ſolche Vorgänge zu wenden und umzuſtimmen. Ich lege ihnen an's
Herz: „Seht, Kinder, der Vater muß ſich abarbeiten für Euch, wo er iſt, wo er
geht und ſteht, wenn er ſchreibt und ſpricht; Alles thut er nur für Euch, damit es
Euch wohlgehe und Ihr in Ehren und Frieden leben könnt. Wenn nun der Vater
heimkommt, da quält ihn ja nicht und macht ihm keine Unruhe, ſeid ihm recht dankbar
und ſeid recht ſtille und gut, damit er ſich wieder erholt und erfriſcht.“

Der Glanz der Augen, mit dem dann die Kinder den heimkehrenden Vater
betrachten, daraus ſpricht die volle reine Kindesſeele; ſie ſind ſtill und warten
und winken einander zu, ja recht leiſe und gut zu ſein, und wenn dann mein Mann
einem der Kinder mit der Hand über den Lockenkopf fährt oder eine Wange ſtreichelt
oder ein ſcherzendes Wort fallen läßt, da iſt Alles glücklich.

Ich habe mir es ſelber abdämpfen müſſen, um zu dieſer Gelaſſenheit und
Wendung zum Guten und Friedlichen zu kommen. Draußen in der Küche kochen
die Speiſen, und da kocht es auch leicht im Gemüthe auf, und unſer Frauenſtolz,
daß Alles gut und geordnet und überhaupt ſo ſein ſollte, wie wir es mühſam

hergerichtet, das läßt leicht dazu kommen, gerade dem, für den wir uns alle Mühe geben, den Vorwurf der Undankbarkeit zu machen und mit einem bösen Blick oder gar mit einem bösen Worte Wermuth und Galle in Speise und Trank zu tröpfeln. Ich möchte meine Schwestern ermahnen, dies ja recht im Herzen zu überlegen.

Der Mann kommt müde und matt nach Hause, und es wird ihm ein Gericht von Vorwürfen hingestellt; so klein auch die Veranlassung — es kann zu einem bösen, schweren Ende führen.

Mir war es immer einer der feinsten Züge des größten Dichters, Shakespeare, der im Drama „König Lear" veranschaulicht ist.

König Lear hat in Verblendung sich in den Auszug begeben zu seinen Töchtern, hat all sein Hab und Gut hingegeben und will sich nun von der freien Liebe pflegen lassen. Der Dichter schildert ein Extrem, den Kindes-Undank, und Undank ist's, der den alten König in den Wahnsinn treibt. Wie aber kommt diese traurige Krankheit zum Ausbruch? Der König kommt mit einem gesunden Jägerhunger von der Jagd und ruft sofort: das Essen! das Essen! Er wird bedeutet, daß er noch warten müsse, und das Ungeheuer von Tochter gibt ihm in dieser Verfassung noch Lehren, daß er sich ändern, manierlicher werden müsse, und hier im Hunger, — das ist sehr tief erfaßt — bricht die erste Wahnsinnsstufe aus.

Nicht jeder Mann ist ein König Lear und nicht jeder kommt mit einem Jägerhunger heim, aber doch läßt sich aus diesem Beispiel auch viel für das gewöhnliche Leben lernen.

3. Der Hausfreund und die Kinder.

Nichts Besseres kann es für ein Kind geben, als Großeltern, Onkel und Tante und Geschwisterkinder zu haben. Aber es kommt hier sehr oft vor, daß die Blutsverwandten ein Recht auf Liebe in Anspruch nehmen, ohne sich dasselbe erworben zu haben. Kein Haus ist ein volles, ein wahrhaftes, in dem nicht ein Freund ein- und ausgeht, der kein Blutsverwandter ist; aber es ist ein Frevel, solch einem Freunde oder einer Freundin den Titel „Onkel" oder „Tante" unterzuschieben. Gerade das ist ja das Schönste, daß dem Kinde der Freund oder die Freundin ein Abbild und ein Repräsentant der Menschheit und ihrer Zusammengehörigkeit sei. Sie lernen dadurch schon früh und ohne es zu wissen — und das Beste, was man hat, weiß man nicht, und das Kind vor Allem soll haben, ohne zu wissen — sie lernen dadurch, meine ich, daß es eine edle Verbindung gibt, die nicht blos aus dem Blute stammt. Ich habe oft beobachtet, wie meine Kinder einen Freund des Hauses ansehen, wenn sie ihm auf der Straße begegnen — es ist ihnen wie ein Glücksfall, der ihnen zu Theil geworden, und ich muß gestehen, ich habe das auch an mir gesehen, wenn Kinder aus befreundeten Familien mir begegneten. Dieser Blick, der ausspricht: ich kenne dich! du gehörst zu uns! Dieses Erzählen daheim: ich habe den und den, die und die gesehen, und sie lassen Vater und Mutter grüßen! — Es liegt eine ganze Welt voll Beseligung darin.

12*

Darf ich hier noch eine Bemerkung anknüpfen? Es ist eine böse Sache, wenn kleine Reibungen, Mißverständnisse, Zerwürfnisse oder gar kritisch scharfe Beurtheilung eines Freundes in Anwesenheit der Kinder laut wird. Beobachte dabei nur eines deiner Kinder! Sein Blick ist wie irre. Es wird an dir wie an der Welt zweiflerisch, und wenn der besuchende Freund, den man so scharf oder gar lieblos beurtheilt, doch wieder freundlich begrüßt wird, so hat das Kind kein Maß für das, was man Convenienz nennt. Und denke daran, wenn du Wahrhaftigkeit von ihm verlangst, wie du dieselbe oft, ohne es zu wissen, untergraben hast!

Ich habe einmal gehört, daß ein römischer Schriftsteller den Ausspruch gethan habe: „Sei bei deinen Reden und Handlungen eingedenk, ob du sie vor deinen Kindern kundgeben und vollziehen darfst!" Das war ein echter Mensch, der das aussprach, wenn man ihn in Schulen und Kirchen auch einen Heiden nennt.

Noch viel schwieriger oder vielmehr behutsamer ist das Verhältniß in's Auge zu fassen, wenn ein Freund und Zugehöriger zum Feinde geworden. Ich muß gestehen, daß ich da noch nicht die rechte Methode weiß, um dem Kinde die Wahrheit zu geben, ohne den Kindessinn in seiner feinsten Wurzel zu verletzen, indem man ihm die Wahrnehmung in die Seele setzt, daß es lösbare Verhältnisse gibt, daß Vertrauen getäuscht, Wohlthat mit Undank, Liebe mit Bosheit vergolten werden kann. Es ist die traurigste Folge einer herben Erfahrung und eines zerrissenen Verhältnisses, daß neben der eigenen innern Umnachtung dadurch auch Andere in Bitterkeit und Schwermuth versetzt werden müssen. Das Kind soll und muß an die Ewigkeit der sittlichen Mächte glauben. Die spätere Erfahrung, daß die sittlichen Mächte ewig bestehen, wenn auch einzelne Verhältnisse wanken und zu Grunde gehen — es läßt sich das dem Kinde nicht geben, und Menschen, die man sein eigen wußte, nun verfremdet zu sehen, das ist ein Stich mitten durch's Herz. Es ist nur gut, daß Kinder eben Kinder sind, nicht Alles so schwer und bis an's Ende verfolgend nehmen.

Glückselig das Haus und das Herz, das nie einen Freund und Zugehörigen anders verlor, als durch den Tod!

4. Wie schön, wie gescheit ist das Kind!

Was möchtest du thun, wenn du einem Freunde oder einer Freundin oder auch entfernteren Bekannten dein Kind zeigst, oder sie begegnen deinem Kinde auf der Straße, und sie sagen ganz unverholen: „Ach, wie schön ist das Kind! was hat das für schöne blaue, braune Augen! und wie schön gewachsen!" u. s. w.

Ich gestehe ganz offen, daß ich mich vor Empörung kaum halten kann, und ich muß alle meine Kraft zusammennehmen, um mit Ruhe zu sagen: „Bitte, thun Sie das nicht mehr! Sie verderben das Kind!"

„Ach" — heißt es da — „Sie nehmen das zu pedantisch! Das Kind merkt ja nicht darauf und denkt im nächsten Augenblick nicht mehr daran."

Wohl ist es in manchem Betracht wahr: der Kindheit schönstes Besitzthum ist das leichte Vergessen. Das Kind vergißt seine eigene Unart von gestern und die Unart Anderer. Aber tief verborgen liegen doch die Eindrücke, keimend, wachsend, charakterbildend. Könnt ihr ermessen, was es in einem Kinde, namentlich einem Mädchen, bewirkt, wenn man ihm in's Gesicht hinein sagt, es sei schön?

Soll man dem Kinde sagen: der dich schön genannt hat, hat dir nur schmeicheln wollen, hat einen Scherz getrieben? Die Menschen meinen es nicht so ernst, was sie sagen?

Ist das nicht ein Seelenverderb, dem Kinde schon in früher Jugend den einfachen Glauben an die Menschen zu nehmen?

Es ist schon genug vom Uebel, wenn Kinder von fremden Menschen sprechen hören, und vornehmlich hören, wie die Frauen in der Regel von Dieser und Jener zuerst bemerken: „Sie ist schön!" oder: „Sie ist nicht schön!" Da tritt sofort in die Kindesseele die Betrachtnahme, daß das etwas Besonderes, vorzugsweise zu Beachtendes sei, was zur Geltung in der Welt vor Allem gehöre, und ich habe schon Kinder über mißgestaltete oder auch nur unschöne Menschen derart sprechen hören, daß es mir das Herz im Leibe umdrehte.

Es ist eine traurige Erfahrung, aber sie ist unbestreitbar: Nicht die Eltern erziehen ihre Kinder — die Umgebung, die Welt, die Bekannten und Freunde erziehen mindestens eben so viel, wenn nicht weit mehr an ihnen.

Du kannst dein Kind zur Bescheidenheit anhalten, kannst ihm die Richtung geben, nur das Wesentliche, die Tugend, die Arbeit, die Tüchtigkeit und Rechtschaffenheit in Ehren zu halten. Da kommt ein Fremdes und sagt: „Ach, wie schön, wie gescheit ist das Kind!" und in den offenen Blumenkelch fällt ein eisiger Tropfen. Alles, was du sorgsam behütetest und pflegtest, ist im Tiefsten verletzt. Du hast dein Kind gelehrt, Achtung vor dem Höchsten in jedem Menschen zu bewahren, und ein Fremder spricht von einem Andern, wenn er abwesend ist: er ist schön oder nicht schön, reich oder nicht reich.

Was ist da zu machen? Die Erfahrung ist da, daß wir unsere Kinder nicht allein erziehen. Das ist aber noch kein Trost, und ich möchte alle Menschen bitten, doch sich nicht gehen zu lassen zu Fahrlässigkeit, und genau darauf zu achten, nicht durch den albernen Ausdruck eines Wohlgefallens u. dgl. eine Kindesseele in ihrem tiefsten Innern zu entweihen.

Leider aber gibt es gar viele Eltern, die weder denken noch empfinden, was man ihrem Kinde damit anthut, sondern sich höchlichst geschmeichelt fühlen, wenn man die Schönheit ihres Kindes lobt, und es gibt viele leichtfertige und erbärmliche Menschen, die das thun, weil sie recht gut wissen, daß man durch Nichts besser sich Gunst und Wohlgefallen bei solchen Eltern erwirbt.

Einen Trost gibt es jedoch bei der Erfahrung, daß die Weltumgebung und nicht bloß die Eltern das Kind erziehen.

Vorerst erneuert sich dadurch immer die Menschenwelt und die Nachkommen sind nicht bloß immer der Abklatsch der Eltern. Wäre es in die Hand der Eltern gegeben, die Kinder ganz zu dem zu machen, was sie wollen: wer weiß, was da aus dem Menschengeschlechte würde! Nun aber stehen zwei Bedingungen dem entgegen. Die erste ist eine Naturmacht. Jedes Wesen und vor Allem jedes menschliche Wesen bringt eine Natureigenheit mit sich, die in solcher Art noch nicht da war, und was wir Erziehung nennen, ist nicht viel mehr als ein Geben von Fertigkeiten und ein Zurückdämmen von Unfertigkeiten, im Ganzen aber ist jeder Mensch aus sich selbst und macht sich selbst. — Die zweite unbesiegbare Macht ist die Einwirkung der Außenwelt. An jedem Menschen erzieht die Menschheit, und selbst kein Prinz und keine Prinzessin kann sich dem entziehen, daß Einflüsse auf ihr Wesen wirken, die nicht von bestellten Hofmeistern und Gouvernanten ausgehen. Und das ist gut. Jeder Mensch gehört der Gesammtheit und an jedem bildet die Gesammtheit.

5. Der Geburtstag eines Kindes.

Soll man ihn feiern oder nicht? Ich muß ehrlich gestehen, ich weiß darauf nicht entschieden Ja oder Nein zu antworten. Es kommt auf die Lebensverhältnisse und den Gemüthston eines Hauses an, noch mehr aber auf die Eigenart eines Kindes. Freilich, sobald man des einen Kindes Geburtstag feiert, kann man auch den eines andern nicht werktäglich lassen. Ich erinnere mich nicht, daß je in unserem Elternhause der Geburtstag eines Kindes gefeiert wurde — nur der der Eltern, und auch da ging es äußerst prunklos her und wurde Nichts geschenkt, was man kaufen konnte.

Ich meine, die Feier der Geburtstage hängt mit dem selbstsüchtigen und genußsüchtigen Charakter unserer Zeit zusammen. Je mehr die allgemeinen religiösen Feste als Familienfeiern zurücktreten und noch keine großen weihevollen bürgerlichen Feste dafür da sind — thue ich Unrecht, wenn ich meine, daß dadurch immer mehr Jedes nur an sich selbst denkt? Ein Fest, das nicht eigentlich die gesammte Welt mitfeiert, ein Privat-Sonntag, der Andere nichts angeht, hat etwas Widersprechendes. Nichts ist abscheulicher, als die gemachte und eingebildete Vornehmigkeit vieler Menschen, die gern sagen: Heut ist Sonntag — da spazirt das große Volk vor die Thore und da und dort hin, da muß man zu Hause bleiben! Kindern vor Allem ist solche zur Gewohnheit gemachte Exclusivität gemüthsverderblich. Aber ich will wieder auf die Geburtstage kommen.

Es ist doch schön, wenn die Jahreslichtlein am Morgen brennen und das Kind mit morgenfrischem Antlitze sich Gaben bescheert sieht. Das Elend hier wie überall ist hauptsächlich, daß überschüttet wird; es geht da leicht wie bei einer Pflanze — zu starkes Begießen verdirbt die Entfaltung der Knospen und macht manche in sich ersticken.

Ich verschiebe das, was das Kind an Kleid und Buch nöthig hat, gern auf diesen Tag. Eine Freude, ein Ueberfluß kann wol noch dabei sein, wie ja auch die Blumen. Aber die ewige Unbefriedigtheit der Menschen wird in der Regel schon in ihrer Kindheit gepflanzt. Hütet euch doch um des Himmels willen, der in der Seele des Kindes ruht, ihm die Wichtigkeit seiner Person und das Recht auf Dies und

Das bei einem Geburtstage vor Augen zu legen. Ich habe versucht, dem Kinde an diesem Tage die Mittel zu geben, Andern eine Freude zu machen, indem es Etwas verschenken kann, den Hausarmen, den Dienstleuten und auch den Geschwistern. Das Mittel scheint gut, weil der Zweck ein guter ist — ist aber in der That an sich nicht gut. Jene höchste Freude, Anderen zu geben, muß aus eigener Arbeit und zu eigener Entbehrung kommen; die Mittel dazu schenken, macht die Wohlthat zu einer innerlich unwahren, abgesehen davon, daß es falsch ist, die Hand des Kindes nur zum Boten, zum Gefäß der Darreichung zu machen. Was nützt es der Seele des Kindes? was bleibt in seinem Gemüthe davon übrig, wenn es etwas hergibt, was es eigentlich niemals besaß? was man ihm gegeben hatte, nur um es weiter zu geben? Es erhält den Dank der Beschenkten und hat ihn doch eigentlich nicht verdient.

Das Schlimmste ist aber, wenn die Kinder an solchem Tage das Recht bekommen, über eine zu veranstaltende Landpartie, eine einzuladende Kindergesellschaft zu verfügen. Ich bleibe immer dabei: Jung sein ist schon Freude genug, man braucht dazu nicht noch besondere Freudenfeste zu arrangiren. Laßt nur euren Kindern die Kraft, jung zu sein, und sie sind glücklich. Ich weiß nicht, ob es J. J. Rousseau ist, der den Grundsatz ausgesprochen, aber von einem großen Pädagogen ist er: Macht den Kindern so viel Freude, als ihr könnt! Ihr wißt ja nicht, wie lange sie leben! — Das ist — warum soll' ich's nicht geradezu sagen? — das ist grundfalsch! Es darf nicht heißen: Macht den Kindern Freude! sondern: Laßt ihnen die Freude des Jungseins und verscheucht sie ihnen nicht durch Feste und von außen bereitete Genüsse, die nicht aus ihnen selbst kommen.

Ich will schließlich noch Etwas anfügen, was mir große Freude machte, als ich es entdeckte; vielleicht geht es auch Anderen so. Die Kirche hat ihre Tagesheiligen; wenn man sich aber in der Geschichte umsieht, wird man leicht die Geburt eines bedeutenden Menschen, das Datum eines bedeutenden Ereignisses finden, die mit dem Geburtstage eines Kindes zusammentreffen. So nun das eigene kleine Leben an ein großes, verehrungswürdiges anknüpfen — das hebt das vereinzelte Dasein hinein in den großen Zusammenhang des Weltlebens, zerstört den Ansatz des kleinlichen Egoismus und macht in neuer Weise fromm, andächtig und heiter.

Das Frankfurter Loos.

Eine Erzählung.

lso auch zu dir ist mein Glücksruf gedrungen? sagte
der Pfarrer lächelnd. Gut denn, ich will dir die
Geschichte erzählen. Es ist auch das Lustigste, was
ich in den sechsunddreißig Jahren erlebt habe, seit
wir mit einander zu Tübingen am Neckarstrande auf
der Schulbank saßen und zu begreifen suchten:

> Was die Welt
> Im Innersten zusammenhält.

Ihr Herren vom öffentlichen Wort, Ihr glaubt, wir katholischen Geistlichen thun vom Morgen bis zum Abend nichts als Mäusefallen stellen, um Seelen
zu fangen. Ihr habt keine Ahnung davon, daß wir auch lustige Kameraden sind,
und doch solltet Ihr denken, daß wir nicht so oben auf wären und so viel vor uns
brächten, wenn wir nicht auch die Lustigkeit hegten.

Doch genug. Meine Geschichte ist so:

Es war um Martini, bis zum nächsten sind es gerade fünfundzwanzig Jahre.
Ich habe mein Leben lang hier auf dem Posten gestanden, und da drüben an der

Kirchenmauer, wo der Hollunder gedeiht und die Rothkehlchen nisten, da werde ich meine sechs Schuhe Erde bekommen. Das werden mir meine Bauern nachsagen müssen: unser Pfarrer hat die besten Predigten gehalten, denn es waren die kürzesten, und er hat Spaß verstanden.

Also wir sitzen hier in der Stube am Samstag Morgens. Wir sind aus der Kirche gekommen, wo wir Messe gelesen haben, und setzen uns zum Frühstück. Neubackenes Brod haben wir damals nicht gehabt, wie heute nicht. Meine Schwester war schon damals meine Haushälterin, wie jetzt. Ich hatte einen Vicar, mehr zur Kameradschaft als zum Amtsgebrauch. Du erinnerst dich seiner nicht, er kam nach uns zur Universität, hieß Mager und war's auch. Seine Lieblingsnahrung war Kandiszucker. Er hatte eine langgestreckte Figur und demgemäß eine gute Violinhand, und war auch in der That ein Meister im Violinspielen.

Von Hause aus wohlhabend, hatte er keine Ruhe, bis die sieben- oder achttausend Gulden, die er besaß, verschmaust waren. Aber er selbst genoß das Wenigste davon; seine Hauptlust war, Andere zu bewirthen, und am vergnügtesten war sein Gesicht, wenn er mit dem Korkzieher, den er beständig bei sich trug, eine Flasche entkorken konnte. Hopsa! da bin ich! sagte er in der Regel beim Knall des ausgezogenen Korks.

Mit der Zeit fing es an, in der Bewirthung Anderer etwas knapp herzugehen; da er aber als vermögend bekannt war, wehrten die Wirthe überall die baare Bezahlung ab, sie drängten ihm wahrhaft ihren Credit auf.

Ich will nur gleich hinzusetzen, daß er mit dreiunddreißig Jahren gestorben ist, und sein Haupttrost war, daß er Niemand auf der Welt einen Kreuzer schuldig sei und Manchem einen guten Tag gemacht habe. In seinem Nachlasse hat man eine ganze Kiste voll Flaschenstöpsel gefunden.

Ein zweiter Genosse, den ich damals zu Besuch hatte, war mein Vetter, der Postexpedient Nieseler. Du mußt dich seiner noch erinnern, er war ein untersetzter, breitschulteriger Bursch, der manchmal nach Lustnau mit uns ging. Er trug damals eine rothe Mütze und schlug mit seinem Stocke immer Quarten und Terzen in die Luft.

Der gute Kerl war ein persönlicher Feind des Staats-Examens, und um diesem grausamen Unholde aus dem Wege zu gehen, begab er sich in's Postfach.

Der Dritte, der bei mir war, das ist ein Mann, dem man's schon zur Studentenzeit anmerkte, daß er's weit in der Welt bringe. Er ist jetzt Coadjutor des Bischofs, und schon im Convicte hatte er bei uns den Namen Kirchenlicht, oder abgekürzt: der Lichtle. Daneben war er aber gar kein Griesgram, vielmehr ein Lebemann, kein Spaßverderber, und ein Redner, bei dem alle Tage Pfingsten war. Vielleicht erinnerst du dich seiner noch. Als du mich damals auf der Krankenstube besuchtest, saß er bei mir; er wachte gern bei den Kranken, theils aus Gutherzigkeit, theils auch, um gegen die gewöhnliche Hausordnung Nächte hindurch studiren zu dürfen.

So saßen wir also beim Frühstück. Der Vicar und ich, wir rauchen nicht, aber der Lichtle — laß mich ihn kurzweg so nennen — rauchte regelmäßig nach dem Kaffee seine Zigarre, täglich nur eine; bei ihm hat Alles seine strenge Ordnung. Der Vetter Postexpedient konnte ihm dabei mit einem guten Haufen Unordnung aushelfen, und wenn er nicht im Bureau war, zündete er immer eine frische Zigarre an der ausgerauchten an.

Kannst du dir etwas Trübseligeres denken, als einen naßkalten Samstag

Morgen im Herbst auf dem Dorfe? Es ist nicht wegen der morgenden Predigt allein, obgleich das auch etwas ist, aber da sind draußen die Wege so grundlos, daß man die schön geputzten Stiefel nicht hinaus tragen mag. Und wohin sollte man eigentlich? Zu einem Amtsbruder in der Nachbarschaft? Da trifft man das Gleiche. An solchem Tage lernt man's recht schätzen, was ein gutes Buch ist, noch besser aber ist — ich bin kein Gelehrter — eine gute Kameradschaft daheim.

Ich nehme nach dem Frühstück meine Guitarre herunter, du siehst, sie hängt noch dort, freilich ohne Saiten, und das grüne Band wird gelb, damals aber klimperte ich noch gern und pfiff dazu, und jetzt hatte ich einen Vicar, der geigte. Wir musiciren uns Eins vor, und gefällt's nicht Anderen, so gefällt's doch uns.

Während wir noch musiciren, bringt der Dorfschütz — hier noch Bettelvogt genannt — der auch zugleich das wohllöbliche Postamt des Dorfes in sich darstellt, die Zeitung, unsern uralt getreuen „Schwäbischen Merkur".

Ihr draußen in der Welt, die Ihr den Küchenherd der Zeitgeschichte heizt, in jeden Topf schaut, selbst kocht und einrührt, Ihr könnt nicht wissen, was die Zeitung einem Pfarrer ist im verregneten Dorf mit grundlosen Wegen.

Da kommen die Potentaten und ihre Excellenzen und vertrauen uns, um unsere Gunst zu gewinnen, ihre weisen Maßregeln an; da singen die Kammer-Tenore und Kammer-Bässe ihre Stücklein, die da verkünden, wie weit sie's gebracht und noch zu bringen hoffen. Und dann bietet sich die ganze Welt feil: Theater und Pferde, Bücher und Schafweiden, Schlitten und Kammerzofen, heirathslustige Wittwen und militärfreie Hausknechte; ja solch eine Zeitung ist eine wahre Arche Noah, da ist Alles drin, was kriecht und fliegt, und ich hab' mir einmal ausgedacht, wenn unsere ganze Cultur unterginge, und ein Gelehrter des vierten künftigen Jahrtausends findet eine solche Zeitung und versteht sie zu lesen, er könnte aus einem einzigen Blatte das ganze Fastnachtsspiel der großen Welt wieder aufbauen.

Ich will nun meine Zeitung lesen, und natürlich zuerst die Dienstnachrichten, da ruft der Vicar Mager:

„Ja, Herr Pfarrer, wie ist's denn? Wer predigt denn morgen? Ich meine, es wäre an Hochwürden?"

„Nein, es ist an Ihnen."

Der Streit geht hin und her. „Hopsa! da bin ich!" ruft mein Vicar plötzlich, wie wenn er eine Flasche entkorkt hätte; er schlug nun ein treffliches Auskunftsmittel vor. Es wird abgestimmt. Wir schließen natürlich den Lichtle aus, der Post-expedient, der Vicar und ich, wir bilden die Rathskammer, und einstimmig nach geheimer directer Wahl wird beschlossen: Der Lichtle hat morgen das Wort. Er ist, wie gesagt, ein trefflicher Kamerad und läßt sich's gefallen. Er ging sofort in's Gasthaus auf sein Zimmer, um sich einen Text zu suchen und auszulegen.

Wir Drei vertheilten nun die Blätter der Zeitung, denn das ist brav von unserem alten Merkur, daß er nicht auf einer einzigen großen Windel erscheint, in die sich ein langer Engländer einwickeln kann; Jeder hat sein Stück, und da lese ich, daß heute die letzte Ziehung der Frankfurter Lotterie ist, die beiden Haupttreffer stecken noch im Rad.

Nun haben wir unserer Vier ein ganzes halbes Loos gespielt. Ich weiß wohl, das Lotteriespielen soll nicht so ganz in Ordnung sein, aber wenn man so nebenaus sitzt in der Welt, man möchte doch auch etwas haben, was plötzlich kommen und sagen kann: Da bin ich und bringe dir etwas Absonderliches mit. Und unterhaltsam war's auch, wenn wir uns so ausgedacht haben, was wir mit dem vielen Gelde anfangen.

Die vier Theilhaber aber waren: der Vicar, meine Schwester Haushälterin, ich, und der vierte war der Tischler Schid oder auch des faulen Wendels Schid genannt. Den Namen hat er, wie du schon merkst, sich nicht selbst erworben, sondern geschichtlich ererbt, und zwar vom allerhöchsten Ursprung. Das war nämlich so: Der vorletzte regierende Fürst von Hechingen — du weißt doch noch, daß Hechingen auch einmal ein selbständiges Reich war? — also der regierende Fürst hielt im Herbst seine Treibjagd, bei welcher die Bauern mit Rasseln und mit Hollaho das Wild zusammenjagen mußten. Als die Jagd vorüber war, wurde den Bauern ein guter Trunk Bier gespendet und Brod und Käse dazu, droben auf dem Schlosse Lindig. Die Bauern lagern sich auf der Wiese und strecken alle Viere von sich. Da kommt

der Fürst herab und sagt: „Bleibt nur liegen! Ich weiß, Ihr seid faule Kerle. Ich möchte nur wissen, wer von Euch der Faulste ist? Wenn ich den Faulsten wüßte, der bekäme als Preis einen Kronenthaler von mir."

Niemand wußte recht zu sagen, wie er sich als den Preiswürdigsten erweisen könnte. Da sagte der Nachbar, der neben Wendel auf der Wiese liegt, zu diesem: „Du, wenn ich den Preis bekomme, steck' mir ihn in die Tasche. Ich bin zu faul, daß ich's selber thue." — „O du!" entgegnete der Wendel und machte dabei kaum den Mund auf, „o du! Wie du nur bei der Hitzmüdigkeit noch so viel sprechen magst?" Und richtig, der Wendel Schick hat den Kronenthaler bekommen.

Wendel Schid war aber weit mehr Schalk als faul, er hat sein Hauswesen in gutem Stande hinterlassen. Die drei Kinder, zwei Töchter und ein Sohn, erbten ein schuldenfreies Häuschen und einige Aecker. Der Sohn, der das Tischlerhandwerk erlernt hat, ist weit in der Welt herumgewandert, auf der einen Seite bis Constantinopel und auf der andern Seite bis Kopenhagen. Als er heimkam, fand er seine beiden Schwestern noch ledig; und nun lebte er fröhlich mit ihnen, richtete einen kleinen Kram ein und hatte für Freunde auch ein gutes Flaschenbier eingelegt. Sein Hauptvergnügen war das Stichbrandeln. Du kennst wol das Kartenspiel zu Vier? Leider fehlte uns sehr oft der vierte Mann, und wer am Sonntag predigte, konnte den Abend vorher nicht spielen. Schon am Freitag Abend, als der Lichtle angekommen war, hatte ihm darum der Tischler Schid bereits auf der Straße gesagt: „Sie sind doch morgen Abend der Vierte?“ Der Lichtle bejahte, er war der Vierte. Da hast du's ganz wörtlich, er war kein Spielverderber.

„Heute ist die Ziehung in Frankfurt,“ sage ich jetzt zum Vicar.

„O weh! Da treibt eben der Hirt die Schweine vorbei, wir sind wieder durchgefallen,“ lachte der Vicar. „Aber halt! Wir sollen uns einen Spaß machen. Wenn wir heute Abend — ich meine, es wird heut gar nicht Tag, der Abend fängt schon am Morgen an — wenn wir heut Abend zum Stichbrandeln beim Tischler Schid sind, muß ein Brief ankommen mit der Nachricht, daß wir gewonnen haben. Da sollt Ihr einmal sehen, des faulen Wendels Einziger macht Sprünge von Constantinopel bis Kopenhagen.“

Der Postexpedient war sehr gern bei der Hand. Der Vicar gab ihm einen der letzten Briefe des Collecteurs, und der Vetter schrieb mit geschickt nachahmender Handschrift:

Hochgeehrter Herr!

Wir freuen uns, Ihnen mittheilen zu können, daß Ihr Loos Nr. 17377 in heutiger Schlußziehung den Gewinn von einhunderttausend Gulden erhalten hat. Wir bitten um Ihre Ordre, ob Sie unter Vorlegung des Original-Looses den Betrag nach Abzug der üblichen Procente hierselbst in Empfang nehmen oder ob wir Ihnen solchen in Baar nach dorten schicken sollen. Ferneren Aufträgen uns geneigtest empfehlend u. s. w.

Der Vetter hatte in der That eine sehr verführerische Geschicklichkeit. Er machte die Adresse und ahmte den Poststempel mit Bleistift sehr gut nach. Dann übernahm er es, beim Bettelvogt-Postmeister nachzusehen, ob kein Brief für ihn da sei, um bei dieser Gelegenheit den nachgeahmten unter die anderen zu schieben.

Wohlgemuth saßen wir am Abend beim Stichbrandeln, da kam der Bettelvogt und sagte: „Herr Vicar, ich bin im Pfarrhaus gewesen, da sagt man mir, Sie seien da; hier ist ein Brief an Sie.“

Der Vicar nahm den Brief mit gleichgültiger Miene. „Pah! Wieder so ein elendes Scriptum von dem Collecteur. Weiß schon: Bedauern sehr, Frau Fortuna sich unhold bewiesen, hoffen bei nächster Gelegenheit. Hier ein neues Loos . . . Genug.“

Er stedte den Brief in die Tasche, ohne ihn zu öffnen, und rief: „Wer ist am Stich? Weiter im Spiel!"

Das Spiel war zu Ende, die Karten wurden neu gemischelt, da sagte der Tischler: „Herr Vicar, ich meine doch, wenn's erlaubt wäre, ich hab' doch auch Antheil, ich möchte drum bitten, wollen Sie nicht den Brief öffnen? Man kann ja doch nicht wissen."

„Pah!" erwiderte der Vicar, „es ist nichts, und ich habe den Grundsatz, ich öffne am Abend keinen Brief; man schläft schlecht drauf. Weiter im Spiel!"

Der Tischler bat dringender und der Postexpedient unterstützte ihn.

„Nun denn, wenn Ihr wollt," rief der Vicar, riß den Brief auf und verletzte das Siegel sehr geflissentlich. Dann hielt er das Papier in der Hand, das zitterte und knitterte.

„Aufgepaßt! da ist was!" rief der Expedient. „Lesen Sie vor! Nein, lassen Sie mich lesen."

Der Expedient erhielt den Brief, der Tischler stemmte beide Arme auf den Tisch, schaute mit großen Augen drein und der Vetter las. Er stellte sich mit großem Geschick, als ob ihm die Schrift nicht geläufig wäre, und beim Nennen der Nummer hielt er das Papier so nah an's Licht, daß es fast anbrannte. Aber der Tischler hatte Alles gesehen, und jetzt sprang er auf und warf das Kartenspiel, das er in der Hand hatte, an die Wand und rannte in der Stube umher und jauchzte: „Constantinopel! Kopenhagen! 'naus mit dir, du Hobel! Die ganze Welt ist abgehobelt! Schwester Lisbeth! Margreth! kommt herein!"

Die beiden alten Mädchen kamen herein, und er rief wieder, indem er den Hobel faßte und hinein blies: „Huidä! Nichts mehr gehobelt! Lisbeth! Constantinopel! Margreth! Kopenhagen! Fünfzigtausend Constantinopel! Ein halbes Loos macht fünfzigtausend. In vier Theile getheilt, macht auf jeden zwölftausend fünfhundert Kopenhagen! Fünfhundert rechne ich ab für Schmierale, für den Schleifstein; bleibt einem Jeden zwölftausend Constantinopel! tausend Dutzend Kopenhagen! Seid nur ruhig, ich mache keine Verschwendung, bin nicht umsonst durch die halbe Welt gereist. Da, Lisbeth! Da, Margreth! Da habt Ihr meine Hand. Jetzt will ich Euch sagen, was ich vorhab', und da die Herren sind Zeugen. Ich führe aus, was ich mir vorgesetzt habe. Ich habe mir gelobt, wenn ich gewinne, bleibe ich drei Tage im Bett liegen, damit ich keinen dummen Streich mache. Sollt sehen, ich weiß mich im Zaum zu halten. Und auf sichere Hypothek legen wir unser Geld an, auf Gemeinde-Hypothek, das ist das Beste; eine Gemeinde wird nicht bankrott. Herr Vicar! Herr Pfarrer! Wir lassen das runde baare Geld kommen, ein rundes-Fäßchen mit runden Geldrollen drin, hartes Geld, lebendiges Geld. Und ich setz' mir ein Kegelspiel von Geldrollen auf. Juchhe! Constantinopel! Kopenhagen!"

Die ältere Schwester Lisbeth kam endlich zu Wort und konnte sagen: „Ich hab's gewußt, die Margreth kann mir's bezeugen, wie heut Morgen der Bettelvogt da vorüber gegangen ist, hat gerade der Schafhirt seine Heerde rechts gegen unser Haus getrieben, und da hab' ich gesagt: Margreth, paß auf, hab' ich gesagt, heut kriegen wir einen Glücksbrief, hab' ich gesagt."

„Red' nicht davon!" warf der Tischler ein, „bringt mir nur keinen Aberglauben in's Haus, sonst hat man ja im Glück keine Ruhe, und Ruhe ist jetzt in der Welt, tausend und tausend Meilen weit, von Constantinopel bis Kopenhagen!"

„Er hat Recht," entgegnete die Schwester Margreth, „die Schweine sind ja auch zuerst vorbei getrieben worden."

„Ja, nur keinen Aberglauben," bestätigte der Expedient. Er war der Einzige, der die Keckheit hatte, drein zu reden, wir Anderen hielten es vor Verlegenheit nicht mehr aus und gingen davon in das Wirthshaus, wo der Lichtle abgestiegen war.

Dort hörten wir bald, daß der Tischler im Pfarrhaus sei. Er hatte inzwischen den Sohn meiner Schwester, die an den Lindenwirth in Steinen verheirathet ist, mit einem großen Krug in's Wirthshaus geschickt, daß er Wein hole; er wollte im Pfarrhaus auf uns warten, bis wir wieder kämen. Nun war uns die Sache doch nicht geheuer, und der Lichtle, der uns über unseren ungehörigen Spaß stark ablanzelte, übernahm es als Unbetheiligter, dem Tischler Aufklärung zu geben. Ich versprach ihm, die Einleitung zu machen.

Als wir dem Wirthe Gute Nacht sagten, beglückwünschte dieser den Vicar, indem er hinzufügte:

„Ihnen, Herr Vicar, wird's besonders lieb sein, daß Sie den Treffer …"

„Warum nur besonders?"

„Ha! weil der Credit doch auch manchmal ein Eisen verliert, und da ist's gut, wenn frisch beschlagen wird. Ich red' nicht von mir, ich rede nur von Anderen, und nehmen Sie es nicht für ungut."

Der Vicar aber nahm es sehr für ungut, und auf dem ganzen Heimwege

murrte er vor sich hin. Es verdroß ihn sehr, daß man schon lange nicht mehr an seinen Reichthum glaubte.

Wir kamen in's Pfarrhaus. Schon auf der Treppe klagte uns meine Schwester, daß wir da eine böse Geschichte eingebrockt hätten. Der Tischler sei wie närrisch und wolle nicht vom Fleck. Mein Neffe, der bei mir zu Besuch war und wol etwas von unserem Streich gehört, hatte ihm gesagt: „Euer Glücksvogel heißt nicht Habich, aber Hättich, den kriegt man auch nur, wenn man ihm Salz auf den Schwanz streut."

„O du," entgegnete der Tischler, „du willst Pfarrer werden und bist so ungläubig? Dein Vater wird schon gern „hab ich" zu dem Vogel sagen. Er kann's brauchen, und ich gönn's ihm."

Wir kamen in die Stube. „Herr Pfarrer," sagte der Tischler, und sein ganzes Gesicht glänzte, „ich habe eine Bitte: lassen Sie mich unsern Glücksvogel, unser Loos sehen."

Ich öffnete den Schreibtisch und übergab es ihm sammt dem Briefe, in dem es lag.

„Die Nummer ist richtig," sagte er und hielt den Brief zwischen beiden Händen, wie wenn er ihn liebkoste. „Ich hab' gefürchtet, es fehlt ein Aug' daran, und Ein Aug' gefehlt, wäre ganz gefehlt, wäre so gut, als wenn man um Tausende gefehlt hätte."

Ich nehme den Brief nochmals zur Hand und sage: „Seht einmal, mir kommt die Sache nicht geheuer vor. Es müßte schnell gegangen sein, wenn der Brief heute schon mit der gewöhnlichen Post da wäre. Da müßte ja eine Estafette, ein blasender Postillon gekommen sein, und seht einmal, die Schrift ist nicht gleich mit dem früheren und dem jetzigen Briefe. Vergleiche du einmal," sagte ich zum Lichtle, übergab ihm beide Briefe und ließ ihn nun machen.

„Ich bin verrathen," rief der Expedient und verließ die Stube, und Lichtle erklärte nun dem Tischler, daß der übermüthige Bursche einen tollen Streich gemacht. Er zeigte ganz genau, daß der Poststempel mit Bleistift nachgemacht sei.

Als ich die Mienen des Tischlers sah, bereute ich's tief, daß ich den Spaß zugegeben. Der Tischler ging ganz still davon und nahm beide Briefe sammt dem Loose mit.

Wir nahmen uns vor, den Spaß so weit als möglich wieder gut zu machen. Ja, wer hat aber so etwas in der Hand?

Der kleine Kram, den der Tischler führte, erhielt jeden Sonntag früh seine Zufuhr aus dem großen Laden des Kaufmanns Kori in Hechingen. Kori war ein höchst ehrenhafter, zuverläßiger Charakter, der das Vertrauen der ganzen Umgegend besaß. „Das ist so sicher, wie wenn's der Kori gesagt hätte," war eine Betheuerung, die überall so viel galt, als wäre sie verbrieft und besiegelt.

Nun wanderte jeden Sonntag Morgen der Schneider Schnurrer aus unserem

Dorf nach Hechingen und holte für den Tischler Schid einige Pfund Zucker, Kaffee, Cichorie, Lichter, Seife, Schwefelhölzchen, Essig, Baumöl, kurz, was man eben im Kleinverkauf braucht.

An diesem Sonntag in aller Früh kommt der Schneider Schnurrer zu Kori und holt das Uebliche.

„Guten Morgen, Schnurrer, was gibt's Neues in Burladingen?"

„Nichts, daß ich wüßte, aber doch, ja, das ist prächtig! Unser Herr Pfarrer hat in der Frankfurter Lotterie gewonnen."

„Pst! Pst! Still um Gotteswillen! Saget das nicht so laut und saget das nicht weiter, keinem Menschen. Daß Ihr mir's gesagt habt, schadet nichts; aber wenn Ihr heimkommt, geht zum Pfarrer und berichtet ihm meinen Glückwunsch, und er soll sich ja recht in Acht nehmen, die Sache ganz geheim zu halten. Es ist ja in unserm Ländchen verboten, in der Frankfurter Lotterie zu spielen, und wenn's heraus kommt, nimmt der Staat Alles, was sie gewonnen haben, und vielleicht gibt's noch eine Strafe dazu. Vergesset ja nicht, dem Pfarrer zu sagen, daß er sich in Acht nehmen soll . . ."

Am Morgen hat der Lichtle meisterhaft gepredigt, und — was viel heißen will — seine Predigt hat fast eine halbe Stunde gedauert und war meinen Bauern nicht zu lang. Er weiß aber auch das Herz zu packen, daß man an gar keine Zeit mehr denkt.

Der Tischler war nicht in der Kirche gewesen und seine Schwestern auch nicht. Wir schickten meinen Neffen zu ihm und hörten, daß er im Bette liegen geblieben, aber er sei nicht krank.

Mir war das räthselhaft. Glaubt er doch noch an den Gewinn und will seine Clausur halten?

Als der Nachmittagsgottesdienst vorüber war, machten wir Männer uns allesammt auf den Weg nach Steinen, um meinen Neffen, der am Montag wieder zur Schule sollte, zu seinen Eltern zu bringen.

Wir sind noch eine gute Strecke von Steinen entfernt, da sehen wir meinen Schwager und meine Schwester uns entgegen kommen. Meine Schwester, eine große, starke Frau, hebt von ferne die Hände empor und schlägt sie in freudiger Bewegung zusammen. Ich sage zu meinem Neffen: „Deine Mutter freut sich recht, daß du wieder heim kommst."

Wir kamen bei den Entgegengehenden an, und mein Schwager, meine Schwester wünschen mir Glück. Ich hatte gar nicht Zeit, etwas zu erwidern.

„Jetzt, Hochwürden," sagte mein Schwager Löwenwirth, „jetzt, Hochwürden, müssen Sie mir dazu helfen, das Rößle in Hechingen zu laufen; dreitausend Gulden bekomm' ich für mein Anwesen und zweitausend geben Sie mir dazu, und dann können wir den Jungen gut in die lateinische Schule schicken, und er soll Geistlicher werden, wie Sie."

Ich entgegnete, daß es ein Irrthum sei, ich hätte nichts gewonnen.

„Vor mir brauchen Sie nichts zu verhehlen, ich werde nicht der Narr sein und

es der Regierung verrathen. Ich bin noch heute Morgen beim Kaufmann Kori gewesen. Er hat mir ernst eingeschärft, Sie sollen sich ja recht in Acht nehmen; aber
bei mir sind Sie sicher."

Was nützten alle meine Betheuerungen? Der Kaufmann Kori hat's gesagt,
und der hat noch nie in seinem Leben eine Unwahrheit gesagt.

Als wir in der Linde ankamen, nahm mich meine Schwester in die Nebenstube
und weinte vor Glückseligkeit, daß ich in der ganzen Familie nicht nur ein Glück für
die Ewigkeit sei, sondern auch für die Zeitlichkeit. Sie ließ mich gar nicht zu Wort
kommen und pries die Eltern im Himmel und beklagte, daß sie nicht mehr da
seien. Sie gelobte für sie eine Wallfahrt
nach Einsiedeln.

Und von da fing's an, daß ich von
der Geschichte einen Gewinn machte, aber
einen schlimmen; ich that Blicke in die
Menschenseele, die gar nicht erquicklich sind.
Ich war der Stolz meiner Familie und
vor Allem meiner Schwester, der Linden-
wirthin, die einen richtigen und guten Verstand hatte. Wie drehte sich aber das jetzt
Alles! Sie klagte zuerst, daß ich so mißtrauisch sei; sie wollte wissen, womit sie
das verdiene, und als ich ihr betheuerte,
daß ich ihr nichts Außergewöhnliches bei-
steuern könnte, da war sie nahe daran,
mich hartherzig zu schelten.

Was sollte ich thun? Sollte ich meine
Aussage mit einem Eide bekräftigen? Ich
war unwillig, daß man mir nicht auf mein
Wort glaubte. Da sah ich's nun: mein
Leben lang habe ich mit Aufopferung Alles
geleistet für meine Angehörigen; jetzt, da

ich einmal zu versagen schien, war Alles vergessen und ausgelöscht.

Ich ließ den Wein stehen, der bereits eingeschenkt war, und machte mich wieder
auf den Heimweg.

Es war kein guter Blick, mit dem Schwager und Schwester mir nachsahen,
als ich mit dem Vicar, dem Expedienten und dem Lichtle wieder heimwärts ging.

Unterwegs begegnete uns der Schneider Schnurrer, der mich bei Seite nahm
und mir heimlich den Glückwunsch und die Warnung des Kaufmanns Kori mittheilte.

Sollte ich auch diesem Manne sagen, daß Alles nur Täuschung? Sollte ich
von Haus zu Haus, von Mann zu Mann gehen und sagen: Liebe Leute, mein
Vetter Expedient hat einen unnützen Streich gemacht, und ich hab' ihn nicht verhindert?
Die Regierung strafte mich nicht, ich halte aber schon mein Theil Strafe, und ich

14*

muß sagen, daß es mir jetzt, wo es offenkundig war, schwer auf's Herz fiel, eine Umgehung des Gesetzes auf mich geladen zu haben.

Ich dankte beschämt dem Gruße aller Begegnenden, denn ich wußte, Jeder denkt: Unser Pfarrer spielt in der Lotterie. Freilich wünschten sie mir Alle heimlich Glück, aber ich meinte, ich könnte nicht mehr predigen, daß man Noth und Armuth geduldig tragen und das Gesetz heilig halten solle.

Jener Sonntag war einer der widerwärtigsten meines Lebens.

Ich klagte dem Lichtle meine Noth. Dieser sagte mir, daß ich gerechte Strafe erleide, ich solle es aber nicht so schwer nehmen; dabei tröstete er mich auch, daß die Menschen nicht so viel denken als der Betroffene selber. Der Vicar indeß blieb dabei, daß die Geschichte einmal lustig angefangen habe und auch lustig durchgeführt werden müsse.

Am Montag früh kam wieder die Zeitung, aber kein Brief. Nun war an diesem Montag Delanats-Conferenz im Löwen zu Hechingen, du kennst ja das Wirthshaus in der unteren Stadt am Kreuzweg. Ich kam mit dem Lichtle und dem Vicar dort an. Wir sind die Ersten, die eintreten.

Im Löwen ist auch die Post, und da liegt auf dem großen Tische ein Sack mit tausend Gulden, adressirt an Joseph Mayer. So hieß ein jüdischer Kaufmann in Hechingen. Ein Amtsbruder tritt ein, er gratulirt dem Vicar, und dieser sagt: „Bitte, sprechen Sie nicht weiter davon. Sehen Sie, das sind die ersten tausend Gulden, die angekommen." Er legte die Hand auf die untere Schrift, so daß nur der Name zu lesen war.

Nun kamen bald viele Amtsbrüder, und die Conferenz begann.

Als die Conferenz beendigt war und wir wohlgemuth bei Tische saßen, merkte ich, daß der erste Amtsbruder dermaßen Verschwiegenheit gehalten, daß sämmtliche Diöcesangenossen mich bestürmen, ich müsse einen Satz geben. Ich erkläre nun, allerdings ohne den Expedienten bloß zu stellen, daß Alles nur Scherz und ich nichts gewonnen habe. Indeß lasse ich doch vier Maß Wein aufsetzen. Man verlangt Champagner, aber das ist mir doch zu viel.

Und solltest du es glauben? Ich habe durch den übermüthigen Scherz eine sehr demüthigende Erfahrung gemacht: Ich sehe, die Menschen halten viel mehr auf mich, weil ich reich bin. Mein persönlicher Werth, auf den ich mit manchmal im Stillen etwas einbilden wollte, bekam ein neues Gewicht, ja wurde weit überwogen von der Vorstellung der Menschen, daß ich reich sei.

Das habe ich an jenem Tage und später noch mehr erfahren. Daß ein Mann von Reichthum so eifrig in seinem Berufe, das galt für besonders ehrenvoll, und Alles, was ich sagte und that, hatte noch ein besonderes Gewicht. Daneben mußte ich natürlich auch manchmal hören, daß ich sehr karg und knauserig sei. Das Elend, das rings um mich her war, bedrängte mich nun täglich und stündlich. Ich spendete größere Gaben, ich legte mir manche Entbehrungen auf, aber alle milden Gaben wurden sehr gering angesehen.

Bald kam eine neue Drehung, die mich wie im Wirbel umhertrieb. Ich hatte mit dem Schicksal gespielt, und nun hat das Schicksal mit mir gespielt.

Am Dienstag früh erhielt der Vicar eine ganze Heerde Briefe, wie das der Bettelvogt nannte. Von allen Seiten her kamen Zuschriften, die dem Vicar Glück wünschten, und darin lagen Rechnungen. Anfangs wollte er sich darüber lustig machen, daß er bei so vielen Menschen so gut angeschrieben sei, aber bald verdroß es ihn doch sehr, wie er sah, daß er keinen Credit mehr habe, und das, was er noch besaß, reichte kaum hin, um die vielen leichtsinnigen Schulden zu bezahlen.

Vom Tischler hörten wir gar nichts mehr; mir war die Sache nicht recht geheuer; warum liegt er denn jetzt noch im Bett, da er nicht in Gefahr ist, mit seinem Gewinnst einen dummen Streich zu machen? Ich drang darauf, daß ich ihn sprechen müsse, und nun zeigte sich, daß er gar nicht im Bett gelegen. Die Schwestern sagten mir, er sei verreist; wohin? Sie behaupteten, es nicht zu wissen.

Es war am Donnerstag früh, der Lichtle kam eben und wollte Abschied nehmen, da kam der Tischler zu mir in's Haus und sagte mit fröhlicher Stimme: „Tausendmal guten Morgen, Herr Pfarrer.“

„Was ist? Wo seid Ihr gewesen?“

„In Frankfurt. Ich hab' das Geld selber geholt.“

„Das Geld? Was für ein Geld?“

„Unser Geld.“

„Unser Geld? Wie viel denn?“

Der Tischler machte eine lange Pause, dann sagte er:

„Rathen Sie einmal.“

Jetzt war Ich daran, von ihm geschraubt zu werden, und er stellte endlich drei Rollen vor mich auf den Tisch, jede zu tausend Gulden, und sagte:

„So, da sind Ihre drei Theile, das Meinige habe ich daheim.“

Er berichtete nun, daß er auch mit dem Bettelvogt umzugehen wisse; er habe ihm den Brief an den Vicar, der richtig am Montag angekommen war, weggenommen und sei damit gerades Wegs nach Frankfurt gewandert. Drei Gulden bekäme er noch von jedem Gewinn heraus, denn zwölf Gulden Unkosten habe er gehabt.

Solltest du es glauben? Aber es ist so. Mir erschien der Gewinn, der doch nicht unbedeutend war, viel zu gering, und solch eine teuflische Macht liegt im Gelde, daß ich sofort dem Tischler mißtraute; es ist gewiß weit mehr, was wir gewonnen haben, aber wie soll ich jetzt die Wahrheit herausbekommen? Ich kann mir freilich die gedruckte amtliche Gewinnliste kommen lassen, aber mir schauderte schon vor dem Rechtsstreite mit einem Gemeinde-Angehörigen, und er ließ sich eigentlich nicht verfolgen, denn die Sache darf ja nicht ruchbar werden. O, es ist eine böse Geschichte, wenn sich der Geldsack an die Seele hängt!

Es hat sich thatsächlich erwiesen, daß der Tischler als grundehrlicher Mann gehandelt. Als ich meiner Schwester in Steinen mehrere hundert Gulden gab, bedankte sie sich kaum, und als ich nach und nach meinen ganzen Gewinnst und den meiner ledigen Schwester an Verwandte und Arme verzettelt hatte, wollte man immer Reichlicheres von mir haben, und ich verwünschte diese ganze Geschichte mehr als tausendmal.

Der Vicar war am übelsten dran; er konnte geraume Zeit den Aerger nicht verwinden, daß er eigentlich keinen Credit hatte, und oftmals sagte er: „Niemand als ich könnte besser darüber predigen, wie es in der Ewigkeit sein muß, wenn man für vergessene Genüsse die Rechnungen zu bezahlen hat. Das ist wie alte Wirthshausschulden."

Bald aber ward er wieder der lustige Kamerad von ehedem und ist lustig gestorben. Noch eine Stunde vor seinem Tode ahmte er das Auszichen des Pfropfens nach. Ich habe seitdem keinen Vikar mehr bekommen, denn es findet sich keiner mehr, der noch eigen Geld aufwenden kann.

Ich aber gelte bis auf den heutigen Tag für reich, und was ich thue und sage, hat weit mehr Nachdruck. Das sind die Zinsen meines verflogenen Kapitals . . .

So erzählte der Pfarrer, und am Abend machten wir einen Besuch bei dem Tischler und stichbrandelten mit ihm; der Schullehrer war der vierte Mann. In der Stube des Tischlers hängen schön eingerahmt drei Städtebilder: rechts Constantinopel, links Kopenhagen und in der Mitte Frankfurt am Main.

Schule und Leben.

(Aus den Denkwürdigkeiten eines deutschen Familienvaters.)

enn im Frühling die Erde neu ergrünt und blüht, dann erquickt sich Auge und Herz an jedem Halme, an jeder mälig sich entfaltenden Knospe. „Schau, wie's hier schon so weit ist — und hier! und hier!" ruft man einander zu beim Gang in's Freie, und jedes Zwitschern und Singen von den Bäumen ruft das tiefste Herz an. Aehnlich ist es bei der Wahrnehmung vom ersten Erwachen der Kindesseele, zumal wenn sie eintritt in das lebendige Reich des Wissens. Da sind quellende, treibende Kräfte, man weiß nicht, wohin der erfreute Sinn zuerst sich wenden soll.

Welch eine große Wandlung geht mit dem Kinde in der ersten Zeit des Schulunterrichts vor! Plötzlich, als reine Thatsachen, bekommt es die großen Errungenschaften des Menschengeistes, an welchen ganze Völker und ihre edelsten Geister Jahrhunderte gearbeitet haben: die Buchstabenschrift und die Zahl. Das ist eine Erbschaft aus der Vergangenheit, aus der Vorarbeit der Menschheit, der keine zweite mehr gleichkommt, so hoch auch das Wissen steigt . . .

Richard hatte nun fast gar kein Interesse mehr als seine Schule.

Die Großmutter mußte ihre Brille aufsetzen und zu Hause mit ihm buchstabiren. Sie erschrak fast vor der neuen Welt, die ihr hier sich kundgab, sie erschien ihr gar wunderbar. Aber sie fand sich in ihrem feinen Sinn — der nicht, wie so oft, die alte Zeit im Gegensatze zur neuen lobte — bald darein, und als sie hörte und einmal in der Schule selbst sah, wie man den Kindern die Zahl durch die Reihe der hölzernen Kugeln veranschaulicht, die auf einem eisernen Stabe laufen, und wie leicht sie da addiren und subtrahiren lernen, und wie man ihnen Bilder und Gegenstände vorführte, um sie aus der Anschauung deren Merkmale finden zu lassen, da sagte sie: „die Welt wird immer gescheiter!"

Sie hatte es anfangs unrecht gefunden, daß Richard nicht am ersten Tage seines Schulbesuches — wie vordem ihr geschehen war — Zuckerwerk vom Lehrer bekommen hatte. Sie verstand es aber recht wohl, daß wir heute in einer strengeren Welt leben, wo die Menschen schon frühe daran gewöhnt werden müssen, nicht durch Schmeicheleien und Süßigkeiten in den Kreis ihrer Pflichten eingeführt zu werden. Von der ersten Stufe der Pflicht bis zur letzten müssen die Menschen daran gewöhnt werden, nicht nach einer äußeren Belohnung auszuschauen. Der reine Gedanke und das innere Bewußtsein muß das Genüge bilden.

Doch ich will nicht vorgreifen, ich stehe in Gedanken schon am Schluß meiner heutigen Aufzeichnung.

Ich besuchte Richard oft in seiner Schule und hatte meine herzliche Freude an dem jugendlich frischen Lehrer, einem Manne von umfassender Bildung, der sich aber mit reiner Liebe dem ersten Unterricht und dem ersten Erwecken der Kindesseele hingab.

In größeren vielklassigen Schulen sollte immer ein junger Lehrer in der ersten Blüthe seiner idealen Kraft zum Elementarlehrer genommen werden.

Der Lehrer Richard's war immer geweckt und behend, im vollen Einsatze seiner geschlossenen gesammten Kraft, und dieses volle Dabeisein machte auch die Kinder lebendig. Er war zutraulich und doch fern von allem Spielerischen und Süßlichen, und ich erkannte, daß er nicht nur guten Herzens, sondern auch klugen Geistes war.

Da waren zwei Knaben, die sich in der ersten Zeit beständig störrisch und verdrossen benahmen und auf alle Fragen, auch auf die einfachsten und natürlichsten, gar keine Antwort gaben. Der Lehrer ließ sie gewähren. Er zerrte nicht an ihnen, um sie in die Gemeinsamkeit einzureihen; antwortete einer der Knaben auf seine Fragen nicht, so ging er weiter, sagte höchstens: „du mußt besser aufpassen!" Noch war die Woche nicht vorüber, als diese störrischen Knaben zu den aufmerksamsten gehörten. Sie wollten jetzt auf alle Fragen immer allein antworten. Er fuhr dann dem Einen oder dem Andern leise mit der Hand über den Kopf und sagte: „Es ist recht, daß du antworten willst; es ist aber jetzt an einem Andern." Die Knaben mußten sich nun auch bescheiden lernen, und er kam weder auf ihre frühere Störrigkeit noch auf ihre jetzige Theilnahme zurück.

Ich sprach mit dem Lehrer über sein Verfahren, und er berief sich auf den höchsten pädagogischen Grundsatz: Lasset die Kindlein zu mir kommen und wehret ihnen nicht! Man muß den natürlichen Drang der Kinder nach Belehrung, Liebe und Anschluß abwarten und die Kleinen gewähren lassen, nicht sie drängen und treiben, nicht ihnen zu essen aufbringen, wenn sie gar keinen Hunger haben. Kommen müssen die Seelen der Kinder und nicht getrieben und gejagt werden, · dann sind diese Seelen offen für alle Liebe und alle Erkenntniß. — Als ich ihn fragte, warum er den Störrischen nicht wenigstens ihr Unrecht gezeigt habe, sagte er:

„Man ist bereits auf dem Irrwege, von dem man schwer wieder zurückkommt, wenn man den Kindern ihr Benehmen erklärt und sie durch eigene Einsicht und Verantwortlichkeit auf den rechten Weg führen will. Das gelingt nur selten und macht die Kinder schwergemuth, wenn die Mahnung in sie eindringt, oder andern= falls leichtfertig darüber weggehend. Das Beste ist, sie in die gesammte Disciplin einzuführen, so daß sie in gleichem Schritt und Tritt mitgehen, ohne es eigentlich zu wißen. Die Pflichtgewohnheit muß der Boden sein, auf dem sich später die Blüthe des Pflichtbewußtseins entfaltet."

Immer mehr liebte und bewunderte ich den frischen Jugendmuth des Mannes, seine klare Einsicht, die sich den Kindern gegenüber aber nie im Auskramen von großen Grundsätzen gefiel, sondern eben diese Grundsätze als That erscheinen ließ.

Mehrmals brachte Richard in der ersten Zeit ein geschriebenes Lob mit heim. Er that sich nicht wenig darauf zu Gute und erzählte von seinen Großthaten, und die Art, wie er die Schöpfungsgeschichte und die Geschichte des ersten Menschenpaares erzählte, machte der Großmutter die Thränen über die Wangen rinnen. Manchmal schüttelte sie aber auch den Kopf und sagte mir heimlich: „Ich meine, man macht jetzt die Kinder zu frühe gescheit, und nun gar das viele Rechnen, das macht sie ganz zu berechnenden Menschen." Sie lächelte, als ich ihr diese Furcht zu wider= legen suchte, aber belehrt war sie nicht.

Was Richard von nun an sprach, oder ein Wort, das er hörte, zerlegte er sich in Buchstaben. Der Schulunterricht ging ihm den ganzen Tag nach.

Er hatte wol von älteren Schulknaben gehört, daß die Lehrer bisweilen unge= recht seien und irgend einen Schüler mit guter oder böser Voreingenommenheit behandeln; auch Richard brachte manchmal Derartiges vor, und ich hatte viele Mühe, die Frauen davon zurückzuhalten, sich nicht von ihm erzählen zu laßen, was und wie Alles geschehen sei. Ich schlug jedes Klagebringen mit der in entschiedenem Tone gesprochenen Bestimmung nieder: „Der Lehrer hat Recht!"

Ich glaube, daß dies der oberste Grundsatz im Elternhause bei allen Schul= berichten der Kinder sein sollte.

Sobald man auf Bedenken und Erwägen, auf Untersuchungen u. s. w. sich einläßt, ist das Band zwischen Schule und Haus zerrißen.

Die Zuversicht, daß die Lehrer auf diesen Grundsatz im Elternhause rechnen können, dies soll und muß aber auch die Lehrer zu verdoppelter Gewißenhaftigkeit bestimmen.

Eines Morgens weinte Richard, als er in die Schule gehen sollte, und ich muß sagen, ich ward böse, als die Großmutter fragte: „du bist wol krank? du siehst so blaß aus!" und die Mutter hinzusetzte: „wo fehlt es dir denn?" Richard war schon bereit, sich diese Besorgniß zu Nutze zu machen und irgend ein Unwohlsein vorzuschützen. Ich sah das und sagte ihm, er möge nur ehrlich sagen, welche Strafe er bekommen habe oder welche er erwarte. Nun kam's nach vieler Mühe heraus. Meine Zuversicht hatte ihn erschreckt, und er gestand, daß er einen schweren Tadel bekommen habe, weil er gelogen hatte.

Ich begleitete ihn nun in die Schule und dort hörte ich, daß der Knabe sich in wunderlichster Weise eine Flunkerei angewöhne. Ich sagte im Beisein des Knaben

dem Lehrer, wie streng er das ausrotten müsse und wie ich in jeder Weise dazu
helfen wolle.

Der Lehrer bat mich, die Sache als abgemacht anzusehen und nicht mehr weiter
darauf zurückzukommen. Ich willfahrte gern. Die Großthuereien Richard's hörten
aber von da an auf. Während des ganzen Winters war er, seine natürliche Wild-
heit abgerechnet, folgsam und gut. Gern erzählte er von Freundschaftsbündnissen,
die er zu Schutz und Trutz gegen die Gefahren der Straßenüberfälle geschlossen habe.

Die Osterzeit kam heran, und Richard sagte oft, daß die Eltern und die Großmutter zum Examen kommen müßten.

Am Morgen des Examens brachten wir Drei ihn nach der Schule.

Die Großmutter hatte in Gewißheit dessen, was ihr bevorstand, ihr Taschentuch
in der Hand behalten und bald trocknete sie ihre Freudenthränen, als sie Richard
nach dem ersten hellen Gesang ein kleines Gedicht vortragen hörte.

Bei allen Unterrichtsgegenständen wurde Richard immer aufgerufen, wenn ein
Camerad oder mehrere eine Frage nicht zu beantworten wußten. Der Blick, mit
dem mich die Mutter dann immer ansah und die Hand meiner Frau drückte, das
bleibt mir unvergeßlich.

Das Beste kam aber noch zuletzt. Richard erhielt als Preis ein schönes Lese-
buch, sein Name wurde laut verlesen, und der Geistliche, der als Schul-Inspektor
zugegen war, gab ihm die Hand.

Ich muß sagen, auf mich machte diese erste Prüfung einen traurigen Eindruck.
Vieles war freilich gut; aber die Art, wie man die Kinderseelen mit unverständlichen Dogmen anfüllte, das ist doch, gelindestens gesagt, eine Grausamkeit. Empfinden
sie, was damit gemeint ist, und grübeln sie darüber, so bringt man gleich in die
früheste Jugend entweder eine Schwärmerei oder das tiefste Elend der Zweifelsucht.
Plappern sie aber die Worte nur nach, so hat man den Grund zur tiefsten Lügenhaftigkeit gelegt. Die Kinder sagen da Dinge, die sie weder begreifen sollen noch
begreifen können, und doch soll das den Eindruck machen, daß diese Lehren in ihrer
Seele leben, und die Hörer sollen ihnen das glauben. Noch ganz unbewußt, noch
ganz verhüllt, wird hier der Grund zu jener Lügenhaftigkeit und Phrasenhaftigkeit
gelegt, womit so viel Millionen Menschen vor sich selbst und vor ihren Mitmenschen
in Unwahrheit stehen.

Bevor in der Seele der Dämmer des Bewußtseins aufgeht, sollte man das
Kindesherz mit all den großen Räthselfragen und all den geistigen Scheidewänden
der Menschheit verschonen. Das ist doch das Geringste, was man verlangen kann.

Da ich dies hier in der Versammlung nicht aussprechen konnte, so glaube ich,
daß etwas von meiner Mißstimmung in das Gespräch überging, das ich nach geschlossener Schulprüfung mit dem Director, dem Lehrer und dem Geistlichen hielt.
Ich äußerte meine entschiedene Gegnerschaft gegen jede Preisertheilung. Es wird
die wahre Sittlichkeit gehindert, wenn man für die rechte Pflichterfüllung äußere
Belohnung bietet. Ich kam da in das theologische Revier und zog mich schnell zurück.
Ich erklärte nur aus allgemeinen Vernunftgründen, daß es ein böses Unterfangen

fei, den äußeren Ehrgeiz zu reizen. Das fängt hier klein an und geht hinauf bis zu Orden und hohen Stellungen. Ich habe in Frankreich während der Herbstferien Hunderte von Knaben mit Preismedaillen an ihrem Rocke in Städten und Dörfern gesehen. Hier liegt das Grundübel des französischen Volkes — es ist der äußerliche Ehrgeiz! Nicht was man in sich und vor sich selbst ist, gilt bei den Franzosen als das Wesentliche, sondern als was man vor der Welt erscheint. Es wäre ein tief trauriges Unternehmen, wenn man die innere Ehre des deutschen Herzens zur äußeren Ehrsucht verwandelte.

Ich galt den Herren wahrscheinlich als ein Schwärmer oder als ein Revolutionär. Auch meine Mutter war sehr unzufrieden mit mir, als ich darauf drang, es solle von dem Preise, den Richard erhalten, zu Hause gar keine Rede sein.

Ich wollte dem Kinde natürlich keinen Zwiespalt zwischen den Gesinnungen der Schule und denen des Hauses einpflanzen. Ich gab ihm nur zu verstehen, daß es recht sei, wenn er seine Pflicht erfüllt, und als er sagte: „Nun darf ich auch als Belohnung auf acht Tage zum Onkel auf's Landgut" — oder: „du laufst mir nun ein Pferd," und was er alles für Wünsche hegte, da sagte ich, daß ich ihm erlaube und ihm kaufe, was ihm gut ist — aber nicht als Belohnung!

Der Nothpfennig.

Eine Geschichte von unterwegs.

———

s war einmal ein Bauer, der seinen alten, arbeitsunfähigen Vater gar schlecht behandelte, ihm kaum nothdürftig zu essen gab, und auch das noch in der rohesten Weise. Einstmals sah der Bauer, wie sein junger Sohn aus einem Stück Holz einen Trog schnitzelte.

„Was machst du da?" fragte er.

„Ich schnitze einen Trog," erwiderte der Knabe, „aus dem ich dir zu fressen geben will, wenn du alt bist."

Der Vater hatte eben ausgeholt, um dem Knaben eine tüchtige Ohrfeige zu geben; aber eine unsichtbare Gewalt hielt ihm die Hand. Er sah, daß dies nur die Strafe dafür ist, was er an seinem eigenen Vater that, er ward fortan mild und liebevoll und rettete damit sein eigen Herz, das seines Vaters und seines Kindes.

Ja, die Art, wie die alten Bauern ausgehalten werden, die ihr Gut an ihre Kinder abgegeben und nun im Auszug oder, wie man's auch nennt, im Leibgeding leben, gehört oft zu dem empörendsten. Ist bei der Uebergabe auch Alles noch so genau schriftlich festgestellt worden, die Liebe und die gute Art läßt sich nicht auf einem Stempelbogen lebendig machen, und wagt es der Alte einmal, vor Gericht zu klagen, so ist nicht viel damit geholfen. Wo die Herzensgüte fehlt, da ist das Beste nicht da.

Der große Dichter Shakespeare hat das Leben solch eines Auszüglers und seinen traurigen Untergang in der ergreifendsten Weise geschildert. Der Mann, den er uns darstellt, kann nicht vor Gericht klagen, denn er ist ein König, der sein Besitzthum unter seine Töchter getheilt hat, die ihn nun hartherzig behandeln und ihn neu erziehen wollen. Es ist König Lear. Was aber hier von einem König berichtet wird, geschieht in geringeren Verhältnissen in nicht minder erschütternder Weise. Da kann kein Staatsgesetz helfen, das Herz allein entscheidet.

Ich habe mich auf Reisen oft zu solchen einsamen Altbauern gesetzt. Ich wollte sie erheitern, ihnen Das und Jenes berichten; aber ich habe meist gefunden,

daß sie kaum mehr zu hören verstehen, wenn sie auch das leibliche Gehör noch besitzen; es ist meist ein einziger dumpfer Gedanke, der sie beherrscht und den sie
fast unwillkürlich vor sich hinmurmeln, in abgerissenen Worten, dazwischen manchmal ein Gebet. Dann starren sie in der Regel mit offenem Munde drein oder ver-
sinken in sich und erwarten keine andere Rettung als den Tod. Wenn die Geistlichen
hier nicht helfen können, so ist es Pflicht jedes Nachbarn, unablässig da zu mahnen
und einzugreifen. Aber freilich, die meisten Menschen leben für sich und glauben,
sie hätten genug gethan, wenn sie kein Unrecht begehen; daß sie aber verpflichtet
sind, wo sie eine Unthat sehen, solche abzustellen und nicht müde zu werden, sich nicht
abweisen zu lassen und immer wieder zu kommen, das geht nur Wenigen auf.

Um so lieber ist mir's nun, daß ich von einer meiner letzten Reisen eine er-
freuliche Geschichte mittheilen kann.

Es war ein schöner heißer Sommermittag im Harzgebirge. Ich wollte nach
dem Brocken und wanderte nun durch ein kleines Thal den schmalen, an der Berglehne sich hinziehenden Fußsteig. Da saß ein armer alter Mann mit dünnen schneeweißen Locken am Wege; er hatte einen braunen langen Schlehdornstock im Schoße.
Ich setzte mich zu ihm, fragte nach Leben und Treiben, und der Alte erzählte,
daß er ehedem Waldhüter gewesen; es sei kein Felsen, der zu ersteigen sei, und keine
Thalschlucht, wo er nicht aber- und abermals gewandert sei. „Und siehst du,“ sagte
er — der Alte wußte nichts davon, daß man anders als „Du“ sagen kann —
„siehst du die Tannen dort oben? Die habe ich gepflanzt. Jeden Tag, wenn ich
zu Berge ging, habe ich meinen Büchsenranzen voll Erde mit hinauf getragen, und
dann in den Schrunden, wo nur die Felsen einen breiten Fleck hergeben, da habe
ich sie festgemacht; und dann hab' ich gewartet, bis Gras und Gestrüpp daraus

hervorgewachsen ist, das nagelt und klammert die Bodenerde an den Felsen; dann hab' ich die kleinen Stämmchen hinauf getragen und eingepflanzt. Mein Fabian, mein Aeltester, der lange beim Militär war und dann von einem Baum erschlagen wurde, hat mir, wie er noch ganz klein war, oft dabei geholfen. Wenn du hinauf kommst, kannst du die Bäume sehen, ich sehe sie nicht mehr recht."

„Und bei wem lebt Ihr jetzt?" fragte ich.

„Bei wem? Bei wem?" wiederholte der Alte und sah mich starr an. „Bei Niemand. Ich hab' Niemand mehr auf der Welt. Ja, noch einen Sohn hab' ich, er kann noch auf der Welt sein, aber ich weiß es nicht."

„Und wovon lebt Ihr?"

„Ich habe meine Pension, vierundzwanzig Thaler jährlich; es ist aber jetzt Alles so theuer."

„Und Euer Sohn schreibt Euch nicht und schickt Euch nichts?"

„Schreiben hat er nicht gelernt und schicken kann man nur, wenn man selber Etwas hat. Aber er ist der bravste Mensch von der Welt, ein gutes Kind, ein treues Kind, er hat mir sein ganzes Vermögen hier gelassen. Aber ich rühre es nicht an. Das bleibt. Ich bin kein Verschwender. Nein, Heinrich, dein Vater bewahrt dir dein Vermögen auf."

Nach vielen unverständlichen Einschaltungen erfuhr ich Folgendes:

Es mögen jetzt wol achtzehn Jahre her sein, vielleicht auch länger, denn der Alte war mit den Zahlen in einer sonderbaren Verwirrung — vor dreißig Jahren, so hieß Alles bei ihm, was vielleicht erst vor zwei oder drei Jahren geschehen — da hatte sich der jüngste Sohn des Waldhüters anwerben lassen, um nach Amerika auszuwandern — das Land wurde mir nicht klar — wo große Wälder, die noch keine Axt gesehen, wie der Alte sich ausdrückte, auszuroden und zu bewirthschaften waren. Nun hatte der Sohn noch ein mütterliches Erbe, das in runden hundert Thalern bestand. Der Alte that es nicht anders, Heinrich mußte sein Besitzthum mitnehmen; es gehöre ihm und er könne nicht wissen, wie er draußen in der fremden Welt einen Nothpfennig brauche. Der Sohn mußte willfahren. Aber am Samstag vor der Abreise ging der Sohn noch zum Pfarrer, nahm Abschied bei ihm und ließ sich die Nummer des Liedes auf ein Papier schreiben, das morgen in der Kirche gesungen würde. In der Nacht nahm der Sohn Abschied vom Vater und sein letztes Wort war noch: „Vater, wenn Ihr morgen das Lied in der Kirche singet, denkt auch gut an mich."

In der Nacht stand der Alte, der immer allein war, mehrmals auf; es war ihm, als höre er seinen Sohn draußen in der Stube umher gehen, aber es war Niemand da. Gewiß hat er Etwas vergessen, dachte der Alte, und jetzt kommt sein Geist und sucht es und will es mitnehmen. Denn der Alte ist nicht frei von Aberglauben, und es wäre gewiß übel angebracht gewesen, ihn davon bekehren zu wollen. Auf dem Fenstersims, wo draußen Rosmarin und Nelken blühten, davon sich der Ausgewanderte noch einen Strauß auf den Hut gesteckt hatte, dort lag das Gesangbuch des Alten, wie von jeher, wie noch die Frau gethan, in ein weißes baumwollenes

Tuch eingewickelt; auf diesem Tuch spielte der Mond, der von den Bergen nieder-
schien, jetzt gar so seltsam, und der Alte legte seine Hand darauf, wie wenn es da
Etwas zu fassen gäbe. Endlich kehrte er wieder in sein Bett zurück.

Am Morgen, als es zur Kirche läutete, ging der Alte mit seinem Gesangbuch
unter dem Arme dahin; erst in der Kirche wickelte er es aus dem Tuche, sah nach
der Nummer des Liedes, die auf dem Empor angezeigt war, und blätterte sie, immer
die Finger netzend, mühsam auf. Aber plötzlich schrie er laut auf, daß Alle in der
Kirche zusammenschraken, und sein Schrei übertönte die Introduction der Orgel:
„Heinrich, was hast du gethan!" Da lag der Hundertthalerschein des Ausgewan-
derten — und das war sein ganzes Vermögen — da lag es, hier auf dem Blatte.

„Das hat der Heinrich hinein gelegt und
darum hat er noch gestern gesagt: Vater, wenn
Ihr morgen das Lied singet, denkt auch gut an
mich."

Den ersten Vers konnte der Alte nicht mit
singen, aber beim zweiten sang er mit, als ob
er die Stimme seiner jungen Tage wieder bekommen.

Beim Ausgange aus der Kirche sprach Alles
davon, wie gut und getreu der Ausgewanderte
an seinem Vater gehandelt. Der Alte sprach kein
Wort. Er klemmte nur das Gesangbuch so fest
unter den Arm, daß ihm die Brust wehe that;
aber dessen achtete er kaum.

„Ich hab' das Geld noch, ich hab's nicht
angerührt, und es liegt noch auf der Stelle, wo
er's hingelegt." — So sagte der Alte, und ich
mußte ihn in's Dorf und in sein Häuschen begleiten. Dort lag auf dem Fenstersims das Gesangbuch, in ein weißes baumwollenes Tuch eingewickelt. Der Alte
that das Buch heraus, und richtig: bei dem Gesange Nr. 134 lag noch der Hundertthalerschein.

„Warum habt Ihr das Geld nicht auf Zinsen angelegt?" fragte ich.

Der Alte lachte und endlich ließ er sich zu der Antwort herbei:

„Das haben mir doch noch alle Leute gesagt, jeder Mensch, da ist Einer so
gescheit wie der Andere, sie wissen Alle nur Eins. Aber ich will nicht."

„Ihr habt die besten Zinsen von dem Gelde, Ihr nährt Euch von dem guten
Gedanken, daß Euer Sohn so brav ist," erwiderte ich.

„Schau, schau!" rief der Alte jetzt. „Du bist der erste Mensch, der das versteht. Du hast auch gewiß schon viel Gutes genossen von Menschen, weil du das
so verstehst. Du bist nicht dumm, ich hab' dir's gleich angesehen."

Der Alte war ganz glücklich, daß es noch einen so gescheiten Menschen gab,
wie er. Und als ich ihn nun fragte, warum er das Buch mit dem Gelde so offen

da liegen laſſe, ob er denn gar nicht fürchte, daß Jemand eine Scheibe eindrücke und es mit leichter Mühe heraushole, entgegnete er lächelnd — und das Lächeln in

dieſem verwitterten Antlitze war gar wunderſam —:

„Das thut kein Menſch. Die hier aus der Gegend wiſſen, was da drin iſt, und da würde ſich Jeder lieber die Hand abhacken, ehe er das Buch ſtehlen möchte. Und die es aber nicht wiſſen, meinſt du? Ja, Geſangbücher ſtehlen die Menſchen nicht, das ſchließt beſſer als Schloß und Riegel.“

Der Alte geleitete mich wieder ein Stüdchen Wegs bis da, wo ich ihn zuerſt angetroffen. Dann ſagten wir einander Lebewohl als Freunde.

Als ich vergangenes Jahr wieder im Harze war, fand ich den Alten nicht mehr auf ſeiner Stelle — er lag unter der Erde. Sein Geſangbuch aber mit dem Gelde iſt beim Pfarrer, und in einem öffentlichen Ausſchreiben iſt der Sohn aufgefordert, es in Empfang zu nehmen, ſonſt fällt beides den Verwandten zu.

Laß die Sonne in deinem Jahre aufgehen!

ch weiß noch, als wäre es gestern gewesen. Es war eine laue Sommernacht. Wir kamen aus der Schenke und zogen singend durch die Straßen bis hinaus vor das Thor. Die Sterne glitzerten am Himmel und die Linden dufteten, wir konnten uns nicht trennen und wanderten immer weiter den Strom entlang, den Berg hinan.

„Wir legen uns heut Nacht nicht schlafen," rief plötzlich eine Stimme, und: „Ja, wir wachen, wir holen den Tag heran, die Sonne herauf!" so erwiderte es — „Wir wandern auf den Osterberg, dort wollen wir den Sonnenaufgang begrüßen!"

Das war der Beschluß, und Keiner trennte sich von der Genossenschaft.

„Morgen ist Sonntag!" rief Einer, er hieß mit seinem Kneipnamen „der Matros" und war der gewandteste unter uns, unser Vorturner.

„Und ich bin ein Sonntagskind, denn morgen ist mein Geburtstag!" tönte der gewaltige Grundbaß des Kumpan.

Wir waren Alle einig und waren doch mehr als ein Dutzend Deutsche beisammen aus den verschiedenen Gauen des Vaterlandes; aber wir waren Studenten, und das Studentenleben ist noch ein Punkt außerhalb der gewöhnlichen Welt, wo ein thatenlustiger, heller Gedanke leicht eint.

So zogen wir den Berg hinan. Der Trupp löste sich in Gruppen von Zwei und Drei auf, ja, Manche gingen auch einzeln; es waren die Dichter und Philosophen unter uns.

Das Vaterland, seine Schmerzen und Hoffnungen waren Gegenstand unseres Gespräches, wir sehnten uns, in ungebrochener Jugendkraft uns ihm opfern zu dürfen, und der Matros sagte: „Wir wandeln durch die Nacht, dem Morgenroth entgegen; wir hoffen, daß wir einst auch das Morgenroth der deutschen Freiheit begrüßen."

Es wurde oft Halt gemacht, wir sammelten uns, sangen und disputirten kunterbunt über Allerlei: über Unsterblichkeit und Frauenliebe, über die Unterschiede von Nord und Süd unseres Vaterlandes, das zu gleichen Theilen unter uns ver-treten war. Nur ein einziger Nichtdeutscher, ein Italiener aus Macerata, — er ist im letzten Kriege für sein Vaterland gefallen — war unter uns, aber er war kein Fremder, er stand mit uns im Heiligthume der deutschen Wissenschaft.

Wir hörten die Glocken im Thale die Stunden verkünden, und der Philosoph sagte: „In der Niederung wird noch die Zeit gemessen, auf der Höhe gibt's nur Ewigkeit." Gleich darauf — denn so ist die Jugend — gab's aber wieder Scherzen und Lachen und fröhlichen Sang, daß der Wald widerhallte.

Es war zwei Uhr, als wir endlich die Höhe erreichten. Trotz der milden Sommernacht war es kalt und zugig hier oben, und wir lobten allesammt die Vor-sorge eines Wirthes im Thale, der für Speise und Trank auf der Höhe bedacht gewesen. Manche aber schliefen auf Bänken und Stühlen, den Kopf auf den Tisch gelegt, ein, bevor sie noch Etwas genossen. Wir ließen sie eine Weile ruhen, bald aber wurden sie geweckt mit dem Liede: „Wache auf, du Menschenkind! Daß dich der Lenz nicht schlafend find'."

Wir gingen hinaus vor das Haus und standen Alle das Antlitz gegen Osten gewendet; aber auch hier wieder trennten sich Einzelne aus der Genossenschaft und stellten sich still bei Seite; sie waren empfindlich und fürchteten die unzeitigen Scherz-reden der Genossen, welche die innerste Bewegung ihrer Seele stören konnten. Ich will's nur gestehen, ich war auch Einer von Denen, welche die Einsamkeit suchten.

Jetzt begann ein leiser Schimmer am Himmel aufzuleuchten, die Vögel im Walde zwitscherten und eine Stimme nach der andern erwachte, und dort in der Gruppe der Freunde war es auch still geworden, man hörte kein Wort mehr. Von Secunde zu Secunde veränderte, hob und breitete sich aus der wunderjame Licht-glanz am Himmel, bis Alles im glänzenden Purpur glühte, und nun trat der große Sonnenball heraus in seiner ganzen Pracht und Herrlichkeit. Hätte ich nicht ge-fürchtet, daß Einer mich sehe und ausspotte, ich wäre niedergekniet; so blieb ich stehen, im Innersten zitternd bewegt, an einen Baumstamm gelehnt. Als ich mich umschaute, sah ich nicht weit von mir den Philosophen, der lag in der That auf den Knieen und zog die bunte Mütze ab, nicht weit von ihm aber lag der Kumpan ganz aus-gestreckt auf dem Moose und — schlief in die aufgehende Sonne seines Geburtstags hinein.

Erst als die bunte Farbenpracht verschwunden war und nur das einfach klare Sonnenlicht leuchtete, fanden wir uns wieder zusammen; nur der Philosoph fehlte. Unser Dichter aber rief begeistert aus: „Gebt mir eine große That, die würdig wäre, vollbracht zu werden, jetzt — nach dieser höchsten Empfindung! Aber was bleibt uns? Studiren und Schreiben, Sinnen und Disputiren. Aber, Brüder, hier laßt uns Etwas geloben! Von heute über fünfundzwanzig Jahre wollen wir wieder hier zusammenkommen, und Jeder soll ehrlich bekennen, ob er sich würdig gemacht und noch werth ist, in's ewige Sonnenauge zu schauen!"

Er streckte die Hand aus zum Gelöbniß, aber Niemand faßte sie, denn eben trat der Philosoph in unsern Kreis, sein Antlitz strahlte und er sagte: „Mir, uns Allen ist ein großes Glück geworden! Wißt Ihr, wer mit uns hier oben war und mit uns den Sonnenaufgang begrüßte? Unser Lehrer und Meister! Und als er mich sah, — ich wollte still vorübergehen und ihn nicht stören — rief er mir zu und sagte: ‚Mein Sohn, ich sage dir, und verkünde es allen deinen Freunden und halte es fest: Laß die Sonne in deinem Jahre aufgehen! Laß kein Jahr deines Lebens hinabsinken, ohne daß du hinein geschaut aus der Nacht heraus in den ewig sprudelnden Urquell des Lichts über uns. Es jagen die Menschen nach Freuden und Genüssen, die keine sind, und vergessen und versäumen die höchsten und ewigen, und um diese zu gewinnen, bedarf es keines Ruhms und keines Reichthums, keiner Titel. Sei ein Mensch, halte dein Auge offen und dein Herz rein, das Höchste zu empfangen! Ein Jahr, in dem du nicht den Sonnenaufgang begrüßtest, das hast du nicht gelebt! Du hast nicht erkannt und in's Herz genommen, welch eine Seligkeit es ist, ein Mensch zu sein und auf Erden zu leben! Du hältst dich selbst in einem Kerker und willst nicht sehen die weite und unendliche Größe, die vor dir ausgebreitet liegt. Die Sonne der Freiheit — wir schaffen und wirken und dürfen nicht müde werden, sie heraufzuführen. Vergiß aber nicht das, was dir geschenkt ist auf deinem Lebenswege als reine Gabe des Himmels; was sich dir aufthut, ohne daß du dafür arbeitest, wenn du nur die Kraft hast, dein Auge zu öffnen, einmal den Schlaf zu überwinden und auf der Höhe zu empfinden: Ich bin und mit mir und in mir die Herrlichkeit der Welt! ... Vergiß es nicht! Laß die Sonne in deinem Jahre aufgehen!'"

Als der Genosse so gesprochen, da gelobten wir Alle, ein Jeder für sich, wo er auch sei, kein Jahr vorübergehen zu lassen, in dem er nicht den Sonnenaufgang begrüßt.

„Es lebe, was da athmet im rosigen Licht!" rief der Dichter schließend.

„Aber unser Sonntagskind, den Kumpan, müssen wir wecken," hieß es nun.

Es knüpfte sich übermüthiger Scherz an die tiefste Andacht, aber diese wich doch nicht aus der Seele, und ein heller Strahl aus jenem Morgenroth auf dem Osterberge ist uns Allen in der Seele verblieben.

Wir haben unser Gelöbniß getreulich gehalten. Mancher hat bereits das Liebste, was er besaß, in die Erde gelegt, über der nun die Sonne aufgeht; Mancher liegt nun selbst unter'm Grabeshügel, den Sonne und Mond und die Jahreszeiten alle begrüßen ...

Und nun, lieber Leser, willst du ein Jahr in Wahrheit gelebt, bewußt gelebt haben, vergiß es nicht:

„Laß die Sonne in deinem Jahre aufgehen!"

Das Glück auf der Extrafahrt.

dalbert! Wie vornehm, wie gewählt! Wer Adalbert heißt, kann unmöglich ein gemeiner Mensch sein, und Niemand kann ihn bei seinem Vornamen niedrig ausschimpfen. Wie schön dagegen klingt von Korallenlippen: „Lieber Adalbert!" Welche Musik! Ich danke euch, gute Eltern, im Grabe, daß ihr mir diesen schönen Namen gegeben habt.

So dachte er oft in sich hinein, wenn er in seiner Dachkammer war, und dann kam ein eigenes Kichern über ihn, so stark, daß er sich den Mund zuhielt und scheu umblickte, und es sah und hörte ihn doch Niemand als die Tauben auf dem benachbarten Dach. Er war übrigens ein wohlgestalteter, militärfreier Mann, nicht eben groß, aber schmuck im Wesen und Behaben, seines Berufes ein Barbier oder Heilgehülfe, wie er sich lieber nannte, von geschickter Hand und gewandtem Wort. Nur Eins kränkte ihn: er hatte brandrothe Haare, und er mußte deßhalb meist auf der Stube bleiben, wurde nur selten zu Kunden geschickt, und von den nicht sehr höflichen Leuten, besonders aber von den Maurergesellen, die — beim großen Kasernenbau in der Nähe beschäftigt — sich am Samstag Abend das Gesicht glätten ließen, mußte er manche spitze Rede hören.

Man sagt, daß ein kleines Ungemach den Menschen witzige. Kann sein, daß die rothen Haare ein Aehnliches auch bei unserm Helden Adalbert bewirkten; jedenfalls machten ihn die Vorurtheile Anderer höchst vorurtheilslos und freisinnig; er hoffte auf die große europäische Revolution, die auch das Vorurtheil gegen die rothen Haare aus der Welt tilgen muß. Als elternloses Kind im Waisenhause erzogen, mußte er viel ausstehen von Mißtrauen der Vorgesetzten und Neckerei der Kameraden gegen den Rothhaarigen. Bereits ein Vierteljahrhundert stemmte er sich gegen den Aberglauben, und nun, da er sah, daß derselbe nicht zu besiegen war, verachtete er alle damit Behafteten.

Adalbert war sparsam und säuberlich und befleißigte sich einer vornehmen, seines Namens würdigen Haltung. Freilich hätte er gern die Ehre gehabt, Doctor zu sein oder doch wenigstens zu heißen, und wenn er bei plötzlichem Ungemach schnell wohin gerufen und von armen Leuten „Herr Doctor" geheißen wurde, strahlte ein eigener Glanz aus seinen grauen Augen.

Einen ganzen Winter sparte Adalbert jeden Pfennig, denn er wollte einmal eine große Freude haben, eine Pfingstfahrt, von der im vergangenen Sommer so lange vorher und nachher die Rede gewesen. Eine große Gesellschaft von mehreren hundert Menschen fuhr mit einem Extrazug nach Stettin und von da mit eigenem Schiff nach der Insel Rügen, besah Alles, tanzte, schmauste, und es gab der Aben-teuer in Hülle und Fülle.

Das wollte Adalbert auch haben, und darauf hin sparte und spannte er Alles.

Es war kurz nach Neujahr, als Adalbert die Bekanntschaft eines benachbarten wohlhäbigen Mannes machte. Es war ein kinderloser Apotheker, der sich mit seiner Frau zur Ruhe gesetzt hatte, soweit ihm seine Frau Ruhe ließ. Er machte noch im Stillen allerlei Versuche mit neuen Erfindungen, und Adalbert war so glücklich, in dieselben eingeweiht zu werden. Der Frühling kam, und der Apotheker sagte dem Jünger: wie er im Ganzen wol klug sei, es bleibe aber eine unverantwortliche Un-klugheit, daß er einen Naturfehler nicht verbessere; denn es sei keine Frage, es gäbe ein Geheimmittel, um die Haare unaustilgbar braun zu färben. Ja, der Apotheker ging so weit, Adalbert unter der Bedingung, daß er an sich die Probe machen lasse, zum Theilhaber des Geheimmittels anzunehmen, das einen großen Reichthum bringe.

Nun fand Adalbert, daß es in der That lächerlich sei, die Welt von einem Vorurtheil belehren zu wollen, wenn man die Ursache desselben vertilgen könne. Es wurde ein Versuch an einem grauen Pinscher gemacht. Der Versuch gelang. Und nun war Freund Adalbert voll Unruhe und Zuversicht zugleich.

In Gemeinschaft mit dem Apotheker und dessen Gattin wollte er die Pfingst-fahrt ausführen. Sie nahmen gemeinschaftlich Billete, Adalbert erhielt Urlaub, und am Abend vor dem Feste wurde das geheimnißvolle Werk vollbracht.

Adalbert wurde mit der Tinctur eingerieben. Zur Haltbarkeit derselben ge-hörte, daß er sich kleine Eisstücke in einer Blase auf den Kopf binden ließ.

Er übernachtete im Hause des Apothekers oder, wie derselbe besser genannt werden konnte, des künftigen Geschäftstheilhabers. Er hatte ein schönes nagelneues Gewand von Kopf bis Fuß: Mütze, Rock, Weste und Hose von derselben Farbe — das läßt gar vornehm — bereit auf dem Tische liegen, ein Plaid in einem Schnallen-riemen lag wohlgerollt dabei, und in dem Plaid ein feines chirurgisches Besteck und zwei weiße Hemden. In der Nacht schlief Adalbert sehr wenig, aber seine wachen Träume waren besser als aller Schlaf; es kamen ihm allerlei schöne Abenteuer in den Sinn — es geschieht ein kleines, nicht gefährliches Unglück auf der Eisenbahn, oder noch besser, auf dem Schiffe, eine schöne Dame in blau- und weißgestreiftem Kleide mit blonden Locken, darauf ein reizendes leckes Federhütchen sitzt, bekommt eine Ohnmacht; Adalbert thut sein Etui heraus, er läßt mit geschickter Hand zur

Aber, sie schlägt die Augen auf, sie fällt ihm um den Hals und ist die Seine, und sie kann glücklich sein, einen so schönen Mann zu haben mit so prächtigen braunen Haaren. Er hat nicht nöthig, noch ein Geschäft zu treiben auf der Welt, es ist genug, daß er so schön und freundlich, und sie hat ja Geld genug. Ob sie wol noch Eltern hat? Vielleicht ist sie eine junge schöne Wittwe, vollkommen unabhängig. Und es ist ja erzählt worden, daß auf solchen gemeinsamen Extrafahrten sich mancherlei anmuthige Verhältnisse knüpfen und mit überraschender Schnelligkeit abschließen.

Der Morgen graute. Adalbert wagte es, die Eishaube abzuthun, aber das Licht war so seltsam, daß er im Spiegel die Farbe der Haare nicht recht unterscheiden konnte; daß sie nicht mehr roth waren, schien offenbar. Er fürchtete, den Zauber unterbrochen zu haben, stülpte schnell die Eishaube wieder über und wartete geduldig,

bis der Apotheker käme. Dieser kam endlich und hinter ihm die Frau. Die Haube wurde gelöst.

„Geschieht Euch recht, geschieht Euch ganz recht!" schrie die Frau. „Da habt Ihr's!"

Der Apotheker stand starr. Adalbert eilte an den Spiegel, er sah nichts; er wischte sich die Augen, aber er sah noch immer nicht recht. Was ist denn das für ein Gesicht? Was sind denn das für Haare? Er fuhr sich mit beiden Händen in dieselben.

Adalbert sank in einen Stuhl nieder, gerade so, wie die schöne Jungfrau oder Wittwe, die er ebenso liebenswürdig wie gewandt in das Leben zurückruft.

Aber schnell erhob er sich wieder und starrte in den Spiegel. Es ist wahr — grasgrün sind seine Haare. Mit einem Blicke, der mehr sagte als alle Worte, wendete er sich an den Apotheker. Dieser hatte sich gefaßt und sagte:

„Ich habe es bereits an der Schleife gemerkt, mit der ich die Haube zugebunden hatte; das war nicht mehr meine Schleife. Sie haben offenbar in der Nacht die Haube aufgebunden. Sie haben dadurch den geheimnißvollen Naturproceß unterbrochen; das ist ja das Wunderbare in meiner Erfindung, daß es genau ist wie in der Natur, zuerst wird Alles grün und dann dunkler. — Nun haben Sie die Bescherung."

Und Adalbert mußte sich noch ausschelten lassen, statt daß er Theilnahme und Entschuldigung fand.

In einer Stunde ging der Extrazug ab. Was war zu thun? Die Frau verlangte, daß Adalbert in sein Haus zurückkehre, sie wollte die ganze Wohnung verschließen; aber er schwur weinend, daß er sich lieber hier zwei Stock hoch auf das Pflaster des Hofes hinabstürze, ehe er aus dem Hause ginge. Nun wurde schnell angeordnet, daß er im Zimmer bleibe und die Frau des Hausmeisters ihn bediene, bis man zurückgekehrt sei.

Adalbert ließ nun Alles mit sich geschehen, er kam sich vor wie ein zum Tode Verurtheilter. Er hörte kaum, wie die Leute fortgingen und wie der Apotheker versprach, daß er das von ihm angelaufte Billet zur Extrafahrt mit möglichst geringem Verluste verkaufen wolle.

Es war Mittag, als Adalbert erwachte. Ein schöner heller Frühlingsmittag voll Hollunderduft und Glockenklang.

„Ach, jetzt sind sie längst in Stettin angekommen," klagte Adalbert vor sich hin, „jetzt sind sie auf dem Schiffe, es ist Musik und die Möven tanzen in der Luft vor lauter Glück, und die Menschen drunten lachen und scherzen, und wie schön wär's — es brauchte ja nicht einmal ein Unglück zu geschehen — daß er die Lieblichste auswählte; er war mit so ehrbaren Leuten, er hatte ein so schönes Gewand." Und er zog es an, ja sogar die feinen Lackstiefel, und ging im Zimmer auf und ab, als wär's auf dem Schiffsdeck, und der Boden des Zimmers schwankte fast noch mehr als das Schiffsdeck, und es war Alles so schön; wenn nur die entsetzliche Haube und das noch Entsetzlichere darunter nicht wäre. —

Die Hausmeistersfrau brachte ihm etwas zu essen. Er sagte, daß er krank sei, und war doch so gesund. Er zog das Gewand wieder aus, denn es waren grasgrüne Tropfen darauf gefallen.

„Ach, grün. Wenn es nur gar kein Grün in der Welt gäbe. Hat man je so etwas gehört? Grüne Haare!"

Er besann sich hin und her, was er thun sollte, er fand aber keinen Ausweg; er wollte ruhig warten, bis der Apotheker zurückkäme, der hatte ihn in das Unglück gestoßen, er mußte ihn auch wieder herausziehen.

Er schaute zum Fenster hinaus. Ach, der öde Hof eines städtischen Hauses am Pfingstnachmittag! In der Achsel an der Dachrinne flogen Sperlinge aus und ein, eine Katze lief unten an der Mauer hin, schaute, die Nase aufziehend, in die Höhe, verdrießlich, daß sie die Sperlinge nicht haschen konnte, und verschwand in einer Lufe. Oede und ausgestorben war's, und nur die Glocken in der Luft tönten. Der arme Adalbert wünschte, daß er mit seinen grünen Haaren in die grüne Erde gelegt werde. Wie soll er denn weiter leben? Da — es ist doch noch Leben im Hause. Im letzten Zimmer der vornehmen Bel-Etage wird ein Rouleau aufgezogen, und es ist, wie wenn der Himmel aufginge, denn hinter den Scheiben erscheint ein vollwangiger Mädchenkopf mit braunem, schön gescheiteltem Haar, und jetzt öffnet sie ein Fenster — ach, welch eine feine Hand — und sie setzt sich an's offene Fenster und lieſt. Sie muß den Blick Adalberts geſpürt haben, denn ſie ſchaut auf und verläßt dann ſchnell das offene Fenſter.

„Ich will nicht ſtören,“ ruft Adalbert in den öden Hof hinab. Ob ſie wol noch gehört hat, während ſie das Fenſter ſchloß?

Er zieht ſich von ſeinem Fenſter zurück und aus der Tiefe des Zimmers ſieht er, wie drunten das Fenſter wieder geöffnet wird, und das Mädchen nimmt eine Handarbeit vor und ſingt leiſe dazu — er glaubt ſo etwas zu vernehmen; ſie iſt alſo wol eine Dienerin, denn ſie arbeitet und ſingt dabei; die Vornehmen arbeiten wol nicht am Pfingſtſonntag, und ſingen thut eine vornehme Dame nur ganz für ſich als Geſchäft oder als Geſellſchaftsunterhaltung, nie aber bei der Arbeit.

So kommt der Abend heran und Adalbert denkt: Wer weiß — das Schickſal ſpielt ſeltſam — vielleicht iſt das doch die vornehme Dame, die dir beſchieden iſt.

Sie nieſt, und er ruft in den Hof hinab: „Zur Geſundheit!“ Sie nickt, und er merkt an dem Heben und Sinken ihrer Schultern, daß ſie lacht.

Die Dämmerung tritt ein. Nun hört er ſie laut ſingen. Als ſie geendet, fragt er beſcheidentlich in den Hof hinab: „Iſt’s erlaubt, mit Ihnen zu ſprechen?“

„Was wünſchen Sie?“

„Gar nichts.“

„Damit kann ich dienen.“

Sie verläßt das Fenſter, das Rouleau fällt wieder herab, und Nacht iſt und Einſamkeit.

Adalbert fragt die Hausmeiſtersfrau, wer die Dame im erſten Stock ſei; ſie erwidert, ſie kenne ſie nicht, die gräfliche Herrſchaft, die zu Pfingſten verreiſt ſei, habe ihr das Haus übergeben; die Frau ſchien ärgerlich, daß man es nicht ihr an- vertraut. Die Frau wollte nun von Adalbert wiſſen, warum er hier bleibe und den Kopf ſo verbunden habe; er antwortete ausweichend.

In der Nacht dachte ſich Adalbert viel aus, wie er am Morgen die ſchöne Unbekannte in der gräflichen Wohnung anreden wollte.

Sie öffnete das Fenſter, ſie ſah reizend aus in dem weißen Morgengewand, und ehe er etwas ſagen konnte, rief ſie herauf:

„Guten Morgen, Herr Nachbar!“

Alle Worte blieben Adalbert im Halſe ſtecken, endlich brachte er heraus:

„Danke unterthänigſt!“

Er hörte leiſes Lachen. Aber jetzt führte der Kutſcher des Hausherrn die beiden Pferde aus dem Stalle, ſpannte an, und Adalbert oben und die ſchöne Un- bekannte unten zogen ſich zurück; erſt als der Wagen raſſelnd davongefahren war, wagten ſie ſich wieder an das offene Fenſter.

„Gehen Sie nicht auch zur Kirche?“ fragte die holde Erſcheinung von unten.

„Ich möchte wol, aber ich kann nicht.“

„Sind Sie krank?“

„Nein — ja — halb und halb.“

Die holde Erſcheinung zog ſich wieder zurück, und Adalbert ſah ſie nach einer

Weile im Hofe mit der Hausmeistersfrau sprechen; sie trug ein Gesangbuch in der Hand, und er glaubte, daß sie einmal aufgesehen habe.

Mit Adalbert spielten nun die wunderlichsten Vorstellungen. Er war hier im Zimmer, er war auf der Insel Rügen, wo sich nun nach der Schlafesstörung wieder Alles heiter zusammenfand — man lacht, man springt, man scherzt, man neckt. Er las sein Programm, worauf Alles für jede Stunde verzeichnet war; er kannte den Führer, er hatte ihm unentgeltliche ärztliche Behandlung angeboten unter der Bedingung, daß er nicht merken lasse, wie seine Haare gefärbt. Und wieder war er in der Kirche mit der holden Erscheinung von unten, und er wagte es, nachdem er Fenster und Thüre geschlossen, die Haube abzunehmen und seine Haare im Spiegel zu betrachten.

„Grasteufel!" schrie er sich entgegen, „Grasteufel!"

Ach, er war sehr unglücklich!

Am Mittag war die holde Erscheinung mehrmals im hellen Gewande, es war blau- und weißgestreift, am Fenster auf und ab gegangen. Die Hausmeistersfrau sagte, als sie Adalbert das Essen brachte, sie ginge heute auch über Land und käme erst spät Abends wieder; sollte Jemand Einlaß begehren, so möge er öffnen. Adalbert versprach's und sein Herz zitterte. Er war mit der holden Erscheinung allein in dem großen Hause. Sie saß wieder am Fenster und las, und jetzt sagte er:

„Wissen Sie auch, daß wir allein in dem großen Hause sind?"

Sie antwortete nicht.

„Belästigt Sie mein Sprechen?" fragte er zaghaft.

Sie schaute vom Buch auf und schüttelte verneinend den Kopf.

„Ich möchte Ihnen gern Gesellschaft leisten, wenn es dem gnädigen Fräulein nicht unangenehm wäre. Ich bin Heilgehülfe —"

„Ich bin nicht krank und bedarf keines Gehülfen."

„Wollen Sie mir nicht vielleicht ein Buch leihen? Ich lese auch gern."

„Wenn Sie versprechen, mich in Ruhe zu lassen, will ich Ihnen den ersten Theil des Romans, mit dem ich gestern fertig geworden, in den Hof hinabwerfen; dann können Sie ihn sich holen."

„Wäre es nicht erlaubt, ihn aus Ihrer freundlichen Hand zu empfangen?"

Er wartete keine Antwort ab, sondern stürmte die Treppe hinunter und klingelte an der Bel-Etage. Es wurde nichts vernommen. Er klingelte noch einmal, so zart, so bittend — ach, wenn die Klingel nur sagen könnte, wie sehnsüchtig er um Einlaß bittet.

Endlich rauschte ein Gewand, die Thüre war innen in eine Schlingkette eingehängt, so daß sich ein Spalt öffnen ließ, ohne daß die Thüre ganz aufging, der Spalt öffnete sich und eine Stimme sagte: „Hier haben Sie das Buch, und nun hoffe ich, daß Sie mich in Ruhe lassen."

Adalbert bat so dringend und betheuerte, daß sich noch Niemand vor ihm gefürchtet habe und auch gar nichts an ihm zu fürchten sei.

Er suchte die besten und unterthänigsten Worte zusammen, die er in seinem Vorrathe auftreiben konnte, und endlich sagte er: „Wissen Sie, daß wir Zwei ein Märchen erleben?"

„Ein Märchen? Wir Zwei?"

„Sind wir denn nicht in einer verwunschenen Stadt? Die Menschen, denen diese Häuser gehören und Alles, was darin, die Reichen und Freien haben Haus und Habe verlassen, und wir bewachen das einstweilen und Alles gehört auf einen Tag den Dienenden."

Das Mädchen lachte, spielte aber nicht mehr mit der Kette.

„Sie haben seltsame Phantastereien im Kopfe," sagte sie endlich.

Ach Gott! dachte Adalbert. Im Kopf! Was hab' ich im Kopf? Er wiederholte indeß nur seine dringende Bitte, daß sie die Thüre öffne.

Die Kette schlüpfte leise aus dem Ring, die Thür ging auf.

„Warum sagen Sie," sprach das Mädchen, während sie in dem langen Gange voranschritt, „warum sagen Sie, Sie wären ein Heilgehülfe, während Sie doch ein Koch sind?"

„Ich ein Koch?"

„Ja, Sie haben doch die Mütze eines Kochs?"

Adalbert erklärte, daß ihm ein Unglück am Kopf passirt sei, aber er sei ein Heilgehülfe, und zwar habe er sein Examen zweiter Klasse gut bestanden.

Er saß bei dem Mädchen im Zimmer, sie war in der Nähe freilich nicht so schön, als sie von oben erschienen war, auch ein wenig klein, aber doch immer noch hübsch und groß genug.

Adalbert erzählte nun von seinem Leben. Er war im Waisenhause erzogen, und wunderbar traf sich's, auch das Mädchen war im Waisenhause erzogen, aber mehrere Jahre nach ihm, in derselben Anstalt. Sie sprachen von den Lehrern und hatten fast wörtlich die gleichen Betrachtungen über sie, und lustig war's, als sie sich Beide ihren Namen nannten, das Mädchen hatte auch solch einen schönen Namen, denn sie hieß Adelheid. Sie erzählte, daß sie als Friseurin ein gutes Auskommen habe, und die Gräfin, deren Haus sie nun hütete, war ihre besondere Gönnerin.

Stunden vergingen den beiden Einsamen und von früh an Verwaisten, sie wußten nicht, wie.

Adelheid sagte, daß er nun gehen solle. Sie dankte ihm, daß er ihre gute

Vormeinung gerechtfertigt und sich als anständiger und bescheidener junger Mann erwiesen habe.

„Ach, und ich möchte unbescheiden sein," klagte er, „ich möchte bitten, daß wir uns später wiedersehen."

„Ich hoffe auch, daß der Zufall uns wieder zusammenführt, wenn Sie von Ihrer Wunde geheilt sind."

„Ach, ich bin ja nicht verwundet!"

„So? Was fehlt Ihnen denn?"

„Sie werden mich nicht wieder kennen, wenn Sie mich wiedersehen, Sie werden

mich abscheulich finden, denn — denn — liebe Adelheid — erlauben Sie, daß ich Sie so nenne — ich — ich habe rothe Haare, brandrothe Haare!"

„Und das ist Alles, was Sie so unglücklich macht?" lachte sie, und mit lecker Laune nestelte sie die Haube auf. Aber —

„Was ist das?" Das ist Verzauberung! Was wollen Sie? Wer sind Sie? Fort! Wo bin ich?"

Adalbert bat und jammerte, sie möge ihn nicht verstoßen, und er erzählte sein ganzes Unglück.

„Grasgrüne Haare — so etwas ist noch nie geschehen!"

Sie schaute sich einen Augenblick um, aber als hätte sie ein Ungeheuer gesehen,

17 *

wendete sie sich wieder ab. Er bat und flehte, daß sie ihn doch nicht verstoßen, sondern ihm helfen solle.

„Ich will Ihnen helfen," sagte sie endlich, und ein eigener schelmischer Zug lag auf ihrem Gesicht. „Kommen Sie, ich will Ihnen mit meinem Handwerk helfen."

Er mußte sich auf einen Stuhl setzen, sie holte Kamm und Scheere herbei und schnitt ihm die Haare bis an die Wurzeln ab; sie lachten viel dabei, und sie gab ihm die grünen Haare in einem Beutel zum Angedenken.

Als es Nacht war, gingen die Beiden mit einander aus dem Hause, und mit einer röthlich blonden Perrücke kam Adalbert wieder in sein einsames Versteck zurück.

* * *

Die Geschichte hat ein gutes Ende. In einer der Hauptstraßen neben einem großen Gasthof ist ein Barbierladen, worin der rothe Adalbert seine Kunden bedient. Er ist der einzige von allen Barbieren der Hauptstadt, der gegen alle Haarfärbemittel eifrig spricht. Adelheid hat ihre gute Kundschaft als Friseurin. Drei Söhne sind aus dieser Ehe erwachsen, nur Einer, ein Maschinenbauer, hat rothe Haare. Der Erstgeborne hat am letzten Pfingsttage seine Probepredigt als Geistlicher gehalten, und nicht die Mutter hat so viel dabei geweint als der Graukopf, Vater Adalbert. Als er mit Frau und Sohn aus der Kirche kam, sagte er: „Heute ist der Jahrestag, da ich das Glück auf der Extrafahrt erhaschte."

Brief
eines alten Turners
aus Süddeutschland.

Du sonnige, wonnige Sommerszeit! Die Rosen blühen und der Wein blüht, und vom blauen Himmel leuchtet die Sonne. Das bringt durch alles Leben, jeder Athemzug ist Glückseligkeit. Die alten Lahenburger waren doch nicht gar so einfältig, daß sie den Versuch machen wollten, hellen, warmen Sonnenschein in Säden zu fangen für die trübe, kalte Winterszeit. Man möchte solch einen Tag festhalten. Sonne! Stehe still zu Gibeon! Man möchte davon aufbewahren, für sich und Andere; aber am besten bewahrt sich's still in der Seele. Eben jetzt — die Glocken haben ausgeläutet und die Vögel jubiliren in den Zweigen, besonders Drosseln, Amseln und Finken halten hier lange aus, sie singen hier noch so fröhlich wie in der Blüthezeit (es ist die junge Brut, die ausgeschlüpft ist) — da ist mir so wonnig im Gemüthe, so vollauf, daß ich meine Freude hinausschiden möchte in alle Welt, in alle Herzen, zuvor aber allen Vaterlandsgenossen.

Das ist Leben, frisches, hoffnungregendes und still in sich gesättigtes.

Du fragst, warum es in mir jauchzt, wie in den entschwundenen Jugendtagen? Ich glaube, ich lerne nie alt werden, griesgrämig, verzagt. Und ist das nicht der Sommer, da die Rosen zum Erstenmal auf dem Grabe unseres tapfern Arndt blühen, der neunzig Jahre lang ein Jünglingsherz in sich trug? Wir Alle müssen ihm nacheifern, Jeder an seiner bescheidenen Stelle.

Ich bin gestern Mittag von einer mehrtägigen Ausfahrt heimgekommen. Ich werde dir nachher mehr davon erzählen. Solch ein Heimkommen ist immer, wie wenn Einem das Leben neu geschenkt würde; die Frau, die Kinder, die entgegenrufen und jubeln: „Willkommen! Grüß Gott! Wir sind Alle wohl auf," das Hausgesinde, das da grüßt und mit stiller Zuversicht andeutet: du wirst sehen, ich habe es während deiner Anwesenheit an nichts fehlen lassen; die Bäume, die Felder, die Wiesen, die Berge, Alles ist, wie wenn es die innere Stimme im Herzen laut werden ließe: die Welt ist groß und schön, aber daheim ist doch die beste Welt — Die Tausende, die mit mir herzerhebende Tage genossen, sind jetzt Alle wieder daheim und ein Duft und Glanz breitet sich über das bescheidene Loos, das Jedem gefallen. Ein Jeder ist etwas mehr geworden, als er für sich ist.

Du weißt, es ist mir schwer geworden, mir ein neues Leben zu gründen; es sind jetzt bald dreißig Jahre, daß wir wegen unserer gemeinsamen Bestrebungen für ein einiges Deutschland im Kerker und auf Festungen büßen mußten, und als wir herauskamen: Nun, Welt, was willst du aus mir machen? Das war eine schwere, bittere Frage! Ich war aus dem Weinberge des Herrn, den ich bebauen wollte, ausgewiesen; so wendete ich zunächst meine körperliche Kraft auf den Acker des Vater-landes. Es war gut, daß ich meinen Körper stark erhalten, dort auf dem Tübinger Turnplatz am Neckar.

Wo sind die Kameraden alle, die damals mit uns sich tummelten, bis wir in geschlossenen Reihen zur Stadt zurückziehend, vaterländische Lieder singend, dann im Nordland an gutem Ulmer Bier uns erlabten?

Manche haben sich tapfer bewährt, nach dem Worte Schillers „als Mann ge-halten, was der Jüngling versprach". Manche aber, und das waren vor Allem die redefertigen Maulturner, wie wir sie schon damals nannten, sind erbärmliche, früh-zeitige Lohndiener geworden. Der Hauptstamm aber war gut, gesund bis in's Mark hinein. —

Ich will dir aber nicht von alten Zeiten erzählen. Komm einmal und laß dir berichten und sieh selbst. Das muß ich dir nur gleich sagen: ich sehe es als großen Fortschritt an, daß die Studenten nicht mehr Staatsmännerchens spielen wollen. Das Staatsleben verlangt ernsten, reifen Männergeist; in der Lernzeit soll man sich erfüllen und durchdringen lassen von allem Hohen und Edelsinnigen, was je den Menschengeist bewegte — thatsächlich bewähren darf sich dann aber nur der Mann; durfte ja im alten Rom Niemand mit tagen im Senate (der schon im Worte die Versammlung der Alten heißt), · bevor er in den strengeren alten Zeiten das 46., dann das 30., und erst zu Augustus' Zeiten das 25. Jahr zurückgelegt hatte.

Als ich gestern heimkam — es war Samstag Mittag — gab es natürlich viel zu ordnen in Stube und Stall; denn das ist einmal so, bei uns Landwirthen kommt der Stall gleich nach der Stube, und du wirst dich freuen über meine Pferde und Kühe, wenn du einmal kommst. Ich bin noch immer Pächter des Gutes, das dem Waisenhause in der Stadt gehört. Ich habe mit leerer Hand angefangen und habe doch bis jetzt so viel erübrigt, daß ich mir ein anständiges Bauerngut laufen kann. Ich stehe im Handel um ein solches, aber es wird mir schwer, von hier wegzugehen; in diesen Feldern und Wiesen stecken fünfundzwanzig Jahre meiner Lebenskraft. Das läßt man nicht so leicht hinter sich.

Ich komme selten vom Hause weg, zumal im Sommer; jetzt zwischen Heuernte und Getreideernte (beiläufig gesagt, wir haben heuer eine vortreffliche Heuernte), jetzt konnte ich fort, und meine Frau, die meine Sehnsucht, aber auch mein Bedenken wohl merkte, trieb mich dazu an; denn das ist ein Hauptstück unseres Glücks, daß meine Frau bei aller Häuslichkeit und Arbeitsamkeit doch ihre größte Freude daran hat, wenn ich dabei sein kann, wo etwas für das große Ganze, für das gesammte Vaterland erstrebt und gewirkt wird. Ihre Hauptsorge ist, daß ich nicht verbaure, und sie hat, als ich vor zwölf Jahren auf dem Landtage als Abgeordneter war, Haus und Hof in Stand gehalten, ein Verwalter könnte es nicht besser.

Nachdem Kind und Gesind zur Ruhe gegangen war, lag ich unter meinem Fenster und sog den Athem der linden Sommernacht ein und erzählte meiner Frau. Es ist heute Johannisnacht, es brennen keine Feuer auf den Bergen wie ehedem, unsere Wälder ertragen das nicht mehr; aber es brennen helle Feuer in den Herzen der Vaterlandsgenossen, wir haben sie gesehen und erkannt von der Ostsee bis zu den Alpen.

„Es ist immer gut, wenn du hinauskommst," sagte meine Frau, „du wirst allemal wieder ganz jung."

Die erste Nacht daheim nach einer größern Reise thut gar wohl, man spürt noch etwas von dem Gerassel und Gelärm draußen in der Welt, es will noch nicht aus dem Kopfe; und doch ist's jetzt daheim so still und wohlig. Noch glückseliger aber ist das Erwachen am andern Morgen. Man besinnt sich, ob man nicht doch noch in der Fremde sei, und man ist gottlob daheim.

Im Morgenthau glitzerte die ganze Welt, meine Frau war schon auf der Wiese gewesen und hatte unberufen mancherlei Blumen gesammelt und sie zu unserm Gelde gelegt; denn heute ist Johannistag. Es ist ein alter heidnischer Brauch, dieses Kräutersammeln beim jüngsten Sonnenstrahl; aber meine Frau sagte: ich habe keinen Aberglauben daran, ich meine nur, es steht dem Gelde wohl an, daß es auch einmal mit Blumen zugedeckt ist.

Also heute ist Johannistag; ich rief meinen Jungen, daß es heute für sie etwas gebe. Ich habe eine große Zahl Rosenwildlinge, schöne, schlanke Stämmchen, in den Garten gesetzt; heute nun sollen sie geäugelt werden, denn jetzt strömt der Saft durch Sträucher und Bäume am lebendigsten. Mein Aelterer kannte schon die genaue und bedachtsame Vorrichtung, wie man Rosen äugelt, und er hatte dafür sein schönes Messer bekommen. Er lehrte nun die Jüngern das behutsame Geschäft, und auch diesem gelang es, Holz und Bast von der Sprosse, die man einsetzen will, abzulösen und auch die Rinde an dem zu veredelnden Stamme gut zu lockern. Natürlich mußten wir ihm dabei noch helfen. Aber Kinder und unklare Menschen reden sich gern ein, daß sie eine Arbeit wirklich gethan, wobei sie nicht viel mehr als zugesehen haben; mein Jüngerer wollte der Mutter sagen, daß er auch schon äugeln und pfropfen könne, und er war ganz betrübt, als ich ihm vorhielt, daß er es noch keineswegs könne und sich an Sträuchern und beim Pfeifenmachen im Frühling erst üben müsse, dann werde er's vielleicht das nächste Jahr können.

Man muß schon früh die falsche Einbildung niederdrücken; darin liegt nach meiner Ansicht viel.

„Vater," sagte mein Aeltester, „die veredelten Rosenstämmchen verlieren ihre scharfen Stacheln am Stamme. Sieh, hier sind keine."

Ich hatte das noch nie bemerkt, sah aber, daß die Beobachtung wol richtig sein mußte. —

Meine Frau ist mit den Kindern nach der Kirche gegangen, und ich sitze hier und schreibe dir.

Die veredelten, oculirten Wildlinge verlieren ihre Stacheln am Stamme! ... Das Wort meines Kindes geht mir nach und führt mich zu dem, warum ich dir eigentlich schreibe. Wir sind durch Schule und Unterricht verfeinert, aber die Lehre hat uns die Wehre genommen, und es ist die Aufgabe, das Eine mit dem Andern zu erhalten; wehrkräftig, gewaffnet und gerüstet zu werden bei Verfeinerung durch den Unterricht.

Und hier bin ich mit einem kühnen Wellsprung beim Turnen.

Ich war drei Tage bei dem großen deutschen Turntag in Coburg; davon bin ich heimgekehrt, wie ich dir erzählt habe, und jetzt will ich dir auch erzählen, was ich draußen gesehen und erlebt. Wenn ich nur etwas von der Spannkraft, die mich durchströmt, in meine Worte legen könnte! In mir ist auch Johannistag und Alles rollt lebendiger durch Körper und Seele. Ich will versuchen, was ich vermag.

Von der Reise will ich dir nicht viel erzählen, sie war fröhlich mit allen und jungen Genossen, nur zwei von unseren alten Kameraden waren mit dabei.

Deutschlands Boden ist trefflich bebaut, die Heuernte war da und dort noch im vollen Gang; wir grüßten oft die Arbeitenden auf den Feldern, und sie sahen eine Secunde froh auf. Wenn sie auch nicht wissen, wer sie grüßt; es sind Menschen, die jetzt mit ihnen sich des Daseins freuen, es sind Genossen ein und desselben Vaterlandes. O mein Deutschland! Wie herrlich und gesegnet bist du, und warum fehlt dir das Eine, daß du ein wirkliches einiges Deutschland bist? ...

Brav ist's, daß alle Eisenbahnen uns, die wir zum ersten deutschen Turntage zogen, ermäßigten Fahrpreis gewährten; das ist eine Thatsache, die festgehalten werden muß. Die Truppendurchzüge haben einen ermäßigten Fahrpreis, und so muß es Gesetz werden, daß Diejenigen, die sich in freier Vereinigung sammeln zum Heile des Vaterlandes, die gleiche Vergünstigung genießen.

Wir wurden überall wie Freunde begrüßt, und „Gut Heil!" hieß es an diesem Tag auf allen Haltepunkten der Eisenbahn, hier bei uns, wie im Norden, wie im Westen und Osten. Das ist ein guter Anruf, der sich da wie eine geschlossene Kette hinzog durch ganz Deutschland!

Und welche neue und prächtige Orte hat die Eisenbahn aufgeschlossen. — Coburg, das war ein Ort, den man gar nicht erreichen zu können glaubte, und es ist ein schöner Fleck deutscher Erde und frische Männer und Frauen darin, ein regsamer, herzlicher Volksstamm. Sonntag früh, den 17. Juni, versammelten wir uns auf dem Marktplatz und hier wurde das Lied: „Das ist der Tag des Herrn," abgesungen. Das war unsere Sonntagsfeier, kurz und bündig. Nun Begrüßung durch den Bürgermeister mit einem tausendstimmigen Hoch auf Deutschland und eine herzliche Anrede des alten Maßmann aus Berlin. Er hat schwer dafür leiden müssen, daß er sich's zur Lebensaufgabe gesetzt, die deutsche Jugend zu kräftigen; es war ihm von Herzen zu gönnen, daß er diesen ersten deutschen Turntag, nicht verfehmt von den deutschen Regierungen, erleben durfte.

Doch, ich erlasse mir die Schilderung der Festtage, du wirst das in den Zeitungen gelesen haben; nur das muß ich zu deiner und meiner Freude aussprechen, daß sich bei den Berathungen, die in der schön geschmückten Festhalle gehalten wurden, eine Disciplin der Geister zeigte, die ein gutes Zeugniß für die jetzige Jugend und frohe Hoffnung für die Zukunft erweckt. Einordnung innerhalb der nothwendigen Schranken, sich im freien Gehorsam der Gesammtheit anschließen und sich drein fügen, daß eben nicht Alles so wird, wie ein Einzelner sich's ausdenken mag, sondern daß der Geist der Gesammtheit darüber steht; sich nicht in pausbackigen Reden gefallen, in großen schwunghaften Worten, daß es heiße: Ja, das ist ein Tausendsasa! sondern kurz und knapp sich fassen — das ist's, was mich besonders anmuthete an den berathenden Versammlungen. Die Aufgaben waren schwierig und vielseitig, und hier saßen Männer und Jünglinge aus allen Gegenden und Alles wurde stramm erledigt. Ich hätte auch etwas zu sagen gehabt, aber ich sah, daß es nicht durchaus nöthig war, und schwieg, und so habe ich nachher Männer kennen gelernt, die an Geisteskraft weit über mir stehen; auch sie hatten geschwiegen oder nur kurz und thatsächlich ein Wort abgegeben. Der von Berlin ausgegangene Antrag wurde zum Beschluß erhoben, daß das Turnen allgemein, namentlich auch in Volksschulen, eingeführt werde, die reifere Jugend in den Waffen geübt, das Turnen bei den stehenden Heeren eingeführt und dem fertigen Turner die Dienstzeit abgekürzt werde. Bei der Frage, ob ein allgemeiner deutscher Turnverein mit Gliederung in Gaue und einer Spitze in einem Vororte gebildet werden solle, zeigte sich die Disciplin, von der ich oben gesprochen, am mächtigsten. Das jetzt so frei aufblühende Turnwesen darf nicht beengt und niedergedrückt werden durch allerlei Maßregeln furchtsamer Regierungen, die noch immer dem erwachten vaterländischen Sinn feindlich gegenüber stehen. Man beschied sich, daß jeder Verein sich selbständig ausbilde und neue Vereine in's Leben rufe. Ist jeder Einzelne und jeder Verein in sich gefestigt, dann ist die Gemeinsamkeit im Geiste da, die sich äußerlich leicht herausstellt. Wehmüthig war's, die Fahne der Schleswig-Holsteiner trauerumflort im Zuge zu sehen. Es kamen telegraphische Grüße von Nord und Süd; der erste deutsche Turntag sendete Dank und Gut Heil an den Herzog Ernst von Coburg-Gotha, der in seinem Lande dem Streben und Ringen für die gemeinsamen Anliegen des gesammten deutschen Vaterlandes offene Bahn hält.

Der Herzog war in Baden-Baden, wo eben jetzt beim Besuche des französischen Kaisers die deutschen Fürsten sich versammelten.

Es war ein wunderbares Zusammentreffen, daß wir hier, Männer und Jünglinge aus dem Volk, im Herzen Deutschlands uns zusammenfanden, während die deutschen Fürsten unweit der französischen Grenze um den Prinz-Regenten von Preußen sich versammelten. Wenn man den Schauplatz sich zusammengerückt denkt, so waren wir hier der Chor, der sich zu der Einzelstimme des Mannes dort einte, der zum entscheidenden Handeln berufen ist.

Die Thatsache, daß sich die deutschen Fürsten um den Prinz-Regenten sammelten, hat unwiderleglich festgestellt, wo der Schwerpunkt Deutschlands ist.

Wieder zeigt sich in der Geschichte, daß die einfache Rechtschaffenheit auch die höchste Klugheit in sich schließt. In schlichtem Geradsinn hat der Regent die deutschen Fürsten berufen, daß sie Zeuge sein sollen bei der ihm allein angebotenen Zusammen-kunft mit Napoleon. Alle Verleumdung, welche die Feinde eines einigen Vaterlandes unter allerlei gleißnerischen Formen vorbringen wollen, sind fortan vernichtet. Es hat sich gezeigt, daß Deutschland in Preußen seinen Hort und Halt gewinnen muß, ja thatsächlich bereits gewonnen hat.

Der Verlauf der Geschichte ist unaufhaltsam.

Wir hier in Coburg, wir fühlten und erkannten, wir sind ein kleines, aber doch zukunftfrohes Stück des einigen Deutschlands.

Ich möchte dir viel erzählen, wie sich jetzt bei persönlicher Annäherung manches süddeutsche Vorurtheil gegen unsere norddeutschen Brüder in mir abstreifte. Ich traf unsern alten Tübinger Kameraden, der schon bald zwanzig Jahre in Norddeutschland lebt, und durch ihn namentlich lernte ich in den wenigen Tagen viel kennen und einsehen. Wenn vor Zeiten, behauptet er, die Strömungen des Wandertriebes mehr den Flußgebieten nachgingen, so hat die neue Zeit mit den Eisenbahnen das ver-ändert und wird es immer mehr. Der Süddeutsche wird und muß sich dem Nord-deutschen zuwenden; der Eine hat dem Andern etwas zu bringen, das sich gegenseitig ergänzt. In uns Süddeutschen, das dürfen wir sagen, ist mehr leichter Muth, mehr Angriffslust; in den Norddeutschen mehr Standhaftigkeit und Ausdauer. Ich will unsere Landsleute gewiß nicht herabsetzen, aber sieh einmal auf Schleswig-Holstein! Befände sich ein süddeutscher Stamm in derselben Lage, wer weiß, es wäre einmal drunter und drüber zugegangen; ob er dann aber auch so stramm ausgehalten hätte? Das ist fraglich. Es muß immer wieder gesagt werden, daß die zierlich gekräuselten Bramarbasse, die sich naserümpfend in Gasthöfen und an öffentlichen Orten herum-flößen, nicht die Vertreter des norddeutschen und überhaupt nicht Vertreter des Volkes sind. Das ist ein ernstes, stilles, aber an Herz und Geist in sich starkes Geschlecht; großgezogen in stetiger strenger Arbeit und Gewissenhaftigkeit.

Wir Süddeutschen haben, ohne Ruhmredigkeit sei's gesagt, ein Jeder ein Stück Uhland im Gemüthe, etwas von jenem singenden, klingenden, durch Geschichte und Gemüth reichen innern Leben, das sich aber auch, wie der Meister selbst, — den wir Gottlob noch unter uns haben — vor Allem den vaterländischen Anliegen zuwendet. Bei dem Norddeutschen dagegen finde ich, daß Jeder ein Stück Immanuel Kant in der Seele hat; jenes Herbe, Straffe, Unbeugsame, in dem aber auch jetzt, da er zum bewußten Staatsleben erwacht ist, eine kernkräftige staatenbildende Macht lebt.

Das Vorurtheil, welches offene und heimliche Feinde der deutschen Einheit zwischen Nord und Süd nähren, ist eben nur ein Vorurtheil und verschwindet vor der klaren Einsicht. Die Norddeutschen sind viel unbefangener gegen uns, als wir gegen sie, und das eben ist ein Vorzug, der manche Eingebildete fast beleidigt. Wie schon einmal zur Rettung Deutschlands (ich empfehle dir hiebei ein vortreffliches kleines

Buch: die Erhebung Europa's gegen Napoleon I. von Sybel) die norddeutsche Kraft den Ausschlag gab, so wird sie es auch zur Einigung Deutschlands. Der Norddeutsche ist nicht so leicht entflammt, dafür aber auch zäh und ausdauernd. Der Norddeutsche ist förmlicher als wir, darum fehlt es ihm aber nicht an innerm Gehalt: im Gegentheil, dieser ist nur strenger geborgen. Unser Landsmann erklärte mir, gewiß ganz richtig: Bei uns sagt man zu einem Kinde: sei brav! In Mittelbeutschland: sei gescheit oder sei geschickt! In Norddeutschland: sei artig! Im Grunde genommen will man aber eins und daßelbe.

Wir Südbeutschen, so behauptet unser Landsmann, haben eine ältere und darum auch in weitere Kreise verbreitete politische Bildung, in Norddeutschland dagegen seien die Gebildeten uns eine gute Strecke voraus an nüchterner staatsmännischer Haltung. — —

Hoffentlich kann ich dir aus eigener Wahrnehmung über's Jahr, wenn das fünfzigjährige Jubiläum der Turnerei in Berlin gefeiert wird, oder auch erst 1863, wenn wir bei Leipzig das fünfzigjährige Gedächtniß der Befreiungsschlacht feiern, mehr davon sagen.

Hoffentlich ist bis dahin auch der Zeiger der Geschichte weiter gerückt, und die deutsche Jugend, aller Orten turngeübt, ist frisch und freudig.

Es geht ein tiefes Wehe durch das Herz, wenn man bedenkt, wie eine menschenverachtende und vaterlandknechtende Staatsweisheit seit nun bald fünfzig Jahren das Turnwesen ächtete und niederhielt. Man hat viel gesprochen von väterlicher Fürsorge! War das väterliche Fürsorge, den Söhnen des Landes die Ausbildung und Stärkung ihrer körperlichen Kraft versagen? Man klagt über Blutarmuth und Verkommenheit der heranwachsenden Geschlechter; man hat das Militärmaß herabsetzen müssen, und doch hat man die Kräftigung der heranwachsenden Geschlechter von Kindheit an mit Acht und Bann belegt, weil Metternich also befahl. — —

Man klagt über Sitten- und Zuchtlosigkeit, die da und dort ausbreche, und die man mit polizeilichen Flickschneiderkünsten heilen will, und man hat das Turnwesen unterdrückt, das, wie Niemand leugnen kann, eine sittliche Hebung der Genossen zu Wege brachte, wo Einer der Wächter des Andern war und die Gesammtheit ihre sittliche Ehre bewahrte.

Man klagt — doch nein, darüber klagt man nicht, viel lieber möchte man anklagen. Die Vaterlandsliebe, das Herz für die Gesammtheit, vor Allem für das gesammte deutsche Vaterland, sollte ruhen, bis man sie in Zeiten der Noth durch Commando aufweckt, und jetzt, da wieder Gefahr von Außen droht, möchte man's gelten lassen, daß es ein Deutschland gibt oder geben soll. Ja, es gibt viele vaterländisch Gesinnte, die da glauben, erst durch einen Krieg nach Außen werde ein in sich geeinigtes Vaterland erstehen. Es mag sein; aber im Herzen wird es bestehen durch lebendige Heranbildung eines gesunden Körpers und eines gesunden Geistes.

Es ist eine Bleichsucht auch über die Seelen gekommen. Die Schulbildung, die erst in einem frischen Staatsleben ihre Vollendung erhält, hat uns vielfach mattherzig und zaghaft gemacht. Die Dornen, die gegen Zudringliche schützen, sind vom

13*

Stamme des veredelten Rosenwildlings abgefallen; der Mensch aber kann seine Wehrkraft erneuern.

Mag die Versprechung, die eben in diesen Tagen Napoleon III. in Baden gegeben, daß er den Bestand des deutschen Gebietes nicht antasten wolle, mag das wahr sein oder nicht; die Bürgschaft, daß es nicht geschehe, liegt nur in uns, wenn jeder deutsche Jüngling und jeder deutsche Mann kraftgeübt und von vaterländischem Geist erfüllt ist. Darum rufe ich: Gut Heil! Die Turnerei ist eins der edelsten und untrüglichsten Mittel, die Menschen gesund, sittlich und fähig zum Zusammenschluß in die große vaterländische Gemeinschaft zu machen.

Wir lesen mit Entzücken und auch mit stillem Neid von den olympischen Festen in Griechenland, da lebte nicht sein Leben lang jeder Einzelne für sich, da „kauzte sich nicht Jeder in seine Ecke", wie schon Meister Goethe klagt; man fühlte sich als fröhlicher Genosse eines großen Ganzen.

Unsere Zeit und unser deutsches Vaterland vor Allem kann noch Schöneres bringen als die olympischen Feste waren; denn uns ist der vielstimmige Männergesang gegeben, der tausend Stimmen bindet zu Einem Ton. Das kannten die Griechen nicht.

Und die Eisenbahnen! Da ist eine Einigung ermöglicht, die Alles, was je gewesen, überragt, und der Telegraph spricht zu versammelten Festgenossen von Ort zu Ort.

Die Schweiz hat ihre Schützenfeste, wo die Eidgenossen, Männer und Jünglinge, in Ernst und Heiterkeit sich ihrer Gemeinsamkeit freuen.

Unsere deutschen Turnfeste können und werden sich zu Nationalfesten herausbilden, die an Ernst und Heiterkeit, an frohem Bewußtsein des Lebensglückes, wie an festem Zusammenschluß für jegliche Gefahr keinem Nationalfest aller Zeiten und aller Länder nachstehen.

Gut Heil!

Zwei Feuerreiter.

ie Glocken klangen im Thüringer Land, sie verkündeten Trauer. Einer der edelsten und tapfersten deutschen Männer, Karl August von Sachsen-Weimar, war nach zwei und fünfzigjähriger Regierung gestorben.

Es war am Sonntag Mittag im halben Juni des Jahres 1828, die Glocken hatten ausgeläutet und ein großer Theil der Bewohner des Dorfes Vogelsberg saß in der Schenke. Man plauderte allerlei: vom Tode des Herzogs, von der Heuernte, von einer Holzversteigerung im Domänenwald, von einem neuerbauten Hause im obern Dorf und vom Krieg der Russen gegen die Türken. Schumla war ein vergnügliches Wort, das sich gut behalten ließ, und es war, wie der Dichter seinen beschränkten Pfahlbürger sagen läßt:

> Nichts Bessers weiß ich mir an Sonn- und Feiertagen,
> Als ein Gespräch von Krieg und Kriegsgeschrei,
> Wenn hinten, weit in der Türkei,
> Die Völker auf einander schlagen.

„Da kommt der alte Luzner!" hieß es plötzlich. „Ja, dem muß es hart angehen, daß unser Herzog gestorben ist. Man sagt ja, sein Vermögen rührt vom Herzog her. Heute muß es ihm doch zu einsam auf seiner Mühle sein. Steh du auf da. Wenn er sich zu uns setzen will, soll er auf dem guten Stuhl sitzen." So hieß es hin und her in der Schenke, während ein alter schlanker Mann, wol siebzig

Jahre alt, aber noch fest und aufrecht gehend, in die graue Müllertracht gekleidet, die Straße daher kam. Er trug eine weiße Rose im Munde, die ihm sein Enkel unterwegs gebracht hatte.

Der alte Luzner kam in der That in die Schenke und nahm den ihm bereit gehaltenen Großvaterstuhl ein. Man saß damals noch nicht so viel im Freien wie heutigen Tages, und die Dorfbewohner sind auch heute noch beim Ausruhen immer unter Dach und Fach. Während draußen Rose und Hollunder blühte, öffnete man in der Schenke kaum ein Fenster.

Der alte Luzner bestellte sich auch einen Krug Bier, und als er den Geldbeutel heraus that und bezahlte, nahm er auch ein gehenkeltes Thalerstück heraus und sagte: „Das ist von Ihm, das hat er mir selber gegeben mit dem andern, und es hat mir viel Segen gebracht. Meine selige Frau hat das Geldstück vierzig Jahre lang an ihrer Granatenschnur getragen. Schaut, so hat er damals ausgesehen."

„Ja, wer denn?" fragte ein pfiffig aussehender Bauer und winkte den Andern.

Der alte Luzner sah ihn zuerst mit Zorn und dann mit stiller Wehmuth an und sagte: „Wer denn? Wer denn? Natürlich unser Herzog. So kommt Keiner mehr auf die Welt. Er war nur ein Jahr älter als ich, und damals hättet Ihr ihn sehen müssen. Ja, damals! Unser Herrgott im Himmel muß seine Freude an ihm gehabt haben, wenn er ihn hierunten gesehen hat. Tolle Streiche hat er genug gemacht, er und sein Freund da." Der Müller deutete hierbei auf die in der Stube hängenden Bilder von Karl August und Goethe, und fuhr fort: „Ja, damals ist man viel lustiger gewesen als heutigen Tages, und wenn's darauf angekommen ist, hat man sich doch wieder in gehörigen Respekt setzen können. Unser Herzog ist lustig gewesen, er hat aber auch geholfen, wo Noth an Mann gegangen ist, und Kraft hat er gehabt für Drei, heißt das in jungen Jahren, ehe er dick geworden ist. Er hätte Jeden von Euch im Ringen mit der linken Hand niedergeworfen, und wie wir mit einander gearbeitet haben, das war eine Kraft, die Mauern einreißt; ja, die Menschen werden immer schwächer. So gibt's keine mehr. Ich meine, es ist, wie unser Bezirksarzt mir schon oft gesagt hat: die Kartoffeln sind dran schuld, die machen die Menschen auch nur knollig, aber nicht fest. Nicht umsonst hat man sich — ich kann mich noch ganz gut dran erinnern — so hartnäckig gegen den Anbau von Kartoffeln gewehrt. Ich will Euch das ein andermal erzählen.

Jetzt also unser Karl August. Ja, er ist stehend gestorben, aufrecht, er war der Mann dazu; er hat sich nicht niedergelegt, der Tod hat ihn niederwerfen müssen. Hätte man ihn zum deutschen Kaiser gemacht, es sähe jetzt anders aus in Deutschland. Ich weiß wol, es ist auch unter Euch viel junger Nachwuchs, der uns fast auslacht über die schweren Kämpfe, die wir ausgestanden haben. Wir haben dem Bonaparte den Garaus gemacht, und Niemand hätte geglaubt, daß dann wieder Alles so verschnitzelt sein wird, und die im Koburger Land, im Meininger Land und in Gera und in Schleiz und im Hessischen — Jedes thut, als ob sein Land ein eigener Welttheil wäre. Das wird schon einmal wieder anders werden. Ich möchte es noch erleben, und dem Herzog wär's wohl zu gönnen gewesen, daß er's auch erlebt hätte.

Er hat, was an ihm war, seine Pflicht und Schuldigkeit gethan, und ich und der Vater von der Wirthin da, wir waren drunten in Weimar, wie der Herzog die Verfassung gegeben und beschworen hat. — Aber, ich habe noch ganz Anderes zu erzählen."

„Ja, erzählt. Wie ist denn das gewesen? Man hört immer nur so davon munkeln. Ja, erzählt, daß man's auch einmal ordentlich weiß."

So drängten Alle, und der Müller nickte und sagte: „Aber Ihr müßt still sein

und mir nicht so in's Gesicht hineinrauchen. Freilich, er hat auch gern geraucht, und seine Pfeife und seine Hunde hat er immer bei sich gehabt."

„Fanget von vorn an."

„Gut. Ich vergesse natürlich den Tag nicht, und es ist auch schon eine gute Zeit, daß ich daran zu denken habe. Also es war am 3. März Anno 1779. Wir haben das vergangene Jahr einen prächtigen Sommer gehabt, eine gute Ernte, zu mahlen gibt es genug, und unser Bach, die Scherkonde, ist dazumal doppelt so groß wie heutigen Tags und das ganze Jahr, denn damals hat es bis weit hinein auf der Finne und Hageleite noch nichts als Wald gegeben, da trocknen die kleinen

Wäfferlein nicht so aus und viele Wäfferlein geben einen Bach. Die Müllerei war auch viel leichter als jetzt, höchstens einmal ein Bischen Vorlaß als Weißmehl und das Uebrige lauter nährsames Schwarzmehl. Ich fürchte, es kommt bei uns noch so weit wie in England drüben, wo man, wie ich mir habe sagen lassen, gar kein Schwarzbrob mehr backt.

Ich bin also selbige Nacht allein in unserer Mühle. Ich bin damals Mühlknappe gewesen bei dem Müller Heyde, von dem nur noch eine Tochter lebt in Kuhköln, oder Kölleda, wie sie's heißen; es ist jetzt preußisch. Ich gehe also auf und ab, schütte aus und ein. Damals hat man sich die Arbeit noch nicht so leicht gemacht wie heutigen Tages, und wir sind doch gesünder gewesen. Ich weiß nicht, was mir selbige Nacht ist, es ist mir immer, als wenn mich Jemand draußen auf dem Weg oder im Dorf riefe, wie wenn mir etwas Besonderes bescheert wäre; und auf Einmal ist mir's doch wieder so bang, daß ich nicht übel Lust hätte, den Meister zu wecken. Es rast ein Wind, daß man meint, er nimmt die ganze Mühle mit fort. Ja, ich glaube nicht an Ahnungen; ich habe hundertmal in meinem Leben erfahren, daß man sich da allerlei einbilden und sich unnöthig plagen kann; und doch ist es auch wieder manchmal, als wenn etwas, was erst kommt, an Einem zupfen und zerren möchte.

Ich sehe zum obern Fenster hinaus, ich weiß nicht warum. Herr Gott! was ist das? Es brennt im Dorf! Ich springe schnell hinunter, stelle das Mühlrad und wecke den Meister, die Frau und die Kinder, und eile hinein in's Dorf.

Damals waren hier noch alle Dächer mit Stroh gedeckt und von einer Feuerversicherung hat man noch nichts gewußt. Ich weiß nicht, ob es jetzt gut ist. Man sollte es fast wieder machen, wie's der Herzog mit einem überwiesenen Brandstifter gemacht hat; er hat ihn — wie es noch von Kaiser Karls Zeiten her Rechtens ist — drüben in Jena hängen lassen. So ist's recht. Man geht jetzt viel zu säuberlich mit den schlechten Menschen um. Freilich, es hat damals auch nicht viel genützt, und: heut Nacht hat's da gebrannt, heut Nacht hat's dort gebrannt, hat man jeden Morgen sagen hören. Hinter dem Ettersberg — da ist's am ärgsten; es ist, als wenn die Leute nicht ohne Brand leben könnten. Der Herzog hat jede Nacht mitgeholfen, ist Nachts aus dem Bett und immer auf dem Fled gewesen, denn von

Strapazen hat er gar nichts gewußt. Da hat der Herzog endlich befohlen, daß man den Dörfern hinter dem Ellersberg gar nicht mehr zu Hülfe kommen darf, wenn's brennt. Das hat geholfen. Jetzt also, jenen Mittwoch brennt's in unserm Dorf. Ich bin einer der Ersten auf dem Platz, ich wecke den Schultheiß und den Schmied — der Spritzenmeister ist, — und den Küster, daß er Sturm läutet. Das Sturmläuten hat aber nicht viel genützt. Der Wind reißt den Glocken das Wort vom Mund weg, und man hört kaum im Dorf was davon, geschweige in den Nachbardörfern.

Da sagt der Schultheiß: Es müssen gleich Feuerreiter nach allen Dörfern im ganzen Umkreis. Du, Luzner, geh heim, nimm dein Pferd heraus und reit', was du reiten kannst, nach Großnenhausen.

Ich sag': Wir sollten doch zuerst noch unter uns Ordnung herstellen und uns selber helfen, ehe wir nach Andern rufen. Da sagt der Schultheiß: Still! Kein Wort mehr. Du weißt, was darauf steht, wenn du nicht augenblicklich folgst.

Ich folge und kann fast nicht durch vor Menschen, die ihren Hausrath retten, und wenn sie jetzt helfen möchten den Brand niederlegen, statt zu retten, wäre es gewiß das Beste. Aber was will ich machen? Ich muß fort. In der Mühle wollen sie mich nicht fort lassen, man weiß ja keine Minute, ob nicht ein Flugfeuer auch hierher kommt. Ich lasse mich aber nicht halten, und im gestreckten Galopp reite ich davon durch den Wald hinauf nach Großnenhausen. Ich bin das Einzigemal in meinem Leben Feuerreiter gewesen und dann nie mehr. Ich weiß wohl, es gibt Viele, die sich gern als Feuerreiter fortschicken lassen, weil es leichter und — Gott verzeih mir's — auch lustiger ist, da im Galopp hinzufliegen, als sich daheim beim Brand herumstoßen und ausschimpfen zu lassen; aber mir ist's nicht so, mir ist es schrecklich, daß ich fort soll und hinter mir ist Noth und Jammer. Wie ich nun durch das Nachbardorf reite und durch die stillen Gassen rufe: „Feuerjo! Feuerjo! Hülfe!" mir selber stehen die Haare zu Berg, wie wenn ich selber all den Schreck spürte von den Menschen, die ich jetzt aufwecke. Ich muß ein ganzes Dorf in Aufruhr bringen, und ich hab' geschrien,

ich bin acht Tage lang heiser gewesen; vielleicht aber auch von dem, was nach-
gekommen ist.

Die Großnenhauser sind rasch auf dem Fleck, die Spritze ist bald heraus; ich
sorge dafür, daß von da aus ein Feuerreiter weiter geschickt wird in das nächste
Dorf, und ich reite der Spritze voraus heimwärts. Wie wir aus dem Wald kommen,
da droben auf dem Berg — die Linden, die jetzt dort stehen, waren damals noch
viel kleiner, und ihr wisset ja, da sollen die alten deutschen Kaiser begraben liegen —
da ist es jetzt so hell, man hätte eine Nadel auf dem Boden finden können. Das
halbe Dorf steht in Flammen, und die Flamme frißt immer weiter hinein bis zur
Kirche. Daheim hat Alles den Kopf verloren, die Leute rennen einander um und
helfen doch nicht; die Kinder schreien, die Weiber heulen, die Männer fluchen. Ich
will Ordnung machen, aber was ist ein einziger Mensch in so einem Durcheinander?
Man möchte hundertfach sein und überall. Und da stehen die Einfältigen und thun
sich was zu gut auf ihren Glauben und sagen: „man muß es gewähren lassen,
Gott wird schon helfen." Ja wohl, Gott hilft, aber er hilft auch nur; wir müssen
selber Hand anlegen, wenn er soll helfen können.

Da an Einem Ort befehlen Zehn auf Einmal und Keiner folgt, und da drüben
steht ein Trupp und sie stecken die Köpfe zusammen, und Keiner gibt an, was zu
thun ist.

Ich gebe mir alle Mühe, Ordnung herzustellen, es gelingt mir auf eine kurze
Weile, die Spritzen schnaufen, das Wasser zischt und es ist Alles still. Dann heißt
es aber bald: „Du junger Bursch, was willst du? Stell' dich in die Reihe, du
bist nicht mehr als ein Anderer." Ich hab' mir mein Lebtag nicht eingeredet, daß
ich was Besonderes sei; aber wenn Niemand da ist, der Ordnung machen kann oder
mag, da muß es unternehmen, wer da sieht, wo es fehlt.

Es sind Spritzen genug da, aber sie werden nicht ordentlich bedient. Wir
stellen Ketten bis an den Bach, und da heißt es plötzlich wieder: hier braucht man
keine Spritze, da und da ist sie nöthiger; die Spritzen fahren hin und her, die
Ketten werden zerrissen und sind nicht so schnell wieder bei einander. Manche wollen
sich davonschleichen, ich halte fest, wen ich kriege, und muß manchen Puff unbezahlt
lassen. Der böse, böse Wind geht immer schärfer und — „es nützt doch nichts,"
heißt es bald, und mein Nachbar nimmt mir den Eimer nicht mehr ab, den ich ihm
gebe. Ich schreie was ich kann, da gießt mir Einer — ich sehe nicht, wer es ist —
einen vollen Eimer über den Kopf, und Alles lacht mitten im Elend. Aber das ist
mir zu gut gekommen, Ihr werdet's schon hören. Ich trete aus und denke: du gehst
heim, es sind Andere auch auf und davon; du hast das Deinige gethan, mehr
als genug.

Da! Schaut auf! Dort vom Kaiser-Berg herunter kommen zwei Reiter im gestreckten Galopp; der auf dem Braunen mit den Hunden daneben, das ist der Herzog,
und der auf dem Schimmel, das ist sein Herzbruder, den er sich aus Frankfurt
geholt. „Der Herzog kommt! Der Herzog ist da!" heißt's auf einmal, und war
schon vorher keine rechte Thätigkeit, so hört jetzt vollends Alles auf. Der Schmied

auf der Sprite schreit sich heiser und flucht, daß kein Wasser mehr aus dem Schlauch bringt, aber das nutzt Alles nichts. Sie schauen Alle nach dem Herzog, wie wenn der allein helfen könnte; jetzt hat Keiner mehr was zu thun. Ihr werdet schon gehört haben, daß man wirklich geglaubt hat, der Herzog · kann allein mit dem Feuer fertig werden, er kann einen Feuersegen, er darf nur die Worte sprechen, und es ist wie: „Feuer lösch' aus," vorbei ist's. Ja wohl, was natürlich ist, wollen die meisten Menschen viel weniger sehen; lieber haben sie eine geheime Lust an einem Aberglauben. Wenn es einen Feuersegen gäbe, und wenn ihn der Herzog gekannt hätte, da hätte er sich nicht der Lebensgefahr ausgesetzt und gearbeitet, daß der

Schweiß an ihm heruntergelaufen ist, wie Ihr gleich hören werdet. Jetzt also, da kommt der Herzog und sein Freund, sie haben fast wie Brüder einander ähnlich gesehen. Sie reiten ganz nahe heran, der Andere steigt vom Schimmel und der Herzog bleibt noch eine Weile oben sitzen und hält still eine Hand in die Höhe. Er ist gescheit, er merkt, wo der Wind herkommt, und dreht sein Pferd, da versteht man ihn, denn man hat vor dem Wind sein eigen Wort kaum gehört, und jetzt ruft der Herzog — er hat eine mächtige Stimme — daß man Fassung behalten und den Anordnungen unweigerlich Folge leisten soll. Jetzt steigt er ab und der Geheime Rath macht Ordnung, und er hat eine Stimme und ein Wesen und ein Auge, daß Jeder ihm gehorchen muß, und damals war er noch schön, bildschön, und er hat

19 *

auch selber mitgeholfen und sich in die Kette gestellt. Aber das nutzt jetzt nichts mehr, es ist zu spät!

Ganz nahe bei der Kirche brennt schon eine Scheune, und die Glocke vom Thurm klagt, wie wenn sie sagen wollte: „Helfet doch, bald brennt auch mein Haus und ich muß stumm werden." Da ruft der Herzog, er hat schnell und richtig gesehen, wie's hier steht: „Ihr Männer, Ihr werdet doch Euer Gotteshaus nicht verbrennen lassen? Reißt die Scheune ein und rettet die Kirche."

„Man kann dem Feuer nicht zu nahe kommen, das ist lebensgefährlich ... Und vielleicht ist die Scheune noch zu retten ... Und sie fällt schon von selber ein."

So heißt es hin und her. Der Herzog stampft auf den Boden und ruft: „Ja, warten, bis es von selber einfällt! Reißt ein, sonst ist verloren, was noch zu retten ist. Reißt ein!" Und der Herzog hat noch ein paar saftige Scheltworte dran gehängt. Das ist recht.

Aber Alles bleibt stumm und starr. Da ruft der Herzog wieder und faßt einen Feuerhaken und hebt ihn hoch: „Wer folgt mir und legt mit Hand an?"

„Ich," sag' ich. Und von dem Augenblick an hab' ich nichts mehr gespürt von der Kälte, die mir am Leib herunter rieselt; ich fasse mit an und ich sage:

„Laſſet mich vornhin ſtehen, Durchlaucht, Herr Herzog; ſie haben mich mit Waſſer übergoſſen, ich brenne nicht ſo leicht."

Wir legen alſo den Feuerhaken an und ziehen mit aller Macht, und wie ich nach der Vorderwand ſehe, da ſchwindelt mir's; das Haus ſchwankt vor und zurück, mir iſt's, wie wenn ſich die ganze Welt dreht, mir wird ganz taumelig. Ich ſehe gar nicht mehr hin und reiße aus aller Kraft, und krach! da fallen die brennen=den Balken herunter, und ich meine, ich läge im Feuer; ich faſſe zurück nach dem Herzog, ob er auch mit mir im Feuer liegt. Sehen kann ich nichts vor Rauch und Feuer, und es brennt mir die Augbrauen ab und meinen erſten Bart, mit dem

man ſich in jungen Jahren ſo ſehr freut. Ich bin nicht verbrannt und der Herzog auch nicht, aber trocken bin ich geweſen, plötzlich wie aus dem Backofen heraus. Und der Herzog ſagt: „Nun beſſer! Kamerad! Wir haben's ungeſchickt gemacht; wir müſſen das brennende Sparrwerk in's Feuer werfen, nicht zu uns her." Wir legen nochmals an, und richtig, es gelingt uns. Und jetzt — ja, ſo iſt's, wenn Einer vorangegangen iſt, da kommen ſie nach — jetzt kommen auch die Anderen und helfen uns; ſie ſchämen ſich doch, daß ſie den Herzog ſo für ſich arbeiten laſſen, aber der tritt nicht aus und geht nicht vom Fleck, bis die Scheune nieder iſt. Das Feuer bekommt einen andern Weg und wird niedergehalten, die Kirche iſt gerettet.

Der Herzog wäſcht ſich in einem Feuereimer die Hände, ich ſteh' daneben und thu mir auch etwas Wasser in's Gesicht, meine Augen brennen mich und mein Kinn, wo mir der Bart abgebrannt ist. Da fragt mich der Herzog:

„Wie heißt du?"

„Luzner."

„Und du bist?"

„Mühltnappe."

„Komm mit in die Kirche."

Ich gehe mit dem Herzog. Der Hund, der uns gefolgt ist, legt sich auf ein Wort des Herzogs an der Thür nieder.

Wir treten ein.

Der Herzog geht voran bis an den Altar. Ich folge ihm. Dort steht er eine Weile still, dann, ohne ein Wort zu reden, greift er in die Tasche, holt eine Börse heraus, leert sie auf den Altar und sagt: „Luzner, nimm das, nimm's nur." Ich lasse mir das natürlich nicht zweimal sagen. Ich nehme das Geld, stecke es ein, der Herzog nickt. Das Geld ist doppelt gesegnet, durch die Hand und durch den Altar ... Das ist mir nachher tausendmal durch den Kopf gegangen; damals aber habe ich kein Wort reden können, ich glaube, ich habe nicht einmal Dank gesagt. Ich habe dem Herzog nur die Hand dargereicht und er hat mir die Hand gedrückt. Und diese starke Hand ist jetzt auch starr und todt ..."

Der alte Luzner hielt inne, drückte die weiße Rose mehrmals an die Nase, dann fuhr er fort:

„Der Herzog mag auch müde gewesen sein von dem Ritt und von der Arbeit. Er setzt sich still in eine Kirchenbank und legt die Hände übereinander. Von draußen beginnt's zu tagen, und ich sehe, wie der Herzog die Augen schließt.

Damals war's der Brauch und er sollte auch heute noch sein, daß man nach einem Brand die Abdankung hält. Die Kirche wird voll von Weibern und Kindern, und vom Empor herunter braust es plötzlich mit mächtigem Orgellang: „Nun danket Alle Gott!" Die ganze Gemeinde singt mit, und der Herzog schlägt die Augen auf. Wie muß es ihm gewesen sein, wie er so erwacht! Wenn er jetzt drüben in der Ewigkeit aufwacht und hört die himmlischen Heerschaaren, es kann ihm nicht wohler sein ... Er greift an den Kopf und merkt, daß er noch den Hut mit der Goldborde auf hat; er zieht ihn ab und so steht er da, bis der Gesang vorüber ist.

So lange ich lebe, habe ich keinem Gottesdienst beigewohnt, der heiliger gewesen wäre als der, und Alles war himmlisch froh und der Jammer der Abgebrannten ist zur Ruhe gekommen. Wie ich jetzt den Herzog so ansehe, ist er mir gar kein Herzog mehr gewesen; wir sind Alle Eins vor Dem da, zu dem wir jetzt reden; auf dem Platz, wo wir jetzt stehen, da ist es eins, ob man in einem Schloß oder in einer Strohhütte daheim ist. Ich hätte zu ihm hingehen und ihm sagen können: Bruder! vor Gott sind wir Alle gleich, aber du hast es gut, du kannst mehr Gutes thun als Andere, und du thust es. Sei froh und danke Gott für alle die tausend Dank, die du dir einernten kannst.

Jetzt ist dem Herzog sein goldborbiger Hut auf den Boden gefallen, und ich bin froh, daß ich ihn aufheben und doch auch etwas thun kann, und ich hab' in den Hut hinein gesagt: Ich danke dir, und du sollst nicht an den Unrechten gekommen sein, verlaß dich drauf ... Ich hab's in mir gespürt, daß ich von der Stunde an ein braver Kerl sein muß. Ich bin's schuldig.

Wir gehen jetzt Alle aus der Kirche, die Sonne steht hoch am Berg, der ganze Himmel ist Eine rothe Pracht, und ich habe dem Herzog in's Gesicht gesehen, das im

Morgenroth glänzt, und neben ihm steht sein Freund, und der Herzog sagt: „Wo warst du?"

„Ich will's dir auf dem Heimweg erzählen," sagt der Freund; sie haben einander geduzt wie Brüder.

Da ist der Schmied vorgetreten und sagt:

„Durchlaucht, der Herr — er hat nicht gewußt, daß er Goethe heißt — hat die Kette bis zum Bach geordnet und selber mit geschöpft, und Alles so gut und streng gemacht, daß wir ihm tausendmal Dank sagen müssen."

Die Pferde wurden herbeigeführt und die zwei Feuerreiter steigen auf. Ja, das sind andere Feuerreiter als unsereins! Der Herzog sagt noch zu den Umstehenden: „Ich will für Euch sorgen, so gut als ich kann."

Und die Beiden reiten davon in den jungen Tag hinein, in das Morgenroth...

Jetzt ist der Herzog todt. Ja, ja, die Sonne geht auf und geht unter, und Brandstätten werden wieder neu bebaut, und es sterben Menschen, von denen man hätte glauben mögen, der Tod könne gar keine Gewalt über sie haben, und es kommen neue Menschen und die Welt fängt immer wieder von vorn an.

An jenem Morgen, mitten unter dem Elend, habe ich zum Erstenmal gesehen,

was es heißt: auf der Welt sein und darin Einen finden, der ein echter, rechter Mensch ist, und dem man alles Gute, was auf der Welt ist, zusammensuchen und bringen möchte.

Ich wünsche nur, daß Jedem einmal die Sonne so aufgehe, wie mir damals..."

———

Der alte Luzner, der die letzten Worte fast nur vor sich hinmurmelnd gesprochen hatte, schwieg jetzt, und auch im Zuhörerkreise war eine Weile Stille. Endlich fragte der pfiffig aussehende Zuhörer wieder:

„Nun habt Ihr aber doch nachgezählt, wie viel es gewesen ist, was Euch der Herzog geschenkt hat? Saget ehrlich, wie viel war's?"

„Brauchst mich nicht zu ermahnen, es ehrlich zu sagen. In Geld waren es grabaus 75 Thaler, und das war zur damaligen Zeit so viel als heutigen Tages das Dreifache; aber es hat noch etwas darin gesteckt, was man nicht zählen kann. Das doppelt gesegnete Geld hat mir doppelten Segen gebracht. Ich habe Alles ausgegeben bis auf das eine Stück, das meine selige Frau vierzig Jahre lang an ihrer Granatenschnur getragen hat. Schaut, so hat unser Herzog damals ausgesehen."

Es war während der Erzählung Abend geworden. Wiederum ertönten die Trauerglocken, und unter ihrem Klange ging der alte Luzner heim nach seiner Mühle.

Chronik eines Finkennestes.

Beobachtungen und Parallelen aus dem Leben der Thiere.

— — —

Schandau an der Elbe.

(Mitte März 1859.)

treffe ich unverhoffte Freude! Im Berggarten auf dem Apfelbaum, daran noch die Knospen geschlossen sind, nistet ein Finkenpaar. In der Achsel zweier Zweige, die eine Gabel bilden, ist der Unterbau sicher und geschickt angebracht: noch ist er nichts als eine unförmliche Unterlage, aber der Bauplan ist streng und unwandelbar. Im niedern Thierleben gibt es keine Nester. Ließe sich nicht auch am Nesterbau die Stufenreihe der höheren Organisation verfolgen? Im Nestbau zeigt sich doch, daß es im Thierleben auch ein Denken und Mühen für morgen gibt, daß da auch nicht immer, buchstäblich genommen, in den Tag hinein gelebt wird. Die Thiere haben nicht für Nahrung und Kleidung zu sorgen, aber die Wohnungsnoth ist auch ihnen nicht erspart. Freilich wissen sie nichts von der Barbarei der Menschen, die sich sittlich und religiös nennen und doch keine Familie bei sich einziehen lassen wollen, die nicht kinderlos ist. — Die Vögel bauen nur für die Nachkommenschaft.

Das Vogelpaar hat viel Noth und Plage, bis es sein Heimwesen hergerichtet, aber es ist jung, fröhlich und in glückseliger Liebeszeit, jetzt noch auf der Hochzeitsreise, bald da, bald dort übernachtend.

Es mag viel Ueberlegens gekostet haben, wo man sich denn eigentlich ansiedeln wolle. Die Zerstreuung über alle Gegenden — um jede zu dichte Bevölkerung zu vermeiden — scheint in der Vogelwelt von selbst geordnet; aber auf welchem Baum

man sich niederlasse, das hat gewiß manches Hin- und Herfliegen und viel Ueberlegung gekostet. Der Finkenhahn hat in männlicher Selbstherrlichkeit eigenmächtig
die Entscheidung getroffen, und nicht etwa die Rücksicht auf befreundete Nachbarn,
die man habe, hat zuletzt die Ansiedelung fest bestimmt — man hat das nicht nöthig,
man ist sich selbst genug — das Wichtigste ist, daß man keine Feinde in der Nähe
habe, die einem die Ruhe rauben, das Leben verbittern, ja sogar gefährden.

Unsere Finken lieben die Nähe der Menschen, weil in den Gärten bei den
Menschenwohnungen die vierfüßigen und geflügelten Raubthiere nicht so daheim sind.

Auch im Thierreiche scheint die Baukunst eine männliche Kunst zu sein. Meister
Fink richtet und schichtet Alles, die junge Frau trägt nur zu oder heftet nur lose
an, erst der sangreiche und kunstfertige Schnabel des Bauherrn und Baumeisters zugleich bringt Alles in gehörige Richte, und er erhält dafür manches einsilbige, aber
wol vieldeutige Lob von der liebenden Ehehälfte. Zwischen hinein gönnt er sich
eine Erholungsminute auf dem benachbarten Birnbaum und schmettert aus voller
Kehle seinen lustigen Sang, wie wenn er sagen wollte: „Sieh, mein Schatz, das
strengt mich gar nicht an und ich bin nie vergnügter, als wenn ich recht arbeite."
Und er beguckt sich hüben und drüben und darf sich bekennen, er sieht schön aus,
etwas bunt gekleidet, aber das lieben ja die Weiber.

In der Vogelwelt muß man dem Männchen die Bezeichnung des schönen Ge-
schlechts zuerkennen, wie man schon in jedem Hühnerhof sehen kann. Auch an
Zungenfertigkeit steht das Weibchen dem Männchen weit nach. Freilich theilt der
Singvogel diesen Vorzug mit den Fröschen, wo auch das Männchen singen und die
Donna nur knurren kann. Meister Fink hat nicht nur jetzt sein Hochzeitkleid an,
sondern die Frau kann es ihm überhaupt an Farbenpracht nicht gleich thun; sie ist
einfach, aber geschmackvoll, vorherrschend in Grau gekleidet, nur an den Flügeln
zeigt sich etwas Weiß und Grün.

(1. April.) Täuscht das Auge oder ist es wirklich so? Der Bau schreitet nicht
vor. Das junge Paar zeigt sich, fliegt aber bald wieder fort und zwitschert auf
dem benachbarten Baume.

(3.) Richtig! Das Nest ist verlassen, und wer ist Schuld? Der betrachtende
Mensch. Das tiefste Naturleben ist unbelauscht, muß es sein: die Wurzel der Pflanze
ruht im Dunkel und das Geheimleben der Thiere entzieht sich dem forschenden und
betrachtenden fremden Auge. Also verscheucht! Die Furchtsamkeit ist die Schutzwaffe
der Schwachen und Wehrlosen.

Auch hier nun eine Ruine, eine verlassene, zerstörte Burg. Wer weiß, ob nicht
bei dem Paare dort, das so heftig zwitschert, die Frau dem Manne vorwirft, daß
sie nachgegeben, sich hier anzubauen; sie hat ja vorher gesagt, daß es hier nicht
geheuer ist, und jetzt hat sich's bewahrheitet: da ist ein seltsames Geschöpf gekommen,
das sich noch zwei Scheiben vor die Augen heftet und aus einem Stengel im Munde
Rauch ausbläst; dem ist nicht zu trauen, drum fort! ausgewandert! Schade, schade
um die vergebliche Mühe! Der Mann bleibt indeß keine Antwort schuldig, und bei
dem eigenen Mißmuth über eine mißlungene Arbeit sind Vorwürfe just nicht das

20*

Angenehmste. Meister Fink schüttelt den Kopf und sagt mit sichtlich erzwungener Ruhe: „Du hättest nicht nachgeben sollen, wenn du es besser wußtest, aber du hast auch nichts gewußt; und eigentlich solltest du dich schämen, du willst eine rechtschaffene Finkenmutter werden und bist so furchtsam? Und ich schwöre darauf, das Ungeheuer hat uns gar nichts thun wollen. Ich kenne die Welt, ich weiß besser, was darin vorgeht." — „Ich Arme," klagt die Frau, „o ich muß unschuldig leiden! O was für einen bösen Mann habe ich! Das hätte ich nie geglaubt! O wenn das meine Mutter wüßte!"

Schade, daß nur die Menschenweibchen weinen können, Frau Fink möchte auch gern weinen, aber sie bringt's nicht zuwege, und sie trutzt, und der Gemahl gibt ihr die besten Worte; von Vorwürfen ist gar keine Rede mehr, er ist seelenfroh, daß sie nur wieder gut ist, und er sagt endlich: „Du hast Recht, ich bin etwas unüberlegt; aber jetzt folge mir, drüben über'm Strom, schau, dort im Walde, da ist es viel fröhlicher und ich bringe dir den besten frischen Tannensamen; der ist viel besser und gewürziger als der Salatsamen aus den Gartenbeeten. Du gehst doch mit?" — „Ich folge dir über den Strom und in den wilden Wald, ich bin deine Frau und gehe überall mit hin; nur mache mir keine Vorwürfe mehr." — „Nein! Nein!"

Und fort fliegen sie über den Bach und nach dem Bergwald, das Menschen-kind hat das Nachsehen und es ist vorbei mit dem wunderfitzigen Betrachten des Vogellebens.

(15. April.) Alles gleicht sich aus in der Welt. Was einer wahrhaft und unablässig sucht, findet er, und meist findet er's, wenn er es äußerlich und mit Willen kaum mehr suchte; das Wollen stand in der Seele unbewußt, lauschend, und nun bietet sich ihm das Gewünschte dar.

Sieh da, just vor meinem Fenster auf dem Apfelbaum, etwa zehn Schuh in gerader Linie von dem Fenstersims, ist ein fertiges Vogelnest, darin Buchfinken wohnen, und offenbar ein sehr altes und wohl schon von vielen Geschlechtern be-wohntes; denn an der Außenseite des Nestes hat sich das gleiche Moos angesetzt wie an dem wol zwei Faust dicken Aste, daran es sich lehnt, und dieses Moos braucht sehr lange zum Wachsen.

Ich habe immer gehört, daß die Singvögel stets neue Nester bauen und be-wohnen, es scheint also diese Regel doch nicht so allgemein zu sein. Oder sollte ich mich täuschen und dieses Moos nur ein ähnlich grauer Kitt sein, den die Vögel mit ihrem Speichel bereiten?

Es ist bekannt, daß in der Regel der Finkenhahn vorauskommt und den Haus-stand wesentlich fertig einrichtet, dann kommt das Weibchen nach; aber unerklärt bleibt es immer, wie sie ihn findet, wie sie einander erkennen. Man hat auch beobachtet, daß oftmals Finken in der Nähe der Menschenwohnungen überwintern, auf Futter vertrauend. — Ich hoffe neue Beobachtungen zu machen. Mein Standort ist günstig und bequem.

(16.) Das Nest ist sehr weise angelegt. An dem untern nordöstlichen Aus-läufer des Hauptastes ist ein nicht ganz faustdicker Zweig abgeknickt und die Rinde ein Stück weit abgelöst; da, wo dieser Zweig mit dem Hauptast eine Achsel bildet, ist das Nest angebracht, und gegen Westen, wo hier die Wetterseite ist, strebt ein breiter Ast etwas gebogen in die Höhe und deckt das Nest fast ganz vor Regen und allen Unbilden des Wetters.

In jungen Jahren kletterte man behend einen Baum hinauf und schaute in ein Vogelnest. Das geht jetzt nicht mehr, und ich wäre auch besorgt, die Vögel zu verscheuchen; sie sollen mir nur stillhalten zu allerlei Wahrnehmungen.

Der unvergeßliche „Rheinische Hausfreund" hat seine „Betrachtungen über ein Vogelnest" an ein leeres Nest angeknüpft, vielleicht kann ich, ihn fortsetzend, das allmälige Werden und Sein, das darin sich aufthut, erkennen.

(17.) Es weht ein heftiger Wind und schüttelt den Baum, seine Zweige schwanken hin und her, auch der Ast, darauf das Nest ruht. Der Vogel sitzt ruhig im Neste, der Wind sträubt ihm kein Federchen, er liegt mit dem Kopfe nach Osten, woher der Wind kommt, und im Rücken deckt ihn der breite Ast. Der Vogel dreht nur manchmal den Kopf rechts und links, wie wenn er sagen wollte: „Das ficht mich nichts an, bin's gewöhnt, auf schwankendem Aste ruhig und fröhlich zu sein. Seht nur dort meinen Gemahl, wie er auf der höchsten Baumspitze in den Wind hinein pfeift, und der Zweig schwankt immer heftiger von seinem Sange; es bricht kein Zweig, worauf wir stehen oder bauen, das müssen wir besser wissen, wir haben's probirt. Wind und Wetter fürchten wir nie, nur schleichende Katzen und Wiesel und Marder und unversehens aus der Luft herabschießende Raubvögel."

Der Tag ist wieder hell und heiter geworden, ein ächter herbkräftiger Frühlingstag. Wenn ich nur in das Nest hineinsehen könnte! Es müssen schon Eier darin sein, aber mein Standpunkt ist nur wenig erhöht über dem Neste. Dieses — jetzt ist eben das Weibchen fort — ist an den Rändern so übergebogen, daß kein Regen hineinfallen kann, und nur auf erhöhtem Standpunkt könnte ein Blick hineindringen. Ich muß mich begnügen, von diesem Hausstande so viel zu erkunden, als sich eben nach außen kund gibt.

Wenn ich den Vogel so ansehe, wie er daher fliegt, eine Weile vor dem Neste steht und dann hinein huscht, hat er im Ganzen betrachtet die Eiform, aus der er sich entwickelte.

(18.) Am frühen Morgen sitzt die Henne lange auf dem Neste, dann gegen Mittag ist das Nest oft stundenlang verlassen. Die Henne fliegt immer abwärts vom Baume und fliegt auch immer von unten herbei zum Neste; sie will wol bedachterweise durch Ab- und Zufliegen den Standort ihres Nestes verbergen.

Die Henne sitzt meist still im Neste und dreht nur manchmal den Kopf, bisweilen jedoch zwitschert sie, und da antwortet der Hahn lustig vom Baume selbst oder von dem benachbarten; sie antwortet ihm oft lange nicht, dann schmettert er schneller drein: „Hörst du mich nicht? Sei nur nicht so verzagt! Deine Großmutter hat dasselbe durchmachen müssen wie du. Hörst du mir gar nicht zu? Gib doch Antwort, sei gut, nur ein einzig Wort; oder soll ich zu dir kommen?" — „Nein, nein, bleib nur, laß dir's wohl sein, ich gönne dir's," so antwortet sie endlich mit halb unterdrückter schmerzlicher Stimme, und sie kann den Kopf nicht mehr halten, sie drückt ihn auf den Nestrand — „Sei jetzt still und laß mich schlafen!" Der Hahn fliegt über den Baum weg, sie blinzelt ein wenig auf und schließt die müden Augen wieder und düselt so drein.

(19.) Die Henne ist unruhig im Neste, verläßt es aber nur kurz, und wenn sie wieder da ist, wendet sie sich unruhig hin und her, steht auf, bettet frisch mit Schnabel und Fuß, legt sich abermals nieder, und den Kopf auf den Nestrand gedrückt, stößt sie bisweilen Klagetöne aus, wobei sie erzittert und sich manchmal schüttelt. Ich meine zu beobachten, daß sich der brütende Vogel im Neste nach der Sonnenwende dreht; am Morgen liegt er unabänderlich stets mit dem Kopfe nach Osten, und auch am Mittag habe ich jetzt schon mehrmals gesehen, daß er mit dem Kopfe sonnenwärts liegt.

(23. Morgens, regnerisch.) Die Henne liegt ganz ruhig im Neste, hat meist den Kopf unter'm Flügel; sie schläft aber nicht, denn sie hebt den Kopf fast jede Minute, schaut sich um und verkriecht sich wieder in sich. Sie hört gar nicht darauf, wie der unverzagte Gatte trotz Sonnenlosigkeit überaus lustig ist und wol gar den bewölkten Horizont als überaus günstig preist. Da gibt's besonders schmackhafte kleine Falter, die schmecken wie die ersten Spargeln, und auch pikante Larven; die Henne hört nicht darauf, sie hat jetzt gar keinen Appetit.

Mittags bei stürmendem Regen liegt die Henne, sich nicht rührend und regend, mit dem Kopfe nach Westen gegen den schützenden Ast, der sie ganz vor dem Regen deckt. Mag's wettern und nässen, wie es will, es läuft Vieles ab, wenn man sich nichts daraus macht und ein warmes Herz hat, und warm muß jetzt der Vogel haben, denn er braucht ja dreißig Grad Wärme zum Brüten und der Thermometer zeigt nur elf Grad. Der Hahn singt mitten im Regen immer lustig drein. Wie groß ist wol die Eigenwärme des Vogels, und ist sie im Brüten gesteigert?.

(24. Morgens.) Der Regen hat aufgehört, aber noch ist Alles triefend naß. Der Apfelbaum ist mit röthlichen Knospen bedeckt, sie haben im Regen die Schuppenhüllen gesprengt, vielleicht sind jetzt auch schon im Neste die Küchlein ausgekrochen. Die Henne fliegt in der Frühe eine Weile aus, der Gemahl kann wol festes Futter mit heimbringen, aber für den Morgenkaffee hat er kein Geschirr, und es scheint, daß das an den Zweigen herunterfließende Wasser, das man doch so nahe hat, nicht mundet. Die Henne fliegt aus, wie immer abwärts; sie kommt heim, hat sich offenbar erfrischt auf ihrem Morgenflug. Wer weiß, ob sie nicht gar am Ufer des nahen Flusses ein Kaltwasserbad genommen hat? Sie sieht äußerst gewedt und stramm aus. Auf der Schwelle ihres Hauses, auf dem Aste, ruft sie: Witwit! und husch liegt sie im Neste und rührt sich nicht mehr.

(25.) Die Zweckmäßigkeitslügler haben ihr Urbild in jenem Weisen, der die wunderbare Einrichtung der Natur pries, die in dem Katzenfell gerade da Löcher anbrachte, wo die Augen sind. So könnte man auch sagen: „Der Vogel hat's gut, daß er den Kopf leicht drehen kann, ohne die Körperlage zu ändern; das erleichtert ihm das Brüten und gibt ihm doch stets Bewegung in der Ruhe." Aber das ist ja im großen Ganzen wie im Einzelnen die Norm, daß die Harmonie alles Seins nur die Folgerung, die auseinander gelegte Entwicklung der gesetzten Bedingung ist. In anderer Weise kommen wir sonst darauf, es wunderbar zu finden, daß der Vogel Federn und der Fisch Schuppen hat.

Mein Fink hat es nun doch bequem, die Speise läuft ihm wirklich in den Schnabel. Ich sehe, wie die Henne manche Ameise, manchen Baumläufer, die den Ast hinaufkriechen, vor dem Ende ihrer Laufbahn verschlingt; des Einen Tod des Andern Brod, sagt schon das Sprüchwort.

(26.) Der Vogel ist jetzt beim Brüten ganz regungslos und sieht abgemattet und schläfrig aus. Es kommen auch andere Vögel auf den Baum, aber sie halten sich auf der Südseite desselben, und kommen sie auf den großen Ast, darauf das Nest ruht, so halten sie sich doch etwas entfernt.

So eben war ein Blutfink, sogenannter Gimpel, da; er ist ein naher Vetter unserer Buchfinken, es scheint aber kein besonders verwandtschaftliches Verhältniß zu bestehen. Man ist offenbar gespannt mit einander. Der Gimpel saß aufgebläht auf einem Zweige über dem Neste; es gab hin und her kein einzig freundlich Wort; im Gegentheil, die Buchfinkenhenne schaute starr auf zu dem eindringlichen Gaste, verwendete stumm und steif keinen Blick von ihm, bis er davon flog; erst jetzt wendete sie den Kopf und steckte ihn wieder unter den Flügel. Der närrische Vetter wird wol in Zukunft seine ungebetenen Besuche unterlassen. Was geht ihn ein fremdes Hauswesen an? Er soll für sich sorgen, er hat genug für seine eigene Familie zu thun. Und wir wollen ja auch nichts von ihm.

Die Henne und der Hahn müssen doch oft nichts von einander wissen. So eben ist die Henne ausgeflogen, der Hahn kommt heim, setzt sich eine Weile auf das Nest, pfeift: Tüdlük! offenbar grollend; es kommt Niemand, er fliegt fort nach dem Bergwald zu, die Henne kommt erst nach einer Weile von der andern Seite.

(28.) Das Nest ist verlassen. Wenn schon Junge da sind, muß es ihnen manchmal schlimm ergehen. — Es hat keine Noth. Wenn die Menschenpflege nur immer so sicher wäre, wie die der Thiere. Die Thiere wissen genau, wie weit das Nest verkühlen darf; mit ihrer Schuld sind noch keine Jungen verkommen.

Ein prahlerisch bequemes Flickwort hat sich eben da angesetzt, wo eine Lücke in unserm Wissen ist. Wie groß thun Viele mit dem Wort Instinkt, und was sagt, was erklärt das Wort eigentlich? Weiter nichts als: hier sind Erscheinungen, die wir nicht verstehen. Wir sehen die Pflanze sich entfalten, die Blüthen treiben am Baum, und da heißt es: das ist Naturgesetz. Wir sehen das Thier scheinbar frei walten und doch gebunden stets dasselbe verrichten, und wir nennen das Instinkt. Wir können da wie dort nur die Erscheinungen constatiren; das, was das Gesetz gibt, können wir nicht ergründen, nicht in uns, nicht in der umgebenden Welt. Wir sagen: im Thiere ist sein ganzes Thun und Lassen einzig und allein von der Körperbeschaffenheit bedingt; wir sehen das Stetige seines Seins, aber wir sehen auch, daß die ausgebildeten Thiere je nach Zeit und Umständen ihre Anordnungen treffen. — Wir stehen immer wieder vor dem Geheimniß des Lebens, und es mag wol sein, daß auch die Barbarei gegen die Thiere — die durch Vereine gegen Thierquälerei nicht grundmäßig beseitigt wird — erst dann den rechten Gegensatz in den Gemüthern gewinnt, wenn wir auch in den Thieren ein höheres Leben achten lernen, ohne uns dabei in Empfindsamkeiten zu verirren.

(29.) Der Hahn kommt immer stolz von oben herunter zum Neste in mehrfachen Absätzen, als stiege er auf einer Parabeltreppe herab. Er frißt was aus dem Neste. Sind die Eier verkommen? Die Henne brütet oft lange nicht, es schleicht eine trächtige Katze um den Baum — es wäre jämmerlich, wenn wir mit einander nichts als das leere Nachsehen hätten!

(30.) Was pickt das Männchen heute wieder aus dem Neste? Es muß etwas da sein. Was ist's?

(1. Mai.) Es sind Junge da! Zu spät habe ich den eigentlich richtigen Standpunkt entdeckt. Von der Dachkammer aus kann man gerade in's Nest hinein sehen. Es ist wie ein Blick in's Herz der Natur, aber es sieht noch chaotisch darin aus, nebelhaftes Grau, wie schwimmender Brei. Die weißlich graue Ausfütterung des Nestes mit Waldwolle und feinen dürren Gräsern, das fließt jetzt in Eins zusammen mit den grauflaumigen Küchlein; das Nest ist jetzt gemeinsame Bekleidung. Das Picken und Kauen des Hahns im Neste muß ein Abthun der Eierschalen gewesen sein.

Das Nest ist jetzt oft verlassen, dann aber ist die Sorge der Eltern nur um so emsiger. Ich kann nicht sehen, wie und wieviel sie äzen, die Alten stehen auf dem Rande und decken dabei das ganze Nest zu, und wenn sie fort sind, ist Alles Ein Flaumenbrei.

Die Henne prustet sich breit auf, wenn sie heimkommt und sich wieder auf's Nest setzt, und dann kratzt sie im Neste herum und schüttelt sich und die naß gewordenen Jungen, denn der Nebel fällt und ein ergiebiger Landregen macht sich ganz heimisch.

Die Knospen am Baum sind tiefroth und da und dort bricht schon eine auf; im Neste sind auch, wenn man so sagen kann, aufgebrochene Knospen.

Der Hahn versorgt die Jungen sehr hausväterlich, wenn die Frau Mutter nicht da ist, und er sieht dabei äußerst stolz und selbstbewußt aus; sein Gefieder ist aber auch jetzt wunderbar schön: grünlich glänzend am Oberhaupt und Rücken, rothschimmernd an der Brust und die Flügel mit dem weißen Vorstoß prangend in allen Farben, dabei das Straffe und Geschlossene in seiner Haltung und Gewandtheit in allen seinen Bewegungen.

Nach der Fütterung betrachtet er eine Weile ruhig mit sichtlichem Vaterbehagen die junge Brut. Er nickt mehrmals, wie wenn er sagen wollte: „Ja, ja, man kann sich von Vielem in der Welt im voraus eine Vorstellung machen; aber ein Kind vor Augen, und nun gar eine ganze Brut — da weiß man doch erst, wenn man's in Wirklichkeit erlebt, wie Einem zu Muthe ist. Das läßt sich nicht vordenken."

Wie der Hahn in drei Absätzen immer von oben herunter kommt mit vornehmer Herablassung, so verläßt er das Nest auch immer mit erhabenem Stolze, als wollte er sagen: „Flügelthüren auf!" In kräftigem Satze hüpft er zwei, drei mal aufwärts, pfeift sich eins, und dann Ade! Seid ohne Sorg', ich komm' bald wieder!

(2. **Mai.** **Nur drei Grad Wärme.**) Die Henne verläßt das Nest fast gar nicht, sie muß gut einheizen; fliegt sie einmal auf, die Jungen erfrieren nicht so leicht, so wenig als die Knospen hier am Baum: die freie Natur macht wetterhart.

(**Abends.**) Der Hahn pfeift, die Henne antwortet nicht mehr vom Neste aus, wie zur Eierzeit, sie fliegt aber doch bald fort und kommt schnell wieder.

(3.) Die Henne sitzt auf dem Neste, der Hahn kommt mit Futter; sie steht auf, die Jungen werden gefüttert, und sie hilft nach, wenn er Einem etwas unge- schickt den Bissen gegeben. Man sieht nichts als rothe Schnäbel sich aufsperren; ich glaube, es sind fünf. Der Hahn bleibt noch eine Weile nach der Fütterung, er schüttelt den Kopf und will gewiß sagen: „Ja, ja, ist doch merkwürdig, es nimmt einen oft Wunder, wie man sich allein fortbringt, wo man Nahrung findet; und jetzt, jetzt sind so viel hungrige Schnäbel da, und ich kann sie alle befriedigen. Ich bin aber auch fleißig, wenn ich eine Zeit lang blos gebummelt habe; da siehst du, wie ich fleißig sein kann, wenn's drauf ankommt." — „Ja wohl," nickt die Frau, „aber halt dich jetzt nicht auf und komm bald wieder." Jupjup! fliegt er davon.

(4.) Die Henne antwortet jetzt dem äußerst wohlgemuthen Gatten, wenn er vom Nachbarbaum herüber ruft, wieder manchmal vom Neste aus mit abgebrochenem Zwitschern. — Eben ist sie fort und schon wieder da. Sie füttert zwei zweimal, die andern kriegen nichts; dann fliegt sie wieder rasch fort und nimmt aus dem Neste etwas Weißes mit im Schnabel. Ihr Flug ist jetzt viel behender als zur Brutzeit.

Hahn und Henne kommen eben mit einander, er nimmt indeß der Frau die Speise ab und theilt aus; das ist Hausherrnrecht, und er scheint auch das Füttern besser zu verstehen, oder sie hat zuviel im Schnabel und kann die Portionen nicht austheilen. Der Hahn fliegt fort, die Henne bleibt da. Es scheint, sie hat die Kleinen zu strehlen und zu kämmen und ihnen das Bett besser zu machen, und nun breitet sie sich weit auseinander; sie ist doppelt so umfangreich als früher, und manchmal pickt sie, ohne aufzustehen, hinab in die Tiefe des Nestes.

(5. **Starker, |prasselnreisender warmer Regen.**) Das Nest ist lange leer, die lustige Brut lernt bei Zeiten einen Puff vertragen. Der Hahn ist jetzt überaus fleißig, er zeigt sich als rechtschaffener Nährvater. Ich habe nun auch die Ehre, manchmal auf meinem Beobachtungsposten von ihm betrachtet zu werden; ich glaube, er sieht mir's an, daß ich ihn lobe.

Die Henne sitzt jetzt als echte und gerechte Glucke auf dem Neste. — Die Jungen sind noch blind, sie können weiter nichts als die Schnäbel aufstreden: sie merken es aber alsbald, wenn eines der Alten ankommt; ist es auf dem Zweige — der Schwelle des Nestes — so strecken sie die Schnäbel weit auf; fünf rothe Schnäbel öffnen sich wie auf Einen Zug, wie die Blumenkelche des rothen Fingerhuts. Sind die Alten fort, da ist das ganze Innere des Nestes ein einziger zitternder Puls in unbeſtimmtem Flaum. Kommt aber ein Fütterndes, hui! wie zeigt ſich da das Einzelleben! Ich kann nicht hören, ob die Jungen bereits eines Tones fähig ſind. Die Alten müſſen viel im Kropfe haben und heraufholen, denn ſie füttern mehrmals unmittelbar nach einander. — Dieſe Fütternngs-Epoche iſt für die menſch- liche Betrachtung beſonders anmuthend, nicht nur weil ſich überhaupt ein edlerer Zug des Thierlebens darbietet. Alles Edle beruht ſchließlich auf dem Unſelbſtiſchen. Wir ſehen das ganze Jahr das Thier für ſich allein leben, ſich nähren, ſich ſchützen; nur in dieſer kurzen Elternperiode zeigt ſich die Sorge für ein anderes, und zwar ſo anhaltend und ausſchließlich, ſo das eigene Sein verſchlingend, daß die Betrachtung dieſer unermüdlichen Sorgfalt für die Familie wie die Anſchauung eines rein ſchönen edlen Thuns erquickt.

(6. Mai.) Der Baum iſt aufgeblüht, es ſummt in ihm in beſtändigem Chor, das vereinte Summen wird zum ſtarken Ton, die ſeinen Zweige ſchwanken von den ſchwärmenden Bienen, die von Blüthe zu Blüthe fliegen. Kein Lüftchen regt ſich, die ganze Natur ſteht in ſtiller Pracht.

Jetzt am Morgen (es iſt ſechs Uhr) im duftigen Mai — duftig in der doppelten Bedeutung des Wortes, da noch ein ſeiner Nebel über dem Thale ſteht -- laſſen die Finken das Neſt wol eine Stunde lang allein. Dieſer lebentreibende Morgen mag auch die jungen Thierchen friſch beleben. Manchmal hebt ſich's im Neſte, als müßte es überquellen.

Der Hahn kommt, er fliegt vom friſch geaderten Felde unten auf, füttert raſch und fliegt wieder abwärts; er bedarf für ſeine Brut wol jetzt junger zarter Larven, die kaum Geborenen nähren ſich vom Halbentwickelten. Bald kommt auch die Henne, und es geht raſch hin und her. Heute ſtrecken die Jungen ſchon die Hälſe über den Neſtrand heraus, und ein Küchlein — es hat nur ſpärlichen Flaum, die Flügel ſind wie Fiſchfloſſen — hebt ſich in die Höhe und läßt ſich die Sonne lange in den Rachen ſcheinen. Ja, das iſt ein echter heller Maitag, wo man nichts genießen möchte als erquickenden Sonnenſchein, aber auch der jungen Brut da genügt das nicht. Das wiſſen die Eltern, und es vergehen kaum ein paar Minuten, ohne daß eines der Eltern mit Speiſe kommt. Beſtimmte Mahlzeiten zu haben, iſt ja überhaupt ein Unterſcheidungszeichen des Menſchen von den Thieren. Ich habe genau aufge- merkt, die Henne kam dreimal je nach 4 und 4½ Minuten und dazwiſchen regel- mäßig der Hahn. Es wird jetzt nicht mehr geſungen und nicht mehr getänzelt, man hat vollauf zu thun, ſo viel hungrige Schnäbel zu ſtillen. — Um Mittag iſt die Henne fleißiger und eine geraume Zeit lang ganz allein beim Füttern. Der Herr Gemahl hält wol Mittagsruhe.

(7. Mai. Morgens ſieben Uhr.) Der Hahn ätzt jetzt wieder am Morgen ſehr reichlich, er ſcheint mehr Futter zutragen zu können als die Henne, jedes Küchlein bekommt mehrmals etwas, er hilft auch nach beim ungeſchickten Schlingen. Heute, nachdem er gefüttert, lauert er eine Weile; es war ein Wälzen im Neſt, daß man meint, ein Junges müſſe herausfallen, und huſch! jetzt hab' ich's einmal deutlich geſehen, der Alte packte etwas auf und flog mit davon, es war wie eine vollſtändige weiße

Eierschale. Es läßt sich denken, daß wenn die Eierschalen im Nest verblieben, sie die jungen weichen Leiber schneiden und verwunden müßten.

Der Hahn scheint mehr Körnerfutter zu bringen; die Henne brachte jetzt eben (neun Uhr) einen stattlichen Regenwurm, sie hielt zuerst auf der Zweigschwelle an und nahm den Wurm geschickter in den Schnabel, hüben und drüben hingen die Enden herab, und nun ließ sie nach einander jedes Junge je eine Portion von der großen Wurst abbeißen.

Die Alten scheinen unabhängig von einander Futter zu holen, bald sind sie mit einander da, bald einzeln, sie fliegen stets nach verschiedenen Seiten ab; der Hahn tänzelt in der Regel ein bischen auf den Ast hinaus und fliegt erst dann davon, die Henne fliegt gleich vom Nestrand ab; sie betrachtet vorher die Jungen hüben und drüben, den Kopf hin und her wendend, dann fliegt sie mit einer zierlichen Wendung (nie grabaus) ab. Das Tempo der Fütterung ist heute viel beschleunigter als gestern. Viermal genau nach zwei Minuten und fünf bis zehn Sekunden ist die Henne wieder da, und sie kommt dreimal, bis der Hahn nur einmal, er scheint den Weg nicht um Bagatellen hin und her zu machen, er füttert lange, drückt immer am Kropfe und holt frische Körnchen herauf. Eben flog die Henne oben über'm Baum weg, die Jungen erkannten sie und streckten die Schnäbel auf, mußten sie aber leer wieder schließen. Eines der Jungen hebt sich wieder über die andern weg, es geht mühsam, aber es geht doch, und es hebt die ungelenken, kaum beflaumten Flügel. — Auch die Henne trägt jetzt eine weiße Masse fort nach der Fütterung.

Am Mittag versuchte sie es und blieb mit einem appetitlichen feinen Regenwurm im Schnabel auf der Zweigschwelle vor dem Neste stehen; nun mußten sich die Jungen weit vorbeugen. Das gab Leben, zitternd hin und her schwebende Hälse, aber die Jungen erreichten ihr Futter; sie haben schon gelernt, sich für ihres Leibes Nahrung auch ein klein wenig zu bemühen. Die Henne sah sehr befriedigt aus, stolz glänzend über diesen Fortschritt der Nachkommenschaft, und sie flog wieder mit einer zierlichen Wendung ab. Die Jungen spüren nun auch, was sie bereits können, sie liegen seitdem alle weiter heraus mit den Schnäbeln. Wie das Blatt an der Blüthe, einmal gedehnt, sich nicht mehr knospenhaft zusammenrollt, so ist es auch hier.

Es wird Nacht. Wo sind die Alten in der Nacht? Sind die Jungen in der Nacht unbehütet, unbedeckt? Das wunderfitzige Menschenkind möchte gern Alles erschauen, aber die scheuen Thiere fürchten das Menschenauge. Die Sage von König Salomo, der die Sprache aller Thiere verstand, hat in der christlichen Heroendichtung eine sinnige Erneuerung gefunden. Ein Einsiedler im Walde, den alles Gethier ohne Furcht umspielt, ist eine Rückdichtung des Paradieses, und wie von Franz von Assisi erzählt wird, daß er dem reißenden Wolf seine Unarten wegpredigte, daß er die Nachtigall rief und sie kam, um mit ihm einen Wettgesang anzustimmen — es ist darin ein Zug der Sehnsucht in der Menschennatur ausgeprägt, daß die Friedsamkeit der Seele, die Frömmigkeit, uns wieder zurückführe, ohne Widerstreit mit der Welt, selbst mit den Thieren als ihr friedlicher Genosse zu leben.

(8. Mai, n**a**.) Die Henne sitzt jetzt nie mehr auf dem Rand des Nestes, wenn sie füttert, sondern auf der Zweigschwelle oberhalb desselben. Während sie in der Brutzeit so unordentlich aussah, erscheint sie jetzt äußerst schmuck und geschlossen und ihr Gefieder ist viel heller geworden, nicht mehr so eintönig grau, es hat sich viel mehr Weiß aufgesetzt.

Die Jungen heben die Flügelchen und man sieht auch schon weiße Federchen an denselben. Und eines aus der Sippe — es kann wol der Erstausgeschlüpfte, der Majoratsherr, sein — hat schon so viel Beweglichkeit, sich mit dem gelb geränderten Schnabel die Halskrause zu putzen und unter'm Flügel zu kratzen.

Und wieder ist Friede und Stille, nur ein Flaum schwimmt leise bewegt im Neste, die ganze Sippschaft schläft den Schlaf der Unschuld und der Verdauung durch fremde Speisung. Nein, sie fangen schon an, sich selber zu nähren, jetzt im hellen Sonnenschein strecken sich drei Schnäbel auf; es war wol einer davon so glück- lich, eine vorbeifliegende Mücke zu haschen.

Das Nest quillt wieder auf, die Sippe findet kaum mehr Platz, es ist ein unruhiges Drängen im Neste, als müßte die Völkerwanderung beginnen, und ein Sproß, es ist wol der Majoratsherr, hebt sich auf den Rücken der Geschwister ganz in die Höhe. Beim Essen sind aber doch wieder Alle gleich, jedes nichts als Schnabel, und es ist deutlich, der Hahn holt nicht nur die Speise aus dem Kropf herauf und strengt sich dabei sehr an, er knappert und laut auch noch die Speise in seinem dunkelgrauen Schnabel, und dann trägt er wieder etwas Weißes davon. Alles hat einen immer noch schnelleren Rhythmus. Die Henne ist dreimal nach einander in einer Minute und vier bis sechs Sekunden wieder da. Sie sitzt heute wieder immer, zuerst wie verschnaufend, auf der untern Zweigschwelle, und wenn die Mahlzeit fertig ist, betrachtet sie immer die Sippschaft eine Weile, ob sonst nichts zu besorgen sei. — Was die Alten forttragen, ist nicht die Eierschale, es ist die Losung; das bringt das Füttern mit sich, und Reinlichkeit ist in so kleinem Hausstande sehr nöthig.

Wie der Pendelschlag einer Uhr geht heute das Füttern vor sich, und so rasch, es läßt sich gar nicht mehr messen. Der Hahn fliegt immer aufwärts, die Henne immer abwärts, und dadurch gibt's manche Unebenheiten in der Azung. Die Jungen zwitschern heute schon ganz vernehmlich und strecken die Schnäbel nicht mehr blos auf in's Blaue hinein, sie wenden sie hin und her, auf und ab. Das ganze Wesen bittet, und wenn sie gefüttert sind, zwitschert noch eine Einzelstimme lange nach. Es mag die Klage eines Einzelnen sein, das nicht genug oder vielleicht gar nichts be- kommen hat. Es gehört allerdings viel dazu, zu wissen: du hast schon was bekommen. Aber wer weiß, welche Merkmale die Eltern haben, die ihnen die Uebung der Ge- rechtigkeit und Gleichheit in der Familie erleichtern?

Die Henne bringt eine Raupe im Schnabel, sitzt auf dem obern Zweige, betrachtet mich lange, und da ich mich nicht rühre und gar keine Lust zeige zum Mithalten, fliegt sie zu den Jungen und theilt aus, und ehe sie abfliegt, stellt sie sich jetzt noch einmal auf den Nestrand und betrachtet die ganze Brut still. Wie sie wiederkommt, gibt sie Einem die ganze Raupe, die Andern kriegen gar nichts; die junge Welt scheint schon erkleckliche Portionen vertragen zu können. Der Hahn muß Einem ein Körnchen ungeschickt in die Kehle gegeben haben, es würgt daran und wackelt hin und her, er langt mit seinem Schnabel nochmals hinab und bringt's zurecht.

Die Henne gibt wieder Einem einen ganzen Wurm; es bringt ihn nicht fertig, sie nimmt ihn noch einmal heraus und gibt ihn geschickter, jetzt ist's gut. Die beiden Alten geben keinen Ton von sich, weder beim Zu- noch beim Abfliegen, es ist stille, rastlose Emsigkeit. Wenn die Alten — was selten ist — einander beim Neste treffen, fliegen sie nie mit einander ab, immer eins nach dem andern und nach verschiedenen Seiten.

Nun habe ich auch einmal gesehen, wie der Hahn Futter holt: er flog einmal abwärts, zuerst auf den Umschau, auf den Pfahl am Rosenstock, dann auf den frisch besäeten Rasen, im Gehen immer aufpickend und dann auch im kurzen Satz auf-fliegend und wie eine Bachstelze im Stoßfluge eine Mücke haschend, und endlich schlüpfte er durch den Zaun. Er muß einen weiten Umweg gemacht haben, denn er kam von ganz anderer Seite von oben angeflogen, gab nur zweien etwas und flog aufwärts in die Krone des Baumes; hier haschte er eine Biene, das scheint Futter für ihn selber, er verschmaust sie behaglich, wetzt den Schnabel am Zweige ab, schmettert seinen vollen Schlag und fliegt ab.

Am Mittag nach kurzem Sonnenregen geht die Fütterung wieder unfaßlich schnell vor sich, als würde bereit gehaltener Vorrath geholt; ja, was ich sonst nie sah, Hahn und Henne rennen auf einander beim Ab- und Zufliegen, sie entschuldigen sich aber nicht weitläufig, es ist keine Zeit dazu; dieser kurze ergiebige Moment nach dem Sonnenregen duldet jetzt keinen Aufhalt. Auch der Hahn betrachtet mich jetzt oft mißtrauisch, und ich habe kein Mittel, ihn zu beruhigen.

Der Majoratsherr scheint weit voraus, er hebt sich fast ganz aus dem Neste heraus und dehnt und streckt sich. Was soll das werden?

(9. Mai, früh sechs Uhr.) Der Nebel steht im Thal, am obern Himmel ist es hell, der Baum ist ganz aufgeblüht, es sind nur noch wenig Knospen an ihm, die Blüthe ist fünfblätterig, wie im Vogelnest auch fünf Junge, und immer fünf oder sechs Blüthen auf Einem Büschel umkreisen die mittlere. Im Pflanzenleben ist weit mehr Ueberfluß als im Thierleben; nicht der hundertste Theil der Baumblüthen wird zur Frucht, und es scheint ein Gesetz zu sein, daß die Früchte, die sich lang aufbewahren lassen, auch immer lange Zeit zu ihrer Blüthen-Entwicklung bedürfen, und die Blüthe hat eine zähere Kraft. — So der Apfel, die Birne, im Gegensatz zur Kirsche, zur Pfirsich und Pflaume. Es ist ein fröhliches Zusammenstimmen — dieses Blühen am Baum und dieses Leben auf ihm.

Das Gesetz: der Hahn bringt das Futter von oben, die Henne von unten, hält sich, und was als Forttragen der Eierschale erschienen war, ist eben das, was der Elternliebe nicht zu schwer und nicht zu häßlich ist: der Export ist heute fast gleich mit dem Import. Die Reinlichkeit des Naturlebens gehört zu dessen größten Schönheiten. Wer die Natur beobachtet, braucht nichts auszuschmücken, die getreueste

Schilderung ist die schönste. — Die Henne ist immer noch die emsigere im Füttern, sie kommt dreimal bis der Hahn einmal.

Es ist ein Quellen und Kochen im Neste, es ist unfaßlich, daß es nicht überläuft, und der Majoratsherr hebt sich wieder so keck hervor, er wird über's Nest hinausfallen, aber er findet sich doch wieder geschickt zurecht im Heimwesen bei den Geschwistern.

Wenn der Hahn gefüttert hat, spazirt er den Zweig hinauf, sorglos tänzelnd, oft kommt er aber nochmals zurück und besorgt den Export.

Es ist, wie wenn das Nest größer geworden wäre, wenn die Jungen alle so bei einander liegen; sie liegen jetzt mit den Köpfen am Rande herum, nicht mehr auf einem Haufen, weil sie jetzt stets von außen gefüttert werden, und immer wird, wie es scheint, wechselsweise eines besonders genährt. Ein Junges legt das Flügelchen weit über den Nestrand hinaus; der Oberkörper ist noch fast ganz nackt, die Brust schon weiß befiedert; es ist, als könnte das Junge den Flügel nicht mehr anziehen, aber rasch hat es ihn wieder übergeklappt. Die Henne gibt dem Flügelausbreitenden einen ganzen Wurm, der Hahn scheint seinen besondern Liebling zu haben; der am Aste -- es ist wol der Majoratsherr — bekommt am meisten.

Die fünf Geschwister sind schon muthig. Eine große Hummel fliegt über das Nest weg, sie sperren allesammt die Schnäbel auf, sei es zur Abwehr, sei es zum Verschlingen; die Hummel setzt sich auf eine Blüthe, die Fünf arbeiten allesammt nach ihr hin, aber sie erreichen sie nicht. Der Majoratsherr ist bereits so gescheit, die Losung über's Nest fallen zu lassen.

(Mittags im Regen.) Es fallen die ersten Blüthenblätter vom Baume, auch in's Nest fallen einige, die Jungen schütteln sie ab. In der Fütterung ist eine längere Pause, die Jungen ducken still im Nest, wie eine gestaltlose Masse, als wäre das Nest mit grünlich grauem Moos voll gestopft. Die Henne wagt sich an die Hausthüre, Futter suchend, und wie sie zum Nest fliegt, setzt sie zuerst auf dem Corneliuskirschenbaume ab, fliegt zu den Jungen und ist schnell fertig.

Als der Regen länger dauert, geht die Fütterung wieder gleichmäßig fort, nur können die Eltern das Klagen jetzt nicht lassen, besonders der Hahn pfeift noch lange auf dem Baum das im Regen bräuchliche: Es gießt! Es gießt! Wenn die Henne jetzt Futter bringt, hält sie regelmäßig eine Weile still auf der untern Zweigschwelle; wie auf einen Drahtzug strecken sich alle Hälse in die Höhe; sie bleibt ruhig und läßt sie sich abarbeiten, und wenn sie gefüttert hat, wirft sie nochmals einen ruhig bedächtigen Blick auf die Sippe. In der feuchten Abenddämmerung höre und sehe ich, wie Hahn und Henne von zwei Nachbarbäumen mit einander reden. Tätäi! ruft er, und Tü! antwortet sie fortwährend und immer regelmäßig.

Es ist doch nur ein geringfügiges, wesentlich altbekanntes Stück Naturleben, das ich nun seit einigen Wochen beobachte, und doch muß ich bekennen, daß es oft sehr ermüdend ist, dieses auf dem Anstand Stehen, dieses Unterstützen der Sehkraft durch das Fernglas, und dann wieder mit raschen Worten Aufzeichnen. Alles das ist wahrhaft anstrengend, und wie gering ist das Ergebniß! Wenn ich an die

Forscher denke, die Monate lang, ja Jahre lang in den unbequemsten, entbehrungs=
und gefahrvollsten Verhältnissen der Beobachtung des Naturwaltens sich hingaben,
wie riesengroß erscheint da solche Kraft, und es gibt keinen Entgelt und keinen Ruhm,
der nur entfernt der Mühsal gleich kommt; aber die Erkenntniß hat den höchsten
Lohn in sich selber.

(10. **Regenloser, sonnenloser Tag.**) Im Neste reden und strecken sich die Jungen,
dehnen ihre Flügel ganz aus; unbegreiflich, wie sie Platz haben. Das Füttern geht
wieder unsäglich rasch und meist wird auch Rückfracht mitgenommen. Die Henne
fliegt jetzt so eigenthümlich, wenn sie gefüttert hat, mit den Flügeln schlägelnd, über
dem Neste, wie eine Bachstelze, wenn sie in der Luft eine Mücke hascht. Soll das
wol erster Flugunterricht sein? Sie füttert stets nur eins oder zwei, und die anderen
sind bereits so klug, daß sie ganz ruhig sind, so artig, wie es nur die strengste Er=
zieherin verlangen kann, sie machen das Maul nicht auf und warten geduldig. Das
ist jetzt im Ruhen ein sichtbares fünffaches Pulsiren im Neste, es ist, wie wenn
Wellen stets auf= und abwogen, oder eigentlich wie Sieden in einem Topfe, und
wenn die Brut nicht ruhig liegt, da ist fortwährend Putzen an sich, das Köpfchen
dreht sich so gelenk, es scheint, daß die Wirbel noch viel biegsamer sind als beim
ausgewachsenen Vogel, und es muß stillschweigendes Uebereinkommen sein, daß immer
nur Eines sich dehnt und reckt und putzt und aufsträußelt, die Andern ruhen während
dessen, sie hätten Alle auf einmal unmöglich Platz zu solcher Turnerei. Ein Junges
pickt schon vom Nestrand etwas auf, wie ein junges Huhn ein Körnchen vom
Boden.

Hier beim Füttern sehen die beiden Alten viel glänzender, geschlossener und
behender aus, als sie in der Ruhe ohne Action sind; da hat namentlich der Hahn
etwas Verdrossenes, und während er in der Anspannung bei der Fütterung äußerst
schlank und fein aussieht, hat er, auf dem Zweig ausruhend, zusammengelauert,
etwas Klumpiges, und so auch die Henne; hier aber vor dem Neste sind sie das
Ideal ihrer selbst.

In der Fütterung steht noch immer Regenwurm und Larve und Larve und
Regenwurm auf der Speisekarte, andere Delikatessen wird die junge Brut erst in
der Freiheit und Selbständigkeit kennen lernen. Der Hahn muß sein Futter tief im
Kropfe haben, er besinnt sich stets, eh' er zum Neste kommt, und ruft tiefkräftig:
Troiht! Die Henne ist immer still. Eben war eine Kohlmeise da, sie betrachtete
sich eine Minute still das Nest, und als es sich darin regte, flog sie wie gescheucht
davon. —

Ich sehe auch heute zum Erstenmal, daß die Geschwister einander picken; bis
jetzt lebte jedes nur für sich und schien sich weder zu Leid noch zu Freud um das
andere zu kümmern, sie hielten nur einander gegenseitig warm. Eines nach dem
andern dehnt und hebt und reckt die Flügel immer mehr, sie können aber noch lange
nicht flugreif sein; die Schwanzfedern sind noch fast gar nicht entwickelt, und das
ist doch wol das Steuer beim Fliegen. — Wenn ich nur den ersten Ausflug nicht
versäume!

(11.) Das ist jetzt die Zeit, in der die Vogelsteller gern die junge Brut holen. Das Bibelgebot, daß man die Jungen nicht mit der Mutter nehmen dürfe, wäre jetzt nicht mehr anwendbar. Die Henne füttert, wiederum auf dem Nestrand stehend; es wäre jetzt offenbar gefährlich, die unruhige und schon so weit flügge Brut sich herausbiegen zu lassen. Und wenn sie Alle ruhen, ist dieses fünffache sichtbare Athmen, wie wenn sich das ganze Nest wiegte. Der wollige Flaum, der noch aus den eigentlichen Federn hervorragt, wird leise vom Winde bewegt.

Ich meine schon zu erkennen, welche Männchen und welche Weibchen sind: diese haben nur graue Federn nebst den weißen im Flügel und weiße Brustfedern, während die Männchen auch grünlich befiedert auf den Flügeln sind und gelbe Brustfedern haben. Das krabbelt aber so unter einander, daß ich nicht unterscheiden kann, wie viel zu jedem Geschlecht gehören. Wie sie sich putzen, fliegen mit den Blüthenblättern vom Baume die wolligen Haarfederchen von ihrem Leibe davon, und vielleicht tapezieren schon andere Vögel ihre Nester damit.

Unendlich behutsam und geschickt arbeitet sich ein Unterliegendes hervor. Anfangs rücken die andern nicht von der Stelle, geben nicht nach, ja sie scheinen unwillig, aber Beharrlichkeit siegt, und gelingt es Einem, hinauf zu kommen, dann ducken sich die Andern still und lassen über ihre Rücken wegsteigen und gähnen nur bisweilen: überhaupt ist heute immer wiederkehrendes allgemeines Gähnen und Mauloffenhalten unter der Sippe; es mag von Langeweile oder verdorbenem Magen oder von beidem zusammen herrühren.

Jetzt haben sich zwei emporgehoben, schlagen zwanzig bis dreißig mal abwechselnd mit den Flügeln und dehnen sie dann wieder weit aus über den Nestrand und putzen einander. Die Flugfedern sind noch sehr stumpf, von den Schwanzfedern kaum geringe Anzeichen, es dauert wol noch lange bis zum Ausflug. Und ich sehe es ganz genau und wiederholt: es putzen und reden und streiten sich stets nur zwei, die andern liegen während dessen geduckt; es muß stille gehalten werden, und jetzt stellt sich eines — das ist gewiß der Majoratsherr — mit dem einen Fuß auf den Nestrand und mit dem andern in das Nest und schlägt lang um sich.

Hundertmal meint man, jetzt müsse das und das herunterfallen, der Raum ist doch gar zu klein und die Bewegung zu keck, aber sie scheinen schon Alles sehr genau zu bemessen, sie haben's für ihr künftiges Leben ja so nöthig. Der obere Rand des Nestes bekommt jetzt auch Lücken und wird auseinander gezerrt und erweitert; besonders gegen Osten scheint sich ein völliger Durchbruch bilden zu wollen.

Ich kann mir's nicht denken, daß die Jungen alle auf Einmal ausfliegen werden. Der Majoratsherr scheint allen voraus, er sitzt viel oben, ganz frei, auf den Rücken seiner Geschwister. — Der Hahn ist heute etwas lässig in der Nährvaterpflicht, man bekommt mehr von ihm zu hören als zu beißen, die Mutter aber ist unermüdlich. Er ruft der Frau Gemahlin offenbar zu: „Laß doch! Sieh, wie sie gähnen, du überfütterst die Kinder," und sie sagt gewiß: „Das verstehe ich besser. Sie sollen genug haben, so lang sie wollen und so lang es ihnen schmeckt. Wie lang (sie wiederholt ohne Furcht vor Eintönigkeit stets dieselben Worte), wie lang hat man denn noch die Freude, sie daheim an seinem Tisch zu haben? Wie lang wird das noch dauern? Wie bald werden sie auf und davon fliegen?" — „Meinetwegen, thu' was du willst," sagt der Mann und fliegt davon in den nahen Bergwald und pfeift sein Leibstück mit dem Schnalzer und Triller daran aus allen Leibeskräften.

(12. **Pancratius, hell, herb und erfrischend, Morgens sieben Uhr.**) Auf dem Boden unter'm Baum ist es ganz weiß von den abgefallenen Blüthen, an den Zweigen sind schon Blätter groß entfaltet. Im Nest ist fortwährendes Picken und an sich Herumputzen, als müßte der Schnabel den Federn wachsen helfen; sie putzen sich heute alle auf einmal und haben doch Platz. Endlich ruhen zwei hoch erhaben über dem ganzen Neste, die andern liegen geduckt darin und strecken nur die Köpfchen heraus. Gegen Mittag liegen sie wieder im Kreise herum, vier am Rande und eines in der Mitte, ganz wie die Büschel der Apfelblüthe gestellt sind. Alle sind aufgebläht und schauen still hinaus in die Welt.

Der Hahn pfeift heute nach der Fütterung viel und lustig schmetternd, und heute auf dem Baume, wo sein Heimwesen ist, sonst that er nur drüben im Wirthshaus auf dem Nachbarbaum so lustig; aber die junge Brut darf jetzt schon hören und sehen, was für einen fidelen Vater sie haben. Er ist indeß rücksichtsvoll genug; während die Henne füttert, ist er still, aber gleich darauf schmettert er wieder los. Sie klagt einmal leise, das Nest betrachtend, wie die wilde Brut Alles zerreißt. Er tröstet sie: „Ich bin der Mann dazu, der wieder ein neues bauen kann, wenn wir eines brauchen; laß sie nur tollen, wie es ihnen behagt; das ist so in unserer Familie, wir sind die Uebermüthigsten."

Das Singen des Vaters scheint die Jungen zu ermuntern, sie zwitschern schon ganz laut mit festem klarem Ton: „Züt Züt!" Die Schnäbel sehen grünlich grau und festbeinig aus, die Gelbschnäbligkeit ist vorüber. Wie sie dann am Mittag schlafen, stecken sie die Köpfe zusammen und lassen sich die Sonne auf den Rücken scheinen. Wenn's dann wieder an die Fütterung geht, halten sich alle ruhig auf der Stelle, drängen sich nicht über einander weg, wie sonst, sie strecken nur die Schnäbel auf, ohne sich zu rühren, sie ahnen gewiß, daß sie sonst herunterfielen. — Das Nest ist sehr zerrammelt, aus dem Innern hängen die feinen dürren Gräser, mit denen es ausgefüttert ist, zerzaust über den Rand hinab.

(**Abends, kurz vor acht Uhr.**) Ich habe nun doch ein Stück Nachtleben belauscht. Die Sonne war hinab, der Hahn schlug noch seinen vollen Schlag drüben im Wirthshaus zum Pflaumenbaum. Im Neste sah man nichts als eine Rundung, oben so hoch gewölbt wie unten, nichts Einzelnes mehr. Jetzt kam die Henne noch einmal, Schnäbel streckten sich auf und man sah das Rothe der Kehle, und nun hüpfte sie mehrmals auf dem Baume von Zweig zu Zweig; der Hahn schlug immer hell, sie flog zu ihm, und nun beide mit einander fort, dem Bergwalde zu. Ich habe über eine halbe Stunde unverrückt nach dem Baume gesehen, bis gar nichts Einzelnes mehr zu unterscheiden war. Es kam niemand mehr.

(13. **Mai**.) Das ist ein harter Frühlingstag. Pancraz hat seine richtige Kälte mitgebracht, es ist trübe und windig. Die Blüthenblätter wirbeln im Winde wie wirkliche Schneeflocken. Wir haben um zehn Uhr früh nur drei Grad Wärme. Der Finkenhahn hat schon vor Tag, vor vier Uhr früh, seinen vollen Schlag und rasch nach einander laut werden lassen, und den ganzen Morgen klagt er immer, bevor er füttert. — Ich sehe heute den Finkenhahn an den Blüthen piden, auch die Kohlmeise ist da und pidt an den offenen Blüthen, und die Blätter fallen ab.

Die jungen Finken sitzen ruhig aufgerichtet im Neste, sie haben die Köpfe nach Osten gewendet, denn der Wind mit Regen kommt von Westen. Die jungen Vögelchen zwitschern viel zusammen und huschen nahe an einander und halten sich warm. Die Fütterung geht aber ruhig fort und die Finkenhenne pfeift Tütütü, wenn sie fertig ist, und fliegt davon. — So eben war ein Goldammer zu Besuch da, er betrachtete nur eine Weile still von einem benachbarten Aste das fremde Hauswesen, prustete sich auf, schüttelte den Kopf und flog davon.

Es wäre vielleicht der Untersuchung werth, warum bestimmte Vögel männlich und andere weiblich bezeichnet werden, so: der Fink, der Storch, der Staar, der Kreuzschnabel, der Specht, der Kukuk, der Rabe; dagegen die Lerche, die Schwalbe, die Drossel, die Nachtigall, die Amsel, die Grasmücke, die Gabelweihe, die Eule, die Gans, die Ente ꝛc., und dann das Sächliche: das Huhn. Auch für die vergleichende Sprachwissenschaft müßte das Thema ergiebig sein.

Mir ist etwas aufgefallen, das ich zu fernerer Beobachtung geben möchte. Es gibt Vögel, die im Gesang nur ausathmen, und dann solche, die im Gesang aus- und einathmen. Sind etwa die einfach ausathmend Singenden männlich, die geschwätzig — oder höflicher — conversationell fortsetzenden weiblich bezeichnet?

Die Fütterung geht heute ungemein rasch, und der Hahn, der, von oben kommend, immer Zipp Zipp Zipp von den Zweigenstufen ruft, stellt sich heute auf die Unterseite des Nestes und füttert dort ein wahrscheinlich in der Entwicklung zurückgebliebenes Junges, das ruhig in der Tiefe des Nestes hockt und nur den Kopf herausstreckt; auch die Henne zieht dasselbe vor. Die Portionen sind heute klein. Kommen, etwas in den Schnabel stecken, fortfliegen — das geht in einem Hui.

Der Hahn, wenn er fortfliegt, putzt sich den Schnabel an einem Zweige, und ich sehe, wie er sich oft mitten in die äußersten Blüthenkronen der Zweige setzt und etwas aufpidt; das muß zur eigenen Nahrung sein, denn er kehrt nie mit solcher Blüthenlast zurück in's Nest, sondern fliegt weiter.

Das war eben eine große Turnerei im Neste. Das vielgefütterte Tiefhockende raffte sich auf und drängte die andern weg und schlug mit den Flügeln um sich; da galt es, fest zu halten, und mit den über den Nestrand hinab ausgebreiteten, sich anklammernden Flügeln hielten sich die Bedrohten fest. Es lief Alles gut ab. Diese Turnerei muß gut wirken, sie bildet die Behendigkeit des Vogels vollkommen aus, bevor er zum selbständigen freien Fluge kommt. Auch hier geht's lang, bis die Ausbildung fertig ist.

Während vier still zusammenhocken, steht eines oben auf und pfeift seinen einziger Ton unaufhörlich fort, ganz ähnlich wie die Sperlinge pfeifen, es bruct sich dabei behaglich an den deckenden aufrechten Zweig, der auch das Schutzdach ist. Dieses Pfeifen ersetzt wol, wie bei schreienden Kindern in der Wiege, die Bewegung. Immer zerraufter wird das Nest; es ist wie eine Knospenhülle, die gesprengt wird. Eben war die Mutter da, sie sagte etwas, fütterte gar nicht und flog wieder davon. Ein Waghals steht mit beiden Füßen auf dem Nestrande und hält sich zugleich mit dem angedrückten Körper fest. Wie oft sagt eine Mutter den tollenden Kindern: „Ihr reißt ja noch das Haus ein." Das geschieht in der That, aber dieses Haus war ja nur für die Jungen, für sich selber brauchen die Eltern keines.

Der Hahn sieht heute nach dem Füttern lange zu, wie die Jungen mit den Flügeln schlagen, er betrachtet wol, wie lang es noch ist, bis sie mit auf die Reise gehen, und ob die sogenannten Handschwingen bald reif sind. Das Nest ist so voll, es muß die Jungen bald hinauswerfen ...

Bei aller fortgesetzten angespannten Aufmerksamkeit, die sich auf einen bestimmten Punkt fesselt, entsteht eine gewisse Leidenschaftlichkeit. Ich bin nicht mehr so ruhig im Beobachten, die Unruhe des Gegenstandes geht auf mich über. Ich meine, ich stehe jeden Augenblick der Katastrophe gegenüber, die nur kurz sein wird, und wobei es gilt, nach allen Seiten hin zu beobachten, und das Fernglas hat das Mißliche, daß es den einen Punkt wol schärfer gibt, aber die Raschheit des Umblicks hindert.

Die Katastrophe wird kurz sein und alle handelnden Personen sollten dabei beobachtet werden. Wir stehen offenbar im fünften Akt, aber wol noch nicht in der Schlußscene, auf welche Alles gespitzt ist. Die Entwicklung in der Natur und die Verwicklung im Kunstwerke ist lange und allmälig, sich behaglich ausführend; die Abwicklung, die Katastrophe, sei sie zum Tod oder zu einer neuen Lebensgestaltung, ist kurz, oft nur ein Moment. Die lange versuchten Schwingen einmal gehoben, und fort — du hast das leere Nachsehen. Wenn nur die Jungen sich nicht in der Nacht davon machen! Ich kann's nicht glauben: ausziehen, um gleich zu schlafen, das kann nicht sein; essen und wieder essen, ist hier die Parole, und in der Nacht gibt's kein Futter für diese Thierchen. Birgt sich aber vielleicht die Schamhaftigkeit und Furchtsamkeit der freien Thiere in ihrem ersten ungelenken Weltflug in die schützende Nacht? Versuchen sie vielleicht einen Ausflug und kehren, bis sie vollends flugreif sind, wieder in's Nest zurück? Ich glaube nicht, daß sie, einmal heraus, wieder Platz genug haben würden. Alsbald nachdem ein Insekt aus der Puppe ausgekrochen ist, erscheint es so groß, daß es gar nicht mehr in die Puppe hineinversetzt werden kann. Es ist nicht nur die Bewegung, die es gedehnt, es ist hauptsächlich die starke Einathmung der Luft, die den Körperumfang erweitert, und wenn nun auch das Nest nicht als die Puppe dieser Thiere betrachtet werden kann, so ist doch so viel gewiß, daß sie durch einmal versuchten Ausflug viel zu groß wären, um wieder in dem elterlichen Hause Platz zu haben.

Es ist Nacht geworden, ich sehe nichts mehr, der Baum und seine Bewohner sind nichts als eine dunkle Erscheinung, deren man sich aus lichter Anschauung er-innert, und das Leben des Baumes und das Leben der Thiere und des Menschen, es ist Alles nur ein Punkt im unfaßlichen All, darin sich's regt, unendlich in Raum und Zeit . . .

(14. Sechs Uhr früh.) Die seltsamen Betrachtungen, die mich gestern überkamen, und dazwischen die Unruhe, nicht einmal die volle Betrachtung eines kleinen Einzellebens im All fassen und verfolgen zu können, alles das gab eine schwere, unruhige Nacht. Sieh da, da ist der Morgen, die Welt steht in Sonnenglanz und Blüthenpracht, und wonniger Athem durchdringt das Leben.

Da ist das Vogelnest. Was ist das? Es sind nur noch drei Junge da! Also sind sie doch am Morgen ausgeflogen, und du mit deinem irrlichtelirenden Sinnen und Grübeln hast wieder darüber die wirkliche Welt versäumt. Nun aber sollen mir die drei noch übrig gebliebenen Stand halten, ich will sie nicht aus den Augen lassen. Sie schauen seltsam drein und drehen immer die Köpfe; zwei Geschwister sind fort in die Welt. Wie ist's denn draußen? Wo sind sie? Wie kann man denn auf Einmal so fort sein, gar nicht mehr da, und man war doch so lange bei einander, so eins, und wie gar nicht mehr heimisch sieht das Nest aus; und wo bleiben die Eltern so lange und warum läßt sich keines sehen? Nein, die Jungen sind gar nicht empfindsam; wie allen Kindern, ist ihnen ein Umzug ein Fest, da ist ja die ganze alte langweilige Ordnung aufgelöst, und was auf ewig festzustehen schien, hat auf Einmal lebendige Beine. Und nun gar die Vögelchen, die müssen's spüren, daß sie erlöst werden. „Das dumme kleine dürre Nest, das uns so lange gefangen hielt, komm, wir treten's und zerren's und zersetzen's," so zwitschern die Jungen unter einander und picken und reißen in der Thal unbarmherzig an dem Neste herum, wie wenn das Nest schuld wäre, daß es ihnen so unbehaglich und bang ist, und sie wagen doch nicht, auf eigene Faust sich davon zu machen.

Still! da kommt die Mutter jetzt zum erstenmal vom Bergwald herunter; der Hahn schlägt in der Ferne seinen hellen Schlag. Hei! wie zwitschern und heben und regen sich die Jungen im Neste. Die Mutter hat aber nichts zum Essen mitgebracht. Was ist das? Seid ruhig! Ihr kommt bald in's gelobte Land, wo man im Umsehen sein Futter hat. Die Mutter sitzt lang still auf der untern Zweigschwelle. Was mag sie sagen oder vielmehr andeuten? Sie nickt nur mit dem Kopfe, pickt mehrmals aufwärts in's Nest, und jetzt, jetzt ist's — sie fliegt auf, ein Junges aus dem Neste ihr nach, — die Flügel tragen — jetzt noch eins, und fort geht's in den nahen Bergwald.

Mich überschauerte es, da ich dieses sah. So ist es dir doch geworden, dieses Letzte mit anzusehen, und einsam liegt noch ein einziges Vögelchen im Neste. Ist's den beiden gesagt worden oder haben sie's aus sich gewußt, daß sie fliegen können, und das einzige nicht? . . .

Es dauert geraume Zeit, es kommt nicht Hahn, nicht Henne, das Verlassene zu trösten, und wenn auch nicht zu holen, doch mindestens zu füttern. Sei ruhig: es ist Brauch auf dem Lande, daß die Eltern mit den erwachsenen Geschwistern in's Feld gehen und das kleine Kind daheim eingeschlossen lassen, dein klagendes Zirpen nutzt nichts; schlaf, da verbringst du am besten die Zeit, und mit der Zeit wirst du auch groß und machst es künftig mit deiner Sippschaft auch so. Das Nesthöckchen ist auch klug; nachdem es genug gezirpt, schläft es, ob aus Ueberlegung oder Ermüdung, es ist eins, wenn man nur Ruhe hat, und bei acht Grad Wärme, die wir heute haben, liegt sich's wol gut im trockenen Neste, und Alles ist still und glitzert im Morgenthau; es regt sich kein Blatt und keine Blüthe am Baum; oder doch, Blüthenblätter regen sich, aber nur zum Abfallen, wie von unsichtbarer Hand gepflückt. Sieh, am Baume, dessen Blüthen sich entblättern, sind auch noch Knospen, sie müssen warten, bis ihre Zeit kommt, es kann nicht Alles auf Einmal blühen und fliegen.

Jetzt ist das Nesthöckchen wieder aufgewacht, und Kinder, die einsam aufwachen, schreien gern. Die Henne ruft, das Nesthöckchen antwortet, sie kommt bald und füttert und verweilt noch ein wenig, sie erzählt, wie es den Geschwistern draußen geht. Ja, ja, die wären froh, wenn sie noch daheim wären im warmen, trockenen Nest, wie du; es ist draußen rauh und kalt und feucht. Die Tröstung hilft, so lange die Mutter da ist, aber sobald sie fort ist — und sie bleibt jetzt oft lange aus — kann das einsame Junge die Klagen nicht zurückhalten und es streckt und dehnt sich und hebt die Flügel. Wenn sie wieder kommt, da wird sie sehen, daß ich genug gewachsen bin und auch fort kann, ich will's nicht besser haben als meine Geschwister, und kann eben so viel aushalten wie sie . . .

Da kommt der Hahn, er muß doch auch einmal nach dem jüngsten Sprößling sehen, er füttert ihn reichlich, spricht nur kurz: du mußt gehorchen, mußt warten. Er fliegt rasch auf, jetzt ohne auf dem Baum zu tänzeln, nach dem Bergwald; die meisterlose Jugend, die er dort zurückgelassen, darf nicht allein bleiben, und die Mutter, die jetzt bei ihnen ist, kann sie ohne väterliche Autorität nicht bemeistern.

So oft die Henne jetzt kommt und füttert, ruft sie vorher: bleib' nur ruhig, ich komm, ich komm bald. Das Junge tollt ganz allein im Neste herum, das ganze Haus gehört ihm, und es dreht sich vielmals im Kreise um seine eigene Axe, und dann ruht es in sich zusammengelauert, aufgeblasen, daß es das ganze Nest ausfüllt, wie vordem die Bruthenne. Und wieder laut es seine Federn durch, hebt die Flügel und stellt sich mit beiden Füßen auf den Nestrand. Wird es allein fortfliegen? Nein, es setzt sich wieder in's Nest, und wie immer, wenn es nicht schläft oder sich putzt, zirpt es.

Außer dem einzigen Mal läßt sich der Hahn beharrlich den ganzen Morgen nicht beim Neste sehen; er hat genug zu thun, die vier zu regieren, und er läßt die Henne gewähren, daß sie das Junge verzieht und ihm gewiß viel zu viel gute Worte gibt: wenn's wieder in meine Zucht kommt, soll's schon anders werden. Die Henne füttert aber doch ihr Jüngstes nur in sehr großen Pausen, bleibt dann noch immer eine gute Weile am Bett stehen; sie schüttelt aber den Kopf und fliegt fort. Es ist noch nicht Zeit, wer weiß, ob's überhaupt heute noch wird. Du hast keine Ruh' mehr und willst auch in die Welt hinaus? Du wirst's bereuen, du kriegst es nirgends mehr so gut als daheim.

Beim Abfliegen drückt die Henne sich nun auch auf dem Baume umher in die abfallenden Blüthen, sie muß da auch nur Futter für sich finden, denn sie kehrt nicht damit zurück; sie darf sich jetzt schon selber was zu gute thun, sie hat lange genug ausschließlich für Andere gesorgt.

Jetzt um zehn Uhr scheint die Sonne voll und ganz in das Nest, der Hahn pfeift anhaltend in der Ferne, das Junge drückt den Kopf unter die Flügel und läßt sich von der Sonne bescheinen und schläft. Es wachsen die Kinder am meisten im Schlaf, und so ein Tag ist für einen Vogel mehr als Ein Tag, und unsere Stundenuhr geht sie gar nichts an. Das Junge wacht auf und reibt sich den Kopf, daran noch der haarige Flaum hängt, wie sehr verkleinerte Eulenohren, am Gesimse des Nestes, es wälzt sich unruhig darin hin und her, ja legt sich fast ganz auf den Rücken, und seht, wie die Jüngsten wissen, daß man ihnen Alles nachgibt und sie verzieht! Die Henne kommt mit Futter, der verzogene Knirps steht nicht einmal auf, bleibt ruhig liegen, dreht nur ein wenig den Kopf und läßt sich füttern, und von pflichtschuldigem Danksagen ist gar keine Rede. Das Nesthöckchen richtet sich endlich auf, legt den Kopf in den Durchbruch des Nestes, der nach Osten gemacht wurde, und spielt schon Mutter, es breitet sich aus wie eine brütende Henne.

Ein Familienbesuch stellt sich ein. Der Goldammer muß seiner Gemahlin von dem neulichen Besuche erzählt haben. So eben waren Mann und Frau da. Sie betrachteten sich eine Weile den einsamen Knirps und flogen wieder davon. Sie sind offenbar enttäuscht, die Sache ist gar nicht so merkwürdig als der Mann erzählte. „Ja, so sind die Männer! Sie schmücken gern aus, wenn sie von ihren Reisen erzählen. Was ist denn da Merkwürdiges? Ein zersetztes Nest und darin ein einziges graues Vögelchen, wie kann sich das nur mit unseren Goldkindern vergleichen? Geh, du bist ein Schwärmer und in fremden Häusern ist dir Alles viel merkwürdiger als daheim.“ So predigt Frau von Goldammer ihrem verdutzten Gemahl, der allerdings gestehen muß: „Da hat sich seit meinem jüngsten Besuch viel verändert, ich hätte solche unordentliche Hauswirthschaft unserer sonst braven Cousine nicht zugetraut.“ — „Du solltest dich überhaupt um solche Kleinigkeiten gar nicht umsehen,“ fährt die Frau fort, die sich ihren Triumph zu nutze macht. Eine Biene kommt sehr bequem geflogen, der Goldammer fängt sie auf, fliegt davon, die Frau ihm nach.

(Gegen zwölf Uhr.) Die jungen Finken werden heute in der weiten Welt schlimm begrüßt, es hagelt, aber sie sind schon im Elternhause abgehärtet worden, und jetzt nach dem Hagel ist's um so schöner und erfrischender. Die Henne kommt jetzt oft zu dem Jungen, ohne zu füttern; sie muß nur zeigen, daß sie da und das Einsame nicht verlassen ist, ja sie fliegt mehrmals vom Bergwald über den Baum weg nach dem Garten jenseits der Straße, ohne beim Neste anzuhalten.

Und immer frischer und sonniger wird's, und das einsame Vögelchen ist voll Unruhe und Ungeduld im Nest, dehnt und streckt sich und drückt den Kopf an den Nestrand, als müßte es ihn durchbrechen. Was wagt es jetzt? Es steht auf dem Gesims, und mit einem kecken Satz die Flügelchen hebend, springt es auf den Zweig und klettert da immer weiter, es kann nicht mehr zurück und mag auch nicht; nein, es wiegt sich auf dem äußersten Zweig, unter Blüthen und Blätter halb versteckt, wohlig auf und nieder. Es putzt den Schnabel am Zweig. Alles, was gelb ist, muß herunter. Wir sind reif! Ja, und jetzt fliegen wir auf den Zweig gegenüber, wir fliegen sicher und halten fest, und rückwärts können wir auch schon klettern, bis hinauf an den Hauptast. Die Mutter kommt. Züt! züt! Wir sind da, nicht mehr im Neste, diesmal nehmen wir noch Futter, aber dann muß es fort gehen in die weite Welt!

Lange sitzt der jüngste Sproß allein in sich zusammengekauert, er wagt sich doch nicht allein weiter und das Herz mag ihm pochen. Jetzt ist die Mutter wieder da: Pück! Pück! Auf! Komm! Sie setzt sich nicht, sie fliegt um das Junge herum, es hebt die Schwingen, sie fliegt ihm voran, und in schiefem Winkel, wie ein rascher Wurf, geht's hinüber in Nachbars Garten auf den Zwergbirnenbaum, von da aber gleich wieder auf den höheren Apfelbaum. Da ist der Hahn mit den andern Jungen und sie fliegen gleich wieder auf, ich kann sie nicht weiter verfolgen. Ade! Das Nest ist leer, die herausgerissene Waldwolle und die dürren Grashalme bewegen sich leise im Winde . . .

(15.) Mir fehlt etwas, seitdem ich nichts mehr zu beobachten habe, und doch bin ich beruhigt und wie befreit von einer Aufgabe. Ich habe doch Alles ziemlich genau gesehen, und ein Trost ist auch, daß wahrscheinlich das Nest diesen Sommer noch einmal von einer zweiten Brut bewohnt wird. Es ist leicht wieder hergestellt und es ist noch früh im Jahr. Ich werde mich aber nicht wieder binden, immer auf der Lauer stehen zu müssen, und zuletzt ist das Ergebniß doch nur ein kleines. Es sind gewiß auch viele Irrthümer in meinen Beobachtungen, die ich leicht aus Büchern berichtigen könnte; aber ich wollte nur getreulich aufzeichnen, was und wie ich selbst gesehen. Ich will zum Schluß dieser Beobachtungen, die mich oft am tiefsten bewegten, einige Bemerkungen anknüpfen.

Es ließe sich ein Stück vergleichender Völkercharakteristik daran nachweisen, wie die verschiedenen Nationen die Vögel lieben oder grausam gegen sie verfahren.

Der Vogel erscheint wie ein Mittelglied zwischen den Thieren auf dem festen Lande und den Thieren im Wasser. Weder diese noch jene erscheinen so als reine Vertreter der Lebenslust, wie die Vögel in der Luft: ihre freie Bewegung, wie vor Allem ihr Gesang, bietet daher dem Menschengemüthe am meisten.

Der deutsche Volksmund gibt dem Finkenruf vielerlei Sprachen, und schon im alten Volkslied heißt es:

> Fröhlich der Fink im Frühling singt:
> „Qui Dieb, Spitzbue!“
> Die Mucken er in's Grüne bringt
> Mit seinem „Reiterzeug reit herzu'r.“

Ich weiß nicht, ob die Bemerkung schon von Andern gemacht wurde, mir trat sie hier zum ersten Mal bestimmt entgegen, und ich möchte sie weiterer Erörterung anheimgeben: Der Zustand der Cultur gibt Individuation auch im Thierleben, in deſſen äußerer Erſcheinung. Das Haushuhn brütet ein Dußend und mehr Junge aus und von verſchiedener Farbe (ganz abgeſehen von den zu Hausthieren gewordenen Säugethieren, die, wie das Pferd, die Kuh, die Ziege, die Kaße und der Hund, Junge von überraſchender Farbe bringen), hier dieſe Finken ſind ſich immer gleich, ganz ohne individuelle Beſonderheit als der ſtändigen der Geſchlechter. Im wilden Leben herrſcht das Gattungsmäßige vor, und noch bei unſeren Hausthieren, die in Genoſſenſchaften leben, wie das Schaf, iſt von Individualität der Erſcheinung wenig zu beachten. Liegt hierin nicht vielleicht ein Aufſchlußgebendes über manche Culturerſcheinung?

(Im Juni.) Das Neſt wird jetzt ganz zerſetzt von Regen und Wind; ſo lang es bewohnt war, ſchützte es die Einwohner, und dieſe hielten es feſt. Jetzt hat es keinen Halt mehr. Es ſcheint, daß das Neſt dieſes Jahr nicht mehr bewohnt wird, und ich möchte jetzt der allgemeinen Annahme beitreten, daß zu neuer Brut ſtets ein neues Neſt gebaut wird.

Der Fink iſt noch darum ein beſonders anmuthender Geſelle, weil er im Wald wie im Garten daheim iſt, draußen am waldigen Berghang und im ſtillen Wieſenthale, da iſt zu jeder Tageszeit der Fink, der das Echo weckt, und hüben und drüben antwortet unermüdlich ein Fink dem andern.

(Am heißen Mittag in der Waldſchlucht.) Drunten rieſelte leiſe der Bach durch das Felſengewinde und wohlig ruhte ſich's aus an einer Mulde, drin ſich wie ausruhend ein beträchtlicher Waſſervorrath geſammelt hatte. Es müſſen andere Menſchen geweſen ſein, denen einſt da Nixen erſchienen, die ſich in ſtiller Waldesſtühle badeten, aber ich ſah heute, wie ſich die Vögel badeten, und das iſt gewiß nicht minder ſchön. Eine Schwarzamſel, ein Staarenpaar nahmen ſchnell ein Bad und machten ſich raſch wieder davon, aber mit wahrem Behagen machte ſich's ein Finkenpaar bequem. Wer weiß, ob's nicht meine Finken von daheim ſind? Sie ſehen mich an und thun ſehr vertraut mit mir. Nur darf ich mich nicht rühren. Das iſt ein Untertauchen, ein Zurücktänzeln, ſich Aufſträußeln und mit einander Schäkern, und ſie können immer nicht genug kriegen; wie die Kinder ſpringen ſie immer noch einmal in das Flußbad, wenn ſie ſchon heraus ſind, ſie tauchen nur den Kopf ein, ſchlagen ein wenig mit den Flügeln, und dann ſchnell wieder zurück. Das iſt ein Biegen und Heben und Neigen der zierlichſten Art.

(15. Juli.) Geſtern hat man drüben über'm Strom den Roggen abgemäht, der Sommer hat ſeine Höhe erreicht und neigt ſich abwärts, und geſtern hörte ich zum letzten Male den vollen Schlag des Finken. Heute iſt's wie mit dem Meſſer abgeſchnitten *).

(Im Auguſt.) Und ſo iſt's geblieben. Noch höre ich namentlich vor und nach einem Gewitter und auch ſonſt bisweilen in ruhigem Sonnenſchein den Ruf „Fink Fink", aber der volle Schlag iſt nicht mehr zu vernehmen. Das fröhliche Singen

---

*) Seitdem Obiges niedergeſchrieben, habe ich durch mehrere Jahre, in verſchiedenen deutſchen Gegenden, das Aufhören des Finkenſchlags genau am 15. Juli wiederholt gefunden.

des Vogels hört auf, wenn der junge Hausstand sich verflattert hat. Der Vogel kennt die flügge gewordenen Jungen nicht mehr. Der Mensch erhält sein poetisches Lebensalter länger, er hat ein geistiges Verhältniß zu seinen Kindern und bleibt mit ihnen jung, er nimmt die ganze Welt in sich auf, bewahrt sich Sonnenschein und frischen Waldesathem in der Seele, und aus dem Innersten heraus schafft er sich eine neue Welt. Glückselig der, der sich Aug' und Sinn offen erhält für die Herrlichkeit der Welt um ihn und in ihm! Und ist's nur ein. Kleines, im Kleinsten ist die ganze unerschöpfliche Fülle des Seins.

Der Wettpflüger.

Eine Erzählung in zwölf Kapiteln und einem Nachspiel.

Erstes Kapitel.
Ein einfältiger Knecht und ein einsilbiger Herr.

Blau angestrichenes Feldgeräth im Bauernhof! Da kann man sich drauf verlassen, daß man bei einem gebildeten Landwirth ist. Es ist nicht, weil durch den Oelanstrich Leiterwagen, Pflug und Egge etwas Vornehmes hat; es ist vielmehr die vernunftgemäße Erwägung, daß durch die Oelfarbe das nackte Holzwerk eine neue Rinde bekommt, welche es dauerhafter macht.

Schau, da kommt der Gutsherr. Du siehst ihm schon von Weitem an, daß er einmal in zweierlei Tuch steckte; der Schleppsäbel schlenkert noch unsichtbar an ihm herum, Gang und Haltung zeigt das soldatisch Straffe, trotz der weit über das Knie heraufgezogenen Rohrstiefel; die lange Pfeife, die er im Munde hält, hat gewiß schon auf der Wachstube mitgedient, denn der Herr ist noch jung. Er hat einen gelblich blonden Schnurrbart, einen nach neuer Mode in's Eck gezogenen zottigen blonden

Backenbart; sein Gesicht ist leicht geröthet und spricht jene Ruhe aus, die nie im Leben von zu viel Sorge heimgesucht wurde. Er geht auf einen eben vom Feld heimgekehrten Knecht zu, der zwei schöne Braunen vom Pflug abspannt.

„Peter!" ruft der Herr.

„Zu Befehl, Herr Hauptmann," antwortete der Knecht, und die Pferde, die müd' zum Stalle traben wollten, halten still, sie gehören zum Peter und wissen daß man nicht mucksen darf, wenn der Herr Hauptmann mit Einem sprechen.

„Ist dein Geschirr in Ordnung?"

„Zu Befehl!"

„Deine Pferde gut?"

„Zu Befehl!"

Die Pferde schienen zu verstehen, daß von ihnen gesprochen wurde, sie wendeten die Köpfe. Peter faßte sie hüben und drüben.

„Putz' dein Geschirr heute sauber. Nimm noch eine frische Pflugschar zum Vorrath mit. Füttere deine Pferde heute Nacht gut. Halt' dich um drei Uhr bereit. Zieh' dein Sonntagsgewand an, du sollst mit mir nach der Stadt."

„Zu Befehl!"

Der Hauptmann ging weiter; Peter führte seine Pferde nach dem Stall.

Es wird kaum nöthig sein, daß wir hinzufügen, wir sind in Preußen; das hat wol schon Jeder an der kurzen Sprache, die Herr und Diener mit einander führten, abgemerkt, und daß auch Peter Soldat war oder eigentlich noch ist, läßt sich nicht nur an seiner blauen Mütze mit rothem Vorstoß abnehmen, sondern auch an seiner ganzen Haltung. Nach der breiten Gestalt — er hat ein gesundes Kreuz, an dem man bei der Musterung Wohlgefallen fand — läßt er sich wol zur reitenden Artillerie eintheilen, und dabei steht er noch ein Jahr lang, wie sein Herr auch. Fügt man noch hinzu, daß dieses Gespräch auf einem schönen Rittergut im Riesengebirge stattfand, und zwar zu Anfang der Fünfziger Jahre an einem noch milden September-abend, so sind Raum, Zeit und Menschen bezeichnet.

Peter steckt seinen Pferden zuerst Heu auf und schirrt sie während dieser Vor-speise aus. Er wendet das Lederwerk hin und her, es ist nichts schadhaft daran.

„Was hat der Herr mit dir geredet?" fragte beim Abendessen eine wohlbeleibte ältere Magd, sie war Peters Schwester und diente mit ihm auf dem Hofe.

„Wenn er's dir hätt' sagen wollen, brauchtest du mich nicht zu fragen," ant-wortete Peter.

„Der witzige Peter wird morgen in der Stadt für Geld gezeigt," sagte eine andere Magd, ein blühend schönes, junges Mädchen, das eine etwas vornehme Haltung hatte, denn es war eine Schwestertochter des Domänen-Inspektors, und man sagte, sie sei von vermöglichen Eltern und hier mehr in der Lehre als im Dienst.

„Sei nicht so kurz angebunden. Es ist ja kein Geheimniß. Wir wissen, daß der Herr nach der Stadt reitet. Was sollst denn du dabei?"

„Ich bin nicht so neugierig, weiß selber nicht; wenn's Zeit ist, wird sich's zeigen."

23 *

Peter ging zu seinen Pferden in den Stall, schüttete ihnen Hafer in die Krippe, und während sie fraßen, putzte er das Geschirr blank, dann legte er sich ruhig schlafen, denn schon um zwei Uhr wollte er wieder wach sein und frisch füttern.

Wenn er sich vornahm, zu einer bestimmten Stunde aufzustehen, da war's in seiner Seele, als ob zum Appell geblasen würde. Schlag zwei Uhr wachte er auf, und wie er sich im Bett aufrichtete, standen auch seine Pferde im Stall neben ihm auf; denn, wie gesagt, sie gehörten zu ihm, und jetzt haben sie's wieder gut, denn während sie fraßen, wurden sie gestriegelt und geputzt, und zwar so streng, als ob der Wachtmeister in der Kaserne Visitation halten werde.

Auch der Herr war heute schon früher auf und rief zum Fenster heraus: „Peter!"

Wie aus der Flinte geschossen war Peter da.

„Leg' den Pflug auf den Wagen. Spann' an. Vergiß die zweite Pflugschar nicht. Fahr' nach der Stadt. Im Schlesischen Hof stellst du ein und wartest auf mich."

„Zu Befehl!"

Peter that wie geheißen. Es war wol seltsam, einen Pflug, an dem nichts zerbrochen ist, auf dem Wagen nach der Stadt zu führen, aber Peter hatte ohnedies von Natur keine Neigung dazu und war vorzüglich im Soldatenleben daran gewöhnt worden, auch in Gedanken nicht zu mucksen; und wenn er doch über das Räthsel nachdenken wollte, so war's plötzlich, als wenn er das Commando hörte: „Stillgestanden!" und er beruhigte sich: der Herr Hauptmann werden schon wissen, warum Sie dies Alles anordnen.

Peter rauchte ruhig seine Pfeife und dachte über gar nichts. Dabei betrachtete er nur manchmal still die Masern seines hölzernen Pfeifenkopfs, wie wenn er wunder was herauszusehen hätte; aber es war nichts, er hatte eben nur seine stille Freude an dem Pfeifenkopf, und wenn er ihn so betrachtet hatte, schmeckte es noch viel besser, wenn er die Spitze wieder in den Mund steckte und den frischen Rauch einzog. Da die Pfeife längst ausgegangen war, hielt er sie noch immer im Munde, denn unser Peter ist auch ein Kaltraucher, und das sind in der Regel entweder sehr gedankenvolle oder gedankenlose Menschen. Wir werden sehen, ob Peter Eines von Beiden, oder doch noch etwas Anderes ist.

Am „Schlesischen Hof" stand eine ganze Wagenburg. Erst als Peter seine Pferde wohl untergebracht und ihnen von dem mitgenommenen Futter aufgeschüttet hatte, dachte er daran, sich selbst zu erlaben. Die Hände auf den Rücken gelegt, ging er nach der Wirthsstube; dort traf er einen Kameraden, einen Bombardier, der bei seiner Batterie stand und in der Garnison ihn viel gehänselt hatte, denn der Bombardier war das, was man kurzweg einen gewichsten Kerl nennt. Er trug jetzt eine gute Livree mit Grafenknöpfen und einen Glanzhut mit schöner goldverbrämter Kokarde.

„Setz' dich nur her zu mir, Kamerad," rief er Peter herablassend zu, und der gräfliche Kutscher — denn das war jetzt der Bombardier — wollte sich auf den

Kopf stellen vor Verwunderung, daß Peter nicht einmal wisse, daß heute hier land=
wirthschaftliches Fest sei, wo die Gutsbesitzer aus dem ganzen Kreis zusammen
kommen, und daß Peter gar nicht einmal wisse, warum er da sei, das schien ihm
fast unglaublich.

Nun kamen noch Andere, und Peter konnte sich allmälig aus deren Reden
zusammensetzen, daß er seinen Pflug nicht umsonst bei sich habe. Es sollte heute ein
Wettpflügen abgehalten werden. Peter verstand nicht recht, was das war, aber er
geduldete sich, bis er's vor sich sehen würde.

Wagen an Wagen, Reiter an Reiter kamen an, Peter besorgte schnell im
Voraus einen guten Platz für das Pferd seines Herrn, dann lauerte er auf ihn,
bis er kam, und als er im kurzen Galopp anritt und flink aus dem Sattel sprang
— er ist ja in der Brigade als einer der besten Reiter bekannt — da lächelte Peter
triumphirend gegen den Bombardier, sprang schnell herzu und faßte die Zügel. Der
Herr, der jetzt auf dem Boden sich in den Knieen wiegend das Pferd tätschelte, fragte:

„Hast du für einen Platz für mein Pferd gesorgt?"

„Zu Befehl!" antwortete Peter und führte das Reitpferd auf die ihm auf=
behaltene Stelle.

„Thu' deinen Pflug herunter und spann' ein," rief ihm der Herr noch nach.

Peter that, wie ihm befohlen.

— — —

Zweites Kapitel.

Die Pflugschar wird zum Kampfesschwert.

Nach einer Weile kamen mehrere Männer —. auch
der Hauptmann unter ihnen — acht Gespanne
mit Pflügen wurden nun zusammen aufgestellt und
beordert, einem vorausgehenden Manne, der eine rothe
Brieftasche in der Hand trug, zu folgen. Die Herren
gingen hintendrein. Die acht Pfluggespanne waren an
einem großen breiten Brachacker angekommen. Die
Pflüger schauten einander an. Keiner kennt die Pferde,
die Werkzeuge des Andern genau, so daß sich einiger=
maßen beurtheilen ließe, mit welcher Kraft man zu
rechnen habe. Auf ein und demselben Gute weiß Jeder, was Pferde und Geschirr
des andern Knechts vermögen; hier war das nicht zu beurtheilen. Peter kümmerte

sich gar nicht darum. Als jetzt von den Herren die Pferde und Werkzeuge nach einander genau gemustert wurden, und als sein Herr neben Peter stand, mochte er an dem Blicke des Knechtes spüren, daß er im Stillen erwarte, er möchte ihm doch etwas sagen. Es that jetzt Peter wohl, als sein Herr die Pferde streichelte, wie wenn er ihm selbst eine Freundlichkeit bewiese. Er lächelte dumpf vor sich hin, und der Herr sagte:

„Es ist Alles in Ordnung. Mach' du deine Sache nur, wie du's gewohnt bist."

Peter meinte, sein Herr wolle nur sagen, er solle rauchen, wie er's gewohnt sei, und wie auf Commando zog er die Pfeife aus der Brusttasche, aber der Herr winkte und setzte nur hinzu: „Thu' das später."

Mit dem Antrieb-Zeug, das hier noch auf der Straße lag, waren auf dem breiten Felde für acht Pflüge Beete abgesteckt. Jetzt sagte der Mann mit der rothen Brieftasche, daß die Ackerknechte den Fürsteder in den Pflugbaum oder Grindel, wie man ihn auch nennt, so einstecken sollten, daß man richtig tief für ein Weizenfeld pflüge. Peter hatte zwar den Fürsteder schon so eingelenkt, sobald er das Feld gesehen hatte; als aber alle Anderen sich jetzt bückten und da und dort einer die Löcher abzählte, bückte sich auch Peter und stand dann aufrecht wartend, still vor sich hinpfeifend, und zwar so still, daß er sich selber nicht hörte, aber die Melodie war lustig, und die hatte er doch für sich.

Es galt hier einen Wettkampf mit dem sogenannten schottischen Schwingpflug, der, wie der älteste und ursprüngliche Pflug, auf keinem Rädergestell ruht, vielmehr zieht das Gespann unmittelbar am Grindel, und es bedarf einer kräftigen wohlgeübten Hand, um ihn zu leiten, dann aber erleichtert er nicht nur dem Gespanne die Arbeit, sondern diese wird auch besser; denn das scharfe Schar schneidet die Ackerkrume vom Untergrund gleichmäßig ab, hebt sie dann weiterschiebend auf und das gewundene Streichbrett wendet und stürzt die Scholle gründlich. Aber eben weil hier kein Vorbergestell und keine Stelzen dem Pflug eine bestimmte Haltung geben, ist diese ganz in die Hand des Pflügenden gelegt; die lange Pfluggabel, die als mächtiger Hebel dient, muß geschickt und sicher regiert werden, und nicht weil dieser Pflug der zweckmäßigere, sondern vornehmlich auch, weil bei der damit auszuführenden Arbeit das Wesentliche nicht auf die Kraft des Gespannes, sondern auf Geschicklichkeit und stete Aufmerksamkeit des Lenkers ankam, war dieser Pflug zum Wettkampf erlesen worden.

Nun wurden die acht Pflüger vertheilt und alle in gleicher gerader Linie aufgestellt, Jeder vor seinem Beete. Peter ging noch einmal vor zu seinen Pferden und er schien ihnen etwas zu sagen; besonders sein Handpferd mußte sich das zu Herzen genommen haben, denn es hob und senkte mehrmals den Kopf und schaute jetzt starr nach Peter um, ob's denn nicht endlich einmal losgehe.

Der Mann mit der rothen Brieftasche zog nun seine Taschenuhr heraus, behielt sie in der Hand und rief: „Es ist jetzt Schlag 11 Uhr. Nun, so fanget Alle an, mit einander, jetzt zugleich, hü!" Und hü! tönte es in der ganzen Reihe der Pflüger, und die Pflüge gingen voran und wühlten den Boden auf. Schon bei der ersten

Furche blieben sie indeß nicht mehr in gleicher Linie, und man hörte treiben und schreien unten an einer Abbiegung des großen Aders, der sich ein Stück thalwärts senkte.

Peter war zwischen zwei Pflüger gekommen, die schöne Pferde und schönes Geschirr hatten; der rechts hatte zwei Schweißfuchsen und der links zwei Rappen. Der mit den Schweißfuchsen war ein baumlanger älterer Mann, dürr, knochig; der mit den Rappen war ein kurzer untersetzter junger Mann mit vollem Bart und fast gekleidet wie der Hauptmann selbst, nur hatte er steife, hellglänzende Stulpenstiefel an. Er war offenbar ein künftiger Gutsherr und jetziger Zögling auf einem großen Gute. Der Mann mit den Schweißfuchsen war voraus, der mit den Rappen hielt fast die gleiche Linie mit Peter. Peter sah das nicht, aber er hörte es, und das nicht blos am Pflug, sondern auch weil der junge Mann mörderisch fluchte über seine Pferde, die nicht voran gehen wollten. Die Pferde Peters schüttelten mehrmals die Köpfe, als ob sie wüßten, daß das auch ihr Herr that über seinen ungeduldigen Nachbar. Als man am Ende der Furche anlangte, war der mit den Schweißfuchsen schon wieder auf dem Rückweg, und der mit den Rappen hatte auch schon wieder gewendet und war vor Peter voraus auf dem Rückweg. Peter blieb ruhig, und wie er jetzt weiter pflügte auf und ab, schaute er nicht mehr rechts nach dem mit den Schweißfuchsen und links nach dem mit den Rappen; er arbeitete, als wäre er allein auf dem Felde. Die Lerchen ließen noch manchmal ihr ängstliches Herbstgezwitscher hören, und jetzt wurde die Melodie laut, die Peter früher nur mit stummen Tönen gepfiffen hatte. Eine Weile schaute Alles auf, als Peter so laut pfiff; seine Nebenbuhler stutzten offenbar, daß Einer so unbekümmert vor sich hinpfiff — sie konnten ja nicht wissen, wie Peter selbst kaum wußte, daß er's that — aber bald hörte man von allen Seiten pfeifen, einen Jeden seine eigene Melodie, und es war wol gut, daß sie nicht Alle neben einander waren, denn beim Menschen ist's etwas Anderes als beim Thiere; wenn tausend Vögel im Walde mit einander pfeifen, keiner stört den andern, keiner bringt den andern aus der Weisung; aber wenn von acht Menschen Jeder seine Weise pfeift, das gibt einen Wirrwarr zum Davonlaufen.

Drüben auf den Beeten zählt Einer dem Andern die Zahl der Furchen, die er gezogen, und rechnet nach, ob der Nachbar hüben und drüben und der weiter hinaus jetzt im Furchenziehen bergab oder bergauf ist. Peter kümmert sich dessen gar nicht, er hatte sich nur vorgenommen, wenn er dreimal herauf und dreimal herunter sei, sich seine Pfeife anzuzünden. Während er jetzt Feuer schlug, konnten auch seine Pferde verschnaufen. Wir dürfen auch nicht vergessen, daß er schon bei der dritten Furche selbab seine Jacke ausgezogen und auf einen Busch gelegt hatte, in die Nähe des Mannes mit der rothen Brieftasche, der noch immer die Uhr in der Hand hielt. Ruhig rauchend pflügte er nun weiter, und besonders beim Wenden hatte Peter seine Pferde nur zu loben. „So! So! Recht so!" sagte er oftmals, und das Handpferd wieherte. „Beiß' ruhig," sagte er, „sing' ein andermal."

Ohne Unterlaß und Hinderniß, als zöge er einen Kiel durch das Fahrwasser, ging der Pflug durch das Erdreich. Jetzt hörte Peter mit zorniger, fast vor Weinen erſtickter Stimme neben ſich fluchen. Er ſchaute um, dem Himmellangen mit den Schweißfuchſen war ein Strang geriſſen. „Wer weiß, ob mir nicht das Einer zum Poſſen gethan und mir den Strang durchſchnitten hat, damit ich der Letzte ſein ſoll. O, Millionen - Heiden - Donnerwetter! Wenn ich nur wüßte, wer's geweſen iſt, ich thät' ihn mit dem Strang erwürgen und aufhängen." So fluchte der Baumlange.

Peter fühlte ein Verlangen, dem Mann neben ſich zu helfen; aber nein, das geht nicht, du kannſt nicht aus dem Glied treten, das iſt wie in der Schlacht: vorwärts! du kannſt nicht umſchauen, nicht helfen dem, der neben dir fällt.

Peter ſah noch, wie der Lange ſein Handpferd mit den Füßen trat, als ob das Pferd an ſeinem Unglück ſchuld wäre; dann ſah er ſich nicht mehr um.

Die Raben ſchienen ganz wirr und nicht zu verſtehen, was die Menſchen da unten machen; denn im Reiche der Thiere gibt es keinen Wettkampf. Da pflügen ſo Viele mit einander einen Acker um und den Raben geht dadurch viel gute Koſt verloren, ſie können ja nicht an ſo vielen Tiſchen auf Einmal ſein.

Man hörte Glockengeläute aus der Stadt, es war Mittag. Die Braunen Peters hielten an, ſie waren es gewohnt, daß er beim Glockengeläute immer innehielt. „Nichts da!" rief er. „Heute fahren wir durch, durch und durch," und er nahm die Pferde ſtreng in die Zügel, die er um die Rechte geſchlungen hatte, während er rechts und links die Pfluggabel hielt.

Beim Herüberheben des Pfluges ſprach er jetzt noch einmal ein paar unverſtändliche Worte mit den Pferden, und nun ging's ſtill dahin, man hörte von nirgends mehr ſprechen oder pfeifen; nur manchmal, wenn ſie an einander vorüber kamen, hörte Peter den Unterſetzten mit den Rappen neben ſich keuchen, er war offenbar in Eile und Unruhe, und das iſt das Gefährlichſte beim Ackern mit dem Schwingpflug. Da das Werkzeug nicht für ſich ſelbſt feſtſteht, ſondern ſtets im Gleichgewicht gehalten werden muß, muß natürlich auch der, der es lenkt, im Gleichgewicht bleiben. Peter ſetzte einen Schritt nach dem andern ebenmäßig fort, ſein Athem ging nicht raſcher. —

Jeder, der mit ſeinem Beete fertig war, ſchrie am Ende ein lautes „Juchhe!" Schon mehrmals hatte Peter das gehört. Er wußte nicht, wie ihm war. Es iſt nun auch einerlei: iſt einmal Einer voraus, ſo iſt es gleichgültig, wie viel es noch ſind. Beim Vorüberfahren ſagte keuchend der Unterſetzte mit den Rappen einmal zu Peter: „Wenn du aufhörſt, hör' ich auch auf. Wir ſind ohnedies die Letzten und können den Preis nicht erhalten." Peter antwortete nichts darauf. Er wollte ſein angewieſenes Stück Land umpflügen, das Uebrige iſt Sache ſeines Herrn. Nur als er zum Letztenmal an dem Unterſetzten mit den Rappen vorüber kam, ſagte er: „Die Geſchwindigkeit allein macht's nicht aus."

Peter ſchrie auch „Juchhe!" als er fertig war, nicht eben weil ihm luſtig zu Muthe, ſondern weil die Anderen das auch gethan hatten und es wahrſcheinlich zur Ordnung gehört, und ein Knecht des Hauptmanns kann eben ſo gut Juchhe ſchreien als ein Anderer. Peter war der Vierte — denn der Lange mit den zerriſſenen Strängen konnte nicht mitzählen — der bei dem Mann mit der rothen

Brieftasche anlangte. Es wurde auf die Minute genau aufgezeichnet, wie viel Zeit er zu seiner Arbeit gebraucht hatte. Jeder der Pflüger brach sich von einer nahen Tanne einen grünen Zweig und steckte ihn auf die Mütze. Peter that dies natürlich auch, er ließ es an nichts fehlen, was zur Ordnung gehörte. Der Baumlange allein blieb ungeschmückt, und ein kecker Bursch — es war der Erste der Zeit nach — wollte dem Baumlangen auch einen Zweig aufstecken, aber er reichte nicht hinauf, und jetzt hatte aller Spaß ein Ende. Die Herren kamen bereits aus dem nahen Walde wieder heran. Sie hatten neue Versuchsfelder angesehen, eine Schaar von

anderen Landwirthen war dabei in allerlei Trachten, aber man sah Jedem an, daß er daheim ein gut Stück von der Welt sein eigen nannte.

„Wie ist's gegangen?" fragte der Hauptmann.

„Das weiß der Herr da," erwiderte Peter und wies auf den Mann mit der rothen Brieftasche.

Nun kam noch der Letzte herbei, es war der feingekleidete Untersetzte, er machte gute Miene zum bösen Spiel, denn er wurde von den Herren weidlich verhöhnt.

Die Pflüger wurden beordert, die heißen Thiere in den Stall zu bringen, die Entscheidung würde nachkommen.

Auf dem Heimweg gesellten sich die Pflüger zu einander und plauderten bald Dies, bald Jenes. Sie spotteten im Stillen über den Untersetzten mit den beiden Rappen, der ein junger Baron sei und den Knechten den Preis abgewinnen wollte. Noch mehr aber hänselten sie den mit den Schweißfuchsen, dem der Strang gerissen war, und nur Peter sagte ihm:

„Gräm' dich nicht, du hättest ja auch ohnedies dahinten bleiben können."

„Ich weiß nicht, seit wann wir Du zu einander sagen," erwiderte der Lange und ließ Peter stehen.

Vor dem Thor kam ihnen der Bombardier in seiner besseren Livree entgegen. Er fragte Einen mit zwei Falben:

„Der Wievielte bist du?"

„Der Erste."

„Und du bist gewiß der Letzte?" sagte er, zu Peter gewendet.

Peter zuckte die Achseln. Er hörte nicht darauf, wie die Anderen hin und her riethen und stritten, was aus der Sache geworden sei, und sogar mit einander wetteten. Er hat gethan, was man ihm geheißen, und weiter hat er nichts zu fragen. Er setzte sich sittlings auf seinen Sattelgaul und fuhr der Stadt zu.

Drittes Kapitel.
Aus dem Stall in den Saal.

Beim Vorüberfahren kaufte Peter an einem Bäckerladen einen großen Laib Brod, und als im Wirthshaus alle Pflüger alsbald zur Stube eilten, blieb Peter bei den Pferden, schnitt ihnen das Brod vor und aß selber mit. Er hatte eine geraume Weile so an der Krippe gestanden, als der Herr in den Stall trat und rief:

„Peter!"

„Befehlen!" antwortete dieser, aber sehr undeutlich; denn er hatte den Mund voll Brod.

„Was machst du?" rief der Herr, ihm sich nähernd.

„Spar' dir deinen Hunger auf, du kommst mit an die große Tafel, du kriegst was Besseres."

Peter schaute verwundert drein, und sein Handpferd biß ihn fast in die Finger, denn er hielt ein Stück Brod, das er abgeschnitten hatte, so lang in der Hand, und das Handpferd, das keine Aussicht hatte, an die Tafel zu kommen, wollte nicht warten. Peter schlug dem Pferd tüchtig auf's Maul, dann steckte er die schmerzende Hand zwischen die Lippen.

„Du hast den Preis gewonnen. Mach' dich ein Bißchen sauber, dann komm hinauf in den Saal."

So schloß der Herr und ging davon.

Seine gewöhnliche Antwort konnte Peter nicht hervorbringen, er hielt die Hand noch zwischen den Lippen. Er stand noch eine gute Weile bei seinen Pferden, bis draußen Musik erschallte, lustiger Trompetenklang. Der Handgaul wieherte, er war ja an diese Töne gewöhnt, er hatte schon dreimal die Herbstübungen mitgemacht. — „Hast Recht. Ja, das ist schön," sagte Peter und klatschte dem Handgaul auf den Hals. Nun machte er sich auf, und nachdem er sich säuberlich hergerichtet, stieg er die Treppe hinan. Hier hatte er alsbald eine große Freude, denn unter den Musikanten, die in der Vorhalle standen, erkannte er sogleich den Hornisten von seiner Batterie, der jetzt hier Trompete blies. Er hatte auch Peter erkannt und nickte ihm zu, und erst als das Stück zu Ende war, reichte er ihm die Hand.

„Ich esse mit an der Tafel. Mein Herr hat's gesagt."

„Warum?"

„Mein Herr hat's gesagt, wir haben den Preis gewonnen."

„Wer — wir? Du und deine Pferde?"

„Auch! Aber ich meine, mein Herr und ich. Ich darf dafür an der Tafel essen. Setz' dich zu mir."

„Nein, wir sitzen da oben im Himmel und blasen wie Engel," erwiderte der Hornist und stieg mit der Bande die Treppe hinauf.

Nun trat ein Mann auf eine mit grünem Reis verzierte Kanzel und hielt einen Vortrag über die Aufzucht der Victoria-Schweine. Er gab eine genaue Natur-geschichte derselben und ihrer Einbringung in Europa. Er schilderte sie dann so schmackhaft, daß Peter, der den früheren Theil des ganzen Vortrags theilnahmlos gehört hatte, jetzt der Mund wässerte.

Darauf hielt ein anderer Mann einen Vortrag über die Hypotheken-Ver-sicherung und wies mit großer Klarheit nach, daß hierdurch die Grundlage alles Staatslebens, der landwirthschaftliche Credit, wieder vor Allem neu gesichert werde, daß nicht mehr alles Geld den Staatspapieren nachlaufe und vor Allem auch die Waisengelder dadurch einen höheren Zinsfuß bei größter Sicherheit bekämen.

Peter nahm auch an diesem Vortrage keinen rechten Antheil, denn erstens war er zwar ein Waisenkind, hatte aber keine Gelder auf Pflegschaft stehen, und auf seinen liegenden Gütern ruhte keine Hypothek, denn er hatte keine. Und zweitens —

das hätte man eigentlich schon als erstens nennen können — verstand er gar nichts von dem Vortrag und von der Sache.

Peter hatte einen guten Sitz-Platz in einer Ecke gefunden, denn jetzt spürte er doch, daß er heute schon Mancherlei erlebt, wenn auch nicht übermächtig gearbeitet hatte. Er setzte sich nieder, und bald ging's ihm wie manchmal Sonntags in der Kirche, er schlief während der Rede gar besonders gut. Das ist wie ein gesunder Schlaf in der Nähe eines Baches oder auf einem Wagen, wo die Pferde gleichmäßig fortziehen, aber halt! stehen die Pferde still, wacht man gleich auf. Und so war es jetzt auch, als der Redner innehielt.

Es wurde hierauf ein Vortrag gehalten über die Ergebnisse der heutigen Versammlung, und besonders über die Preise, die heute vertheilt würden. Die anderen waren bereits bei der Vieh- und Früchte-Ausstellung übergeben worden, der für den Wettpflüger Peter Gretsch war noch jetzt zu behändigen.

„Peter Gretsch! Peter Gretsch! Wo ist er?" riefen mehrere Stimmen durch einander. — „Peter, wo bist du?" rief jetzt der Hauptmann, und erst auf diese Stimme erwachte Peter.

Taumelnd richtete er sich auf, und plötzlich militärisch straff zuckte er nicht mit den Augen, obgleich es ihm ganz verwunderlich vorkam, wo er denn eigentlich sei, und er rief laut:

„Zu Befehl, Herr Hauptmann!"

Ein Lachen ging durch die Versammlung.

„Peter, du sollst hierher kommen!" rief der Hauptmann wieder; er stand nicht weit von der Rednerbühne.

„Sehr wohl!" antwortete Peter, schritt voran, und hüben und drüben machte man ihm Platz; aber das war kein Spießruthenlaufen, im Gegentheil, wenn Peter nicht noch halb im Schlafe gewesen wäre, hätte er leise Bemerkungen hören können, daß er seine Sache musterhaft gemacht, und daß er überhaupt ein hübscher stattlicher Mann sei; aber auch die Ohren Peters schienen Appell zu haben und nicht nebenaus zu horchen. Peter stand endlich neben seinem Herrn und schaute starr auf den Redner, der jetzt noch eine lange Einleitung machte, die Peter eigentlich gar nichts anging. Er sprach zuerst von der Bauart der verschiedenen Pflüge, und wie es ein Vorurtheil und nichts als Bequemlichkeit sei, daß der Schwingpflug so schwer Eingang finde. Freilich sei er für Viele nicht bequem genug, weil eben sein Vorzug darin besteht, den Zugthieren die Arbeit zu erleichtern und die Geschicklichkeit des Menschen dafür einzusetzen. Nun wurden die Bedingungen einer gerechten Furche auseinandergesetzt: wie sich Breite und Tiefe derselben zu einander verhalten müssen, wie sie vom Untergrund gradlinig abgeschnitten, die stoppelige Ackerkrume völlig gewendet auf die Nebenfurche legen müsse und am Untergrunde sich keine sägenartigen Ungleichheiten zeigen dürfen. „Alle diese Bedingungen," hieß es zuletzt, „hat Peter Gretsch hier vollkommen erfüllt und ihm gebührt der erste Preis." Er bestand aus einer silbernen Uhr, die kein Uhrglas hatte, sondern auch über dem Zifferblatt einen silbernen Deckel. Der Redner setzte hinzu, daß „ein Landwirth, der nicht genannt jein wolle, zu dem Preise noch drei Dukaten hinzugefügt habe". Peter empfing die Uhr und das Geld, er hielt die Uhr in der Rechten und das Geld in der Linken, und es war ihm wunderbar, wie schwer diese kleinen Münzen waren; ja, die machen sich wol so schwer, dachte Peter bei sich, weil sie wissen, wie viel man dafür haben kann. Sonst kümmerte er sich nicht um die ganze Verhandlung und wiegte immer

die Uhr und das Geld in der Hand, lächelte vor sich hin und blieb stehen, bis ihm sein Herr sagte, er könne wieder auf seinen Platz gehen. Jetzt bei der Rückkehr machte man nicht so willig Platz wie vorher. Peter mußte manchmal drängen und „mit Verlaub" sagen, bis er wieder auf seinen Platz kam, denn bis dahin mußte er doch wieder kommen, sein Herr hatte ihm ja gesagt, er solle wieder auf seinen Platz gehen. Er konnte nirgends anderswo im Saale bleiben und bei

dem Durchdrängen hielt er die geschlossenen Fäuste immer noch vor sich auf die
Brust. —

· Als er wieder an seinen Platz kam, war der Stuhl besetzt, und zwar von
einem alten Herrn, der auch nicht auf die Verhandlung zu hören schien. Peter stellte
sich daneben. Nun wagte er, die Uhr zu der andern, die er schon hatte, in die
Tasche und die Dukaten in seinen Beutel zu thun. Es that ihm zwar leid, daß sie
zu den gemeinen Groschen und Pfennigen hinein sollten, aber sie sind gut aufgehoben
da. Mit der Uhr aber war es ein wunderliches Ding. Man hörte sie wol picken,
aber man konnte gar nicht sehen, wie viel es an der Zeit, denn sie war um und
um verschlossen. Da ist gewiß ein Geheimniß dabei. Man muß es abwarten.

Jetzt endlich, als Uhr und Geld versorgt war, ward Peter wieder ruhig und
er konnte wieder still vor sich hinpfeifen, aber natürlich nur ganz still, wenn's möglich
ist, noch stiller, als heute am Morgen.

Hurrah! Auf! Es wird Tagwacht geblasen. Dreimaliger Trompetenschall
ertönt von der Tribüne und „zu Tisch! zu Tisch!" ruft es aus den Versammelten,
große Flügelthüren öffnen sich und da stehen lange weiße Tafeln und Hunderte von
Lichtern flimmern, denn die Kronleuchter mit glitzernden Krystallen sind angezündet,
und ein fröhlicher Marsch drängt alle Anwesenden fast von selbst hinein in den Saal.
Peter ist hineingedrängt, er weiß selbst nicht wie, er hält nur immer die Hände an
seinen Beutel und an seine Uhren, wie wenn er sich vor Taschendieben fürchtete.

Viertes Kapitel

Worin unser Peter verzaubert wird und mitten im Besten aufhören muß.
Wir lernen viel, auch was normal heißt.

n der Mitte der großen hufeisenförmigen Tafel stand ein aus Zucker
gebautes Schloß auf dem Tische,
grade wie im Märchen vom Schla-
raffenland, und daneben silberhalsige
Flaschen und schöne, wunderbare
Blumen und vielarmige goldene
Leuchter.

„Nein, dahin gehör' ich nicht,
nein, das wär' unverschämt. Ich
will anderswo sitzen," sagte Peter,
als ein Kellner ihn bedeutete, er
solle sich dorthin setzen, just nicht weit von seinem Herrn. Erst als ihm der Herr
winkte, kam er und war bald zufrieden, da auch zwei Schäfer in seine Nähe kamen,
die ebenfalls Preise gewonnen hatten. Natürlich! wo solche armselige Schäfer sitzen
können, die sind doch die untersten, da kannst du ruhig sein. Peter that herablassend
gegen die Schäfer und sagte: „Ihr sitzet bei mir." Es war aber nicht blos Herablassung, ehrlich gesagt, er meinte, die Schäfer hätten Angst, und er wollte sie beruhigen. Darum setzte er nach einer Weile hinzu: „Mein Vater ist auch Schäfer
gewesen." Die Angeredeten sahen ihn starr an und gaben keine Antwort. Er paßte
immer genau auf, wie es sein Herr machte, und so that er's auch; ganz genau so,
wie er, legte er die Serviette und auf einen Schlag mit ihm nahm er sich den ersten
Löffel Suppe. Er verbrannte sich dabei entsetzlich den Mund, denn der Herr blies
noch, aber er brachte es doch hinab, und nun sah er selten auf seinen Herrn; er aß
von jeder Speise, die kam, ein gut Theil, er hätte ganze Schüsseln genommen, wenn
sie nicht die Kellner in der Hand behalten hätten.

Der Präsident, der Peter schrägüber saß, war ein wohlwollender herzlicher
Mann, der Stern auf seiner Brust hatte sein einfach menschliches Gefühl nicht ver-
nagelt; der Präsident rückte eine schöne Vase mit Blumen zur Seite, um besser beobachten zu können, daß Peter auch ordentlich zu trinken bekäme, und Peter aß und
trank fast ohne ein Wort zu reden in gleichmäßigem Schritt ununterbrochen fort. Er

hätte so immer fort sich voll gefüllt, wenn ihm nicht Jemand gesagt hätte: „Jetzt ist's genug," und das that sein Herr. Er stand auf und sagte Peter leise: „Iß nichts mehr, trinken magst du noch, aber nicht viel." Peter gehorchte natürlich, und es erschien grausam, daß er gerade jetzt aufhören mußte, denn jetzt kamen die schönsten gebratenen Vögel, sie hatten noch ihre Schwanzfedern und hatten Blumen und Vogel- beeren im Schnabel, und Jedermann sagte, das sei delicat, und Peter mußte davon bleiben. Als ihm der Kellner den Braten hinreichte, schaute Peter immer nach seinem Herrn, ob denn der nicht winke, daß er noch essen dürfe, es kostet ja nichts. Aber der Herr wendete ihm kein Auge zu, und der Kellner sagte: „Machen Sie keine Umstände, ich will Ihnen ein gut Stück vorlegen." Und richtig, da lag das beste Stück, aber Peter berührte es nicht; er blinzelte immer halb verstohlen zu seinem Herrn hinüber, und der Kellner lächelte, als er das schöne Stück wieder abtrug. Nun aber kam doch noch etwas Besseres als der Braten. Ein Mann unten am Tische — es war der, der Peters Stuhl vorhin besetzt und nicht aufgeschaut hatte — dieser klingelte jetzt an sein Glas und rief:

„Meine Herren! Man rühmt von den Römern, daß sie bei den Satur- nalien einmal verkehrte Welt machten und ihre Diener bedienten. Ich glaube, daß es besser gethan ist, wie unsere Vorfahren thaten und wie wir jetzt, wenn auch nur bei außerordentlichen Gelegenheiten, thun. Noch unsere Großväter aßen mit ihrem Gesinde am selben Tisch. Es ist nicht Hochmuth, wenn wir das unterlassen, sondern einfach unser schlechter Magen verbietet uns das." Allgemeines Gelächter entstand. Peter fand das Lachen sehr unhöflich, und der Redner fuhr fort: „Wir Gutsherren müssen heutigen Tages zu viel in den Schreibstuben sitzen und können die derbe Kost unserer Dienstleute nicht mehr vertragen; aber es gibt noch schöne Feste, und eines der schönsten und besten, was die neue Zeit hat, sind unsere landwirthschaftlichen Feste. Da sagen wir: kommt her, Ihr, die Ihr mit uns des Tages Arbeit theilt; nicht Alle, aber Ihr, die Ihr Euch hervorthut durch besondere Geschicklichkeit, kommt her und sitzet mit uns beim Liebesmahl."

Ein seltsames Murmeln entstand in der Versammlung, und einer der Schäfer stieß Peter am Arm und sagte: „Das geht auf uns." Peter wehrte ihn unwillig ab, es verdroß ihn ohnedies, daß man den Redner, den schönen Mann mit dem kahlen Oberhaupt und einem kurz gehaltenen schneeweißen Barte, unterbrochen hatte. Sobald Peter reden hörte, war er eben wie in der Kirche, und da darf man ja den Pfarrer auch nicht unterbrechen, nicht wenn's Einem gefällt, und nicht wenn's Einem nicht gefällt. Unwillkürlich mischte er sich unter die Ruhe Zischenden, er zischte auch, und der Redner fuhr fort:

„Wie es einst im alten Griechenland bei den olympischen Festen herging, wie da die Wettkämpfe sich aufthaten, vom muthigen Ringen der Jünglinge, den Renn- fahrten an bis hinauf zu den Kämpfen der Dichter im Vorführen ihrer Schau- spiele . . ." Peter verstand nicht recht, was das sei, und seine Ohren schienen wieder dem Appell zu gehorchen; er hörte lange nichts, bis der Redner mit lauter Stimme rief: „Arbeit! Arbeit! Unser Wettkampf gilt nicht mehr den Künsten allein — das

Wettsingen der Gesangvereine ist ein schöner Schmuck unseres Lebens — aber Arbeit ist unser bester Ruhm. Kraft, Fleiß und Verstand, das sind die Tugenden, die wir vereint krönen, wie sie alle drei einander brauchen und eins sind; jede für sich ist mangelhaft. Unsere höchste Ehre besteht nicht im Ringen der Körperkraft, daß Einer den Andern niederwerfe; nicht im Rennen auf raschen Pferden; nein, in der Arbeit zeigt sich unsere Meisterschaft. Unser Siegespreis gilt heute dem Helden auf dem Saatfelde, nicht dem Helden auf dem Schlachtfelde. Da ist der Peter Gretsch" — Peter richtete sich rasch auf und wollte rufen: „Zu Befehl!" aber sein Herr winkte ihm heftig und rief: „Setz' dich," und schnell saß Peter wieder, und der Redner, das Glas erhebend, fuhr mit lauter Stimme fort: „Der Sieger mit dem Schwerte des Friedens, der Pflugschar, der normale Pflugheld Peter Gretsch lebe hoch! und dreimal hoch!"

War es Peter schon bei Nennung seines Namens wie ein Blitz durch die Seele gefahren, so war ihm jetzt, als müßte er unterducken unter dem Schwall des Beifalls, der über ihn ausgeschüttet wurde. Er fuhr sich mit der Hand durch die Haare und über das ganze Gesicht, da ist's ja, als wenn Alles heraus wollte. Die Clarinetten und Trompeten und Pauken blasen und schmettern dreimal zu dem Hoch, und bei dem Zweitenmal schon hatte unser Peter doch so viel Besinnung, daß er sich freute, daß der Hornist von seiner Compagnie dabei war, der weiß es und kann davon erzählen, er hat selber mitgeblasen bei dem Hoch. Peter sah zu ihm hinauf und winkte ihm, aber der Hornist schien ihn nicht zu bemerken. Peter war vor Jahren mit dabei gewesen in Schleswig-Holstein, damals nach der Schlacht bei Schleswig, damals hatte man dem Divisions-General ein Hoch gebracht und da hatte auch die Musik so dazu gespielt. Was hat damals der General gethan? — Groß aufgestanden ist er, kerzengrad auf dem Balkon und hat salutirt. Und so steht jetzt auch Peter auf und salutirt, militärisch genau. Aber o weh! seine Freude wird ihm schnell versalzen, denn der Kellner, der hinter ihm steht, — der Gute, der ihm das beste Stück Fasan auf den Teller gelegt, das er freilich nicht essen durfte, aber er hat's doch gut gemeint —, der raunt jetzt Peter zu: „Herr Gretsch," Peter hatte sich noch nie so nennen hören und er schaute mit verwundertem Gesichte um, „Herr Gretsch! Nehmen Sie sich zusammen, Sie müssen sich jetzt bedanken und eine Rede halten."

· Ja, Rede halten! Woher sollte denn Peter das nehmen? Peter war stark und gesund; aber eine Rede halten, ist ein schwer Stück Arbeit, das er sich nicht zutraut. Freilich, der General hat damals auch eine Rede gehalten, das gehört dazu. Der Angstschweiß steht Peter auf der Stirn, auf Einmal wird's ihm ganz kalt, der Saal geht mit ihm herum und drin schwimmen die Kronleuchter und wollen Peter gerade auf den Kopf fallen. Aber halt' dich nur ruhig! Wenn's nöthig ist, kommt dein Herr und sagt dir schon, was du zu sagen hast.

Es war gut, daß Peter bald aus seiner Verzweiflung errettet wurde. Er mußte jetzt sein Glas ergreifen, denn von allen Seiten kommt man herbei, um mit ihm anzustoßen. Peter spürt ein paar Dutzend Hände durch seine Hand aus- und einspaziren: weiche, harte, Hände mit Siegelringen, trockene, dürre und feste Hände. Ja, es gab Hände, die sich anfühlten wie getrocknete Frösche, weichlich gestanden, und diese Hände schlüpften nur wie sich wälzend herein und heraus, und andere rissen sich so zurück, als wollten sie etwas aus der Handfläche mit herausnehmen. Peter hatte Anfangs gemeint, er bekäme von Jedem noch ein besonderes Trinkgeld, da Jeder nach seiner Hand griff; aber bald merkte er, daß er nichts als einen leeren Händedruck bekam, und er war nicht leer, nein, das war eine Ehre, die gar nicht mit Geld aufzuwiegen ist. Wenn du es wolltest, wenn du nur ein Wort davon sagtest, diese Männer legten jetzt einen Haufen Gold zusammen und kauften dir das schönste Rittergut ... Mehreren, die zu schüchtern schienen, ihm die Hand zu reichen, bot er sie selber dar, und diese Leute lächelten darüber gar herzlich und Peter lächelte ihnen auch zu. Der Redner aber, der schöne alte Mann, der das Hoch ausgebracht, stößt dreimal mit Peter an, und sie trinken Beide aus, ein volles schäumendes Glas Champagner, und dann legt der Redner die Hand auf die Schulter Peters und beugt ihn zu sich nieder. Peter hält ihm das Ohr hin — der alte Herr will ihm wol noch etwas im Geheimen sagen — aber der alte Herr dreht ihm den Kopf — es geht schwer — und der alte Herr küßt Peter zweimal rechts und links auf die Wange, und Peter steht wie verloren. Ein langgedehntes „So?" sprach sein Mund, aber noch mehr sein langgedehntes Gesicht. Der Präsident hatte Peter gleich frisch eingeschenkt, und ein dicker Mann mit einer weißen Halsbinde, der jetzt mit ihm an- stieß und ihm die Hand reichte, sagte: „Peter! Dein Herr hat's gut, daß er dich hat; ich wollte, ich hätte auch so einen guten Ackersknecht!" Peter nickte zufrieden und wünschte Jedem das Beste. Er ist nicht neidisch, aber er zuckt doch die Achseln; er weiß im Augenblick keinen, den er sich gleichstellen und an seiner Statt empfehlen kann; ist aber auch nicht nöthig, denn der dicke Mann mit der weißen Halsbinde ist auch schon wieder verschwunden, und der Mitkämpfer beim Wettpflügen, der junge Landwirth mit den hohen Stulpenstiefeln, stand jetzt bei ihm und sagte:

„Ich habe es bald bemerkt, daß Sie den Preis bekommen werden. Ich gönne es Ihnen und ich freue mich mit Ihnen. Wenn ich nur schon ein Gut hätte! Ich würde Ihren Herrn bitten, daß er Sie mir überläßt."

Peter schüttelte den Kopf, und der junge Landwirth fuhr fort:

„Wenn ich Ihnen einmal in etwas dienen kann, soll's mit Freude geschehen. Ich heiße Georgi — Baron Georgi."

O wie schön und gut ist die Welt, wenn's Einem gut geht. Wie sind die Menschen alle so herzlich und getreu und ... o! wenn's nur so fortginge, nur ein einzig Jahr, so wäre mehr gelebt, als wenn man tausend Jahre lebt.

Peter sitzt wieder auf seinem Stuhl, er weiß nicht, wer ihn niedergesetzt hat, ob er sich selbst oder ob ein Anderer, und er reibt sich jetzt die Stirn, denn er weiß nicht, ob auch sein Herr mit ihm angestoßen und ihm die Hand gereicht, und das ist doch das Wichtigste; daß sein Herr ihm nicht die Hand gegeben, glaubt er sicher zu wissen, und doch zweifelt er wieder daran, es war ja, wie wenn die ganze Welt nichts Anderes zu thun hätte, als mit ihm Brüderschaft zu machen.

Jetzt -gehen die Leute an der Tafel hin und her. Es sitzt nichts mehr fest, nur Peter allein sitzt wie angenagelt. Manchmal ist ihm wol noch, als ob die Welt mit ihm herumginge; aber nein, es ist Alles gut, er hört's immer noch laut rufen: „Peter Gretsch, der normale Pflugheld!" Es ist, als ob er seinen Namen zum Erstenmal hörte, und jetzt, da die Menschen aufgestanden, sieht er sich im großen Spiegel ihm gegenüber. Was ist denn das für ein Mensch, der da drüben? Er sieht ihn auch groß an. Peter steht auf, der andere drüben auch, er nickt und lächelt ihm zu und der drüben thut's auch. Ho! Ho! Guten Abend, Peter! Du bist's? Du bist auch da? Freut mich. Laß dir's wohl bekommen!

Peter erhebt sein Glas und er trinkt dem braven lustigen Kameraden da drüben zu, der thut in Allem mit, und sie trinken und es schmeckt ihnen Beiden wohl.

Juchhe! Es ist gut, daß die Musik schallt, wie Peter nun so jauchzt; es merkt's Niemand als er und braucht's auch Niemand weiter zu wissen. Und wie köstlich mundet der perlende Champagner! der tanzt noch einmal auf der Zunge, und schau! im Glas da steigen immer wieder Bläschen auf. Peter sitzt still da und weiß von gar nichts. Die Zigarren werden angesteckt. Der Präsident gibt Peter auch eine, aber der Hauptmann steht unversehens hinter Peter und sagt:

„Meine Leute dürfen keine Zigarren rauchen. Peter, fahr' du jetzt heim."

Grausam verstoßen kam sich jetzt Peter vor, daß er mitten aus allem dem heraus fort mußte; aber die Subordination war doch stark, und er sagte ruhig:

„Zu Befehl."

Mit dem ganzen Fuß auftretend, in steifer Haltung, nur manchmal da und dort Einem freundlich zunickend, ging er durch den Saal. Ob Wein oder Ehre ihn benommen und seinen Schritt schwankend gemacht hatten, wer weiß das?

Draußen wollte sich Peter die Zigarre, die ihm der Präsident gegeben hatte, dennoch anzünden, aber er machte es ungeschickt; und kaum hatte er drei Züge ge- than, als er die Zigarre zerbrach, wegwarf und sich auf den Mund schlug für seine Sünde. Nein, nein, das darf nicht sein. Hat der Herr verboten, Zigarren zu rauchen, so darf man's nicht ungesehen thun.

Es war nicht herrisches Wesen, daß sich Peter beim Aufladen des Pflugs und beim Anspannen seiner Pferde helfen ließ. Es war ja bei der Laterne so dunkel, daß man dadurch erst recht sah, wie man nichts sieht, und Peter kam ja so plötzlich aus einem Saal mit tausend Lichtern, und dabei murmelte er vor sich hin: „Normal! Normal!" Das Wort klang ihm noch im Ohr, wie man eine Melodie fortträgt vom Tanze.

In der Wirthsstube fragte Peter den Bombardier: „Du, kannst du mir sagen, was normal heißt?"

„Normal? Ja wohl. Weißt du, das ist . . . zum Beispiel, verstehst du . . . zum Beispiel beim Appell oder im Feld . . . normal, ja wohl, das ist normal."

Peter schien zufrieden mit dieser Aufklärung. Und da der Bombardier Alles wußte und verstand, zeigte er ihm die Uhr, war aber noch klug genug — er durfte sich jetzt nicht verspotten lassen — nichts davon zu sagen, daß er sie nicht zu öffnen

25 *

verstehe. Der Bombardier drückte nur am Heber und der eine Silberdeckel ging in die Höhe.

„Ja, das ist eine Pracht-Uhr; aber warum ist nirgends angegeben, daß das ein Ehrenpreis ist? Du mußt dir das mit deinem Namen da innen eingraviren lassen," belehrte ihn der Bombardier.

„Kann man das nicht außen auf dem Deckel?

„Nein, auf dem Gerippten geht's nicht. Brauchst nicht so stark zu drücken. Sieh, so geht's ganz leicht auf."

Peter lernte die Kunst, die Uhr zu öffnen, und fuhr davon.

Fünftes Kapitel.

Ein blinder Passagier steigt auf, er ist aber nicht stumm und hilft träumen. Neidkrallen und Neidschnäbel hacken und wecken.

Aufrecht stehend in seinem Wagen fuhr Peter heimwärts durch die Nacht. Er konnte nicht sitzen. So aufrecht stehend fühlte er sich viel lebendiger und hatte auch nicht zu besorgen, daß er einschlief und ihm ein Ungemach begegnete. Der Wagen zitterte im raschen Lauf, aber Peter stand fest und gar Wunderliches ging ihm dabei durch Kopf und Herz; er machte sich nur durch Knallen mit der Peitsche Luft. —

Draußen in der Natur sehen wir, wie ein Schmetterling zuerst Raupe und dann Puppe war, bis das leichtgeflügelte Wesen davon fliegt. Drinnen in der Seele, in der Natur des Menschen, können wir das nicht so genau sehen, und doch bilden sich ähnlich hier Raupen und Puppen, und wer weiß, was später herausfliegen wird.

Ja, ja, Peter hat auch Raupen im Kopf, aber man kann nicht sagen, was für Farbe und wie viel Füße sie hatten. Peter fuhr still dahin, und plötzlich zuckte er auf, als wenn ihn ein Schuß getroffen hätte: „Hast du denn deinen Ehrenpreis noch? Ja, die Uhr ist noch da, aber du hast dem Hausknecht ein Trinkgeld gegeben, und gewiß hast du ihm in der Finsterniß einen von den Preis-Dukaten für ein

Zweigroschenstück gegeben." Plötzlich war's Peter, als ob man einen Kübel Wasser über ihn geschüttet, es fror ihn, und er rief laut:

„O, das wäre schändlich! Und der Hausknecht wird dich auslachen, und wie stehst du vor der Welt da, daß du von deinem Ehrenpreis — ich will von Geldeswerth gar nicht reden — gleich ein Stück verlierst! Und du darfst nicht einmal einem Menschen sagen, daß du im Dusel einen verschleuderst, sie würden dich nur auslachen. Einen andern einwechseln kannst du dir auch nicht, das ist ein Ehrenpreis, der nicht für Geld zu bekommen ist, und ich kann meine Dukaten Niemand zeigen, wenn mir einer fehlt. O ich entsetzlich unglücklicher Mensch!"

Mit Hast fuhr Peter dahin, hielt beim nächsten Dorfe an und lächelte vor sich hin, als er im Wirthshaus richtig fand, daß er seine Dukaten noch alle hatte. Er hielt einen nach dem andern an's Licht, er wollte drauf lesen, ob wol da etwas vom Ehrenpreis steht, aber er konnte die Schrift nicht lesen.

Als er wieder weiter fuhr, überfiel es ihn mit plötzlichem Schreck, wie ungeschickt er gethan, seine Uhr und seine Dukaten im Wirthshaus zu zeigen. Da saß ein Mensch hinterm Ofen, der sah verwegen aus, und er hat sich davon geschlichen, ja, er ist bei der Abfahrt nicht mehr da gewesen, und jetzt lauert er dir gewiß auf und raubt dich aus und tödtet dich; und wenn du ihn umbringen mußt, ist es auch arg dein Lebenlang, du hast einen Mord auf dir. O weh! O weh! Was für ein Elend wird jetzt auf Einmal aus all der Freud'!

Im gestreckten Galopp wollte Peter davon fahren, aber der Pflug duldete das nicht, er schlug fast über die Leiter. Peter band ihn mit Herzpochen dreifach fest, und nun ging's ohne Aufenthalt der Heimath zu. Aber ein blinder Passagier hatte sich nächtlicher Weile zu Peter auf den Wagen gesellt, er war aufgestiegen, man wußte nicht wie, und er nahm auch keinen Platz ein, und doch war er da, immer, sprach bald leise, bald laut, aber immer vernehmlich. Vielleicht ist es gar der dort aus dem Spiegel heraus, der so wunderlich gelacht hat. Ja, es ist so. Peter war von dieser Stunde an nicht mehr allein, es war noch ein anderer Mensch in ihm aufgewacht, der jetzt auf allen Wegen und Stegen mit ihm redete, und der wird gar nicht müde und will gar nicht schlafen.

„So, jetzt sind wir da," sagte Peter laut, als er in den Hof einfuhr, und er schaute um, da er sich selber so reden hörte. Er muß sich daran gewöhnen.

Die Pferde fanden im Finstern ihren Standort und Peter eben so im Finstern sein Bett. Er hatte wol noch in der Gesindestube lachen gehört, spürte aber keine Lust, hinauf zu gehen. Es war auch besser, der Herr erzählte, was aus ihm geworden, als daß er selbst berichtet. Wunderlich! Wenn man sich die Dinge recht überlegt und ansieht, da läuft Alles auf zwei Beinen oder mehr, und da hat auch jede Sache verschiedene Beweggründe.

Ja, wir sind jetzt gescheit geworden, so ein Tag macht gescheit. — Mit diesem glücklichen Gedanken legte sich Peter in's Bett.

Er wußte nicht, wie lang er geschlafen hatte, als er von einem Höllenlärm geweckt wurde. Seine Dienstgenossen alle standen draußen und riefen: „Peter, wach'

auf!" und besonders die Stimme der Cläre und die der Anne=Liese tönten vor:
„Du haft den Preis gewonnen, komm heraus, Preisels=Peter! Preisels=Peter, komm
heraus!"

Peter that Anfangs, als ob er nichts hörte, aber schnell sprang er auf und
schaute nach, ob er seinen Verschlag gut zugeriegelt, dann rief er hinaus: „Laßt mich
in Ruh'." Weiter hörte man nichts mehr von ihm und das Lärmen und Rufen
draußen verstummte auch nach und nach.

Peter wollte von gar nichts wissen, er hatte für heute schon Beifall genug, der
seiner Dienstgenossen kann warten bis morgen, er wird nicht altbacken; und müde
ist Peter auch, Ruhmtragen macht auch müde, und Peter möchte am liebsten schnell
wieder einschlafen. Ja, das geht aber nicht so schnell! Ein Mensch ist in einer
Sekunde aus dem Schlaf geweckt, aber es dauert lang, bis er wieder einschlafen
kann. Das erfuhr Peter jetzt und er sollte es noch viel weiter und in ganz anderer
Weise erfahren. Und wie da die zwei Uhren neben einander picken, immerfort, und
kommen doch nicht auf Einen Schlag, fast so ist's im Herzen Peters. Schlaf ist das
Beste. Gut' Nacht, Welt! —

Peter hatte indeß in dieser Nacht einen glücklichen Traum. Er ritt neben
seinem Herrn, nicht hinter ihm, nein, ganz neben ihm wie ein Kamerad, und sie
sprachen mit einander wie Brüder, und der Herr sagte: „Nenn' mich nur auch Du,
lieber Peter, und hier, du sollst meine Mütze tragen," und eben indem der Herr
seine Mütze Peter auf den Kopf setzen wollte, erwachte er.

Am Morgen als Peter nach seinem Pflug sah, zeigte sich, daß der rechte Hand=
griff an der Sterze gebrochen war. Er war eben daran, aus dem Pflug seines
Nebenknechts Konrad sich das Erforderliche zu entnehmen, als Konrad dazu kam und
es ihm wehrte; er gebe nichts von seinem Werkzeug her. Konrad war ein immer
sauer dreinsehender unfreundlicher Gesell, und heute war er's gegen Peter doppelt.
Dieser sah ihn betroffen an, er konnte sich eigentlich nicht erklären, was er denn
verschuldet habe; er besann sich aber nicht lang, sondern richtete schnell eine neue
Sterze her, die er einstweilen zur Noth befestigte, bis der Wagner wieder Alles in
Ordnung bringt.

Beim Morgen=Imbiß merkte Peter, was er verbrochen hatte. Er wurde von
dem gesammten Gesinde mit einem spöttischen Hoch begrüßt. Geschieht ihm schon
recht, warum war er etwas Besseres als die Andern neben ihm.

„Du gehst wol heute nicht in's Feld, der Herr wird dich spaziren fahren,"
hänselte Konrad.

Peter wußte nicht, was das sein solle. Er glaubte, seine Dienstgenossen seien
bös, weil er ihnen noch nicht seinen Preis gezeigt, und legte nun seine Spring=Uhr
und die Dukaten auf den Tisch. Es durfte sie aber Niemand anrühren, und Cläre
sagte: „Ei, das ist ein schön Stück Geld. Du hast in einem halben Tag ein ganzes
Jahrlohn verdient."

Die Anne=Lise aber setzte mit spöttischer Miene hinzu: „So? Das ist blos
eine Uhr und Geld? Das will nicht viel sagen. Das kann man überall kriegen.

Ich hab' geglaubt, du hättest eine Denkmünze bekommen, die du am Ordensband trägst. Das wär' schön! Ich hab' mir's ausgedacht, da wären wir einmal mit einander nach der Stadt gegangen und bei allen Wachtposten vorbei, daß sie hätten vor uns präsentiren müssen. Es hat mich jedesmal gefreut, wenn ich mit meinem Ohm, dem Domänen-Inspektor, gegangen bin und die Soldaten haben das Gewehr in Arm nehmen müssen. Ich hätt' auch allemal gern an den Kopf gegriffen wie mein Ohm. So? Du hast blos Geldswerth? Das will nicht viel heißen."

Peter brachte schnell seine beschimpften Ehrengeschenke wieder zu sich.

„Ein Pferd, ein Schwein, ein Paar Ochsen und ein Kalb haben auch den Preis bekommen. Zu wem wirst du jetzt Kameradschaft machen, Peter?" so fragte ein alter Knecht.

Peter schaute ihn mit zornfunkelnden Augen an und wollte auf ihn los, da wehrte Cläre: „Fang' keine Händel an, Peter; das wär' ihnen recht, wenn du dich jetzt verunehren möchtest. Thu's nicht." Peter ging still davon.

„Kommt her, ihr seid nicht neidisch," sagte er zu seinen Pferden, als er sie einspannte. „Ihr seid besser als die Alle da drinnen. Juchhe!" unterbrach er sich plötzlich, und es ging ihm auf, was er für ein außerordentlicher Mensch sein müsse, da ihn alle seine Dienstgenossen beneideten; ja, es ist nichts als der blasse Neid. Wartet nur, ich will Euch noch was aufzurathen geben.

Freilich wäre es schöner und lustiger, wenn sich deine Dienstgenossen auch mit deiner Freude freuten; aber das ist einmal so, wenn man was Besseres geworden ist, muß man den Neid ertragen lernen, das gehört dazu.

Sechstes Kapitel.

Peter hat einen Unfall, es erscheint ihm eine Schlange mit weißer Halsbinde und eine andere mit rothem Kopftuche und zuletzt erhält er einen Zauberstab.

Peter ritt noch nie so hinaus in's Feld als an diesem Morgen. Er grüßte zuvorkommend Jeden, der ihm begegnete, er war gar nicht stolz, gar nicht, und wenn er die Krone auf dem Kopf hat, er wird immer derselbe bleiben — etwas Derartiges sagte er sich und fuhr fort, auf dem Felde draußen da zu ackern, wo er vorgestern aufgehört hat. Plötzlich hielt er an, die Pferde wußten nicht warum, und er auch nicht, aber er konnte nicht vom Fleck, denn er dachte daran, wie wunderlich es gewesen sei, als er sich gestern so groß im Spiegel gegenüber sah; er schaute jetzt an sich herunter und sagte fast laut vor sich hin: „Du bist doch eigentlich ein hübscher Kerl . . . Nein, ich laß mich nicht zum Narren machen. Hü!“ rief er und weiter ging's.

Gestern hatte Peter kaum rechts und links geschaut, heute that er's auch nicht, aber es war ihm manchmal, als ob ihm tausend und tausend Menschen zusähen; sie sind Alle so still, halt' dich nur ruhig, jetzt schreien sie auf: Hoch und abermals Hoch, der Pflugheld Peter Gretsch! Fast ängstlich schaute Peter um und schüttelte den Kopf über seine Träume. Und doch mußte er wieder denken: ja, hier sollten sie mich sehen, hier auf unserem Grund und Boden, den ich seit so vielen Jahren kenne; das ist doch ganz anders gepflügt als wie dort. Aber wer sieht drauf, was ich hier mache? Wo sind jetzt die Menschen alle, die sich gestern um mich herum gedrängt haben? Niemand als die Raben sehen mir hier zu, wie ich arbeite. Unser Gut liegt so abseits von der Welt, und da kommt Niemand, und die schönste Arbeit, wer sieht sie? Und unser Herr, ja, ein Pferd, das streichelt er noch, aber wann hat er je Einem gesagt: Das ist gut, das hast du prächtig gemacht? ... Wunderbar, wie plötzlich die Rednergabe über einen Menschen kommen kann. Die Antwort, die Peter gestern schuldig geblieben war, jetzt strömte sie ihm in reichen Worten zu, und er sprach: „Meine Herren — allgemeiner Ruf: Ruhe! der Peter spricht — Meine Herren! die Ehre, der Ruhm, Normal! Das Glück! Der Dank! Dreimal Hoch!" ...

Ja, wohl, hoch, kopfüber ging's, Peter baumelte in der Luft und lag mit dem Gesicht auf dem Boden, er wußte nicht wie.

Jetzt war's aber doch gut, daß Niemand Peter sah, denn bei diesem innern Denken hin und her war ihm das Ende des Leitseils auf den Boden gefallen, er hatte es nicht bemerkt, hatte sich darin verfangen, und jetzt stürzte er mit einem entsetzlichen Gepolter über die Pfluggabel weg, kopfüber in's Feld, daß ihm alle Gelenke krachten. Er stöhnte in den aufgewühlten Boden hinein: „Normal, normal!" und, normal, normal! krächzten die Raben über ihn hin. Es war, als wenn sie's ganz deutlich gelernt hätten. Endlich richtete er sich auf, die Pferde schauten mitleidig nach ihm, er sah entsetzlich aus. Wenn er jetzt den großen Spiegel vor sich gehabt hätte, er wäre vor sich selber davon gelaufen. Es gelang ihm, sich allmälig wieder zusammenzufinden und zu säubern, und besonders die Mähnen seiner Pferde waren dazu sehr verwendbar. Als Peter im Weiterarbeiten wieder still hielt und nach seiner Uhr sah — das ist doch gut, daß sie kein Glas hat, der Deckel hat nur einen kleinen Bug. Aber die Dukaten! Wo ist der Beutel? Der Athem stand ihm still, der Beutel war dahin. Er riß an sich herum, als wolle er sich das Herz aus dem Leib reißen, aber er fand den Beutel nicht, und laut auf schrie er:

„Die ganze Welt geht unter, wenn das verloren ist!" Er rannte nach der Stelle hin, wo er gefallen war, er hatte da schon zweimal vorüber gepflügt; wenn der Beutel unter übergelegte Schollen gekommen, ist er schwer, ja wahrscheinlich gar nicht mehr zu finden. Glücklicherweise lag er abseits. Peter hatte seinen Schatz verloren und nun hatte er ihn wieder gefunden und war dessen doppelt froh.

Nach dreistündiger Arbeit saß Peter auf seinem Pflug und schnitt sich Brod und Käse, die er mitgenommen hatte, als zweites Frühstück. Zum Erstenmal in seinem Leben kam ihm das Brod etwas sauer vor, aber er war gescheit genug, sich zu sagen, daß das wol von daher komme, weil er sich gestern an den vielen Speisen den Magen verdorben. Jetzt im Stillsitzen dachte er wieder: es ist gut, daß du das mit dem Ehrenpreis mit dir allein fertig machen kannst. Sei es, wie es wolle, von der Stunde an habe ich doch mein Lebenlang etwas bekommen, was man mir nicht mehr herunter thun kann. Das bleibt und ich will's schon hüten.

Es gibt Augenblicke, wo ein ganz gescheiter Mensch Jahrzehnte zurückspringen und wieder zum Kinde werden kann, und Peter hatte — trotzdem er schon über dreißig Jahre alt war — gar nicht sehr zu springen, um wieder beim Kinde zu sein. Er that seine Dukaten heraus, legte auf Daumen, Zeige- und Mittelfinger je einen, hielt so die Hand vor sich hin und sagte: „Jetzt hab' ich eine goldene Hand, und ich hab' einmal in der Schule gehört, man kann einen Dukaten so dünn schlagen, daß man einen Reiter mitsammt dem Pferd damit vergolden kann. Ich möchte mich vergolden lassen und meine Pferde dazu. Es reicht grad aus … Red' nicht so närrisch, sonst verspotten dich deine Neidteufel."

Nochmals zog in Gedanken Alles an ihm vorüber, was er gestern erlebte, und er blieb zuletzt bei dem Wunsche stehen: wenn er nur den Wein hätte, den er gestern ungetrunken ließ. Aber mein Herr wird mich natürlich jetzt immer mitnehmen zum landwirthschaftlichen Fest, und da krieg' ich immer wieder neuen; ich muß alle Jahre den Preis kriegen!

Während er so da saß, hörte er plötzlich einen Reiter den Weg heraufkommen. Es ist gewiß dein Herr, der dir Glück wünschen will, er hat's ja noch nicht gethan, o, der ist gut! Freilich wäre es schöner gewesen, wenn er's vor den Andern gethan hätte, vor den Neidteufeln, da hätten sie Alle müssen den Hut abziehen …

Es war aber nicht der Herr, der herauf kam, sondern der dicke Herr von gestern mit der weißen Halsbinde; er hielt bei Peter an und sagte:

„Ah! Da bist du ja! Oder irre ich mich? Bist du nicht der Ackersmann, der gestern mit dem Preis gekrönt wurde?"

Das Wort „gekrönt" drang Peter in's Herz, er stand auf und sagte:

„Ja wohl, der bin ich."

„Es ist brav, daß du heut gleich wieder bei der Arbeit bist. Wie viel Lohn hast du?"

Peter gab Alles genau an.

„Es ist brav, daß du bei deinem Herrn bleibst," sagte der Dicke mit der weißen Halsbinde. „Mein Oberknecht hat den doppelten Lohn, den du hast. Ich will dich natürlich nicht abspenstig machen, Gott bewahre! Aber wenn du einmal ledig bist, — es ist nur, daß du's weißt."

Der Dicke ritt davon und Peter schnalzte mit beiden Händen und schaute dem Reiter nach. Da reitet sein Ruhm dahin, und der doppelte Lohn, ja, der hat dem Ruhm Beine gemacht, jetzt kann er laufen. Peter fühlte jetzt gar nichts mehr davon, daß ihm von dem Fall alle Glieder weh thaten und — er ist ja für sich allein und ohnedies nicht an höfliche Manieren gewöhnt — gegen das Rittergut gewendet, wird Peter ganz trotzig, streckt die Zunge heraus, denn er dachte: Ja, spottet nur, ihr Alle! Ich bin doch der, dem man nachreitet und den man aufsucht; ich will euch schon den Meister zeigen und meinem Herrn werde ich Alles sagen … nein, ich warte, bis er selber anfängt.

Jetzt arbeitete er wieder fröhlich weiter und oftmals war's ihm, als hörte er noch den Tusch von Trompeten und Pauken, mit dem sein Name und Hoch und Hoch ausgerufen wurde.

Am Mittag — Peter war weit im Feld und konnte nicht heim zum Essen — kam die Cläre selbst und brachte ihm das Essen. Sie sagte, sie habe sich's ausgebeten, daß sie herausgehen dürfe, sie müsse allein mit ihm reden. Weit stärker als es Peter für sich gedacht hatte, berichtete nun Cläre, wie die Dienstgenossen vor Neid vergehen möchten, weil Peter jetzt ein so berühmter Mann sei, und wie er nun beim Herrn darauf bringen müsse, in eine höhere Stelle zu kommen.

Peter erzählte, daß eben ein Herr von gestern bei ihm gewesen sei und ihm den doppelten Lohn angeboten habe. Cläre aber lachte darüber, daß er Ackerknecht bleiben wolle; er müsse jetzt weiter hinaus, er müsse mindestens Verwalter werden. Peter glotzte sie verwundert an, es war ihm zu Muthe wie einem Menschen, der selber nicht lesen kann und dem Alles erst vorgelesen werden muß.

„Ich hab' mir's auch schon gedacht," sagte er. „Daß man mir nachreitet und

mir den doppelten Lohn anbietet, das zeigt mir, was ich geworden bin; aber Verwalter? Nein, das kann ich nicht werden, dazu hab' ich das Geschick nicht."

„O du! Schäm' dich, daß du so was sagst. Sei froh, daß nur ich's gehört habe. Es ist nichts als Bequemlichkeit, du hast nur den rechten Muth nicht; du kannst Alles, wenn du willst. Laß dir nur von mir helfen, du weißt ja, wie ich's mit dir meine."

Die Ermahnungen der Cläre waren süß und bitter zugleich. Es ging Peter fast wieder wie damals, als er zum Militär kam: er war entsetzlich unanstellig beim Aufsteigen auf das Pferd, wenn er aber oben saß, regierte er's, wie wenn es ihm angewachsen wäre.

Cläre lenkte wieder ein und sagte:

26 *

„Der fremde Herr kann dir viel helfen. Wie heißt er denn?“

„Das weiß ich nicht. Ich hab' ihn nicht gefragt. Er ist der Herr von gestern mit der weißen Halsbinde.“

„O du! Ja, du bist auch nichts als der Herr von gestern, und heute bist du wieder nichts als ein einfältiger Ackersknecht und das bleibst du dein Lebenlang. Geh' hinein und sag': Der Herr von gestern hat mir doppelten Lohn geboten. Die ganze Welt wird dich auslachen. Geh', sage nichts mehr. Schon unsere Mutter selig hat's im Sprüchwort gehabt: Es ist zu beklagen, wenn man den Hund muß tragen zum Jagen. Adies, Herr von Gestern.“

Cläre meinte es eigentlich nicht so bös, aber ein guter Witz, oder wenn man etwas auch nur dafür hält, wird zum Hexenbesen, auf dem die friedsame Natur davon reitet.

Cläre flog zwar nicht auf dem Besen durch die Luft, aber sie ging doch schadenfroh davon.

Peter kümmerte sich nicht um dies „Weibergeschwätz“ und vollführte seine Arbeit bis es dämmerte, dann kehrte er heim.

Peter wollte sich jetzt seine Pfeife stopfen, da sah er, daß er bei dem Fall auf dem Felde das Pfeifenrohr verloren hatte; er ging hinaus zu Konrad und bat, ihm ein Pfeifenrohr zu leihen, aber Konrad weigerte das mit Spott; da rief der Herr, der zum Fenster heraussah: „Peter, komm herauf.“ Peter ging hinauf und der Herr sagte: „Da, da hast du eine Pfeife,“ und er nahm seine eigene Pfeife mit dem langen Rohr aus dem Munde und gab sie Peter.

Der Marschallstab hat noch nie einen Menschen glücklicher gemacht, als die Pfeife mit dem langen Rohr unsern Peter; denn man muß wissen, daß selbstverständlich und weil's auch bei der Arbeit nicht geht, ein Knecht nie aus einer langen Pfeife raucht, das ist Herrenrecht.

Jetzt zeigte die lange Pfeife im Munde fortan allen Dienstgenossen, was Peter zu bedeuten hatte. Er ließ in der Gesindestube darüber spötteln, er wußte doch, was das heißt.

Siebentes Kapitel.

Peter ist schön und berühmt und es ist Sonntag dazu. Ein Bekehrter, und ein versiegelter Brief und die Bombe platzt.

m andern Morgen, es war Sonntag, da war nun erst der rechte Tag, an welchem sich die Ehre auskosten ließ. Als Peter seine beiden Pferde an den Brunnen führte, stand Anne-Lise dort und ließ den Kübel voll laufen.

„Du hast dich ja heute prächtig herausgeputzt!" sagte Anne-Lise, „und ich kann dir's nun auch sagen, du bist ein hübscher Mensch."

Peter schmunzelte vor sich hin. Ja, ja, jetzt, da er ein berühmter Mann war, jetzt sah man erst recht, was sonst an ihm gewesen, man hatte es früher immer übersehen wollen, der Herr von gestern will ihm doppelten Lohn geben und die stolze Anne-Lise macht ihm den Hof.

„Nein, ich spotte nicht, es ist mein Ernst, mein heiliger Ernst," betheuerte Anne-Lise, da Peter schwieg. Sie war's nicht gewohnt, daß man ihr, der schönen stolzen, nicht tausendmal Dank für eine solche Freundlichkeit sagte.

Peter nickte und reichte Anne-Lise über den Trog hinüber die Hand und sagte: „Du gefällst mir auch."

„Ich gehe heute mit dir in's Wirthshaus, wenn du willst," betheuerte jetzt Anne-Lise.

„Ist recht, bleibt dabei," sagte Peter und führte seine Pferde dem Stall zu.

Er hatte nicht lange Zeit, sich drin über seinen neuen Sieg zu freuen, da kam Cläre, die von ihrer Bissigkeit von gestern nichts mehr wissen wollte, und rief:

„Peter, hat dir der Herr nichts gesagt?"

„Nein," sagte Peter, seine lange Pfeife in den Mund steckend.

„O! der, glaub' mir, der will dich nicht aufkommen lassen; er fürchtet, er muß dir mehr Lohn geben, und das muß er auch, bis wir später weiter kommen. Er hat dir also nichts gesagt?"

„Nein."

„Der Postbote hat mir's erzählt, du stehst im Wochenblatt. Dein Name steht im Wochenblatt, Peter Gretsch, und daß du den ersten Preis bekommen hast."

Fast wäre Peter die Ruhmespfeife aus dem Munde gefallen, so hatte ihn die

Nachricht ergriffen; aber Cläre, die das gesehen hatte, faßte sie noch geschickt auf und sagte:

„Ich möchte ihm die Pfeife vor die Füße werfen. Also das ist Alles, was er dir geben will? Oh, der Geizkragen! Nicht einmal ein gutes Wort schenkt er."

Peter hatte nicht Zeit, zu erwidern, denn Anne-Lise kam hereingestürmt und rief:

„Er hat's weggeschlossen, es soll's Niemand wissen. O, der ist neidisch auf dich; er will's nicht, daß Jemand anders wissen soll, was du für ein berühmter Mann bist. Ich bin in das Zimmer des Herrn geschlichen, ich weiß, wo das Wochenblatt liegt, allemal bis zum nächsten Sonntag; aber er hat's weggeschlossen. Schadet nichts, wir gehen heute Nachmittag hinüber zu meinem Vetter, dem Inspektor, der hält das Wochenblatt auch, da lesen wir's gedruckt mit einander; aber nein, mir fällt noch was Besseres ein. In der Schenke wird das Wochenblatt ja auch ge- halten, da gehen wir hin, gleich nach der Kirche. O, du stolzer, neidischer Herr Hauptmann, wir sind auch gescheit, nicht wahr, Peter, wir sind auch gescheit?"

Anne-Lise wollte die Bestätigung haben, daß sie gescheit sei; sie ließ den Ruhm Anderer gelten, aber sie wollte auch den eigenen, und sie ließ nicht eher ab, bis Peter sagte:

„Ja, ja, du bist gescheit."

Nun wurde ausgemacht, daß man sich rasch zur Kirche fertig machen wolle, um noch vor der Thür zu hören, wie alle Leute von dem Ruhme Peters sprechen. Cläre bejammerte, daß sie zu Hause bleiben und kochen mußte. Anne-Lise tröstete sie mit innerer Schadenfreude.

Der Herr saß zum Fenster heraus, als Peter wohlgeschmückt vor dem Hause stand. Er sagte kein Wort, und Peter spürte es wie einen Wurm im Herzen, daß das Weibsvolk Recht habe, daß der Herr so neidisch und geizig sein solle; aber es muß doch sein, warum gibt er dir nicht ein gutes Wort? Vielleicht spart er's bis Mittag, er wird dich dann herauf rufen, du sollst allein mit ihm essen, ja, das wird er.

Peter wartete nicht, wie er versprochen hatte, auf Anne-Lise; es duldete ihn nicht mehr auf dem Hofe, wo ihm Alles so neidisch war und außer dem Weibsvolk Niemand ein gutes Wort gönnte.

Beim ersten Läuten machte sich Peter auf den Weg. Wo Zwei mit einander sprachen, lächelte er in sich hinein; er wußte ja, sie konnten von nichts Anderem reden als von seinem Ruhm, was gibt's denn noch in der Welt, von dem man reden kann? Wer ihn grüßte, war seines Ruhmes voll, und wer ihn nicht grüßte, steckte voll Neid. Er nickte den Begegnenden zuvorkommend und herablassend zu, sie sollten nicht lange verlegen sein, wie sie ein Gespräch mit ihm anknüpfen konnten; sie sollten nur frei heraus ihn loben, er gönnte es den Menschen, daß sie Freude an ihm erleben, an seinem Ruhm hat das ganze Land Theil; er hat gar nichts da- gegen, er gönnt es Allen.

Aber leider Gottes, so ist's, die Welt ist entsetzlich giftig, wenn Einer was

Besseres geworden; weil sie Einem den Ruhm nicht nehmen können, suchen sie, so viel an ihnen ist, davon wegzuleugnen, und thun, als ob gar nichts geschehen wäre. Da gehen die Leute hin, schauen Peter starr an oder sehen gar auf die Seite und gehen weiter.

Peter wartete nun auf Anne-Lise, sie kam bald nach und sie sollte wenigstens mit anhören, was die Leute vor der Kirchthür, wo sie nicht mehr ausweichen können und Stand halten müssen, sprechen werden. Er stellte sich mit Anne-Lise bei Seite, that, als ob er mit ihr rede, horchte aber gar nicht auf das, was sie etwa sagte, sondern hinüber nach den Gruppen, die hier plauderten. Aber was ist das? Die Menschen sprechen von ganz Anderem, vom Verlauf der deutschen Flotte. Was geht das die Leute hier an? Man ist ja hier weit drin im Land, weit weg vom Meer, und hier gab es eine ganz andere wichtige Sache und eine fröhliche: der Ruhm ihres Mitbürgers.

Laß die Menschen hier, es gibt noch andere gute, und es wird jetzt gleich anders. In der Kirche stellte sich Peter in einen verborgenen Winkel, er fürchtete sich vor Freuden nicht halten zu können, wenn der Pfarrer von seinem Ruhm predigen würde, und das thut er gewiß; er ist nicht neidisch, er gibt Jedem seine Ehre, wenn man ihm die seine läßt. Fehlgeschlagen, der Pfarrer predigt von ganz andern Dingen bis zum Amen. Aber halt! still! Jetzt kommt's, denn der Pfarrer räuspert sich noch einmal — Nimm dich in Acht, Peter, daß du nicht aufjauchzest, das geht nicht in der Kirche, still, jetzt kommt's; aber der Pfarrer spricht noch zuerst das Gebet für die königliche Familie — Peter hat's ganz vergessen, daß das noch kommt, er betet mit, das ist in der Ordnung, der König geht ihm voran — aber jetzt wird der Pfarrer noch von einem Manne sprechen, der auch Ehrerbietung verdient, und wird Allen verkünden, daß sie einen Pflughelden in ihrer Mitte haben ...

Nie in seinem Leben hätte Peter geglaubt, daß die Orgel so spöttisch klingen könne, wie sie jetzt einfiel. Peter war der Erste aus der Kirche, und draußen stand er, er kam sich wie ausgestoßen vor; er hätte fast weinen mögen vor Zorn und Wehmuth und er stampfte auf den Boden, den ungetreuen, harten, von dem er fort muß, denn fort muß er, hier zu Lande, wo man ihn kannte und weiß, was er jetzt ist, hier kommt er nicht zu seiner rechten Geltung, er muß fort.

Er eilte heim und schaute weder rechts noch links und saß lange bei seinen Pferden, und nur seine Pferde hörten ihn seufzen und jammern, sie schauten nach ihm um und fraßen wieder weiter.

„Seid froh, daß ihr den Preis nicht bekommen habt, es wäre euch sonst nicht so wohl wie euch jetzt ist," sagte er zu seinen Pferden und bedeckte sich das Gesicht mit beiden Händen.

Am Mittag — Peter war seinem Herrn im Hof begegnet, aber der Herr schwieg beharrlich — am Mittag, noch lange nach dem Essen, zögerte Peter, wie er versprochen hatte, nach dem Wirthshaus zu gehen. Es gereute ihn fast, daß er's versprochen hatte. Cläre schalt über diese Zögerung, Anne-Lise aber lobte sie; es sei besser, man warte, bis alle Leute versammelt seien, und wenn man eintritt, machen sie ehrerbietig Platz. Peter schlug schon jetzt die Augen nieder und nickte dankend, da ihn Alle mit Hoch und abermals Hoch begrüßten. Sie waren heut Morgen noch nicht gefaßt genug und wußten's auch noch nicht Alle. Sie holen's jetzt nach.

Auf dem Wege war Peter still und Cläre wußte ihn mit scheinbarem Schelten zu preisen: er wisse nicht genug, was solch ein sauberes Geld, solch ein schöner Anfang zu bedeuten habe, und im Grund genommen, was sei er denn weniger als ein Gutsbesitzer? Es fehle ihm weiter nichts als das Gut, und dazu könne er kommen, er müsse ein Gut in Pacht nehmen und in zehn Jahren könne er sich von dem Erübrigten ein eigenes Gut kaufen. Sie wußte viele Beispiele zu erzählen, wie Andere zu einem Gut gekommen seien. Peter sagte weiter nichts, als: „Du schießest weit über's Ziel hinaus. Ich meine, Verwalter auf einem Vorwerk, das könnte ich wol sein." Cläre war zufrieden, daß sie ihn einstweilen so weit locker hatte. Glücklicher als die Zureden der Cläre machten ihn die der Anne-Lise, sie wußte auszulegen, was das bedeutet: wenn überall, wohin man kommt, es so ist, als wenn der König über das Land fährt; da sprengt ein Vorreiter voraus und Jeder hält still, denn er weiß, daß der König kommt, und gerade so ist's, wenn man solch einen Ruhm erlangt, da hat man auch einen Vorreiter und da stehen die Menschen still und stoßen einander mit den Ellenbogen an und pispern: schaut, da kommt er, da geht er. Also so sieht er aus? Ich hätte mir ihn nicht so jung und hübsch vorgestellt. Und wer heimkommt, weiß nichts Besseres zu erzählen, als: ich hab' den Pflugheld gesehen und mit ihm gesprochen, es ist ein feiner, lieber Mensch, und wer weiß, wozu der's noch bringt, der steigt noch hoch. „Sei nur recht stolz," drängte Anne-Lise schließlich. „Könntest du es nur selber sehen: wenn du so grad gehst, du bist um einen Kopf größer, wenn du dich so hältst, und wo du hinschaust, fliegen die Hüte vom Kopf. Schau, der Hirtenknabe dort zieht seine Mütze 'runter. So ist's recht."

Wie wenn er von der Wage herunter stiege, wo er sich hatte wägen lassen — er hat's gar nicht gewußt, daß er so schwer ist, und er trägt das so leicht, als ob's gar nicht da wär' — so ging Peter dahin nach dieser stolzen glücklichen Rede der Anne-Lise.

Im Wirthshause waren nur wenig Menschen, sie dankten indeß dem Gruße Peters freundlich. Auf dem Tisch, an dem sich Peter mit seinen Genossinnen niedergelassen, lag das Wochenblatt, und: „Richtig! Da steht's!" sagte Anne-Lise, und sie wurde ganz roth im Gesicht und reichte Peter das Blatt. Er las seinen Namen, ihm flimmerte es vor den Augen, er wischte sich die Augen zweimal ab, aber so oft er wieder hinsieht, da steht's, fest, und genau gesagt ist, daß er Kanonier bei der reitenden Artillerie ist. Peter sah im Geiste die ganze Brigade vor sich aufgestellt und durch die endlosen Reihen geht's weit, weit hinaus, welch ein Ruhm ihm geworden ... Wenn nur morgen gleich wieder Manöver wäre, daß er von Mann zu Mann seinen Ruhm einernten könnte. Anne-Lise wußte die halbschlummernden Gedanken in seiner Seele zu wecken, denn sie sagte: „Es ist doch wunderlich, daß so ein Stück Papier reden kann, und wie! Da steht's und spricht, und wo du hinkommst.

fennt man dich, und in tausend und tausend Wirthshäusern, Pfarrstuben, Casernen und Canzleien, ja der König selber liest's jetzt. O, wenn man nur überall dabei sein könnte!"

Peter schaute Anne-Lise groß an, dann sagte er halb für sich: „Ja, schweig' du nur, du stolzer Hauptmann, gönn' mir's nicht, daß du ein Wort mit mir redest; über dich hinaus gibt's noch viele Andere, die von mir reden, ja von mir, und von dir nicht. Geschieht dir recht, warum bist du neidisch?"...

Peter erschrak doch, als er seinen Herrn mit Du anredete, und Cläre sagte jetzt: „Was hältst du das Blatt so allein? Laß mich auch hineinschauen."

„Da hast's, aber lies still für dich."

Cläre las lange daran und endlich sagte sie, die Augen reibend:

„O, wenn nur die Eltern das noch erlebt hätten!"

„Leg' jetzt das Blatt wieder hin, daß es Andere auch lesen können," sagte Peter und legte das Blatt etwas entfernt von sich wieder auf den Tisch.

Es kamen Mehrere in die Stube, sie nahmen das Blatt auf, schauten hinein und legten es gleich wieder weg. Unbegreiflich! Wie kann man denn nur so gleichgültig sein? Als das Blatt lange müßig da lag — es war unverzeihlich, daß es nicht von Hand zu Hand ging und zu Jedem sprach — da nahm Peter das unschuldige verlassene Blatt — das doch so brav Wort hält und mit Jedem reden will, wenn er mag — an sich, und als müßte er es auswendig lernen, so las er von Anfang bis Ende. Es freute ihn, daß der Kaufmann Hochstett hier Wagenschmiere anbot, daß eine Lieferung von Runkelrüben ausgeschrieben, daß ein Händler mit bayerischen Schweinen seine Ankunft ankündigte, und so hunderterlei; da wurde ja überall von Allen, die es anging, auch sein Name gelesen, und er erschrak eigentlich nicht, ja er spürte fast gar nichts von Mitleid, da er den Stedbrief gegen einen Kameraden aus seiner Compagnie und noch dazu aus seinem Geburtsorte las; denn er dachte nur daran, daß das alle Gensdarmen im ganzen Land lesen müssen und dann seinen Ruhm auch, und wo ihm Einer begegnet, wird er dann lächeln.

„Kann man das Blatt für Geld und gute Worte haben?" fragte Peter die Wirthin und zog den Beutel, drin auch die Preis-Dukaten waren.

„Nein, das kann ich nicht hergeben, das muß acht Tage hier ausliegen; es wird immer gelesen," entgegnete die Wirthin.

„Ich möchte jeden Tag herkommen und drin lesen," sagte Anne-Lise; Peter nickte fröhlich. Welche Liebe zu ihm und zu seinem Ruhm hatte das Mädchen! Er trank bedächtig, da war in jedem Tropfen noch ein Gewürz, es weiß kein Mensch zu sagen, wie das schmeckt.

„Und über acht Tage kannst du mir das Blatt geben?" fragte Peter die Wirthin, indem er sich frisch einschenken ließ.

„Nein, der Großvater bewahrt's auf und läßt es einbinden."

Peter fand das natürlich, es war ja wichtig genug, und die Wirthin fuhr fort:

„Ich kann mir's denken, daß du das Blatt haben möchtest; du stehst mit Ehren darin, besser als der aus deinem Ort mit dem Stedbrief. Es ist heute schon viel von dir die Rede gewesen, man sagt, du bliebest nicht bei deinem Herrn, es sei gestern ein Herr da gewesen, der dich habe ausmiethen wollen, und man sagt ja auch, du würdest an die landwirthschaftliche Schule gerufen und würdest Pflug-Professor."

Peter zwirbelte seinen Schnurrbart, sei es aus Schreck, oder weil er thun wollte, als ob er das Alles schon wüßte.

Glücklicherweise kam jetzt der Postbote in das Wirthshaus. Peter brachte es ihm zu und ließ ihn trinken; das war ja der Mann, der mit geholfen hat, seinen Ruhm zu verbreiten. Der Postbote merkte bald, was Peter gern hörte, und wußte ihm mit lauter Ruhm den Kopf so heiß zu machen, daß seine Wangen röther wurden als der Vorstoß an seiner Mütze. Zuletzt bat Peter den Postboten noch, er möge ihm eins von den Blättern verschaffen, es mag kosten, was es wolle. Der Postbote war ehrlich genug, zu gestehen, daß das Blatt nur einen Groschen kostete. Ist es möglich? Kann etwas, was so viel werth ist, nur einen Groschen kosten?

Cläre sagte schnell: „So? Das ist gut, daß es nur so wenig kostet; da können's tausend Millionen kaufen." Peter nickte ihr zu, und Cläre fuhr fort: „Bring' mir auch eins mit', für mich allein."

„Und mir auch," sagte Anne-Lise. „Bring' mir zwei, da hast du gleich das Geld im Voraus."

Peter kehrte mit seiner Ruhmesgemeinde heim. Auf dem Heimweg fragte er plötzlich:

„Wer hat mich vorgestern Nacht Preisels-Peter gerufen?"

„Der Konrad."

„Und wir haben alsdann auch mit gerufen," setzte Cläre hinzu.

„So? Wenn das der Konrad noch einmal sagt, kriegt er eine Preis-Ohrfeige."

„Laß dich's nicht verdrießen," beschwichtigte Anne-Lise, „im Gegentheil, du kannst stolz darauf sein. Nichts zeigt mehr, wie berühmt man ist, als wenn man einen Spottnamen hat, und du hast noch einen schönen, in dem lauter Ehre steckt."

Peter ließ sich beruhigen, und in dieser Nacht zum Erstenmal rissen sich seine Pferde los und schlugen fast Alles kurz und klein, denn Peter hatte vergessen, ihnen Futter über Nacht aufzustecken. Aus hohen schimmernden Träumen geweckt, mußte er hinaus in den Stall und war froh, als es ihm gelang, seine Pferde zu beruhigen; er selber fand nur kurze, immer wieder abgebrochene Ruhe. Es war ihm immer, als müsse er hinaus in die weite Welt, als versäume er mit jeder Minute etwas, was sich gar nicht einbringen ließe. „Peter Gretsch! Peter Gretsch!" Ganz wie dort im Saale hörte er's jetzt im Schlafe rufen von tausend und tausend Stimmen, und er erwachte.

Und am andern Morgen stand er eine Weile mit dem Kummet in der Hand wie verloren und selbstvergessen da; sein Sinnen war draußen in der weiten Welt, wo Alles Peter Gretsch rief, und als hätte er Flügel bekommen, so schweifte er umher — wer weiß wohin. Wie erwachend schaute er sich um, als er inne wurde, daß er mit dem Kummet hier stand und der eine Braune seinen Kopf über den Hals des andern gelegt hatte und beide Pferde ihn mit großen Augen ansahen.

Als Peter mit seinen Pferden wieder in's Feld fuhr, rief er zu dem Herrn hinauf, der unter dem Fenster lag: „Guten Morgen!" Es war dies sonst nicht der Brauch auf dem Hofe, es ging sparsam her, ja fast geizig, vor Allem mit Worten; aber Peter hatte in Gedanken seinem Herrn etwas zu verzeihen, und zum Beweise, daß er's that, sagte er ihm zuvorkommend: Guten Morgen. Der Herr brummte etwas dagegen; Peter verstand ihn nicht. Als Peter eingespannt hatte, schaute er nochmals auf zu dem Herrn, er wollte ihm Gelegenheit geben, mit ihm zu reden, aber der Herr schwieg beharrlich, und Peter dachte in sich hinein und jetzt erschrak er schon nicht mehr, daß er in Gedanken „Du" sagte: „Ich laß dir noch eine Weile deinen Willen, dann wirst du schon sehen, wer ich bin."

Der Nebenknecht Konrad hatte eine gute Strecke den gleichen Weg mit Peter, und er fragte jetzt:

„Hast du deinen Rausch verschlafen?"

„Ich kann mich nicht erinnern, daß ich berauscht gewesen."

„Aber das Hoch da drinnen in der Stadt und der Spaß, den sie sich mit dir gemacht haben, das ist dir zu Kopf gestiegen?"

„Es ist kein Spaß. Es hat Alles in der Zeitung gestanden, drunter wo die Ordensverleihungen vom König ausgeschrieben sind. Du dauerst mich, daß du es nicht besser verstehst," entgegnete Peter und machte einen sehr bescheidenen, aber auch gründlichen Versuch, gleich einen einzigen Menschen zu belehren, ihm nicht nur zu zeigen, was eine gute ruhmvolle That sei, sondern auch, welch' ein Glück es sei, in Gutmüthigkeit daran Theil zu nehmen. Ja, Peter ging so weit, dem Konrad zu verstehen zu geben, daß er künftig, wenn er fester oben stehe, ihm auch die Hand reichen wolle, daß er zu ihm heraufkomme.

Konrad nickte und Peter freute sich, daß er einen Neider in einen Bewunderer verwandelt. „Geh nur in's Wirthshaus, da kannst's lesen," so schloß Peter seine glückliche Auseinandersetzung.

Es war nicht schwer, die Eitelkeit Peters zu erkennen, und Konrad hatte es bald heraus, daß Peter auf den Herrn böse war, weil er gar nichts von seinem Ruhm sprach. Nun verstand es, das Feuer zu schüren, und sagte, daß alle Dienstgenossen darum so zornig auf Peter seien, weil er dem Herrn in seiner Korporals-Manier immer nachgebe.

„Wenn der Herr niest, darf man ja nicht einmal Zur Gesundheit sagen," spottete Konrad.

„Das verstehst du nicht, du bist nie Soldat gewesen," entgegnete Peter.

„Aber deine Schuldigkeit wär's, dem Herrn jetzt den Meister zu zeigen," schloß Konrad.

Peter traute dem Konrad sonst nicht, und doch waren dessen Reden nicht ohne Einfluß. Sein Ruhm war doch anerkannt von Konrad und allen Dienstgenossen, sie erwarteten ja von ihm, daß er den Herrn anders stelle. Als Peter jetzt an seinem Felde angekommen war, wollte er sich's leichter machen. Es ist nicht nöthig, daß man's so genau nimmt; der Herr sagt dir nicht einmal Dank dafür, daß du die beste Arbeit auf der Welt thust, und wer hat denn den Lohn davon? Du oder er? Aber der gute Geist in Peter schüttelte ihm schnell wieder den Kopf, und er sagte fast laut: „Nein, ich bleibe bei meiner Art, ich thue dem Boden, was er nöthig hat; das geht den Herren wie Niemand was an ... Nein, Konrad, du fängst mich nicht. Wenn ich von meinem Herrn fortgehe — und es scheint, daß mir nichts Anderes bleibt — da will ich in Ehren fortgehen. Ich muß es jetzt doppelt und dreifach; ich hab' meinen Ehrenschmuck blank zu halten, blanker als die Waffen in der Batterie, und es soll nicht heißen: der Peter ist fahrlässig, weil er so weltberühmt geworden ist. Nein, gerade das Gegentheil. So, sie sollen nur herkommen, so weit man auf der ganzen Erde einen Pflug über's Land führt, sie sollen herkommen und sollen sagen, ob das besser gemacht werden kann."

Nun war Peter wieder fröhlich bei der Arbeit, und er meinte, es sei schon Jahre lang, daß er in der Stadt gewesen; so Vieles war seitdem mit ihm vorgegangen.

Beim Umschauen sieht Peter den Postboten die Landstraße daher kommen. Er winkt ihm, aber der Postbote sieht ihn nicht. Peter läßt Pferde und Geschirr stehen, und eilt nach der Straße, und als er bei dem Postboten steht, weiß er nicht, was er ihm sagen will.

„Vergiß nur nicht, daß du mir das Blatt bringst," sagt er endlich, „und erzähl' mir auch sonst noch, was sie in der Stadt reden; und du kannst schon sagen, daß du mich kennst, und daß ich gesund und wohlauf sei. Was hast du denn da für einen großen Brief in der Tasche?"

„Der ist von deinem Herrn an seinen Bruder. Ja, wenn man wüßte, was da drin stände. Wer weiß, ob nicht auch etwas von dir drin steht."

Peter faßte mit zitternder Hand nach dem großen Briefe und betrachtete das Siegel mit dem Wappen, drin ein Türkenkopf abgebildet ist; es ließ sich aber nicht erkunden, was darin geschrieben ist, und sein Herr war und blieb ihm auch so ein versiegelter Brief. In der That hatte Peter recht geahnt, daß etwas über ihn in dem Briefe stand, denn der Hauptmann erzählte unter Anderem auch seinem Bruder, wie es zum Todtlachen gewesen sei, als der alte weichselige Baron N. das Hoch auf Peter ausbrachte und dann diesen küssen wollte, und Peter immer glaubte, der alte Herr wolle ihm was in's Ohr sagen. Schon das, daß man einen Mann und noch dazu einen Dienstmann küsse, sei die lächerlichste Verkehrtheit, und überhaupt sei die Preisvertheilung ein gefährliches Reizmittel, für manche Naturen entschieden Gift: er glaube aber, daß, wenn auch sein Knecht einen Tag davon benebelt gewesen, seine Leute doch der Art bei ihm an Zucht gewöhnt seien, daß sie sich alle Flausen aus dem Kopf schlagen. Er habe zwar die Absicht, wenn Peter brav bleibe, ihm die selbständige Bewirthschaftung des Vorwerkes auf dem Sattelberge zu übergeben, aber der Knecht müsse das als Gnade ansehen und nicht als Lohn fordern.

Ja, hätte nur Peter eine Ahnung davon gehabt, was in dem Brief stand.

Bieles wäre anders geworden; aber es scheint, daß Herr und Diener erst durch Schaden klug werden sollen, wenn sie überhaupt klug werden.

Wenn Jemand von seinen Bekannten Peter ansprach und etwa sagte: „Du hast's gewiß auch schon gehört," oder: „Ja, das freut mich," oder: „Das ist wunderbar. Denke nur —" Da erbebte Peter im Innersten. Was wird er hören? — Gewiß wird man ihm neuen Ruhm, neues Glück verkünden. Aber die Menschen hatten von einer glücklichen Verlobung, von einer unerwarteten Genesung zu reden und sonst von Allerlei; von seinem Ruhm, von seinem Glück hatten sie ihm gar nichts zu sagen, und was geht ihn alles Andere an? Und ist nicht alles Andere viel unwichtiger?

Peter erfuhr es gar nicht, wie man ihn für eingebildet und hoffärtig hielt. Als der Postbote das Blatt brachte, erhielt Peter auch eine Belohnung von seinem Herrn, nicht in Worten — der Hauptmann blieb dabei, er redete nichts — sondern in einem neuen Vollblutpferde, das ihm der Herr zutheilte. Das Pferd war ebenfalls ein Hellbrauner, und zwar von reiner englischer Race, das nur einen unbesiegbaren Widerwillen hatte, einen Reiter auf sich zu dulden, im Zuge ging es vortrefflich.

Peter dachte, daß sein Herr doch Großes mit ihm vorhaben müsse, da er ihm noch ein Pferd zutheilte. Er wurde bald eines Andern belehrt. Am zweiten Sonntag früh kam der Herr mit einem Fremden in den Stall und fragte:

„Geht das Pferd nun gut?"

„Zu Befehl."

„So führe hier diesen Braunen heraus."

Peter that wie befohlen. Was soll das sein? Was mustert man so seinen Braunen?

Der Fremde und der Hauptmann gingen zweimal auf und ab in dem Hof, endlich als sie wieder bei Peter standen, sagte der Hauptmann:

„Gib dem Mann da die Zügel." Er deutete auf einen Knecht, der mit dem Fremden gekommen war.

Peter ließ ab und der Fremde ritt mit dem Braunen davon. Der Hauptmann drückte Peter zwei Thaler in die Hand.

„Herr Hauptmann," sagte Peter, „ist mein Brauner verkauft?"

„Ja, wie du siehst."

Peter konnte kein Wort mehr reden, er sah das Pferd fortführen, ihm nebelte es vor den Augen; er stand straff und mit einer scharfen Wendung ging er hinein in den Stall. Dort saß er lang auf der leeren Krippe, und ja, die Bosheit der Menschen macht klug. Das Beste, was er von seinem Herrn hat und wofür er — er weiß es erst jetzt — ihn besonders lieb gehabt, das nimmt er ihm. Der Herr hat ihn gelehrt, wie man die Pferde behandeln muß, daß sie Einem folgen wie abgerichtete Hunde, und jetzt, jetzt nimmt er ihm wie zum Spott sein bestes Pferd, das war so gut, ja besser wie ein Mensch, viel besser. — Peter sah es ganz deutlich, sein neidischer Herr will ihn zu Grunde richten. Darum reißt er ihm sein Gespann auseinander, es soll nicht mehr da sein das Gespann, mit dem er den Preis gewonnen und mit dem er ihn jedes Jahr bekommen hätte. Wenn es der neidische Herr könnte, er würde dir eine Hand abhacken; aber nein, ich habe noch meine beiden Hände, du kriegst mich nicht. Vor Zorn und Haß traten Peter die Thränen in die Augen und der noch zurückgebliebene Braune schaute ihn stumm an, und Peter nickte ihm zu: „Ja, ja, es muß Alles auseinander, die ganze Welt wird zerrissen, es hält nichts mehr zusammen." Ein kühner Entschluß reifte in Peter, aber die Ausführung kann noch warten.

Die Glocke zum Mittagessen läutete, Peter hörte nicht darauf; da kam Cläre in den Stall, und Peter klagte, er wolle nichts mehr essen, gar nichts, er wolle nichts mehr von der Welt, er gehe nicht mehr vom Fleck und bleibe sitzen, esse nicht und trinke nicht und warte, bis der Herr komme und ihn, den entsetzlich Gekränkten, um Verzeihung bitte, oder thue er das nicht? Gut, da wird sich zeigen, was dann geschieht.

Mit kluger Rede brachte ihn Cläre dazu, daß er wenigstens nicht jetzt, vor dem Essen, da sei man zu ärgerlich, mit dem Herrn anbinde. Er müsse jetzt einsehen, mit Gutmüthigkeit und Vertrauen käme man in der Schelmenwelt nicht durch; drum müsse er auch klug sein und nicht sich das Herz abkränken. Vor Allem aber solle er essen und nicht dem neidischen, geizigen Herrn auch noch das Essen schenken. Peter war es im Grund der Seele oder eigentlich im Grund des Magens doch recht, daß er vorher essen sollte; nur konnte er natürlich selber nicht dazu hinauf- gehen, das ist gegen seine Ehre, gegen seinen natürlichen berechtigten Zorn, aber zwingen durfte er sich lassen, da kann man ja nicht anders, und dann — wenn er gegessen hat, dann kann es geben, was es will, er hat doch etwas im Leib und kann Alles aushalten.

Peter erhob sich scheinbar sehr widerwillig, und es war sehr am Platz, daß ihn jetzt das Vollblutpferd zu beißen suchte. Das spürte nun, was ein Aerger ist. Erst als der Peitschenstecken brach, ließ Peter ab und ging mit Cläre hinauf zum Essen.

Statt aber nachher zu dem Herrn zu gehen und ihm Alles zu sagen, stand Peter Nachmittags, müßig die Hände auf dem Rücken, auf dem Hof, just vor dem Fenster des Herrn. Es war ihm eigentlich schon jetzt nicht recht wohl bei der Ge- schichte, es wäre ihm lieber gewesen, er hätte gar nicht zu trutzen angefangen; aber jetzt geht's nicht mehr anders, es muß durchgeführt werden, und er hat es dem Weibsvolk versprochen, und wäre nicht blos das, beim Teufel! Du bist es dir selber schuldig, deiner Ehre, ja, du darfst dir von dem Herrn nicht mehr Alles ge- fallen lassen.

Der Herr schaute endlich heraus und fragte: „Warum spannst du nicht ein?" „Ich weiß nicht."

„Komm herauf."

Peter ging die Treppe hinauf, er griff in die Tasche und hielt etwas fest in der Hand, und wie er in die Stube trat, blieb er zuerst stehen, und als der Herr ihn darauf ansah, trat er auf ihn zu und legte die zwei Thaler auf den Tisch.

„Was soll das?"

„Herr Hauptmann halten zu Gnaden, ich will kein Trinkgeld von meinem Braunen, und ich will meinen Braunen wieder, wir gehören zusammen; wir haben mit einander den Preis gewonnen und man kann uns nicht auseinander reißen, und halten zu Gnaden, man soll nicht sagen, daß es Neid ist, daß man uns auseinander bringt."

Der Hauptmann lächelte. Peter scheint doch mehr zu sein, als man ihm zugetraut hat, er kann ja ganz ordentlich reden. Schnell aber nahm der Hauptmann wieder seine strenge Miene an und sagte:

„Du bist verrückt. Dir hat die dumme Geschichte mit dem Preis den Kopf verrückt."

„Herr Hauptmann," antwortete Peter, seine Lippen bebten halb in Zorn, halb in Wehmuth.

„Kein Wort mehr, du spannst augenblicklich ein."

Es war, als ob alle Bande und Stricke der Subordination knackten und brachen, da Peter, der die Lippen hart zusammengepreßt hatte, jetzt sagte:

„Nein, Herr Hauptmann, das thu' ich nicht. Ich will mein Pferd wieder, oder ..."

Der Hauptmann maß Peter von Kopf bis Fuß. Sprach das ein fremder Mensch? Und Peter schaute den Hauptmann starren Auges an, er hätte wol gern die Augen niedergeschlagen, aber es ist gegen alles Reglement, bei einem Rapport nicht starr auf den Hauptmann zu sehen.

Man hörte nichts als das Hin- und Hergehen des Jagdhundes, der auf Peter zukam und an seiner zitternden, hart an die Hosennaht gehaltenen Hand schnupperte.

„Ich befehle dir zum letzten Mal in Gutem, spann' ein, und ich will nichts gehört haben, was du gesagt. Du dauerst mich, die Preisposse hat dich verrückt gemacht."

„Herr, ich bin nicht verrückt, und eine Posse war das auch nicht, sonst —"

„Gut, wir sind mit einander fertig. Du kannst gehen."

„So? Ich kann gehen? — Herr Hauptmann, Sie haben das gesagt, Sie, nicht ich."

„Ja wohl ich, und dabei bleibt's. Vom Termin an bist du dein eigener Herr. Adieu! Verstanden? Adieu!"

Peter wußte nicht, wie ihm geschehen, als er plötzlich draußen vor der Thür stand. Wo war sein Zorn? Sein gerechter Trotz? Er meinte, er müsse wieder umkehren, das kann ja nicht sein, daß er fortgeschickt ist, er, der Ruhmgekrönte, und der zu seinem Herrn gehört wie dessen rechte Hand, ja wollte umkehren und dem Herrn sagen, daß er ihm das nicht zu leid thun wolle, denn er wisse, der Herr könne nicht ohne ihn leben; aber ach nein, das geht nicht, er muß selber kommen, und er wird schon; wart' nur, horch, still! Er kommt. Die Thür geht auf. Nein, er läßt nur den Hund heraus.

Cläre, die an der Treppe wartete, wollte wissen, was geschehen sei, aber Peter sagte ihr nichts. Wenn der Herr die Uebereilung wieder gut macht, soll Niemand davon wissen, als sie Beide; und dann braucht auch Cläre nicht zu wissen, daß er so einfältig war, sich das Wort vom Munde nehmen und sich auskündigen zu lassen, statt das selbst zu thun, und jetzt ist's ja gerade gut, daß der Herr aufgekündigt hat, er kann's ja wieder zurücknehmen, er vergibt sich nichts dabei. O, es ist bei Allem noch immer Glück, es wird jetzt schon wieder Alles gut, es kann ja nicht anders sein.

Peter ging mit seinem neuen Pferde in's Feld und kehrte zur gesetzten Zeit wieder heim. Am Abend erfuhr er, daß der Herr verreist sei; er pfiff unwillig vor sich hin, als er das hörte. Wie kann der Herr nur verreisen, da er doch weiß, was zwischen ihnen vorgegangen, und keine Minute zu verlieren ist, um das wieder auszulöschen? Aber wart' nur, still, er wird schon kommen und Alles wieder in's Gleis bringen.

Der Herr kam wieder und redete nichts, Tag um Tag verging und er redete noch immer nichts, und am Sonntag war ein fremder Knecht da, und als er fortging, verbreitete sich auf Einmal das Gerücht, es sei ein neuer Knecht an Peters Stelle angenommen. Es nützte nichts, daß Peter jetzt erklärte, er selber habe dem Herrn aufgekündigt, und daß Cläre und Anne-Lise ihm bezeugten, er habe das schon lange vorgehabt, und man werde staunen, was er werden würde. Peter wurde von Allen genekt und besonders von Konrad, und er mußte doch noch fast sechs Wochen hier im Hause bleiben, wo er alle Ehre verloren hatte. Die Uhr, die Dukaten und das Blatt, das der Postbote gebracht hatte, Alles das war jetzt so schwer, es läßt sich gar nicht sagen; denn es gibt kein Gewichtsmaß für die Ehre, und jetzt, da die bösen Menschen daran rissen, wurde die Ehre immer gewichtiger, aber auch lästiger, und in gleichem Maße wuchs der Zorn gegen den Herrn, und der Zorn hat das Besondere, daß er immer sich selbst stachelt und steigert. Was nützt es, da draußen in der Welt, da sprechen Alle mit Respekt von mir, aber da, hier, hier geht Einer herum, der thut, als ob nichts geschehen wäre! Wie kann nur ein einziger Mensch sich ausschließen? Wie kann nur ein Einziger leugnen, daß es Tag ist? Und der Einzige ist mein Herr, und was habe ich auf ihn gehalten. Aber es ist schon so, der Neid macht dumm und blind. Und was liegt denn eigentlich daran, ob so ein einzelner Mensch mich ehrt? Wer ist er denn? Was gilt er denn? Ich frage nichts nach ihm und nach Keinem.

Bei diesen Gedanken stand Peter doch wie vor einer steilen Mauer. Der Ruhm hat doch auch sein Beschwerliches. Früher hat Peter nie daran gedacht: was denkt Der oder Jener von dir? Jetzt möchte er Umfrage halten von Mensch zu Mensch, und da stand er immer gleich wieder in Gedanken vor seinem Herrn, und über den konnte er nicht hinüber, er steht ihm überall im Weg, und ihm machen es auch die Andern nach, sie lernen es von ihm, so zu thun, als ob Peter nur noch der Peter wäre und weiter nichts.

Hinter'm Berg wohnen auch noch Leute — das ist ein gutes altes Wort, und da ſieht man's ja, es muß in alten Zeiten auch ſchon ſo geweſen ſein wie jetzt; da hat man auch Einen, der was Beſſeres geweſen iſt, daheim nichts gelten laſſen, ihn im Gegentheil dafür bedrückt und verſpottet, daß er fort gemußt hat. Hinter'm Berg wohnen auch noch Leute! Das war ein weiſer Mann, der das geſagt hat, und jetzt iſt das ein gutes Erbe, unſer Peter nimmt's auf, und es kann nirgends mehr gelten als für ihn und hier; denn juſt da hinter dem Berge — er gehört noch großentheils dem Hauptmann — juſt da hinter dem Berge, da iſt die Stadt, wo man dir deine Ehre anthut, und dann weiter hinaus noch viele Städte und Edelhöfe. Ich will nichts mehr von Allen hier zu Lande . . . Wenn nur die ſechs Wochen bis zum Termin ſchon vorüber wären.

Achtes Kapitel.

Entlaſſen, verlaſſen. Eine gute Stunde und eine böſe Erfahrung.

s iſt ein eigen Ding, ſo entlaſſen noch in einem Hauſe zu bleiben: oft zeigt ſich da zwiſchen Herrn und Dienſtboten und zwiſchen dieſen ſelbſt, wie das frühere ſcheinbar freundliche Verhältniß nur ein gleißneriſches war. Es treten Gehäſſigkeiten zu Tage, an die man früher nie geglaubt hat. Das war aber hier nicht der Fall, mindeſtens zwiſchen Peter und ſeinem Herrn nicht. Es war nicht nur die gewohnte ſoldatiſche Ordnung, die eine gemeſſene Beziehung zwiſchen ihnen erhielt; es herrſchte doch auch noch eine innere Zuneigung. Das zeigte ſich bei einzelnen Anläſſen. Der Herr mochte fühlen, daß er zu ſchroff gegen Peter geweſen ſei, und Peter merkte erſt jetzt auf's Neue, wie er ſeinen Herrn eigentlich lieb halte; aber Keiner von Beiden machte den geringſten Verſuch, die Sache wieder rückgängig zu machen, was ohnedies nach Annahme eines neuen Knechtes nicht mehr thunlich war.

So vergingen die Wochen in ſtiller Gelaſſenheit.

Es kamen jene trüben Tage, wo es nicht eigentlich Tag wird, wo die ganze Natur in einem Nebel ſteht, der nicht weicht, und wie in der Natur draußen, ſo iſt es auch in der Seele. — Das Beste in solchen Zeiten ist eine stetige gemessene Arbeit, wo man sich nicht viel fragen kann: wie geht es dir? Peter war unablässig fleißig, geordnet und genau. Dem Herrn schien das nicht zu entgehen, aber er blieb starr und wortkarg. Peter bat sich einst zwei Tage aus, um sich nach einer andern Stelle umzusehen, denn Cläre und Anne-Lise stachelten an ihm, er müsse sich jetzt umthun, um die Stelle eines Inspektors oder Verwalters zu erhalten, oder wenn er einen schicklichen Pacht finde, sei das noch viel besser. Cläre wollte dann gleich zu ihm ziehen, ihm wirthschaften, und später solle er Anne-Lise als Frau heimführen. Der Herr bewilligte den Urlaub und Peter ging davon. — Unterwegs nahm Peter oft das Blatt heraus, darin sein Ruhm unauslöschlich stand und das er jetzt beständig auf dem Herzen trug; das sprach ihm Muth ein, und jetzt, in dem gesund kalten Frühwinter-Morgen, wo jeder Athemzug so frisch belebend ist, und draußen aus dem Einerlei, aus der fast erstickenden Enge, fühlte Peter immer mehr die Zuversicht wachsen; er schwang oft die Mütze, als grüßte er die Weite, und sagte vor sich hin: Es gibt noch eine andere Welt und du wirst schon deinen richtigen Platz darin finden. Aber vorerst fand er keinen. Er wollte eine höhere Stellung, aber die ganze Welt schien versorgt; wo man hinschaute, war Alles besetzt. —

Peter fragte in der Stadt nach dem Herrn von gestern mit der weißen Hals-binde, wie ihn Cläre immer nannte, das heißt nach dem Mann, der beim Feste mit ihm angestoßen und ihm auf dem Felde einen doppelten Lohn versprochen hatte. Aber es war doch gar zu einfältig, daß er nicht gefragt hatte, wie er heiße, und wo er sich erkundigen wollte, hielt man ihn für halb närrisch; besonders der Bombardier, „der gewichste Kerl", zu dem sich Peter aufgemacht hatte, sagte ihm das geradezu in's Gesicht hinein und gab ihm noch die wohlfeile Lehre: „Wer gut sitzt, soll nicht rücken." Peter kehrte abermals in die Stadt zurück, und jetzt fand er den alten Herrn, der damals die Rede gehalten und ihn geküßt hatte, aber der alte Herr hatte sein Gut verkauft.

„Ja, wenn ich mein Gut noch hätte, du solltest es gut bei mir haben," sagte der alte Herr.

Was ist denn das? Fängt das grausame Spiel der Welt schon an, daß ge-rade die, bei denen man kein Brod mehr ohne Butter essen dürfte, jetzt selber die Milch laufen müssen?

Der alte Herr war indeß freundlich und wies Peter an ein Bureau, wo Dienstleute vermiethet wurden.

„Für Herrschaften" stand hier an der einen und „für Dienstleute" an der andern Stubenthür angeschrieben. Peter trat durch die letztere Thür ein und — die Welt hängt doch wunderbar zusammen — der Bureaumann war derselbe, der damals mit der rothen Brieftasche aufgepaßt hatte. Peter brauchte nicht viel zu erklären und er wurde mit großem Respekt behandelt, als er das gedruckte Blatt und seine Zeugnisse vorlegte. Der Agent war voll Zuversicht und sagte, daß er sich eine Ehre daraus mache, Peter die beste Stelle zu verschaffen, und nur die beste sei für ihn gut genug.

Peter war's zufrieden und pries sein Schicksal, das ihn doch theils wider seinen Willen in die Welt hinausgetrieben hatte.

Als Peter am andern Abend heimkehrte, konnte er schon die Zeitung mitnehmen, worin sehr vornehm gedruckt stand: „Ein preisgekrönter landwirthschaftlicher Gehülfe, der nur noch ein Jahr in der Reserve steht, sucht eine Stelle als Verwalter oder Inspektor auf einem großen herrschaftlichen Gute. Näheres in dem öffentlichen Bureau von 2c."

Noch ein anderes unauslöschliches Ruhmeszeichen ließ Peter in der Stadt fertigen. Nach Angabe des Bombardiers ließ er in der innern Fläche der Springuhr die Worte eingraben: „Ehrenpreis vom landwirthschaftlichen Verein für Peter Gretsch."

So oft er nun auf die Uhr sah, und er that das oft, sprang ihm immer sein Ruhm entgegen, glänzend in Silber gegraben.

Cläre und Anne-Lise waren überaus glücklich, als ihnen Peter das gedruckte Blatt zeigte, es war ihnen grad so gut wie damals die Preisverkündigung; das war ja eben so gut gedruckt und noch viel vornehmer.

„Und denk' dir," rief Peter, „ist das nicht wunderbar, daß der Bureaumann und der Mann mit der rothen Brieftasche ein und derselbe Mensch sind?"

„Das ist nichts Wunderbares," lachte Cläre, „der Mann mit der rothen Brieftasche muß doch ein Geschäft haben."

Peter war bös auf Cläre; die hat immer etwas einzuwenden, die sieht gar nicht, wie an ihm lauter Wunder geschehen. Peter hatte aber noch etwas Besseres. Er zeigte vor den versammelten Dienstboten, was in seine Uhr eingegraben war, und wenn auch Konrad boshaft genug sagte: „Das hast du selber eingraben lassen," so hatte Anne-Lise doch wol Recht, daß das einerlei ist und draußen in der Welt weiß das Niemand.

Peter war wieder ganz stolz und fest in seinem Benehmen und rühmte sich gern dessen, daß er den niedern Dienst aufgegeben. Der Postbote hatte jetzt bei Peter fast so viel zu thun wie bei dessen Herrn, und es war gut, daß Anne-Lise gut schreiben konnte; sie beantwortete die Anfragen vom Bureau sehr geschickt, und Peter hatte viele Kämpfe, daß sie keine Lügen hineinsetzte und geradezu sagte, Peter habe schon ein Jahr als Verwalter gedient.

„Ich muß der Stelle vorstehen und nicht du," sagte er oft, „und ich muß wissen, was ich kann."

„Ich weiß, was du kannst," entgegnete Anne-Lise mit verächtlicher Miene; sie ließ sich aber durch kein Bitten und Betteln, durch kein Drohen und Fluchen bewegen, das näher anzugeben. Fast wäre es zum Zerfall zwischen Peter und Anne-Lise gekommen, wenn nicht Cläre gütlich vermittelt hätte. Dennoch war es Peter nicht recht wohl und er half sich nur damit, daß er Anne-Lise noch zeigen wolle, wie er mehr vermöge, als sie je geglaubt hatte; dann werde sie schon Respekt vor ihm bekommen.

Es blieb Alles unentschieden bis zum Termin, und als der Herr Petern

28*

auszahlte, die zwei Thaler Trinkgeld wieder dazu legte und ihm ein gutes Zeugniß gab, sagte Peter:

„Herr Hauptmann, ich bitte, mir nicht zu verübeln, wenn ich einmal was Unrechtes gethan habe." Seine Stimme stockte.

„Schon gut. Halt' dich brav," sagte der Herr und machte eine Bewegung, als wenn er ihm die Hand zum Abschied geben wollte.

Peter wußte nicht, was er darauf machen sollte, er grüßte soldatisch, und fast wäre er rückwärts über den Hund gestolpert, als er zur Thür hinaus ging.

Cläre und Anne-Lise gaben ihm ein Stück Weges das Geleite, Peter überlieferte noch einen Theil seines Lohnes Cläre zur Aufbewahrung und — fort ging's, in die weite Welt.

Es war hoher Winter. Als Peter durch das Dorf ging, standen die Leute an den Fenstern; Peter nickte und rief ihnen Lebewohl zu, aber die Leute waren so trotzig und gleichgültig, daß sie nicht einmal die Fenster öffneten; von Herzenswärme gar nicht zu reden, nicht einmal ein Bischen Stubenwärme opferten sie ihm. Peter wollte das verdrießen, aber nein, du thust ihnen den Gefallen nicht, daß sie dich noch kränken können. Er rief im Weitergehen immer laut Lebewohl an alle Fenster hinauf, und wenn man ihm nun doch noch nachrief, schaute er nicht mehr um. Aus manchen Häusern hörte er das Klappern des Webstuhls und — es kommt immer nur darauf an, was man im Kopf hat — dieses Klappern gab Peter den Takt an zu einem lustigen Parademarsch, der ihm im Gedächtniß lag, und der spielt sich jetzt immerfort und da marschirt sich's lustig darnach. Manchmal wollte der böse Kamerad noch drein reden: Es war doch nicht gescheit, erst jetzt um eine Stelle umzuschauen. Wie sich jetzt daheim der Fremde in deinen Platz setzt, so ist's überall auf allen Höfen und Gütern in der ganzen weiten Welt; da ist es wie bei den großen Manövern, ja, wie damals in Schleswig-Holstein, kaum ist Einer gefallen oder muß Einer austreten, zurückbleiben, rasch rückt ein Anderer in seine Stelle nach.

Eine Flasche Bier und ein gut Stück Braten! Das war die Antwort, die Peter dem schlimmen Gesellen gab, der ihm das Herz schwer machen wollte. Essen und Trinken — wenn man's hat und kann — ist ein erprobtes Heilmittel gegen Heimweh und Sorgen. Das wußte Peter, ohne sich viel zu besinnen. Es war noch nicht vollends Mittag, als er, in ein Wirthshaus eintretend, die beruhigenden Worte sprach: „Eine Flasche Bier und ein gut Stück Braten," und er sprach sie mit einem schmackhaften Gefühle, Geld genug bei sich zu haben, und Niemand hatte ihm drein zu reden, Niemand zu befehlen, was er thun oder lassen sollte.

Es wurde für Peter allein ein schönes weißes Tuch auf den Tisch gedeckt, das blanke Besteck, die Serviette, der Löffel, Alles grüßte ihn so sauber und nett, und er nickte — den Löffel in der Hand wiegend — der Wirthin zu. Ja, ja, sie hat Recht, wenn die Suppe unbefohlen da ist, ist sie auch willkommen. Die stark mit Ingwer versetzte Suppe erwärmte Leib und Seele. Jetzt brauchst du dir den Mund nicht mehr zu verbrennen, du hast nach Niemand umzuschauen, du bist dein eigener

Herr. Du spürst es erst jetzt, wie der Herr immer wie ein Dränger mit der Peitsche hinter Einem stand und: Aufgepaßt! Mach fort! Hurtig! Angetreten! „Sie brauchen sich nicht zu eilen, ich habe Zeit," sagte Peter zu der Wirthin, die die Suppenschüssel abtrug.

Und da liegt die Zeitung auf dem Tisch und da steht's auch drin, er findet es gleich, wie wenn die Worte hätten laut rufen können: Hier stehen wir! „Ein preisgekrönter landwirthschaftlicher Gehülfe" und so weiter. Die Worte sind doch meisterlich gesetzt und sie schmecken so gut wie der Braten und das braune Bier, und die ganze Welt ist prächtig; es ist so gut warm in der Stube — man weiß gar nicht, in wie viel tausend Häusern sich's wohlauf leben läßt — und kaum hat Peter die Pfeife gestopft, so bringt die Wirthin das Feuerzeug und fragt mit einem Tone, der schon Zucker dran thut:

„Wünschen Sie auch eine Tasse Kaffee?"

Peter verneint, nur mit dem Kopfe nickend, jedes Wort ist jetzt zu viel, er träumt glückselig mit offenen Augen.

Einen bessern Nachtisch hätte sich Peter nicht wünschen können als jetzt in Pelz eingewickelt erschien. Ja, er ist's, und es ist auch seine Stimme, wie er befiehlt: „Eine Flasche Rothwein." Es ist der Herr von Gestern mit der weißen Halsbinde, und er hat wieder, wie damals, einen Zahnstocher zwischen den Lippen, als wär's eine Zigarre, grad wie damals. Peter steht auf, grüßt höflich. Der Herr von Gestern erkennt ihn und befiehlt gleich noch ein zweites Glas und schenkt Peter ein. Aber was ist denn das? Als Peter erzählt, daß er jetzt frei zu haben sei, stand der Herr von Gestern auf, nahm ein Taschenbürstchen heraus und ordnete sich vor dem Spiegel die Haare; dann die Bürste wieder einsteckend, sagte er endlich und hatte dabei ein ganz anderes Gesicht: daß er Peter ausdrücklich gesagt habe, er wolle ihn nicht abspenstig machen; wenn Peter indeß nur um zwei Monate früher gekommen wäre, da hätte er ihm eine gute Stelle geben können. Dem Herrn von Gestern mußte die Unterhaltung nicht sehr unterhaltsam sein oder er mußte schlecht geschlafen haben, denn er gähnte, er gähnte laut und in Absätzen, es klang fast wie Singen, aber nur fast. Peter fand es gar nicht schön; aber er wurde nicht darnach gefragt, wie er den Gesang finde. Ehe die Flasche geleert war, that der Herr von Gestern seinen Pelz wieder um; Peter half ihm dabei, und der Herr von Gestern dankte fortwährend äußerst freundlich. Jetzt nahm sich Peter ein Herz und fragte:

„Wohin fahren Sie?"

„Nach der Kreisstadt."

„Dahin will ich auch."

„Das ist gut, da wirst du bald eine Stelle finden."

„Erlauben Sie, daß ich mitfahre?"

Der Herr von Gestern bezahlte seine Zeche und schäkerte dabei mit der Wirthin. Er hat doch Peter genickt, ja wohl, man merkt das nicht so deutlich aus dem dicken Pelz heraus. Peter ging mit die Treppe hinab; drunten stieg der Herr von Gestern in seinen schönen Schwanenschlitten, es war noch übrig genug Platz da für einen

Zweiten. Der Herr von Gestern winkte noch mit seinen großen Pelzhandschuhen und sagte: „Ich wünsch' dir viel Glück" — und brr! die Pferde hoben die Köpfe mit den Klingeln hoch und fort ging's mit Gellingel in's Weite.

Es war gut, daß Peter warm gegessen und getrunken hatte, denn kalt, entsetzlich kalt überlief's ihn, wie wenn ihm das Herz im Leib erfrieren müßte.

Wäre es nicht Pflicht und Schuldigkeit von dem Herrn gewesen, daß er dich einlädt, daß du einstweilen auf seinem Hof bleibst, bis du die rechte Stelle bekommen? Ja, daß er sich selber darnach umthut und für dich sorgt? Aber so sind die Menschen! Wenn man sie nicht braucht, da laufen sie Einem nach, aber komm' nur und sag': so, jetzt könnt ihr mir helfen. Hui! fort sind sie. Bin ich denn ein herrenloser Hund, den man fortjagt, wenn er Einem nachlaufen will? Ja, ja, er hat sich fast so gegen mich benommen. Geh zum Teufel, ich brauch' dich nicht.

Peter trank dennoch den Wein des Herrn von Gestern aus, da er schon einmal bezahlt war. Dann ging er fürbaß, sein Blick war meist zur Erde gerichtet, er betrachtete oft das Geleise, in dem der Schlitten des Herrn von Gestern gefahren war, der war schon weit voraus; aber man erreicht auch zu Fuß sein Ziel, wenn man nur Geduld hat und gesund ist.

Neuntes Kapitel.

Wart' ein Weilchen und mach' dir selbst Freude. Kartenspiel am hellen Tag und ohne Gegenmann.

Fast wie beim Quartiermeister zur Manöverzeit sah es bei dem Dienstboten-Vermiether aus, bei dem sich Peter andern Tags einstellte. Der Dienstboten-Vermiether, es war ein kleines ältliches Männchen mit röthlichem Gesichte, war gegen Jeden so freundlich und trostreich und sein Angesicht glänzte immer wie frisches Siegellack, als ob die tausend besiegelten Zeugnisse, die ihm das Jahr über vorkamen, einen Widerschein darauf zurückgelassen hätten, und es sprach auch so bestimmt und nachdrücklich, als ob jedes Wort besiegelt wäre. Peter traf unter der Menge, die hier aus- und einging, auch gleich Zwei, die sich ihm anschlossen; den

Einen kannte er alsbald und reichte ihm die Hand; es war der Hornist von seiner Batterie, der ein Unterkommen bei einer neuen Musikbande oder irgend eine andere Beschäftigung suchte; der Andere, der Peter zutraulich auf die Achsel klopfte, sah vornehm aus, wenn gleich etwas geziert. Peter kannte ihn nicht, bis er, die Zigarre aus dem Munde nehmend, sagte:

„Sie kennen mich nicht mehr, Herr Gretsch? Freilich, der Schnurrbart, den ich mir wachsen ließ, macht mich unkenntlich; aber nicht wahr, er kleidet mich gut? Es ist eine Thyrannei, daß die Kellner nicht auch Schnurrbärte tragen dürfen. Wo ist ein vernünftiger Grund, der dagegen spricht? Und ich bin ja auch Soldat. Aber ich habe jetzt ein ganz anderes Leben vor. Nun kennen Sie mich doch? Ich bin der Kellner, der Sie damals bediente, als das Hoch auf Sie ausgebracht wurde. Sie sind auch ohne Condition? Schön, Sie sollen keine Langeweile haben, wenn Sie sich mir anschließen.“

Der conditionslose Kellner war überaus redselig und zuthulich. Im ersten Augenblick that es Peter allerdings leid, daß der Kellner seinen Kameraden, den Hornisten, wegwerfend behandelte und ihn durchaus nicht in die neue Genossenschaft einschließen wollte, dann aber war Peter doch wieder geschmeichelt, daß man ihn bevorzugte. Auf seinen Wunsch wurde der Hornist doch mit in das nächste Wirthshaus genommen. Peter zahlte für ihn. Peter hatte nicht lange Freude an dieser Genossenschaft. Ist denn die müßige Zeit, die man zu warten hat, ein Festtag? Der Kellner und der Hornist sahen es so an; aber Peter war noch ernst genug, daß er in solcher Wartezeit nicht vergnügt sein konnte, und er sagte sich auf Einmal von ihnen los, denn die Beiden thaten, was kein ehrlicher Mensch thun darf — sie spielten Karten am hellen Tag. Peter hatte auch Grundsätze, freilich nur wenig — man kommt aber oft mit wenigen besser aus als mit vielen — und ein Hauptsatz hieß: Wer am hellen Tag Karten spielt, mit dem darf man nicht Kameradschaft halten.

Peter ging allein umher, und doch war's ihm schwer, allein zu sein. Wenn er nur jetzt etwas hätte thun können, um die Blicke der Welt auf sich zu ziehen. Warum gibts nicht jeden Tag ein Preisringen, und da gewinn' ich wieder den Preis und alle Welt ruft: Das ist der Peter Gretsch, und Jeder reicht die Hand und Jeder sagt, komm' mit, bleib' bei mir! Aber diesmal sind wir gescheiter und lassen nicht los, bis wir das Beste haben.

Ja, gibt's denn gar nichts in der Welt, womit man auf Einmal zeigen kann, wer man ist?

Peter ging wie verwirrt umher. Er war als Soldat doch früher auch schon in der Stadt gewesen, freilich in einer andern Gegend, in der Bundesfestung Mainz, aber er mußte damals immer mit wachen Augen geschlafen haben, so kam es ihm wenigstens vor. Das war ja eine ganz andere Welt. Wohl ist da gut für sich leben, es fragt Keiner nach dem Andern, ob man in's Wirthshaus geht oder daheim arbeitet; aber man kann auch sterben und verderben und es fragt Keiner: Wo fehlt's dir?

Peter wurde von Tag zu Tag vertröstet und (zu seiner Ehre muß es gesagt

fein) das Peinlichſte für ihn war, daß er gar nicht wußte, wie er den Tag hin-
bringen ſollte. Er hatte zu eſſen und zu trinken nach Herzensluſt, er hatte ein
beſſeres Bett als je, und doch hatte er keinen rechten Schlaf, ſchmeckte ihm weder
Eſſen noch Trinken; denn es fehlte ihm das, was Alles würzt, die Arbeit. Peter
meinte auch oft, er ſei krank, und wäre gern zum Arzt gegangen, wenn er ſich nicht
geſchämt hätte. Aber entſetzlich iſt's doch, daß die böſe Welt ihn nicht nur verläßt,
ſondern auch ſo kränkt, daß er krank davon wird. Wenn er jetzt ſtirbt, ja, da
werden ſie kommen und an ſeiner Leiche klagen und rühmen, was er geweſen ſei;
aber dann iſt es zu ſpät.

Früher hatte Peter Alles gemundet, er hatte gar nicht gewußt, daß es was
Eßbares gibt, das Einem nicht ſchmecken kann; jetzt war das Eſſen gar nicht hinunter
zu bringen, ſogar ſein früherer Tabak ſchien jetzt auf einmal zu ſtark geſchwefelt.
Er wollte ſich einen theurern kaufen, aber nein, Peter, das thuſt du doch nicht, das
thuſt du erſt, wenn du Verwalter biſt; du mußt doch auch etwas haben, mit dem
du dich belohnſt, und aus der langen Pfeife ſchmeckt ja der alte Tabak immer noch
gut. Wenn er die lange Pfeife rauchte, ſo rauchte er auch wieder ſeine Ruhmes-
gedanken dabei, und wie er dabei die Lippen preßte und dann laut den Rauch
entließ, wie er das Rohr zwiſchen den Lippen hin und her drehte — bei alle dem
hätte ein feiner Menſchenkenner ſehen können, was in Peter vorging, und ſelbſt das,
daß ihm die Pfeife immer ausging und er zu einer einzigen ein Dutzend Zündhölzchen verbrauchte, war auch nicht ohne Bedeutung.

Peter hatte nichts zu thun, weßhalb er ausging, er hätte den ganzen Tag in
ſeiner Stube bleiben können; aber das Warten iſt peinlich, und er wollte ſich bei
den Wirthsleuten das Anſehen geben, als wenn er wunder was auswärts zu thun
habe. Er ging daher oft aus und ſchlenderte in den Straßen umher. Wenn er
heim kam, fragte er immer: „Iſt nichts dageweſen? Iſt Niemand gekommen? Hat
Niemand nach mir gefragt?" In der Regel erhielt er verneinenden Beſcheid. Mit-
unter hatte auch der Bureaumann geſchickt, es bot ſich eine Stelle, es war ein Mann
da, der einen Knecht dingen wollte. Dabei war ihm beſonders zuwider, wie er da
dem neuen Herrn vorgeſtellt wurde. Da iſt ein Mann, vor zwei Minuten habt ihr
nichts von einander gewußt, und jetzt ſollt ihr auf einmal mit einander leben und
arbeiten. Es iſt doch ganz anders, wenn man zu Einem in Dienſt tritt, mit dem
man ſchon bekannt iſt. Und wie ihn der fremde Mann von Kopf bis Fuß betrachtete und muſterte! Peter kam ſich faſt vor wie ein Pferd, das verkauft werden
ſollte, und mußte an ſich halten, um nicht auszuſchlagen. Wie er dann ausgefragt
wurde, was er Alles verſtünde oder eigentlich verſtehen ſollte, wurde er immer
ſtockiger. Es war nur gut, daß das Siegelmännchen für ihn antwortete; es war
nicht blos Beſcheidenheit, daß er ſelber ſchwieg, er war eigentlich trotzig, die Stellen
waren ihm nicht nur zu gering, die Leute ſollten ihm auch gute Worte geben, ſie
ſollten ihn dafür entſchädigen, daß ſie ihn ſo unverzeihlich lang hatten warten und
ſich faſt zu Tode kränken laſſen, den Pflughelden. Wie Peter nun ſo ſtill ſaß und
wartete und immer auf die Welt zornig war, wo Jeder ſeines Weges geht und nicht

daran denkt, daß da Einer sitzt, dem sie Ehre und Verdienst schuldig sind, so wuchs mit seinem Zorn auf die Welt auch immer mehr die Einbildung seines hohen Verdienstes. Fast erwartete er, daß man komme und ihm ein Gut schenke, damit er's bewirthschafte zum Muster für die ganze Welt. Thun das aber die Menschen nicht, so wird's Gott thun. Richtig! Jetzt hat er's. Es geschehen keine Wunder mehr, aber es gibt noch schöne Anstalten, wo Einem Gott helfen kann. Jetzt ist's gefunden... Peter setzte in die Lotterie...

Wenn Jemand Peter gesagt hätte, daß das auch Kartenspiel am hellen Tag sei, er hätte ihn ausgelacht, und allerdings, in Einem hat er Recht, mit Karten wird dabei nicht gespielt. Nun hatte Peter doch etwas Bestimmtes zu erwarten. Er betrachtete Stundenlang den Ziehungsplan und war bereits so bescheiden, daß er sich manchmal sagte: „Nein, den höchsten Gewinn verlangst du nicht, ich gönne ihn einem Andern; aber der zweite, der ist für mich, oder auch der dritte. Aber warum soll's nicht der erste sein? Ich sehe nicht ein, warum?" — Eine Hauptaufgabe seines Denkens war: wie er sich in der Minute benehmen solle, wo er erfahren würde, daß er den großen Treffer gewonnen. Er spürt schon jetzt einen Stich im Leib, wenn er daran denkt... ja, so wird's sein, aber halt dich nur fest, daß du gesund bleibst und dich die Freude nicht tödtet. Wenn nur gleich ein Mensch da wäre, dem ich um den Hals fallen könnte; aber ich reise gleich ab zur Cläre und Anne-Lise.

Peter ging oft nach dem Postgebäude und besah sich halb im Scherz — aber es war auch viel Ernst dabei — die Wagen und wählte sich einen, den er als Extrapost nehmen will, und der Postillon muß blasen, wenn er in den Hof seines Herrn fährt.

Viel Ueberlegens gab es, wo er sich mit dem vielen Gelde anlaufen wolle. Er nimmt sich vor, recht brav zu sein, fleißig und ordentlich, wenn er, wie gewiß ist, das Gut gewinnt. Und die Anne-Lise heirathet er auch. Nein, man soll ihm nicht nachsagen, daß er in einem solchen Punkt ungetreu sei, und er wird zeigen, daß er nicht neidisch ist, er wird seine Knechte so pflügen lehren, daß einer von ihnen jedes Jahr den Preis gewinnen muß. — Ein guter und fröhlicher Zeitvertreib bestand auch darin, daß Peter an allen Schaufenstern der Kaufläden stand und die tausend prächtigen Dinge betrachtete, die er sich anschaffen wollte; besonders die Meerschaumpfeifen sind sehr einladend, aber auch die Reitpeitschen mit vergoldetem Griff werden sich gut regieren lassen. Ja, die Welt ist prächtig, da ist Alles hergerichtet, Schränke, Tische, Kleider, silberne Geschirre, Alles; in einer Stunde kann man sich einrichten wie ein König. — Aber nein, du gehst nicht über das Maß, du thust Gutes von deinem Reichthum — und schon jetzt schenkte Peter unaufgefordert den Bettlern, die ihn anstierten, erkleckliche Gaben. Da sieht ja Gott, wie er's halten wird, und so wird's bleiben und noch viel mehr geschehen.

Die Ziehung kam und Peter war in der That glücklich. Er gewann sein eingesetztes Geld wieder. Mit einem innern Fluch blickte er auf das Geld, den ungetreuen Boten, den er ausgeschickt hatte, und der wieder mit leeren Händen zurückkam; aber er behielt es doch und schickte es nicht zum Zweitenmal fort. Bös, grimmig bös war aber Peter auf — ja auf wen? das läßt sich nicht so schnell sagen. Wenn man mit Einem spielt und man verliert sein Geld an ihn, er soll nur lachen, nur ein schiefes Wort sagen, da weiß der Zorn gleich, gegen wen er los soll;" aber wo ist der Mitspieler in der Lotterie?

Unser Peter war so gescheit wie alle Anderen, denen ihre leeren Erwartungen nicht in Erfüllung gehen; er war böse auf die ganze Welt, die nichtsnutzige. Es ist

so, ich hab's immer nicht glauben wollen, aber es ist wahr: wo ist die wahre Gerechtigkeit? Warum kommt ein Mensch wie ich, der es so gut meint und nichts will als das Rechtschaffene, ja, nichts als Ehrliches und Braves, warum kommt der nicht zum großen Loos? Hat man je gehört, daß ein Mensch, der es brauchte und der nichts als Gutes vorhat, das große Loos gewann? Nein, grad im Gegentheil. Die Welt ist schlecht, grundschlecht.

Und wie Peter an der Welt verzweifelte, so zweifelte er an sich selbst, an feinen eigenen leiblichen Augen. Sind die Zahlen auf deinem Loose und die in der Ziehungsliste richtig? Hast du auch recht gelesen? Ist das wirklich eine Drei und das eine Sieben? — Peter nahm das Zifferblatt seiner Uhr zum Vergleich. Es hilft nichts, die Zahlen sind richtig und die Welt ist und bleibt schlecht.

Peter war nach dem Lotteriespiel eigenthümlich müde, ja so müde, als wenn er eine schwere Arbeit gethan, und es ist auch eine, die Gedanken so hinauf zu spannen und auszukunden, was Alles in einer Viertelstunde aus Einem werden kann, wenn das Glück will; das geht wie vom Wirbelwind fortgetragen, immer weiter, immer höher, und jetzt war Peter eben nicht sanft wieder auf den Boden gesetzt und war müde und zerschlagen.

Auf! Man muß doch wieder sehen, wie man fortkommt. So rief sich auch Peter endlich zu.

Zehntes Kapitel.
Dunkle Tage. Ruhmesacker und Feldarbeiter auf und davon.

Zwischen dem Lotteriespiel und einem neuen Ereigniß fallen drei Wochen aus, auf denen ein Dunkel ruht, und der Einzige, der das Dunkel aufhellen könnte, spricht nicht gern davon, oder eigentlich weder gern noch ungern, sondern gar nicht. So viel ist jedoch offenbar geworden, Peter hat in der That eine Verwalterstelle bekommen, es soll eine vortreffliche gewesen sein, aber in der Schreibstube — und das war nun sein Hauptaufenthalt — sollen viel zerstampfte Federn liegen, und sich in die Haare fassen, Jammern und Klagen: Anne-Lise, du bist an Allem schuld, das ging durch einander. Wie gesagt, nach drei Wochen war Peter wieder in der Stadt, es fragte Niemand, wo er gewesen, und bei dem Dienstbotenvermiether ließ er sich nicht mehr sehen.

Eines Tages, als nun Peter wieder so verdrossen und müßig umherschlenderte, schlug er sich plötzlich an die Stirne, daß er das vergessen hatte: du hast ja hier einen ganz genauen Bekannten, freilich weiß er nichts von dir, aber aufsuchen mußt du ihn doch, und es ist ein Bekannter, der nicht vom Fleck geht, und doch war er schwer zu finden, denn die Wege waren alle verschneit, aber er findet sich endlich doch; die Hede, da, wo der Mann mit der rothen Brieftasche gesessen, die zeigt's an.

Peter stand an dem Acker, wo er den Preis gewonnen. Das Beet, das er umge-
pflügt, ließ sich freilich nicht mehr erkennen; es ist Alles mit Schnee zugedeckt.

 Peter that seine Uhr heraus, öffnete den eingegrabenen Ehrenschild, wie wenn
er dem Acker zeigen könne, was er von ihm habe. Wenn nur jetzt ein Mensch käme,
der mich fragen möchte: Was machst du da? Da gäbe dann ein Wort das andere
und vielleicht bekäme ich den rechten Platz. Es ist aber Niemand da als ein Raben-

Paar: der eine Rabe steht auf dem Markstein, der andere unten, und sie schauen
einander still an und schütteln die Köpfe, wie wenn sie sagen wollten: wie kommt
denn da ein Mensch daher, jetzt, wo wir allein sind, und er steht wie festgewachsen?

 In der That, Peter kann nicht fort und mehrere Tage nach einander geht er
immer wieder dahin, er tritt fast in seine Fußtapfen von gestern, denn Niemand
außer ihm kommt des Weges, und wenn er am Acker steht, ist ihm immer, als
wenn aus ihm heraus noch etwas für ihn kommen müßte, er weiß nicht was
und doch ist ihm wohl. Der Kamerad in ihm, der in Alles drein redet, sagt ihm

ehrlich: „Das ist kindisch, was hast du da zu thun?" aber der alte Peter weiß das besser. Es macht ihm kein Mensch Freude, keiner gedenkt seiner Ehre, warum soll er sich nicht selber Freude machen und sich die Zeugnisse seiner Ehre zurückrufen? Wem schadet's denn was?

Ich möchte den Acker erst recht umpflügen und dann ansäen, sagte Peter eines Tages, als er von seinem gewohnten Gang wieder nach der Stadt zurückkehrte, und auf Einmal ging's ihm auf: Halt, das kannst du, und da kommt ja das Beste; wie ist es nur möglich, daß dir das erst jetzt einfällt? Um die Stadt herum sind ja auch Aecker, die gehören ja auch Jemand. Hier mußt du einen Platz finden, und sie sollen nur kommen und sollen mir zusehen im Feld arbeiten, die tausend und aber tausend Menschen da drin; ich will ihnen zeigen, was eine regelrechte Furche ist. Normal! Normal! Ich hab' mir's besser erklären lassen, was das heißt.

Es gelang Peter, zu erkunden, wem der Preisacker gehöre. Es war ein großer Gutsbesitzer in der Stadt; Peter ging gerades Wegs zu ihm.

Wenn sich Peter die Anrede bestellt hätte, sie hätte nicht besser sein können, da ihn der Stadtgutsherr mit den Worten begrüßte:

„Ah, sind Sie nicht der Peter Gretsch, der den Preis gewonnen hat?"

Ein Wonneschauer durchrieselte Peter und er sagte:

„Allerdings."

„Wollen Sie vielleicht bei mir als Arbeiter eintreten?"

Arbeiter? Was ist das? In der Stadt ist das gewiß der vornehmere Titel für Knecht.

Peter nickte wiederum, und wenn einmal etwas angefangen hat, glatt zu gehen, da sind alle Räder wie gesalbt. Nach einer Viertelstunde war Peter eingetreten. Er wollte seinem neuen Herrn die Hand reichen; das ist ein guter Brauch bei Antritt eines Dienstes, es ist fast, als wenn man damit sagen wollte: unsere Hände sollen nun gemeinsam thätig sein — aber der Stadtgutsbesitzer schien das nicht zu bemerken und erklärte nur noch Peter, daß er keine Kost im Hause habe, daß aber ein Speisehaus in der Nähe sei, wo er essen könne.

Peter fand sich in Alles; die Welt ist eben nicht überall einerlei, man muß sich drein schicken.

Der Stadtgutsbesitzer war viel zutraulicher und sprach viel mehr als der Hauptmann; er war offenbar ein wohlwollender Mann, das zeigte sich, als er Peter durch die Felder führte und beim Preisacker ihm auf die Schulter klopfte und sagte: „Da können Sie gleich morgen anfangen." Und als Peter andern Tags den Preisacker umbrach, kam der Herr mit noch drei andern Männern, und der Eine hatte sogar ein Ordensband im Knopfloch. Sie schauten Peter lange zu und Peter hörte ganz deutlich, wie sein neuer Herr den Männern sagte: „Das ist der Wettpflüger, der vergangenen Herbst den Preis gewonnen."

So ist's recht! Jetzt ist doch Peter endlich anerkannt und drin in der Stadt wird's jetzt von Mund zu Munde gehen und Alles wird herauskommen und Alles ihn anstaunen, und Anne-Lise hat Recht gehabt: wo er sich zeigt, werden sich die

Finger heben und da wird's heißen: Da geht er! Das ist er! Ich hab' ihn jetzt gesehen . . . Und ich auch . . .

Mit seinen Nebenknechten hatte Peter wenig Gemeinschaft und meist aß er ganz allein. Das Essen war besser als beim Hauptmann, aber es schmeckt doch nicht so gut, als wenn rings um den Tisch herum lauter hungrige Menschen sitzen und man hört manchmal einen Spaß und manchmal eine Neckerei.

Zum Dableiben war das doch kein Platz, und Peter dachte nur immer daran, wie er nun bald auf einen Hof kommen müsse, wo er — nein, Verwalter will er nicht mehr werden, es muß für ihn eine besondere Stelle geben — erster Pflüger wird; jetzt kann's nicht fehlen, zur Stadt reiten und fahren die großen Gutsherren und holen sich Alles, was man braucht. Jetzt ist was Neues zu bekommen: Der beste Pflüger!

Peter wurmte es, daß er gegen seinen neuen Herrn nicht ganz ehrlich war; denn das ist nicht ehrlich, daß er nicht immer bei ihm bleiben will, nein, das ist falsch. Das mußt du vom Herzen haben. Und so sagte er einmal seinem Herrn geradezu, daß er's nicht übel nehmen solle, wenn er bei schicklicher Gelegenheit eine andere Stelle annehme. Der Herr erwiderte lächelnd:

„Meine Arbeiter sind nicht an mich gebunden, die Frühlingssaat werden Sie aber bestellen helfen."

Jetzt war's doch deutlich, Arbeiter ist etwas Anderes als Knecht, vielleicht sogar weniger. Peter wurde eine eigene Unruhe nicht los, er spürte es, wenn auch nicht klar, daß wer den Acker bebaut, auch ihm treu bleiben soll, nicht so bald ihn ver- lassen darf. Aber das ist in der Stadt eben anders, wo man auf dem Acker heuer Getreide und Futter, und über's Jahr — ein Haus baut.

Nun, da es immer mehr Frühling wurde, ward Peter auch immer fröhlicher bei der Arbeit. Das ist doch ganz anders als draußen auf dem Hof. Er pflügte an der Landstraße, er pflügte an den Spaziergängen, und da gingen so viele Menschen, froh drein blickend; manchmal blieben sie bei Peter stehen und sahen ihm zu, und er dachte: Ja, sehet mir nur Alle zu, besser, regelrechter kann kein Mensch auf der Welt die Furche ziehen. Ich bin Peter Gretsch, der Pflugheld.

Oft verdroß es ihn, daß kein Mensch ihm zurief, keiner ihn lobte. Sie sehen doch Alle, daß du die beste Arbeit machst, was könnte es ihnen schaden, wenn sie dir das zu erkennen gäben? Aber still, die meisten Städter verstehen ja nichts davon. Es werden schon die Gutsherren kommen und die werden anders auf- schauen. Peter wünschte, wenn er nur auf seinen Pflug eine Fahne stecken dürfte, und darauf sollte mit goldenen Buchstaben stehen: Peter Gretsch, der Pflugheld! Es ist doch gar einfältig, daß einen die Welt gleich auslachen würde, wenn · man ehrlich zeigen wollte, was man ist. Was ist denn da Böses dabei? Wem nimmt man was damit?

Ein Stück aus dem Saale in dem Schlesischen Hof spielte sich wieder ab. Der alte Herr, der damals die Rede gehalten und ihn geküßt hatte, blieb mehrmals bei Peter stehen und lobte ihn, aber bald ging er an Peter vorüber und grüßte ihn kaum mehr. — Wenn der Regenbogen lange steht, sieht man nicht mehr auf ihn, und haben die guten Menschen ein Auge auf das, was man thut, so haben's die bösen und spöttischen auch, und wie man sagt, noch viel schärfer. Der Bombardier, der mehrere Tage in der Stadt war und Morgens seine ledigen Pferde spaziren ritt, hatte Peter auch bald herausgefunden, und nun hielt er bei Peter an und neckte ihn mit allerlei Stichelreden, und wenn er's satt hatte, ritt er lustig dahin mit seinen beiden ledigen Pferden, wie wenn er sagen wollte: „Schau! Ich habe nichts zu thun als spaziren zu reiten und zu fahren, und du armer Kerl bringst's dein Lebtag zu nichts."

Eines Tages ritt der Prinz, der sich eine Zeit lang in der Kreisstadt aufhielt, an Peter vorüber. Peter hielt an, grüßte soldatisch. Der Prinz dankte. Der Prinz versteht doch gewiß, was gerechtes Pflügen ist, er muß doch Alles lernen, Alles verstehen. O wenn du ihm nur zurufen dürftest: „Ich bin's," aber fort ist er, und Peter vollführt verdrossen seine Arbeit. Deines Bleibens ist nicht hier, und doch kommt Niemand und holt dich.

Die Sommersaat war bestellt, der Preisacker grünte hell und Peter wartete noch immer vergebens. Da, eines Tages arbeitet er am Wege auf einem Felde, auf das man Runkelrüben einsetzen will. — Er schaut auf. Ja, er ist's! Sein Herr reitet an ihm vorüber nach der Stadt. Er hat dich gewiß nicht erkannt, es ist sonst nicht denkbar, daß er dich nicht angerufen. Peter arbeitet weiter, aber für dieses Pflügen hätte er den Preis nicht bekommen. Plötzlich hält er an, bindet seine Pferde an einen Baum in der Allee, eilt nach der Stadt, er weiß, wo sein Herr einkehrt, ja, im Schlesischen Hof, und auf dem Wege sagt er immer: „Er sucht dich gewiß und kann dich nicht finden." Kaum aber hat er das Stadtthor erreicht, als er wieder umkehrt. Nein, das geht nicht, hier ist's nicht wie auf dem einsamen Hof, da kann man nicht Pferd und Geschirr draußen im Feld lassen. Es gehen tausend Menschen vorüber und da nimmt Einer deine Pferde und reitet mit fort. So kehrte Peter wieder um, und es war boshaft, sehr boshaft von dem Bombardier, als er den in Ueberlegung bald vor-, bald rückwärts gehenden Peter anrief:

„Was machst du denn? Du gehst ja herum wie ein Hund, der seinen Herrn verloren?"

Peter würdigte ihn keiner Antwort. Er war nur froh, daß er noch Pferde und Geschirr vorfand, und er arbeitete weiter und — gut ist's, daß du nicht in der Stadt bist, wenn dein Herr dich sucht, so kann er ein Bischen warten, du hast auch lange warten müssen.

Auf eine Stunde kommt's nicht an. Peter machte um eine Stunde früher Feierabend und eilte sogleich in den Schlesischen Hof. Zu spät! Der Hauptmann war allerdings dagewesen, aber bereits wieder abgereist.

Peter war seit seiner Krönung nicht wieder in dem Hause gewesen, jetzt ging er fast unwillkürlich die Treppe hinauf, wo er damals wie getragen von Trompetenschall hinaufgestiegen war. Da stand der Saal offen, in dem er einst so hohes

erfahren, aber wie fah er jetzt aus! Dunkel, öde, kalt; die Stühle waren auf
einander gethürmt, die langen Tische, einst so prangend, waren nichts als nackte
Bretter. Peter fah sich jetzt wieder in dem großen Spiegel, aber er ging rasch
vorüber, die Gestalt gefiel ihm nicht und er schüttelte den Kopf, als wollte er
sagen: das bin ich gar nicht. Aber es war doch gut, daß er jetzt da war: hier
kehrten alle die Gutsbesitzer ein, die ihm damals die Hand gereicht. Er ging zu
dem Wirth und sagte ihm, daß er auf kurze Zeit in der Stadt sei, und wenn einer
der Herren vom landwirthschaftlichen Fest nach ihm frage, möge er ihm die Liebe
thun und nach ihm schicken. Der Wirth fah den ziemlich verwahrlost aussehenden
Menschen betroffen an, sagte: „Ja wohl," und ließ ihn stehen. Dennoch hatte Peter
jetzt wieder neue Hoffnungen.

Sie sollten bald in Erfüllung gehen, denn am Samstag Abend rief ihn sein
Herr in die Stube und sagte:

„Du warst bei meinem Vetter im Schlesischen Hof und wünschest eine neue
Stelle? Ich will dich nicht hindern, du kannst morgen gehen."

Also nochmals aufgekündigt und wieder so ungeschickt, daß du's selbst hättest
thun können, und pfiffig ist's auch von deinem neuen Herrn. Jetzt gibt's bis zur
Ernte wenig zu thun, jetzt fort, Feldarbeiter! Zur Ernte hole ich andere.

Die Menschen gingen am Sonntagmorgen fröhlich spaziren, als Peter dahin
wanderte, und wieder mußte der verteufelte Bombardier mit seinen lebigen Pferden
daher reiten, aber Peter war glücklich, der Bombardier fah ihn nicht. Weiter ging's
in die Lande hinein und der grade Weg führte nach dem Hofe seines Herrn.

Peter wanderte fort, wie wenn er unwillkürlich der Spur folgen müsse, wo
sein Herr geritten war. Aber nein, ich bin kein Hund, ich will nicht. Plötzlich
schwenkte er seitab.

Er kehrte abermals um und ging den Weg nach dem Gute. Warum sollst du
dir nicht wenigstens das anthun, daß du wieder Einmal ein paar Stunden vergnügt
mit der Anne-Lise bist? Wieder einmal aus voller Seele einander lieb haben, das
erfrischt mehr als Alles. Du hast es jetzt nöthig.

Es war gegen Abend, als Peter in dem Wirthshaus ankam, wo er einst an
jenem Sonntag so glückselig mit Cläre und Anne-Lise gewesen war. Er schickte
sogleich einen Boten zu diesen Beiden, sie sollten am Abend in's Wirthshaus kommen;
hinauf auf den Hof will er nicht, er will sich nicht vor dem Herrn und den Knechten
zeigen und über die Achsel ansehen lassen, und dann ist's auch besser, man hört
erst, wie es oben steht. Während er nun so wartete, fragte ihn die Wirthin:

„Wo bist du denn jetzt, Peter? Heirathest du bald? Dein Herr ist schon
seit acht Tagen verreist, er ist auch Bräutigam; ich glaube, er heirathet im Herbst,
die Hochzeit wird aber nicht hier gefeiert."

„So?" Das war Peters ganze Antwort. Er hat nicht nöthig, eine längere
zu geben.

Es dauerte nicht lange, da kam Cläre, und die erste Frage Peters war:

„Wo ist Anne-Lise?

„Zuerst bin Ich da. Zuerst kannst du mir Willkommen sagen," schalt Cläre. „Was willst du denn? Was bist du?"

„Komm mit in's Freie, ich will dir's sagen."

Draußen berichtete nun Peter in Kurzem, was er erlebt, und statt daß er einen Trost bekam, sagte Cläre:

„Die Anne-Lise hat doch Recht gehabt, sie hat immer gesagt, daß du es zu nichts bringst. Ich kann ihr nicht verübeln, daß sie dich aufgegeben hat."

„Aufgegeben? Was heißt das?"

„Ja, sie ist so viel als Braut mit dem Schullehrer auf dem Gute ihres Oheims."

Peter war lange still, sehr lange. Er knickte nur einen schönen Zweig ab vom Zaun, an dem sie standen, warf ihn aber wieder weg, und endlich sagte er:

„Ich gehe mit dir auf den Hof."

„Was willst du da? Du änderst nichts mehr und thust dir nur Herzeleid an."

„Das bringt mich nicht um. Ich will's."

Er ging mit. Niemand auf dem Hof kannte ihn als die Hunde. Der Jagdhund sprang an ihm hinauf und der Kettenhund wollte sich fast von der Kette losreißen vor Freude. Es waren lauter fremde Leute auf dem Hof und es sah auch sonst fremd aus; denn es war neu gebaut worden, ein schöner Anbau mit einem Erker für die junge Frau, die bald hier einziehen sollte.

Anne-Lise, die Peter von ferne gesehen haben mußte, war nirgends zu finden; man konnte suchen, wo man wollte, sie war nicht da. Peter ließ ihr nur sagen, sie würde es noch bereuen, er werde ihr noch zeigen, was er sei, aber für sie sei's zu spät. Cläre gab Peter noch schnell das Geld, das er ihr zur Aufbewahrung gegeben; er solle nicht später, wenn er ganz verkommen sei, sich dadurch an sie hängen und ihr noch ihre eigene Ersparniß entreißen können.

Mit schwerem Herzen trennte sich Peter zum zweitenmal von dem Hofe, wo ihm Alles ungetreu geworden war. Und warum denn? Was hat er denn begangen?

Er wanderte fort, er weiß nicht wohin, die ganze Nacht hindurch, und als es Morgen ward und die Leute auf den Feldern am Wege arbeiteten, da wurde es ihm erst recht schwer, daß er war wie ein Vogel, der in der Irre umherfliegt. Wohin? Wohin? Ja, es gibt noch ein Ziel!

Dort drüben auf den Bergen, wo die langhalsigen Schornsteine Rauch und Dampf in die Luft blasen, dort wohnt ja deine ältere Schwester, die an einen Häuer verheirathet ist; sie war immer klug und gut, und bei ihr ruhst du dich eine Weile aus und siehst auch nach, wie's ihr geht, du bist ja ihr einziger Bruder und ihr habt immer so gut mit einander gelebt.

Am heißen Mittag legte sich Peter nieder an einem kühlen Platze, und als er erwachte, war es Abend geworden. Und wieder wanderte er die ganze Nacht hindurch, das erspare nicht nur das Nachtlager, es ließ ihm auch sonst keine Ruhe. Sein innerstes Herz lechzte nach Liebe, nach Ehre bei Menschen, die noch was auf ihn halten.

Elftes Kapitel.

Im Schwesterhaus, und was von außen an einen Menschen gekommen, läßt sich abwaschen.

s war früh am Morgen, als Peter bei seiner Schwester ankam, aber sie stand schon am Herde, und heller leuchtete die Flamme nicht, als ihr Antlitz leuchtete, da sie den Bruder sah. Und wie immer, das ist ihr gutes Herz, sie gönnt sich nichts Gutes allein. Gleich nachdem sie die Willkomms- hand gereicht, rief sie laut: „Mann, Kinder, kommt heraus! Unser Peter ist da!"

Es war ein schöner Früh = Sommermorgen, und Peter war's doch, als käme er aus Eis und Frost plötzlich heim in eine warme Behausung, wie ihn nun so viele Angehörige umstanden und sich seiner freuten. Ja, Blutsverwandte, die sind doch die Einzigen, bei denen es Einem von Grund der Seele aus warm und wohl ist; in der fremden Welt hat man immer zu kämpfen und immer nachzuschüren, Das und Jenes zu thun, daß sie Einen nicht vergißt, daß sie Einen nur leben läßt, geschweige daß sie Einem mit Freude entgegenkomme. Das spürte Peter, da er hier begrüßt wurde wie ein Glücksspender. Schon daß er da war, spendete Glück. Jetzt kam noch dazu, daß ihm sein alter, fast welk und matt gewordener Ruhm hier frisch eingeschenkt wurde, und hier war noch kein bitterer Tropfen hineingefallen. Schwester und Schwager hatten ihn noch nicht gesehen, seitdem er mit dem Preise gekrönt worden, und sie sprachen davon, als ob das erst vor einer Stunde geschehen wäre, und er hörte es — o wie wohl that das! — er war der Stolz und Ruhm der Familie. Es wollte ihn zwar bedrücken, daß noch nichts weiter daraus geworden, daß er nicht eine höhere Stelle bekommen, ein reicher Mann geworden, um diese treu = eigenen Menschen auf Einmal in Glanz und Wohlstand zu setzen; aber das wird sich Alles schon finden, vorerst ist hier Freude und Glückseligkeit, und das um seinetwillen ganz allein. Er hatte Niemand ein Geschenk mitgebracht, und doch war's, als ob er vom Größten bis zum Kleinsten Alle gesättigt und getränkt hätte.

Es war bald Zeit, daß der Häuer einfahren mußte; er sah blaß und kränklich aus und klagte über Brustschmerzen. In seinem ganzen Wesen war etwas Still-ergebenes, das drückte sich jetzt besonders aus, wie er mit der gesammten Familie vor der Morgensuppe betete.

Der Häuer sprach die Hoffnung aus, den Schwager Abends noch zu finden, und ging mit dem ältesten Knaben, der ebenfalls schon im Bergwerk arbeitete, davon; der jüngere, er hieß auch Peter, diente in der Nähe als Schäfer. Er hütete die Schafe oben auf dem Berge, wo Vater und Bruder in der Teufe arbeiteten.

Nun war Peter mit der Schwester allein, die beiden Mädchen gingen in die Schule. Wie er so wieder bei der Schwester saß, war es ihnen Beiden, als wären die langen Jahre gar nicht dagewesen und sie wären wieder wie Kinder daheim auf der Schäferei; die Häuerin spann und Peter erzählte ihr. Mit dieser Schwester war Peter immer traulicher als mit Cläre, sie verstand ihn immer und war gescheit und gutherzig zugleich. Es bedurfte keiner langen Aufforderung, daß Peter sein ganzes Herz ausschütten möge. Er erzählte Alles und die Schwester merkte bald, wo eigentlich die Grundwurzel bei Peter festsaß. Sie hatte nicht nöthig, zu lügen, ihm zu schmeicheln, sie sah in der That den Preis, den er gewonnen, als einen Ruhmesglanz ohne Gleichen an; sie war selber stolz darauf und zeigte ihm, daß sie sich ebenfalls das Blatt verschafft hatte, worin sein Ruhm für ewige Zeiten fest stand, und ihre Kinder hatten das Blatt auch gelesen und hatten von dem fernen Ohm gefabelt und geträumt wie von einem König, der stets mit der Krone auf dem Kopf herumgeht. Der Mann, der in demselben Blatte mit Steckbriefen verfolgt wurde, hatte ehemals um die Häuerin gefreit; sie hatte aber schon damals erkannt, daß er nichts nütze sei. Immer wieder kam sie auf den Ruhm Peters, auf seine Tüchtigkeit und seine gerechten Ansprüche auf höhere Anerkennung zurück und — mit Einem Wort, sie war eben so eitel als er; aber sie war auch klug dabei und merkte bald, daß Peter schon vollkommen befriedigt war, wenn nur ein einziger Mensch von Grund aus erkannte, welch ein überaus vortrefflicher Mensch er sei. Als Peter die Uhr mit der eingegrabenen Ehrenschrift zeigte, sagte sie:

„Das ist prächtig, o prächtig! Aber zeig' das Niemand als mir und meinem Mann; wir verstehen, was das zu bedeuten hat, aber die andere Welt? Du guter Mensch meinst, sie freut sich damit? Im Gegentheil, Jeder ist dir bös, wenn er sieht, daß du was Besseres bist als er." Sie ließ dann nicht ohne Geschick ein-fließen, daß Anne-Lise nicht die rechte Frau für ihn sei; die sei, wie sie sich habe erzählen lassen, eine solche, die für Alles, was sie thue, gleich eine Lobespredigt haben wolle: „Nein, so stopft keine Frau in der Welt einen Strumpf, wie du, so kocht keine eine Suppe, wie du."

Peter nickte, der Schlag traf auch ihn. Die Häuerin fuhr fort, Anne-Lise als eine solche zu schildern, die wenigstens alle Jahre einmal so eine Art Hochzeit haben möchte, daß alle Welt auf sie schaue; der Ehestand sei aber was ganz Anderes, da müſſe man ſtill fortleben und den Mann in Ehren halten, auch wenn die ganze Welt nichts von ihm wiſſen wolle. — Peter wurde tief gerührt, da die Schweſter ihm auslegte, wie es ihr ſei, wenn ſie ſo oben im Lichte umhergehe, während ihr Mann und ihr älteſter Sohn unter der Erde wären, ſtündlicher Todesgefahr aus- geſetzt, und ſie verhehle ſich's nicht, ihr Mann lebe nicht mehr lang.

Peter faßte die Hand der Schweſter und ſagte, es werde ſich ſchon eine Arbeit für ihn finden, wenigſtens bis zum Manöver.

Das war nun ganz nach der Art der Häuerin. Sie ſagte:

„Das iſt recht, du biſt dein Lebenlang das beſte Herz geweſen und jetzt biſt du auch gewitzigt worden. Es iſt gut, daß du dich einmal in der Welt umthuſt. Du biſt uns eine Ehre und Freude, aber Ehre iſt wie Salz, und Freude iſt wie Butter, man kann ſie nicht allein genießen. Wenn du bei uns bleibſt, ſollſt du ſie immer haben, aber du ſollſt ſie erſt recht ſchmecken in der Arbeit. Wenn du mir folgſt, ſuchſt du dir gleich heute eine Arbeit."

Noch ehe man zum Mittagsmahl ging, war die Häuerin mit ihrem Bruder bei dem Verwalter geweſen und Peter hatte ein Kohlenfuhrwerk mit zwei Pferden über- nommen.

Am Abend war der heimgekehrte Häuer ganz glücklich, daß der Schwager bei ihm bliebe, und als Peter die Springuhr mit der Ehrenſchrift zeigte, fiel ihm jetzt erſt ein, daß er noch eine zweite Uhr habe; er ſchenkte dieſe ſeinem Schwager. Von Tag zu Tag verſtand die Häuerin, dem Bruder vorzuhalten, daß er die ſchein- bar niedere Bedienſtung ablegen könne, wie er ſich den Ruß vom Geſicht abwaſche. Sie verſtand es, ihm in Alles, was er that, Ruhm einzubroden, und Ehre und Freude wie Salz und Butter an Alles zu thun.

Peter hatte faſt gar keine Sehnſucht mehr nach einer hohen Stellung, denn die Häuerin übte es meiſterlich, ſeiner Eitelkeit das nöthige Futter zu geben. Sie hatte ihn gebeten, die Ehrenuhr in der Stube aufzuhängen. Peter hatte wohl gemerkt, wozu ſie ſie braucht; aber er that, als ob er nichts merke, daß die Häuerin die Uhr allen Gefreundeten zeige, und ſie hatte gute Freunde genug, die es ihr zu lieb thaten, und den Peter bei allen Gelegenheiten lobten und ihm ſagten, daß ſie wohl wüßten, er ſei der Mann, der den Preis gewonnen und der eine hohe Stellung haben könne. Je mehr Peter gelobt wurde, um ſo freudiger war er und that Jedem, was er ihm an den Augen abſehen konnte.

Wenn Peter gegen die Häuerin ſeine Freude kundgab, daß die Leute ihn lobten, da ſagte die kluge Frau oft: „Peter, ein Mann wie du, der ſo in der Welt daſteht, muß ſich aus Lob und Spott nichts machen." Oder auch: „Peter, du biſt der bravſte Menſch" — und wenn ſie das vorausgeſchickt hatte, dann durfte ſie drauffetzen, was ſie wollte; er hörte es geduldig und nahm es ſich zu Herzen. — „Ja, Peter, du biſt der bravſte Menſch auf der ganzen Welt; aber du biſt reich ge- weſen und biſt arm geworden. Verſteh mich recht, du biſt reich geweſen, ehe du berühmt geworden; du haſt nur nicht gewußt, wie reich du biſt. Jetzt, ja, jetzt biſt du oft faſt bettelarm, du bettelſt faſt bei Jedem um ein Bischen Lob. Du haſt es aber gut, du kannst jede Minute wieder reich sein, wenn du nur willst. Frag' nichts nach der ganzen Welt, und du bist mehr als der König."

Peter that diese Zurede Anfangs wehe, aber sie ging ihm doch ein.

Es war auch Fröhlichkeit ohne Ende in der Häuers-Wohnung, denn Peter gab seinen ganzen Verdienst zum Familien-Unterhalt her, und die Familie hatte nun vierfache Ernährer.

Der Häuer war ein stiller und bedächtiger Mann, und mehr als alle Erfahrungen, die er bisher gemacht, ja sogar mehr als die weisen Reden der Schwester, schien das bescheidene, genügsame Wesen des Schwagers auf Peter einzuwirken. Peter war vordem ein einfacher oder auch einfältiger braver Knecht gewesen; er hatte sich nicht viel drauf eingebildet — wenn man sich überhaupt was drauf einbilden kann — ja, er hatte es nicht einmal gewußt, daß er ein in seiner Art achtungswerther Mensch sei. — Der Preis, das Hoch mit Pauken und Trompeten hatte ihn aus dem Schlaf geweckt, und wie gesagt, ein Mensch ist schneller geweckt als wieder in den Schlaf gebracht, und zu dem alten Schlaf kam Peter überhaupt nicht wieder. Er war ehedem in sich still und genügsam gewesen, jetzt mußte er die Einbildung überwinden lernen und bescheiden werden. Nicht so, wie es in der Regel ist, daß gerade die, welche sich über Alle erheben, mit Worten gar demüthig thun; er mußte jetzt wissen, daß er nichts Besonderes war. Da ist der Schwager, er arbeitet sein Lebenlang im Finstern und nicht einmal die Sonne sieht sein Thun, und doch ist er in sich zufrieden, will nicht neben aus, nichts Anderes. Als ihn Peter einst fragte, ob er nie nach etwas Höherem und Anderem getrachtet habe, da sagte der Schwager: „Nein, ich ernähre, so lang es Gott gefällt, mich und meine Kinder; wir leben unser Leben, und mehr braucht man nicht." Als Peter einst erzählte, daß ihn Cläre und Anne-Lise so angestachelt hätten, da sagte der Häuer: „Ja, ja, die Weiber, die haben den ärgsten Ehrenstolz; sie wissen nicht, was man dafür einsetzen muß, um es zu etwas zu bringen, sie bekommen den Verdienst und die Ehre, die der Mann erwirbt, in's Haus getragen, und da heißt es immer: Bring' noch mehr, bring' noch mehr so, der und der ist noch viel höher als du; du wirst doch nicht hinter ihm zurückbleiben wollen? Ich hab' schon gesehen, daß Menschen, ganz brave Menschen, dadurch Diebe und sonst schlechte Menschen geworden sind."

Am Sonntag, bevor es zu den Herbst-Manövern ging, hatte Peter eine große Freude. An diesem Tage war sein Geburtstag, und die Schwester hatte es nicht vergessen. Sie buk ihm zu Ehren einen Rahmkuchen; sie hatte auch nicht vergessen, daß das in der Jugend sein liebster Lederbissen gewesen, und keine Frau auf Erden wußte den Kuchen so gut zu backen wie die Schwester. Der Mann und die Kinder beglückwünschten Peter, als er in die Stube trat, und der Rahmkuchen duftete seinen Glückwunsch. Peter war glückselig. So, ja, so ist man doch ein Mensch, so gilt man doch etwas. Als Peter mit seiner Schwester zur Kirche ging, da sagte er: Er habe fast vergessen, wann er geboren sei; seit der Kindheit habe Niemand etwas darauf gehalten, und er sei's auch eigentlich gar nicht werth.

„O!" widersprach die Schwester, „ein Mann wie du, der so in der Welt dasteht, der darf das nicht sagen. Aber weißt du, wie dir's gegangen ist? Du hast, seitdem du den Ehrenpreis bekommen, fast jeden Tag einen Geburtstag gehabt, jetzt fast dreihundert. O, du bist schon alt. Jeden Morgen, wenn du aufgestanden bist, hast du gemeint — wenn du dir's auch nicht deutlich gemacht hast — heute ist ein wichtiger Tag! Heute bin ich auf die Welt gekommen, und was für ein Mensch! Und da wird man kommen und mir Glück wünschen und was bringen, was man schon längst für mich in Bereitschaft hat; ich will gewiß dankbar sein. — O, lieber Bruder, es hat Jedes an sich zu denken."

„Red' nichts mehr! Gar nichts mehr! Kein Wort mehr!" so unterbrach Peter

die Schwester. Alle seine Gesichtsmuskeln zuckten, sein Athem ging rasch, und schnell verließ er die Häuerin und ging allein voraus in die Kirche. Er hatte aber seine Predigt allein und im Voraus bekommen, und wie ihn Cläre und Anne-Lise aufgestachelt und aufgehetzt hatten, so hatte ihm jetzt die Häuerin wieder Alles abgenommen, was von außen an ihn gekommen war. Er war zum Erstenmal wieder frei, wieder leicht; er feierte wirklich seinen Geburtstag, aber anders als Jemand wußte. Nur die Sehnsucht konnte er nicht los werden: wenn er nur jetzt wieder auf einem Hofe wäre, er müßte beim Wettpflügen nochmals den Preis gewinnen, und dann, ja dann sollte das „Hoch" wahr werden; er wollte auf der Stelle einen bessern Platz erringen. Die Häuerin, der er das erklärte, gab ihm auch hierin Recht, und sie sagte nur, wenn die Herbst-Manöver vorüber und er im zweiten Aufgebot sei, würde er leichter die Stelle bekommen, die ihm gebühre.

Die Herbſt-Manöver! Peter bangte davor und freute ſich darauf; ſein Bangen und ſeine Freude ſammelten ſich auf Einen Punkt, und das war ſein Herr, der Hauptmann.

Als Peter in die Garniſon zog, gab ihm die Häuerin ein Stück Weges das Geleite, und die wußte anders zu ſprechen als Cläre.

„Wenn es dir möglich iſt,“ ſagte ſie, „ſöhne dich mit deinem Herrn aus. Fang' du an, der Geſcheite gibt nach!“

„Ich bin nicht der Geſcheite.“

„Man ſagt auch nur ſo im Sprüchwort. Schau, das Sprüchwort iſt auch geſcheit. Es ſollte eigentlich heißen: Der Gute gibt nach; aber die Menſchen bilden ſich viel mehr darauf ein, geſcheit zu ſein als gut, darum ſagt das Sprüchwort pfiffig: wer nachgibt, iſt der Geſcheite. Aber du haſt Recht, der Gute gibt nach, und du biſt gut.“

„Das nutzt mir aber nichts, im Gegentheil . . .“

Nun ward aber die Häuerin eben ſo pfiffig wie das Sprüchwort, ſie merkte wohl, daß ſich Peter gern mit ſeinem Herrn ausſöhnen möchte, aber ſein Stolz ſtand ihm entgegen; ſie bat nun, es ihr zu lieb zu thun, ſie werde es ihm nie vergeſſen, wenn er ihr folge, und es ſei auch klug, wenn er ſich nochmals mit ſeinem Herrn ausſöhne; nicht, um bei ihm zu bleiben, nein, von einem feſten Platz aus bekäme man viel eher eine höhere Stelle, als wenn man unſtät und flüchtig in der Welt umher taumle.

Peter reichte der Schweſter die Hand, und wie er ihre Hand lange ſtumm feſthielt, ſagte der Druck Alles; es gab nichts mehr zu reden.

Zwölftes Kapitel.

Weltliche Wallfahrt und jüngstes Gericht. Manöver und glücklicher Rückzug.

Aus Werkstätten, Kaufmannsläden und Studierstuben, vom Pflug hinweg und aus Fabriken und Bergwerken kommen junge Männer und wandern einem Ziele zu. Das ist ein Wandern auf Waldwegen und gebahnten Straßen, ein Reiten und Fahren, und Alles hat nur Ein Ziel; und doch hat Jeder sein eigen Herz im Leib, sein eigenes Sinnen und Hoffen, bis sie in geschlossenen Reihen nach Einem Willen, nach Einem Wort sich bewegen. Es ist fast wie eine Wallfahrt nach der sichtbar erscheinenden Zusammengehörigkeit der Vaterlands-Genossen. Noch sind es nicht alle Deutschen, die einem gemeinsamen Gedanken gehorchen, und noch erscheint dieser Gedanke nur unter den Waffen. Aber wir hoffen die Zeit, wo alle diejenigen, die die gleiche Sprache reden, auch dem gleichen Einen Willen gehorchen, und wo die reine Größe und Einheit des Vaterlandes sich in friedlicher, freudiger Gemeinschaft zeigen wird.

In diesen schönen Herbsttagen wanderten von allen Eden und Enden, aus allen Berufsarten die jungen Männer zusammen, um sich in der Kriegskunst zu üben. Manchmal einzeln, manchmal in Trupps kommen sie daher, bis sie sich sammeln zu einem Strom; und ist der Einzelne auch nur ein Tropfen — der Strom und das Meer bestehen nur aus Tropfen, sie werden erst was sie sind durch die Sammlung zur Einheit.

Vielleicht gibt es Manche, die den einsam dahinwandelnden Peter für etwas weniger als einen Tropfen halten. Wir kennen ihn besser und geleiten ihn gern; er kommt wol doch noch zu einem Ziele, wo er sich bewähren wird.

Peter war stundenlang einsam gewandert, er hatte eigentlich gar keine Gedanken mehr, und dem großen Commando gegenüber, das an ihn erging, hatte er nur das Wort: „Zu Befehl." Peter konnte indeß nicht lange einsam dahin wandern; ein fröhlicher Kamerad, es war der Hornist, gesellte sich zu ihm. Dem Hornisten war es gut ergangen während des Sommers. Er war Mitglied einer Bademusik in einem vielbesuchten Gebirgsbade gewesen, und er wußte nicht genug zu rühmen, wie fröhlich das Leben sei und auch einträglich; denn Morgen- und Abendständchen wurden gut bezahlt, und bald im Walde, bald auf Wasserfahrten wurde lustig aufgespielt. Der Hornist war eine sorglose, übermüthige Natur. Peter kam sich ganz trübselig neben ihm vor, und doch hätte er das Recht gehabt, lustiger zu sein, als der Hornist. Hatte der je eine solche Ehre erfahren, wie sie Peter mit sich herum trug? Ja, aber die Lustigkeit läßt sich nicht geben; aus Ueberlegung gewiß nicht. Der Hornist kürzte Peter in doppelter Weise den Weg, denn erstlich war er unterhaltsam und wußte viel zu erzählen, und dann — Peter war immer den graden langen Fahrweg gegangen — schnitten sie jetzt überall ein gut Stück Wegs ab; denn der Hornist kannte alle Fußwege hinter den Dörfern herum, durch die Wiesen und Felder, die jetzt im Herbste gangbar waren, und wo ein Mädchen in einem Garten Wäsche aufhing, wo eines auf der Wiese den Flachs ausbreitete, da hatte er Scherze und Neckereien genug, und Peter sah immer lächelnd zu, er konnte nicht mitthun. Der Hornist hatte nicht Unrecht, wenn er ihm sagte: „Du trägst schwer an deiner Ehre, ich möchte sie nicht haben." Manchmal blies auch der Hornist auf seiner Klappen-Trompete, die er umgeschnallt hatte, lustige Stücklein, so daß die Aecker auf den Feldern und die Leute in den Dörfern ihm zujauchzten, und er sagte dann, daß ihm diese Bezahlung fast so lieb sei, als die im Badeorte.

Bei einem Uebergang von der Wiese auf die Landstraße standen die beiden Kameraden plötzlich still und grüßten soldatisch; auch der Offizier, der des Weges daher ritt, grüßte, hielt einen Augenblick an, dann gab er seinem Pferd die Sporen.

„War das nicht dein Herr, der Hauptmann?" fragte der Hornist.

„Ja wohl, er hat mich, wie es scheint, nicht kennen wollen; aber mein Brauner, der hat mich gekannt und hat still gehalten. Der Hauptmann hat ihm die Sporen gegeben, da kann er natürlich nicht mehr stehen bleiben, und schau! schau! wie er ausschlägt, wie er ihn spornt und haut! Er muß es büßen, daß er mich noch gekannt hat."

„Was hast du denn eigentlich mit deinem Herrn gehabt?" fragte der Hornist. Peter fing mit Klagen und Vorwürfen an zu erzählen, aber je weiter er erzählte, um so mehr ging er mit Vorwürfen gegen sich selber los. Wenn die Häuerin hätte zuhören können, sie hätte ihre Freude daran gehabt, wie Peter jetzt Alles ganz anders, und wahrscheinlich viel richtiger ansah. Er redete in den Hornisten hinein, wie wenn er der Hauptmann wäre. Es half nichts, aber es erleichterte ihm doch das Herz. Und als er jetzt dem Hornisten sagte: er möchte dem Hauptmann Alles berichten, bejahte dieser lächelnd.

Immer mehr Kameraden sammelten sich, auch der Kellner war dabei und trug jetzt mit Recht seinen Schnurrbart, gehörte aber doch nur zur Infanterie. Man sang hell, auch Peter sang mit, Anfangs nur, weil Alles zusammen gehörte, aber bald wurde er in der That fröhlich, und jetzt im Lager konnte sich keiner mehr von dem heitern Tummeln ausschließen.

Mitten in der Fröhlichkeit — es waren noch zwei Tage bis zum wirklichen Beginn des Manövers — that sich eine Art besondern Weltgerichtes auf. Wie wenn sich die im Leben zerstreuten Menschen in einem Jenseits sammelten, und: was bist du? Wozu hast du's gebracht? hieß es hin und her. Für Klagen über verfehlte Hoffnungen, über mißlungene Unternehmungen, gab es hier gar kein Mit- leid, man wurde nur tüchtig ausgelacht; das war die einzige Höllenstrafe, und die hatte der alte Oberfeuerwerker dictirt, denn er hatte ein für allemal erklärt, und das galt wie ein Tagesbefehl: „Ein gesunder, lediger Mensch, dem es schlecht geht, der verdient's nicht besser; warum hilft er sich nicht?"

Peter hatte es allerdings zu nichts Besonderem gebracht, aber er hatte doch Ehre, und das ist eigentlich das Beste. Da sind die Zeugnisse davon, und da ist der Hornist und da der Bombardier, sie können's bezeugen, wie man „Hoch" über ihn ausgerufen und ihn gekrönt hat. Aber der vermaledeite Bombardier gab den Spitznamen „Preiselspeter" — den er doch nur gehört hatte — als seine eigene Erfindung aus und ließ sich darüber berühmen. Wo nun Peter auf heuchlerisches Zureden seine Springuhr und das Zeitungsblatt zeigte, da hieß es: „Ah, darum heißt du der Preiselspeter?" und das Lachen über ihn war wohlfeil. Selbst der Hornist, dem Peter so gut kameradschaftlich that, und der ihm doch Dank schuldig war — wer hat ihn denn damals mit Ehren an sich gezogen und die Zeche bezahlt mit dem Kellner? — sogar der Hornist fiel jetzt von ihm ab und stellte sich auf Seite des Bombardiers und der Spötter; das ist lustiger und man gilt mehr dabei.

Es war nur gut, daß während des Manövers, wo es heiß herging, die Gelegen- heit zu Spöttereien abgeschnitten wurde. Glücklicherweise ward der Bombardier mit seiner Geschützabtheilung, die sein Hauptanhang war, dem Feinde zugetheilt. Peter, der als Stangenreiter beim Geschütz war, hätte manchmal gern geholfen scharf laden, wenn er nur gewußt hätte, daß er drüben den Bombardier und die Seinen trifft.

Der Hauptmann sprach während des ganzen Manövers kein überflüssiges Wort mit Peter. Er mußte ihm bei den Uebungen, beim Schanzenbau in der Nacht, oft etwas sagen, und das war schon fremd genug, daß er ihn nie beim Vornamen, son- dern immer Gretsch rief, und ihm nur sagte, was zur Sache gehörte, weiter nichts. Von einer Frage: was er jetzt sei, wie's ihm jetzt gehe, gar nicht zu reden.

Es war am Abend als die Herbstübungen geschlossen wurden. Peter hatte seinen Abschied aus der Linie erhalten, der Hauptmann hatte ihn selbst übergeben und gegen Peter nicht anders gethan, als gegen die Uebrigen. Als Peter vortrat und den Abschied empfing, und mit der Rechten eine Bewegung machte, als ob er sie dem Hauptmann darreichen wollte, hatte dieser gethan, als ob er's nicht sähe. — Und, Rechtsumkehrt, Marsch! Aus ist's und vorbei.

Peter war frei, jetzt konnte auch die hohe Stelle kommen; aber das Be- nehmen des Hauptmanns hatte ihn so kleinmüthig gemacht, daß er sich wie verstoßen vorkam von der ganzen Welt, und trotzdem der Herr ihn so hart behandelte, war es im Grunde des Herzens doch sein einziger Wunsch, daß er ihn wieder mitnehme; meinetwegen wieder als Knecht, wie früher; aber anbieten kannst du dich nicht, ja, wenn er dich auffordert, wieder mitzugehen — davon ist aber keine Rede. Nein, nein, was er mir sagt, das thu' ich. Peter nahm seinen letzten Laib Commisbrod und ging damit nach dem Stall; der Braune soll's wenigstens nicht entgelten, daß sein Herr so hartherzig und neidisch ist, er und Peter waren stets gute Freunde, und sie bleiben's. So saß nun Peter im Stall, schnitt dem Braunen sein Brod vor und aß von Zeit zu Zeit selber mit, grade wie damals nach dem Pflugpreis. O wie lange ist das schon her, und doch ist's, als wär's erst vor einer Stunde gewesen, und was dazwischen liegt, ist nur wie ein Traum und Alles nicht wahr. An den Braunen gelehnt, sagt Peter halblaut: „Du alter Kamerad. Wenn du's ihm nur sagen könntest, er soll nur ein gut Wort, ein einzig gut Wort sagen: komm mit Peter, — aber Peter muß er sagen, und nicht Gretsch — und da will ich besser rennen, als du, und will ihn nicht fragen, was ich sein soll; du fragst ja auch nicht, ob man dich an den Pflug oder an den Wagen spannen oder satteln will. Sei nur ruhig, ich bin nicht verrückt. O, ich bin arg in·der Welt herumgestoßen, der Teufel soll den Preis holen; nein, das nicht, aber heim möcht' ich mit dir . . ."

Plötzlich rief eine Stimme, es ist die Stimme des Hauptmanns:

„Peter!"

„Befehlen, Herr Hauptmann."

„Was machst du da?"

„Ich füttere meinen Braunen."

„Was soll das?"

„Ich weiß nicht."

„Was willst du?"

„Ich möchte wieder mit dem Braunen da."

„Gut, komm mit."

Komm mit! ja, der Herr hat selber das Wort gesagt: komm mit! Das Wort, das Peter von ihm verlangt hat. Komm mit! o, da liegt Alles drin.

„Du kannst den Braunen reiten, sattle mir den Rappen."

Der Hauptmann selber mochte gerührt sein, da er das Angesicht Peters sah, und Peter sah gar nichts mehr von der Welt. Komm mit! Komm mit! ruft und deutet Alles; das Pferd, der Herr, die ganze Welt schwamm in den Thränen, die ihm aus den Augen quollen. Aber fort! Vorbei! Jetzt ist keine Zeit zum traurig sein. Jetzt ist die ganze Welt lustig. Peter kommt zu Pferde wieder heim. Da werden sie aufschauen, und der Hornist, ich bezahl's ihm, er muß mit und muß den ganzen Weg und mitten im Hof blasen und trompeten, daß Alles zusammen läuft und staunt.

„Du hast Schweres durchgemacht," begann der Herr wieder.

„Befehlen, aber ich meine . . ."

„Ich weiß, ich weiß, und will dir etwas sagen. Von jenem Tag an, als du den Preis gewonnen, hast du keine Arbeit mehr thun wollen, wo man nicht Hoch dabei ausruft. Das muß vorbei sein. Ist's vorbei?"

Wie wenn ihn eine Kugel getroffen hätte, stand Peter da. Das war ja mit einem Wort Alles, Alles, warum er so unglücklich geworden, in die Welt hinaus gelaufen war und immer gewartet halte, daß man ihn mit Pauken und Trompeten einholen würde.

„Das ist, das ist, Herr Hauptmann," stotterte Peter.

„Und es ist nun vorbei?"

„Zu Befehlen, Herr Hauptmann. Jetzt seh' ich, ich bin doch ein elender Deserteur gewesen."

Der Hauptmann sprach kein Wort mehr und er ritt heim und hinter ihm drein Peter mit dem andern Knechte; jetzt, da Peter wieder auf seinem Braunen saß, war's ihm, als läge er daheim in seinem alten Bett. Erst nach einer Stunde Weges rief der Hauptmann:

„Peter, komm hieher."

Peter ritt links an seine Seite und hielt sich um eine Pferdekopfs-Länge zurück.

„Also Peter," begann der Hauptmann wieder, „du schlägst dir das Hochrufen aus dem Kopf. Sei brav für dich, und frage nicht darnach, was die Welt dazu sagt. Thue recht und schau auf Niemand."

„Danke, Herr Hauptmann. Das Wort behalte ich mein Lebenlang. Ich will's beweisen."

„Nun gut, du bist mir gefolgt, ohne zu fragen; jetzt will ich dir sagen, was du werden sollst. Der alte Hüfner auf dem Sattelberger Vorwerk kann der Sache nicht mehr vorstehen, du sollst an seine Stelle treten; da oben auf der Höhe, wo dich Niemand sieht, da kannst du grundmäßig deine Arbeit thun, rechtschaffen wie früher, ohne auf Ruhm und Lob zu warten."

„Da ist Gott mein Zeuge, daß das so sein soll!" rief Peter. Jetzt reichte ihm der Hauptmann selber die Hand, und glückseliger, rechtschaffener war Peter nie gewesen, als jetzt, da er seine Hand in die des Hauptmanns legte.

„Herr Hauptmann, darf ich was erzählen?" fragte Peter nach einer Weile.

„Es hat Zeit, wenn wir daheim sind, in Ruhe."

„Nein, erlauben Sie mir das Eine; es ist nicht viel."

„Nun, was ist es denn?"

„Sie werden lachen, Herr Hauptmann, aber es ist doch so. In der Nacht, wie ich den Preis bekommen habe, hat es mir ganz deutlich geträumt, daß wir so mit einander reiten, und der Herr Hauptmann haben ganz brüderlich mit mir gesprochen, und wie Sie mir eben Ihre eigene Mütze auf den Kopf setzen wollen, bin ich aufgewacht."

„Ich würde dir meinetwegen gern die Mütze schenken, aber ich fürchte, du glaubst mir dann immer an Träume; drum lassen wir's gut sein. Jetzt kurzer Galopp!" schloß der Hauptmann, und das ist ein lustiges Reiten, und im kurzen Galopp sprengte Peter mit seinem Herrn in den Hof.

Es bliesen keine Trompeten, als Peter wieder auf den Hof kam, es lief nicht Alles zusammen, und doch war er glückselig. Zwar gab es ihm einen Stich in's Herz, als er hörte, daß Anne-Lise sich verheirathet habe, aber er faßte sich bald;

denn er schwur hoch und theuer, daß sie es gewesen, die die Eitelkeit und Ruhm-
begier in ihm gereizt hatte, und fast wäre er daran zu Grunde gegangen.

Ueberhaupt fand Peter den ganzen Hof verändert. Es war außer Cläre und
einem alten Schäfer Niemand von den früheren Dienstboten mehr da; denn bald,
nachdem der Hauptmann Peter so standrechtlich abgeurtheilt und fortgeschickt hatte,
zeigte sich an den zurückgebliebenen Dienstboten, daß sie die verübte Ungerechtigkeit
und Härte empfanden. Daß der Hauptmann immer barsch war, das wußte man
und verlangte es nicht anders von ihm; aber auf seine Gerechtigkeit hatte man stets
gebaut. Jetzt war sie schadhaft geworden, und Knechte und Mägde ließen ihn
merken, daß sie das wohl verstünden. Selbst Konrad, der doch froh darüber war,
daß Peter fort mußte, sagte einst dem Herrn, als er ihn scharf zurecht wies,
gradezu: er sei nicht wie Peter, der zu Allem, was man ihm angethan, still geschwiegen habe.

So hatte auch der Hauptmann seine Lehre bekommen, und daß er Peter wieder
mitnahm, war Zeugniß genug, daß sie nicht vergebens war. Er hatte lernen müssen,
auch die Ehre eines Knechtes achten. Freilich war ihm seine Lehrzeit leichter geworden, als Peter, vielleicht aber auch nur äußerlich, und in sich hatte er nicht minder zu kämpfen.

Cläre war wie gesagt auf dem Hofe geblieben, obgleich sie einmal dem Herrn
in's Gesicht hinein gesagt: Der Weg, den Peter gegangen, sei auch für sie offen.

Anfangs wollte es Peter fast betrüben, daß nicht seine alten Dienstgenossen
jetzt sahen und staunten, wie er wieder zu Ehren gekommen, und zu viel größeren;
aber das war nur noch der letzte Rest seiner Eitelkeit, und wie ein Zauberspruch
wirkte das Wort: „Thue recht und schau auf Niemand."

Es kam der Jahrestag des vorjährigen landwirthschaftlichen Festes. Am Abend
vorher trat der Herr wieder auf Peter zu, der im Feld gewesen war, und sagte:

„Peter, du gehst morgen wieder mit zum Wettpflügen."

„Zu Befehl, aber . . ."

„Was aber? sprich nur offen."

„Herr Hauptmann, wenn's erlaubt ist, ich möchte daheim bleiben.'

„Warum? Fürchtest du, besiegt zu werden?"

„Nein, das nicht, aber . . ."

„Vorwärts! Was giebt's?"

„Ich hab's genug. Ich müßte lügen, wenn ich nicht gestehen wollte, wie es
mich so lang ich lebe freuen wird, daß ich den Preis bekommen; aber es sollen ihn
jetzt auch Andere haben, und ich wünsche nur, daß der, der ihn jetzt kriegt, ihn nicht
so theuer bezahlen muß, wie ich."

„Gut; aber dem alten Herrn, der dir das Hoch ausgebracht, darf ich doch einen
Gruß von dir sagen?"

„Ja wohl, und sagen Sie ihm, daß ich jetzt auch eine Rede halten könnte über
Alles, was ich erlebt habe. Ich hab's ausgerechnet: ich bin neun Monate in der
Welt herum gefahren und bin jetzt wie neu geboren."

Der Hauptmann lachte und sagte nach einer Weile: „Ich werde an deiner Stelle eine Rede halten, zum Erstenmal in meinem Leben. Es ist gut und schön, daß man Preise für rechtschaffene Arbeit austheilt; aber diejenigen, die solche Auszeichnungen erhalten, sollen nur dadurch ermuntert werden, immer besser zu werden in dem, was sie sind. Kannst dich darauf verlassen, daß du und ich unsere Erfahrungen nicht umsonst gemacht haben sollen."

Jetzt wäre Peter doch gern mit zum landwirthschaftlichen Feste, nicht um nochmals den Preis zu gewinnen, sondern um seinen Hauptmann reden zu hören. Der

hat die Worte lang genug bei sich behalten, wenn er sie einmal losläßt, da muß es dreinfahren wie ein Wetter.

Peter wußte indeß seinen Wunsch nicht vorzubringen, und blieb daheim. Ja, daheim! Wenn man in der Fremde gewesen ist, weiß man erst, was daheim zu bedeuten hat.

„Erlauben Sie, Herr Hauptmann," sagte Peter zu seinem Herrn, als dieser schon zu Pferde saß, „ich möchte bitten, wenn Sie erfahren können, wer der Mann ist, der nicht genannt sein will, der noch die drei Dukaten zu dem Ehrenpreis hinzugethan hat, so sagen Sie ihm meinen Dank."

„So? Du kannst dir also gar nicht denken, wer das war?"

Peter schaute betroffen zu seinem Herrn auf. Ist's denn möglich? Konnte man so einfältig sein und über das Nächste hinüber stolpern? Der Herr, den er für so geizig und hartherzig hielt, der war's; und wie wäre Alles unnöthig gewesen und ganz anders geworden, wenn er das gleich damals bedacht hätte. Der Blick Peters stierte drein wie der eines Irren, und endlich sagte er:

„Aber Herr Hauptmann, warum haben Sie sich mir nicht zu erkennen gegeben? Ich bin so einfältig gewesen."

„Ich bin auch eigensinnig, so gut wie du," sagte der Hauptmann, und ritt davon. Peter schaute ihm lange nach und segnete ihn und sich selbst, und es war ihm ein großer Triumph, der Cläre zu sagen, daß sie doch nicht Alles verstehe; denn die drei Dukaten von damals seien vom Hauptmann gewesen, der im Geheimen Gutes thue.

Cläre ließ sich aber nicht belehren, und sie fragte nur: „Hast du denn die Dukaten noch?"

„Nein, ich habe sie aber doch einmal gehabt."

Cläre lachte laut; Peter kümmerte sich aber nichts darum. Daß sein Herr ihm im Geheimen ein schönes Geschenk gemacht und daß er an ihn dachte, mehr als man je glauben konnte, das war ein goldener Schatz, der sich nicht ausgeben ließ und der ewig vorhielt. —

Als der Hauptmann die junge Frau heimführte und Peter mit allen Dienstleuten und dem ganzen Dorfe ihnen entgegen ritt, da zeigte Peter, daß er selber erfahren hatte, wie man „Hoch" ruft und aus voller Seele, und glückseliger als alle die Reden damals, dort, machte es ihn, da der Hauptmann zu seiner jungen Frau sagte: „Das ist der Peter Gretsch, von dem ich dir gesagt." Die junge Frau reichte ihm die Hand, — ach! die war feiner als alle dort — und sagte: „Mein Mann hat mir Gutes von Ihnen erzählt."

„Sie ist ein Engel vom Himmel, und jetzt weiß ich's, warum der Hauptmann geschmeidiger geworden ist," sagte Peter oft vor sich hin am Gesindetisch, wo's lustig herging und wo er heute regierte; denn er war ja der Hüfner, der vom Vorwerk herunter gekommen.

Die jungen Eheleute, — es soll so die Art Aller sein, daß sie auch Anderen gern zum Heirathen zureden — ermahnten oft Peter, daß er sich nach einer Frau umschaue; er aber will nichts davon wissen. Er gesteht es zwar nicht offen, aber es ist doch leicht zu merken, daß er fest darauf bleibt, Cläre und Anne-Lise seien an seinen traurigen Irrfahrten schuld. Das muß nun das ganze Geschlecht entgelten. Als zu Anfang Winters sein Schwager, der Häuer, starb, nahm er die Schwester und ihre drei Kinder zu sich, und lebt mit ihnen in der Einsamkeit froh und heiter. Die Springuhr hängt am Nagel und hat das Gute, daß sie hier oben, wo man bei Ostwind die Glocken nicht schlagen hört, pünktlich die Stunde angibt. Peter sieht fast nie mehr auf den Deckel mit der Ruhmesschrift. — Anfangs war es Peter schwer, daß er hier oben nicht mehr mit Pferden, sondern mit Ochsen zu Acker fahren sollte.

Es ist nicht so lustig. Allmälig aber gewöhnt er sich, wie er sagt, an den Ochsen-
schritt, und ist vergnügt dabei.

Der Preiselspeter — denn diesen Spottnamen hat er in der ganzen Gegend,
und er hört sich eigentlich gern so nennen, es liegt doch auch ein gut Stück Ruhm
in diesem Namen — der Preiselspeter hat's im Sprichwort: Ich brauche von der
ganzen Welt da unten nichts, als Salz und Tabak; und die Häuerin, die ihm
vortrefflich Haus hält, meint jetzt: die Ehre sei wie Salz, und der Tabaksrauch
wie Ruhm.

Wenn man vom Kynast aus das Riesengebirge überschaut, sieht man auf dem
Sattel eines Vorberges (man nennt ihn auch den Sattelberg) aus der Waldlichtung
heraus ein weißes Haus blinken. Niemand ahnt aus der Ferne, daß die dunkeln
Waldbäume hier oben ein reiches Feldgebreite umgrenzen, das an Neuland noch
jährlich ein gut Stück zunimmt; denn es ist ein eigener Missionseifer Peters, wie es
die witzige Häuerin nennt, „die Haiden zu bekehren," das heißt, aus dem müßigen
Haideland arbeitsame, fruchtbare Aecker zu machen. Dabei vergißt er aber die alten
Aecker, die schon lange redlich ihr Brod tragen, keineswegs. Das Sattelberger Vorwerk gehört zu den bestbewirthschafteten, und Niemand weiß und braucht es auch
Niemand weiter zu wissen, als der Hauptmann und Peter, der Weltpflüger, genannt
der Preiselspeter.

Ein Nachspiel aus der jüngsten Zeit,

oder

Peter wird ein Stück Weltgeschichte.

———

Der Waldbaum auf stiller Höhe läßt Wind und Wetter und alle Jahreszeiten geduldig über sich ergehen; die Vögel fliegen herbei von ihrer Wanderschaft, singen lustig und ziehen stumm wieder ab; heiße Luftströmungen kommen aus dem fernen Osten, und kalte Schauer aus dem Norden, Stamm und Zweige wachsen, wer weiß, wann der Baum abgeholt wird, um verbraucht zu werden. Ein Mensch aber, und besonders ein Soldat, kann nicht wissen, wann die Gemeinschaft ihn braucht und ihn abruft zu neuem Leben oder zum Tode.

Unser Peter lebte so still und friedlich auf seiner Höhe, wie die Waldbäume ringsum. Er hat noch eine besondere Aehnlichkeit mit den Waldbäumen, denn diese kommen erst recht in's Wachsen, wenn sie ein paar Jahrzehnte alt sind und ... oder es ist wol besser, wir erzählen die Sache ordnungsmäßig ...

*   *   *

„So schreiben wir also Anno Neun und Fünfzig!" sagte Peter am Neujahrs-Mittag, als er aus der Kirche wieder heim kam und sich's behaglich machte, um sich zu Tisch zu setzen. „Ja, ja," fuhr er fort, „man redet so lang vom Neujahr, bis es da ist, und so ein abgelaufenes Jahr ist wie ein Todesfall im eigenen Leben: da ist wieder eines abgestorben, und man muß sich still besinnen, was man noch vor sich hat. Und wie viel ist's im Ganzen? Ich möchte nur wissen, wie es in hundert Jahren in der Welt aussieht."

„Ich gar nicht, ich erlebe genug." erwiderte die Häuerin, „so lange die Welt steht, wird es Leid und Freud' geben, hungrige und satte, kranke und gesunde Menschen."

„Magst Recht haben," erwiderte Peter, und zog, nachdem er sich's bequem gemacht, ein bedrucktes Blatt aus der Tasche.

„Hast du schon dein Wochenblatt?" fragte die Häuerin.

„Ja wohl. Die Zeitungen sind auch falsch. Ich habe mir das Blatt gleich mitgenommen vom Boten, und siehst? da steht das heutige Datum drauf und es ist doch schon gestern fertig gewesen. Ich finde das sündlich. Wie kann man den morgenden Tag so fest hinstellen? Wer weiß, ob man noch da ist? Unser Leben ist vergänglich, und im Umsehen heißt es: aus ist's. Der Pfarrer hat auch heute recht schön darüber gepredigt, und wie ich aus der Kirche heraus bin, hätte ich gern allen Menschen die Hand gegeben und Willkommen gesagt, weil wir doch noch da sind und einander in die Augen sehen können. Ich bin aber nur bei der Herrschaft gewesen und habe ein gutes Neujahr gewünscht. Die Frau Hauptmännin läßt dich auch grüßen, und du sollst ihr Eier schicken. Unsere Margret ist wohlauf. Unser ältester junger Herr das wird ein Prachtbursch, ein ganzer Soldat." „Du mußt mir später Alles ordentlich erzählen. Unsere Leute warten auf's Essen," erwiderte die Häuerin und ging hinaus. — Wir aber müssen noch schnell vor dem Essen berichten, was in den acht Jahren, seitdem Peter hier oben wirthschaftet, vorgegangen ist. Es war immer Alles wohlauf, Mensch und Thier und selbst die Preisuhr war immer gesund und bedurfte keiner Reparatur. Der älteste Sohn der Häuerin ist beim Bergwesen verblieben, der zweite ist mit auf dem Vorwerk wie die älteste Tochter, die aber ihren regelmäßigen Lohn bekommt wie eine Magd — Peter ist eigensinnig und thut das nicht anders — die zweite Tochter, die vorgenannte Margret, dient beim Hauptmann. So ist Alles in Ordnung und wohlbestellt.

Peter las jetzt still sein Wochenblatt, zuerst zerstreut hin und her, bald in den Anzeigen, bald in den Hauptartikeln von den Welthändeln; aber in die Liebesgeschichte, die auch darin war, warf er keinen Blick; das ist für das Weibsvolk, das hat's immer gern von derartigen Sachen zu hören, wie Hugo und Adelheid bald glücklich, bald unglücklich sind und allerlei Gefahren zu überstehen haben. Peter nicht zufrieden, wie er jetzt die Fruchtpreise liest. „Wir haben noch guten Vorrath und es zieht noch mehr an," sagen seine Mienen.

Wer den Peter früher gekannt hat, wird schon gemerkt haben, daß er auf seiner einsamen Höhe viel gescheiter und viel männlicher im Ansehen geworden ist, und dazu hat, nächst den Jahren und dem gutgekochten Essen der Häuerin, das Wochenblatt auch das Seinige beigetragen. Anfangs aus Dankbarkeit und weil man doch auch von der Welt wissen muß, wenn man auch nichts von ihr will, hatte Peter sich das Wochenblatt angeschafft, wovon jetzt bereits sieben volle Jahrgänge dort oben auf dem Schranke den Schlaf der Vergessenheit schlafen; da liegt der Krimkrieg und der indische Krieg und alle großen und kleinen Welthändel ruhig bei einander und mussen nicht. Peter hat Alles ordentlich gelesen, wenn auch nicht viel davon behalten. Man kann aber gar nicht sagen, was das thut, wenn ein Mensch, und zwar ein solcher, der wenig Gelegenheit und Lust hat, sich mit Anderen auszusprechen, Jahrelang solch ein Blatt allwöchentlich liest. Jetzt seit geraumer Zeit war es ein neuer Geist, der aus diesem Blatte zu ihm sprach, ein Ton des Frohmuths, den das correcte Verfahren der neuen Regierung erweckt hatte; eine Zuversicht auf die Geradheit und Gerechtigkeit sprach sich jetzt überall aus, und Peter schaute oft auf und nickte dem Manne, der das bewirkt hatte, zu: „So ist's recht! Nur fest und gradaus!" wie wenn ihn der Mann sehen könnte. Eine große Freude war's für Peter, als der Hauptmann zum Landrathe gewählt wurde; nur war das ein Uebel, daß man nicht wußte, sollte man jetzt Herr Hauptmann oder Herr Landrath sagen. Was ist mehr? Und einmal erregte Peter ein großes Lachen, da er zu seinem Herrn: Herr Hauptrath sagte; aber stolz, doppelt stolz war jetzt Peter auf seinen Herrn, und er meinte oft, er sei früher gar kein guter Unterthan gewesen, denn er liebte erst jetzt den Fürsten. Er konnte und mochte sich's wol nicht deutlich machen, daß Liebe etwas Anderes ist als Gehorsam.

Peter hatte eben das Blatt schon dreimal hin- und hergewendet — er schnitt beharrlich die vier Blätter niemals auf — da traten, ohne andere Anmeldung als durch starkes Abtrappen des Schnee's von den Füßen, die beiden Knechte ein und die Magd — oder eigentlich die älteste Tochter der Häuerin — und gratulirten Peter zu Neujahr. Er stand auf, reichte Jedem die Hand und sagte; „Gut. Ich wünsche das Gleiche, und wir wollen, will's Gott, ruhig mit einander so weiter leben."

Die Häuerin brachte jetzt die dampfende Schüssel herein und stellte sie auf den Tisch; der kleine Peter war er — aber jetzt schon groß und schlank — betete vor, und man saß wohlgemuth sich sättigend beisammen.

Weder Peter noch der Knecht, er hieß mit Namen Prinz, hatten eine Ahnung davon, daß in diesem Augenblick in einer fernen großen Stadt in einem großen Schlosse in einer Versammlung von goldgestickten Kragen und glänzenden Orden von ihnen gesprochen und über ihr Schicksal entschieden wird. Freilich wurden sie nicht mit Namen genannt, aber doch ging es sie sehr nahe an. Denn gerade um dieselbe Zeit sprach der dermalige Beherrscher von Frankreich in den Tuilerien in Paris ein paar zornige Worte zu dem Gesandten des österreichischen Kaisers, und die Worte flogen mit Blitzesschnelle auf dem Telegraphen durch alle Lande, und es fiel ein bitterer Tropfen in den Neujahrs-Punsch zu Petersburg, Berlin, London, Wien und Rom.

Peter aber las sein Wochenblatt und rauchte dazu seine lange Pfeife, wie wenn die ganze Welt voll Liebe und Friede wäre. —

Wenn am heiteren blauen Himmel ein kleines Wölkchen über die Waldberge heraufkommt, wer kann sagen, was daraus wird? Laßt nur einen leisen Wind kommen, und es ist nicht da gewesen: aber es kann auch wachsen und wachsen und Niemand weiß woher, und auf Einmal ist der ganze Himmel überzogen und es geht ein Schauer über die Erde und in Krach und Blitz geht's los; kann gut sein, kann Alles wieder erfrischen, kann aber auch Alles verhageln . . .

Am nächsten Sonntag stand das kleine Wölkchen auch schon im Wochenblatt, Peter achtete nicht darauf, und beim Dreschen die ganze Woche hörte er nichts was in der Welt rumort.

Und wieder am Sonntag sprach das Wochenblatt von dem Wölkchen. Was nur die Welt aus solch einem Wort für Aufhebens macht? Es ist nicht mehr als ein Mund voll Rauch in die Luft geblasen!

Und das Wölkchen wurde größer und verschwand einige Zeit hinter den Bergen und wurde nicht mehr gesehen, und auf einmal war es wieder da und war conferenz-schwanger. Peter wußte nicht recht, was das ist mit den Conferenzen; er braucht's auch nicht zu wissen, wenn's nur die wissen, die damit zu thun haben. Aber das Wochenblatt läßt ihm keine Ruhe, es will ihn durchaus in die großen Staatsgeheimniffe einweihen und es hat so was Verführerisches. Wenn Peter das Blatt auch zehnmal weglegt und faft laut fagt: „Es geht mich nichts an, und das versteh' ich nicht —" es lodt ihn doch immer wieder; er kann dem nicht ausweichen, was das Blatt fagen will, und er hört, daß es in Italien, wo der Pabst und der Kaifer von Oesterreich regieren, was zu fragen gibt, und einmal fagt Peter zu feiner Schwefter: „Ich habe allen Refpect vor den Italiern."

„Was weißt denn du von den Italiern?" fragte fie lachend.

„Ja, das ift viel, ift fehr viel, was fie thun, oder eigentlich, was fie fich ver- fagen. Da fteht im Wochenblatt, daß fie nicht mehr Tabak rauchen, um der fremden Regierung, die den Tabak verkauft, kein Geld einzubringen. Das will was heißen, nicht zu rauchen. Ich weiß nicht, ob ich mir's verfagen könnte, wenn's bei uns auch fo wäre; fchwer würde mir's, aber ich meine, ich könnte es doch, und ich meine, daß es nicht Viele könnten, gefchweige Alle durch die Bank, wie bei den Italiern. Ich habe allen Refpect vor ihnen. Ein Volk, das fich das Rauchen verfagen kann, weil es dem Lande gut ift, wenn man's unterläßt, das verdient, daß es ihm gut gehe."

„Ich wünfche es ihnen auch, aber fie gehen mich nichts an."

„Mich auch nicht, aber deßwegen kann ich ihnen doch von Herzen wünfchen, daß es ihnen gut gehe."

Die pfiffigften und ftolzeften Staatsmänner von Paris, Wien und Turin gaben fich alle Mühe, durch ihr beim Vorwerkshofe beglaubigtes Organ, das Wochenblatt, juft unfern Peter vor Allen zu bekehren; fie legten ihm ihre geheimen Briefe vor, wie einem Gefandten, und erlaubten ihm, Abfchrift davon zu nehmen, und jeder be- wies fonnenklar, daß er nichts als Liebe und Güte fei, und nichts als Friede und Glückfeligkeit wolle, und daß nur der Andere ftreitfüchtig wäre. Jeder fagte: wirf du den Stein weg, dann thu' ich's auch, und Jeder fagte: du zwingft mich, daß ich den Stein aufhebe, und es ift eigentlich gar nicht wahr, daß ich's thue; fieh einmal her, ich habe nichts in der Hand, gar nichts.

Peter ward es fchwer, für wen er fich entfcheiden follte, und er war nur froh, daß er nicht mit im Congreß fitzen mußte. Das aber ftand ihm feft: Piemont hat ein klares Recht, mit dabei zu fein.

Und das Wochenblatt kam wieder und Peter wurde faft ein Diplomat. Viel Kopfzerbrechen machte es ihm, wie aller Befitzftand der Welt durch die Verträge von Anno 1815 feftgeftellt fein follte. Die Jahreszahl Anno 1815 aber, die konnte er gut behalten, denn das war ja fein Geburtsjahr, und er konnte fich was darauf ein- bilden, daß mit feiner Erfcheinung die ganze Welt neu feftgeftellt war.

Ob es auch einmal Anno 1814 gegeben hat, das kümmert Peter nicht und die Welt nicht.

Und das Wölkchen wurde immer größer und fchwerer, und es hieß: es ift nicht wahr, daß es mit einer Conferenz fchwanger geht, Krieg wird es bringen, Krieg mit der ganzen Welt; der Bonaparte fpukt wieder. Sonntags nach der Kirche galten drunten im Dorfe diejenigen am meiften, die vor Zeiten den Krieg mit Napoleon mitgemacht; die wußten, wie es im Krieg zugeht, die konnten berichten. Ja, fogar der Nachtwächter wurde eine bedeutende Person, und stolze große Bauern hielten sich in seiner Gesellschaft auf und hörten ihm eifrig zu, wenn er erzählte: wie Füße und Arme und Köpfe herumflogen, und wie der Bonaparte ausgesehen habe. Man wollte ihm nicht glauben, daß er nur ein kleiner untersetzter Mann gewesen sei, der kaum das preußische Militärmaß hatte; das sagt der Nachtwächter gewiß nur, weil er auch zu den kleinen gehört.

Wenn Peter Alles, was er gehört hatte, Sonntags heim trug auf seinen Berg, lag zu Haus das Wochenblatt und packte ihn zuerst noch einmal und ließ ihn nicht los; aber freudig war's auch, was die Landstände thaten und sprachen, und das muß ein Glück sein, wie Regierung und Landstände Ein Herz und Eine Seele sind und nichts wollen, als was Recht und Gesetz ist, und die alten Heuchler und Großmäuler, die müssen jetzt unterducken. Peter wurde ein so großer Politiker, daß er manchmal gern mitten in der Woche gehört hätte, was in der Welt vorgeht. Aber nein, nein, das darf man nicht über sich kommen lassen; die Welt kann's machen ohne dich und du ohne sie. So, so haben wir abgetheilt.

Peter schickte dennoch jetzt jedesmal am Sonnabend seinen Neffen hinunter in das Dorf zum Boten; der Sonnabend Abend ist wie geschaffen zum Lesen, freilich schläft man schlecht darauf, aber das schadet nichts, und dann kann Peter auch Sonntags nach der Kirche besser mitreden, wenn er schon das Wochenblatt im Leib hat; er hat's schon mehrfach gemerkt, die Anderen reden doch auch nur, was darin steht, oder wenigstens ist das das Beste was sie sagen.

Und immer unruhiger wurde Peter, er nahm's fast gleichgültig auf, daß in einer Nacht zwei Kühe auf einmal kalbten, und „du hast Recht, daß du lachst," sagte er zu seiner Schwester, denn diese lachte ohne Aufhören, weil Peter ausgerufen hatte: „Das ist ein Zeichen, die Kühe wissen auch, daß es Krieg gibt; aber es gibt doch keinen, das wird wieder vertuscht."

Peter war eben so gescheit und eben so dumm, wie die meisten Menschen im vergangenen Jahre zur Zeit als der Schnee schmolz; die Gescheiten, die an den Krieg glaubten, waren gerade so zahlreich, wie die, die nicht daran glaubten.

Selbst beim Aussäen der Sommersaat mußte Peter immer an die Welthändel denken, und einmal, als er müde heim kam und den leeren Sack an den Nagel hing, sagte er: „Und mag's werden wie es will, hier oben herauf kommen keine Soldaten, und meine Felder werden nicht zerstampft, und wenn's los geht, komme ich wieder nach Mainz an den schönen Rhein, da war ich fröhlich und frisch."

Und die Wolke wurde höher und breiter, und Peter ging sogar mitten in der Woche hinab in die Schenke; die Einsamkeit, die er so lange Jahre, fast ohne es zu wissen, geliebt hatte, wurde jetzt beängstigend. Er merkte es erst, daß er eigentlich keine Nachbarn hatte, als die Waldbäume, die sind wol treu und immer auf dem Fleck, so oft man zu ihnen kommt, aber sie leben still für sich und geben nicht Red' und Antwort. Als am Pfingsttage der Knall losging — die österreichische Kriegs-erklärung — da war's Peter, wie wenn's in der Nachbarschaft brennt: es brennt drüben über dem Berge! Man sieht die Flamme am Himmel widerscheinen! Du kannst nicht helfen, aber du mußt doch wach sein, kannst nicht ruhig schlafen; du eilst zu Nachbarn und sprichst mit ihnen: da und da ist's, es wird bald aus sein, und gottlob, es geht kein Wind. — Dein Reden hilft nichts, aber du hast dir doch die Beängstigung weggesprochen. Gerade so war's Peter, wenn er noch manchmal am späten Abend hinab in die Schenke eilt, um wenigstens mit einigen Nachbarn ein paar Worte zu reden.

Am Sonntag nach Pfingsten ging Peter gar seltsam bewegt heimwärts den Berg hinan. Es nützte nichts, daß er den Rock über der Schulter trug, es blieb ihm doch heiß und eng, und manchmal murmelte er vor sich hin: „Deutsches Vaterland! Ja, ja, deutsches Vaterland. Und Preußen? das ist da mit d'rin oder daneben? Ich bin doch in einer deutschen Bundesfestung gewesen, aber Deutschland hat es nirgends geheißen; das war Hessisch.

Ja, wenn mir nur Einer das erklären könnte. Der Pfarrer hat das recht schön, recht herzlich gesagt; aber er hätte doch noch etwas dazu thun können, daß man das auch besser versteht.

Wenn ich nur Jemand hätte, so einen Grundgelehrten, der Alles weiß. Ja, wenn man erst anfängt zu denken, sieht man erst recht, wie dumm man ist und wie man nichts gelernt hat."

Es ist gut, daß es ein braves Wochenblatt in der Welt gibt. Am andern Sonntag fand Peter eine richtige, rechtschaffene Aufklärung.

Es war nämlich vom Ministerium angeordnet worden, daß fortan in den Segenswunsch des Kirchengebetes auch der für Deutschland aufgenommen werde, und Peter war nicht der Einzige in Preußen, der nichts davon gewußt hatte oder nichts davon wissen wollte, daß es außer Preußen noch schöne Länder gibt, in denen deutsche Herzen leben und die sich mit Preußen gemeinsam als Kinder ein und desselben Vaterlandes erkennen.

Das Wochenblatt belehrt ihn jetzt gründlich darüber und zeigt ihm, daß, wenn Alles, was die deutsche Sprache spricht, zu einem Lande mit ehrlicher, gewissenhafter, verfassungsmäßiger Leitung gehörte, wir Teutschen in erster Reihe aller lebendigen Völker stünden und wir mit bestimmen müßten, wie die Welt geordnet sein soll, während bis jetzt die Rede von Deutschland niemals ist.

Als Peter am Sonntage darauf das Gebet für das deutsche Vaterland und dessen Einheit hörte, sagte er laut Amen — bevor noch der Schluß gesprochen war. Alles in der Kirche wendete sich nach ihm, er aber schaute frei umher, und an diesem Tage zum Erstenmal lernten die Menschen den Preiselspeter neu kennen. Man hätte das gar nicht hinter ihm gesucht, wie kommt denn der auf einmal dazu, sich so heraus zu machen? Was weiß denn der?

Ja, wie gesagt, gerade solche Menschen wie Peter sind oft wie die Waldbäume, die kommen auch erst nach Jahrzehnten in's rechte Wachsthum, das heißt, leiblich ist unser Peter nicht mehr in die Höhe gewachsen, im Gegentheil, da ist er nur in's Laub geschossen, aber im Denken, da hat er eben in diesem heißen Jahre einen Schoß angesetzt, der sich gar nicht vermuthen ließ.

Nach der Kirche hielt Peter seine besondere Predigt über das Amen, das er ausgerufen, da ihn Alle deswegen neckten; und wenn auch viel Wochenblatt-Weisheit in seiner Rede war, es ist ja eins, von welchem Schaf die Wolle ist, wenn nur der Rock gut auf den Leib paßt.

Wie wenn ihn Jemand schiebe und trage, so fröhlich ging er heute den Berg hinan. Er hat auch etwas dazu gethan, daß die Menschen wissen, was an der Zeit ist und — werft nur den Stein auf ihn — es thut ihm besonders gut, daß er merkt, er gehöre zu den Gescheiteren. Er kann's selber nicht begreifen, wie er früher so einfältig gewesen, und ja, wenn ihn nur die Anne-Lise heute gesehen und gehört hätte, die würde es bereuen, daß sie einen Mann, der so wird, verrathen und verlassen hat. Aber halt! Daß muß Alles vorbei sein, du bist nichts Besonderes, im Gegentheil, sei froh, daß du bist wie tausend und aber tausend Andere. Peter war doch noch immer im Stillen, ohne daß er es wußte, etwas eitel gewesen; das heißt, er machte sich noch immer gern mit sich zu thun und hatte es gern, wenn sich auch Andere — und war's nur die Häuerin und die Kinder — mit ihm zu thun machten und ihn lobten.

Jetzt erst, jetzt war alle Eitelkeit abgethan. Du bist nichts Besonderes, du stehst im großen Ganzen, und da ist man noch besser aufgehoben.

Die Schwere, die Jeden überkommt, der über sich hinausdenkt, wurde Peter aber auch nicht erspart.

Während Peter von den Neuangehörigen im deutschen Vaterlande erfuhr, war er gleich bei der ersten Bekanntschaft böse auf sie, besonders auf die Baiern und Schwaben und wie alle die da drunten heißen, die Alle aus Furcht vor Krieg jetzt schon Krieg wollten.

Unser Peter haßte den Störenfried auch grundmäßig, ganz wie das Wochenblatt; er kannte ja auch solche Menschen, die Eide brechen und mit falschen Versprechen betrügen; die Anne-Lise, die könnte seine Schwester sein.

Nach und nach fing Peter indeß an, gegen die deutschen Brüder außerhalb Preußen etwas milder zu werden. Das Wochenblatt hat Recht: **wir Preußen sind nichts Ganzes ohne das übrige Deutschland, und das übrige Deutschland nicht einmal etwas Halbes ohne uns.** Darum muß Liebe und Einheit sein. Die da draußen kennen uns Preußen nicht, und wir sind auch schuld, wir haben uns lange nicht recht um sie gekümmert. Es geht da leicht wie bei Verwandten, die sich lange nichts um einander gekümmert; man versteht einander nicht mehr. Es wird aber schon werden. Wir verstehen ja Alle deutsch.

Und die Wolke entlud sich in Italien und spie Feuer und Flammen aus, und die Todten zählten immer nur nach Tausenden, und Jeder hat doch auch seine Eltern, seine Geschwister, und ist ein Mensch für sich. Selbst die Häuerin las jetzt das Wochenblatt, um sich recht ausklagen zu können über die arge Menschheit, und Peter schaute sie einmal groß an, denn sie sagte:

„Wenn's recht zuginge in der Welt, müßten sich die Geistlichen alle zwischen die Kanonen stellen und rufen: Das leiden wir nicht, ihr dürft nicht einander erschießen; Menschen dürfen nicht Menschen tödten, die ihnen nichts gethan haben. Da ließ aber nur, da singen sie große Lobgesänge in der Kirche hüben und drüben; die Einen danken Gott, weil er ihnen geholfen die Anderen todt zu schlagen, und da beten die auf der anderen Seite, er solle ihnen das Nächstemal auch helfen. Und da wird Einer zum Herzog gemacht, weil er's verstanden hat, mit gezogenen Kanonen und mit Haubitzen ganze Reihen von Menschen zu Asche zu verbrennen. Ich bin froh, daß ich fünfzig Jahre hinter mir habe, und das auf der Welt nicht mehr lange anzusehen brauche."

Peter schaute bei diesen Worten seine Schwester scharf an und sagte zuletzt weiter nichts als das weise Wort: „Drum ist's eben Krieg." Nach einer Weile aber fuhr er wie im Selbstgespräch fort: „Wir werden bei der Artillerie Alle neu lernen müssen. Wenn ich nur wüßte, wie das ist mit den gezogenen Kanonen! Das Wochenblatt weiß nichts Rechtes davon; wer das schreibt, versteht nichts von der Artillerie, das merk' ich."

Wenn man einmal angefangen hat in der Welt aufzupassen und zu lernen, lernt man jeden Tag Neues dazu. Peter erfuhr jetzt, daß Preußen eine Geige mitspielt im europäischen Concert, und daß Preußen zugleich Mitglied von verschiedenen Gesellschaften ist: vom Zollverein und vom deutschen Bund in Frankfurt. Er verstand nicht recht, was der Spott des Wochenblattes bedeuten sollte, daß der deutsche Bund nicht einmal ein Pferdeausfuhr-Verbot erlassen konnte; aber recht war's, daß man keine Pferde hinaus ließ und bald zeigt sich's ja, wir brauchen sie für uns. „Es wird Ernst," sagte Peter zu seiner Schwester, als die Pferde ausgehoben wurden, und er war schadenfroh genug, hinzuzusetzen: „meinetwegen, und denkst du an das Sprichwort unserer Mutter: Es zahlt sich Alles aus in der Welt? Jetzt ist's gut, daß ich keine Pferde habe; meine Ochsen können sie nicht brauchen."

Es kann kommen, daß auch gescheite Menschen etwas Dummes sagen können, wenn sie meinen, sie müßten auf Alles, was man ihnen sagt, etwas Besonderes erwidern; denn die Häuerin sagte: „Du und deine Ochsen, ihr steht mit einander im zweiten Aufgebot."

Peter war nicht sowohl empfindlich, als vielmehr er ließ nicht gern mit etwas, was das Soldatenwesen betraf, einen Spaß treiben. Er sprach fast zwei Tage nicht mit seiner Schwester, aber lange konnte er's doch nicht aushalten, und als sie das Heu eintheten, mußte er seine Unruhe kundgeben, und er sagte: „Ich möchte dem Waizen und der Sommergerste und dem Hafer zurufen: wachset jetzt nur das einzige Mal ein Bischen schneller, daß ich euch noch einthun kann, denn ich muß fort. Aber das geht seinen ruhigen Weg und kümmert sich nichts drum, was wir sonst noch wollen und was die Menschen vorhaben."

„Ja, ich denke auch oft dran," erwiderte die Schwester. „Jetzt blühen die Aepfel, und die Vögel singen, und Alles ist so lustig, und jetzt in dieser Minute schlagen Tausende einander todt, und was für Mühe und Sorge hat man um ein Kind, und wie wacht man um ein Krankes, und wie weint Alles, wenn man einen

Einzigen zu Grabe bringt — und da werden mir nichts dir nichts Tausende nieder-
geschossen wie die Spatzen, und, hast's auch gelesen? sie haben kaum Zeit, die Todten
zu begraben."

Peter verzieh seiner Schwester ihre letzte alberne Rede und tröstete sie nur, sie
solle nicht so entsetzlich weinen.

Als sie auf dem Wagen saßen und mit einander auf den Kleeacker fuhren,
sagte Peter:

„Ich bin nur froh, daß ich nicht verheirathet bin. Ich danke der Anne-Lise,
daß sie mich betrogen hat; ich bin ledig, und ich melde mich zum ersten Aufgebot."

„Und ich? an mich denkst du gar nicht und an meine Kinder?"

„Dein Peter kann jetzt schon für mich einstehen, und ich will ihm schon Alles
zeigen, und es geht auch morgen noch nicht fort. Wir warten, ja wir sind nicht
so wie die Anderen, gleich obenaus, so in's Blaue hinein losschlagen und Niemand
weiß wohin und warum. Wir gehen ruhig aber fest vorwärts. Sei nur auch
du ruhig. Preußisch heißt nicht schnell anfassen, ruhig vorher besinnen, aber
dann auch nicht mehr loslassen, und nieder muß er, nieder, wie ich jetzt den Klee
ummähe."

Jetzt war's an der Häuerin, ihren Bruder staunend zu betrachten. Was ist
denn aus dem stillen Peter geworden, der sonst so wortlos seines Weges ging und
gegen jedes Kind, ja gegen jedes Thier so gut war?

Als das Heu trocken unter Dach gebracht war, und zwar in reicher Fülle, da
war Peter glückselig und er sagte:

„Gottlob, das Vieh hat doch sein richtiges Essen im Winter, und da ist doch
jetzt für Eines gesorgt, und ich warte auch noch gern, bis wir die Winterfrucht eingethan haben; mit der Sommerfrucht müßt ihr schon allein fertig werden. Schreib'
mir auch, ob die neuen Kartoffeln gut geblieben sind, und ob unsere Pflaumenbäume
gut getragen haben; es fallen schon jetzt so viele unreif ab. Und wenn mich eine
Kugel trifft, so gibst du meine Uhr deinem Peter an dem Tage, wenn er Soldat
wird, und mein Sparkassenbuch, das weißt du ja auch, wo es liegt."

„Du könntest Einem bang machen mit deinem Krieg und deinem Testament,
und es wird doch nichts d'raus. Ich wollte nur, du hättest nie das Wochenblatt
gelesen, das hat dich verdorben."

„Sieh mich an, ob ich verdorben bin, und schau dich um, ob ich was vernach-
lässigt; aber mit euch Weibern soll man eigentlich nicht von Dingen reden, die nur
die Männer angehen. Ihr habt da nichts auszufechten und braucht auch nicht zu
wissen warum."

Bruder und Schwester nahmen sich vor, nichts mehr von den Welthändeln
mit einander zu reden, denn sie wurden immer zu Hausshändeln, und man hatte
doch so lange Jahre so friedlich mit einander gelebt und man hatte auf dem Vor-
werke kein lautes Wort gehört. Es ließ sich aber nicht ändern, man glaubte immer
wiederum sich friedlich verständigen zu können, aber die aufgeregten Gemüther kamen
bald in eine feindselige Streitweise, wie sie eben der Krieg mit sich bringt; denn

Krieg ging durch alle Herzen, und eben wenn die Menschen nicht fest wissen, was sie wollen und sollen, wird aus der Uneinigkeit mit sich selber am liebsten Uneinigkeit mit Anderen.

Und die Wolke wird immer schwerer und steht jetzt zu Häupten. Der Befehl zur Mobilmachung war ergangen, und auf tausend und abertausend Wegen sickert er von Stadt zu Stadt, von Dorf zu Dorf, über Berg und Thal, und auch auf den Sattelberg zu Peter kam er und nahm ihm buchstäblich seinen ersten Knecht vom Pflug weg. Peter brachte ihm selbst das Ausschreiben auf das Feld, wo er eben pflügte. Sie zogen nicht einmal die Furche bis zu Ende, sondern kehrten gleich heim. Hier aber zeigte sich, daß der Krieg nicht nur geheime Depeschen der Staatsweisen, sondern auch noch ganz andere Geheimnisse an den Tag bringt. Nicht einmal die Häuerin hatte etwas davon bemerkt — und sie hatte doch ein scharfes Auge — daß ihre älteste Tochter und der Knecht einander lieb hatten. Jetzt aber brach's in Wehklagen des Mädchens hervor, und der Knecht stand dabei und biß nur stets auf die Lippen und wagte nicht aufzuschauen.

„Was lachst du? Was ist da zu lachen?" sagte die Mutter in höchster Entrüstung zu Peter, der lächelnd Allem zuschaute, „Hast du denn kein Herz im Leibe? Was soll denn daraus werden?"

„Schwiegervater," erwiderte Peter, und das war's in der That, worüber er bei aller Theilnahme doch nicht anders als lächeln konnte. Er, Peter Gretsch, sollte jetzt so eine Art Schwiegervater werden. „Der König Victor Emanuel ist auch Schwiegervater," setzte er noch zur Erklärung hinzu, aber Niemand verstand die Erklärung; war auch nicht nöthig.

„Ich habe nichts gegen dich, du hast bei mir ziemlich ordentlich pflügen gelernt," sagte Peter endlich zu dem Knechte, „wenn du gesund und mit Ehren wieder kommst, kannst du meine Schwestertochter haben, sobald du einen Hausstand ernähren kannst. Jetzt aber bist du Soldat, mach's kurz ab."

Er winkte seiner Schwester, ging mit ihr hinaus und ließ die Beiden allein, dann kam er nach einer Weile wieder, hieß die Beiden Abschied nehmen, und gab dem Knechte noch ein Stück Weges das Geleit.

Beim Walde hieß er seine Schwestertochter umkehren und sie brach ein Vergißmeinnicht am Wege, steckte es ihrem Geliebten auf den Hut, wendete sich still und schaute nicht mehr um.

„Du kriegst eine brave Frau, wenn du gesund und brav bleibst," sagte Peter zu dem Knechte, und das war das Einzige, was er den langen Weg, den Berg hinab, mit ihm sprach. Drunten reichte er ihm die Hand und sagte: „Behüt' dich Gott, Kamerad, und grüß mir den Regenten." Er wendete sich und ging heimwärts.

Als der Knecht schon eine Strecke fort war, rief ihm Peter nochmals mit lauter Stimme zu: „Ich komme bald nach!" Bald nach … Bald nach … Bald nach … tönte es wider aus den Bergen. Peter hatte gar nicht gewußt, daß hier an der Stelle ein Echo ist, und ein Schauer überlief ihn, da er sein Wort dreifach widertönen hörte. Peter war sonst gar nicht so schreckhaft, aber er ging jetzt seit Wochen umher, wie wenn er keinen Schlaf hätte, und in der That schlief er auch unruhig, und selbst beim Essen, wo er doch sonst immer ganz gemächlich war, war es ihm, als käme jede Minute Jemand zu ihm und riefe ihn ab. Wer? Wohin? er weiß es nicht.

Jetzt stand Peter da, in sich zusammenschauernd, wie wenn ihn Geisterstimmen gerufen hätten. Peter ist nicht abergläubisch, er weiß ja, was ihm geantwortet hat: aber ist's nicht so, wie wenn dich die ganze Welt beim Wort genommen? Ja, ich bekenne es und ich halte es.

Als er heim kam, war sein Erstes, was er seiner Schwester sagte: „Nun glaubst du doch an Krieg? Hab' ich's nicht schon lang prophezeit?"

„Ja, ja, jetzt habe ich's schlimmer, als wenn ich ein eigen Kind im Felde hätte. Draußen sitzt sie und will gar nicht schlafen gehen, und gibt kaum eine Ant- wort, wenn man mit ihr redet."

Peter ging hinaus zu seiner Nichte, sie saß am Brunnen auf einem Stein und starrte hinein in die Nacht; sie weinte nicht und klagte nicht, und als Peter sich zu ihr setzte, fragte sie nur leise:

„Ohm, läßt er mir noch was sagen?"

„Nein, aber ich habe mit dir zu reden." Und Peter zeigte, daß er Willen und Kraft hatte, Vaterstelle an seinen Schwesterkindern zu vertreten. Herzlich und streng zugleich wies er seine Nichte zurecht, daß mit Jammern und Klagen und Hinausdenken an Allerlei was geschehen könne, nichts geholfen sei; man müsse jetzt arbeiten und alles Weitere Gott anheimstellen. Es war wunderbar, wie Peter in die dunkle Nacht hinein so tapfer und fest reden konnte, und er richtete seine Nichte buchstäblich auf, denn sie erhob sich und sagte: „Ich dank' Euch, Ohm. Ich will's zeigen, daß ich Eure Gutheit erkenne."

Immer wieder stellte sich's heraus: seitdem Peter für Andere zu sorgen hatte, war er viel mannhafter geworden als damals, da er nur noch mit sich allein zu thun hatte.

Es war nun ein seltsames Leben auf dem Vorwerk. Die Braut ging still um- her, und nur manchmal, wenn sie allein war, hörte man sie traurige Lieder singen; die Bäuerin war geschäftiger als je, und Peter sprach kein Wort mehr vom Kriege, aber der Widerhall drunten im Thale tönte ihm immer im Ohre: Bald nach . . . Bald nach . . .

Eines Abends hielt es Peter nicht mehr aus vor innerer Unruhe: er hatte still vor dem Hause gesessen, und das Schweigen mit seinen Angehörigen war sehr pein- lich; es war, als ob es auf einmal gar nichts mehr in der Welt zu reden gebe als von Krieg, die Pfeife ging Peter immer wieder aus, und plötzlich, als ob ihn Jemand gerufen hätte, ging er den Berg hinab. Wohin? Zum Hauptrath.

Er ging sehr rasch und sprach vielerlei halblaut vor sich hin, was er Alles zu sagen hatte, und es paßte Alles gut und Niemand widersprach, und was Peter nicht in Worten sagen konnte — es ist eine weise Einrichtung, daß der Mensch eine Faust machen kann. Sehr bedeutsam machte Peter zwei Fäuste und schlug damit in kurzen Absätzen in die Luft.

Wie wenn die Gedanken mit ihm durchgegangen und davon gerannt wären, so schnell war Peter drunten auf dem Hof, das heißt ein gut Stück weit davon, denn da hielt er an, und indem er sich mit der linken Hand den Schweiß von der Stirn trocknete — die rechte war noch immer geballt — fragte er sich jetzt erst, wie er denn eigentlich vor den Hauptmann treten wollte. Sollte er eine Lüge vorschützen, daß er Das und Jenes zu berichten habe? Daß der Knecht einberufen war, hatte ja der Hauptmann selbst verkündet und Peter hatte durch den Einberufenen sagen lassen, daß das keine Störung mache; und was sollte er jetzt sagen? Daß die gleichzeitig gebornen Kälber gut gedeihen, daß das Heu gut unter Dach gekommen; was ist da zu berichten? Und doch, so mir nichts dir nichts kommen und vom Krieg sprechen, das geht nicht, und eine Lüge machen noch viel weniger; es ist jetzt Alles ehrlich, muß es sein, von oben bis unten; die Ehrlichkeit muß uns helfen den Feind zu Boden werfen und die andern Deutschen da draußen, die so einfältig sind, uns nicht recht zu kennen, ein Herz und eine Seele mit uns zu machen. Kehr' jetzt um, Peter, kehr nur wieder um und warte die Gelegenheit ab. — Zu spät! Da kommen drei Reiter herangesprengt, es war der Hauptmann und mit ihm der junge Baron Georgi, der damals beim Wettpflügen mit gekämpft hatte, er hat jetzt schon selber ein Gut und gilt als ein braver und freigesinnter Mann, und wer ist der dritte? Richtig, der Herr von Gestern. Peter wußte zwar jetzt seinen wahren Namen, aber bei ihm hieß er noch immer Herr von Gestern, und der Herr von Gestern hatte jetzt keinen Zahnstocher im Mund und sprach sehr laut mit klagendem Ton, und Peter verstand nichts, als: conservative Interessen und edle Traditionen — und diese Worte verstand er auch nicht.

Peter glaubte indeß doch, nicht horchen zu dürfen. Nur nichts Unehrliches! Er trat vor und grüßte.

„Ah, du bist da?" rief der Hauptmann. „Gut, ich habe nach dir schicken wollen; komm gleich zu mir."

Statt aller Antwort mußte Peter laut auflachen, daß es ihn schüttelte; er wehrte sich gegen das Lachen, aber es half nichts.

„Was hast du? was ist dir?" fragte der Hauptmann.

Ja, das konnte Peter nicht sagen, es war ihm eben so wohl und frei zu Muthe, weil er nichts zu lügen, keine Ausrede vorzubringen hatte; und gewiß will der Hauptmann jetzt auch mit ihm reden, wie man es in der Welt machen soll; denn er weiß ja, daß Peter auch das Wochenblatt liest und daß er auch nicht auf den Kopf gefallen ist, außer damals, wo es Niemand gesehen hat.

„Warum lachst du?" fragte der Hauptmann nochmals.

„Verzeihen Herr Hauptmann, ich weiß nicht; es freut mich eben."

„Gut, komm bald nach!" Und fort sprengten die drei Reiter, dem Hof zu.

Peter hielt noch eine Weile still wie eingewurzelt und schaute um und um. Gegen Morgen standen leise angehauchte Wölkchen am Himmel und jenseits ging die

Sonne unter, Peter wendete sich unwillkürlich dahin; jetzt über seinem Vorwerk stand die Sonne in letzter Gluth, der ganze Himmel war eine einzige reine wolkenlose Pracht, und in Peter sprach's: Wenn ich jetzt auch sterben muß, was hat's denn zu sagen? Ich habe doch ein schönes Leben gehabt, ein herzliches, schönes, Ehre und Ansehen mehr als ich verdiene und, die kurzen Pladereien abgerechnet, eigentlich in meinem Leben keine harte Noth, immer gehörig zu essen und zu trinken; und wenn's auch wenig ist, ich habe doch etwas erspart für die Meinigen, sie können sich jetzt schon allein forthelfen, und jetzt kann ich noch mithelfen bei einer großen Sache, wo Jeder, der ein rechtes Herz im Leib hat, gern dabei ist, und man soll einmal sagen: damals hat's auch Männer gegeben, die gern in den Tod gegangen sind, um der Hudelwirthschaft ein Ende zu machen. Ich bin glücklich gewesen und danke Gott dafür, weil er mich jetzt noch helfen läßt, daß Andere nach mir noch glücklicher sein sollen; und wenn einmal meiner Schwester Kind und sein Kind und Kindeskind da geht und fröhlich im Herzen ist, da soll ihr's spüren, daß Einer, der vor euch gelebt hat, dafür gekämpft hat und dafür gestorben ist, daß ihr fröhlich sein könnt. —

Wie wenn er aus der Kirche käme, aus der schönsten, echten, so ging Peter dahin, und war es jetzt ein Wort vom Neujahrstag, das die Welt in Brand steckte, so wurden in Peter, ohne daß er's wußte, ebenfalls Worte vom Neujahrstag neu lebendig; was damals der Pfarrer geprebigt, es stand wieder in ihm auf, und es ist ja eins, woher man's hat, wenn es nur wirklich und wahr in Einem ist. Wie Peter nun weiter schritt, winkte er den wilden Rosen zu, die hier im Thal schon blühten, als ob er sagen wollte: Recht so, daß ihr euch schon herausmacht; es muß Alles heraus, wenn seine Zeit ist. Er pflückte sich eine Rose von einer Hecke am Weg, seine Hände waren hart und fühlten nichts von den Dornen, dennoch löste er die Dornen ab und hielt den Stiel der Rose zwischen den Zähnen, und er ging so in sich begnügt und selbstvergessen des Weges, daß er im Tiefsten erschrak, als ihn ein Mähder im hohen Grase plötzlich „Peter!" anrief. Wer heißt denn so? Und was ist denn das Alles?

Ja, es darf Keiner lange dort oben, hinausentrückt aus der Welt, bleiben in wachem Träumen und Selbstvergessen, dort, wo es nichts zu thun gibt; das darf auch sogar Peter nicht, aber daß er's einmal gespürt hat, bis in's Mark hinein gespürt hat, was es heißt: Leben, ein Mensch sein, ein Wehrmann, ein deutscher Wehrmann, das kann ihm doch Niemand mehr nehmen, und wie sich in der Rinnse hier am Wege in dem kleinen dürftigen Wässerlein das Abendroth in seinen prächtigsten Farben wiederspiegelt, so kann auch jedes Menschenherz, und sei sein Leben noch so unscheinbar, aufleuchten und erglühen von der großen Sonne, die das All bescheint …

Aber wie kommt man am Besten herunter aus allen Weiten in das gewohnte Gleise? Peter denkt nicht viel darüber nach und thut das Beste: er stopft sich seine kurze Pfeife und zündet an. So, jetzt sind wir wieder daheim.

„Ich gehe mit," rief der Mähder. „Was schaust du so drein wie vom Himmel gefallen? Bist du schon stolz?"

„Ich? Warum? Auf was?"

„Weil du Platz-Commandant wirst."

„Ich verstehe dich nicht."

„Man sagt's im ganzen Dorf und auf dem Hof, dein Herr will dich an seine Stelle auf den Hof setzen, weil er in den Krieg ziehen muß."

„So? Wollen sehen."

Der Mähder ging ein Stück Weges mit Peter und redete viel, Peter hörte es kaum, und bei einem Fußweg nahm er Abschied und ging durch die Scheunen nach dem Hof; aber vor dem Herrnhause hielt er nochmals still und sagte sich: Es gibt doch manchmal Ahnungen. Jetzt weiß ich, warum es mich herunter getrieben hat. Aber daheim bleiben? Nein! Wenn Alles in den Krieg zieht, ich daheim und mir berichten lassen, was die Anderen thun? O nein. Lieber Herr, ich bin ja gewiß nicht widerspenstig, aber diesmal, nein, es thut mir leid, ich kann nicht daheim bleiben. Ich weiß die Ehre zu schätzen, daß ich für den Herrn eintreten soll, aber ich kann nicht. Ich könnte nicht mehr essen und trinken und nicht mehr schlafen, wenn meine Kameraden draußen sind, und dazu viel Verheirathete, und Sie, Herr Hauptmann, will sagen Herr Landrath, sind's ja auch. Nein, ich will mit, ich muß mit, ich kann nicht anders.

Peter war so mit seiner Antwort vor der Thür fertig, aber wie wird er sie drin vor dem Hauptmann fertig bringen? Das ist die Frage.

Hätte sich Peter nur nicht so lang mit sich selbst aufgehalten; er hätte Manches hören können; denn die drei Gutsbesitzer hatten viel mit einander zu kämpfen und waren eben so gut aus dem Gleise gekommen wie Peter selbst.

Der Herr von Gestern war ein sehr salbungsvoller Vertreter der alten Regierung und der zaghaften Bedientenpolitik; der Hauptmann, der ehedem gar nichts vom Staate hatte wissen wollen, war jetzt nur preußisch, und was sonst deutsch ist, war ihm kaum der Rede werth; er nannte das übrige Deutschland immer nur den „Krempel" und sagte das Wort immer in so scharfem schnarrendem Ton, daß es noch viel härter klang, als es an sich schon ist. Der junge Baron Georgi dagegen war nicht minder ein guter Preuße, aber was noch mehr ist oder eigentlich drin stecken sollte, ein guter Teutscher mit Leib und Seele.

Peter steht jetzt an der Thür und hört drin den Hauptrath mit den beiden Andern heftig streiten, und der Hauptmann sprach solche treffliche Kernworte — das Wochenblatt selber setzt sie nicht besser, und der junge Georgi sprach — und mit einer Herzstimme, wo man jedem Ton die innere Wärme anmerkte — daß es jetzt Preußen wieder und wieder in der Hand habe, dem langen Elend ein Ende zu machen und endlich ein wirkliches und wahrhaftes Deutschland zu schaffen, und das werde um so gewisser gelingen, da Preußen nun eine rechtschaffene Regierung besitzt. Die ehrlichen und freigesinnten Deutschen in Oesterreich wünschten selbst nichts Anderes, als daß Deutschland seine starke Einheit für sich feststelle; dann haben sie an einem starken und freien Deutschland einen natürlichen festen Bundesgenossen. Drum jetzt nach dem Rhein marschirt, aber nicht, wie Verführer und Verführte wollen, um für

Oeſterreich Italien zu erhalten, das eben ſo gut wie wir Deutſchen ein Recht hat, ein einiges Volk zu ſein. Wer darf ſagen: du biſt nicht reif dazu? Wie lang hat man das uns Deutſchen zugerufen? Wir müſſen jetzt vor Allem ein einiges deutſches Reich errichten, dann ſind wir ſtark genug gegen jeden Feind.

Peter war kein Horcher, er hatte ſchon zweimal angeklopft, freilich etwas leiſe, und man hört ihn nicht; jetzt aber in der Pauſe klopft er nochmals und ſtärker, und der Hauptmann rief: „Herein!"

Wie der Mähder geſagt, ſo war's auch; der Hauptmann erklärte, daß er ein= rücken müſſe, und daß Peter ſofort auf den Hof ziehen ſolle, um Alles zu beauf= ſichtigen.

Peter wollte drein reden und ſagen, daß er das Alles ſchon wiſſe, aber der alte ſoldatiſche Gehorſam duldete das nicht; er hörte ſtramm und aufmerkſam zu, bis der Hauptmann fragte:

„Nun? Was meinſt du dazu?"

„Schönen Dank und es macht mir große Freude, recht große; und Ehre und Dank und ... und — Ehre, ja große, und ich werde das nie vergeſſen, und wie draußen die Sonne untergegangen iſt, daß ich gleich hätte ſterben mögen für meine Mitmenſchen, für das Vaterland —"

„Du ſollſt nicht ſterben," half der Hauptmann dem Stockenden und Stottern= den, dem der Schweiß von der Stirn rann.

„Danke, es freut mich, Herr Hauptmann, daß wir einmal recht mit einander im Feuer ſtehen."

„Du kommſt ſo bald nicht dazu, du ſtehſt im zweiten Aufgebot."

„Ich will aber in's erſte, ich bitte drum," ſagte Peter wie ableſend.

„Das geht nicht. Habe dir ſchon geſagt, du ſollſt auf dem Gut bleiben."

„Schönen Dank, iſt mir eine große Ehre, eine große, aber ich ziehe am ſelben Tag mit dem Herrn Hauptmann. Wir Preußen ſind der Grundſtock der Deutſchen und wir müſſens zeigen."

Keine Widerrede nützte, Peter blieb dabei, er müſſe mitziehen, und jetzt gleich, und dabei kamen manche von ſeinen eigenen einſamen Gedanken und auch manche vom Wochenblatt zu Tage. Er ſprach ganz geläufig, denn er ſchaute dabei auf den Boden. Da erhob ſich der junge Landwirth, der immer ſtill zugehört und lächelnd ſeine hohen Stiefel in die Höhe gezogen hatte, ging auf Peter zu und ſagte:

„Brav, Kamerad, du biſt bei uns, Kamerad. Ich melde mich auch freiwillig. Recht ſo, der Pflugheld ſoll es probiren, auch Schlachtenheld zu ſein."

„Da ſehen Sie, wie unſer Volk denkt," ſagte der Hauptmann frohlockend zu dem Herrn von Geſtern. „Ich preiſe uns glücklich, daß wir der geſunden echten Glühhitze fähig ſind und hoffentlich bleiben. Es liegt eine große Macht, bereit zum Höchſten, in unſerem Volke; glückſelig der, der ſie zu leuken vermag. Dieſe Glüh= hitze —"

„Herr Hauptmann, ich bin nicht hitzig, gar nicht; freilich früher bin ich's ge= weſen, aber jetzt nicht mehr," ſo wagte jetzt Peter drein zu reden, und Alles lachte

laut auf. Der junge Landwirth schlug Peter tapfer auf die Schulter und ließ seine
Hand darauf liegen, und Peter lachte auch mit; er verstand zwar nicht recht, was
er so Gescheites gesagt habe, aber gescheit muß es gewesen sein, sonst wären ja nicht
Alle so froh darüber.

Der Herr von Gestern gewann zuerst wieder das Wort und sagte:
„Das da!" und zeigte dabei auf Peter. „Das da!" Peter zuckte, da er sich
so seltsam bezeichnen hörte, aber der Herr von Gestern fuhr zum drittenmal fort:
„Das da werden Sie mir doch nicht als Beweis anführen wollen? Das da folgt
jeder Regierung, jedem Commando, hat nicht zu fragen und braucht nicht zu wissen,
warum und wozu."

Ich weiß wohl warum, hätte Peter gern gesagt, aber er schwieg; er kann dem
Hauptmann schon überlassen, ihn zu vertheidigen, der weiß Alles besser; er hat schon
das Wort, denn er sagt:
„Das da ist doch eine Grundkraft, wenn auch nicht die einzige im Staat, und
ich kann Ihnen noch ein anderes Beispiel zeigen." Er zog einen Schlüssel aus der
Tasche, öffnete den Schrank, brachte einen eisernen Topf voll blinkender Thaler hervor, stellte ihn auf den Tisch und fuhr fort: „Sehen Sie, das brachte mir gestern
ein alter Bauer. Ich habe ihm versprochen, seinen Namen nicht zu nennen, und
doch hätte ich gewünscht, daß Alle, die unser Volk und seinen Rechtssinn verleumden,
dabei gewesen wären, wie der alte Mann mir sagte: Herr Landrath, aus alter Gewohnheit habe ich mir einen eisernen Topf gekauft, um jetzt, da es Krieg gibt, mein
Geld zu vergraben. Nun wird aber in den Zeitungen die Kriegsanleihe ausgeschrieben, welche die Landstände bewilligt haben, und da habe ich mir gesagt: eine
Anleihe einer rechtschaffenen Regierung, wo die Landstände die Staatskasse beaufsichtigen, das ist der sicherste eiserne Topf, und das Geld thut besser dran, wenn
es mithilft, als wenn es vergraben ist. Jetzt legen Sie mir's in der Staatskasse an."

Wie zur Bekräftigung seiner Rede leerte der Hauptmann den ganzen Inhalt
des Topfes auf den Tisch, und es klang schön, fast so schön wie damals die Musik
mit den Trompeten und Pauken; Peter hätte gern Hoch gerufen, und als fürchte er,
daß er es thue, hielt er sich die Hand vor den Mund.

„Ich habe auch etwas Geld in der Sparkasse und ich will's holen," sagte Peter
leise zum Hauptmann.

„Ist nicht nöthig, du gibst dich selber her, du bist ein braver Kamerad," sagte
der Hauptmann, und jetzt hätte Peter nichts gewünscht, als daß er siebenmal auf
der Welt wäre, um sich siebenmal freiwillig in's erste Aufgebot zu stellen.

Es war schon spät in der Nacht, als Peter heimlehrte, aber schöner war noch
keine Nacht, ja sie war schöner als jene, da Peter mit dem Preis heimfuhr; er hatte
heute mehr bekommen und Anderes, das ihm nicht gestohlen werden, das er nicht
verlieren konnte.

Still gesättigt, im Innersten begnügt, ging Peter den Waldberg hinauf. —
Kamerad! Kamerad! Gibt's ein schöneres, ein brüderlicheres Wort? Und das Wort
begleitete ihn und ging mit durch den Wald, und ihm war's, als stände er in einer

weiten unabsehbaren Reihe von Vaterlandsgenossen, und alle Deutschen sind Brüder, und daß sie das wissen und einander in Liebe und Freiheit zeigen können — wenn ich tausend Leben hätte, ich gäbe sie dafür hin, und der Bombardier ist doch auch ein guter Kamerad, wenn er auch so spöttisch ist, und der Hornist und der Kellner sind's auch.

An der Stelle, wo er vor wenigen Tagen das Echo gefunden, stand Peter still und rief in die nächtlichen dunkeln Berge hinein: Kamerad! Kamerad! ... Und die Berge tönten es wieder und wieder, weit, weit.

Es war Mitternacht, als Peter heim kam, er ruhte eine Weile aus, dann ging er durch Haus und Hof und sah nach Allem und richtete vor. Es muß noch so viel als möglich Arbeit gethan werden, bevor man das Leben einsetzt zum Kriege.

Tag für Tag arbeitete Peter still und emsig und duldete dabei ohne Widerrede das heftige Weinen und Murren seiner Schwester. „Sie hat auch Recht, daß sie so thut," sagte er immer vor sich hin, „ich hab' aber auch Recht."

Und als er mit dem Häufelpflug sehr geschickt die Kartoffeln häufelte — er ist ja der Preispflüger und braucht keinen Spaten dabei — da kam die Nachricht, daß er einberufen sei. Er legte den Pflug wie zum Schlafen nieder am Rande des Feldes, kehrte heim, schnürte sein Gepäck in ein festes Bündel · und sagte seiner Schwester, den Kindern und dem Gesinde kurzes Lebewohl. Es standen ihm auch die Thränen in den Augen, zumal als seine Nichte so entsetzlich weinte; sie konnte ja den, der ihr ein Vater war, und den Geliebten auf Einmal verlieren. Es drückte Peter auf der Brust, aber er ließ sich nichts merken, und mit festem Schritt ging er davon.

Sein Neffe trug ihm das Bündel. Man redete eine große Strecke lang kein Wort. Nur an dem Fußweg, wo es scharf bergab geht, kehrte sich Peter um und sagte: „Geh nicht hinter mir. Geh voran." Der Neffe gehorchte.

Ohne ein weiteres Wort schritten sie mit einander durch den Wald bis zum Thal hinab.

Die Sonne schien warm und klar und warf helle Lichtflächen auf Baumstämme und grüne Moosbreiten, die Vögel sangen so fröhlich; Peter schien nicht davon erheitert, sein Angesicht war tief ernst. Er hatte gewiß keine Reue über das, was er gethan, aber es ist doch kein Kinderspiel, in den Krieg zu ziehen, besonders wenn man einen großen Hausstand hinter sich läßt, und vielleicht siehst du Alles zum Letztenmal ... Kein ermuthigendes Echo ruft jetzt, es antwortet nur deiner eigenen Stimme, die es weckt.

Peter begann ein Lied zu pfeifen, aber er brach schnell ab; es schickt sich nicht, vor dem Neffen so fröhlich zu thun auf so ernstem Gang, nein, der Bursche soll lernen, was ein Mann ist. Er wird den Gang mit dem Ohm nie vergessen. — Drunten im Thal sagte Peter:

„So, jetzt gib mein Bündel her und kehr' heim. Wart', ich habe dir noch etwas zu geben." Er zog die Uhr aus der Tasche und begann sie loszuknöpfen, schnell aber besann er sich und sagte: „Nein, ich behalte sie. Sag' deiner Mutter

' und den Geschwistern nochmals von Herzen Lebewohl und sei brav, sei brav. So. Jetzt Ade."

Er drückte dem Neffen die Hand stark und fort ging's.

Was war aber das mit der Uhr? Ja, das war eigentlich die Haupt-Ueberlegung, die er auf dem Weg hatte. Wer weiß, wie es gekommen war, wahrscheinlich in Vergessenheit hatte er die Uhr nicht daheim gelassen, wie er versprochen, und innerlich that es ihm doch weh, daß sie nicht ein Erbstück bleiben, sondern in Feindeshand kommen solle, wenn er falle. Darum wollte er sie noch zuletzt hergeben, und doch konnte er sich nicht davon trennen. Im Weitergehen schlug er sich mit der Hand auf die Brust, da, wo die Uhr lag, und sagte fast laut: „Mag's sein, wenn mich eine Kugel trifft, weiß man doch gleich, wer gefallen ist; mein Name steht auf der Uhr, und da weiß man, wer's ist, und kann's berichten." —

Peter gewann doch keinen rechten frischen Muth mehr, bis er in der Garnison war.

Sei es, daß das Alter es mit sich bringt, daß man nicht mehr so leichtmüthig und lustig ist; es war doch auch noch etwas Anderes. Daß man vorher nochmals exerciren muß, ehe man losschlägt, das ist in der Ordnung; aber gegen wen geht's denn? Wann? Wohin?

So fragte sich's bald von Mann zu Mann, und besonders der Kellner führte da das große Wort und spielte den eingeweihten Diplomaten, der alle Staatsgeheimnisse weiß und Alles hoch verachtet. Er wurde aber von Peter stark abgetrumpft. Peter hatte einst den Pflug mit in die Stadt genommen, ohne zu fragen wozu, und hatte den Preis gewonnen. So wird's auch jetzt sein. — Und warum sterben? Im Gegentheil, wir siegen; und haben wir in der Uhr einen Ehrenpreis, den Niemand sieht, es kann sein, daß auch ein Ehrenzeichen auf den Rock kommt; das spricht von selber, wer man ist und was man gethan hat, und das wird sich gut tragen vom Vorwerk herab durch den Wald und nach der Kirche, und da werden Alle im Dorf staunen. Ja, warum nicht? Warum sollen wir das nicht kriegen?

In diesem letzten Gedanken bestärkte unsern Peter hauptsächlich der Bombardier, der war jetzt äußerst zuthulich, und Peter glaubte, er habe jetzt einsehen gelernt, was an ihm sei; aber der gewichste Kerl war gegen Peter besonders deßwegen so zutraulich, weil er sah, wie kameradschaftlich der Hauptmann und der Baron Georgi, der Lieutnant war, mit Peter verkehrten. Peter erfuhr auch jetzt genauer, daß Georgi damals beim Wettpflügen nicht aus Neid oder andern Beweggründen mitgekämpft, sondern weil er den schönsten Ruhm suchte: der beste Arbeiter zu sein, und sich darin gern den Dienenden gleichstellte.

Das gab noch eine andere Vertrautheit, als die mit dem Hauptmann. Georgi hielt unsern Peter für einen tiefbegeisterten deutschen Patrioten, und je mehr er dafür gehalten ward, um so mehr wurde er es. Es lag eine tiefe Wehmuth in den Worten Georgi's, da er klagte:

„Wir werden in der ersten Schlacht geschlagen, dann aber siegen wir; denn zwei Dinge müssen wir abthun lernen, sonst sind wir verloren und Deutschland mit uns —"

Peter machte große Augen, da Preußen und Deutschland verloren gehen kann. Warum? Was ist denn?

Georgi fuhr fort:

„Da ist vor Allem die Schnottrigkeit unseres Junkerthums. Ja, lachen Sie nur, es gibt kein anderes Wort. Dieses öde Dreinsehen: die Welt ist's eigentlich nicht werth, daß du sie mit deinem Augenzwicker betrachtest; das ist nichts als Schnottrigkeit. Dieses hochfahrende Schnarren gegen Alles, was nicht vornehm ist, dieses eigentlich verdrossene Umgehen mit den Untergebenen, die man nicht gern mit einem Wort berührt, das ist Schnottrigkeit. Sie entfremdet nicht nur die eigenen Landesangehörigen von einander, sie hat uns vor Allem die Deutschen anderer Länder entfremdet, die so verblendet sind, das schnottrige Junkerthum und dessen Nachahmer für das eigentliche Wesen des preußischen Volkes zu halten. Das muß sich ändern, um das eigene Land in sich einig und die Anderen mit uns einig zu machen. Und zweitens —" Peters Augen wurden noch größer, da es auch noch ein Zweites gibt. „Und zweitens muß das kleinliche Gamaschenthum ein Ende nehmen. Es gibt mitten in Gehorsam und Disciplin eine Freiheit, wo Jeder sich als Mann und freier Mensch fühlt. Wenn wir's dahin bringen, daß wir uns, ein Jeder auf seinem Posten, gleich und frei und einig fühlen, dann sind wir unbesiegbar." —

Heute Abend, morgen und wieder morgen, da geht's auf den Marsch und dann los! So hieß es von Tag zu Tag, aber immer kam kein Befehl. Man munkelte davon, daß die andern Deutschen den Regenten nicht zum Heerführer haben wollen, und Bitterkeit und Spott gegen Diejenigen, die man als Brüder begrüßen sollte, wurde laut. Da hieß es plötzlich: Halt! die Kugel im Lauf wird eingehalten. Ihr könnt wieder heim gehen, der Krieg ist aus, aus, eh' er angefangen.

Peter hatte vor Jahren an sich selbst erfahren, daß man viel schneller aus dem Schlaf geweckt ist, als man wieder zur Ruhe kommt; jetzt zeigte sich das an Tausenden und aber Tausenden von wehrhaften Männern.

Heim! Heim! hieß es wieder von Mann zu Mann, und das Wort, das sonst so schön klingt, hatte jetzt einen traurigen, ja bittern und spöttischen Ton.

Was bringen wir denn heim?

Es war nicht schwer, der Mannschaft zu erklären, daß man nur zum Schutz Deutschlands ausgezogen und jetzt keine Gefahr mehr sei; besonders der Hauptmann erklärte seinen Leuten den Edelsinn, der jetzt Halt befahl. Man nahm das Alles gern an, man war davon überzeugt, aber doch wurde eine Unruhe in den Gemüthern nicht gebannt.

Gegen den Hauptmann wagte es Peter nicht, mit seinem Unmuth herauszugehen, das duldete der Respekt nicht; aber gegen den jungen Landwirth, der sich gar zutraulich bewies, öffnete er sein Herz und sagte sehr weise:

„Ich habe einmal in der Lotterie gespielt, ein einzigmal in meinem Leben, und viel davon gehofft, und am Ende habe ich mein eingesetztes Geld wieder

34*

gewonnen. Ich meine: so geht es uns jetzt auch, und ich meine, es wäre besser, wir hätten lieber einmal verloren als den Einsatz wieder bekommen, und ich meine gar, wir haben gar nicht gewinnen wollen, und haben doch eingesetzt."

Der junge Landwirth erklärte Peter, daß man doch auch gewonnen habe. — Preußen und die anderen Deutschen wissen jetzt, was allein noth thut, und wenn einmal der Vergeltstag kommt, wird man das nicht vergessen.

Ein gutes Wort brachte aber doch Peter von dem Baron Georgi mit heim denn dieser sagte:

„Ganz Preußen muß jetzt der Wettpflüger sein. Wir müssen der Welt und vor Allem unsern deutschen Brüdern zeigen, was rechtschaffene Arbeiter aus einem guten Acker machen können, und unser Vaterland ist ein guter Acker und wir haben rechtschaffene Arbeiter, die ihn bebauen. Der Preis soll uns nicht entgehen."

Peter kehrte wieder heim und brachte seine Uhr unversehrt zurück. Es hatte sie ihm Niemand geraubt und sie hatte Niemand kund gethan, wer der Besitzer war, der den Heldentod gefunden.

Der Held auf dem Ackerfeld sollte nicht auch der Held auf dem Schlachtfeld werden.

Als Peter wieder in dem Wald stand, wo einst das Echo ihn gerufen, hielt er lang still, aber er weckte das Echo nicht mehr; nur ballte er unwillkürlich, wie damals, die Fäuste, und als er dies gewahr wurde, dachte er: Ja wohl, wir haben eine Faust gemacht und weiter nichts.

Die Brombeeren hatten geblüht, als Peter wegging, jetzt, da er heimkam, waren sie roth, aber noch lang nicht reif. Der Kleeacker zur Grünfütterung war noch nicht ganz abgemäht und überhaupt kam Peter noch zeitig genug, Waizen und Hafer einzubringen; mit den Kartoffeln warten wir noch ohnedies, wir sind keine Leckermäuler, um sie vorzeitig auszuthun.

Lange ging Peter nicht zu Thal und am Sonntag blieb das Wochenblatt ungelesen, ja die vielen Blätter, die sich während seiner Abwesenheit angehäuft hatten, schloß er weg, holte sie aber doch an einem Regen-Sonntag vor und las, bis ihm die Augen müde wurden. Was hatte die Welt nicht Alles verhandelt! Welch ein Hin und Her von Schicken und Schreiben und Fragen und Anträgen während er draußen im Felde stand! Und jetzt zeigt sich's gar noch, das Preußen verspottet wird, weil es zu ehrlich war und nicht keck zugriff.

Das muß man sich merken.

Noch etwas Besonderes brachte Peter aus seinem leeren Feldzug mit.

Er war Politiker und Diplomat geworden, und zwar zunächst in seinen eigenen Angelegenheiten. Vor Zeiten hätte er das nicht bei sich behalten können, da mußte Alles gleich ausgesprochen werden. Jetzt sagte er daheim kein Wort davon, daß er für den Prinz Schwiegersohn eine gute Stelle in Aussicht habe; denn er hatte den Baron Georgi daran erinnert, wie er einst ihn selbst für sein Gut hatte werben wollen, und versprach ihm einen „ausstudirten Pflüger mit jüngeren Knochen", wie er sich ausdrückte. Wer konnte das anders sein als der Prinz Schwiegersohn? Aber

Peter hatte jetzt seine Freude dran, still zu warten und auch Andere warten zu lassen. Wir müssen Alle warten lernen, und das hat auch sein Gutes. —

Auf dem Vorwerk war jetzt Alles wieder in Freude, und als man Abends beisammen saß und der junge Peter einst den Ohm bat, doch auch vom Kriegsleben zu erzählen, sagte Peter: „Ich habe außer in Schleswig-Holstein keinen Krieg mitgemacht. Ich glaube und hoffe, du wirst dafür einstehen. Wir, wir haben nichts als eine Faust gemacht; ihr, ihr sollt noch Anderes.“

„Was soll dann werden?“

Peter antwortete nichts und zog nur stille seine Preis-Uhr auf. —

Das Wochenblatt berichtete wieder getreulich von allen Weltereignissen, und als Peter den Triumph-Einzug der italienischen Armee in Paris las, rieb er sich mehrmals die Augen, als ob sie ihm wehe thäten von all der Pracht am Tage und all dem Lichterglanz am Abend, der hier doch nur beschrieben war. Er wußte nicht warum, aber dieses ganze Jubelgethue that ihm tief wehe, und er sagte zu seinem Prinz Schwiegersohn:

„Es wäre doch auch schön gewesen, wenn wir so in Berlin eingezogen wären.“

Zwei Tage darauf hörte aber Peter erst recht seine Herzensmeinung, denn der Baron Georgi kam auf den Sattelberg, um zuerst einmal den versprochenen Ackerknecht kennen zu lernen, natürlich noch ohne etwas darüber kund zu geben, denn darauf bestand Peter.

Mit Georgi gab's nun auch viel über die Zeitläufte zu reden, und Peter betheuerte, er spreche ihm aus der Seele, da er sagte:

„Eine frevelhaftere Theaterposse, womit ein sonst edles und freigesinntes Volk sich selbst eine Lüge vorspielte, hat es gewiß noch nie gegeben. Was war denn dieser italienische Krieg? Ein blutiges Possenspiel voll Lug im Anfang und Trug im Ende. Wir dürfen uns freuen, daß wir keinen solchen Triumphzug halten können. Unsere stille Arbeit soll einen besseren Segen bringen, und wir haben schon einen aus diesen letzten Erlebnissen.“

„Welchen?“

„Den, daß das Dichten und Trachten der Menschen nun nicht mehr allein auf Erhaltung und Vermehrung ihres Besitzstandes gerichtet ist. Was war in den letzten zehn Jahren? Pfaffentrug und Börsenschwindel. Das ist nun anders geworden. Man hat wieder einsehen gelernt, daß aller Wohlstand nichtig ist, wenn nicht Rechtschaffenheit, Gesetz und Freiheit die Völker stark und groß macht. Die Menschen denken jetzt wieder an das große Gesammte, und das ist viel werth. Frischauf! Die Geister sind mobil!“

Peter war wieder zufrieden und der alte, und zwar wie sich's gehört, mit dem Zuwachs und der Aenderung, die eben die Jahre mit sich bringen.

Peter war jetzt wieder weiter nichts als der Preispflüger, aber er behielt das nicht für sich, sondern rüstete den Prinzen Schwiegersohn zu einem friedlichen Feldzug; er unterrichtete jetzt nämlich mit äußerster Sorgfalt den Knecht in der besten Art zu pflügen.

Der Schüler war gelehrig, und Peter hatte nun doch auch seinen Triumph, und einen viel besseren. Es war wieder bei der landwirthschaftlichen Versammlung, als Peter zum zweitenmal den Preis gewann, wohlverstanden, nicht er selbst, aber doch sein gelehriger Schüler, der Prinz Schwiegersohn, und es ist nichts als die reine Wahrheit: Peter freute sich über den Preis des Schwiegersohns noch mehr als über den eigenen. Freilich ist's leicht, sich über die gute Ernte Anderer zu freuen, wenn man seine eigene unter Dach hat; aber Peter war nun doch einmal so: sein bestes Glück bestand im Glück Anderer, und für Andere war er auch gescheiter; denn er verschaffte sofort seinem Schwiegersohn ebenfalls die Stelle eines Verwalters auf einem Vorwerk, und zwar bei einem nicht minder braven Herrn, beim Baron Georgi.

Die Kunst des besten Pflügens wird wol erblich bleiben in der Sippschaft Preisel-Peters.

Zu Michaeli soll die Hochzeit des neuen Preispflügers mit der Nichte des Preisel-Peters sein.

Es wird lustig dabei hergehen.

*   *   *

Ist nun die Geschichte endlich aus? fragt wol der geneigte Leser.

Nein, sie ist noch nicht aus, und das ist das Beste daran, daß die Menschen, die wir hier kennen gelernt, noch Manches erleben sollen für sich und für das Vaterland.

Benigna.

I.

Es war am Sonntag nach Pfingsten. Auf den weiten Feldgebreiten wogte die Saat und am Hag blühte die wilde Rose.

Auf dem schmalen Fußweg, der durch das Roggenfeld getreten war, begegneten sich ein junger Mann und ein Mädchen. Sie hielten an. Beide ragten fast um Haupteslänge über die hohen Halme hinaus, und Beide waren schön. Der Jüngling von breiter mächtiger Gestalt, die Jungfrau, die den breitgeränderten groben Strohhut am Arme trug, war hellfarbigen, rosigen Antlitzes, die Stirn von mächtigen blonden Flechten umrankt, die hellblauen schelmischen Augen, Form und Farbe des Antlitzes, Alles so anmuthend, daß es eine Freude war, darauf zu schauen.

Das Mädchen nickte lächelnd, der junge Mann reichte zögernd die Hand.

„Guten Morgen, Jörg! Was hast du?" sagte das Mädchen. „Heut ist mein Namenstag und du gibst mir nicht einmal ein gutes Wort?"

„Dein Namenstag? Ja, ja, biſt zur ſchönſten Zeit auf die Welt gekommen, aber die Roſen ſtechen auch."

„Wem iſt denn was geſchehen?"

„Meine Mutter haſt du in's Herz gekränkt!"

„Ah bah!" lachte das Mädchen und ihr Lachen war voll Uebermuth, ihre ſchönen Zähne glänzten, ihre Augen leuchteten und im ganzen Geſicht bildeten ſich außer den Grübchen in den Wangen, überall kleine Quder, als ob hundert Augen auf einmal aufgingen.

„Nimm die Sache nicht ſo leicht," ſagte der Jüngling. „Du weißt vielleicht gar nicht mehr, was du gethan haſt?"

Das Mädchen zuckte die Achſeln.

„So will ich dir's noch einmal erzählen," fuhr der junge Mann fort. „Du biſt geſtern drunten auf unſerer Hammerſchmiede geweſen und haſt deine Arbeit ab= geliefert, und da hat der Sammler zu dir geſagt: Schau einmal die alte Frau, und da haſt du geſagt: Pfui Teufel, ſo Eine müßte mir drei Schritt vom Leibe bleiben! und noch viel böſe ſchlimme Worte haſt du geſagt, ſpöttiſche, giftige. Du haſt nicht geſehen gehabt, daß es meine Mutter iſt. Sag' doch nein!"

„Nein!"

„Aber wie ſie dir dann zugerufen hat: Ich wünſch' dir, daß du in deinem Alter auch einmal ſo verſpottet wirſt! — Da haſt du doch gemerkt, daß es meine Mutter iſt? Sie iſt leider Gottes verwachſen und beim Kohlentragen kann ſie eben auch nicht ausſehen, wie wenn es zum Tanz ginge. Aber wie du ſie erkannt haſt, warum biſt du dann nicht auf ſie zugegangen und haſt geſagt: verzeihet mir, ich hab' Euch nicht gemeint?"

„Ich hab' eben keine Luſt dazu gehabt."

„Und der Zorn hat ihr natürlich böſe Worte eingegeben auf dich. Aber was haſt du darauf gethan? Du haſt dem Inſpektor geſagt: er ſolle ihr eine Priſe geben, du wollteſt doch auch einmal ſehen, wie ſo eine Vogelſcheuche nieſt, und haſt noch gelacht dazu."

„Jetzt hab' ich's genug!" erwiderte das Mädchen. „Ich lache, wo ich will und wann ich will und über wen ich will. Geh mir aus dem Weg, ſonſt muß ich da die Aehren niedertreten."

Jörg ſtellte ſich an die Seite und Benigna ging an ihm vorüber.

Er ſchaute nieder auf den Boden; plötzlich, als ob er gerufen worden wäre, blickte er auf. Benigna ging ihres Weges fort durch das Kornfeld. Er ging ihr nach, bis er aus den hohen Aehren heraustrat, wo der Weg abbiegt, am Feldrain bei der hohen Haſelſtaude blieb er ſtehen; hier hatten ſie ſich zum erſten Mal ihre Liebe bekannt. Er glaubte, ſie müſſe ſich noch einmal umwenden und ihm zurufen: Sei mir nicht bös!

Aber ſie ging davon und ſchaute nicht um, und er meinte ihr Antlitz zu ſehen, wie ſie lächelt und dabei denkt: ich weiß, daß du mir nachſchauſt und mir nachrennen möchteſt, denn ich bin die ſchöne Benigna.

Und ja, schön war sie, es kann nicht genug gesagt werden, wie schön sie war; und sie wußte es auch, denn die Menschen konnten sich nicht enthalten, es ihr immer zu sagen; wenn sie es nicht mit Worten thaten, so sprachen es ihre Blicke. Die ganze Welt lachte Benigna an, und sie — sie lachte die ganze Welt aus.

Wo sie hin kam, zu Jung und Alt, zu Reich und Arm, ging eine Freude auf, sie hatte nichts zu thun, als zu erscheinen, um Jedem was Gutes zu geben; denn was gibt es Erquicklicheres, als den Anblick eines kräftig schönen Menschenbildes?

„Es ist, als wenn man an ihrem Gesicht riechen könnte wie an einer Rose," hatte der alte Lammwirth, der zu Ostern verstorben war, noch gesagt.

Benigna zeigte sich aber wenig; sie war fleißig bei ihrer Arbeit. Sie war eine Weißstickerin. Die in der angrenzenden Schweiz und auch schon im Lande befindlichen Fabriken geben die vorgezeichneten Muster von Vorhängen, Taschentüchern u. dgl. in die Dörfer, und die Arbeit, welche Benigna ausführte, hatte noch immer etwas, das mehr war, als die vorgezeichneten Muster angaben; etwas von ihrer eigenen Schönheit schien auf die Arbeiten überzugehen.

Benigna, die die Eltern schon längst verloren hatte, lebte bei einer älteren Base und hatte ein selbständiges Wesen und eine so natürliche Herrschaft, daß ihr Alles huldigte und unterthan war; Widerspruch erfuhr sie nie. Man hatte ihr oft zugeredet, nach der Stadt zu gehen, sie werde dort ihr Glück machen, aber sie hatte keine Lust dazu; die Schönste in dem kleinen Dorf zu sein, bei einem Tanze, bei einer Schlittenfahrt unbestritten als Königin zu erscheinen, war ihr vollauf genug. Dazu hatte sich seit der letzten Kirchweih im Herbst ein entschiedenes Liebesverhältniß zwischen ihr und dem Hammerschmied Jörg gebildet, der auch der Einzige war, welcher eigentlich zu ihr paßte, an Gestalt und männlicher Schönheit wenigstens.

Jörg war der einzige Sohn einer alten Wittwe, die verwachsen und gebrechlich, dennoch keine Arbeit scheute; sie that Handlangerdienste auf der Hammerschmiede, und die ohnedies nicht anmuthende Gestalt, dazu noch mit Lumpen bedeckt und von Kohlenstaub geschwärzt, hatte Benigna zu jener Neckerei gereizt, die wir eben vernommen.

Sie dachte keinen Augenblick daran, daß man eine Kränkung nachtragen könne, hielt sie ja selbst keine Schmeichelei fest, schlug Alles in den Wind und freute sich der Stunde. Die Mutter Jörg's war aber schon bei Beginn dem Verhältniß abhold gewesen. Stundenlang konnte sie ihrem Sohne vorjammern, daß er sich das größte Elend auflade, wenn er sich eine so überaus schöne Frau nähme, und noch dazu eine, der man täglich siebenzigmal sagen solle, wie schön sie sei; er werde es erfahren: wenn er mit seiner Frau einst irgend wohin komme, werde er nicht aus Aerger und Mißtrauen herauskommen, denn es werde ihn immer verdrießen, wenn Alles mit ihr schön thue; jetzt sei sie freilich noch brav, man könne ihr nichts Anderes nachsagen, als sie halte die ganze Welt zum Narren; wer könne aber dafür stehen, was noch Böses daraus würde?

Natürlich achtete Jörg nicht auf diese Griesgrämlichkeiten, obwohl er seine Mutter sonst immer hoch in Ehren hielt.

Nun aber war geradezu eine Kränkung der Mutter eingetreten, und jetzt bat sie ihn mit aufgehobenen Händen, nicht um ihretwillen — obgleich sie auch dazu das volle Recht habe — sondern um seinetwillen Benigna aufzugeben.

„Ein Wesen, welches das Alter nicht achtet, wird auch den Mann nicht achten," schärfte sie ihm wiederholt ein, „denk' nur, du thust einmal was, das ihr nicht ansteht, oder du wirst einmal krank, dann läßt sie gleich ganz von dir und kümmert sich nicht um dich."

Jörg suchte seine Mutter zu beruhigen; es gelang ihm nicht.

Am Abend blieb er länger als sonst zu Hause; er dachte immer, Benigna wird kommen und seiner Mutter ein gut Wort sagen. Er nahm sich fest vor, nicht zu ihr zu gehen, sie nicht eher anzusehen, als bis sie von selbst um Verzeihung gebeten hatte; es ist ihre Schuldigkeit.

Als er aber immer länger vergebens wartete, überlegte er, daß sie vielleicht nicht allein kommen wolle, sie wartet, daß er sie zur Mutter her begleite. Die alte Brigitta merkte wol, was mit ihrem Sohne vorging, und suchte ihn zu bestärken, daß er sich nur einmal ein paar Tage überwinde, dann werde er die Sache los sein.

Jörg stand am Gartenzaun und leise summte er das Lied vor sich hin:

> „Im Sommer, im Sommer, im Sommer,
> Das ist die schönste Zeit,
> Da blühen die Rosen im Garten,
> Soldaten marschiren zum Streit!"

Als jetzt die Mutter nach dem Hause ging, rannte er davon, als hätte er das Beste versäumt und müßte es schnell einholen. Er kam zu Benigna; sie lächelte ihm zu. Sie hatte gewußt, daß er keinen Tag von ihr lassen kann, und als er nun von der Kränkung der Mutter anfing, bat sie, die altbackene dumme Geschichte zu lassen, und wußte ihn so zu bezaubern, daß er wieder ganz glückselig war.

Die Mutter ging viele Tage traurig umher und sprach kein Wort. Jörg drang mit aller Kraft in Benigna, nur ein einzig Mal zu seiner Mutter zu gehen und sie mit ein paar Worten um Verzeihung zu bitten; aber Benigna betheuerte, das thue sie nie.

„Aber wenn ich nun von dir lasse?"

„Das thust du eben so wenig, als ich um Verzeihung bitte."

Und sie hatte Recht.

Jörg konnte aber den stillverborgenen Groll seiner Mutter nicht ertragen, und er zwang sich zu einer Lüge, die er für erlaubt hielt. Eines Tages berichtete er seiner Mutter, Benigna bitte sie tausendmal um Verzeihung, sie könne nur nicht zu ihr gehen, sie habe einmal die absonderliche Art; die Mutter solle doch einmal zu ihr, und sie werde sehen, wie gut die Benigna sei. Zu Benigna sagte er, wie gut seine Mutter gegen sie dächte.

Benigna nickte.

Die alte Brigitta kam und sagte zu Benigna, die am Stickrahmen saß:

„Ich verzeih' dir, und verzeih' du mir auch, daß ich dir gewünscht habe, du sollst auch einmal so verspottet werden, wie du mich verspottet hast! Es soll beides nicht gesagt sein."

„Ja, ja, es soll gut sein," erwiderte Benigna und biß auf einen Faden, um ihn einzufädeln; als Brigitta ihr die Hand darbot, stickte sie schnell weiter.

„Du bist schön, das muß Jeder bekennen," sagte Brigitta. „Darf ich dir was sagen?"

„Warum nicht?"

„Schau, ich bin nie schön gewesen, ich kann mir aber doch denken, wie das ist."

„So? Und wie ist's denn?"

„Eine Freude muß es sein, eine große. Aber wenn du immer dran denkst da mein' ich, kann dir's nicht gut gehen; du meinst dann immer, man muß dir was Besonderes dafür thun, weil du schön bist."

Noch viel Herzbewegendes sprach die Alte zu Benigna, und diese schloß endlich: „Ja, ja, werd' mir's merken."

Als aber Brigitta fort war, stellte sie sich vor ihren Spiegel — sie hatte sich einen ziemlich großen angeschafft — und schaute lächelnd hinein, grüßte sich und war überaus glücklich mit sich selber.

Der Herbst kam heran, Jörg und Benigna wurden in der Kirche aufgeboten. Als man beim Ausgang aus der Kirche der alten Brigitta Glück wünschte, dankte sie stumm, und doch hatte sie nur eine Ahnung davon, konnte aber nicht genau wissen, daß Benigna darauf bestanden hatte, Jörg müsse seine Mutter zu ihrer Schwester geben, die einige Stunden entfernt auf einem kleinen Weiler wohnte; aber Jörg hatte mit beweglichen Worten auseinander gesetzt, daß er das nie thue, er verlasse seine Mutter nicht, bis sie der Tod von ihm nehme, und zur Base könne er sie nicht geben, denn dort sei ein so unordentliches Haus, daß die Mutter verkomme. Benigna willigte endlich ein, aber mit schelmischem Tone sagte sie:

„Weißt du, warum ich einwillige?"

„Weil du mich gern und auch ein gutes Herz hast."

35 *

„Ich hab' dich gern, aber ich kann's nicht leiden, wenn die Menschen immer von ihren guten Herzen reden. Ich willige ein, weil du zum ersten Mal so gescheit bist, nicht zu drohen, daß du mich verlässest; denn das kannst du doch nicht."

Die Hochzeit wurde gehalten, und ein schöneres Paar stand noch nicht am Altar der Dorfkirche, als Jörg und Benigna. Alles war voll Freude, nur Mutter Brigitta verwand ihre traurige Stimmung nicht; beim Hochzeitsmahl genoß sie keinen Bissen; später, als getanzt wurde, saß sie in einer Ecke und aß ein Stück Brod, das sie aus der Tasche holte.

II.

Jörg hatte nun die schönste Frau im Umkreis, und war er früher einer der besten und fröhlichsten Arbeiter in der Hammerschmiede, so schien jetzt noch ein neue Kraft in ihm. Wenn er dastand mit nacktem Arme, den schweren Hammer schwingend, und hinter ihm, vom Blasbalg entfacht, das große Feuer aufloderte, er das glühende Eisen herausnahm und es wieder und wieder auf dem Ambos hämmerte und mit den Genossen zum Takte sang, während sie die mächtigen Hämmer schwangen, — es war eine Freude, vor Allen den Jörg zu sehen.

Im Hause war aber ein unwirscher Ton.

Die Mutter klagte dem Sohn, daß Benigna sich gar nie für etwas, was sie thue, bedanke, und sie arbeite doch wie eine Magd, ja wie zwei Mägde; Benigna aber ließe sich bedienen, als müsse das so sein. Jörg tröstete: Benigna sei eine Stickerin, die sich nicht im Hausgeschäft umthun könne, sonst sei sie ja ungeschickt zur feineren Arbeit; aber die Mutter behauptete, Benigna könne doch einmal sagen: es ist recht so, Mutter! oder: das habt Ihr gut gemacht! Ja, sie betheuerte, daß Benigna noch immer einen Abscheu vor ihr habe.

„Ich fürcht', ich fürcht'," klagte die Mutter, „deine Frau wird nicht gut und lind, bis einmal ein groß Unglück über sie kommt, und ein Unglück, das über sie kommt, kommt doch auch über dich."

Benigna dagegen hatte stets über die Mutter zu klagen, und Jörg hatte vielen schweren Kummer. Er ehrte seine Mutter und liebte seine Frau über alle Maßen. Eine Herbheit in Benigna trat aber jetzt immer schärfer hervor, und vor Allem kränkte es Jörg, wenn man über Land ging zu einem Besuch, zu einer Lustbarkeit, zu einem Fest der Liedertafel, die die Hammerschmiede unter sich errichtet hatten, daß da Benigna durchaus nicht duldete, daß die Mutter mitginge, und wo sie sich vor einem Menschen zeigte, ließ sie sich Huldigungen nicht nur gefallen, sondern sie stellte es sogar darauf an, daß man sie ihr darbringen mußte.

Wenn Jörg sie darüber zur Rede stellte, sagte sie, das sei seine Mutter, die ihn dazu aufreize, und wenn sie dann über seine Hartherzigkeit weinte, war er untröstlich und bat sie um Verzeihung, damit sie nur wieder gut und heiter sei.

So verging ein Jahr. Die Mutter klagte und Benigna klagte, und Jörg tröstete sich und sie, daß Alles besser werde, wenn einmal ein Kind im Hause sei.

Zum Erstenmal erschrak Jörg vor seiner Frau, als sie sagte, sie wünsche sich gar kein Kind; man bleibe schöner, wenn man gar kein Kind habe. Tage lang ging Jörg wie verloren umher und in der Hammerschmiede kam sein Schlag immer zu spät oder zu früh beim Taktschlag der Genossen.

Die Mutter, die seine Verdrossenheit sah, — Benigna kümmerte sich nichts

darum — sagte ihm, daß sie versuchen wolle, zu ihrer Schwester zu ziehen, aber er solle seiner Frau nichts sagen, daß sie fort wolle, denn wenn sie dann wieder käme, müsse sie neu unterthänig sein, habe es um so schlimmer; Jörg versprach's, und in den Tagen, da die Mutter abwesend war, herrschte Lachen und Heiterkeit in dem Häuschen Jörg's; die ganze Fülle ihrer Zaubermacht übte Benigna an ihrem Mann, und er erschrak nur einmal, als sie sagte:

„So könnten wir immer leben, wenn deine Mutter nicht mehr da wäre."

„Du meinst, nicht mehr im Haus, aber bei ihrer Schwester?"

„Freilich, freilich," sagte Benigna schnell und machte eine erzwungene freundliche Miene.

Zum Erstenmal erschien Jörg das schöne Antliß seiner Frau verzerrt, dennoch
— er konnte sich nicht Rechenschaft geben, warum, aber er that's — verrieth er
seiner Frau die Absicht seiner Mutter, nicht mehr wiederzukehren, und jeßt trat ein
Frohloden in ihr Antliß, daß er die Taſſe Kaffee, die sie ihm eingeſchenkt hatte,
nicht an den Mund führen konnte, als hätte ihr böſer Blid das Getränk vergiftet.
Er bezwang sich aber, und während sie noch beim Frühſtüd saßen, kam die Mutter.
Jörg empfing sie herzlich, und er war doppelt innig, da er sich der Schuld
bewußt war, sie verrathen zu haben. Er winkte seiner Frau, sich nichts merken zu
laſſen, und ging nach der Hammerschmiede.

Als Benigna mit der Mutter allein war und dieſe eben den Kaffee trinken
wollte, sagte Benigna: „Schwiegermutter, Eure Ziege nehmt Ihr aber auch gleich mit."

„Meine Ziege? Warum?"

„Ihr thut ganz geſcheit, daß Ihr Eure zurüdgelaſſenen Sachen holt und künftig
bei Eurer Schweſter wohnt."

Mutter Brigitta sah sie groß an und seßte die Taſſe wieder ab, verließ die
Stube und ging nach ihrer Kammer; erſt am Mittag sah Benigna nach ihr; sie
fand sie auf ihrem Bette, weinend und händeringend. Benigna gab ihr nicht viel
gute Worte und sagte nur, sie müſſe zum Eſſen in die Stube, sie ſchide ihr nichts
herauf. Als Benigna mit dem kleinen Mädchen, das sie zu Handlangerdienſten in's
Haus genommen hatte, am Tiſche saß, sah sie die Mutter, mit der Ziege am Seil,
schwankenden Schrittes das Haus verlaſſen.

„Soll ich sie nicht rufen?" fragte das kleine Mädchen.

„Nein, sie kommt schon von selber wieder."

Die Mutter wollte hinab nach der Hammerschmiede, ihrem Sohne zu klagen,
was er ihr angethan, daß er sie bei seiner Frau verrathen; aber am Berge
seßte sie sich nieder und sprach in die Ziege hinein, wie sie zu beneiden sei, weil sie
keine Schwiegertochter habe; dann aber bat sie Gott, daß er sie hier möge sterben
laſſen, ehe sie ihrem Sohne eine böſe Ehe mache.

Sie wartete bis Jörg kam, und von ihm geführt ging sie wieder in's Haus,
aß mit am Tiſche und that, als ob nichts geſchehen wäre.

Wochen und Monate vergingen. Im Hauſe Jörg's war es ſtill, nur manchmal
sagte er zu seiner Frau, es scheine ihm, daß die Mutter immer mehr von Kräften
käme; Benigna zudte die Achseln.

„Ich fürchte, daß sie bald ſtirbt," sagte Jörg.

„Es iſt in der Regel so, daß alte Leute sterben," erwiderte Benigna troden.

„Weib!" fuhr Jörg auf, „sei doch nicht so gottlos!"

„Ich bin gar nicht gottlos, ich wünsche mir nur, daß ich sterbe, bevor ich alt
und verhußelt bin; so in der Welt herumlaufen, und man hat selbſt keine Freude
mehr, und die Menschen haben auch keine Freude, wenn sie Einen sehen, da iſt's
beſſer, man iſt gar nicht da!"

„Ich nehme dir solche Reden nicht übel, du hast deine Mutter nicht gekannt," erwiderte Jörg.

„Du solltest dich an meinen Stickrahmen setzen und ich sollt' ein Hammerschmied sein; ich glaub', du bist ein Schneider und nicht ein Hammerschmied," so schloß Benigna.

Mutter Brigitta konnte sich endlich nicht mehr aufrecht erhalten und sank auf's Krankenlager. Eines Tages rief sie Jörg zu sich und sagte, er solle ihr ehrlich sagen, ob Benigna ihn damals wirklich beauftragt habe, sie um Verzeihung zu bitten; er gestand, daß es nicht geschehen sei. „Dann ist's gut," sagte die Mutter, „dann ist Alles gerecht." Weiter ließ sie sich zu keinem Worte bringen.

Jörg sagte seiner Frau, daß die Kränkung von damals noch seiner Mutter auf dem Herzen laste, sie solle das damals Versäumte jetzt nachholen. Aber Benigna

lachte ihn aus, daß er jetzt noch mit solchen alten Geschichten käme; mit ihrem ganzen Uebermuthe suchte sie ihn dahin zu bringen, daß er sich den Lauf der Natur nicht so zu Herzen nehmen solle; für alle Leute sei es das Beste, wenn sie sterben.

Jörg sagte ihr, daß wenn sie so bleibe, sie ihn dahin bringe, daß er von ihr weg und in die weite Welt ginge. Benigna lachte ihn aus und sagte:

„Und wenn du bis an den Haselberg gekommen, kehrst du wieder um. Du kannst nie von mir fort."

Jörg ließ die Schwester seiner Mutter kommen, und der Sohn und die Schwester waren dabei, als sie starb; sie sprach kaum mehr ein Wort in den letzten Tagen und Jörg drückte ihr die Augen zu.

Er kam in die Stube zu seiner Frau und sagte ihr, daß das Letzte eingetreten sei. Sie wendete sich ab und schaute durch das Fenster. Dann wendete sie sich zu ihm, fuhr ihm mit der zarten Hand über das Gesicht und sagte:

„Du bist in den letzten Tagen um zehn Jahre gealtert. Halt' dich doch auf-recht. Ich hab' keinen so alten Mann."

In der Erinnerung Jörg's erwachte ein Wort, das ihm einst die Mutter gesagt: Würde diese Frau, die jetzt in dieser Stunde an Solches denkt, ihn lieben und pflegen, wenn er alt und gebrechlich würde? Er drückte den bösen Gedanken nieder und sagte:

„Jetzt thue mir nur Eines, du hast ihr das, was du im Uebermuth gethan, nicht von der Seele nehmen können, so lange sie gelebt hat, jetzt thu' mir die Liebe, geh' hinauf und bitt' es der Todten ab und sieh ihr in's Gesicht, das ist so engelsmild."

„Ich geh' nicht hinauf, ich will keinen Todten sehen, ich kann keinen Todten sehen; es soll mich auch kein Mensch mehr ansehen, wenn ich todt bin."

Jörg mochte drängen und beschwören, so viel er wollte, Benigna betrat die Todtenkammer nicht. Die ganze Nacht saß Jörg bei der Leiche seiner Mutter, und bis zum Wahnsinn verfolgte ihn der Gedanke, daß er nur noch warten wolle, bis die Mutter begraben sei, dann wolle er seine Frau verlassen, und bei dem Gedanken, daß er sie verließ, trat ihm immer wieder ihre ganze Schönheit vor die Seele und wie sie ihn so glückselig gemacht und immer wieder machen kann.

Die Glocken läuteten, Mutter Brigitta wurde zu Grabe getragen. Jörg stand mit den Verwandten in der Stube, Benigna hatte die schwarze Florhaube aufgesetzt und jetzt — er wußte selbst nicht, warum sich sein Blick wendete, — sah er, wie Benigna in den Spiegel schaute, und es schien, daß sie mit zufriedener Miene sich zunickte, denn die Trauerkleidung stand ihr gut. Seine Fäuste ballten sich und es war ihm, als müßte er zwei Menschen zertrümmern, dort das Spiegel-Bild und hier das lebendige, und zwischen hinein krampfte es ihm wieder das Herz zusammen, daß er in solcher Minute solche Gedanken habe, und er hat gewiß falsch gesehen, wie kann ein Mensch in solcher Stunde an seine Schönheit denken? Da hörte er, wie Benigna zu ihrer Base sagte: „Steck' mir da oben noch eine Stecknadel, daß mir der Flor nicht so ganz die Stirne zudeckt." Alles krampfte sich in Jörg zu-sammen und er fiel stöhnend zu Boden. Man richtete ihn auf und zwei Männer mußten ihn führen, daß er dem Sarge seiner Mutter folgen konnte.

Als ihm Benigna zuredete: „Jörg, wie siehst du aus? Sei ein Mann, fasse dich," da war's ihm, als schlügen plötzlich alle Hämmer aus der Schmiede ihm auf den Kopf, so gellend und hart klang ihm jetzt diese Stimme. Er ging hinter der Leiche seiner Mutter und vor ihm tanzte in der Luft das schöne Antlitz seiner Frau, das ist ihm ein ewiges Gespenst, ihre Schönheit ist ihm verhaßt, und er wird sich nie mehr ihrer erfreuen. — Er nahm sich vor, seine Gedanken nur auf den Tod seiner Mutter zu heften, aber hinein in die Gedanken sprang immer wieder das schöne Luftgebilde, und er sah es doppelt, er sah es im Spiegel, und sah es lebendig.

Man kehrte vom Begräbniß heim. Jörg saß mit seiner Frau, der Schwester und anderen Verwandten am Tische und aß, aber mit keinem Blick wendete er sich nach seiner Frau, und er erzitterte im Herzen, so oft er ihre Stimme hörte.

Die Nacht brach herein, er ging in die Kammer seiner Mutter und dort saß er auf ihrem Bette und hielt das Gesicht in beiden Händen. Benigna kam mit einem Lichte zu ihm.

„Mach' das Licht aus!" schrie er ihr entgegen.

„Warum?"

„Ich will dich nicht sehen! Ich kann dich nicht sehen! Mach' das Licht aus!"

„Sei doch nicht so närrisch," suchte Benigna zu trösten. „Du wirst sehen, wie frei und heiter wir jetzt wieder leben, wir Zwei allein."

„Wir Zwei allein? Mit dir allein? Die Todte steht zwischen uns," schrie Jörg, ging auf sie zu, riß ihr das Licht aus der Hand und warf es auf den Boden, daß es erlosch. „Du hältst an nichts und ich auch nicht mehr," rief er im Finstern.

„Ich glaub', du bist verrückt," entgegnete Benigna.

„Ich könnt' es werden; also auch der Tod meiner Mutter hat dich nicht geändert? Ich habe mir freilich auch viel vorzuwerfen, ich hab' ihr oftmals Unrecht gegeben. Also dich ändert nichts?"

„Ich wüßte nicht, was ich an mir ändern sollte; ich gefalle mir so, wie ich bin, und habe dir auch so gefallen und allen Leuten."

„Gut, bleib' dabei, aber so viel Verstand hab' ich noch, daß ich weiß, mit dir kann ich nicht mehr leben, fort von dir muß ich, und du kannst dir allein deine Schönheit im Spiegel anguden und kannst dir von anderen Leuten sagen lassen, wie schön du bist; vor meinen Augen bist du ein Drache. Ich gehe fort von dir."

„Du fort von mir? Du weißt wol eine Schönere in der Welt! braußen?"

„Schön! Schön! Ist denn schön sein Alles?"

„Reich ist auch schön, aber das bin ich leider nicht. Geh', komm', sei gescheit, komm' mit in die Stube."

„Nie mehr mit dir. In die weite Welt geh' ich."

„So sag' ich dir Ade und wünsch' dir glückliche Reise!"

Mit diesen Worten verließ Benigna die Kammer und ging in die Stube. Nach einer Weile sah sie ihren Mann mit einem Stode in der Hand das Haus verlassen; er stand, wo der Fußweg in die Straße einmündete, eine Weile still. Sie wollte ihm noch einmal zurufen, aber sie sagte sich, daß sie genug gethan habe und sich ihr ganzes Ansehen vergebe, wenn sie noch nachgiebiger sei. Der Zaubernde hörte das Fenster aufmachen, er sah einen breiten Lichtstrahl aus dem Fenster vor sich auf die Straße fallen, er schritt über den Lichtstrahl weg, hinein in die schwarze Nacht.

Benigna saß allein und sprach in das Licht hinein: „Er kommt bald wieder, wenn er sich in der freien Luft ein Bischen die Flausen ausgelaufen hat."

Stunde um Stunde verging; Jörg kam nicht zurück. Plötzlich ward es ihr ängstlich in dem Haus, aus dem man heute die Leiche hinausgetragen und das nun der Mann verlassen hatte. Sie ging zu ihrer Base, wo sie ehedem gewohnt, aber als sie dahin kam, sah sie, daß kein Licht mehr brannte; sie kehrte um und dachte: es ist besser, sie verräth es nicht, und Niemand weiß, daß die schöne Benigna nur eine Stunde von ihrem Manne verlassen wurde. Mitten auf ihrem Weg ging es ihr auf, wie sehr er sie geliebt und noch liebe. Wie kann er je von ihr lassen?

Sie eilte in's Haus zurück, er ist gewiß schon zurück und ist in Sorge wegen ihrer Abwesenheit. Sie kam heim, es war Niemand da. Sie wollte nicht zu Bette gehen, sie wollte warten, bis er kommt. Aber droben war das Oel verschüttet, hier nur noch ein wenig, und das Licht verlosch vor ihren dreinstarrenden Augen und sie saß in der dunkeln Nacht, bis der Tag erwachte. Der Tag kam, aber Jörg nicht.

Sie saß in den Spiegel und verwunderte sich über das fremde verwahrloste Gesicht, das sich ihr zeigte; mit frischem Muthe wusch und putzte sie sich nun und setzte sich an die Arbeit. Aber über dem Stickrahmen schlief sie ein, erst von dem Besuch ihrer Base wurde sie geweckt. Auch ein Nebengesell Jörg's kam und fragte, ob dieser noch länger feiern wolle, es sei jetzt drängende Arbeit. Benigna antwortete, ihr Mann sei in Familienangelegenheiten verreist; er käme heut Abend oder morgen früh wieder.

Der Abend kam, der Morgen kam, von Jörg zeigte sich keine Spur. Es vergingen Wochen, es vergingen Monate. Benigna zeigte sich nicht im Dorfe. Sie arbeitete am Tage und in der Nacht weinte sie, weinte unaufhörlich.

Im Dorfe ging allerlei Gerede, warum Jörg verschollen. Als aber Jahr um Jahr verfloß, dachte man seiner kaum, und Benigna war fast nicht mehr zu erkennen, so verfallen sah sie aus. Sie, die Schöne, einst viel Bewunderte, wurde jetzt kaum mehr angesehen. Es wurde viel gesprochen und übertrieben von den Mißhandlungen, die sie der Mutter Jörg's angethan, und erst als es hieß, Benigna werde erblinden, wendete sich ihr wieder Mitleid zu.

Benigna erblindete, und die Base verwendete ihre jammervolle Erscheinung, die nun gebeugt und abgehärmt war, zu einem ausgiebigen Bettel. — Sie führte sie weit in der Gegend in den Dörfern umher und stellte sie als eine mitleidswerthe, vom Manne verlassene Frau dar, die einst so schön gewesen und nun so unglücklich und hülflos war.

Benigna hörte dies immer geduldig an und sprach kein Wort.

So war ein Jahrzehnt und mehr vergangen. Die Base starb, und Benigna war nun doppelt verlassen.

III.

Es war im tiefen Winter. Der Schnee knarrte unter den Füßen der Männer, die nach dem Rathhaus des Dorfes gingen. Die Gruppe, die auf der Straße dahinwandelte, vergrößerte sich immer mehr und mehr und man hörte die Leute unter einander reden:

„Ein schöner Spaß ist's!"

„Mag schon sein, aber mir gefällt er nicht."

„Eine verlassene blinde Frau öffentlich versteigern."

„Sie liegt der Gemeinde zur Last."

„Und wir haben noch genug zu schleppen."

So ging es hin und her.

Das Dorf gehörte zu den ärmeren, es hatte nur wenig Aderland und dies war zum hauptsächlichsten Theil im Besitz dreier Großbauern. Die Einwohner bestanden der Mehrzahl nach aus Steinmetzen, Kohlenbrennern und Hammerschmieden. Man hörte vom Thal herauf das große Werk pochen und hämmern

36 *

und eine breite Rauchsäule stieg an den beschneiten Felsenbergen hinan zum klaren Himmel auf.

Ein Mann in verwahrlostem Anzuge, hinter welchem drein man die leise Stimme einer Frau hörte, kam von einem einsam unweit der Straße an der Berglehne stehenden Häuschen zu der Gruppe der Wandelnden.

„Korbhans, willst du die Benigna in's Haus nehmen?" wurde er gefragt.

„Ich möchte schon, aber meine Frau will nicht."

Während er noch sprach, kam ihm ein Mädchen von etwa sieben Jahren nachgerannt und rief:

„Vetter, die Base zündet das Haus an, wenn Ihr die Benigna heimbringt!"

„Jetzt mußt du's gerade thun," hetzten die anderen Männer, „du mußt ihr den Meister zeigen."

Korbhans ging etwas zaghaft mit den Anderen. Sie kamen auf das Rathhaus. Hier waren schon viele Männer, die noch, bis die Verhandlung anfing, ihre Pfeifen auf dem Flur ausrauchten. Endlich kam der Gemeindediener und berief die Versammelten in die große Rathsstube. Der Gemeinderath saß am Tische und nicht weit davon in einer Ecke, in sich zusammengekauert, saß eine Frauengestalt, mit allerlei Tüchern umhüllt, die da und dort in Fetzen herabhingen; sie stützte das Kinn auf beide Fäuste, die einen Krückstock umklammerten.

„So fangen wir in Gottes Namen an," begann der Bürgermeister. „Da sitzt die Benigna. Die Gemeinde ist arm, und wer zu dem, was die Gemeinde für ihren Unterhalt bezahlt, nicht das Beste dazu thun kann, daß er sich einen Gotteslohn daraus macht, eine verlassene Wittwe" — die zusammengekauerte Gestalt stöhnte auf — „mit Gutheit zu pflegen, der soll sie nicht zu sich nehmen; und besonders wär's gut gewesen, wenn Eure Frauen mitgekommen wären, denn darauf kommt's hauptsächlich an, wie die Frau gegen sie ist."

Es wurde nun eine Summe genannt, welche die Gemeinde für den jährlichen Unterhalt der Blinden bezahlen wollte, aber Niemand redete ein Wort, da die Frage gestellt wurde, wer sie um ein Geringeres nähme; denn Jeder, der auf die Sache eingehen wollte, zog natürlich den höheren Lohn vor.

„Um das, was angesetzt ist, nehm' ich sie," rief der Korbhans.

„Ich auch" — „ich auch," hieß es von anderen Seiten.

„Wer hat da zuerst gesprochen?" fragte die Blinde ein ihr nahe stehendes Mädchen, es war die Tochter des Schulmeisters.

„Der Korbhans," erwiderte das Mädchen. „Um Gottes willen, wenn Ihr nur nicht zu dem kommt: seine Frau ist ja ärger als ein feuriger Drache."

Der Blinden entfiel ihr Krückstock, das Mädchen hob ihn auf und gab ihr denselben wieder. Nun war schnelles Hin- und Herbieten, die Schulmeisterstochter hatte nicht Zeit, der Blinden jedesmal zu sagen, wer jetzt geboten hatte.

Endlich blieb es nur noch bei Einer Stimme, und der Gemeindediener rief:

„Zum Ersten-, zum Zweiten-," — er machte eine Pause — „zum Drittenmal!" rief er und schlug mit dem Hammer auf den Tisch.

„Wer hat mich?" fragte die Alte.

„Der Korbhans," erhielt sie zur Antwort.

„Komm her, Hans, gib mir deine Hand; ich habe deine Mutter gut gekannt und auch die Mutter von deiner Frau."

Die Gemeinderäthe alle erstaunten, da die Benigna plötzlich sprach. Ein Großbauer mit einer mächtigen Nase glaubte auch etwas sagen zu müssen, und ermahnte:

„Ja, Benigna, komm' uns nur nicht mit Klagen! Jetzt bist du einmal versorgt und jetzt hab' Geduld, die Gemeinde thut mehr als sie kann. Und sei dankbar!" schloß er und streckte seine Nase den anderen Gemeinderäthen zu, die sollten bezeugen, wie er zu reden verstehe.

„Jetzt komm mit," sagte Hans. „Wo habt Ihr Euer Bett?"

„Beim Schulmeister," antwortete Benigna, „und auch eine kleine Truhe."

Das Mädchen geleitete die Alte noch eine Strecke Wegs, aber als man an die Berglehne kam, wo die Dorfkinder in Schlitten den Berg herabfuhren, konnte Benigna auf dem Glatteis nicht weiter kommen.

„Nehmet mich um den Hals," sagte Hans und bückte sich nieder, „so trag' ich Euch auf dem Rücken den Berg hinauf."

Er trug Benigna auf dem Rücken hinauf in sein Haus. Die Kinder jubelten über den lächerlichen Aufzug, aber die Schulmeisterstochter sagte ihnen, daß da nichts zu lachen sei. „Es ist brav vom Korbhans," hieß es.

Unterwegs sagte er zu Benigna:

„Meine Frau zankt ein Bischen gern, kümmert Euch nichts drum; wenn sie genug gezankt hat, hört sie schon von selber auf. Und was Ihr habt, sagt Ihr nur mir; ich will schon für Euch sorgen bis an Euer Ende."

Korbhans hatte die Ueberzeugung, die Viele im Dorfe theilten, daß Benigna irgendwo einen geheimen Schatz verborgen habe; es war nicht lauter Gutheit, warum

er zu Benigna so wohlwollend war, er hoffte durch Zutraulichkeit ihr das abzu-loden. —

„Ja, ja," sagte die Alte auf seinem Rücken, „ich werde dir schon Alles mit Gutem vergelten."

Hans lächelte vor sich hin, das heißt doch so viel als: sie hat einen Schatz.

Er trug Benigna in seine Stube. Niemand war da als das kleine Kind, das gröhlend ausrief:

„Pfui Teufel! Jetzt kriegen wir auch noch die alte Hexe."

Hans setzte Benigna auf die Bank, die Krücke entfiel ihr, das kleine Kind nahm sie schnell auf und rief:

„Die leg' ich in's Feuer, dann kannst du nicht vom Platz und kannst mir auch nichts anthun, du wüste Hexe."

Das Kind lief nach der Küche und warf die Krüde in's offene Herdfeuer, aber Hans rettete sie noch schnell.

Die Frau stand am Herd und sagte:

„Du kannst für sie sorgen, ich hab' sie nicht gewollt."

„Du wirst schon gut gegen sie sein. Geh' wenigstens hinein und sag' ihr, daß du bös sein willst."

„Du meinst, das kann ich nicht?"

Sie ging in die Stube und sagte: Man wisse von alten Zeiten her, was Benigna verstehe; sie hätte gewiß Hans durch Allerlei verleitet, aber sie sei nicht der Narr, noch eine verdorbene alte Blinde zu pflegen. Zuletzt fragte sie Benigna, warum sie sich noch nicht umgebracht habe.

„Weil ich noch leben muß, um besser zu werden, wie du auch!"

Die Frau verließ die Stube und Benigna saß allein. Sie hörte nichts als ein Poltern mit der Ofengabel im großen Kachelofen; die Frau schien an dem Ofen ihren Unmuth auslassen zu wollen und draußen in der Küche rief es:

„Alle Kinder verspotten mich, weil ich jetzt die blinde Hex' werde führen müssen. Aber ich thu's nicht, keinen Schritt."

Das Kind kam in die Stube und klagte vor sich hin, daß es sich die Hände beim Schlittenfahren erfroren habe.

„Dann geh' nicht gleich an den Ofen," rief Benigna.

„So, du bist auch da?" rief das Kind. „Du hast's gut, du weißt nicht, wann Nacht ist."

„Ist schon Nacht?" fragte Benigna.

„Ja freilich."

Benigna ließ der Frau durch das Kind sagen, sie könne ihr vielleicht beim Zurichten des Abendbrodes helfen; sie könne Kartoffeln schälen und auch Brod einschneiden. Das Kind ging hinaus und draußen hörte man lachen. Als das Kind wieder herein kam, bat Benigna, es möge ihr sagen, wie der Hausrath in der Stube stehe, damit sie nirgends anstoße. Das Kind erklärte Alles; als aber Benigna jetzt hinausgehen wollte, stellte es ihr einen umgelegten Stuhl in den Weg, daß sie darüber stolperte und niederfiel; es verließ lachend das Zimmer und Benigna tastete sich wieder nach der Bank zurück.

Korbhans hatte Benigna seiner Frau überlassen und war in's Wirthshaus
gegangen mit dem tröstlichen Gedanken, daß die Frau schon gut werden müsse, wenn
sie sähe, daß die Sache nun einmal nicht zu ändern sei. Erst nach mehreren Stunden kam er und brachte das Bett der Benigna. Es wurde ihr in der Dachkammer
gerüstet, wo auch das Kind schlief. Benigna fragte das Kind, ob es auch ein gutes
Bett habe. Das Kind war widerwillig und erklärte, daß sie das nichts angehe; aber
Benigna tastete an dem dürftigen Bettchen umher und merkte, wie armselig es bestellt war, sie nahm von ihren eigenen Kissen und deckte das Kind damit zu; das
Kind ballte die Faust im Zorn gegen die Hexe, ließ sich aber ihre Mildthätigkeit
doch gefallen und schlief bald ein.

Das Kind rief einmal im Schlafe: Mutter! Benigna schauderte zusammen.
Sie hatte nie Mutter gerufen und hatte nie so gerufen sein wollen. Sie seufzte in
der stillen Nacht und fragte in die winterkalte Luft hinein, wie lange sie noch in
Nacht und Elend leben müsse, bis der Tod sie erlöse.

Während Benigna in der Dachkammer wachte, sprach der Korbhans mit seiner
Frau und redete ihr zu, Benigna ja recht gut zu behandeln; es sei so viel als sicher,
daß sie draußen bei der hohen Haselstaude einen Schatz vergraben haben müsse, sie
habe sich von der verstorbenen alten Margreth oft dahin führen lassen, und wenn
man sie nun gutmüthig behandle, werde sie ihren Wohlthätern den Schatz bezeichnen
und sie reich machen. Die Frau erwiderte, daß Benigna, wenn sie einen Schatz habe,
sich wohl nicht hätte versteigern lassen; aber Hans behauptete, das hätte sie absichtlich
gethan, sie sei ja immer eine absonderliche gewesen und er habe es ganz sicher von
seiner Schwester, der es die verstorbene Base mitgetheilt, daß Benigna da draußen
noch etwas Geheimes habe. Die Frau ließ sich zuletzt etwas bekehren, auch ihr leuchtete ein, daß Benigna einen Schatz habe, sie hatte sich ja früher viel verdient und
später viel erbettelt.

IV.

Der Tag erwachte. Die Frau kam und führte Benigna die Treppe herab in
die Stube. Benigna nickte, es wird schon besser gehen, die Bosheit hat nicht über
Nacht Stand gehalten.

Das Kind aber wollte nicht mit Benigna aus einer Schüssel essen; Hans
wollte es dafür strafen, aber Benigna bat, das nicht zu thun, und sagte, sie sei
schon satt.

„Iß Du nur allein," wendete sie sich zu dem Kinde. „Nicht wahr, Babi
heißest Du? Ich habe auch ein Schwesterchen gehabt, das so geheißen hat, es ist
jung gestorben."

Das Kind war erschreckt von dieser Güte und sah Benigna grimmig an, denn
auch in ihm regte sich etwas Besseres, und das Erste in dieser jungen, aber schon
verdorbenen Seele war Zorn auf das Bessere, das sich in ihr regte.

Benigna wußte, daß dies ein verlassenes Kind war, das von Jedermann als Ueberlast angesehen wurde; seine Mutter, eine Schwester der Frau des Korbhans, diente in der Hauptstadt.

Benigna verstand gut zu spinnen, und sie spann vom Aufwachen bis zum Schlafengehen. Korbhans und seine Frau nickten zufrieden. Benigna war keine Störung, sie verdiente mit dem Spinnen ihre Nahrung und die Beisteuer der Gemeinde war fast reiner Gewinn.

Diese Uebereinstimmung war seit langer Zeit die erste und einzige zwischen den beiden Eheleuten, denn sonst war immer nur Zank und Hader, es war Noth im Hause, und über der leeren Krippe schlagen sich die Pferde, heißt es im Sprichwort.

Korbhans, der zumal im Winter wenig zu thun hatte, lag gern plaudernd da und dort umher, und die Frau glaubte durch Schelten ihn im Haus und zur Arbeit zu halten; aber das bewirkte das gerade Gegentheil. Anfangs scheute man sich nicht vor Benigna des heftigen Streites, als sie aber einmal sagte: „Mein Mann ist in der weiten Welt, vielleicht schon todt. O, wie verjüngigt Ihr Euch, daß Ihr, so lang Ihr noch am Leben und bei einander seid, Euch nicht in Güte beisteht!" — als sie das und noch mehr sagte, trat eine gewisse Scheu vor ihr ein.

Korbhans hatte noch eine Werkbank im Haus, an der er ehedem allerlei hölzernes Geschirr, Rechen, Kochlöffel und Spindeln geschnitzt hatte. Jetzt wurde die Werkbank wieder hergerichtet und er saß daran arbeitend und unterhielt sich dabei oft mit der spinnenden Benigna. Auch die Frau ging jetzt zufriedener aus und ein und brachte sogar Benigna manchmal außer der Zeit eine Tasse Kaffee, der war freilich nur aus gebrannten gelben Rüben bereitet, aber doch ganz angenehm zum Annetzen. Die größte Verwandlung war aber mit dem Kinde vorgegangen. Benigna bat es oft, ihr diesen oder jenen Dienst zu leisten; es that es zuerst widerwillig, dann aber erwachte in der Seele das Vergnügen, einem Anderen etwas leisten zu können, das sich allmälig zum Gefühl des freien Wohlthuns steigerte. Babi kam von selbst und bot Benigna an, ihr dies und jenes zu besorgen, sie da- und dorthin zu führen, und ein Gefühl keimte in dem Kinde auf, daß da zum Erstenmal ein Mensch war, der in Güte und Sorgfalt seiner achtete. Benigna hörte dem Kinde seine Schulaufgaben ab, sie verstand besonders gut zu rechnen und hatte auch noch gute alte Sprüche im Kopf und Lieder in Menge.

Der Schulmeister kam und berichtete, daß die kleine Babi allmälig zu den besten Schülerinnen aufsteige.

So ging der Winter herum, so schnell und so gut, wie lange keiner. Im Frühling, als die Weiden von Saft durchflossen waren, lernte Benigna das Handwerk des Korbflechtens; sie begriff es schnell, und mit ihren gewandten Fingern verstand sie bald zierliche Körbchen zu flechten, ja die Stickmuster, die sie noch im Kopfe hatte, halfen ihr zur Verschönerung, die der Waare sehr guten Absatz verschaffte. Die Frau des Korbhans wollte jetzt immer nur das Glück preisen, daß man Benigna im Hause hatte; aber Hans wehrte ab, man müsse das nicht kundgeben, sonst werde sie den vergrabenen Schatz nicht anzeigen, und je eher man den habe, um so besser. Er und seine Frau spielten oft auf den geheimen Schatz an; Benigna lächelte darüber, und beim Lächeln nahm ihr Gesicht einen seltsamen Ausdruck an. Benigna war aber klug genug, den geheimen Schatz nicht abzuleugnen, denn sie wußte, daß das ihre Herbergsleute noch viel geschmeidiger machte.

Sie hielt das Kind dazu an, in der Ernte fleißig Aehren zu lesen, auch zum Holzsammeln ging sie mit in den Wald. Hans führte sie oft nach dem Haselberge. Er hoffte immer und immer, daß sie ihm die Stelle bezeichne, wo sie den Schatz vergraben, aber sie ging nie darauf ein; er konnte indeß die schwerste Fuhre auf den Karren laden, sie stellte sich hinten an und schob so mächtig, daß der vorn eingespannte Hans nicht zu ziehen hatte.

So wurden im Sommer Aehren und Holz gesammelt, und es war von Allem jetzt eine Fülle im Haus, wie sonst nie. Aber das Beste war doch, daß ein Friede war, den man früher gar nicht gekannt hatte; der nährte und wärmte noch mehr, als das Brod und das Feuer. Die Aehren, die Babi gesammelt hatte, drosch Benigna in der Scheune immer allein aus, und das Kind wurde in seinem Eifer und seiner Sorgfalt immer größer und emsiger. Als die Nachricht kam, daß seine Mutter gestorben sei, tröstete es Benigna Tagelang. Endlich sagte sie:

„Du könntest mir eine Liebe thun."

„Was? Soll ich dir wohin gehen?"

„Nein, heiß' mich von heute an Mutter. Willst du?"

„Ja, ja, Mutter!"

Zum ersten Male küßte Benigna die kleine Babi und von nun an hieß sie Mutter.

So lebte nun Benigna im Hause des Korbhans schon in's siebente Jahr.

V.

Es war im hohen Sommer.

Da kam die Straße herauf ein Mann, groß und stattlich, mit schneeweißem Haar. Er trug in einer sogenannten Krare eine schwere Last auf dem Rücken, es waren Sensen. Nicht weit von dem Hause des Korbhans an einer niederen Gartenmauer stellte er die Last ab, legte die Sensen aus und ließ sie erklingen. Sie tönten gut, und der Mann sagte in fremdländischem Dialekt zu Einigen, die in der Mittagshitze vom Felde heimkehrten, das seien echte steierische Sensen: er zeigte das eingegossene Zeichen einer Fabrik in Leoben. Er erhielt zur Antwort, daß, wenn er hier über Nacht bleibe, er heut am Abend oder morgen am Sonntag früh wol von seiner Waare absetzen könne. Die Leute gingen vorüber, der Mann stand an das Mäuerchen gelehnt und starrte mit dem einen Auge gar seltsam drein; das andere

Auge war mit einem schwarzen Lappen verbunden. Da hörte er den einsamen Schlag eines Dreschflegels droben im Haus des Korbhans.

Nichts trauriger, als einen einsamen Drescher zu hören, oder doch noch trauriger ist, einsam zu dreschen; denn der Gleichschlag der Mitarbeitenden bewegt und erleichtert die Arbeit, der einsam Dreschende aber muß sich bei jeder Hebung neu und mit angestrengter Kraft dazu bestimmen.

Ein barfüßiges Mädchen von etwa dreizehn Jahren mit glühendem, braunem Antlitz und hellen Augen kam mit einem Bündel gelesener Aehren die Straße herauf und wollte den Fußsteig abseits nach dem Hause des Korbhans hinaufgehen. Da rief es der Fremde an und fragte:

„Wer drischt da so einsam?"

„Eine verlassene blinde Frau," erwiderte das Mädchen.

„Wie heißt sie?"

„Benigna."

37 *

Das Kind ging mit seinem Aehrenbündel den Berg hinan, der Fremde legte seine Sensen zusammen, sie erklangen von selbst, denn seine Hand zitterte. Nachdem er alle Sensen zusammengepackt, ging er auf den Weg nach dem Häuschen. Jetzt trat Benigna aus der Scheune und fragte in die leere Luft hinein:

„Wer hat mich gerufen?"

Der Fremde stand starr und hielt den Athem an. Da Benigna keine Antwort erhielt, ging sie wieder zurück in die Scheune und drosch weiter. Der Fremde kehrte um, nahm seine Kraxe auf den Rücken und ging hinein in's Dorf; im Wirthshaus zum Lamm kehrte er ein und fragte, ob er Nachtquartier bekommen könne; er packte aber seine Sensen heute nicht mehr aus, er saß hinter einem Schoppen Bier, aber die Mücken tranken mehr davon als er.

Als es Abend geworden, ging er das Dorf hinaus durch die Felder bis zur Haselhöhe. Dort saß er, bis es Nacht geworden. Er kam in's Dorf zurück und verkaufte dem Lammwirth zwei Sensen und hörte, daß er viel abgesetzt hätte, wenn er zum Feierabend dagewesen wäre.

Als es schon Zeit zum Schlafengehen war, wanderte der Mann noch einmal in's Dorf hinaus und draußen beim Häuschen des Korbhans saß er hinter der Hecke an der Wiese und hörte wie Benigna zu Babi sagte:

„Morgen geh' ich nicht mit in die Kirche, ihr müßt aber Alle gehen und mich daheim lassen; morgen muß ich allein sein und allein denken."

Der Fremde zuckte zusammen, als er das hörte.

„Stehen viel Sterne am Himmel?" fragte Benigna nach geraumer Weile.

„Ja gewiß, Millionen viel! Oh, Mutter, wenn ich nur machen könnte, daß du sie auch sähest!"

Hans rief aus dem Fenster, daß Benigna und Babi schlafen gehen sollten, es sei schon sehr spät.

Die Hausthür öffnete und schloß sich, der Fremde saß noch lange an der Berglehne, erst als es Mitternacht vom Kirchthurm schlug, ging er hinein in's Dorf und suchte seine Schlafstätte auf.

Ein heller Morgen brach an. Der Fremde hatte vor der Kirche noch guten Erlös, denn es war bekannt geworden, daß er die besten Sensen zu verkaufen habe und sie billig ablasse.

Er warf oft auf die Männer, die ihm abkauften, seltsame Blicke aus seinem einen Auge und stutzte, wenn er bald diesen, bald jenen Namen hörte.

Es wurde zusammengeläutet, die Leute gingen zur Kirche, auch der Fremde ging dahin. Er wartete an der Thür, bis das ganze Dorf an ihm vorübergegangen war.

Als droben die Glocken verklangen, in der Kirche die Orgel ertönte und der Gesang begann, ging er leise nach dem Kirchhofe und stand eine geraume Weile bei einem Grabe, daran das Kreuz eingesunken war. Der Fremde wendete sich und ging mit raschen Schritten nach dem Hause des Korbhans.

Er sah Benigna auf der Bank vor dem Hause sitzen. Sie hielt die Hände gefallet und murmelte leise Gebete vor sich hin. Jetzt faltete sie die Hände auseinander, streckte die Arme weit aus und rief:

„O Jörg, wenn ich nur das Eine wüßte, ob du noch lebst oder ob du todt bist. Und ist's denn möglich, daß du mir kein Zeichen gibst? Denkst du denn gar nicht mehr an mich? Ich hab' gebüßt, mehr als je ein Mensch auf der Welt, und ich hab's verdient, mehr als je ein Mensch. O, wenn ich dir nur noch einmal sagen könnte: verzeihe mir. Wenn ich im Himmel zu dir komme und dir's sage, stoß' mich nicht von dir; ich hab' die Hölle schon hier, und ich will Gott nur bitten, daß er dich nicht auch in die Hölle stößt, denn du hast gewiß auch genug gelitten und du hast recht gethan, aber doch hart — nein, nicht hart, du hast recht gethan — Jörg, verzeih' mir, verzeih' mir, im Himmel und auf der Erde!"

Der Fremde konnte sich nicht mehr halten, er stürzte vor und rief:

„Benigna, da bin ich, da lieg' ich und halte deine Füße umklammert: vergib du mir auch, wie ich dir vergebe. Benigna, kennst du mich nicht mehr? meine Stimme nicht mehr?"

Die Alte war erstarrt, jetzt richtete sie sich auf und tastete Jörg über das Gesicht; als sie die schwarze Binde berührte, fuhr sie zurück und schrie:

„O Jörg, du bist's … deine Stimme, was ist denn das?"

„Mir hat ein Feuerfunken das Auge verbrannt, du bist blind, aber ich kann doch noch sehen. Komm mit mir, komm, ehe sie aus der Kirche heimkehren. Ich hab' dich einmal verlassen, jetzt verlaß du Alles! Komm, hier können wir nicht reden, und ich hab' dir so viel zu sagen."

„Wenn ich nur noch weinen könnte," jammerte Benigna.

Jörg drängte immer mehr, daß sie das Haus verlasse. Sie stand auf und sagte mit großer Kraft:

„Ja, ich gehe mit dir. Ich will deine Hand fassen, ich bin erhört. Thu' mit mir, was du willst; stürz' mich vom Felsen, stoß' mich in's Wasser, mach' was du willst, ich geh' mit dir, wohin du mich bringst."

Die Beiden saßen beisammen und konnten weiter kein Wort reden.

Benigna hielt die rauhe Hand des Mannes an ihren Mund.

Jetzt hörten sie das Zeichen, daß die Kirche zu Ende sei.

„Komm, wir wollen fort, ehe die andern Menschen kommen," drängte Jörg. Unter dem Geläute der Glocken gingen sie die Straße dahin, einen Feldweg hinein und dann nach der Anhöhe mit den Haselstauden.

VI.

„Ich hab' dich hierher geführt an den Ort, den ich seit dreißig Jahren immer vor mir gesehen habe im Wachen und im Schlafen, immer. Jetzt sprich du nicht, jetzt laß mich erzählen," begann Jörg. „Du hast gethan, was schrecklich ist, und ich hab' gethan, was das Schrecklichste ist auf der Welt. Du hast das Alter verhöhnt und hast selber ein verhöhntes Alter haben müssen, millioneumal ärger." Benigna stöhnte. „Nein, das hab' ich dir ja nicht sagen wollen," tröstete Jörg, ihr mit der linken Hand über das Gesicht fahrend. „Ich hab' Rache genommen, aber die Rache ist das Schwerste auf der Welt: da gibt's keine Wage, darauf man's wiegen kann. Ich hab's mit mir geschleppt durch die weite Welt, ich bin gewandert und gewandert bis in die Türkei hinein, und dann bin ich zurückgekommen und bin gewandert bis nach Polen und Rußland, und dann bis über's Meer und wiedergekehrt. Ich hab' gearbeitet, daß mir die Glieder fast lahm geworden sind, und hab' doch keine Ruhe bekommen. Jetzt bin ich seit zehn Jahren in Steiermark und jetzt sind's vier Monate, da ist mir ein Feuerfunke in's Auge gesprungen und da bin ich gelegen und hab' mich besonnen, daß ich gemeint hab', ich muß verrückt werden; es hat mir im Kopf gebrannt und im Herzen, und ich hab' gemeint, ich muß vergehen, und das Einzige habe ich immer vor mir gesehen, wie ich dir das Licht aus der Hand geschlagen und wie ich über die Straße weggeschritten bin, wo das Licht aus dem Fenster darauf geschienen hat. Genug! Da hab' ich geschworen, wenn ich gesund werde, geh' ich und such' dich und will dir verzeihen und will dir Gutes thun mein Leben lang was ich kann. Den Lappen über dem Auge muß ich noch tragen, aber mein Auge ist heil und er war gut dazu, daß mich die Leute nicht erkannten. Wenn ich dich nur wieder sehend machen könnte! So, jetzt bin ich da, und die Paar Jahre, die wir noch zu leben haben, wollen wir einander erleichtern; es muß Alles vergessen sein. Es muß sein, daß auch auf Erden wieder Alles gut werden kann. Nicht wahr, du gehst jetzt mit mir und bleibst bei mir?"

Benigna warf sich an seinen Hals und umschlang ihn heftig.

„Wir kehren nicht mehr in's Dorf zurück, wir brauchen von Niemand Abschied zu nehmen und uns zu bedanken, es braucht Niemand zu wissen, was aus uns geworden ist, im Aergsten kann uns doch kein Anderer helfen. Ich laß ihnen meine Sensen und laß du ihnen, was du hast, ich hab' Geld genug bei mir, ich hab' mir ein Schönes erspart und hab' Arbeit und einen guten Herrn in Steiermark; da wollen wir beisammen sein, bis der Tod uns streckt."

Benigna stimmte bei, daß sie mit Jörg wandre, wohin er sie führe. Sie klagte nur, daß sie die Leute, die ihr so viel Gutes gethan, so heimlich und undankbar verlassen solle, und besonders bejammerte sie, daß Babi, die sich an sie gewöhnt hatte wie ihr eigen Kind, nun wieder verlassen und verstoßen in der Welt herumlaufen und der Verführung preisgegeben sein sollte.

Endlich willigte Jörg ein, daß man wenigstens noch in das Haus des Korb-hans gehe. Kaum hatten sie sich darüber geeinigt, als man Stimmen hörte und die Worte:

„Dort ist sie, dort ... der Sensenhändler ist bei ihr!"

Korbhans und seine Frau und Babi, die Benigna gesucht hatten, kamen auf die Haselhöhe und konnten sich lange nicht von Staunen erholen, als sie hörten, wer der Sensenhändler sei. Sie willigten dann gern in die Bitten der Babi, daß sie mit Benigna ziehen dürfe.

Nachdem man sich endlich vom Staunen erholt und Ruhe eingetreten war, fragte Hans:

„Jetzt sag' mir ehrlich, Benigna, hast du den Schatz, den du da vergraben gehabt, bereits gehoben?"

„Ich hab' nie einen gehabt," erwiderte Benigna.

„Aber du hast uns doch einen gegeben," erklärte die Frau, „wir sind jetzt Gott Lob in Friede und Wohlstand."

Alle zusammen kehrten wieder in's Dorf zurück oder eigentlich nur in's Haus des Korbhans, das das letzte im Dorfe war, so daß man sich vor Niemand zu zeigen brauchte; denn darauf bestand Jörg. Aber er besann sich doch noch eines Bessern; Babi mußte den Bürgermeister holen, und unter dem Gelöbniß, daß er schweige, bis sie fort seien, übergab ihm Jörg eine namhafte Summe, die er der Gemeinde zurückerstatten solle für den Unterhalt seiner Frau.

„Recht so," rief Benigna, „recht so! bist dein Leblag ein stolzer Mensch gewesen, ein ehrenhaltiger! Recht so!"

„Das auch," sagte Jörg; „aber Alles, was Schuld heißt, ist jetzt glatt und eben und gelöscht."

„Das ist noch besser," stimmte Benigna ein. Als es Nacht war, holte Jörg seine Sensen, und während wieder Millionen Sterne am Himmel standen, wanderte er mit Benigna und Babi das Thal hinab an der ruhigen Hammerschmiede vorbei und weiter ging's bis zum schönen Land Steiermark.

———

Nicht weit von dem schönen Städtchen Leoben an der Mur, über der Bergwiese am Waldesrand steht ein kleines Häuschen. Dort sitzt eine blinde Alte bei einem schönen Mädchen auf der Bank vor dem Hause; wenn es Abend wird, kommt Jörg von der Schmiede herauf und gibt Benigna und der Tochter die Hand.

Nach vieler und entsetzlicher Mühsal ist noch einmal ein Leben aufgegangen für Jörg und Benigna, und sie freuen sich dessen bis auf den heutigen Tag.

Hol' über!

Eine Geschichte vom Rhein aus dem Juli 1866.

I.

Im Sommer 1866 wanderte ich am Nieder-rhein vielfach auf und ab. Ich saß in mancher anheimelnd kühlen Stube, während die heiße Mittagssonne den Wein an den Ge-länden zeitigte; ich sah in manche tapfere Herzen, die um die Ihrigen draußen im Kriegsgetümmel bangten; ich hörte den Lärm und sah die Ungeduld und Hast an den Bahnhöfen, zumal am Abend, wo Alles hineilte, um die neuesten Nachrichten aus dem Kriege zu erfahren. Menschen, die einander nicht kannten, redeten sich an; man hat die Gemeinsamkeit der Neugier, der Besorgniß, wie bei einem Brande; ein Urelement ist losgelassen über Alle. Gruppen bilden sich, wo Telegramme laut vor-gelesen werden, große Plakate werden angeschlagen, in denen die Zahl der Gefangenen und Gefallenen meist nur nach Tausenden angegeben ist. Sieg und immer Sieg wird verkündet, und doch keine Freude in den Gemüthern, keine volle, unbelastete . . .

Der erste und einzige Trost fließt aus der Vorstellung: Wie wär's, wenn es anders geworden? wenn die siegenden österreichischen Völkerschaften in Deutschland eingedrungen wären? Die ganze Arbeit unserer Cultur stände in Frage, denn Preußen ist trotz alledem in seinem innersten Bestande der Vertreter des geistigen

Fortschritts und muß sich zu ihm bekennen. Aus dieser beschwichtigenden Tröstung warf sich aber immer und immer die Frage auf: Mußte es zum Kriege, zu einem solchen Kriege kommen?

Dud' unter! heißt es, wenn ein Gewitter losgebrochen, eine geschichtliche Thatsache unabwendbar über die Häupter der Menschen hinzieht; aber können sich die Unterdudenden ihrer Gedanken erwehren, und wer will sie ihnen verscheuchen?

Eine einzige, eintönige, dumpf grollende Empfindung beherrscht das Gemüth; der Umblick in der Welt zerstreut, aber befreit nicht.

Solch ein Bahnhof in der vom Kriege nicht unmittelbar berührten Gegend ist ein gesammeltes Abbild derer, die von Ferne zuschauen und hinaushorchen.

Da sitzt noch ein junger Soldat in blauer Bluse auf der Treppe beim Mütterchen, die sein Päckchen auf ihrem Schoße hält. Die ganze lebenslang unausgesprochene Liebe zwischen Mutter und Sohn tritt jetzt heraus, aber nur in kurzen Worten, mit schnellem, scheuem Blick. Der Bursch sieht bald vor sich nieder, bald hinaus in's Weite; die Mutter wendet keinen Blick von ihrem Kinde. Sie sprechen manchmal noch und sitzen wieder still. Sie haben einander schon Alles gesagt und jetzt läßt sich nur noch Das und Jenes, vielleicht das Unwichtigste, wiederholen und bestätigen. Es gilt, sich in's Unvermeidliche zu fügen. Die Telegraphenglocke schlägt an, der Zug pfeift und braust um die Ecke. Einsteigen! ruft es, während der losgelassene Dampf polternd und grollend zischt. Der Unteroffizier hat schnell seine Mannschaft beisammen, er hat seine Schriften zwischen dem geöffneten Brustlatz des Waffenrods steden. „Dreiundsiebzig Mann, ein Unteroffizier und ein Gefreiter," ruft er. Die Bahnbeamten helfen ihm abzählen, und behend, in raschen Minuten sind die Burschen in blauen Blusen in den Wagen. Der Unteroffizier und Gefreite in ihren Uniformen steigen ihnen nach; noch ein Blick, ein Gruß, ein Hurrah, durch das der Pfiff der Locomotive schrillt, und fort geht's, vorbei! Das Mütterchen setzt sich wieder auf den Platz, wo vor wenig Minuten ihr Sohn bei ihr gesessen. Sie schaut zur Seite. Wird sie ihn wiedersehen? Sie wandelt still davon. Wer kann ihr helfen, wer ihr Trost zusprechen?

Auf dem Bahnhofe ist nun plötzlich Alles still, nur manchmal hört man noch im Wartesaal drin heftig hin und her sprechen; zumal ein Kluger, in loderem grauem Sommergewand und buntgestidten Pantoffeln, hat Alles vorher gewußt; er ruft laut: „Hab' ich's nicht längst gesagt, der Oesterreicher gibt Venetien her, um den einen Arm freizukriegen und auf uns loszuschlagen zu können? Napoleon spielt den letzten Trumpf aus und hat die Entscheidung: das hab' ich schon vor drei Monaten verkündet."

Es gibt keinen Bahnhof, keine niedere braungetäfelte Trinkstube, keinen teppichbelegten Salon, wo nicht solch ein verkannter Prophet sich offenbart, und nur in Kleidung und Form des Ausdruds sind sie verschieden. Unglücklicherweise fehlen ihnen aber immer gerade im Augenblick die Zeugen, welche die Vorherverkündigung bestätigen sollten.

Ach, wer erzählen wollte, in wie viel tausend unnützen Streitereien und

Rechthabereien die Menschen sich erhißen — es wäre ein sinnverwirrender Lärm. Es gibt gar so viele Marodeurs, die wie auf dem Felde die Gefallenen zu ihrer Bereicherung, so die eingetretenen Thatsachen zu ihrem Ruhm auszurauben. Nur Wenige wollen ihre Unwissenheit bekennen und wie sie in wechselnder Stimmung Tag für Tag von den Ereignissen überrascht wurden.

Leider sind die Bahnhöfe auch die Brutstätten schnell aufflatternder falscher Gerüchte. Ein Neuankommender will Etwas zu berichten haben; das Hörensagen verdichtet sich bald zur wirklichen Thatsache, und das durchschnittene Nervengeflecht der Telegraphendrähte erzeugt krankhafte Zuckungen und Anschwellungen. Mit um so größerem Vertrauen ergibt sich daher Alles den amtlichen Benachrichtigungen, die leider noch nicht in solcher Fülle und Schnelligkeit verbreitet werden können, wie es die Angst des Augenblicks erheischt; aber eine Zuversicht in die Wahrhaftigkeit der Behörden stärkt sich damit auf's Neue.

Unter denen, die sich an dem prächtigen Bahnhofe zu Rolandseck allabendlich einfanden, bemerkte ich mehrmals einen stattlichen, hochgewachsenen Alten in der behäbigen Kleidung des rheinländischen Ackerbürgers. Er stand, bis der Zug ankam, immer abseits bei dem hochgezogenen Rosengelände. So oft der Zug heranbrauste, that er, wie es schien, unwillkürlich seinen Hut ab, und da zeigte sich sein ganzes durchgearbeitetes Gesicht mit den dichten, kurzgehaltenen weißen Haaren und den eigenthümlich schimmernden blauen Augen, denen man am Rhein so oft begegnet. Der Alte war offenbar mit einem der Packknechte auf dem Bahnhofe vertraut. Er erhielt von demselben jedesmal ein Blatt, das er aber nie auf der Stelle las. Er ging rheinaufwärts, und während sich der Abend niedersenkte und das Siebengebirge mit dem zauberischen violetten Duft übergoß und der Rheinstrom wie fließendes Gold ruhig und still dahinwallte, saß der Alte am Wege auf einer der aufgestellten Basaltsäulen und las. Nie sah ich den Alten mit Jemand sprechen.

Eines Tages, als ich am Ufer entlang neben den reifenden Kornfeldern stromaufwärts ging, sah ich den Alten mit der eigenthümlichen rheinischen Sense, die nur mit der Rechten regiert wird, während die Linke, mit einem Hakenstock bewaffnet, das abgemähte Korn aufnimmt und sofort schichtet, im Felde arbeiten *). Nicht weit von ihm arbeitete eine Frau, sehr leicht gekleidet und mit einem rothen Tuch über dem Kopfe; sie schichtete das Abgemähte zu Garben. Ich blieb stehen und auch der Alte richtete sich auf und beugte sich etwas nach rückwärts, um das gekrümmte Rückgrat wieder aufzubiegen. Auf meinen Gruß antwortete er freundlich, sich auf den Hakenstock stützend; die Gelegenheit, ein wenig auszuruhen, schien ihm nicht ungenehm.

„Gibt's gut aus?" fragte ich den Alten.

„Ja doch," sagte er, „es wächst genug für alle Menschen, und die Menschen schlagen einander todt. Wir haben nicht Hände genug und dort hauen sie einander die Arme vom Leibe."

---

*) Man nennt hier zu Lande diese krummgebogene, mit Einem Arm zu handhabende Sense, im Unterschied von der zweihändigen Sense und der Sichel, einfach: die Sich.

Er wischte sich mit dem Aermel den Schweiß von der Stirn und sah mich nach diesen Worten fragend an.

Mir war seine Rede ein Zeichen, daß ich eine schwerbedrückte und denkende Seele vor mir habe. Wie gern hätte ich ihm ein tröstliches Wort gesagt, aber ich fand keines. Ich sagte, daß ich ihn schon mehrmals am Bahnhof gesehen und warum er sich seit den letzten Tagen nicht mehr gezeigt habe.

„Es greift mich so hart an," erwiderte er, „ich nehme mir vor, ich will nicht schnell laufen, aber ich thu's doch; nun holt mir die Marie dort — er deutete nach der Frauengestalt, die sich jetzt aufrichtete, aber sofort weiter arbeitete — die holt mir die Zeitung."

„Ihr habt wol einen Sohn im Kriege und das Mädchen dort ist seine Braut?"

„Ich habe zwei Söhne im Kriege, der jüngere, der Josepp, ist ledig und steht bei der Artillerie, der andere, Franz heißt er, steht bei den Pionieren, und das ist der Mann der Marie, sie haben schon drei Kinder; sie sind da drunten und werfen Kiesel in den Rhein."

Die junge Frau ging das steile Ufer hinab, da sie eines der Kinder schreien hörte.

„Was gibt's?" fragte der Alte.

„Es ist nichts," rief die Frau vom Ufer herauf, „der Hubert hat plötzlich zu schreien angefangen und kann nicht sagen warum. Wenn nur das nichts Schlimmes bedeutet! Wer weiß, was just in dem Augenblicke geschehen ist."

„Laß doch solchen Aberglauben sein," rief der Alte, „man hat genug an dem, was da ist."

Zu mir gewendet, fuhr er fort:

„So sind die Weiber! Sie haben ein besonderes Geschick, sich jede Minute ein Unglück auszudenken, und putzen daran herum und thun sich damit wie ein Kind mit der Puppe. Ach du lieber Gott, so wird jetzt geerntet; alte Männer und verlassene Frauen müssen kornen, und wer weiß für wen, und da sehen Sie das Schiff, das da drüben vor Anker liegt; es faßt 600 Zentner und gehört dem Josepp, er hat seine gute Nahrung davon, und jetzt liegt es da und wartet, wer weiß . . ., und da sehen Sie sich den ganzen Rhein an, ist er nicht so öde und leer, wie ausgestorben? Wenn nicht manchmal ein Niederländer Schlepper käme, wüßte man gar nicht, daß er noch Frachtschiffe tragen kann."

Die Frau kam mit den Kindern herbei und führte den ältesten, einen braungelockten Knaben von sieben Jahren, der so plötzlich aufgeschrieen hatte, an der Hand. Noch jetzt war wenig von ihrem Gesicht zu sehen, da es von dem rothen Tuch bedeckt war. Der Alte wollte von mir wissen, ob der Krieg bald zu Ende sei, und warum er denn eigentlich geführt werde. Das Eine war eben so wenig abzusehen als das Andere in kurzen, klaren und bestimmten Worten darzulegen. Die vielverschlungenen diplomatischen Actenstücke, der plötzliche Aufbruch eines alten Uebels, die Auflösung des Bundestages, der in fünfzig Jahren noch nie ein einziges positiv Gutes geschaffen, der Widerstreit, daß zwei europäische Großmächte und dazu noch die eine mit außerdeutschen Interessen in demselben Bunde bleiben, und nun der endliche Riß und die Bergewaltigung, wie soll dies Alles einem Manne schlichten Verstandes dargelegt werden, der doch zwei Söhne zur Beilegung des Kampfes einstellen muß? — Der Alte behauptete stets, Preußen habe viel Recht, aber in Schleswig-Holstein — er hatte noch immer den ersten Anstoß im Sinne — habe es Unrecht. Wenn Zwei mit einander ein Geschäft machen, so könne nicht der Eine sagen: jetzt ist der Gewinn mein und du bekömmst nichts davon.

Während wir noch sprachen, brauste ein Bahnzug vorüber, mit Soldaten besetzt, die aus den Fenstern schauten und in den Güterwagen stauden.

„Das ist nun seit heut früh um Vier, da ich auf dem Felde bin," unterbrach der Alte, „der fünfte Zug mit Soldaten, und Jeder von denen hat auch Eltern, Geschwister und Anverwandte."

Der Alte arbeitete wieder hastig weiter und ich wandte mich stromauf. Die Sonne brannte heiß, aber heißer noch brannte das Herz.

Da sind wir nun in einen Krieg hineingerissen, und was nicht die Waffen trägt, muß daneben stehen mit eitel Fragen auf den bebenden Lippen. Ausgewandert, nein, ausgestoßen und verbannt sind wir, die wir nun ein Menschenalter an der friedlichen Verständigung der zerrissenen deutschen Lande arbeiten, die wir, von den Gerichten verfolgt, in Kerkern für unser Wirken zur Einheit und Freiheit des Vaterlandes büßen mußten. Mußte es so kommen, daß das Schwert entscheidet?

Wir erleben Geschichte. Wenn einst das, was am heutigen Tage geschieht, verzeichnet wird, wird man noch gedenken, daß Hunderttausende, die jetzt kämpfen, mit Widerstreben auszogen, und daß Zahllose, die ihr Herzblut gern dem Vaterlande widmen wollten, daneben stehen mußten, weil kein begeisternder Gedanke, klar und fest von Anfang an kundgegeben, sie mit fortriß? Wird der ganze Jammer, der die Herzen spaltete, ungehört verklingen?

Blutströme fließen vor unsern Augen; wir hätten einen solchen Krieg nicht mehr für möglich gehalten, in unserer Zeit, bei unserer Bildung, in unserem Vaterlande zumal. Jetzt an diesem heißen Mittag kämpfen Deutsche gegen Deutsche, dort oben an den Ufern der Ströme, die in den Rhein münden, und fern an der Elbe mit dem österreichischen Völkergemisch. Was werden wir auf den Grabstein der Gefallenen setzen? . . .

Es ist ein trauriges Wandern mit schweren Gedanken, und doch, was sind Gedanken noch so schwer gegen das, was die Kämpfenden einsetzen, das volle eigene Leben, und dazu noch Ernährung und Sicherheit der Angehörigen? Ist die Frau, die dort erntet, schon Wittwe und sind ihre Kinder schon verwaist, oder werden sie es in dieser Stunde?

Der Knabe hat unwillkürlich aufgeschrieen, ohne sagbaren Grund; wer weiß, ob nicht eine Erinnerung an den Vater sich plötzlich in ihm losrang. Wir Erwachsenen haben nur die Kraft, den Aufschrei in uns zurückzuhalten; wir beherrschen uns, weil aller laute Jammer unnütz ist.

Ich kehrte in dem rebenumrankten Wirthshaus des Dorfes ein, aber aller

Wein hat in solcher Zeit einen bitteren Beigeschmack und alle Kühle der Stube Etwas von einem Grufthauch.

Der Abend brach herein, die Glocke läutete, aber als sie verklungen war, blieb es still im Dorf. Kein Gesang, wie er sonst in milden Sommernächten zu den Reben-hügeln hinauf tönte. Die junge Mannschaft ist im Kriege. Welche Lieder wird sie dort lernen?

Eine weltgeschichtliche Wendung, der die Weihe des Liedes versagt ist, ein Krieg ohne festen Fahnenspruch, ein Krieg ohne Lied, klanglos. Das Lied ist der gute Kamerad des deutschen Volkes. Wo ist er? Wird man beim Weine, der jetzt draußen an den Geländen zeitigt, noch singen können, und ein Lied aus dieser Zeit? . . .

Ich wanderte durch das Dorf. Vor den Häusern, auf Treppen und Frei-bänken saßen Gruppen, und „Zündnadel" war das Hauptwort, das ich aus Allem heraus hören konnte.

Als ich nach der Fähre gehen wollte, sah ich meinen Alten einsam vor dem Hause unter dem Nußbaum sitzen; sein Haus ist eines der wenigen, welches das Antlitz nach dem Rheine kehrt. Der Alte rauchte seine Pfeife und war jetzt, da er in der Ruhe war und mich als alten Bekannten betrachtete, noch zutraulicher. Na-türlich wollte er, wie alle Landbewohner, daß der aus der Fremde Kommende recht viel erzähle; behaglich legte er die Beine über einander und stützte den Ellbogen der Rechten, die die Pfeife hielt, in die linke Hand und hörte mir zu. Er war indeß wie ein Pumpbrunnen, dessen Zapfen nur etwas angedorrt ist; wenn man ein wenig Wasser hineinschüttet, kann man frisch pumpen.

Bei einer Pause fragte mich der Alte nach meiner Religion.

„Warum fragt Ihr das?" erwiderte ich.

„Sie haben Recht," entgegnete er, „freilich ist es eins, was für eine Religion man hat. Da war ein Bettag, und da haben sie gebetet: Herr Gott, hilf Du uns, wir haben ja Recht; und die Andern drüben beten: Nein, hilf uns, wir haben Recht. Wenn ich Herr Gott wäre, ich gäbe denen hüben und drüben eins auf den Mund. Habt Ihr nicht tausendmal in Millionen Schulen und Kirchen gesagt: Alle Menschen sind Kinder Gottes? Jetzt sag' ich: Wer eines von meinen Kindern um-bringt, wie kann der noch zu mir kommen und sagen — Hilf mir?" Er schloß derbe Verwünschungen an diese Worte, dann fragte er wieder:

„Sie scheinen mir ein studirter Mann, ist es denn wahr, daß Gott für ewige Zeiten den Krieg in die Welt gesetzt hat?"

Hier hatte mich der Alte an den Punkt geführt, wo seine Verzweiflung an der Religion mit meiner Verzweiflung an der Bildung zusammentraf und nur noch im Worte verschieden war.

Es wetterleuchtete über der Eifel her, und ich sagte dem Alten, auf die Blitze deutend:

„Seht, man hat hier zu Lande den Glauben und es ist gewiß auch Wahrheit darin, daß in einer Gegend, wo Gewitter sind, keine Seuche ausbricht; und so könnte man wol auch sagen, daß, wo Kriegsgewitter ausbrechen, es wieder gesünder wird in den Staaten."

Der Alte lachte.

„Das Gleichniß ist nichts," sagte er, „damit kann man ein Kind abspeisen, aber mich nicht."

Ich erwiderte, daß ich allerdings keinen vollen Trost wüßte, und er nickte, wie ich ausführte, daß wir Alle auch geschlagen sind, geschlagen mit Unverstand und Nichtwissen. Ich sagte ihm offen, wie ich fühle, daß mein Platz im Lager wäre, wenn es ein Lager gäbe, das die deutsche Reichsverfassung zu seinem Schlachtruf hätte. Hätte es dann noch zu einem Kriege kommen müssen, so wäre es Pflicht eines Jeden, nicht immer blos dem kleinen Leben nachzugehen, sondern in dem großen zu stehen, wo Alles sich zusammenschließt, und sei es auf die Gefahr, daß man sein eigen Leben dabei einsetze.

Der Alte berichtete mir, daß nicht ganz 300 Bürger im Orte seien und 167 Mann wären bereits im Felde und noch neue würden eingefordert. Es gäbe aber auch Schelme, die sich mit allerlei Schlichen loszumachen wüßten. Zu meiner Erheiterung erzählte er mir noch von einem Verwandten, einem großen Bauer auf dem Maienfelde, der gestern hier gewesen sei, um Ernte-Arbeiter zu werben. Der Mann hatte vier Söhne im Felde und zwei Pferde im Stalle, die Niemand anschirren kann als der älteste Sohn. Nun stehen die Pferde im Stall, fressen den besten Haber und verwildern, und der Bauer habe gesagt, wenn sein Aeltester nicht wiederkomme, lasse er die Hengste in's Feld springen, daß sie einfange, wer mag.

Ich berichtete dem Alten dagegen, welche seltsamen Fügungen sich oft ergeben: da sah ein Soldat in Böhmen auf dem Schlachtfelde plötzlich zu seinen Füßen ein vierblättriges Kleeblatt, er bückt sich und in diesem Augenblicke geht eine Kugel über ihn weg, und das rettet ihn vom Tode. Er hat das Kleeblatt seiner Braut nach Hause geschickt.

So saßen wir wohlgemuth beisammen, und nach und nach kam Alles aus dem Dorfe, um am Rhein sich noch in der frischen Luft zu ergehen. Ein Steinbrecher, staubbedeckt und gebräunt, trug einen kleinen, kaum einjährigen Knaben auf dem Arme und schäkerte und scherzte: „Sieh, dort geht das Dampfschiff! Sieh das große Wasser!" und hatte seine volle Glückseligkeit an dem Kinde.

„Ja," sagte mein Alter, „der trägt noch sein Kind auf dem Arme und das ist seine ganze Labung nach der Arbeit in den Basaltbrüchen, und wer weiß, ob er nicht diesen Sohn hingeben muß, und weiß nicht für was." Ein schöner kräftiger Mann ging vorüber: „Guten Abend, Piter!" rief mein Alter zuvorkommend; der Angeredete dankte mit etwas lallender Zunge. „Da sehen Sie den Mann," sagte der Alte, „das war einer der ordentlichsten in der Gemeinde, rechtschaffen und arbeitsam. Anno 59, wie wir wegen Italien mobil gemacht haben, war der Mann erst ein Jahr verheirathet, und wie er heimkommt, ist ihm die Frau mit dem todtgeborenen Kinde begraben; da hat er sich dem Trunk ergeben, bis er nichts mehr gehabt hat, aber im Rausch hat er immer geweint wie ein kleines Kind. Wie ich meinem Josepp, der allein mit dem Piter machen kann, was er will — das Schiff gekauft habe, ist er als Schiffsknecht zu ihm gegangen und mit ihm zwischen hier und Köln gefahren. Sie haben guten Verdienst; aber jetzt, wo er nichts mehr zu thun hat, betrinkt er sich wieder und geht unrettbar zu Grunde, wenn der Krieg nicht bald ein Ende hat."

In vielfältiger Weise legte mir nun der Alte dar, welch einen wirthschaftlichen Verderb im Großen und Kleinen dieser Krieg mit sich führe; der Wohlstand sei wie ein Baum, schnell umgehauen, aber langsam erwachsen.

Ich suchte den Alten zu trösten, daß die Welt hoffentlich jenseits dieses Krieges einfach bescheidener und weniger luxuriös sein werde, aber dieser Trost verfing nicht, und in der That kann er eigentlich nur bei der sogenannten höheren Gesellschaft gelten. Der Kriegsschritt wird hoffentlich die Schleppen und noch manches Andere weggetreten haben.

Unser Gespräch wurde unterbrochen, denn der Mann mit der loderen Kleidung und den buntgestickten Pantoffeln kam, Zigarren rauchend, auch aus dem Dorfe und setzte sich zu uns. Der Alte schien ihn mit wenig Respekt zu behandeln, aber der Lodere, der gewähltere Deutsch sprach, schien mich als den zu ihm Gehörigen zu betrachten und gab mir seine Weisheit preis, die ihn als den feinsten Politiker zeigen sollte.

Noch viele Andere gesellten sich zu uns und von allen Seiten wurde stets die Klage laut um die Noth der Zeit und die Frage: Wie wird das enden?

Während man noch wirr durch einander jammerte und klagte, läutete plötzlich die Abendglocke. Alle standen auf und falteten die Hände. Ich that es mit ihnen. Wenn diese Form der Erhebung den Hartbedrückten helfen kann, dann ist ein Gutes darin, und was sich Fremdes und Ungehöriges mit anhängt, mag vorerst widerspruchslos mit aufgenommen bleiben.

Nach dem Abendläuten waren die Gespräche gemäßigter, und Eines nach dem Andern ging davon, um Ruhe und Vergessen im Schlafe zu finden. Es war schon spät, als ich in den Kahn stieg, um an's jenseitige Ufer zu fahren. Ich versprach dem Alten, bald wieder zu kommen.

Der Ferge sagte mir, daß der Alte, bei dem ich da gesessen — sein Name war Jos — ein gar braver Mann sei; der Bürgermeister aus dem Orte und der Doctor aus dem Städtchen, besonders aber der Hüttenmeister vom Kupferbergwerke, der ein Schwabe sei, kämen oft zu dem Jos.

Ich fragte, wer der Lodere, der sich zu uns gesetzt, gewesen sei.

„Ein Pfiffikus," lachte mein Ferge, „er ist ein Krämer und steht schon lange drei Viertel auf Bankerott; jetzt hat er die Kriegszeit dazu benutzt, um in guter Gesellschaft seinen Concurs anzumelden; er lebt einstweilen ganz commod aus der Masse und thut nichts als rauchen und Zeitung lesen."

Nun berichtete mir noch der Ferge, daß der Josepp, der im Kriege sei, eine Liebe mit einer armen Waise, man heiße sie des Steinbrechers Traudchen, habe; der Alte wolle das nicht dulden, aber wenn der Josepp aus dem Kriege heimkehre, werde er doch nachgeben müssen. Das Traudchen sei gar ehrbar, und jeden Abend, den Gott gibt, komme sie an den Rhein und sehe nach dem Schiff Josepp's, als wenn sie ihm gute Nacht sagen wolle.

„Ist Traudchen schön?"

„Schön grad' nicht, aber sie sieht aus wie das ewige Leben, so ... wissen Sie ... so ... und der Josepp ist auch ein Mensch wie ein Baum. Sehen Sie, sie ist jetzt wieder dort auf Josepp's Schiff, sie putzt und scheuert es blank, jede Woche einmal, seitdem er in den Krieg gezogen ist."

Ich sah eine Gestalt auf dem verlassenen, vor Anker liegenden Schiffe auf- und abwandeln, den Eimer an einem Seile in den Rhein lassen und Wasser schöpfen; ich glaubte auch manchmal den Klang eines Liedes zu hören. Ich ließ meinen Fährmann näher rudern, und nun vernahm ich die wehmüthigen Töne des Liedes:

> Im Sommer, im Sommer, im Sommer,
> Da ist die schönste Zeit,
> Da blühen die Rosen im Garten,
> Husaren marschiren in Streit.

II.

Befällt dich in der Einsamkeit Trauer und Verzweiflung um das Geschick der Menschheit und des Vaterlandes, so wandere hinaus, sieh, wie in der Natur Alles still gedeiht, noch mehr aber sieh, wie in den Seelen der Menschen eine unverwüstliche Kraft lebt. In jedem kleinen Dorfe wirst du Menschen finden, ausgerüstet mit allem Besten, was die Menschheit und unser Vaterland vor Allem ziert, und du wirst dem Schicksale danken, das dich in diese Zeit und in dieses Land gesetzt.

So erging's mir auch jetzt wieder.

Ich fand in dem Bürgermeister des Dorfes und dem Arzte des nahen Städtchens Menschen von jener gediegenen Stammhaftigkeit, wie sie nur eine gesunde, tiefwurzelnde Bildung erzeugen kann, und wo solche sind, schließen sich immer weitere Kreise an. Im kleinsten deutschen Ort ist ein Altar, wo die Flamme des echten heiligen Lebens, die der freie Geist entzündet, gehegt und gepflegt wird. Mein Alter mit seinem schlichten Verstande war mit eingeschlossen in diesen gediegenen Kreis, und da mag rings umher Verstocktheit und Schwatzhaftigkeit walten, das Echte ist doch da und breitet sich immer mehr aus.

Ich war auf mehrere Tage verreist und las unterwegs die Liste der Gefallenen.

Ich konnte mir denken, wie der alte Jos die Liste der Gefallenen las, wie er über fremde Namen wegstieg, wie über leibhaftige Leichen, um die seines Sohnes zu suchen. Der Name fand sich nicht darin. Seltsam geschäftig war aber neben den amtlichen Kundgebungen die ungreifbare Gewalt mündlicher Berichte. Von Ort zu

Ort hieß es immer, alle ausgezogenen Ortslinder seien gefallen, dort in Böhmen, hier in Mitteldeutschland. Als ich wieder in die Nachbarschaft meines Alten zurück-kehrte, traf ich ihn im Felde; er sagte mir, daß sein ältester Sohn zwar nicht selbst geschrieben habe, aber von einem Andern sei ein Brief da, der ihn gesehen. Von Josepp dagegen sei ein Brief angekommen, voll heiteren Muthes, aber nicht an den Vater, sondern an Piter und Traubchen.

Zwei Tage darauf kam eine Liste der Verwundeten und Gefallenen aus Böhmen, und hier stand's: Josepp war in den Kopf geschossen.

Ich nahm sofort einen Kahn, um zu dem Alten überzufahren. Die Berge standen so fest, der Rhein floß so ruhig und die Sonne spielte glitzernd auf der Wasserfläche. Ich faßte mit die Ruder an, um meine Unruhe loszuwerden, und doch wußte ich mich nicht zu fassen, wie ich den Alten trösten sollte. Ist es recht, daß ein Fremder in der ersten Schmerzensstunde kommt?

Wir legten am Ufer an. Ein Schiffer, der neben unserem Kahne in dem seinigen saß, sagte dem Fährmann:

„Drei Mann aus unserem Orte sind gefallen, zwei Christen und ein Jud'."

„Was sagst du da," entgegnete mein Fährmann, „sie kommen Alle in Eine Grube, im Tod sind alle Menschen gleich, sie sollten's auch im Leben sein."

Ich reichte dem Fährmann die Hand und ging in's Dorf. Es war öde, nur die jungen Schwalben, die eben flügge geworden, schossen schrill zwitschernd im ge-meinsamen Fluge über die Gassen und um die Dächer, und da und dort hörte man den Schlag der Drescher, nur einen Doppelschlag, denn es sind nur arme Leute, die alsbald das Eingeheimste dreschen müssen.

Ich kam an das Haus meines Alten, es war verschlossen. Ich klopfte zagend an. Ein Nachbar rief mir zu: „Er ist wol daheim, aber er macht nicht auf." Eben indem ich mich entfernen wollte, wurde die Thür von innen aufgeriegelt; die Frau, die ich im Felde gesehen, stand vor mir. Sie schaute mich an wie ein Gespenst. Durch die offene Thür sah ich drin den Alten in der Ecke unter dem Crucifix sitzen, die linke Hand hatte er auf das Haupt des älteren Knaben gelegt, der sich an ihn schmiegte, in der Rechten hielt er einen Brief; er schaute nach mir auf, nickte und reichte mir den Brief. Er war von dem Hauptmann Josepp's, der dem Vater in herzenswarmen Worten den Tod seines Sohnes meldete, der als Held gestorben sei. Ich legte den Brief auf den Tisch und setzte mich still auf die Bank. Was sollte ich dem Alten sagen? Mein Kommen sagte ihm, daß ich seine Trauer mitfühle.

Bald nach mir traten auch der Bürgermeister und der Arzt ein. Wir reichten uns die Hand, wir waren Genossen desselben Schmerzes. Der Alte nickte Jedem wie dankend zu, sprach aber kein Wort. Die Eingetretenen setzten sich still zu mir. Mir fiel der Vers aus Hiob ein: „Da aber die drei Freunde höreten das Unglück, das über ihn gekommen war, kamen sie, ein Jeglicher aus seinem Ort — — —. Und saßen mit ihm und redeten nichts mit ihm, denn sie sahen, daß der Schmerz sehr groß war."

Lautlos war's in der Stube, nur draußen hörte man die junge Frau zu

Jemand sagen: „Laß nur die kleinen Kinder im Garten spielen und singen. Es ist gut, daß sie nicht fassen, was geschehen ist."

Bei diesen Worten fing der Knabe, der ruhig an den Alten geschmiegt gelegen hatte, laut zu weinen an. Der Alte strich ihm mit der Hand über das Gesicht und wischte ihm die Thränen ab. Noch immer aber sprach er kein Wort. Welches wird das erste sein, das über seine Lippen kommt?

Er schärfte sich die Lippen mit den Zähnen, dann athmete er tief auf und dumpf tönte seine Frage:

„Wie wird man denn diesen Krieg heißen?"

Niemand schien darauf antworten zu wollen.

„Weiß der Hüttenmeister vom Tode Josepp's?" fragte leise der Bürgermeister den Arzt.

„Gewiß, und er kömmt hoffentlich auch bald."

Plötzlich hörten wir hinter uns, so daß wir Alle aufschraken, eine Stimme, die durch das offene Fenster rief:

„Bis jetzt kann man's den dreißigtägigen Krieg heißen; am vierzehnten Juni haben sie in Frankfurt den Krieg erklärt und jetzt, dreißig Tage darauf, sind wir dort mit klingendem Spiele eingezogen. Ich hab's vorausgesagt, ich kann Zeugen anrufen."

So sprach der Lockere, die brennende Zigarre im Munde haltend, durch das Fenster.

„Mach' Eines das Fenster zu," sagte der Alte.

Der Bürgermeister folgte diesem Befehle.

Die schwüle Stille war indeß unterbrochen und der Bürgermeister sagte, auf den Brief deutend:

„Diesen Brief sollte man unter Glas und Rahmen an die Wand hängen zum Ehrenandenken für Kinder und Kindeskinder."

„Wenn aber die Kinder fragen: Wie heißt man den Krieg?" erwiderte der Alte, dumpf vor sich niederschauend.

Der Bürgermeister ging nicht auf die Frage ein und erzählte, daß ein Oheim von Josepp's Hauptmann auch sein Hauptmann gewesen sei. Das ganze militärisch geschulte Wesen des preußischen Volkes, ein Stolz auf die strenge Ordnung und Sicherheit, auf das in eiserner Willenskraft festgefugte Staatswesen, kam in den Aussprüchen des Bürgermeisters zu Tage. Mit freiem Ueberblicke sagte er, daß die Rheinpreußen, die sich noch immer etwas verfremdet betrachteten, nun durch diesen Krieg, durch das gemeinsam vergossene Blut, freilich in traurigster Weise, mit dem Staate zusammengelittet seien. In heftiger Erbitterung aber steigerten sich seine Worte, als er darauf kam, wie jenseits des Maines Lakaien, Republikaner und Pfaffen gemeinsam das preußische Volk nicht im Frieden gerecht erkennen wollten; nun müßten sie ihm im Kriege gerecht werden und einsehen lernen, daß hier in Ordnung und Bildung ein Staat erwachsen sei, der nicht aus Windbeuteln und hochnasigen Junkern besteht, sondern aus einem kernhaften Volke, das der feste Stamm zu einem echten und wahrhaftigen Deutschland zu sein berufen ist. Er berichtete sodann, daß man jetzt auch Erntearbeiter aus den stillstehenden Bergwerken haben könne.

Der Alte sagte sofort, daß er einen, vielleicht zwei annehme, denn er wisse nicht, ob er in den nächsten Tagen sich bücken könne, oder auch — und er lächelte dabei tief schmerzlich — wenn er sich bücke, ob er sich wieder aufrichten könne.

Hier zeigte sich sofort der Segen des Arbeitslebens; man kann nicht einem Schmerze, und sei es auch der tiefste, unthätig nachhängen. Die Sense und das Winzermesser verlangen den Mann.

Die Anwesenden wurden nun beredtsamer. Man hörte den Trost, daß Josepp noch glücklich gewesen, da er den schnellen Tod gefunden habe; das sei besser, als im Lazareth leiden, oder als Krüppel sich bis an's Grab schleppen. Der Alte hörte Alles geduldig an, nur wiederholte er noch einmal die Frage: „Wie wird man aber den Krieg heißen?"

Er sah mich dabei an, und ich fürchtete, da ich sein starres Antlitz und seinen gläsernen Blick sah, daß diese Frage bei ihm zu einer fixen werden und ihn in Wahnsinn treiben könne. Als man nun tröstend hinzufügte, daß Josepp doch noch ledig sei, fragte er: „Ist das Traubchen noch nicht aus dem Wald zurück?"

„Nein," hieß es, „der Piter ist ihr nach, sie sind aber bis jetzt noch nicht zurück."

Die Mienen der Anwesenden erheiterten sich und selbst der Alte stand auf und bot die Hand dar, als jetzt ein stämmiger Mann mit schneeweißem kurzem Vollbart, aber jugendlichem Antlitze eintrat. Der Alte weinte jetzt zum ersten Mal.

„Ja, weint nur," sagte der Eingetretene, es war der Hüttenmeister, „aber jetzt, Jos, jetzt gilt's, daß Ihr den Meister zeigt, der Ihr seid. In gewöhnlichen Tagen will's nicht viel heißen. Ich weiß wohl, uns wird es leichter. Was ist Theilnahme? Der Betroffene spürt keine Erleichterung davon. Wir sind nur gekommen, um Euch zu sagen, daß Ihr immer ein starker Mann gewesen und es jetzt doppelt sein müßt."

Die wohltönende Stimme schien beruhigend auf den Alten zu wirken. Er rief mild klagend: „Sie haben ihn ja auch besonders in's Herz geschlossen gehabt. Ach lieber Gott! Ueber's Jahr wird man kaum mehr wissen, wer er gewesen ist und wie er ausgesehen hat, und da wird's heißen: der alte Jos hat auch einmal einen Sohn gehabt, der hat Josepp geheißen, in Böhmen liegt er, in einer Grube, wer weiß mit wieviel und wer weiß wo!"

„Ja," fügte der Arzt hinzu, „es friert mich in's Herz hinein, wenn ich mitten in der Nacht geweckt werde, um einer alten Frau oder einem Kinde Erleichterung zu verschaffen, und da gehen sie hin und schießen die gesündesten Menschen todt oder zu Krüppeln."

„Wie hat es das Traubchen aufgenommen und wo ist sie?" fragte der Hüttenmeister.

Wie aufgeschnellt stand der Alte aufrecht und sagte: „Wir suchen sie schon den ganzen Tag und finden sie nicht; sie war Holz sammeln im Wald, man hat einen langen Haken und einen Strick gefunden, aber von ihr selber nichts; wenn ich meinen Josepp wieder hätte, wie gern wollte ich ihm das Träubchen jetzt geben."

Niemand antwortete hierauf.

Es trat eine längere Pause ein, da rief der Alte plötzlich: „Hubert, geh aus der Stube! Auf die Straße!"

Der Knabe ging und der Alte fuhr heftig fort:

„Was wird von diesen Tagen in ihren Schulbüchern stehen? Wozu sollen die Kinder in der Schule lernen, wenn doch zuletzt nur Alles auf's geschicktefte Todtschlagen ankommt?"

„Das nächste Geschlecht," erwiderte der Hüttenmeister, „wird noch mehr erkennen, was uns jetzt klar geworden ist: ein Staat, in dem jeder Einzelne zum vollen Menschen gebildet wird, ist unbesiegbar nach außen und unzerstörbar nach innen. Und während Oesterreich zusammenbricht und deutsche Fürsten ihren geliebten Kronschatz nach England retten, zeigt sich Preußen als der einzige wirkliche Staat."

Der Alte schien kaum gehört zu haben, denn dreinstarrend rief er:

„Sagt mir, wer bin ich, was ist das für eine Macht, wer ist der Staat, der allgewaltige, daß er uns aufrufen kann, meinen Sohn von Frau und Kindern weg und den andern, der sein Leben nun bereits drangeben mußte? Was thut uns der Staat? Sorgt er für die Darbenden, stützt er die Strauchelnden, hilft er den Gefallenen? Ein Jeder muß tagtäglich für sich selber einstehen. Wer ist der Staat, daß er Alles von uns verlangen kann? Wer bist du, daß du meinen Sohn verschlungen? Ich fluche dir, ich habe keinen Theil an dir, und du, du nimmst mir mein Alles."

„Gott wird Euch verzeihen," erwiderte der Hüttenmeister, die Hand auf die Schulter des Alten legend, „gerecht ist die Klage des Vaters, aber ungerecht die des Bürgers."

„Ungerecht? wir haben diesen Krieg nicht gewollt!"

„Und die ihn gewollt haben, sind dennoch nichts als Unterthanen, Einberufene eines Commando's, nicht minder als die Einzelnen, die diesem Commando folgten. Ein Geist ist der Führer, dessen Plan und Ziel Niemand beherrscht und Niemand bannt. Der lebendige Hauch der Geschichte reißt die Verhüllung von der Fahne, darauf geschrieben steht: Deutsche Einheit und Freiheit."

„Was ist uns der Staat?" fragte der Alte wieder, „wir haben gearbeitet vom Morgen bis zum Abend."

„Frevelt nicht am Höchsten, was den Menschen zum Menschen macht," erwiderte der Hüttenmeister; „es gibt eine Macht, die alles Einzelleben in sich schließt, es ist die heilige Ordnung, das sichere, schirmende Gesetz, das Alle bindet, Alle schützt, ein Jedes in seinen Schranken belebt und entfaltet. Niemand kann ermessen, Niemand sagen, was sie ihm ist. Ohne diese heilige Ordnung wäre kein Grenzstein auf Eurem Felde fest, wäre Euer Haus, Euer Leben selbst in steter Gefahr. Ohne diese heilige Ordnung wäre alles Menschenleben wüst und wirr; zu ihrer Rettung und Erhaltung muß Alles eingesetzt werden."

„War denn diese heilige Ordnung in Gefahr gerathen?"

„Seit einem halben Jahrhundert lebten wir in beständigem Nothstand, in unaufhörlicher Empörung. Seit der Schlacht bei Leipzig ist ein Ringen und Kämpfen des deutschen Volkes, um sein eigen Selbst zu gestalten, im Gesetz für sich und in der Ehre vor den Mitvölkern. Daß doch endlich Deutsche gegen Deutsche kämpfen mußten, ist ein Zeichen, wie es dem Geiste allein nicht gelingen wollte, die verhärteten Vorurtheile und Abschließungen zu besiegen; daß sie mit dem Schwerte durchgehauen werden müssen, ist ein Zeichen der verrotteten Verwirrung. Niemand sage, dieser oder jener Fürst und die Fürsten überhaupt seien Schuld, die Völker sind es mit ihnen. Gesungen und gesagt ist genug von deutscher Einheit, die That wollte nimmer erscheinen, jeglicher Kreis wollte schließlich immer seine eigene Umhegung wahren."

„Und glauben Sie," fragte der Arzt, „daß die volle erlösende That jetzt erschienen ist?"

„Leider nein, aber ein großer Schritt ist geschehen. Es ist die dritte Läuterung über unser deutsches Volk gekommen in diesem Jahrhundert. Zuerst der Befreiungskrieg, in dem das fremde Joch abgeschüttelt wurde, dann das Jahr 48, in dem wir uns auf unsere Zusammengehörigkeit besannen, aber uns noch nicht zur Entsagung in uns und zur Entsagung auf den Zusammenhang mit den zu Oesterreich gehörigen deutschen Ländern entschließen konnten. Jetzt hat die dritte Läuterung begonnen. Das Ziel, das seit einem halben Jahrhundert alle Vaterlandsfreunde erstrebten, ihm ist ein anderer Weg gegeben, als den wir wollten. Wer kann sagen: ich habe diesen Krieg gewollt, so gewollt?"

„Wir hatten den Befreiungskrieg, ist nun dies der Einheitskrieg?" fragte der Arzt.

„Ein Geist, den Niemand beherrscht, gibt diesem Kriege sein Ziel, wir Alle, Hoch und Nieder, sind vor ihm gleich Unterthanen, und Opfer an Blut und Herzenswünschen werden von uns erheischt. O meine Freunde! Ich habe in diesen Tagen mit dem Aergsten gerungen, mit der Verzweiflung; es erschien mir als ein Glück, wenn ich nur mit gesundem Verstande über diese entsetzliche Zeit wegkomme."

„Es muß Sie besonders kränken," schaltete der Bürgermeister ein, „daß Ihre Landsleute so gegen uns auf sind."

„Das auch, aber ich habe die Zuversicht, daß, je schwerer das Vorurtheil zu besiegen ist, die Belehrung um so inniger wird. Ich habe in diesen Tagen Trost gefunden im Einblick in die Geschichte. Auch in Italien und Nordamerika ging die Einheit des Staatslebens vom Norden aus. Das englische wie das französische Volk hat seine Einheit erst über Blutströme hinweg errungen. Daß das letzte auch bei uns so sein muß, daß wir aus der Geschichte nichts Neues lernen, um die alten Irrwege zu vermeiden, ist jammervoll. Das erlösende Wort, das die frische und freie Entschluß nicht sprechen konnte, der Krieg und die Nothwendigkeit preßt es aus. Der trockene Weg in der Verständigung durch das Wort wollte auch bei uns nicht zum Ziele führen, es mußte Blut fließen."

„Und die von der Reichsarmee,“ fiel der Bürgermeister ein, „haben gar nicht anders gerechnet, als daß Preußen besiegt und gedemüthigt werden muß. Jetzt haben sie gelernt, daß es auch anders kommen kann.“

„Ich fürchte,“ sagte der Arzt, „ich fürchte, wir gehen einem unerträglichen Hochmuth und Uebermuth des Junkerthums entgegen.“

„Ich fürchte das keineswegs,“ entgegnete der Hüttenmeister, „ich habe in meinem Heimathlande genug erfahren, wie das war. Zwei junkerliche Lieutenants, die über alles Nichtpreußische die Nase rümpften, oder ein räsonnirender Handlungsreisender, konnten eine ganze süddeutsche Stadt mit Preußenhaß vergiften. Dieses sich Brüsten und Rühmen wird nun aufhören. Nur wer nicht anerkannt dasteht, ist eitel und prahlerisch, und wer sich selbst nicht sicher und geborgen weiß, ist tadelsüchtig und unduldsam gegen Fremdes. Jetzt ist die preußische Tüchtigkeit anerkannt und die Kleinkrämerei und Aufgeblasenheit wird ihre eigene Lächerlichkeit einsehen.“

„Ich muß doch nach dem Traubchen sehen,“ sagte der Alte, „ich bitte die Freunde, daß sie dableiben, bis ich wiederkomme.“

Er verließ die Stube und das Haus.

„Ich glaube,“ sagte der Arzt, „wir haben den Jos verletzt, da wir von Dingen sprachen, die ihm, ohnedies schwer verständlich, jetzt in seinem Vaterschmerze doppelt fremd vorkommen müssen.“

„Der Jos ist nicht empfindlich,“ entgegnete der Hüttenmeister, „und in der That, es gibt für das Einzelleben keinen Trost in solcher Zeit.“

Wir sprachen noch hin und her, ob nicht doch vielleicht das alte bundestägliche Elend einer Trennung an der Mainlinie vorzuziehen sei. Der Hüttenmeister blieb bei seiner Ansicht, daß der lange Friede uns verweichlicht und den Blick in das Weite verengt habe; er behauptete, dieser Krieg bewirke einen Fortschritt von großer Bedeutung, wenn auch das ganze Ziel noch erst zu erreichen sei.

Er wurde in seiner Darlegung unterbrochen, denn draußen hörten wir die Stimme des Alten, der laut rief: „Bringt sie zu mir, in mein Haus, zu mir, mein...!“

Eine große Menschenmenge kam, sie trugen eine Frauengestalt in triefenden Kleidern und daneben ging der Piter, der jetzt auch mit lallender Zunge, aber nicht mit trunkener, schrie: „Sie ist nicht todt, sie kommt zu sich.“ Er schlenkerte dabei immer die Arme, von denen es tropfte. Vor dem Hause zog er plötzlich die Stiefeln aus und goß das Wasser auf die Schwelle.

Man brachte Traubchen in die Stube, sie wurde auf das Bett des Alten gelegt. Der Alte ging auf sie zu und legte die Hand auf das todtenblasse Antlitz.

„Traubchen,“ rief er, „ich bin dir nicht mehr bös'. Wach' auf! Traubchen, du bist doch immer brav gewesen, thu' mir jetzt das nicht an, daß du stirbst. — Ach Herr Doktor, Gottlob, daß Sie da sind, helfen Sie,“ wendete er sich zurück.

Der Arzt trat herzu und die junge Frau zog den Pfeil, der noch im Zopfe des Hinterhauptes steckte, heraus, der Pfeil war blutig. Traubchen wurde aufgerichtet, Blut floß die offenen Strähnen herab. Wir Männer, außer dem Arzte, mußten die Stube verlaffen, und bald rief die junge Frau zu uns Wartenden draußen: „Sie lebt, und sie verlangt nach Euch, Vater, und will Euch um Verzeihung bitten."

Der Alte ging in die Stube, bald kam er wieder heraus und sagte: „Mein Josepp ist todt, nun hab' ich eine Tochter dafür."

Es war Nacht geworden. Ich geleitete die Freunde noch eine Strecke Weges, dann lehrte ich wieder nach dem Dorfe zurück und saß lange todtmüde am Ufer. Die Sterne glitzerten am Himmel und wiederspiegelten im Strome, die Luft war voll erfrischender Kühle, die Uferberge standen im Dunkel, und nur manchmal zwitscherte, wie verschlafen, eine Weindroffel, und eine Unke in der Wiese gab ihren eintönigen, glöckchenartigen Laut kund. Stille war ringsum und im Dorfe verlosch ein Licht nach dem andern. Ich schaute lange hinein in den sternglihernden Himmel und auf das schlafende Dorf.

Da ist ein Mädchen jetzt wieder zum Leben erwedt, das den Tod in den Wellen gesucht hatte, und der Mann, der sich zu Grunde richten wollte, hat sie gerettet und ist gewiß nun auch aus seiner Verwahrlofung befreit. Dort liegt das Schiff, das der in der Feldschlacht Dahingeraffte regierte; wann wird es seine Segel wieder blähen? Da schlafen jetzt die Menschen im Dorfe und die Einen vergessen, was sie betroffen, und die Andern, was sie bedroht.

Was ist jammervoller, das Schicksal des Einzelnen, der nur sieht und empfindet, was ihn betroffen, oder das Schicksal Derer, die um das Gesammte zagen und trauern?

Wie ich nun hier am Ufer einsam wachend sitze, so Tausende rechtschaffener Herzen im Vaterlande, und sie Alle starren hinein in die Verwirrung, die mit diesem Kriege über uns gekommen. Wie wird sie sich lichten? Kann ein äußerer Erfolg zu einem inneren Bunde führen? Wer erwedt wieder die Bruderliebe zwischen Denen, die sich im blutigen Kampfe gegenüberstanden?

Durch die Städte, durch die Länder zieht die Seele ruhelos und fragt: Wo seid ihr, Freunde? Sind wir getrennt, sind wir eins?

Du Freund klaren Geistes, mit heißem vaterländischem Herzen unter dem Waffenrod, wie ganz anders war's, als wir, jetzt vor einem Jahr, in solcher Nacht aus dem lärmenden Getreib der Zechgenossen uns wegstahlen und unter den Linden auf dem Walle deiner Garnison von guter Zuversicht in alle Zukunft sprachen. Jetzt kommandirst du, dort im Odenwald, deine Schwadron gegen Preußen. Wie ist dir die Seele zerspalten! Welchen Sieg kannst du wünschen? ...

Und du, o Freund, dort im Norden, deine feinsinnige Natur freut sich an der Geistesblüthe aller Zeiten wie an einer eben aufgebrochenen Blume; du sitzest in deinem Stubirzimmer, wo von den Wänden die Bilder der Alten dich anschauen; auf deinem Schreibtische steht Lessings Statuette und spricht mir dir ... Verzweifelst du nun auch an der deutschen Bildung, und klagst: Was sollen wir im Kleinen weiter bauen und pflegen, wenn doch schließlich wir Arbeiter im Geiste beschämt dastehen, weil wir so gar nichts gelten sollen? ...

Ach in tausend Häuser und Herzen bringt die Seele und überall begrüßt sie Trauer.

Am Ufer, an dem ich saß, war kein Schiffer mehr, drüben aber in der Stube des Fährmanns leuchtete noch ein Licht.

Fieberfrost schüttelte mich.

„Hol' über!" rief ich laut in der stillen Nacht, und „Hol' über" tönte es in verstärktem Echo von den Bergen jenseits.

Das Wort wurde mir zum Sinnbilde.

„Hol' über!" ruft es aus dem Munde aller Vaterlandsfreunde; er komme, der sichere Fährmann, der Wache hält in der Nacht; er komme und hole uns hinüber über den Strom von Blut und Thränen, der jetzt vor uns fließt. Auch dieser Strom soll nicht trennen, er soll binden. „Hol über" soll der Bruderruf sein jenseits des Krieges. Die Selbstbesiegung sei größer als jeder andere Sieg, der Sieger nicht stolz, der Besiegte nicht gebrochen und verbittert. Die so oft ausgesprochene Einheit des Vaterlandes, sie ist mit Blut erkauft, und dies Blut schreit zum Himmel, wenn es vergebens geflossen.

Die große nimmer ermüdende Arbeit des Geistes, sie muß auf's Neue beginnen, wenn die Kanonen schweigen; denn nur der Geist bindet und eint und versöhnt. „Hol' über! Hol' über!" rufe es von Herz zu Herz.

Als ich am Morgen — der erste Julinebel stand über dem Rheinthal — wieder stromaufwärts ging, begegnete mir der Lodere, der sich heute stattlich aufgeputzt und Stiefeln angezogen hatte. Ohne meine Nachfrage abzuwarten, theilte er mir den Entschluß mit, den jeder vernünftige Deutsche jetzt ausführen müsse, und er mache den Anfang: er wandere nach Amerika aus, Europa sei dem Säbelregimente und der Fäulniß verfallen u. s. w.

Es war nicht nöthig, dem Loderen entgegen zu halten, daß, wer ein Herz für das Vaterland hat, nie und nimmer in bloßer Eigensucht es verläßt, und daß im Gegentheil Deutschland voll frischester Bewegung ist, wie noch nie.

Der Lodere wußte Alles im Voraus viel besser.

Ich ging weiter und fand meinen Alten auf dem Felde Korn schneiden und Pieter, der sich dem Müßiggange und Trunke ergeben hatte, half ihm jetzt dabei.

„Wie geht's dem Traudchen?" fragte ich.

„Ganz gut, aber freilich arg traurig ist es über das, was ihm geschehen ist und was es hat thun wollen. Es will, wenn es wieder ganz gesund ist, unter die barmherzigen Schwestern gehen; ich habe nichts dagegen, aber wenn es bei mir bleiben und mich auf meine alten Tage pflegen will, ist mir's lieber. Habe heute auch schon eine gute Nachricht: Mein Aeltester ist gefangen worden. Er hat's nun grade nicht gut, aber das Leben behält er doch und es ist genug, daß ich einen — " seine Stimme stockte und er wetzte seine Sich. „Wissen Sie noch," sagte er während des

Wesens, „wie der Hubert vor ein paar Tagen da geschrieen hat! Meine Söhne waren an jenem Tage frisch und gesund im Quartier. Wenn nun an dem Tage was geschehen wäre, hätte man gesagt: Das ist eine Ahnung. So Etwas muß man sich merken, damit man keinen Aberglauben über sich kommen läßt."

Ich erquickte mich an dem starken Sinn des Alten, und als ich nun meine Freude ausdrückte, daß er wieder arbeiten könne, erwiderte er: „Was will man machen? Man muß arbeiten, so lange man lebt und zu leben haben muß. Nur nicht müssig sein!"

Piter schaute bei den letzten Worten rasch auf, dann schnitt seine Sich um so schneller.

Das Wort meines Alten ging mir zu Herzen, und ich meine, es können's auch Andere beherzigen. Ein Jeder muß unverdrossen auf seinem Arbeitsfelde schaffen und wirken, wie es der Tag erheischt.

Als ich nach einer Weile von dem Alten Abschied nahm, sagte er: „Heut gibt's einen heißen Tag. Ein Julinebel bringt viel Thau und dann viel Sonne, die das Korn und den Wein zeitigt."

Und so sei es! Möge der Morgennebel voll düsterer Verhüllung, in dem wir noch stehen, auch einen gesegneten Tag bringen, der das Korn und den Wein des höheren Lebens zeitigt zur Erquickung der Trauernden und zur Freude der rüstig Schaffenden.

Neue Stücklein vom alten Gevattersmann.

Aussichten=Bettel.

Es gibt im deutschen Vaterlande so viel schöne Hochpunkte, wo sich am klaren Sommertage ausschauen läßt weit in die Lande.

Du hast dir einen freien Tag gemacht, du steigst auf den Niederwald im Rheingau, auf den Drachenfels im Siebengebirge, auf den Inselberg in Thüringen, auf den Brocken im Harz, auf die Bastei im sächsischen Hochland und wie die hundert schönen Aussichtspunkte im Vaterlande heißen.

Es ist wohlgethan, daß überall Speise und Trank zu haben ist, denn der Mensch lebt nicht vom Ausblicke in die Natur allein. Du willst nun in ruhiger Betrachtung einsam oder mit Freunden und Genossen dich in der freien Schicht auf der Höhe frei empfinden. Da sitzt aber ein Bursche und verscheucht dir alle Ruhe und alles still vergnügliche Sammeln durch ein mehr oder minder pfuscherhaftes Spiel auf der Ziehharmonika oder auf einem andern Musikinstrument. Der Arme verdient gewiß dein volles Mitleid, und je reichlicher deine Gabe, um so besser; aber hat der Arme ein Recht, dir und Allen, die vor dir kamen und nach dir kommen werden, mit dem keuchenden und schrillenden Instrumente die durch mühsames Bergsteigen erkaufte Ruhe und stille Erholung zu rauben?

40 *

Auf dem schönen Niederwald mit dem Ausblick in das fröhliche Rheingau kommt dir gar noch ein Trommler entgegen und trommelt dir alle Waldes» ruhe weg.

Es gibt Gegenden, wo die Polizei den Armen besondere Erlaubniß zu diesem Gedudel verleiht, aber auch mit dem verbietenden Einschreiten der Polizei wäre nichts gethan. Es gibt nur Ein Mittel, die stille Höhe unserer Berge unverscheucht zu be» wahren: wenn sich Jeder für verpflichtet hält, die entsetzlichen Instrumente schweigen zu heißen und wo die Noth spricht, geradezu seine Gabe zu spenden.

Wohlthäter Ungenannt.

Wir hätten es nicht mehr geglaubt, und doch haben wir dran glauben müssen, daß auch in unserer Zeit das Elend der Hungersnoth stattfinden kann. In Ostpreußen wüthete die Hungersnoth mit allen ihren Schrecken, und der Eifer der Wohlthätigkeit, von keiner anderen Zeit übertroffen, bewährte sich. Wenn man aber die Listen der Geber durchlas, konnte man oft lesen: Ungenannt so und so viel. Es lohnt sich wol der Mühe, darüber nachzudenken, ob es wohlgethan ist, bei Uebung der Wohlthat seinen Namen zu verschweigen; dieses Verschweigen kann ebensowohl Bescheidenheit als Stolz sein.

Jesus hat zwei scheinbar widersprechende Behauptungen in Bezug auf Wohl» thätigkeit.

Da heißt es Matthäus Cap. 5, V. 16:

„Lasset euer Licht leuchten vor den Leuten, daß sie eure guten Werke sehen.“

Schnurstracks dagegen ebenfalls bei Matthäus Cap. 6, V. 3:

„Wenn du aber Almosen gibst, so laß deine linke Hand nicht wissen, was die Rechte thut.“

Dieses sich Verhüllen mag sich aber nur auf Privatwohlthätigkeit beziehen, von Mensch zu Mensch, wo der Begüterte dem Bedürftigen hilft; da aber, wo es sich um öffentliche Wohlthätigkeit handelt, da sollte man sich ohne Scheu nennen: denn einerseits dient das zur Aneiferung und Erweckung für den lässigen Nachbar, andererseits stellt sich eine Selbstbesteuerung nach Pflicht und Gewissen dabei heraus. Ueberlege dir die Sache weiter.

Eine Reise-Lehre.

Wie soll man's auf Reisen halten? Wer hat zuerst zu grüßen? Derjenige, der den Berg heraufkommt, oder der ihn herabsteigt?

Da kann ich dir eine gute alte Regel geben:

Wenn du auf deiner Wanderung den Berg hinuntersteigst, so grüße den, der erst die Mühe hat, hinaufzusteigen, und wenn du hinaufsteigst und es begegnet dir ein Herabkommender, so grüße den, der die Herrlichkeiten bereits genossen hat, und freue dich, daß er sie dir zum ungeschmälerten Genusse stehen ließ.

Sei versichert, es werden dir sehr Viele sehr protzig danken oder auch gar nicht; es gilt ja für vornehm, sich nicht um seinen Nebenmenschen zu bekümmern, aber in der Kirche natürlich wird immer von Menschenliebe und von Kindern Eines Vaters gesprochen. Wenn du trotzig abgewiesen, oder auch nur scheel angesehen wirst, laß dich's nicht verdrießen, sondern freue dich, daß du reicher bist als diese ewig Verdrossenen, denen die Vornehmthuerei die Knochen angefressen hat.

Geschmuggelt, bestochen und von der Censur gestrichen.

Eine kleine Erinnerung des Gevattersmanns.

Es war im Juli 1845. Eine bunte Gesellschaft reiste im Eilwagen von Adorf aus nach den böhmischen Bädern. Wir hielten am Zollhaus der österreichischen Grenzstation. Unsere Pässe waren nach strenger Besichtigung passirbar befunden. Nun hieß es: „Haben Sie nichts Mauthbares?" Ich erklärte, daß ich zu einem vierwöchentlichen Badeaufenthalt in Marienbad hundert Stück Cigarren bei mir hätte.

Der Zollbeamte sah mich groß an und zog seinen Schnurrbart rechts und links durch Zeigefinger und Daumen. Ein hochgewachsener preußischer Beamter, der zum Imponiren an der Grenze seinen Orden im Knopfloche sichtbar gemacht hatte, ließ mich scherzend an über mein ehrliches Bekenntniß.

Ich erklärte, daß ich, zum erstenmal die österreichische Grenze überschreitend, mir vorgenommen hätte, weder zu schmuggeln noch zu bestechen. Der Mann zuckte mit den Achseln. Nun wurde nach und nach Alles expedirt und der Mauthbeamte kam nochmals zu mir und fragte in sehr gutmüthigem Tone: „Sollen wir Ihren Koffer aufmachen?" — „Ist nicht nöthig," sagte ich, „ich habe 100 Stück Cigarren, wovon ich hier fünf in der Tasche habe, und will das zwanzigfache Gewicht verzollen." „Das dauert lang," hieß es, „da müssen Sie dann so und so viel Scheine haben." Der Preuße trat hinzu mit den Worten: „Sie halten uns auf: Sie werden mir das Geld schon wieder geben," und steckte dem Mauthbeamten eine Münze in die Hand. Mein Koffer wurde ungeöffnet aufgepackt. Nun sagten die beiden Mauthbeamten: „Man gibt dem Herrn Inspector drinnen auch Etwas." Alles ging in das Bureau. Da stand der Beamte am Stehpulte schreibend und aus einer langen Pfeife rauchend, neben seinen Papieren war eine hölzerne Schüssel mit Streusand. Jeder legte nun eine Münze in die Streusandschüssel. Der Inspector schrieb und rauchte weiter, als ob er nichts sähe.

Wir fuhren davon, in's Böhmenland hinein . . .

Diese Geschichte, wie ich sie hier erzähle, schickte ich in den damals von mir herausgegebenen Kalender: „Der Gevatersmann", der in Karlsruhe, im Großherzogthum Baden gedruckt wurde. Ich gab genau den Tag und den Ort an, die ich jetzt nicht mehr zu nennen weiß. Ich wies darauf hin, daß die Namen aller Mitreisenden, die Zeugniß ablegen könnten, in einem großen Buche aus unseren Pässen auf der Grenzstation abgeschrieben seien.

Was geschah aber mit dieser ganzen Geschichte?

In Karlsruhe regierte damals ein im Herzen freigesinnter Fürst. Censor war der bekannte Gelehrte, Ministerialrath Zell. Und dieser Censor strich diese Geschichte von Anfang bis zu Ende als censurwidrig durch.

Natürlich, man hätte Metternich mißfallen, wenn man Derartiges hätte veröffentlichen lassen.

Ich glaube, daß es gut ist, wenn man dem heutigen Geschlechte Dergleiches in Erinnerung bringt; denn wenn uns auch noch Vieles bedrückt und mangelt, schon daß ich diese Geschichte heute drucken lassen kann, ist ein Zeugniß, daß es anders geworden in Deutschland, und hoffentlich kommen bald Zeiten, wo man sich kaum noch eine Vorstellung von dem machen kann, was uns heute das Herz belastet und empört.

ur immer ordonnanzmäßig.

Zu Trier an der Mosel wurde großes Herbstmanöver abgehalten. Früh vor Tag, da noch Alles in Nebel gehüllt, reitet der General mit seinem Adjutanten einen Berg hinan. Der General reitet voraus, der Adjutant, ein junges Blut, in vorschriftmäßiger Entfernung, aber frei umschauend, hinterdrein.

Sie kommen auf dem Berge an, da zerreißen die Nebel und die Sonne geht auf in all ihrer Strahlenpracht. Voll Entzücken reitet der Adjutant vor, legt die Hand an den Helm und sagt: „Herr General! Wollen gefälligst bemerken, wie schön die Sonne aufgeht."

„Verschonen Sie mich mit Privatangelegenheiten," war die Antwort des Generals.

—————

Der heilige Cumpan.

—————

Du kennst die Geschichte wohl — mit diesen Worten beginnt der Herbergsvater gern eine Erzählung, um sich gegen den unterirdischen Geisterruf: Meidinger! zu decken, und dann erzählt er seine Geschichte flottweg. So soll's auch mit dieser sein. Also du kennst die Geschichte wohl? — Es war einmal ein Bauer, der hatte einen guten Freund, einen Kaufmann, der sich vom Geschäft zurückgezogen und seine

Tage in ruhigem Landleben beschließen wollte. Die Beiden lebten im besten Vernehmen mit einander.

Eines Tages kommt der Bauer und bittet seinen Freund um ein Darlehen von dreihundert Thalern. „Mit Vergnügen sollst du's haben," sagt der Kaufmann, „und schreib du selbst nach Belieben in den Schuldschein den Tag, wann du mir's wieder bezahlen willst."

Der Bauer macht ein schelmisches Gesicht und schreibt. Der Kaufmann bewahrt den Schuldschein auf. Es vergehen Monate, es vergeht ein Jahr, der Bauer bezahlt nicht, endlich mahnt ihn der Gläubiger. „Ja," sagt der Bauer, „das hat gute Weile, ich habe dir ja geschrieben: ich bezahle am Tage des heiligen Cumpan, und dieser Heilige steht gar nicht im Kalender."

Der Kaufmann hält das für Scherz, als er aber Ernst sieht, klagt er vor Gericht. Der Bauer erzählt lachend dem Richter seinen Schelmenstreich. „Die Sache ist in Ordnung," sagt der Richter, „der heilige Cumpan steht nicht im Kalender, aber . . ."

„Was aber?"

„Der Tag steht doch im Kalender, da ist der Tag Allerheiligen und da ist der heilige Cumpan auch dabei, und da müßt Ihr bezahlen."

Der Schaffner von Erfurt.
Ein Eisenbahngespräch.

A. So oft ich aus dem Süden nach Norddeutschland komme, haucht es mich an wie ein eisiger Luftzug, wenn ich diese protzigen Gesichter, diese alle Reisenden wie Rekruten behandelnden preußischen Beamten wieder sehe. Und hören Sie nur, wie die Bahnglocke gezogen wird, so trotzig, zänkisch und vorwurfsvoll, als wollte sie jedem Passagier eins an den Kopf geben mit dem Ruf: Mach, daß du fortkommst! Hören Sie diesen Exercierplatz-Ton: „Einsteigen!!" und da sitzen wir nun eingesperrt, während wir noch diese paar Minuten in der Restauration sein konnten. Diese Corporalsnaturen haben ein wahres Vergnügen daran, jeden Menschen, sei es auch nur ein paar Minuten, am Halteplatze einzusperren. Und das nennen sie „stramm". Wenn ich nur dies entsetzliche Wort „stramm" nicht mehr zu hören hätte.

B. Und doch ist es gut, wenn dies Wort allgemein gebräuchlich würde, und wenn das, was man damit im norddeutschen Volke bezeichnet und was uns doch in die bessere Lage brachte, zum allgemeinen Volksgebrauch wird. Ihr Süddeutschen habt etwas Läßliches, die Dinge nicht so genau Nehmendes. Es wird gut sein, wenn etwas von eurem geschmeidig bequemlichen Leben in das Norddeutsche eindringt; aber aufgeweckt, immer zur Hand, immer bereit und gerüstet sein, das ist doch erstes Erforderniß für die Lebenseinrichtung, denn da allein ist Verlaß.

Und so ist es gut, wenn Deutschland nicht nur eine gemeinsame Staatsverfassung, sondern auch durch Ausgleich verschiedener Charakterzüge eine möglichst gemeinsame Gemüthsverfassung gewinnt; das Stramme von uns Norddeutschen und das Behagliche von euch Süddeutschen wird sich ganz gut in einander finden.

Vormundschaftlicher Rath.

Kommt ein junges Mädchen zu seinem Vormund, schaut verlegen drein, zupft mit der einen Hand an der Schürze, hält mit der andern die Granatschnur um den Hals krampfhaft fest, wird roth im Gesicht und sagt endlich:

„Herr Vormund, ich habe Sie um Rath bitten wollen."

„So? Was denn?"

„Herr Vormund! Ich will heirathen ... nun bitt' ich, rathen Sie mir; rathen Sie mir gut ... aber rathen Sie mir nicht ab."

Eine Kölner Aschermittwochs-Geschichte.

Aus einem Briefe an den Herausgeber.

———

..... Ihr Fremden habt freilich nicht den rechten Sinn für unsern Fast-nachts-Uebermuth.

Es mag sein, daß der Carneval nur noch eine Ueberlieferung ist, daß die neuere Zeit ganz andere Feste sich bildet, die Turn-, Feuerwehr-, Sänger- und Schützenfeste, und daß vielleicht nicht übel angebracht wäre, ein Stück Fastnachtslust damit zu ver-binden. Einstweilen aber halten wir an unsern alten Carneval fest und sind lustig dabei und zeigen, daß es eigentlich gar nicht so schwer ist, das Leben leicht zu nehmen.

Doch das ist auch eine viel zu schwere Einleitung für eine kleine Geschichte, die ich dir zum Weitergeben hiermit behändige.

Wenn diese Geschichte gelesen nur halb so viel lachen macht, als sie gesprochen Heiterkeit erregte, kannst du zufrieden sein.

Es war also am Aschermittwoch. Die tollen Faschingstage waren vorüber und der grau Nüchterne war da. Im Wildschütz saßen am Abend frohe Gesellen bei-sammen; der stattliche Unverwüstliche, der das beste Lachen hat am ganzen Rhein, war auch dabei. Man suchte sich durch einen edlen Häring und guten Trunk wieder aufzufrischen, und es gelang; ja der Peter Trülles vom Pützchens-Thor that des Guten so viel, daß er von Freud und Leid des irdischen Jammerthals gar nichts mehr wußte und in seliger Trunkenheit dalag und schlief.

„Was fangen wir nun mit dem an?" hieß es.

„Hast du deinen Kapuzineranzug noch?" fragt der Unverwüstliche.

„Ja."

„Gut, so laß den Barbier kommen."

Der Barbier kommt und dem Peter Trülles wird nun eine vollkommene und gerechte Kapuzinerglatze geschoren. Die Kameraden ziehen ihm die Kutte an und führen ihn dann mühselig nach dem Kapuzinerkloster. Dort klingeln sie heftig; der Pförtner öffnet.

„Das ist ein Schimpf und eine Schande, daß ein Kapuziner so betrunken auf der Straße liegt," rufen die Kameraden, stoßen den Peter Trülles auf den Flur und machen sich davon.

Der Pförtner bringt den Peter in eine Zelle und legt ihn auf die Pritsche.

Am Morgen kommt der Pförtner in die Zelle und hält dem Erwachenden eine starke Strafpredigt. Mit großen Augen schaut Peter den Strafprediger an, greift sich an den Kopf, greift sich an das Gewand, und ruft endlich:

„Genug! genug! Nun lassen Sie mich auch reden. Schicken Sie nach dem Pützchen-Thor Numero III und lassen fragen, ob der Peter Drülles zu Hause ist. Wenn er nicht zu Hause ist, ist's gut. Wenn er zu Hause ist, dann ... weiß ich nicht wer ich bin."

Deutsche Festmahle.

Vor dem Jahre 1866 wurde im deutschen Vaterlande viel getafelt und zu Trinksprüchen „Hoch" gerufen.

Das wird nun auch anders werden, aber bleiben wird, daß wir Deutschen uns gern gemeinsam bei Speise und Trank erquicken und erheben.

Zur männlicheren Fassung sind aber vor Allem zwei Dinge nöthig. Ein Festmahl, bei dem ein bestimmter allgemeiner Gedanke zum Ausdruck kommen soll, darf keine Speisekarte haben und das Essen überhaupt nur als Nebensache gelten lassen. Ein einziges Gericht, ein gut Stück Fleisch und dazu ein Glas reinen Weines, damit muß Alles fertig sein. Nur wenn das ist, wenn das Geklapper von Teller und Messer und Gabel und das Umherrennen der Kellner nicht immer erst auf's Neue zum Schweigen gebracht werden muß, nur dann ist es möglich, daß dem Worte sein Recht werde. Jede Ausdehnung des Essens durch fünf und sechs Gerichte bringt jenen Wirrwarr und jenen Dusel hervor, daß man sein eigen Wort kaum hört und ein öffentliches nur mit halber Aufmerksamkeit vernimmt.

Eine zweite Sache, die bei allen künftigen Festmahlen abzuthun oder doch sehr zu beschränken ist, ist der Orchesterlärm einer vollen Musikbande.

Halt! wird mir da entgegengerufen werden, du willst die frohe Lust der Töne verbannen?

41*

Gewiß nicht! Aber ein Festmahl ist kein Concert, und die Ouvertüren und Walzer, die als Potpourri's untereinandergemengten Liederhäcksel gehören, wie es nun einmal beliebt ist, in einen Biergarten oder dergleichen, aber nicht zu einem Festmahle. Werden hiebei Lieder gesungen, so ist die Melodieangabe und Begleitung am Platze, aber jene Einlagen zwischen jedem Gericht und jedem Trinkspruch bringen eine Aufregung und Betäubung in allen Festgenossen hervor, ein lautes Reden von Nachbar zu Nachbar und ein Ueberbieten der Stimme im öffentlichen Reden, daß von einem in sich geregelten Fortgange eines Festmahles keine Spur mehr bleibt. Nothdürftig kann zuletzt nur noch der Vorsitzende einem Redner Gehör verschaffen, die Menschen vergessen, oder wollen nichts mehr davon wissen, weshalb sie hier zusammen gekommen sind. Der Vorsitzende erklärt endlich die Festordnung für geschlossen, und die wilden Wasser brechen ein und verwandeln Alles in einen Strudel; die Besonnenen gehen davon und es wird fortgejubelt, getoastet bis Alles zur Posse und Fratze wird.

„Es war gestern doch ein schöner Abend, der und der hat sehr schön gesprochen," sagt ein Festgenosse mit schwerem Kopf am anderen Morgen; aber Niemand weiß mehr recht, was es eigentlich war, man war eben in überschraubter Stimmung, durch langes Tafeln und rauschende Musik.

Wer die Festmahlslaune nicht in die ernste Lebensarbeit der Männer mischen mag, der sorge dafür, daß künftighin ein Festmahl nur ein einziges Gericht habe, und daß, wenn doch einmal Musik dabei sein muß, diese erst laut werde, wenn das Wort zu seinem Rechte gekommen ist.

Drei Raucher-Geschichten.

I.

Gewohnheiten können Tyrannen werden.

Der praktische Arzt Doctor Wilhelm — er hat sonst noch einen guten Namen, aber er soll hier nicht genannt sein — war ein sehr leidenschaftlicher Raucher. Eines Tages — er practicirte damals in einem kleinen Städtchen in Sachsen und war noch nicht weltberühmt — wird er zu einem Schwerkranken auf's Land geholt. Das Fuhrwerk steht vor dem Haus, er macht sich eilig davon. Draußen vor dem Thor greift er an sich herum und spürt, daß er seine Zigarrentasche nicht bei sich hat. Er ruft dem Kutscher zu: „Halt an!" und wollte ihm eben sagen: „Wende um, ich will nur meine Zigarren holen, ich kann nicht leben ohne sie." Da — die Gedanken gehen noch viel schneller, als zwei Pferde an einem Wagen — fährt es ihm durch den Kopf: —

„Was für ein schwacher Mensch bist du — willst einer Leidenschaft fröhnen, während dort ein Kranker deiner Hülfe wartet? Nein, ich lasse mich nicht so binden!" Er ruft dem Kutscher wieder:

„Nein, fahr' nur schnell zu!" Und er nimmt sich vor, sich das Rauchen abzugewöhnen, und hat es gehalten bis auf den heutigen Tag und wird es halten bis an sein Lebensende, das zum Heile der Menschheit hoffentlich noch lange auf sich warten läßt.

II.

Mittel, die Zigarre immer wohlschmeckender zu machen.

Wenn der Leser den Mann kennte, von dem diese Geschichte herrührt, würde er sagen: „Ja wohl, von diesem Manne, der so fest und so edel zugleich ist, läßt sich nichts Anderes erwarten." Weil ich ihn also nicht geradezu nennen darf, sei er Bäckermeister genannt, und in der That, Tausende und Abertausende genießen jeden Tag frisches nahrhaftes Brod von ihm; das ist aber ein Brod, das nicht durch den Mund eingeht.

Der Bäckermeister, der auch oft spät in der Nacht wacht, um auszudenken, was für Lebensbrod er andern Morgens den — Lesern auftische, der Bäckermeister ist ein sehr eifriger Raucher und seine Zigarre mundet ihm stets, und er hat ein erprobtes Mittel, daß ihm seine Sorte — sie kostet 15 Thaler das Tausend — immer wieder frisch schmecke und nicht überdrüssig werde. Natürlich kommt es manchmal, daß die gewohnte nicht mehr recht schmecken will. Was thut er? Er greift nach einer besseren Sorte? O nein, er kauft eine geringere für 10 Thaler das Tausend — da schmeckt dann die altgewohnte für 15 Thaler wie eine wahre Delikatesse.

III.

Ohne Gunst.

An der nördlichen Grenzmark Teutschlands wurde ein Mann gefangen gesetzt, dessen Edelsinn und Bürgertugend kühnlich mit den ruhmvollsten Männern des Alterthums und der neuen Zeit sich vergleichen kann.

Er hatte ein heißes Wort gesprochen, weil er sein Vaterland, Recht und Freiheit über Alles liebt. Nun unterwarf er sich auch der Strafe, welche die Richter über ihn verhängten. Wer weiß, ob der Muth und die Aufopferung in Kerkern nicht ein größerer ist als der auf den Schlachtfeldern.

Der Mann der Freiheit wanderte in's Gefängniß und unterwarf sich den angeordneten Bestimmungen. Er wollte keinerlei Gunst, und doch hatte er sich noch Etwas zu versagen, das scheinbar klein ist, das aber doch zu jeder Minute quälen kann. Er hatte die Gewöhnung des Zigarrenrauchens, und es wäre ihm wohl gelungen, sich die Vergünstigung zu erwerben, solche auch im Kerker beibehalten zu dürfen; aber er wollte keine Gunst, und vermöge seiner strengen und klaren Natur gewöhnte er sich das Rauchen ab. Wer je eine vergnügliche Rauchwelle im Munde wiegte und über die Lippen ziehen ließ, wird ermessen können, was das heißt, zumal in der Einsamkeit des Kerkers.

Lächelt nicht darüber, daß das hier verzeichnet wird. In der Entbehrung eines gewohnten Kleinen kann auch Zeugniß eines heldenhaften Geistes liegen.

Auf Tod und Leben.

———

I.

Einfach und eben war mein Lebensgang angelegt, er wurde
verworren und steil, führte aber zu einem guten Ziele, wie
ich hoffe, auch für meine Mitmenschen.

Ich will erzählen.

Aus meiner Kindheit hätte ich gar viel zu berichten, aber das sind
Dinge, die nur den etwas angehen, der sie selbst erlebt hat. Es ist viel Sonnenschein, Waldeskühle und Athem des freien Feldes in meiner Jugend, und vor Allem
ein Duft edler Häuslichkeit, wie ich sie meinen Kindern und Kindeskindern nur
wünschen mag.

Ich gehöre zwar selbst dazu, aber sollte ich's deßhalb nicht sagen dürfen? Ich
bin der Geringsten einer, aber ich habe doch auch Theil an jener großen Sendung,
die den deutschen Pfarrerssöhnen gegeben ist. Das haben wir Deutsche allein. Jene
Kinder, die allsonntäglich in ihrer Wiege den Orgelton brausen hören, haben einen
höhern Ton in die Welt hineingetragen. Auch mein Elternhaus war ein Pfarrhaus,
es war ein wohlig warmes Heimwesen und gehörte doch nicht uns zu eigen, wir
wohnten im Besitzthum der Gemeinde.

Mein Vater war Pfarrer in dem auf der Höhe gelegenen Bergdorfe Leiters-
hofen; drunten ist das Thal, durch das sich der helle Strom zieht, und drüben weit
im Umkreise ist die vielzackige Bergkette zu schauen. Eben jetzt, indem ich schreibe,
ist mir, als ob ich die feine zierliche Gestalt meines Vaters mit dem Antlitz voll
Milde und Menschenfreundlichkeit leibhaftig vor Augen sehe; und doch habe ich schon
oft an dem Grabhügel gestanden, dort neben der Kirche, in welcher seine Stimme
Jahrzehnte lang tönte und die Herzen erweckte. Ich meine, ich sitze noch bei ihm in der

großen Studirstube und er lehrte mich Latein und Griechisch, Geschichte und Erd-
beschreibung, wie er meine beiden Brüder vor mir unterrichtete. Ich sehe noch den
schrägen Sonnenstrahl, wie er an dem Büchergestell hinzieht und ein Buch nach dem
andern erglänzen macht. Mein ältester Bruder ist auch Geistlicher, mein zweiter, der
Soldat geworden war, ist in Schleswig-Holstein gefallen, meine Schwester ist an
den Förster Armbruster verheirathet, und ich, der Jüngstgeborene, war schon früh
entschieden, Jurist zu werden. Kann sein, daß ein Wort meiner Mutter mich dazu
brachte, denn sie sagte bei meinen Rechthabereien oft: der Leonhard hat den Advo-
katenkopf unserer Familie. Denn mein Großvater von mütterlicher Seite war Rechts-
anwalt; ich war erst fünf Jahre alt, als er starb, aber ich erinnere mich noch seiner
großen stattlichen Gestalt, meine Mutter soll ihm ähnlich sehen; wunderlicher Weise
kann ich mich seines Gesichts nicht erinnern, ich sehe aber noch deutlich, wie er von
rückwärts aussah, als er am Zaune unseres Gartens vor dem Pfarrhause dahinging.

Meine lebendigste Jugend-Erinnerung stammt aus meinem vierzehnten Jahre.
Ich war beim Onkel Adam, dem Bruder meiner Mutter, der mehrere Stunden von
uns entfernt Amtsrichter in der Stadt war. Mein Vater hatte die Aecker nicht ver-
pachtet, er bewirthschaftete sie selbst und hatte in unserem Knechte Christian eine treue
Seele und dazu eine arbeitsame Kraft von früh bis spät. Christian führte nun
einen großen Wagen voll vorjährigen Weizens nach der Stadt, ich durfte mit und
in den Ferien beim Onkel Adam bleiben. Die Fahrt ging sehr langsam, von
Morgens um Drei, da es kaum tagte, bis zum Nachmittag; aber oben auf den
Weizensäcken wurde Christian und mir die Zeit nicht lang. Es gibt Tage, die,
thaubeglänzt und sonnig, ewig in der Seele haften: die Felder und Wälder und
Lerchen in der Luft, die stillen Wohnungen in den Dörfern und die Arbeitenden
auf den Aeckern und der blaue Himmel darüber, Alles sieht mich schimmernd an,
und ich athme dazu einen wohligen Duft, so oft ich an jenen Tag auf dem Frucht-
wagen denke.

Beim Onkel Adam war mir's gar wohl. Das Landgericht mit der Wohnung
war in einem alterthümlichen Stiftshause, und ich hatte an meiner Base Bertha eine
gute Gespielin in dem Garten mit den Zwergbäumen; die Amtsdiener waren für
uns gar dienstwillig, ja selbst der Landjäger, der ein Schwestersohn unseres Knechtes
Christian war, erwies sich mir sehr freundlich. Ich fürchtete sonst immer, wie Alle
im Dorfe, jeden Landjäger, als wäre er ein geladenes Gewehr, das Einen plötzlich
todtschießen kann. Meine erste Welterfahrung war nun, daß auch der Landjäger,
der stets umgeht, daß er einen Menschen finde, den er einfange, ein freundlicher und
zutraulicher Mensch sein kann. Ich lernte regelrecht exerciren und marschiren und
freute mich schon darauf, das meine Kameraden im Dorfe zu lehren. Ich kam mit
so unverletzlich wie der hörnene Siegfried vor; denn ich war mit dem Amtsrichter
verwandt und mit dem Landjäger befreundet; mir kann im Leben nie Etwas geschehen, ich gehöre mit zur Regierung. Anfangs erschreckte es mich freilich noch, wenn
ich Verbrecher einbringen sah; bald aber gewöhnte ich mich daran. Der Landjäger
erzählte mir, daß jetzt, wo der Roggen hoch steht, die schwerste Zeit für den Landjäger

sei; denn die Verbrecher könnten sich so leicht im freien Felde verbergen und es sei ihnen nicht beizukommen.

Stundenlang konnte ich mir nun denken, wie ein verfolgter Missethäter auf allen Vieren durch den Halmenwald schleicht wie eine Schlange, und noch in später Zeit hat mich der Oheim genect, weil ich ihn damals fragte, ob ein Verbrecher wol auch die Lerchen singen höre.

Es war an einem schönen Mittag, der Onkel saß nach Tische eben mit uns auf der steinernen Bank in dem Vorgarten, die Tante, hieß es, sei nicht wohl — da brachte mein Freund, der Landjäger, unter Zulauf einer großen Menge einen Gefesselten herbei; seine rechte Hand war mit einer Kette an den linken Fuß gefesselt, er hatte keine Kopfbedeckung, sein Haar war wild verworren, im Gesicht waren Blutflecken, er hatte offenbar bei der Gefangennehmung sich gewehrt. Ich sehe ihn noch vor mir, eine schlanke Gestalt in grauer Leinwandjade und grauen Hosen; er drehte den Kopf immer hin und her, öffnete den Mund weit, und seine Augen schienen hervorzuquellen, als aus der Menge gerufen wurde: der hat einen guten Hals zum Köpfen. Der Onkel stand schnell auf, schloß das vordere Eisengitter und sagte zu den Leuten, daß sie heim gehen sollten. Der Gefesselte wurde nach dem Thurm neben dem Amtsgebäude geführt. Bald kam der Landjäger mit dem Amtsdiener wieder heraus, aber an diesem Tage hielt ich mich fern von ihnen und in der

Nacht hatte ich keinen Schlaf; auch war es im Hause sehr unruhig, ich hörte immer ab- und zugehen, und ich dachte, ob vielleicht der Gefesselte entflohen sei. Ich war in Gedanken bei ihm, wie er sich nun tief im zertretenen Kornfelde die Ketten absägte; ich fürchtete mich vor ihm und versprach, ihn nicht zu verrathen; ich selbst war wie gefesselt an den entsetzlichen Menschen und konnte in Gedanken nicht von ihm los.

Am Morgen wurde mir verkündet, daß ich eine neue Cousine bekommen hätte. Ich durfte an die Wiege des Kindes treten, es schlug schnell blinzelnd die Augen auf, sie waren blau; ich durfte das Kind auf die Stirn küssen.

Am Mittag sah ich den Bürgermeister unseres Ortes in's Amtshaus eintreten.

Er war ganz glücklich, des Pfarrers Leonhard hier zu treffen. Ich bat ihn, daß er mich mit heimnehme, ich trug den Wunsch auch Onkel Adam vor und er willfahrte, da ohnedies viel Unruhe im Hause sei.

Die Heimfahrt war ganz anders als der Tag mit unserem Knechte Christian. In den weiten wogenden Kornfeldern krochen jetzt sich verbergende Missethäter umher; die ganze Welt sah mir verändert aus, und mitten darin saß immer ein Gefangener in Ketten und ein Kind lag in der Wiege und blinzelte mit blauen Augen...

Aus dem Schlafe erwedt, stand ich taumelnd spät in der Nacht mit dem Bürgermeister vor meinem Elternhause. Alles schlief schon. Christian war bald wach, er brachte mich in meine Stube, wir wollten die Eltern nicht weden, und er blieb vor meinem Bette sitzen, erzählte mir und ließ sich von den großen Ereignissen berichten, die ich erlebte hatte, bis ich wieder einschlief.

Das ist also eine der tiefsten Erinnerungen meiner Kindheit. Sie verschwand und tauchte später wieder auf.

Es war wieder Sommer geworden, als ich einmal zufällig in der Gartenlaube hörte, wie mein Vater meiner Mutter erzählte, er habe einen wunderlichen und angstvollen Traum gehabt: er habe nach einer Hinrichtung vom Schaffot herab predigen müssen, aber so sehr er auch sich innerlich gesträubt habe, sei ihm immer die Verdammung der Todesstrafe auf die Lippen

gekommen; er erinnere sich nicht, je in seinem Leben so gut gepredigt zu haben wie da im Traume, die Worte seien ihm machtvoll zugeströmt, und doch habe ihn der Scharfrichter stets am Talar gezupft; in Angstschweiß gebadet sei er endlich erwacht. Er schloß mit den Worten:

„Es gehört gewiß zu den heiligsten Pflichten des geistlichen Amtes, einen Sterbenden in der letzten Todesnoth zu trösten, und um so nöthiger, wenn der Hinübergehende sich seines sündhaften Lebens bewußt wird. Aber wenn wir einen zum Tode Verurtheilten geleiten, so sanctioniren wir damit die Todesstrafe. Das darf nicht sein. Wenn mir die Pflicht auferlegt würde, einen Verurtheilten auf seinem letzten Gange zu begleiten, ich würde lieber mein Amt niederlegen und mein Brod als Taglöhner verdienen."

Unter meinen Spielgenossen im Dorfe, die ich richtig nach Anleitung des Landjägers einexercirt hatte, wurde viel davon gesprochen, daß in den nächsten Tagen ein Mörder in der Stadt hingerichtet werde; da sei ein schwarzes Gerüst aufgebaut, und dann werde die Armesünderglocke geläutet, alle drei Sekunden nur ein Schlag. Die Spielgenossen wollten Hinrichtung spielen, und ein wilder Bursche war sogleich bereit, die Rolle des Verurtheilten zu übernehmen. Ich hatte Ansehen genug, das zu verhindern, aber es wurde viel hin und her berichtet, wie Eltern und Geschwister nach der Stadt gingen, und selbst einige Kinder durften sie begleiten, um das Schauspiel mit anzusehen.

Ich vernahm auch Grauenerregendes, das mir damals lange nachging. Ein Fallsüchtiger im Dorfe sollte unfehlbar dadurch geheilt werden, daß er schnell das warme Blut des Enthaupteten trinke und dann fortrenne, unaufhörlich, bis ihm der Schaum vor dem Munde steht und er vor Müdigkeit niedersinkt, wie sonst durch seine Krankheit.

Unser Christian, der wieder Weizen nach der Stadt geführt hatte, erzählte mir einige Tage darauf, daß der Onkel Adam auf dem Gerüst gestanden habe in einer schönen Uniform mit einem Degen an der Seite. Der Geistliche habe gepredigt und der Onkel Adam habe den Stab zerbrochen und die Stücke dem Mörder vor die Füße geworfen; der habe ausgesehen wie ein Gespenst am hellen Tag, in dunkelgraues Gewand gekleidet, mit langem nacktem Halse und geschorenem Kopfe, auf dem nur oben ein Büschel Haare stehen geblieben war. Die Armesünderglocke habe geklungen, gar schauerlich, immer nur Ein Ton, dann lange nichts, und dann wieder Ein Ton. —

Christian hatte sich vorgenommen, Alles genau zu sehen, als aber das Beil in der Sonne blitzte, habe er unwillkürlich den Blick gesenkt und nichts gehört als einen Schnitt, wie wenn man eine Rübe durchschneidet. In der versammelten Menge sei plötzlich ein lauter Aufschrei, dann wieder Alles still und nichts als ein Poltern auf dem Gerüst vernehmbar gewesen. „Dem Landrichter ist das Blut auf die Uniform gespritzt!" hat es geheißen, und Christian hat noch gesehen, wie der Onkel Adam sich mit einem weißen Tuche das Blut von der Brust abwischte, aber sein Gesicht sei auch gewesen wie ein weißes Tuch. Dann habe der Geistliche noch einmal gepredigt; in einem bedeckten Wagen sei Etwas fortgeführt worden, und als Alles vorbei war, sei es gar lustig hergegangen in allen Wirthshäusern.

42*

Der Wasenmeister sei nicht, wie er immer gehört habe, in einem blutrothen Rock, sondern in einem schönen schwarzen Frack da oben gestanden, ganz fein, und nichts sei auffällig an ihm gewesen als sein brandrother Bart; er habe nur zugehauen und sei dann davon gegangen, er habe nicht einmal das Beil aus dem Block gezogen. Da Christian's Neffe, der Landjäger, mit dabei war, habe der ihm gewinkt, und er habe auch auf das Gerüst steigen dürfen; das Beil sei so tief im Block gesessen, daß es schwer herauszuziehen war; einer der Henkersknechte habe das Blut mit Zeitungsblättern abgewischt, und der Wind habe die Zeitungsblätter mit davon genommen, um die sich dann die Menschen drunten gerauft hätten. Christian erzählte, daß er auch das Beil in die Hand genommen; es sei ein Breitbeil, wie es die Zimmerleute haben, mit kurzem feinem Stiel und außerordentlich schwer, aber es sei nicht wahr, daß es innen hohl und mit Quecksilber gefüllt sei, wie man ihm früher erzählt habe.

Christian betheuerte, daß er sein Leben lang nicht mehr zu so Etwas gehe, und mich überfiel auf einmal eine solche Angst, daß ich in den nahen Wald entfloh; aber dort ward meine Angst noch größer, ich wollte bei Menschen sein, und ich ward beruhigt, als ich die Leute auf dem Felde arbeiten sah, heute wie gestern.

Tags darauf wurde meine Mutter geholt, ihr Bruder sei krank. Sie kam erst nach mehreren Tagen wieder und sah noch lange sehr traurig aus . . .

Das ist die Jugend-Erinnerung, die in meiner Lebenswendung, welche ich hier erzählen will, wieder aufgewacht ist. Alles von damals steht vor mir, als ob es in der letzten Stunde geschehen wäre.

Ich sah den Onkel Adam erst wieder, als er kam, um meine Eltern bei der Nachricht vom Tode meines Bruders zu trösten; meine Mutter weinte viel, mein Vater aber sagte immer:

„Wir können nicht verlangen, daß wir verschont bleiben; unser Konrad ist auf dem Felde der Ehre für das Vaterland gefallen."

In jenen Tagen der ersten Trauer lag neben der Bibel immer Plato's Phädon auf meines Vaters Tische.

Ich hörte, daß Onkel Adam nach einer fernen Provinz versetzt und etwas ganz Anderes geworden sei, aber ich wußte nicht, was eigentlich geschehen war; man gab mir ausweichende Antworten, und das Beste an der Kindheit ist ein leichtes Vergessen.

Ich kam auf's Gymnasium der Residenz, ich kam zur Universität. Meine Kameraden sagen mir noch jetzt, ich sei ein lustiger und übermüthiger Bursch gewesen; sie wollen es oft nicht verstehen, wie ich so ernst geworden. Mein guter Vater kam noch zu meinem Doctorschmause; es war sein besonderer Wunsch, daß ich mir den Titel erwerbe. Er war fröhlich, wie ich ihn noch nie gesehen. Als ich erst ein halbes Jahr Praktikant war, erhielt ich plötzlich die Nachricht vom Tod meines Vaters; sanft und still, wie er gelebt, war er gestorben, in der Laube am Pfarrgarten war er eingeschlummert, sein Lieblingsbuch, Plato's Phädon, lag auf dem Tische vor ihm aufgeschlagen.

Die Mutter zog zur Schwester, sie versprach aber, wenn ich in Amt und Gehalt stünde, zu mir zu kommen, bis ich einen eigenen Hausstand gründe.

Ich war glücklich in meinem Beruf. Ich hatte einen ausgezeichneten Direktor, und es galt als ein Glück, bei ihm die Ausbildung zu erlangen. Sein Hauptgrundsatz war: Strenge Unterscheidung. Scharfsinn erst macht den Richter, und dieser Scharfsinn läßt finden, unter welches Gesetz der bestimmte Fall sich stellt. Jeder Prozeß ist ein Räthsel; wer es errathen kann, der ist ein Jurist. Das Recht wird nicht gemacht, es wird nur gefunden.

Ich erinnere mich noch, wie ängstlich mir zu Muthe war, als ich das erste Verhör selbständig abzunehmen hatte; aber es machte sich Alles gut, und es war ein großer wissenschaftlicher Eifer unter den Collegen. Ich darf sagen, daß ich nicht zu den Geringsten gehörte, und mehrere meiner damaligen Collegen sind jetzt in den ersten Stellen des Vaterlandes.

Freilich verdroß es mich oft, daß es gar so lang dauert, bis man zu auskömmlichem Gehalte gelangt; ich mußte oft an das Wort eines Statistikers denken, der mir gesagt hatte: Der deutsche Jurist verzinst sich zu anderthalb Prozent; die Aufzucht eines Juristen — er betrachtete das ganz ökonomisch — kostet eine so große Summe, daß mit Verzinsung und allmäliger Abtragung des Capitals beim durchschnittlichen Alter von 55 Jahren, was hoch gegriffen ist, eben nur anderthalb Prozent heraus kommt.

So angesehen, ist der Richterberuf allerdings wenig anziehend; aber das schöne Bewußtsein, dem ewigen Gedanken zu dienen, wie er im Gesetze Gestalt genommen, inmitten der Leidenschaften des Lebens die stetige Vernunft zur Geltung zu bringen und Recht zu sprechen zwischen den streitenden Mitmenschen, das läßt sich nicht in Ziffern und Zahlen und Prozenten ausmünzen.

Ich wurde endlich besoldeter Assessor und nahm meine Mutter zu mir. Wir lebten ein glückliches Dasein, soweit überhaupt eine Wittwe, die nur für ihren Mann gelebt, noch glücklich sein kann. Meine Mutter fand zwei Jugendfreundinnen in der Hauptstadt, von denen die eine ebenfalls Wittwe, die andere sehr kränklich war, bei der sie viel Zeit zubrachte.

Manche meiner Berufsgenossen fanden sich in unserer bescheidenen Häuslichkeit heimisch, und der milde und heitere Geist meiner Mutter übte einen beschwichtigenden und von Gefahren ablenkenden Einfluß; sie war dafür auch die Vertraute ihrer Geheimnisse.

Wir waren fremd in der Hauptstadt, aber bald sollten wir eine familienhafte

Heimathlichkeit gewinnen, aus der mein volles Liebesglück erblühte. Ich muß davon erzählen, weil es in Verlauf und Zweck meines Berichtes nothwendig gehört.

Die älteste Tochter meines Onkels Adam, meine Cousine Bertha, war an einen Arzt verheirathet, der nun als Professor der Medicin nach der Hauptstadt befördert wurde, und Onkel Adam, der verwittwet war und wegen eines Augenleidens seinen Abschied genommen hatte, zog nun mit seiner Tochter, mit jenem Kinde, das damals bei meiner Anwesenheit im Amthause geboren wurde, nach der Residenz. Der Professor mit seiner Frau kam voraus, und ich erneuerte mit ihm eine, wenn auch nur flüchtige Bekanntschaft von der Universität her. Unsere Unterhaltung gab mancherlei Vergleiche: der Richter sieht die Resultate seiner Erkenntniß nicht, der Arzt sieht,

was aus seinem Patienten wird, der Richter muß sich allein mit dem Bewußtsein begnügen, daß Recht gesprochen ist.

Im Herbst kam auch Onkel Adam mit Anna. Ich hatte sie seit ihrer Geburt nicht mehr gesehen und — ich kann mich hierin kurz fassen — Anna ward die Tochter meiner Mutter, und ich wünschte, ich hätte die Kraft zu sagen, wie unaussprechlich glücklich ich war. Wenn ich von der Canzlei nach Hause kam und Anna bei meiner Mutter traf, wenn wir ausgingen — ich hatte das Glück, Anna alle die Kunstschätze der Residenz zu zeigen und sie auch bisweilen in ein Theater zu führen — Anna war glücklich und dankbar

wie ein Kind, und doch im Geiste reif und gediegen; sie war Vorleserin ihres Vaters, dessen stattliche Gestalt ganz gebrochen war; der Ausdruck seines Antlitzes war noch strenger geworden und die große grüne Brille gab ihm etwas Unheimliches.

Es war am Abend vor meinem dreißigsten Geburtstage, da brachte mir mein Präsident selbst das Decret, das mich zum Oberrichter ernannte.

An meinem dreißigsten Geburtstage wurde meine Verlobung mit Anna gefeiert. Ein reineres, ebenmäßigeres Glück hat nie einen Menschen durchdrungen als mich.

Nur das will ich noch berichten — damals streifte es mich nur leise, aber nachmals empfand ich es wie eine Vorbedeutung. Ich hatte mehrere Collegen, die bei einem andern Gerichte arbeiteten, zur Verlobungsfeier eingeladen; sie kamen erst spät und berichteten, daß die Gerichtsverhandlungen so lange gedauert, sie hätten heute ein Todesurtheil gefällt. Es fiel wie ein bitterer Tropfen in den klaren und reinen Freudenkelch. Und wundersam, wie das Gehör beschaffen ist! Ich wollte nicht hinhören, aber ich hörte es doch, wie mein Schwager in einer abgesonderten Gruppe berichtete, es sei immer ein besonderes Elend, wenn die Leiche eines Enthaupteten auf die Anatomie gebracht werde, denn es werde fabelhafter Aberglaube damit getrieben. Der Anatomiediener, ein verkniffener Schelm, treibe einen einträglichen Handel mit Gliedmaßen von Hingerichteten; der kleine Finger eines Mörders, den man in der Tasche trägt, hilft zu allerlei klugen Streichen, dem Träger widersteht kein Schloß, Armesünderschmalz hilft gegen viele Gebresten und ein Stück vom Herzen eines Mörders zu Dingen, die ich hier nicht nennen mag; und so verkauft der Diener unzählbare kleine Finger und Anderes als heilbringende und sichere Hülfsmittel.

Ich erzähle das ohnedies nur sehr ungern, aber wissen soll die Welt, in der es Kirchen und Schulen und Canzleien gibt, welche Gespenster des Aberglaubens noch umherwandeln, während wir uns dem Wahn hingeben, daß bereits der helle Tag des Geistes angebrochen. Und das Ungeheuerliche nährt sich von einer verrotteten Einrichtung.

Genug! Wenn man bedenkt, wie viel Entsetzliches uns noch umgibt, erscheint es räthselhaft, daß man nur einen Augenblick frei aufschaut. Aber es ward auch an jenem Abend bald verwunden und die Genossen waren überaus heiter. Wir vergaßen Alles, was sonst draußen in der Welt vorgeht, und ich darf sagen, ich hatte das volle Glück, die Mitfreude meiner Genossen zu empfangen, denn ich war von ihnen geliebt und Jeder wußte meiner Braut etwas Gutes von mir zu erzählen. Erst später, als mein Leben eine andere Wendung nahm, habe ich erfahren, wie wenig treu ausharrende Freunde es gibt, und wie leicht Viele, um selber glänzend und stark zu erscheinen, das Wesen und Sein des Andern verdunkeln und als schwächlich darstellen.

Als ich spät am Abend mit meiner Mutter nach Hause zurückkehrte und im Uebermaße meines Glücks sagte, daß ich nicht schlafen könne, erwiderte meine Mutter: „So will ich dir heute das Beste geben." Sie holte ein kleines Büchlein hervor und sagte: „Nachdem dein guter Vater gestorben war, empfand ich am ersten Jahrestage seines Todes mit tiefstem Schmerze, daß die Erinnerung an ihn allmälig verblasse, und so schrieb ich an jenem Tage und von da an oft kleine Lebenszüge und Aussprüche von ihm auf. Hier nimm und lies sie an deinem Verlobungstage."

Sie ging leise nach ihrer Kammer und ich las, ich weiß nicht wie lange . . .

Ach, das erste morgendliche Erwachen eines Bräutigams! Ich erwachte, meine Mutter stand vor mir, ihre Hand auf meine Stirn gelegt.

„Mutter, ich bin Bräutigam!" rief ich aus.

„Aber du verschläfst den ersten Bräutigams-Morgen," tönte es hell aus der Stube.

Ich hatte versprochen, Anna abzuholen, damit wir an dem schönen Morgen spaziren gingen; wir wollten in einem öffentlichen Garten frühstücken und dort verweilen, bis ich zur Canzlei mußte.

Wenn es auch zu meiner Geschichte gehörte, ich könnte doch nicht berichten, was wir in den breiten Gängen des Stadtparkes mit einander plauderten, wie wir in fröhlichem Schritt dahin wandelten, uns hielten und wieder ließen, um sehen und sagen zu können, daß wir einander gehörten. In dem großen Wirthsgarten frühstückten wir, aber wir konnten nichts essen und fütterten mit unserer Morgensemmel

die Finken, die in den Linden sangen und zahm herbeikamen, um ihre Besoldung zu holen.

Ich bedurfte des Aufgebots meiner ganzen Kraft, um mit dem Gedanken an das schön erfüllte Leben, das nun vor uns stand, auf der Canzlei meine Acten aufzuarbeiten.

Liebe und Arbeit sind Segensgüter des Daseins.

Seltsamer Weise war das Erste, was ich heute vorzunehmen hatte, eine

Ehescheidungssache. Hatten die Entzweiten nicht auch einst einen solchen Braut-
Morgen gehabt? Konnten sie die Erinnerung nicht wieder beleben zu getreuer Liebe
und geduldiger Ausdauer? Ich wünsche nur, ich hätte die Entzweiten persönlich
vor mir, ich hätte sie an jenem Morgen gewiß versöhnt. Ich las die Acten, Alles
führte zuletzt auf Mißverstand und Temperament zurück. Ich gab daher mein Votum
ab, daß ein nochmaliger Sühneversuch gemacht werde. —

Onkel Abam mußte ich immer von meinen Gerichtsarbeiten erzählen. Er
hatte, trotzdem er schon lange in die Verwaltung übergetreten war, eine unver-
minderte Neigung für Rechtsentscheidungen. Als ich ihm nun ohne Namensnennung
den Inhalt der heute gelesenen Acten berichtete, sagte er:

„Was man Liebe nennt, ist keine sichere Bürgschaft für eine glückliche Ehe; zu
dieser gehört vor Allem, daß man sich zu bescheiden wisse und bei Verstimmungen
das Grundwesen nicht verkenne. Zwei wohlgebildete Menschen, von denen Jeder
den rechtschaffenen Willen hat, sich selbst zu beherrschen und dem Andern zu Gefallen
zu leben, das ist das Beste und Dauerhafteste. Erwarte nichts von Anderen, fordere
und erwarte Alles von dir, dann bist du glücklich, das ist mein Grundsatz."

Ich setzte ihm natürlich entgegen, daß ohne die Freude an einem Andern, an
der ganz besondern Art seines Seins, das Leben kalt und trocken sei.

Es schien mir, daß der Oheim gerade jetzt, wo Alles so schön erblühte, einen
vorsorglichen Schutz geben wollte.

Nach jenem glücklichen Sommer meines dreißigsten Jahres traf uns ein schweres
Unglück. Onkel Abam erblindete vollends, und es lag ein rührender Ausdruck in
seiner Stimme, als er zu Anna und mir sagte:

„Ich habe doch noch Euer Glück mit lebendigen Augen gesehen."

Der Schwager vertraute mir, daß das Augenleiden des Onkels aus einer tief-
nervösen Störung komme; wir müßten uns darauf gefaßt halten, daß einmal ein
plötzlicher Todesfall eintrete.

Es war am 10. November, an Schillers Geburtstag. Draußen war das erste
stürmische Winterwetter, als ich zum Mitgliede des Schwurgerichtshofes ernannt wurde.

Ich erhielt die Acten der Voruntersuchung über einen Raubmord, der in der
nächsten Sitzungsperiode abgeurtheilt werden sollte. Ich kannte bereits aus den
Zeitungen die wesentlichen Thatsachen.

Als ich auf die Straße vor der Canzlei trat, jagte mir ein Wind den kalten
Regen zu. In den Acten unter meinem Arme raschelte und knitterte es; ich hielt
sie fester an mich, und als ich nun durch Wind und Regen heimwärts ging, war
mir's, als ob ich eine übermäßige Last zu tragen hätte. Ich fühlte sofort, aber ich
wußte nicht recht, was sich auf mich gewälzt hatte. Ich kam an der Schiller-Statue
vorüber, sie war bekränzt; aber eben als ich aufschaute, riß der Wind den Kranz
von dem Haupte. Es giebt Augenblicke, wo es ist, als ob aus der unfaßbaren Luft
sich uns Worte zutrügen. Mir fiel plötzlich der Ausdruck Schillers ein:

„Einen Menschen aus dem Lebendigen vertilgen, weil er etwas Böses begaugen hat, heißt eben so viel, als einen Baum umhauen, weil eine seiner Früchte faul ist."

Wo hat das Schiller gesagt? Ich wußte es nicht. Im Denken über diesen Ausspruch, mit den schweren Acten unter dem Arme, ging ich durch die Straßen. Das lärmende Fahren, an das ich schon so lange gewöhnt, war mir heute ganz neu und verwirrend. Man kann in einer großen Stadt nicht in Gedanken dahingehen, man muß immer aufpassen, nach rechts und links. Bei einem Straßenübergang wäre ich fast unter einen Omnibus gerathen, ich stürzte nieder, und hätte der Kutscher nicht noch rechtzeitig innegehalten, ich hätte eine schwere Verletzung davongetragen, vielleicht gar das Leben verloren. Vom Straßenschmutz besleckt, kam ich in einer Droschke nach Hause und wußte meiner Mutter mein Ungeschick als ein lächerliches darzustellen. Wir setzten uns zu Tische, aber ich mußte mich zum Essen zwingen. Es war mir wie damals nach dem Tode meines Vaters, da wir uns an den Tisch niedersetzen mußten; es ist Etwas wie Zorn in der Seele gegen die Bedürftigkeit der Natur, die mitten im tiefsten Schmerz, wo man an kein Leben mehr denken mag, ein Nähren der Lebenskraft verlangt.

Ich nahm bald meinen Schiller vor und suchte die Stelle. Ich vertiefte mich da und dort in die vom höchsten Geiste belebten Worte und Gestalten. Meine Mutter, die mir zusah, fragte: „Warum lächelst du?" Ich sagte, daß die Dichter schlimm dran wären, wenn es keine Todesstrafe mehr gäbe; es wäre doch höchst lächerlich, wenn der stolze Räuber Moor nach seinen stattlichen Schlußworten sein flimmerndes Costüm ausziehen und zu lebenslänglichem Wollespinnen im grauen Leinwandkittel verurtheilt werden müßte. Auch meine Mutter lächelte und fragte bei meinem Blättern, was ich denn suche. Ich wollte es ihr nicht sagen. Wozu sie belasten? Und ich war tief ärgerlich über mich. Hatte ich denn nie darüber nachgedacht, wie ich mich verhalten würde, wenn ich ein Todesurtheil zu fällen hätte? Ich hatte es nicht oder doch nur unklar.

Als ich schon das Suchen aufgeben wollte, fand ich wie zufällig beim Umblättern den Ausspruch Schillers; er steht in dessen Abhandlung über die Gesetzgebung Lykurg's und Solon's.

Als ich nun das Actenbündel in die Nähe rückte, weckte mir das Rascheln einen Ton, von dem einst Christian im Vaterhause erzählte, jenen Ton, als ob man eine Rübe durchhaue. Soll auch hier —?

Es ist nicht mehr so. Die Menschen sind klüger geworden, es wird Alles viel säuberlicher, viel anständiger abgethan. Das Fallbeil, wie man die Guillotine so geschickt übersetzt hat, das Fallbeil verrichtet genaue und saubere Arbeit, und alles Grausen ist maskirt.

Ich verließ das Haus, um zu meiner Braut zu gehen, aber ich war so beängstigt, daß ich noch lange unter stürmendem Regen im Stadtpark umherging, dort wo ich den glücklichsten Braut-Morgen empfunden. Jetzt brausten die Zweige, und die Stämme bogen sich hin und her, und Raben flogen krächzend über den Wipfeln, sie schrieen und trächzten, als wollten sie rufen: Warum gebt Ihr uns die Todten am Galgen nicht mehr zum Fraße?

Ist die Menschheit besser geworden?

Nein, nur zaghafter, zimperlicher. Sie verhüllt sich gern ihr Thun.

Es waren schauerliche Gedanken, die mich durch den Park jagten. Ich kehrte in der Gartenwirthschaft ein, wo ich damals mit Anna so fröhlich gewesen. Der Wirth kannte mich und trug mir den Wunsch vor, von seiner Pflicht als Geschworener in der nächsten Woche losgesprochen zu werden.

„Sie wollen wol kein Schuldig über den Mörder aussprechen?" fragte ich.

„Daraus mache ich mir gar nichts," erwiderte er; er wollte nur befreit sein, weil er die Wirthschaft nicht gut verlassen könne.

Ich kehrte nach der Stadt zurück, und als mich Anna umarmte, durchfröstelte es mich. Umarmt man einen Menschen, der die Hand des Henkers führt?

Ich kam zu Onkel Adam und ihm erzählte ich, welch einen Fall ich heute zu näherer Kenntnißnahme erhalten.

Es scheint, als ob unsere Familie eine besondere Berufung habe zum Austrag einer schweren Frage, die keine Frage mehr sein sollte. So will ich also in vollster Wahrhaftigkeit erzählen, was Onkel Adam mir berichtete. Ich kann nicht anders, ich muß ihn selbst erzählen lassen. Die Genauigkeit der Worte kann ich nicht wiedergeben, aber dem Sinne nach ist Alles getreu.

Er sprach in großer Erregung und mußte oft, wie müde, ausruhen. Wenn ich ihn bat, zu einer andern Zeit fortzufahren, bewegte er ungeduldig die Finger auf dem Tisch und bat mich, dazubleiben.

II.

Erzählung des Oheims.

Ich bin dir noch die Geschichte meines Lebens schuldig. Es kennt sie Niemand vollständig. Dir will ich sie vererben.

Aber ich wünsche, daß sie dich auf deinem Lebenswege nicht störe; du sollst nicht mir nachfolgen, vielmehr in Klarheit dich selbst führen.

Ich weiß, was das Verlassen eines Berufs, in den man eingewachsen war, mit sich führt: man ist zeitlebens ein Ausgewanderter.

Doch höre.

Ich bin in einer strengern Zeit erwachsen als du. Die Nachwirkungen des großen Befreiungskrieges verlangten straffes Zusammenhalten. Jeder mußte streng und wachsam auf seinem Posten stehen. Wie alt warst du, als du den Diensteid leistetest?

„Einundzwanzig Jahre.“

Genau so alt war ich selbst, und es wird dir wol so ergangen sein wie mir. Ich habe mit freudigem Gewissen Gehorsam dem Gesetze gelobt. Es ist ein Glück, einem gegebenen Gesetz nachfolgen zu dürfen; in der Gesetzlichkeit liegt ein Segen des Friedens, den Diejenigen nicht kennen, die lediglich Alles aus sich aufbauen wollen und Unterthanen der Stimmung sind, der allgemeinen und der eigenen. Es wird einst eine ganz andere Menschheit sein, wenn Kampf und Zwiespalt zwischen Gesetz und Ueberzeugung geschlichtet sind. Das Beste, was wir sind und haben, wird nicht mehr aufgebraucht werden zur Besiegung des Gegnerischen. Wir werden nicht mehr, wie man es richtig bezeichnet hat, vor lauter Schuttaufräumen nicht zum Bauen kommen. Die Menschen sollen Eins sein mit dem Gesetze. Der Richter steht bereits in jenem Friedensreiche jenseits des Kampfes, er ist Vollstrecker des Gesetzes,

und der Einzelne hat nicht zu fragen, ob das Gesetz der ungebrochene Ausdruck der
Vernunft und des allgemeinen Rechtsbewußtseins ist. Solange kein anderes Gesetz
gegeben ist, muß das vorhandene fraglos in Geltung stehen. So war auch das Gesetz
der Todesstrafe für mich fraglos.

Du weißt, ich verachte die Weichherzigkeit und Sentimentalität, die alle
energischen Mittel verschmäht und die ganze Welt in einen einzigen menschenfreund-
lichen, ungesalzenen Urbrei verwandeln will. Du warst damals als Knabe bei mir
im Hause, als jener Mörder eingebracht wurde. Am Tage, als unsere Anna geboren
wurde, hatte ich das erste Verhör über einen mit Todesschuld Beladenen. Es berührte mich kaum, daß Leben und Tod sich mir im Herzen so nahe rückten. Kaum
beseligt und erhoben von dem Glücke, ein neues Leben mein zu nennen, hatte ich
ein Menschenkind, bei dessen Geburt sich auch einst ein Vater und eine Mutter gefreut
hatten, zum Tode zu führen. Das ist die Welt. Die schärfsten Gegensätze rücken
aufeinander und wir müssen ungebrochen, im klaren Bewußtsein dazwischen stehen.
Du hast wol davon gehört, daß der Mörder ein Jahr darauf enthauptet wurde.
Ich, als erkennender Richter, stand auf dem Schaffot; ich weiß, daß ich noch mit
starker Stimme das Erkenntniß verlas, nur als ich die letzten Worte sprach: „Ich
übergebe Ihnen diesen Mann, daß Sie ihn bringen vom Leben zum Tode," da
legte sich mir Etwas wie ein Schleier vor die Augen, das ich nicht mehr wegwischen
konnte. Die Aerzte mögen sagen was sie wollen, von jener Minute an begann mein
Augenleiden.

Der Mörder war unbedingt schuldig und blieb verstockt. Er hatte verlangt,
daß er rauchen dürfe, und das wurde ihm gewährt; er that die Zigarre nur heraus,
als er vor dem Tische stand, wo ich das Urtheil verlas, dann versuchte er, ob die
Zigarre noch brenne, sie brannte noch; er war so keck, zum Scharfrichter zu sagen,
ob er sich das Ding einmal ansehen dürfe. Als er nun auch das Hemd von Brust
und Armen abziehen mußte, sagte er: „Ich werde mich erkälten, und das haben Sie
zu verantworten."

Deutlich erkannte ich, daß die Todesstrafe keine Wirkung auf den Hinzurichten-
den ausübt; das ist aber auch nicht ihr Zweck; man sage, was man wolle, sie dient
zur Abschreckung, und dies hielt ich auch damals noch für nöthig. Als nun aber
im Momente der Enthauptung sich die Henkersknechte auf die Kniee warfen und
dem Verurtheilten die Schlinge um die Füße schlangen, die Füße vom Boden weg-
zogen, damit er nicht die Schultern einziehen und den Hieb in den Hals verhindern
könne, als nun so der ganze Mensch in der Luft schwebte, nur der Kopf fest-
geschnallt auf dem Blocke lag, das Kinn in der Höhlung des Blockes eingezwängt.
— da erfaßte mich ein Grausen ohne Gleichen, daß ein Mensch abgeschlachtet wird
wie ein Thier; unwillkürlich trat ich einen Schritt vor und da war's, daß mir das
Blut auf die Brust spritzte.

Ich habe die Uniform von damals noch und sie soll mir, wenn ich sterbe, unter
das Haupt gelegt werden.

Wie gesagt, ich hasse die Sentimentalität; als ich aber das Schaffot herabstieg, legte sich mir Etwas auf's Herz wie eine kalte Hand, und das wich lange nicht, eigentlich nie mehr. Glaube mir — und ich habe das auch vielfach an Anderen erfahren — es gibt keinen Richter, der je einer Enthauptung beiwohnte und noch für die Todesstrafe gestimmt ist; nur wem das aus den Augen gerückt ist, kann leichthin darüber weggehen und allen Gegenkampf für überflüssig halten.

Ich wurde zum Kreisgericht in * * befördert, ich fand in vielen meiner Be- rufsgenossen eine ähnliche Stimmung, indeß schien die Sache von geringer Bedeutung, nicht der Mühe werth, sich dafür zu erhitzen. Die Fälle, in denen auf Todesstrafe erkannt wird, sind so beschränkter Zahl!

Ich war noch ein zweites Mal bei einer Hinrichtung; ich hatte das Todesurtheil nicht zu verkündigen, aber hier war's noch ergreifender, denn der Mörder war sofort geständig gewesen und zeigte tiefe Reue; er betete vor der Hinrichtung mit dem Geistlichen, umarmte und küßte ihn und rief dann laut weinend: „Ich habe die Strafe verdient, die Todesstrafe ist eine gelinde Strafe."

Ich kann sagen, daß mich das noch mehr bewegte, denn wenn es auch wahr ist, daß noch nie ein Verurtheilter sich beschwert habe, daß man ihn mit dem Tode zu hart bestraft, das ändert nichts, der Mörder richtet sich nicht selbst, sondern wir richten ihn.

Dennoch wagte ich damals noch nicht, an die Möglichkeit der gänzlichen Ab- schaffung der Todesstrafe zu glauben, nur die Unzuträglichkeit unseres Verfahrens wünschte ich beseitigt. Ich wünschte — allerdings ist das nur bei Schwurgerichten thunlich — die englische Einrichtung, nämlich Abschaffung jeder Appellation und so- genannten Nichtigkeitsbeschwerde und vor Allem die Aufhebung der sogenannten königlichen Confirmation.

In England wird der Verurtheilte drei Tage nach dem Erkenntniß ohne Weiteres hingerichtet; das ist correct und einfach; eine Strafe, von der man sich abschreckende Wirkung verspricht, muß mit schlagender Naturnothwendigkeit folgen wie Blitz und Donner. Bei uns aber — welch ein grausames, nur scheinbar menschenfreundliches, mildes und schützendes Verfahren! Der Verurtheilte appellirt oder legt Nichtigkeitsbeschwerde ein, er fristet sich eine Weile mit eitler Hoffnung; die Appellation erweist sich als vergebens, die Nichtigkeitsbeschwerde wird verworfen. Nun geht das Erkenntniß an den König, und zwischen der Rechtskraft des Erkennt- nisses und dem Eingang der nothwendigen königlichen Bestätigung verfließt in der Regel ein bis anderthalb Jahr, und wie diese Bestätigung des Todesurtheils aus- fällt, ist reines Würfelspiel. Ist der Justizminister wohlwollend gestimmt, der König gut gelaunt, so tritt Begnadigung ein; herrscht herbe Stimmung, so heißt es: Kopf ab! Derweil sitzt der Verurtheilte und leidet tausendfältige Todespein. So oft sich der Schlüssel in der eisernen Thüre dreht, muß der Verurtheilte gewärtig sein, daß ihm nun der Tod angekündigt wird, der nach drei Tagen zu vollziehen ist.

Das ist kein Richten mehr, das ist ein Martern, gegen das alle Daumen- schrauben der Folter eitel Kinderspiel sind. Es ist uns beim Gericht Einer gestorben zwischen der Rechtskraft des Erkenntnisses und der sogenannten königlichen Confirmation,

und Einer, ein hartgesottener Sünder, verlor die Kraft, seine Gliedmaßen zu bewegen, und sein Gehirn wurde so eingenommen, daß er kaum noch ein Wort verstehen
oder eins deutlich hervorbringen konnte. Wir erhielten die königliche Bestätigung
und rescribirten, daß man den Verurtheilten nur zum Schaffot tragen könne und
daß er auch dort nicht wissen würde, was mit ihm geschehe; der Mensch that uns
den Gefallen, bevor eine weitere Cabinetsordre ankam, ebenfalls zu sterben. Nun
traf ich bei einer Rundreise zur Untersuchung der Gefängnisse einen Mann, der einen
vorbereiteten, wohlüberlegten Mord begangen hatte; aber im Gefängniß hatte sein
ganzes Wesen eine Verklärung gewonnen, die ihm ein, ich kann nicht anders sagen,
fast ehrwürdiges Ansehen gab, so sehr man sich auch dagegen sträuben mochte, das
anzuerkennen. Ich glaube die Heuchelei des Gefängnißlebens zu durchschauen: die
Geistlichen erkennen sie nur selten, sie lassen sich leicht, manchmal auch gern von der
Art täuschen, wie der Sträfling ihre Worte nachbetet und sich vom Ueberschusse seiner
Arbeit fromme Bücher anschafft. Dieser Mann aber war in der That ein Mensch
geworden, der eine Wandlung und Läuterung erfahren hatte, die ihm ein zweites,
gereinigtes Leben gab. Ich darf sagen, ich werde nicht so leicht erschüttert, aber die
Art, wie er mir erzählte, daß, als das Blut seines Opfers ihm entgegensprang, er
sich fragte: wer hat das gethan? doch nicht du? und wie er dann wie rasend davon
geflohen und sich glauben machen wollte, das es nicht geschehen sei, und wie er mir
darstellte, daß er die Verwesung seines Opfers allstündlich mit erlebe und seine Hände
hasse, die das gethan, und seine Augen, die das gesehen, das ganze tiefe, schauer-
volle Durchleben der That und ihrer Folgen und nun die ruhige Ergebung und die
Klage, daß es nichts gäbe, womit das getilgt werden könne — ich stand tief ergriffen
vor dem Verbrecher und sah nun selbst, was mir seine Richter erzählt hatten
und ich nicht glauben wollte. Und diesen Menschen sollten wir nun in den Tod
schicken?

Ich hatte Veranlassung, nach der Residenz zu reisen, oder vielmehr, ich machte
sie, um eine Audienz beim Könige zu erbitten.

Ich hielt es für meine Pflicht, mich zuerst beim Justizminister vorzustellen; er
war ehedem mein Lehrer auf der Universität gewesen, und ich hegte noch eine besondere Verehrung für den in der Wissenschaft hochstehenden Mann.

Er empfing mich freundlich und erinnerte sich meiner noch. Als ich ihm sagte,
daß ich meinen Wunsch dem König unmittelbar vortragen wolle, sah er mich stutzig
an, und wie mir schien, unwillkürlich maß er mich von Kopf bis Fuß. Mit dem
Ausdruck eines gewissen höhern Bewußtseins zuckte er die Achseln und sagte: „Sie
werden nicht verlangen, daß ich Ihnen ausführlich darlege, wie ich, frei von aller
theologischen Rückwand, für unbedingte Beibehaltung der Todesstrafe bin, denn das
Schwert ist der letzte drohend aufgehobene Finger der Gerechtigkeit. Ich will Ihnen
nur bemerken, daß Sie bei Seiner Majestät nicht willkommen sein werden. Ich
überlasse Ihnen indeß, Ihrer Ueberzeugung zu folgen und den Versuch zu machen."

Ich stand, ich wußte nicht wie, im Hofe des Ministeriums, im Herzen zitternd,
und ich wollte ablassen — ich gestehe, auch aus selbstsüchtigen Zwecken, denn ich ziehe

mir zweifellos die Ungunst des Ministers zu, wenn ich Etwas gegen seine Auf-
fassungsweise unternehme; ich wollte ihm schreiben, daß ich mich seiner höhern Ein-
sicht unterordne, aber ich konnte mich nicht dazu bringen, und während ich noch mit
Zweifeln zu ringen hatte, ging ich, wie um mich selbst zu binden, nach dem
Schlosse und bat um Audienz beim König. Bis diese gewährt wurde, verging mir
die Zeit in schweren Betrachtungen. Der Richterstand ist ein Priesterstand. Kein
Mensch ist verpflichtet Richter zu sein; wer es aber geworden, muß es mit ganzer
Seele sein.

Mir war die Seele getheilt und ich verirrte mich in jene Zweifel, wo ich
die sogenannte ärztliche Strafe des kanonischen Rechts für die allein richtige hielt.
Heilt ja der Arzt den Kranken nicht nach allgemeinen Vorschriften, sondern nach
dem Zusammenwirken seiner besondern Körperbeschaffenheit, und so könnte auch das
Richteramt eine Kunst werden. Du siehst, wohin ich mich verirrte. Erst als ich in
einen andern Beruf eingetreten war, sah ich diesen meinen Irrthum, denn Gesetz
und Gerechtigkeit müssen unbeugsam sein. Der ewige Geist, Gott allein könnte richten
nach der Erkenntniß aller mitwirkenden verborgenen Umstände und lossprechen, was
vor unsern Augen sündhaft erscheint.

Ich erhielt eine Audienz beim König.

Ich war ganz allein mit ihm, zum ersten und einzigen Male mit meinem
König. Er fragte nach meiner Familie und nickte zufrieden, als ich erzählte, daß
mein Großvater Feldprediger in dem Befreiungskriege war und daß mein Bruder auf
dem Zuge nach Paris bei Metz gefallen sei.

Er fragte nach meinem Begehr, allerdings etwas kurz angebunden.

Ich trug dem König in bündigster Kürze — denn ich wußte, wie er jede Aus-
führlichkeit haßt — den gegebenen Fall vor. Ich fühlte mich bedrängt von der
nothwendigen Eile, aber ich glaube das Wesentliche bezeichnet zu haben, und ich
wußte, was ich that, als ich zuletzt sagte: „Ich beschwöre Eure Majestät, die Todesstrafe abzuschaffen."

„Sie sagen, daß Ihr Großvater," rief der König mit scharfer Stimme, „Geistlicher gewesen. Hat er Sie nie in der Bibel lesen lassen? Wissen Sie nicht, daß
die Todesstrafe ein Gebot Gottes ist?"

„Allerdings, aber eben mein Vater hat mich gelehrt, zu unterscheiden zwischen
dem, was in der Bibel nur für gegebene Zeiten gesetzt war, und was in ihr ewig
Geltung hat. Wir verbrennen auch keine sogenannten Hexen mehr nach dem Gebote
der Bibel. Uebrigens hat die Bibel selbst verschiedene Stimmungsweisen."

Ich hatte mich, da ich den Charakter des Königs kannte, gerade auf diesen
Punkt gut vorbereitet. Der König setzte sich und sah gedankenvoll vor sich nieder,
als ich ihm die erste Stelle, 1. Buch Moses, Cap. 9 V. 6, erwähnte: Wer Menschen-
blut vergießt, deß Blut soll auch durch Menschen vergossen werden; dagegen aber die
durchgedrungene Humanität der prophetischen Zeit bei Ezechiel, Cap. 33 V. 11:
So wahr ich lebe, spricht der Herr, ich habe keinen Gefallen am Tode des Gottlosen,
sondern daß sich der Gottlose bekehre von seinem Wesen und lebe. Der Schlußstein

aber ist, wo es Matthäi 5, 21 heißt: Ihr habt gehört, daß zu den Alten gesagt ist: du sollst nicht tödten; wer aber tödtet, der soll des Gerichtes schuldig sein. Ich aber sage euch: Wer mit seinem Bruder zürnet, der ist des Gerichtes, wer aber zu seinem Bruder sagt: Racha, der ist des Rathes schuldig; wer aber sagt: du Narr, der ist des höllischen Feuers schuldig.

„Majestät, hier ist das, was nicht Aufhebung, sondern Erfüllung des Gesetzes ist. Jesus sollte in der Geschichte der Letzte sein, der durch ein Gericht von Menschenhand gerichtet wurde, dies wäre auch ein Erlösertod im Rechtssinne. Viele aber, denen man solches sagt, sprechen: Du Narr, und sind des höllischen Feuers schuldig."

Ich hatte mich heiß gesprochen, der König war aufgestanden, sah mich starr an, trat endlich auf mich zu, nickte und sagte:

„Sie sprechen gut."

Ja, Leonhard, bist du je von einem König gelobt worden? Nein? Ich bekenne meine Schwäche; bedenke aber auch, in welcher monarchischen Andacht ich erzogen war. Ich fühlte mich in diesem Augenblick unsäglich beglückt in mir und in der Zuversicht einer großen Wirkung.

„Haben viel theologische Kenntnisse," sagte der König nach einer Pause.

„Ich spreche als Jurist und ich möchte jede theologische Erörterung ablehnen und jede Einsprache des Geistlichen" . . .

„Sie meinen also?"

Mir preßte sich alles Blut im Herzen zusammen; jetzt war mir eine That auf die Lippen gelegt, wie sie herrlicher kein Dasein verschönen kann.

„Ja, Majestät, ich glaube, daß Sie unbedingt und unbedenklich die Todesstrafe abschaffen müßten, und ich wünsche Ihnen von ganzer Seele die Ehre vor Gott und den Menschen, daß Sie der Erste seien, der aus eigener Machtvollkommenheit die Todesstrafe tilgt."

Der König wehrte mit der Hand ab, dann sagte er streng:

„Und das war Alles, was Sie mir vorzutragen hatten?"

„Noch ein Anderes, Majestät. Halten sich Majestät nicht für befugt, die Todesstrafe abzuschaffen, so möchte ich die Krone von einem Schatten reinigen."

Der König winkte, ich betrachtete das als Zeichen der Ermunterung und fuhr fort:

„Es ist das höchste und edelste Recht der Krone, einen Verbrecher zu begnadigen. Es ist aber ein alter Kanzleistil, wenn es in den königlichen Bestätigungen eines Blut-Urtheils heißt: ‚Se. Majestät wollen der Gerechtigkeit den Lauf lassen.‘ Diese Bestätigung ist im Gegentheil eine Hinderung im geraden Lauf der Gerechtigkeit oder wenigstens eine schreckvolle, lange Pause. Ich habe mich hineingedacht in das Leben Eurer Majestät: Mein König schläft — ich wünsche ihm den Schlaf der Gerechten im Leben, eine Stärkung, daß er auf's Neue sein schweres, die höchste Menschenkraft erheischendes Amt vollführe. Wie nun? Es wandelt ein Gespenst um im Schloſſe. Der König ſchläft, und in ſeinem Kabinet liegt ein offenes Blatt, die Mondſtrahlen flimmern darauf, und dies offene Blatt wartet auf die ſchwarzen Schriftzeichen von der Hand des Königs, daß damit ein Leben getilgt werde. Mein König ſoll ruhig ſchlafen und kein Geſpenſt ſoll mehr umwandeln im Schloſſe. Machen Sie das Wort: „Der Gerechtigkeit ſei ihr Lauf gegeben,“ zur Wahrheit. Majeſtät! Ein Verbrecher iſt zum Tode verurtheilt, mein König iſt verurtheilt, das zu beſtätigen, und ich, der Richter, bin verurtheilt, das zu vollziehen, wir alle ſind verurtheilt. Und warum dieſe Opfer? Noch jeder Mörder iſt mit Standhaftigkeit geſtorben. Mir war's eine Grauſamkeit ohne Gleichen, ein Mörder ſchlief die Nacht vor ſeinem Tode; er wurde eine Stunde vor der Hinrichtung geweckt, damit er dieſe Stunde mit dem Geiſtlichen bete. Was iſt das für eine Religion, die ſolch eine Qual anthut unter dem Schein — ich will annehmen unter dem Glauben der Beſeligung? Man hätte es grauſam gefunden, ihn im Schlafe zu enthaupten. Iſt es nicht millionenhaft grauſamer, ihn zum Tode zu wecken? Bis in die Wirrniß des Wahns ballen ſich hier die Gedanken zuſammen. Tilgen Sie dieſe Wirrniß und ſeien Sie glücklich, daß es Ihnen gegeben iſt, ſie zu tilgen. Wir wiſſen, daß wir ſterben werden, aber wir wiſſen nicht, wann; wüßten wir Tag und Stunde, die bis dahin gelebte Zeit wird nicht gelebt, ſondern in Angſt getödtet …

Mein allergnädigſter Herr! Ich bin in Liebe zu meinem Vaterlande und ſeinem Herrſcherhauſe erzogen, und auf der Krone ruht ein Schatten, der mir um der Reinheit des Herrſcherthums willen wehe thut. Es wird kein Todesurtheil voll-zogen ohne königliche Beſtätigung …“

„Ich glaube,“ unterbrach mich der König, „daß es mir allein zuſteht, die könig-lichen Rechte und Pflichten abzuwägen!“

Er winkte mir unwillig mit der Hand und wendete ſich ab. Ich war ent-laſſen.

Das war das erſte und einzige Mal, daß ich vor meinem König ſtand. Und nun hat ſein Nachfolger die Schwurgerichte einſetzen müſſen und die königliche Be-ſtätigung des Todesurtheils iſt dennoch aufrecht erhalten.

Du, der du in freier Lebensſtrömung erwachſen biſt, kannſt dir kaum vorſtellen, welchen Kampf um einen verlorenen Glauben ich zu beſtehen hatte; ich lernte nur ſchwer, aber ich lernte einſehen, daß die Fortbildung des Rechtes und die Feſt-ſtellung des humanen Gedankens als Geſetz keinem Einzelnen noch ſo hoch Ge-ſtellten mehr beſchieden iſt, dies muß die Arbeit des ganzen ſeiner ſelbſt bewußten Volkes ſein.

Ich habe meine Entlaſſung aus dem Richterſtande genommen und bin zur Ver-waltung übergegangen. Es iſt mir ſchwer geworden, und noch heute ſehe ich mein Leben als ein in ſeinem Grundweſen verfehltes an; vielleicht iſt das aber nur jetzt, da mir der Verluſt des Augenlichtes alle Thätigkeit genommen.

Dies habe ich dir, der du mein Sohn geworden, erzählt, nicht damit du mir nachfolgeſt; du lebſt in einer beſſern Zeit, in der ſich die Erkenntniß raſch zum Geſetze ausbildet, und bis das geſchehen, iſt es Pflicht, dem Geſetze zu dienen.

*   *   *

Das iſt die Erzählung des Onkels Adam.

<hr>

III.

un ſollte ich in ſolcher Stimmung Richter beim Schwurgerichte ſein und vielleicht ein Todesurtheil fällen. Ich trug nun noch ein zweites Schickſal in meiner Seele. Hatte Onkel Adam Recht gethan, ſich aus ſeinem Berufe drängen zu laſſen, ohne Etwas dafür zu er- wirken? Werde ich auch am Ende meiner Tage ſolch einen ungeheilten Lebensſchmerz zu berichten haben? Die Appellation an den König hat ſich fruchtlos erwieſen, gibt es keine andere?

In ſtiller Nacht las ich die Acten der Vorunterſuchung. Wenn nicht die Aerzte auf Unzurechnungsfähigkeit erkannten, ſo war hier das „Schuldig" der Geſchworenen und das Todesurtheil des Gerichtshofes unvermeidlich.

Ich las die Acten, aber mit dämoniſcher Gewalt zwang es mich immer, die Bücher aus meiner Bibliothek zu holen, die ſich gegen die Todesſtrafe ausſprechen, vor Allem das Grundwerk von Beccaria, und ich habe von meinem Vater die ſchön gebundenen Verhandlungen des deutſchen Parlaments von 1848. Sein Auge ruhte noch auf dieſen Zeilen. Wenn er am Mittag die einzelnen Blätter las, ſtarrte er nach Beendigung des Leſens immer drein in's Weite und konnte kein anderes Buch vornehmen.

Ich las die Verhandlungen über die Todesſtrafe, und ich kann nicht ſagen, wie mich's anfaßte bei den lebendigen Worten derer, von denen Viele ſchon im

Grabe ruhen; sie haben den Schmerz getäuschter Hoffnung nie verwunden und nicht lange überlebt.

Das Erste, was die gesetzgebende Versammlung der Republik in Paris beschloß und was die deutsche Nationalversammlung in eingehender Berathung feststellte, war: Die Todesstrafe ist abgeschafft. Das ist die Hoheit des Volkes, das mit reinen Händen das Werk der Freiheit auferbauen will. Das Erste, was die Reaction wieder brachte, war die neue Einsetzung der Todesstrafe. Und wenn wir, die Freisinnigen, morgen wieder die Macht in Händen haben, wir werden über unsere Feinde kein Standrecht üben, sondern sie nur machtlos zu machen suchen. Wie ich hier in einer großen Wendung meines kleinen persönlichen Lebens die Worte der Volkserwählten neu erfaßte, die trotz alledem nicht vergebens gesprochen sind, so bin ich der Zuversicht, daß bei einer großen Wendung des Nationallebens das deutsche Volk jene Verhandlungen in seinen Berufenen neu aufnehmen und die dort aufgestellten Grundrechte als Grundstein beim Aufbau unseres Volkslebens, unseres eigenen Volkslebens, einfügen wird . . .

Oft dachte ich mich zu dem Gefangenen hin, der jetzt schläft oder auch wacht, und hier sitzt ein Mensch fern von ihm und hat die Blätter seines Schicksals in der Hand. Ich kann frei umherwandeln, aber ich bin doch auch gefangen.

Ich hatte früher nie geahnt, wie geschäftig die vorauseilende Phantasie sein kann. —

Oeffentlichkeit der Hinrichtung wäre das allein Folgerichtige, und der Henker müßte zur Abschreckung das bluttriefende Haupt allem Volke zum Schrecken zeigen, und das Haupt müßte auf einem Spieße ausgestellt bleiben. Jetzt aber! Ich sah schon an allen Anschlagsäulen der Stadt ein rothes Blatt angeheftet, ja roth, und darauf steht mit schwarzer Schrift: „Heute wurde N. N. im Gefängnißhof hingerichtet." Die Vorbeigehenden betrachten eine Weile das Blatt und gehen weiter, Jeder seiner Arbeit, seiner Lust, seiner Habsucht, seinem Ehrgeiz nach; es kehrt Keiner um, auch wenn er auf bösem Wege wandelt, und doch ist ein menschliches Wesen, ihnen gleich, hingeopfert, und durch die Luft, welche die Lebendigen athmen, zieht sich ein Hauch seines letzten Athems.

Bis zum Wahnsinn steigerte sich meine Einbildungskraft, aber ich gewann wieder Kraft, den strengen Folgerungen der Staatslehren nachzugehen.

Die Schwurgerichtssitzung wurde nochmals um eine Woche verschoben. Es waren Zeugen aus der Ferne zu bestellen. Das war eine Galgenfrist für den Angeklagten und — für mich. Ich füge hier das Bruchstück einer Aufzeichnung an, die ich damals begonnen, aber nicht vollendete:

„Der Krieg ist eine Leidenschaft, die höchste, die gewaltigste, die zusammengepreßte Leidenschaft ganzer Völker. Wo der Weg einsichtiger Verständigung zu Ende, da werfen sich die Völker auf einander, und das eine sucht das andere zu erwürgen, wenigstens niederzuwerfen, um es zu dem zu zwingen, was es nicht gutwillig einsehen wollte.

Leidenschaft ist der Krieg, so klug berechnet auch seine Ausführung sei; Trug und Hinterlist, Auflauern und Ueberrumpeln erscheinen als angemessene Hülfsmittel. Auch das Thier ist voll Trug, wenn es den Feind beschleicht. In's Thierische zurück sind die Menschen verfallen im Kriege, sie betrachten Alles als gestattet, wenn sie die Macht dazu haben.

Die Gerechtigkeit aber ist der Gegensatz der bloßen natürlichen Leidenschaft. Sie ist der tiefste Grund und die höchste Spitze menschlichen Seins.

Wenn der vom Mordschlag getroffene Mensch noch mit letzter Kraft seinen Mörder tödtet, es setzt sich Leidenschaft gegen Leidenschaft. Wenn sich bei den alten Völkern die Blutrache zur Sitte bildete, so daß die am Leben gebliebenen Bluts= verwandten eines Ermordeten den Mörder fahnden und in den Tod stürzen durften, so war das noch immer Leidenschaft, die nur die Form des Gesetzes annahm, und schon ist hier eine Grenze gegeben, daß das Gesetz Freistätten bezeichnete, wo kein Mörder gefahndet und von der Hand der Leidenschaft gebüßt werden konnte. Im Tempel, vor den Altären war der Missethäter frei und stand unter dem Schutze eines höheren Gesetzes. In unklarer Ahnung bricht hier der Gedanke durch, daß die Religion in ihrer rechten Bedeutung selbst den Mörder sichern muß.

Die Völker und Zeiten, die noch ganz im Bannkreis der Leidenschaft standen und die Milderung der Vernunft nicht kannten, sie konnten nicht anders, als Leiden= schaft und Gesetz verwechseln, und ihr Spruch hieß: Blut um Blut, Leben um Leben.

Noch weiter aber ging die Verkehrtheit der Gedanken: für Lehren, für Glaubens= ansichten wurde der Tod verhängt. Sokrates mußte den Giftbecher trinken, Jesus wurde an's Kreuz geschlagen, Johannes Huß wurde verbrannt, ein Berg von Leichen thürmt sich auf in der Geschichte des Glaubens. Tausende von Ketzern und Juden wurden dem Schwert und dem Feuer überliefert. Die eigene Verkehrtheit erfand sich Phantome und marterte und verbrannte Hexen und sang dazu Loblieder dem höchsten Geiste. Nie hat die Barbarei der Wilden Grausenhafteres vollbracht als der sogenannte Glaube. Und erschreckend ist der Erfindungsreichthum des Menschen= geistes im Quälen. Man spannte vier Pferde an die vier Gliedmaßen eines Men= schen und riß ihn auseinander, man trieb einen spitzen Pfeil durch die Brust, man riß mit glühenden Zangen, man flocht den Leichnam auf das Rad, man ertränkte den Verurtheilten in einem Sacke und schloß noch Thiere mit ihm ein in den Sack, damit er im Grauen der eigenen Angst noch die eines mitsterbenden Geschöpfes zu gleicher Zeit empfände.

Rührend stellt sich vor meine Erinnerung das Bild des edlen Dichters und Geistlichen Friedrich Spee, der vor zwei Jahrhunderten im noch jugendlichen Alter in einer einzigen Nacht ergraute, weil er eine Hexe zum Feuertode begleiten mußte. Warum that er's? Warum thaten es Tausende gleich ihm? Warum hatte er, warum hatten tausend Andere nicht den Muth, zu rufen: Wir wollen nicht mitwirken, weil Ihr kein Recht habt, Solches zu thun, wir haben keine Pflicht, Euch zu willfahren? Sie waren befangen in einem großen Irrsal der Zeit, und gewiß gab es damals auch Tausende, die da sagten: Es bleibt kein anderes Mittel, sich der Störer der öffentlichen Ordnung zu entledigen, als der Feuertod. Und das Volk? Das Volk

verlangt diesen Tod. Und dieselben Menschen verfluchten oder bejammerten im ge=
lindesten Falle alle Jene, die einst gerufen hatten: Kreuziget ihn!

Friedrich Spee hat als einzelner Mann die Barbarei der Hexenverbrennung
gebrochen.

Und jetzt? Wo sind wir? Es waltet ein Verführer im Geiste der Menschheit,
der sie mit allerlei Scheingründen eine überkommene Barbarei aufrecht erhalten läßt,
und der Verführer sagt: Das ist Kraft, das ist die einfach strenge Linie, alles Andere
ist Weichheit, Umbiegung! Und in Lehrsälen spricht ein Lehrer den Jünglingen, die
das Recht suchen, von der Todesstrafe und erzählt mit gelehrtem Behagen ihre ge=
schichtliche Entwickelung und weiß die Gegenwart zu rühmen, die keine verschärfte
Todesart mehr kennt, kein Rädern von unten auf, kein Viertheilen, kein Schleifen
in der Kuhhaut. O wie herrlich weit haben wir's gebracht! Und ein Geistlicher
thut sich noch groß damit, daß der Gerichtete, als er bereits den Strick um den
Hals hatte, ihm ein Geständniß der That abgelegt habe, und die Millionen, die das
beim Morgenkaffee in den Zeitungen lesen, fühlen sich beruhigt in dem schönen Be=
wußtsein, daß gerecht gerichtet worden sei, und der Geistliche besteigt den Sonntag
darauf die Kanzel und wagt es, von Liebe zu predigen. Und der Richter kommt
aus der Sitzung nach Hause, wo er ein Todesurtheil gefällt, und begrüßt Weib und
Kind, die mit der Richterbesoldung ernährt werden ..."

————————

In solche Betrachtungen hatte ich mich verloren, als die Zeit meiner Amts=
thätigkeit immer näher rückte. Am Abend vor der Schwurgerichtssitzung ging ich
nach dem Gefängniß und ließ mir den Kerker öffnen. Ich fand den Gefangenen
auf seinem Bette sitzen. Er starrte mich an. Der Gefangenwärter befahl ihm, auf=
zustehen; er erwiderte trotzig, das habe er nicht nöthig, und lachte höhnisch dabei.

„Der Herr hat geraucht," rief er plötzlich, mit der Nase schnüffelnd, er hatte
eine rauhe Stimme, „die Herren Richter dürfen rauchen."

„Wenn du verurtheilt bist, ist die drei letzten Tage dir Alles gestattet, dann
kannst du auch rauchen."

„So? dann will ich mit der Zigarre im Munde sterben."

Mir schauderte, aber wer kann sagen, wie eine Seele werden muß, die, eine
ruchlose That hinter sich, allein und einsam herumwühlt und sich zu Bitterkeiten
aufstachelt.

Ich fragte ihn, ob er nicht lieber frei bekennen wolle, dann sei noch Gnade
möglich; er höhnte mich, weil ich ihn zum Geständniß verführen wolle. Er sei be=
trunken gewesen und wisse auch sonst oft nicht, was er thue. Ich fragte ihn, ob er
nicht lebenslänglichen Kerker dem Tode vorziehe?

„Nein," schrie er, „tausendmal nein, mein Blut kommt über Euch, Ihr tödtet
mich unschuldig."

Ich sprach eindringlich mit ihm und fragte ihn zuletzt, ob er an ein ewiges
Leben glaube.

„Der Pfarrer sagt, er wisse das," erwiderte er und ließ sich zu keiner weitern Antwort herbei.

Ich verließ den Kerker mit tiefem Schauder.

Ist es nicht doch besser, solch einen Menschen aus dem Leben zu tilgen? Muß das nicht die menschliche Gesellschaft zu ihrer Sicherung? Gibt es gegen die gemeine

Ruchlosigkeit eine andere Gegenwehr, als sie zu vertilgen? Hier tritt die Gegenwehr ein — du oder ich. Nein, der Zorn ist gerecht, aber die Gerechtigkeit ist nicht Zorn. Wir haben Mittel, den Missethäter zu bannen, wir haben aber kein Recht, ein organisches Leben, das dem unsern gleich, zu zerstören.

Ich kam in den Hof. Mehrere Gesellen brachten eine seltsame Maschine herbei. Der Gefängnißwärter sagte mir, das sei das neu hergerichtete Fallbeil.

Ich sah die Gesellen heiter das Instrument abliefern. Wie viel Menschenseelen müssen verwüstet oder gedankenlos gemacht werden, um eine gräuelvolle Einrichtung zu bewahren! Es war vor Jahren ein erfreuliches Ereigniß, als sich in vielen Ländern Niemand mehr fand, der eine Hinrichtung vollziehen wollte. Wenn Niemand mehr sich zu der Barbarei hergäbe, dann wäre sie von selbst aus der Welt geschafft. Auch in unserem Lande war es so. Die Abdecker kauften sich von der Verpflichtung los, denn sie fanden einen Mann, der mit einem gewissen stolzen Behagen im Lande umherreiste und das Henkergeschäft mit wahrer Kunstfertigkeit ausführte.

Während ich noch so in Gedanken verloren die Gesellen und das Fallbeil anstarrte, kam ein wohlbeleibter Mann, er hatte einen gespreizten Gang, aus dem untern Geschoß. Der Gefängnißwärter nannte mich als Richter, der Mann sagte keck: „Dann habe ich die Ehre, mich Ihnen als College vorzustellen, ich bin auch Richter, aber Scharfrichter."

Er wollte mir das sinnreiche Instrument erklären, aber ich wehrte ab.

So hatte ich den Mann vor Augen, den wir verabscheuen, und der doch nur vollzieht, was wir beschließen.

Plötzlich wendete er sich mit höflicher Bewegung und fast gutmüthigem Tone zu mir und sagte, mein Name erinnere ihn an eine frühere Zeit, ob ich vielleicht der Neffe des frühern Landrichters in ** sei, der einmal als Kind zum Besuch dort war. Ich bejahte, und nun stellte sich heraus, daß der kunstfertige Scharfrichter Niemand anders war, als der freundliche Landjäger von damals, der Neffe meines Christian.

Er reichte mir die Hand und ich konnte ihm die meine nicht entziehen. Er erzählte mir, daß er die Tochter des Wasenmeisters geheirathet und damit das einträgliche Gewerbe erhalten habe.

Ich ging, der Scharfrichter begleitete mich; unter dem äußern Thor des Criminalgefängnisses trennte ich mich schnell von ihm und rannte eilig davon. Warum scheute ich mich, mit dem Manne einherzugehen? Habe ich ein Recht dazu? Ist die Thatsache, daß man den Scharfrichter verabscheut, nicht ein volles Zeugniß, daß sich das Innerste des menschlichen Gefühls gegen die Todesstrafe empört?

Ich wanderte durch die Straßen, es war Nacht und still, aber plötzlich tauchte in meiner Seele ein Sommertag im Garten meines väterlichen Hauses auf. Zum ersten Mal hörte ich nach so langer Zeit meines Vaters milde Stimme, ja auch die Stimme mit ihrem lebendigen Klange, der so leicht ganz aus der Erinnerung schwindet. Das Bild des Todten hatte ich so oft vor mir, nun aber hörte ich auch seine Stimme, ich hörte, wie er sagte: „Wenn ich verpflichtet würde, einen zum Tode Verurtheilten auf seinem letzten Gange zu begleiten, ich würde lieber mein Amt niederlegen und mein Brod als Taglöhner verdienen."

Ich war ein Richter. Ich urtheile nach dem Gesetz, aber ich bin nicht das Gesetz, so tröstete ich mich. Aber in mir fragte es: kann nicht auch der Henker sagen: Ich bin nicht das Urtheil? — Ich kam aus der Verwirrung nicht heraus und tröstete mich mit dem Vorhalte, daß ich nicht verpflichtet bin, besser und anders zu sein als Andere.

Man spricht immer vom Gesetz. Wohl, das Gesetz über Alles, aber Ihr habt die Vollziehung der Strafe der lebendigen Menschenhand abgenommen und einer Maschine übergeben: es wäre vielleicht eine würdige Preisaufgabe, wie man das Schöpfen des Urtheils auch dem Menschenmunde abnehmen und einer Maschine übergeben könnte . . .

Es ist die höchste moralische Arbeitstheilung, daß der eine Theil der Richter, die Geschworenen, nach einfacher gesunder Vernunft und nach klarem Gewissen den Thatbestand feststellt, an welchem nicht mehr zu rütteln ist, und für diesen Thatbestand hat dann der erkennende Richter das Strafmaß auszumessen, weiter nichts; ob geschehen oder nicht, darf er nicht mehr fragen, das Gesetz spricht.

So saß ich nun andern Tages auf der Richterbank als jüngster Richter neben dem Staatsanwalt.

Ich erzähle nichts von den Verhandlungen.

Der Mörder nickte mir beim Eintritt zu wie einem alten Bekannten. Unwillkürlich sah ich oft nach dem schönen Gemälde, das in unserem Sitzungssaale hängt, es stellt den Tod Abel's dar; der ermordete jüngere Bruder, eine Gestalt voll Milde und Anmuth, liegt, das eine Knie über den Hirtenstab gebogen, todt am Boden. Gott selbst spricht aus den Wolken das Urtheil, aber nicht den Tod, der wilde Kain muß in die Wüste entfliehen, wir sehen sein grausenhaftes Antlitz nur halb rückwärts gewendet.

Die Verhandlungen dauerten zwei Tage, und am zweiten kam ich gar nicht nach Hause.

Während einer kurzen Unterbrechung speisten wir in einer nahen Gastwirthschaft. Die Geschworenen saßen an einem besonderen Tische. Der Parkwirth, welchem es nicht gelungen war, sich freizumachen, kam zu mir und wollte behaglich plaudern; ich bat ihn, das jetzt zu unterlassen, da es nicht schicklich ist, daß wir vor Schluß der Verhandlungen mit den Geschworenen sprechen. Er zog sich an seinen Tisch zurück, und ich hörte einen Mann — ich kannte ihn, er war Agent bei einer Lebensversicherungsgesellschaft — laut sagen: „Und ich bleibe dabei, es ist nicht blos Leichtfertigkeit, wenn die Franzosen immer nur Schuldig mit mildernden Umständen aussprechen, auch wo der Fall ganz unzweideutig ist. So lange die Todesstrafe besteht, sollte man nur solchen Wahrspruch schöpfen. Wir haben diesen Zusatz nicht, und so muß ich, wo ich unmöglich auf Nichtschuldig erkennen kann, ein Schuldig aussprechen."

Die Sitzung wurde wieder eröffnet. Der Staatsanwalt wiederholte die Anklage, der Vertheidiger sprach eindringlich; während seiner Rede wurden die Gaslampen angezündet; der Angeklagte starrte immer in das Licht. Der Präsident faßte die ganze Verhandlung klar zusammen und schloß mit der einfachen Fragestellung.

Die Geschworenen zogen sich zurück; sie traten nach wenigen Minuten wieder in den Saal und der Obmann verkündete, die Hand auf das Herz gelegt, mit fester Stimme das „Schuldig".

„Pful Teufel!" schrie der Angeklagte.

Wir zogen uns in den Sitzungsſaal zurück, und hier — ich kann nicht ſagen, wie mir's geſchah — es preßte mir das Herz zuſammen und wie ein Wirbel faßte mich Alles, was ich dieſen Tag in der Seele erwogen — jetzt ſtand ich vor dem Augenblick, wo ich etwas vollziehen ſollte, was ich nie mehr aus der Seele tilgen kann. Was ſollte ich thun?

Während der Präſident das Geſetzbuch da, wo er ſchon vorher ein Buchzeichen eingelegt hatte, aufſchlug, ergriff ich einen Bogen, der auf dem Tiſche lag, und ſchrieb

darauf mit kurzen Worten meine Anzeige an den Juſtizminiſter, daß ich' aus dem Richteramte austrete.

Ich übergab das Blatt dem Gerichtsboten, ſtand auf und verließ das Sitzungszimmer.

Der Präſident rief mir nach:

„Sie machen ein Erkenntniß unmöglich!"

„Das will ich!" entgegnete ich, und die Thüre ſchloß ſich hinter mir.

Ich war nun auf ewig ausgeschieden aus dem Richteramte und war im Augenblick darauf gefaßt, daß mich für die Art meines Austritts eine Strafe treffe.

In einen Mantel gehüllt, Niemand konnte mich erkennen, ging ich auf den Zuhörerraum. Der Präsident trat mit den Collegen ein.

„Es fehlt ein Richter" — murmelte es unter den Zuhörern. Ich saß dort meinen Stuhl, auf dem ich gesessen — er ist leer und ich werde nie mehr auf ihn zurückkehren.

Der Präsident verkündete mit bebender Stimme, daß die Verhandlungen noch einmal von vorn aufgenommen werden müßten, da sich ein Richter in unbegreiflicher Pflichtvergessenheit aus der Sitzung entfernt habe.

„Der Herr Richter ist hier!" rief jetzt eine Stimme, ich kann nicht sagen, kam sie aus dem Saale oder von der Zuhörertribüne. Alle Finger deuteten, alle Blicke richteten sich nach mir; die Nächststehenden wichen von mir, ich stand plötzlich frei.

„Ich fälle kein Todesurtheil!" rief ich in die Versammlung hinab und — was darauf erfolgte, weiß ich nicht mehr. Ich eilte wie von Dämonen gejagt die Treppe hinab und stand auf der Straße.

Ich war wie zerschmettert und fühlte mich doch wieder erhoben. Ich habe ein Beispiel gegeben, das nicht in den Acten vergraben werden, sondern über dies Haus, über diese Stadt hinausdringen wird. Es ist hart, daß grade ich dies Beispiel geben mußte, aber Niemand ist zu gering, der Wahrheit die Ehre zu geben; wenn Jeder von sich abwendet, was er als das Rechte erkannt, wer soll es denn vollziehen? —

Ich habe immer viel Glück in meinem Leben gehabt, das Unglück hab' ich fast vergessen, aber kein Glücksgefühl kommt dem gleich, das ich damals empfunden. Tief durchglühte es mich, wie im höchsten Momente den Blutzeugen zu Muthe sein muß, die ihr Leben für die Wahrheit hingeben.

Ich hörte die Menschen aus dem Gerichtsgebäude kommen, sie standen in Gruppen still, die Einen lobten, die Andern tadelten mich.

Ich fuhr nach meiner Wohnung, es war spät, meine Mutter war nicht zu Hause, und das Dienstmädchen sagte mir, daß sie bei dem Herrn Onkel sei, man habe auch schon dreimal nach mir geschickt. Ich eilte dahin. Ich kam in die Stube. Die ganze Familie umstand einen Lehnstuhl, in welchem ein Sterbender saß.

„Ist Leo da?" fragte er bei meinem Eintritt.

„Ja, Onkel."

„Wie ist dir's ergangen?"

Ich erzählte schnell, was ich gethan.

Er tastete nach meiner Hand und sagte:

„Sie ist rein, lege sie auf meine Stirn. Seid voll Zuversicht, meine Kinder, es wird Euch noch gut gehen. Gute Nacht, gute Nacht." —

Er neigte den Kopf zur Seite und schloß die Augen. Wir standen athemlos, da wendete er plötzlich das Angesicht und schaute mit großen leuchtenden Augen auf. Von der Straße herauf tönte vielstimmiger Chorgesang von Männerstimmen. —

Mir zitterte das Herz. Das ist die große Stadt: während hier ein Menschenleben verhaucht, begrüßen sie einen Nachbar zu einer glücklichen Lebenswendung. Ich
wollte hinab und um Schonung bitten für die letzten Augenblicke eines Sterbenden.
Da verstummte der Gesang und eine laute Stimme rief:

„Der Herr Oberrichter, der Bekämpfer der Todesstrafe, lebe hoch!"

Hoch und Hoch! stürmte es. Der Oheim suchte sich aufzurichten, sank aber

wieder zurück und schaute lächelnd drein. Ueber sein Antlitz zitterte ein wundersamer
Glanz. Ob er in diesem Augenblick den Zuruf und den Gesang als ihm geltend
betrachtete, wer kann es wissen? Der Ausdruck seiner Mienen ließ es vermuthen.
Und während drunten auf der Straße ein neuer Gesang ertönte, fühlte ich die
Hand des Oheims erkalten. Wer je eine im Tode erstarrende Hand gehalten, vergißt das nie mehr, und da sollen Menschen es wagen, vom Gesetze verurtheilt, mit
ruhigem Bedacht einen Nebenmenschen vom Leben zum Tode zu bringen? . . .

Auf der Straße aber sangen sie:

Aus Myriaden Grabessteinen
Baut die Zeit die Ewigkeit,
Laß das Härmen, laß das Weinen,
Und zum Baustein sei bereit.

So verwittre denn im Thaue,
Stein, zu Häupten mir gestellt,
Bin ein Sandkorn in dem Baue
An der ew'gen Gotteswelt.

IV.

Also du meinst, ich dürfe mit dem oben Berichteten nicht abschließen, ich müsse vielmehr weiter erzählen; denn die Menschen hätten ein Recht zu erfahren, wie es mir und meiner Sache weiter ergangen.

Ich gestehe, daß ich nur ungern deinem Wunsche nachkomme. Ich füge mich indeß, und wenn ich es recht überlege, mag es gut sein, denn ich habe noch Manches zu sagen.

Ich knüpfe also an den Tod des Oheims wieder an. Unter seinem Haupte im Grabe liegt die blutbefleckte Uniform. Ich war aus dem Staatsdienste entlassen, und zwar ohne Disciplinarstrafe; man fand in meinem Verfahren einen Entschuldigungsgrund, da ich durch die Todeskrankheit meines Oheims und Schwiegervaters in ungewöhnlicher Erregung gewesen sei.

Mir war indeß beschieden, den ganzen Zwiespalt zu erkennen, in den heutigen Tages ein Mensch zu verstinken droht, wenn er sein Leben für einen Gedanken einsetzt.

Als ich in jener Stunde vor dem Gerichtsgebäude stand, meiner Aemter entkleidet, fühlte ich die Flammen der Begeisterung, die Jeden, der seine Kraft für einen reinen Gedanken hinopfert, durchglühen. Nun aber in der nüchternen Wirklichkeit und in der auf mich einstürmenden Widersacherei der Welt fühlte ich mich frösteln. Ich will der Reihe nach erzählen, wie mir's erging. Zunächst mit mir selbst, dann mit meinen Angehörigen, und endlich mit der Welt, das heißt, mit der kleinen Umgebung, die uns als die Welt erscheint. An jedem Morgen mußte ich mich beim Erwachen besinnen, wer ich denn eigentlich sei, was mit mir geschehen war. Und wie ich nun gar die nächsten Tage verlebte, ich weiß es nicht mehr. Es gibt Zeiten, wo sich alles Leben und alle Thätigkeit unbewußt in uns fortsetzt, und was man sonst Wille nennt, tritt ganz zurück. Auch meine That war nicht mit ruhigem Willen vollzogen; es scheint aber, daß jedes Einsetzen der ganzen Lebenskraft sich endlich in Einem Punkte gipfelt, wo der Beschluß nichts mehr von freier Entschließung hat, und so geschehen gute, leider aber auch böse Thaten.

Zuerst von mir. Ich war grimmig auf mich, denn ich erschien mir nicht als befähigt und berufen, für eine solche Sache wirkungsvoll einzutreten. Es gibt kein peinlicheres Gefühl als das, etwas Rechtes zur unrechten Zeit und in unrechter Weise gethan zu haben. Der Gedanke, den man zu vertreten glaubte, ist — man kann nicht sagen entweiht, aber verschieft, in Mißgestalt geboren.

So erging mir's, als ich nun wahrnahm, was ich im heißen Guß des Moments gethan; es gab Stunden, wo ich es selbst nicht glauben wollte, daß ich so übereilt und unfertig und Gehässigkeit auf Andere wälzend gehandelt hatte, und an der Art, wie Niemand ganz und voll meine That anerkennen und als die seinige hinnehmen wollte, fühlte ich mich vereinzelt und ausgeschlossen, aber am meisten einsam und aus- geschlossen in mir; es gab Stunden, wo ich mich selbst haßte, mir nicht vertraute, daß ich je Etwas recht und gerade machen könnte, noch je früher im Leben Etwas derart gethan habe; und all diesen Zwiespalt mußte ich in mir auskämpfen, ich hatte allein, ohne Genossen gehandelt, ich mußte auch allein tragen.

Ich meinte oft, nur der Tod könnte mich von der Qual befreien, das Rechte gewollt und das Unrechte gethan, oder es doch in einer Weise gethan zu haben, daß es als Unrecht erscheinen konnte. Ich kann jenen Zustand meiner Seele kaum mehr recht schildern, wie man einen körperlichen Schmerz in gesunden Tagen nicht mehr aus der Vorstellung heraus voll empfinden kann. Genug, wenn ich sage, daß ich tief unglücklich war. Ich hatte Aergerniß gegeben. Aber muß nicht Jeder, der an den Weltgewohnheiten ändern will, Aergerniß geben?

Eine gewisse Leerheit überkommt uns nach vollbrachter That. Es ist nichts mehr zu thun, es sind nur noch die Folgen der That zu erleiden. Ich empfand es jetzt selbst, daß es eine Lebensstrafe gibt, die härter erscheinen kann als der scharfe ein- malige Schnitt — die Todesstrafe.

Meine Mutter und Anna, denen ich von meinem inneren Kummer nichts mit- theilen konnte, standen mir im Ertragen der Noth, der ich nun preisgegeben war, getreulich bei. Meine Mutter nahm das, was geschehen war, wie ein Naturereigniß, wie eine unabwendbare Thatsache hin, und keinen Augenblick sprach sie davon, daß es hätte anders sein können. Das war ihre gediegene Frömmigkeit, die kein Klagen und Jammern kannte. Sie wollte vorerst zur Schwester zurückkehren, bis ich neuen Lebensunterhalt gefunden; als sie aber meine Kümmerniß sah, versprach sie, noch einige Zeit zu bleiben. Anna sagte in ihrer ruhigen Weise: „Wenn du nur noch du selbst bist, was du sonst bist, ist gleichgültig. Du hast dir ein rechtschaffenes Herz gewahrt und mußt beweisen, daß dir dies allein genügt."

Sie war voll Zuversicht in meine Kraft, und das stärkte mich damals wie immer.

Einen heftigen Gegenkampf hatte ich mit meinen Berufsgenossen zu bestehen. Sie kamen einzeln und in Gruppen zu mir. Die Einen sagten, ich hätte mit Klugheit die Sache von mir ablehnen können, Andere behaupteten geradezu, es sei Eitelkeit von mir, ich hätte Aufsehen erregen und mich als Reformator hinstellen wollen. Alle aber, auch die Wohlwollenden, stimmten darin überein, daß ich den ganzen Richterstand in eine schlimme Lage versetzt habe. Und das konnte ich leider nicht in Abrede stellen.

Der Widerstreit Derer, die die Todesstrafe für nothwendig hielten und ihre Abschaffung als Weichmüthigkeit oder, wie man's nennt, Sentimentalität bezeichneten, berührte mich kaum, denn was läßt sich nicht Alles sentimental schelten, und wie billig ist es, sich mit sogenannten drastischen Mitteln stark und mannhaft darzustellen?

Weit mehr berührte mich's, daß klare und freiempfindende Menschen einen Kampf um diese Sache als ein lächerliches Ritterthum ansahen; tausend wichtigere Dinge glauben vor dieser auf der Tagesordnung. Vielleicht ist es aber zu allen Zeiten noch Jedem so ergangen, daß man das, wofür er sein Größtes einsetzte, klein fand. Wir rühmen und getrösten uns so oft unserer fortgeschrittenen Bildung; nie aber ist ein gerades Ergebniß derselben in's Werk gesetzt worden, ohne daß es heißt: dieses Einzelne ist viel zu klein, beim großen Aufräumen wird auch schon das mit abgemacht. Ein edler Mann, den ich hochhalte, stellte mir die Aufgabe entgegen: es sei weit angemessener, daß unsere Bildung jeden Krieg verachte und unmöglich mache, daß Tausende einander schlachten. Gewiß ist das das Richtige, aber sollen wir einstweilen nichts thun, weil uns nicht Alles gegeben ist? Als ich einem meiner eifrigsten Studiengenossen das Wort Schillers anführte, wendete er es gegen mich: Das hättest du bei Aufgeben Deines Berufes bedeuten sollen. Man soll einen Baum nicht umhauen, weil er eine faule Frucht getragen. Einige Tage darauf kam der Freund und brachte mir viele Bücher und schlug sie auf. Da waren die Aussprüche der Philosophen Kant und Hegel, die den Vollzug der Todesstrafe als vernunftgemäß erkannten, da war ein Ausspruch Goethe's, daß, wenn man die Todesstrafe abschaffe, man sie bald wieder einführen müsse. Freilich stand ihm ein Wort Lessing's gegenüber: Was Blut kostet, ist kein Blut werth. Aber auch abgesehen hiervon hat sich die Prophezeiung Goethe's nicht erwiesen, denn die geschichtlichen Thatsachen ergeben, daß die Anwendung der Todesstrafe ganz aufgehört hat: in Toscana, Portugal, Anhalt, Nassau, Oldenburg, Moldau, Walachei, Bremen, Venezuela, in den Schweizer-Cantonen Freiburg und Neuenburg, in den amerikanischen Freistaaten Wisconsin, Rhode-Island und Michigan. In Portugal hat seit 19, in Michigan seit 20, in Freiburg und Neuenburg seit 34, und in Toscana seit 35 Jahren keine Hinrichtung stattgefunden.

Aus all den Widersprüchen der besten Geister unter sich und gegenüber dem unberechenbaren Lauf der Geschichte ergab sich mir das Eine: Nur das Leben offenbart seine Gesetze und kein einzelner noch so hochstehender Mensch. Wir sollen frei sein von dem, was man heilige, und von dem, was man profane Autoritäten nennt. Den schwersten Kampf hatte ich indeß mit dem redlichen Sinn einfacher ungelehrter

Bürger zu bestehen. Hier erfuhr ich, daß meine That auch eine gemeingefährliche und sinnverwirrende Wirkung haben konnte. Die Geschworenen kamen einzeln zu mir und erklärten, daß sie, da die Todesstrafe noch bestehe, jeden Mörder für unschuldig erklären würden. Besonders Einer war äußerst hartnäckig mit der Aufstellung, daß es eher erlaubt sei, eine Thatsache als seine Ueberzeugung zu verleugnen. Mit einer Beharrlichkeit, die sich gar nicht abwendig machen lassen wollte, behauptete er immer: „Ich sage lieber, ein Mörder ist unschuldig, als daß ich zu seiner Enthauptung meine Stimme gebe; ich sage lieber: schwarz ist weiß, als daß ich sage: gut ist schlecht oder ungerecht ist gerecht." Mir schauderte über die Verwüstung des Gerabsinns, die ich bewirkt haben sollte, und ich redete jedem Einzelnen in's Gewissen, daß er verpflichtet sei, ohne Rücksicht auf die Strafe, die das Gesetz verhängt, über den Thatbestand den Wahrspruch zu schöpfen.

Ich verfaßte eine kleine Schrift, in der ich die Geschichte der Todesstrafe darlegte, und knüpfte daran erstlich eine Vertheidigung der Richter, die im Amte bleiben, denn es liegt außerhalb der Richterpflicht, das Gesetz zu ändern, andererseits betonte ich die einfache Pflicht der Geschworenen, und daß es Aufgabe des gesammten Volkes ist, durch seine Erwählten das Gesetz so festzustellen, daß Geschworene und Richter mit freier und unbelasteter Seele ihm dienen können. Ich forderte zuletzt zu Vereinen gegen die Todesstrafe auf und hatte die Genugthuung, daß bei Abgeordnetenwahlen den Candidaten die Frage vorgelegt wurde, ob sie für Abschaffung der Todesstrafe stimmen würden oder nicht.

Unter den Bürgern, die sich mir angeschlossen hatten, war auch der Agent der Lebensversicherung, und bald nach meinem Amtsaustritt sagte er mir, ich würde die Unruhe am besten überwinden, wenn ich nicht arbeitslebig darüber nachdenken müßte. Ich trat in eine bescheidene Stelle in seinem Bureau.

Ich verwand bald allen Zwiespalt und gewann wieder die volle Lebensfreudigkeit wieder.

Und da ich nun doch einmal von mir selbst erzählen mußte, will ich auch noch das Letzte berichten.

Im Frühling, als ich mit Anna spaziren ging und wir davon sprachen, daß wir ruhig warten wollten, bis ich ein höheres Einkommen hätte, kam mir plötzlich ein fröhlicher Entschluß.

„Warum warten? Sieh Anna, jetzt geht's uns kümmerlich, darum müssen wir eine Freude haben, und darum wollen wir jetzt heirathen und nicht erst später."

Sie war voll Glückseligkeit über meinen heitern Entschluß und erzählte mir, daß der Vater ihr an's Herz gelegt, nicht lange um ihn zu trauern; er habe ihr jede Trauerkleidung verboten und befohlen, die Brautzeit nicht zu verkümmern.

Am ersten Juli, am Geburtstage meiner Anna, wurden wir getraut und unsere Hochzeitsreise ging nicht weiter als in den Stadtpark und wir saßen wieder wie damals im öffentlichen Garten und fütterten die Finken.

Jetzt war unsere Mutter bei uns und Anna sagte strahlenden Angesichtes:

„Wir haben doch noch immer so viel, daß wir Bedürftigen Etwas geben können.“

Wir hatten eine kleine Wohnung und dürftiges Hausgeräth, im vierten Stock einer einsamen Straße. Aber Alles, was die Welt an Schönheit und Glück und

vor Allem an Zufriedenheit hat, wohnte darin. Anna und die Mutter wetteiferten, mit den geringsten Mitteln Alles auf's Schönste herzustellen.

Mir war das Leben wieder gegeben, und einfach das Bewußtsein, daß ich lebe, war mein höchstes Glück. Die Freude, daß ich athmen darf, eine stetige Dankbarkeit für jede Speise, jeden Trunk, jeden freundlichen Blick, jedes gute Wort erfüllte mich stets und damals lernte ich, daß Leben allein schon das höchste Glück ist, und damals lernte ich alles Trübe schnell verwinden, alles Unvermeidliche leicht ertragen; ich hoffe, daß mich dieser Frohmuth nicht mehr verlasse, und ich will anstreben, daß er mich

nicht mehr verlasse. Ich lebe! rief ich mir damals und rufe ich mir jetzt noch oftmals zu, als erwachte ich in dieser Stunde erst zum Dasein, und auf mich herein
strömt die ganze Fülle des Lichts, der Luft, des Blickes in die Natur und in das
Auge treu zugehöriger Menschen.

Eines Mittags, als ich müde aus dem Bureau nach Hause kam, sagte mir die
Aufwartefrau, die wir auf Stunden gemiethet hatten, es sei ein Bauer da gewesen,
der mich sprechen und zu Mittag wieder kommen wolle. Noch während sie das berichtete, kamen schwere Schritte die Treppe herauf, und wer stand vor mir? Mein
guter alter Christian.

„Der Herr Leonhard wohnt ja so hoch wie unser Pfarrthurm," sagte er.

Ich führte ihn in meine Stube, und mühselig und unzusammenhängend erfuhr
ich nun, daß er erst vor einem Vierteljahr gehört habe, wie es mir ergehe. Der
neue Pfarrer habe ihm erzählt, wie ich aus dem Amte gestoßen sei, weil ich nicht

habe mein Wort dazu geben wollen, daß wieder so ein Schnitt gemacht werde wie
der damals, den er nie vergesse. Er legte einen großen Beutel mit mehreren hundert Thalern auf den Tisch und sagte, er habe gleich die Hypothek gekündigt und
bringe mir das Geld, ich müsse es annehmen, das thue er nicht anders. Zinsen müßte
ich ihm jedes Jahr geben, aber wenn er stürbe, gehöre das Geld mir, und das von
Rechtswegen, denn er habe es bei meinem Vater verdient.

Als ich das Anerbieten ablehnte, fing er zu weinen an und klagte, daß nun
das Geld an den schlechten Menschen käme, dessen er sich schäme, so lange ihm nur
ein Auge offen stehe; denn sein Schwestersohn werde ihn beerben, und das sei ja
der verdorbenste von allen Menschen auf der Welt — der Scharfrichter, der den
Anderen das Geschäft abnähme.

„Wenn Sie das Geld nicht behalten, verlumpe ich es oder werfe es in's
Wasser," betheuerte er zuletzt und seine Hände zitterten.

Ich nahm nun das Geld an und versprach es ihm gut anzulegen, ich müßte ihm aber auch geloben, es als das meinige zu betrachten, wenn ich in Noth käme. Meine Mutter und Anna waren glücklich, als ich Christian mit zu Tisch brachte. Er aß nur wenig, ich hatte aber die Freude, ihn dann ganz bei uns behalten zu können. Er wurde als Wächter bei unserem Bureau angestellt und schläft des Nachts bei der Kasse.

Ich habe nur noch wenig zu berichten.

Die Todesstrafe besteht noch. Wenn die von den Erwählten des deutschen Volkes berathenen und beschlossenen Grundrechte Gesetzeskraft gewinnen — und die Zeit kann nicht fern sein — dann ist auch die Todesstrafe abgeschafft.

Bis dahin aber heißt es: wach sein und gerüstet in allen Dingen.

Zwei Schützenbriefe.

Gotha, 12. Juli 1861.

Das war ein Fest der Männer. Wehrhaft, mannhaft, das gilt zu allen Zeiten. Wer nicht die Waffe zu handhaben versteht, ist kein Mann in der vollen Bedeutung des Worts.

Die Turnfeste sind die frohen Tage der Jugendlust und der sich stählenden Kraft des Körpers und des Geistes, die Sängerfeste sind die frohe Kundgebung einer Schönheit, wie sie nur uns Deutschen eigen ist, denn nur wir Deutschen haben den vielstimmigen Gesang schon im Volksliede und bilden ihn aus zur reinen Kunsthöhe. Das Schützenfest ist das Fest der ernsten Mannheit. Wohl dem, der allen dreien angehört: Jugendkraft, Liebeslust und Schützengewandtheit in sich vereint, und es werden Feste kommen, wo Turner, Schützen und Sänger eins sind.

Du hast die Berichte vom ersten deutschen Schützenfeste gewiß in deiner Zeitung gelesen, und ich will dir nur erzählen, was ich selber erschaut und was mir dabei durch die Seele zog.

Mir ist jetzt, da das Schützenfest vorüber, so froh und wohlig zu Muthe, wie am Morgen nach einem Abend, da man mit wackeren, edlen Genossen einen guten, reinen Wein getrunken. Es ist keine Nachsäuerung im Gemüthe und keine im Magen und man beginnt mit frischer Kraft die Weiterführung der gewohnten Lebensaufgabe.

Unser Freund L., der nach zwölfjähriger Verbannung wieder in's Vaterland zurückgekehrt ist und sein volles, warmes Herz heimbrachte, hat mich oft genekt mit der Frage: Wo finde ich denn das deutsche Volk mit dem Ausdrucke seiner Lust und seines Leides? Wäre er mit hierher gekommen, er hätte hier ein braves Stück deutsches Volk gesehen mit seinen Tugenden und seinen Fehlern.

Es ist eine Freude, aus der Vereinsamung heraus wieder einmal unterzu-
tauchen in den großen Strom seines Volks, gestärkt und erfrischt geht man wieder
daraus hervor und man bedauert nur, daß es jetzt nichts Bestimmtes zu thun gibt,
woran man sein volles, hingebendes Herz bethätigen kann.

Man muß sich damit begnügen, im Kleinen und Unscheinbaren den großen Gedanken in's Werk zu setzen.

Hoffentlich finde ich dich auch beim nächsten Feste und du bist hoffentlich keiner
von denen geworden, die nur gern zusehen und beobachten, was die Anderen treiben.
Frisch hinein in den Strom und freue dich, daß du ein Tropfen bist im Strome
deines Volks!

Gestern am 11. Juli des Jahres Ein Tausend achthundert und einundsechzig
ist ein großes Datum eingezeichnet in die Geschichte des deutschen Volkes, denn an
diesem Tage wurde der deutsche Schützenbund gegründet. Wenn die deutschen
Schützen sich von nun an alle zwei Jahre in Reih und Glied stellen, als gute Kameraden in gleichem Schritt und Tritt daherschreiten und dann friedlich mit einander
ringen, wessen Hand die festeste, wessen Auge das sicherste — sie müssen der freundlichen Stadt Gotha gedenken, wo der Bund zuerst das Licht der Welt erblickte, und
sein edler Gevattersmann heißt Ernst.

Wie lange lebt ein Gedanke im Geiste der Menschen und kann keine Ruhe
und keine Erlösung finden, aber lebt er wahrhaft in ihnen, so findet er endlich seine
Erlösung und wird zur That. Die deutschen Schützengilden fristeten bis jetzt ein
halb lächerliches, halb ehrwürdiges Leben; du erinnerst dich gewiß des großen Tages
in der kleinen Stadt, wenn sich plötzlich die ehrsamen Bürger mitten im Sommer
auf ein paar Tage an einem Fastnachtsspiel ergötzen. Sie verwandeln sich in Soldaten, stecken sich in abgelegte Uniformen, belasten das Haupt mit entlassenen Bären-
mützen, reden einander in allem Ernste mit Herr Oberst, Herr Hauptmann, Herr
Lieutenant, Herr Schützenkönig u. s. w. an, und der Vetter steht eine Stunde Wache
vor dem Hause seines Genossen, bei dem die Fahne aufbewahrt wird, und die Kinder
sind dann in diesen Tagen die Glücklichsten, die großen und die kleinen. Die kleinen
freuen sich, ihre Väter nun auch einmal in Uniform zu sehen und wie sie Soldatchens-
spielen, und die Alten stehen in Reih und Glied und zwingen sich, eine gebührend
ernste Miene zu machen.

Es wird schon längst allgemein gefühlt, daß dieses ganze Gethue nicht blos
lächerlich ist; es steckt etwas darin, daß der Bürger sich noch seiner Wehrhaftigkeit
erinnert, aber die Form mit sammt der Uniform ist überlebt, eng und altväterisch;
überall erwachte das Bewußtsein, daß das deutsche Schützenwesen einer Erneuerung
bedarf, und diese Erneuerung wird nothwendig zu einer Erweiterung. Die deutschen
Schützen müssen sich als Einheit fühlen und sich nicht mit altem, abgelebtem Formen-
wesen schleppen, und nun ist's da: der deutsche Schützenbund ist gegründet.

So wird es mit allen Gedanken gehen, die wahrhaft im Menschen leben;
vor Allem mit dem unausrottbaren Gedanken der deutschen Einheit. Mag da und
dort noch gezagt werden: der Gedanke wird zur That, und ich wünsche nur mir und

dir, daß wir den Tag seines Erstehens erleben mögen und daß er in Frieden sich verwirkliche.

Als wir in der Morgenfrühe das schwarzrothgoldene Banner am Bahnhofe in Gotha flattern sahen, da riefen die Reisegenossen einander an; das war das Erkennungszeichen, in dem diejenigen, die fremd einander gegenübersaßen, sich erkannten: wir sind Söhne des Einen Vaterlandes und wollen, daß es ein einiges werde. Aller Augen leuchteten hell. Das ist die Fahne, unter der das deutsche Volk siegen wird und muß gegen innere und äußere Feinde. „Seid einig, wie wir!" lautete der Widerhall der schweizerischen Eidgenossen vom Schützenfest zu Stans, als ihnen von Gotha aus der Schützengruß durch ein Telegramm zugerufen wurde. Seid einig, wie wir!

Wir Deutsche sind so reich an allen Kräften, die das Leben zu einem echten machen; haben wir die Einheit, wo ist ein Volk, das sich mit uns messen mag?

Es war nur ein kleiner Theil aus allen deutschen Gauen hier in Gotha versammelt, aber so oft man wieder hineinschaut in das herzwarme Leben, diese Hingebung, diese Innigkeit, diese unverwüstliche Heiterkeit trotz aller Hudeleien, da drängt sich aus innigster Seele der Ruf Hutten's hervor: es ist eine Freude zu leben!

Vor Allem erhebend war es, zu sehen, daß es an jener Disciplin der Geister nicht fehlt, ohne die nie etwas Ganzes zu Stande gebracht werden kann. Einzelne Absonderlinge oder auch Sonderbündler werden von der gesunden Strömung der Gesammtheit überwältigt. Aber dieses Fest hatte auch seinen tapfern Herzog in der eigentlichen Bedeutung des Worts, einen Mann und Vaterlandsfreund, der mit festem Schritt und freiüberschauendem Geist an der Spitze dieser erst seit heute zusammengestellten Schaar einherzog und sie zu festem, sicherm Ziele leitet. Es werden manche Vornehme die Nase rümpfen, daß ein Fürst ohne äußere Abzeichen sich unter seine Vaterlandsgenossen stellte und einem Jeden das Wort gönnte; aber sie hätten es sehen müssen, daß die innere Würde die eigentliche und wahre Würde ist; vor ihr besteht alles Unwürdige nicht mehr und hat nicht den Muth, sich aufzurichten.

Man findet es schön und löblich, wenn der Führer im Kriege kameradschaftlich mit den Seinen lebt. Ist es nicht löblicher, das im Frieden in's Werk zu setzen? Freilich bedarf es dazu des sicheren Scharfblicks, der Ueberlegung und Besonnenheit und der mannhaften Anmuth, die wir in den Tagen des ersten deutschen Schützenfestes lebendig vor uns sahen. Mindere Naturen, die ihre Würde und Bedeutung nur äußeren Anhängseln verdanken, könnten dasselbe nicht wagen, viel weniger so glänzend hinausführen.

Noch fehlt unserem Schützenfeste ein gewisser Pomp, der namentlich die Preisvertheilung festlicher machen würde; es wird bei künftigen Festen eine Erhöhung geben müssen, auf die der Sieger heraustritt, und vor Allem wäre zu wünschen, daß die Siegespreise wesentlich nur in Schmucksachen, besonders in Trinkbechern bestehen. Das gibt einen reichen Festschmuck durch das ganze Volk und man trinkt aus den Bechern edlen Metalls, die sich von Geschlecht zu Geschlecht erhalten, den Genossen in der Ferne zu und denen, die in der Zeit nach uns kommen werden.

Schon jetzt war es anmuthend, die Namen der Sieger ausrufen und mit Hörner=
schall begleitet zu hören, und hier ersetzte die Person des preisevertheilenden Herzogs
das, was bei künftigen Festen eine gewisse Ceremonie darstellen muß. Der einzelne
Schützenverein kann dabei den Sieger aus seiner Mitte abholen.

Schon bei diesem ersten Schützenfeste stellte sich heraus, daß die Theilnehmer
auch hier verschiedenartig sind; es sind solche, die wesentlich nur Schützen sind, die
im Scheibenstand verharren, weder an einer Lustbarkeit, noch an einem Ausdruck von
vaterländischen Gedanken besonders theilnehmen; sie sammeln ihre ganze Kraft und
Aufmerksamkeit auf das Schießen, und es ist einmal so in der Welt, daß man nicht
zu gleicher Zeit auf zwei Hochzeiten sein kann. Hoffentlich sind diese Schützen, wenn
es einst gilt, für's Vaterland in's Schwarze zu treffen, ebenso aufmerksam und fleißig
und halten ihren Zielpunkt fest im Auge.

Ein Gegensatz und ein Zerrbild des eifrigen Schützen, der um der Ehre willen
seine beste Kraft einsetzt, sind die sogenannten Raubschützen, die ich hier erst kennen
lernte. Es sind dies listige Gesellen in selbstgeschaffenen eigenthümlichen Trachten,
sie haben Niemand, an den sie sich anschließen, sie sind allein gekommen und gehen
allein, und ihr ganzes Dichten und Trachten geht darauf aus, recht viele und recht
werthvolle Preise zu gewinnen, um die vaterländischen Opfergaben recht bald in
klingende Münze zu verwandeln. Es wird eine der schwierigsten Aufgaben der künf=
tigen Schützenordnung sein, den Raubschützen das Handwerk zu beschränken, denn es
ihnen ganz zu legen, wird kaum möglich sein.

Die dritte Art von Theilnehmern, oder eigentlich die zweite — denn ich möchte
die Raubschützen nicht zählen — das sind eigentlich diejenigen, deren Zielpunkt der
große, vaterländische Gedanke ist und die sich weniger in den Schießständen aufhalten,
als beim gemeinschaftlichen Mahle oder auf der Rednerbühne sich einfinden. Ihr
Wunsch geht vor allem dahin, daß beim Schützenmahl so wenig als möglich Musik
gemacht werde. Es wird schon so viel gedudelt und gegeigt und geklimpert in Teutsch=
land, die Menschen täuschen sich schon so viel über die welke Abgestandenheit ihres
Daseins hinweg durch Musikmachen, daß da, wo sich die Menschen zu Freuden=
austausch zusammenfinden, die Musik wohl zurücktreten darf, und der Sinn wird
hin und her geworfen durch diese rauschenden Töne, und die Menschenstimme erscheint
fast dürftig nach einem vollen Orchester. Zu wünschen wäre dann, daß nur der das
Wort ergreife, welcher wirklich etwas zu sagen hat und es kurz und knapp zusammen=
fassen kann. Die brennenden, ja bald eiternden Wunden, die dem deutschen Rechts=
bewußtsein geschlagen sind — Schleswig=Holstein und Kurhessen — fanden natürlich
auch hier laute Klage, und die Worte und Gedanken sind bittere Tropfen in jeden
Freudenkelch, den ein Deutscher zum Munde führen will.

Man steht wie über der Erde und schaut und hört weit hinein in die Lande,
man vergißt, wo man ist, wenn Stimmen von allen Seiten anrufen und ganze
Städte und Länder zu sprechen beginnen. Zur selben Stunde kamen vaterländische
Grüße von Nord und Süd mit der Blitzesschnelle des Telegramms bei uns in Gotha
an. Es ist eine große, erhebende Zeit, in der es eine Sprache gibt, die Raum und

Zeit überwindet, und wie der elektrische Funke zuckt über die Länder, über Berg und Thal, so zuckt der eine und selbe Gedanke in den Herzen derer, die jetzt weit aus einander gerückt sind.

Der deutsche Schützenbund hat noch schwere Aufgaben zu lösen. Es soll eine gleiche Schußwaffe, eine gleiche Schußart, und eine möglichst gleiche Bekleidung der verschiedenen Schützenvereine hergestellt werden. Es wird gelingen, denn es hat sich gezeigt, daß die Freiheit auch darin besteht, daß man die Fügsamkeit und Zucht kenne, die sich einordnet in den Gesammtwillen, der da ist die Freiheit Aller.

Es war eine wundervolle, helle Sommernacht, als ich gestern spät am Abend in das Haus meines Gastfreundes heimkehrte. Zwei Schützen geleiteten mich; sie trugen ihre Stutzen über der Schulter und waren gleicherweise vollbeglückt vom Innerwerden vaterländischer Einheit und vom glücklichen Gelingen des nun gegründeten Schützenbundes. Es waren zwei Genossen, wie sie nur die neue Zeit hervorbringt: thätig im bürgerlichen Schaffen, ein jeder sein festes Heimwesen regierend und erhoben von den edelsten Gedanken der Menschheit. Die Sterne leuchteten am Himmel und sie alle überstrahlte der Komet, der so plötzlich erschienen war und dem wir nun seine Bahn nachzumessen haben. Wann wird ein solcher Komet erscheinen am deutschen Himmel, der alle Blicke auf sich zieht? fragte der Eine. Das ganze Firmament, erwiderte der Andere, ist der Himmel, an ihm wandelt jeder seine gemessene Bahn. Aber die Sonne beherrscht sie alle, lautete die Antwort, und hin und her ging die Wechselrede und wir gedachten derer, die hinab gegangen waren, bevor die Sonne deutscher Einheit am Himmel erschien, und wir gedachten derer, die nach uns kommen und sich erquicken werden an ihrem alles durchdringenden Strahle.

Wir reichten einander endlich still die Hand. Es waren feste Hände, die ich erfaßte zum ersten- vielleicht zum letztenmale. Möge sie bald kommen die Zeit, da diejenigen, in deren Herzen der Gedanke des einigen Vaterlandes lebt, einander die Hände reichen zum unauflöslichen Bunde.

Frankfurt a. M., 24. Juli 1862.

Wir Deutschen lassen uns zu viel hoch leben, klagst du: damit brächten wir nichts zu Wege; es gelte Leben zu schaffen. Du sehnst dich fast nach dem alten Polizeibüttel, der der Nation untersagte, sich in Turn-festen, Sängerfesten und Schützenfesten selbstgefällig zu begucken. Du findest, daß unser altes Erbübel, das früher nur in überfeinerten Kreisen grassirte, sich jetzt der großen Masse mittheilt: man begnügt sich damit, schön zu empfinden, statt tapfer zu handeln. Wie die Festgebäude, leicht gezimmert und blendend bemalt, schnell wieder abgebrochen werden und verschwinden, so — meinst du — verflattern auch diese Stimmungen; man habe nicht das Recht, buntbewimpelte Fest-hallen zu bauen, so lange kein Parlamentshaus in starken Quadern aufgerichtet ist, darin die Besten des Volkes Gesetz-schaffend tagen.

Etwas von deiner Mißlaune hatte auch mich ergriffen, und ich hatte mir schon die Enthaltsamkeit auferlegt und wollte von dem großen deutschen Schützenfeste weg-bleiben. Als aber der 13. Juli herannahte und endlich da war, da wurde mir's, als hörte ich Singen und Klingen in der Luft, als sähe ich die Freundesblicke, die mich suchten; eine Unruhe erfaßte mich, wie es einem Mädchen zu Muthe sein muß, das sich selbst kasteiend, vom fröhlichen Tanze entfernt im stillen Kämmerlein bleiben will. Ich eilte zum Feste. Freilich hatte ich nun die ersten Tage, den Aufzug und die erste Begrüßung versäumt, und von Jedem, selbst dem gleichmäßig Besonnensten, mußte ich hören, daß eine Stunde erschienen war, wie sie im Leben der einzelnen Menschen und der Völker nur selten ist. Das war die Wallfahrt eines ganzen Volkes zu einem Heiligthum, und dieses Heiligthum ist kein sichtbares, es ist der tiefe innere Gedanke des einigen Vaterlandes. Man verglich den Anblick mit jenem, als im Jahre 1848 die auserwählten Abgeordneten des gesammten deutschen Volkes durch diese Stadt zogen, und hier fühlte man sich noch unmittelbarer ergriffen, denn es war als hätte sich das deutsche Volk selbst versammelt in seinen wehrhaften Männern aus allen Ständen, allen Gauen. Noch nie haben die Volksgenossen selbst einander so in's Auge gesehen, so einander die Hand gedrückt; es war ein Aufzug wie wir ihn uns denken mögen bei den olympischen Festen im alten Griechenland. Das deutsche Volk, wie nur der Gedanke es aus seiner Zerstreuung sammeln kann, es stand hier in geschlossener Reihe leibhaftig vor unserem Auge.

Es heißt in der Sage: Wenn einst die Menschen nur eine einzige Stunde gleichen Sinnes, dann ist die Erlösung da. Diese Stunde war erschienen. Ist die Erlösung auch nicht äußerlich erwirkt, sie ist innerlich und unzerstörbar da. Die sittliche Ordnung, aller Muth und alle Begeisterung, die in jedem Einzelnen leben, sie flossen hier zusammen; dieser Zug war ein Strom, in dem Jeder nur ein Tropfen, aber rein und hell; es war der Strom des deutschen Volkes in seiner Herrlichkeit und Größe. Das war ein Willkommruf auf der Straße, aus den Häusern, ein tausendfacher Jubelschrei der gestillten Sehnsucht, und die hier in festen Häusern wohnten und die hier durch die Straßen zogen — die Einen waren nicht daheim und die Anderen waren nicht in der Fremde, Alle waren zusammen in der Heimath des deutschen Volksgemüths, und manche Thräne sprach es aus: warum kann es nicht sein, daß dieses Volk, so rein und groß, in friedlicher Willensbethätigung die feste Form seiner Zusammengehörigkeit gewinnt?

So wurde mir der Eindruck des großen ersten Aufzuges geschildert, der herrlich und farbenprächtig war. Die graugrüne Juppe und der breitkrämpige Hut schienen sich von selbst zur Nationaltracht gebildet zu haben. Die Schützen aus allen Gauen zogen dahin, hell leuchtenden Blickes, und bei aller freien Bewegung erhielt sich eine straffe Ordnung. Die Turner, deren Erscheinen schon den Begriff der schlichten bürgerlichen Selbstführung darstellt, hatten sich fröhlich dem Dienste der Ordnung gewidmet. Kleine Knaben, in langen Schaaren aufgestellt, hielten die weiten Plätze offen, und Niemand durchbrach ihre Reihen, und wie glückselig müssen die Kinder sein, denen sich solche Erinnerungen in's Jugendherz senken! —

. Als auf dem großen Platze die Fahne des deutschen Schützenbundes vom Herzog Ernst mit Worten der Weihe übergeben wurde, da zog über Alle einer jener Lichtblicke, die nimmer verlöschen.

Ich hatte also den ersten rauschenden Jubel versäumt, und war nun wie Einer, der aus seiner stillen Stube plötzlich in lautes hocherregtes Festgetümmel versetzt wird. Ich blieb daher unberührt von einer gewissen Steigerung, die sich aus einem mehrtägig fortgesetzten Freudenfeste erzeugt. Streng und klar muß ich dir sagen: es ist ein rein schönes Glück, das mit erlebt zu haben.

Ich spreche nicht davon, daß die Verleumder des Volksgeistes ihre Ueberhebung gern damit rechtfertigen, daß man das Volk sich nicht selbst überlassen, es vielmehr mit den alten Polizeimitteln überwachen und führen müsse. Das beleidigende Lob, daß keinerlei Ungebühr vorgefallen, darf einem mannhaften Volke nicht mehr in's Antlitz hineingesprochen werden.

Die olympischen Feste kannten keine solche ab- und zuwogende Masse, wie sie jetzt die Eisenbahn bringt und nimmt. Wie ein inneres Gesetz hielt sich die Ordnung fest. Die aufopfernde Thätigkeit der Festordner, die ein schönes Zeugniß gibt von der Hingebung unseres freien Bürgerthums, hatte sich nur noch in der Erhöhung des Festgenusses geltend zu machen. Ein Volk ist leicht zu regieren, das sich selbst regiert.

Auf den Scheibenständen war ein geschlossenes, in sich gesammeltes Ringen im Kampfe.

Da standen die Schützen, luden ihre Büchsen, legten an, zielten, und der ganze Mensch stand wie angeschraubt ohne das leiseste Beben eines Muskels; der Schuß knallt, der Schütze setzt ab, und mit demselben Gleichmuth nimmt er den Zettel für einen Kernschuß in Empfang, wie er sich auch einen Fehlschuß melden läßt. Die südlich erwedten Tyroler jauchzen laut auf, wenn der Zeiger einen Kernschuß nennt. Die Schweizer gelten als die Geübtesten, und es ist ein Ringen von Genossenschaft zu Genossenschaft; Jeder fühlt, es gilt nicht nur seine eigene Ehre, es gilt auch die seiner nächsten Heimath. Auf den Schießständen hört man nur Büchsen knallen, kein übriges Wort. Ich sah einen kleinen untersetzten Schützen vom Niederrhein, der schoß meisterhaft, und den Zettel, den er jedesmal empfing, nahm er zwischen die Zähne wie eine Beute, ging dann mit dem leeren Stutzen an die Ladestätte, lud selber auf's Neue (es waren nur wenig Schützen da, die nicht selber luden, und das ist gut), und erst wenn er wieder vollgerüstet war, nahm er die Zettelbeute aus dem Munde, stedle sie ein und stellte sich wieder mit gleicher Ruhe auf den Anstand.

Es waren schöne und reiche Preise zu gewinnen. Der Gabentempel war in Wahrheit ein Tempel, darin alle deutschen Stämme und die Deutschen in fremden Ländern ihre Opfer für die Kraft und Freude des Vaterlandes niedergelegt hatten. Das sind die Opfer der neuen Welt im Dienste eines reinen Gedankens.

Jetzt erst, nachdem ich dich auf die Schießstätte und in den Gabentempel geführt und du auf dem weiten Festraume sehen kannst, wie hier für Alles vorgesorgt war, wie hier ein Hauswesen im größten Stile in's freie Feld verlegt wurde, mit Badezimmer, Leſezimmer, Poſt- und Telegraphenamt, Druckerei u. ſ. w. — erst jetzt führe ich dich zu der in schönem Stile aufgebauten, reichgeschmückten und weiten Festhalle, darin das tägliche Festmahl stattfand. Die Maſſe von Speiſe und Trank, die hier verzehrt wurde, zeigt, was der gesunde deutsche Magen beherbergen kann. Aber der Mensch, und vor Allem der deutsche Mensch, lebt nicht vom Brode allein; über das Brod muß der Segen gesprochen werden, damit auch Herz und Geist Nahrung gewinnt.

Auf der Rednerbühne ertönte manches unvergeßliche Wort, wenn auch die Schmerzensfrage: wie es möglich sein soll, Alle deutschen Lande zu Einem deutschen Reiche zu vereinigen, in einem übereilten, den Feinden der wirklichen Einheit willkommenen Ausbrude berührt und dann begierig ausgebeutet wurde, und wenn auch in der Entgegnung wohlfeiler Ruhm zu erwerben war' — diese Frage konnte hier nicht zum Austrage kommen.

Es sammeln sich die Familienglieder, die durch lange Trennung einander entfremdet, ja sogar von Unheilstiftern feindlich gestimmt wurden, zum Erstenmal wieder an demselben Tisch — da heißt es vor Allem: begrüßt einander herzlich, wiſſet, daß ihr zusammen gehört und nie von einander lassen könnt. Kommt dann die Frage, ob Ein Haus Alle beherbergen kann, oder ob ein Familienglied anderswo angesiedelt bleiben muß, dann gibt es eine Verständigung in inniger Liebe, unter dem Geſetze der Nothwendigkeit; und kann es nicht anders sein, dann reicht man sich die Bruderhand und sagt: Leb wohl, Bruder, bleib eingedenk, wo du auch bist, daß du mir zugehörst und ich dir, und kommt Gefahr und Noth, wir rufen einander und stehen zusammen.

Der Nationalverein, dessen Programm hier nicht grundmäßig dargelegt werden konnte, hat viele Gegner. Nun denn! Wer einen andern, wirklich ausführbaren Plan zur Gestaltung eines sogenannten Groß=Deutschlands weiß (wobei aber nicht in einer unabsehbaren Revolution Oesterreich vorher zertrümmert werden muß), wer einen thatsächlich ausführbaren Plan weiß, durch den Deutschland nach innen und außen eine feste und mächtige Einheit werde, der werfe den ersten Stein auf den Nationalverein. Aber wie gesagt, der Austrag dieser schmerzlichen Frage kann nicht auf der Rednerbühne eines Schützenfestes gefunden werden.

· Das Schützenfest ist die Verbrüderung der deutschen Männerwelt, und zu herzerhebender Ueberraschung ist auch diese mit den Schweizern in einer Innigkeit, wie sie nur das deutsche Gemüth vermag, und im klaren Ausblick auf die Welt= verhältnisse gelungen.

Es wird ein ewiges Sinnbild der Verbrüderung freier Männer bleiben, daß die eine Hand die Waffe, die andere die Freundeshand hält. Selbst ist der Mann, und doppelt in der Freundschaft.

Man muß die schroffe, in sich gehaltene, alles Fremde abwehrende Charakter= weise der Schweizer kennen, um zu ermessen, welch eine schöne Eroberung es ist, daß Deutsche und Schweizer nun unentwegt zu einander halten.

Wenn die Schweizer ihr Bundesschießen feiern, so ist das eine frohe Ver= einigung derer, die durch eine selbstgeschaffene und festerhaltene Staatsform ver= einigt sind.

Wir Deutschen feierten ein solches Fest erst im Hinblick und in der Hoffnung auf eine wahrhaft einheitliche Staatsform, und die Völker um uns her müssen es er= kennen, daß die sittliche Macht so groß ist, daß ein Volk in Waffen warten und sich beherrschen gelernt. Die Zeit der Krawalle, des jünglinghaft übermüthigen Auf= brausens ist bei uns Deutschen vorüber, und Heil uns, daß sie vorüber. — Die Männer, die die Schule des Lebens kennen, stehen vereint mit der seit 1848 heran= gereiften begeisterten und besonnenen Jugend, und in ihnen Allen lebt die Zuversicht, daß uns das in der Freiheit gegründete Gesetz und die in der Einheit gegründete Macht werden muß.

Der ruhige, unbeirrte Stand und Blick des Schützen hat sich auch dem Geiste eingeprägt.

Gibt es eine Gewalt auf Erden, die den festen Einheitsgedanken der Nation vernichten kann? — Man kann weiter nichts, als seine Verwirklichung verzögern. Das ist die Siegesfahne, die alle Theilnehmer dieses großen Nationalfestes mit heim nehmen, und kommen wird der Tag, wo sie frei im hellen Sonnenlichte ent= faltet wird.

Und jetzt kehre mit mir zurück in die Stadt. Siehe, die ganze Bevölkerung wurde wie zu einem einzigen behäbig ehrenfesten Bürger, dem es in Fleiß und Ge= meinsinn wohlergeht, und der sich freut, auch Anderer Wohlergehen vor Augen zu sehen. Der brave Bürger Frankfurt thal auf sein Haus und sein Herz — es sieht in beiden wohlgehalten und bequemlich aus — und er ließ seinen Gastfreund darin wohnen, und mehr Freude hatte der Gastfreund nicht, diese reichliche Vorgesorgtheit zu genießen, als der freie, wenig Umstände machende Besitzer darin genoß, dies Alles herzugeben und in dem gestern Fremden heute und für immer einen Freund zu begrüßen.

Die alte Gastfreundschaft ist fast ausgestorben; der rasche und vielfache Verkehr hat die Gasthöfe vermehrt, aber die Gaststuben in den Familienhäusern sind kaum mehr da. Nun aber, bei solch einem Feste, wird eine ganze Stadt zu einem gast-freien Hause. Die alte Tugend der Gastfreundschaft, die in ihrer Vereinzelung todt erschien, lebt groß und neu auf. Das ist die Glorie der neuen Zeit. Man darf nicht klagen über das Verkommen einer schönen Sitte. Gebt den Menschen nur Gelegenheit, und alles Edle und Reine erhebt sich in einer die alltägliche Lebens-größe hoch überragenden Erscheinung, wie keine Zeit vordem sie kannte.

Es ist ein reicher Schatz von Menschenliebe, Brudersinn und Vaterlands-begeisterung in unserer Zeit still in den Herzen angesammelt, und das ist in wahrer Bedeutung ein Fest, daß da einmal in seiner Gesammtheit auftritt der gute Geist der ganzen Menschheit. Diejenigen, die überall nur Selbstsucht und Eitelkeit sehen und ihre Freude darin finden, das Menschenherz zu verleumden, und, weil sie selber eitel Schein und Lüge sind, keine Tugend kennen und ihre verborgenen Laster mit dem sogenannten Anstand zudecken — und wiederum diejenigen, die den Ruf nach Einheit und Freiheit des Vaterlandes für eitel Impfung der Zeitungsschreiber halten möchten . . . die Menschenverächter und die Vaterlandsverderber, sie hätten sich hier belehren und belehren können; aber freilich, sie sind nicht zu belehren und zu bekehren, denn sie sind heute noch wie damals, als von der Schlacht bei Leipzig der Dichter ihnen zurief: „Ihr glaubt an Geisterstimmen nicht."

Die Kaltherzigen und ewig Verdrossenen mögen sagen: Das verrauscht bald wieder, denn es ist Gemüthsberauschung dabei. Die in strenger Arbeit Stehen-den mögen mit größerm Rechte rufen: Aus Umarmungen bildet sich keine geschlossene Einheit, aus Trinksprüchen gründet sich keine Staatsverfassung; die Kränze welken, die Fahnen werden eingezogen.

Wir halten ihnen die in der Geschichte gegründete weltumwandelnde Macht der Begeisterung entgegen. Nie und nimmer gewinnt ein Mensch, ein Volk, die bleibenden Formen der Größe und sittlichen Schönheit, wenn sie nicht der geistigen Glühhitze fähig sind; und siehe, dieses dein Volk erglüht für seine Freiheit nur, um zu arbeiten an der Hoheit des Menschenthums, für sich und alle Welt, und es will seine Einheit nur, nicht um Andere zu unterjochen, sondern in gedrängter Macht für die höchsten Güter des Lebens einzustehen.

Die Gestalt, in der ein Denkmal für ewige Zeiten bastehen soll, muß mit an-dächtiger Innigkeit und mit weiser künstlerischer Bedachtsamkeit vorbereitet werden, jahrelang, in stiller Arbeit; aber dann muß das Metall in Fluß kommen, es gilt den glücklichen Guß, der alle Kräfte plötzlich aufregt und spannt, und wenn das

Werk verkühlt ist, muß auf's Neue mit treuer Sorgfalt daran gearbeitet werden, bis es auf granitnem Grunde errichtet wird und Sonne und Mond und aller Zeiten Wechsel darüber hinziehen mag. Wir Deutschen haben nicht blos ein äußeres Denk-mal zu errichten; die höchsten Gedanken für die Menschheit, die die Brust eines jeden Deutschen durchziehen, müssen mit aufgenommen werden in das große Werk.

Diese Schützenfeste sind die heißen Tage, in denen das feste Metall, das in der Tiefe ruhte, so wie die so verschiedenartigen Ausprägungen in glänzenden Fluß versetzt werden. Möge bald ein Meister erstehen, der die rein schöne, feste Form verleiht!

Michel Phönix.

Eine Erzählung.

———

Ja, ich erinnere mich noch seiner jungen Jahre: freilich alt sah der Michel schon damals aus; ein kleines Männchen mit stoppeligtem Bart, ich glaube, wenn er am Sonntag rasirt war, hatte er am Montag schon wieder seinen gehörigen Wochenbart. Ja, ich erinnere mich noch seines Hochzeitstages, es war keine Musik dabei und sehr wenig Gefolge. Der Michel ging neben seiner Braut einher, sie war groß und stattlich, schön aber nicht, und es sah so aus, als wenn sie ihn nur zur Begleitung mitgenommen hätte, wie wenn man unterwegs zu einem Begegnenden sagt: Komm mit, ich mag nicht so allein gehen. Und neben der Braut ging ihre Mutter, die all' Babi hat man sie geheißen. Sie hatte ein halbes Häuschen draußen im Hennebühl, in der Gasse nach abseits; der Weg dahin war schmal und von zwei Heden eingeschlossen.

Der Brautzug bestand nur aus den Brautleuten, der Mutter, dem Dorfschützen und einer Schwester der Babi aus Ahldorf, mit ihrem Manne. Als sie nun vorüberzogen, den kleinen Hügel hinan nach der Kirche, da schauten die Menschen aus den Fenstern, blieben auf den Gassen stehen und winkten einander und sprachen davon, wie wunderlich es wäre, daß Menschen in solcher Armuthei auch noch heirathen. Manche aber gaben dem Michel doch Recht und sagten, es sei immer besser, ein Heimwesen zu haben, als sein Leben lang Knecht zu bleiben. Alle aber staunten über seinen Muth, daß er es wage, die Käthe zu heirathen und die all' Babi noch dazu. —

Der Michel war beliebt im Dorfe, er war ein guter Taglöhner, just nicht von den flinkſten, aber er machte ſeine ehrliche Arbeit und war nicht heikel im Eſſen; er war Tag und Nacht zu haben für alle Dienſte, war mit Allem zufrieden und kurz, was man ſo nennt, eine gute Haut.

Hinter dem Brautzuge drein kamen noch einige alte Weiber in ihrem Sonntagsſtaat, mit ihrem Gebetbuche. Sie laſſen ſich nicht gern irgend eine Feierlichkeit im Dorfe entſchlüpfen, die ihnen Gelegenheit gibt, in die Kirche zu gehen und ſich da etwas Orgel ſpielen zu laſſen und auch zu beten; da hat man doch im Tage etwas Beſonderes gehabt. Uebermüthige junge Mädchen riefen einander an und ermunterten ſich gegenſeitig, vom Waſchkübel und der Hausarbeit hinweg, trotz des Werkeltagsanzuges, ſich in die Kirche zu ſchleichen und vom Empor aus zu ſehen, wie der Michel und die Käthe getraut werden. Die Sache ging aber ganz gut von Statten,

und als es wiederum läutete und die Vermählten aus der Kirche kamen, da gingen da und dort Männer und Frauen auf ſie zu und wünſchten ihnen Glück. Die Käthe gab nicht viel drauf und die Babi noch weit weniger. Der Michel aber ſchmunzelte gar vergnüglich und ſtreichelte ſein glattes Kinn. Es iſt das einzige Mal, daß ich ihn ohne Wochenbart geſehen habe.

Das Hochzeitsmahl ſoll ſehr beſcheiden geweſen ſein.

Was thut's? Der Michel war verheirathet und hatte nun einen Hausſtand ſo gut wie Andere.

Am Abend erzählte unſer Nachbar, der Schloſſer Blant, daß er auf dem Wege nach Ahldorf den Michel getroffen habe, wie er am Morgen ſeines Hochzeitstages Steine klopfte an der Straße, denn Michel war nicht ganz ohne Amt und Würde, er war Stellvertreter des Wegknechtes, da dieſer krank darnieder lag.

Lange war von Michel gar keine Rede mehr, man ſah ihn manchmal in's Feld fahren oder heimkehren mit zwei Kühen, die an den Wagen oder Pflug geſpannt waren; eine Kuh gehörte ihm, die andere ſeinem Hausgenoſſen, dem Korbmacher Heigele. Sie halfen einander gegenſeitig aus, das Feld beſtellen, und was ſo der Arbeit mehr iſt.

So gingen Jahre vorüber. Da in einer Herbſtnacht ſchrie es durch das Dorf: „Feuer jo! Feuer jo!“ Ihr heutigen Tags könnt gar nicht mehr wiſſen, wie gräßlich das damals klang, als noch nirgends eine ordnungsmäßige Feuerwehr eingerichtet war. Die Sturmglocke läutete, Fenſter wurden aufgeriſſen, Menſchen eilten auf die Straße und fragten:

„Wo brennt's?"

„Draußen im Hennebühl bei der alten Babi!"

Die Spritze wurde herausgezogen, wir Kinder eilten auch mit auf den Brand-platz, wir wurden fortgejagt, kamen aber bald wieder.

Unvergeßlich ist mir der Anblick, wie abseits unter dem Kirschbaum, vom Feuer beschienen, die alte Babi stand mit aufgelöstem Haar, sie hielt ihre schwarze Katze auf dem Arm, ihre Augen flimmerten und starrten in die lichterlohe Flamme hinein und die Augen der Katze flimmerten noch mehr.

„Wo ist der Michel?" hieß es.

„Er hat die Kuh gerettet und ist dabei durch einen herabfallenden brennenden Balken verletzt worden, die ganze linke Wange soll ihm verbrannt sein!"

Jedermann bedauerte den Michel. Die Spritze ächzte, und der Schlosser Blank, der oben auf der Spritze saß und den Schlauch leitete, schrie sich heiser. Aus den Nachbardörfern kamen auch die Spritzen herbei, aber sie kamen zu spät. Das ganze Haus mit Allem, was drin war, war vom Feuer verzehrt.

Die Kuh war in des Rodelbauern Haus gebracht worden. Dort im Stall war großes Gedränge, Alle wollten die Gerettete sehen, als ob man noch nie eine

Kuh gesehen hätte. Die Kuh brummte in sich hinein, als wollte sie sagen: Ihr einfältigen Menschen, was habt Ihr an mir zu sehen? Seht nach dem Michel!

Ja, der war schlimm anzuschauen; man erzählte sich im Dorfe Grausenhaftes, wie er zugerichtet sei; man erzählte aber auch, daß er einen schönen Spaß gemacht habe, denn als ihn der Chirurgus verband, sagte er zu diesem:

„Für's Künftige kriegst du für's Rasiren nur einen halben Kreuzer, denn auf der Seite da wächst kein Bart mehr."

Und so war's auch, der Michel behielt sein Leben lang eine rothe Brandnarbe, die fast die ganze linke Wange bedeckte.

Nun aber hieß es: wie bauen wir das Haus wieder auf? Denn wenn man's nicht aufbaut, bekommt man das Geld nicht, mit dem es in der Brandkasse versichert ist. Dazu hatte noch der Michel all seinen Hausrath verloren, für den er nichts bekommt, und der war eigentlich mehr werth als das Haus selbst. Jetzt erfuhr man auch, daß er einen heimlichen Schatz besessen, ganze fünfzig Gulden, die man aber beim Wegräumen des Schuttes nicht fand. Der Michel behauptete, daß sie einer der Wegräumenden gefunden und für sich behalten habe.

Die alte Babi wußte Rath, sie brachte es beim Schultheißenamt und beim Landgerichte dahin, daß Michel einen Brandbrief erhielt. So nannte sie den mit einem großen Amtssiegel versehenen Brief, der den Michel ermächtigte, auf den Bettel zu gehen. Da stand's geschrieben und untersiegelt, daß er ein braver und arbeitsamer Mann sei und das Unglück gehabt habe, abzubrennen, und die Mildthätigkeit der Menschen wurde angerufen, ihm wieder aufzuhelfen.

Unser Knecht begegnete draußen im Weiherwald dem Michel, als er zum ersten Mal mit dem Brandbrief in die Fremde ging. Er zeigte dem Knecht den Brief und sagte:

„Da soll ich nun betteln gehen, sie will's haben — Sie, das war nämlich die alt' Babi — und sie sagt, ich wäre der einfältigste Tölpel, wenn ich's nicht dahin bringe, daß wir das Siebenfache bekommen, was wir verloren haben. Sieh dir den Stock an," sagte er dann zu unserem Knechte; „weißt du, was das ist?"

„Ja, ein Schlehdorn."

„Nein, ein Bettelstab. Komm, Bettelstab!" sagte er dann, steckte sein Zeugniß, das sich in einem großen Umschlage befand, wieder ein, drückte mehrmals an die Brust, um sich zu versichern, daß er es noch bei sich habe, und trollte davon.

Der Michel kam lange nicht nach Hause, den ganzen Winter nicht, aber im Dorfe hieß es, er habe Geld geschickt. Die alte Babi hatte Kaffee und Zucker beim Krämer in der Stadt gekauft, sie hatte es heimlich gethan, aber es war doch ruchbar geworden. Und die Käthe trug zu Weihnachten ein schönes neues Kleid. Sie hatte freilich die Kuh verkauft, aber es war doch sicher, daß sie noch heimliche Schätze haben mußten.

Man hatte schon das Heu eingethan, als der Michel wiederkam. Er sah ganz wohlgenährt aus, er kaufte dem Heigele seine Haushälfte ab, und nun wurde zu bauen begonnen. Man kann nicht anders sagen, der Michel arbeitete rechtschaffen mit; er grub und schaufelte und fuhr mit dem Schiebkarren hin und her, aber von dem, was ihm begegnet war, erzählte er nichts. Im Herbst wurde das Häuschen gerichtet, weiter schien es noch nicht zu reichen. Der Michel war wieder verschwunden. Im Amtsbezirk hielt er sich gar nicht auf, er ging immer weiter hinaus, und so kam er im anderen Jahre wieder. Das Haus wurde ausgebaut, neuer Hausrath wurde angeschafft und man zog ein.

Der Michel, den man sonst immer zu aller Arbeit haben konnte, war jetzt nicht mehr so willig bei der Hand, und kaum waren die Blätter am Kirschbaume vor dem Häuschen gelb, als der Michel wieder verschwunden war.

Jetzt war's klar, der Michel war ein handwerksmäßiger Bettler geworden, und man konnte es ihm auch nicht verübeln, daß er lieber draußen als daheim war, wo er bei Frau und Schwiegermutter nicht viel gute Tage hatte.

Wenn er heim kam, war er äußerst bescheiden, ging viel zur Kirche, arbeitete auch manchmal wieder an der Straße, aber er hielt's nie lange dabei aus, und plötzlich war er wieder verschwunden, Niemand wußte wohin.

Unser Knecht erzählte mir einmal, aber ganz im Geheimen, als ob kein Mensch etwas davon ahnen dürfe: der Michel habe ihm vertraut, der Schlehdornstock sei wie behext, er habe keine Ruhe im Hause, und wenn er längere Zeit in der Ecke ge- standen, da sei es — er könne drauf schwören, daß dies in Wahrheit der Fall sei — da sei es oft geschehen, daß der Stock in der Nacht aufstehe und ihn auf den Kopf und auf die Hände schlage, und dann sei es höchste Zeit, daß er fortgehe, und es sei sicher, daß er immer gute Ernte habe. Unser Knecht fragte den Michel, ob er nie nachgeforscht habe, ob der Stock allein ihn schlage, ob nicht vielleicht die alt' Babi an einem Ende des Stockes hänge. Michel kratzte sich hinter den Ohren und erklärte, daß das nicht möglich sei. Als wenn aber von ganz Anderem die Rede gewesen wäre, setzte er schnell hinzu: im Lande sei es mit dem Bettelbandeln nichts, da seien die Menschen so karg; aber droben im Badischen, in der Schweiz auf den einzechten Höfen seien die Menschen gar gut. Geld schenken sie nicht gern, aber Erbsen, Bohnen, Mehl, Kartoffeln was man nur schleppen könne, und das mache er zu Geld. Da brauche ich nur meinen Brandbrief mit dem rothen Siegel zu zeigen und zu sagen: Ihr lieben Leute, danket Gott, daß er Euch vor Feuer- schaden bewahrt; seht mich an, mir hat's mein Hab und Gut verbrannt, und ich muß betteln, und gebet nun einen Gotteslohn, daß er Euch für ewige Zeit vor

Feuer bewahre! — Kaum habe ich das gesagt, da sind sie dir voll Mitleid, Männer, Weiber und Kinder; aber ich weiß nicht, was es ist, sie haben Alle ein grausames Bangen vor mir, besonders wenn ich da auf die Narbe an meiner Wange zeige, und über Nacht haben sie mich nirgends gern, wenn ich sage, daß ich ein abge- brannter Mensch bin; wo ich über Nacht bleiben will, fordere ich meine Gabe immer erst am andern Tage.

So lebte nun der Michel viele Jahre. Wenn er heim kam — es war kein wohliges Daheim — hatte er's in den ersten Tagen immer ganz gut; kaum aber war der zweite Sonntag vorüber, gab es keine gute Stunde mehr, dafür aber um so schlechteres Essen, und wenn er klagte, hieß es, er sei an Ledereien gewöhnt.

Darum ging er auch immer wieder gern in die Fremde.

Als die alte Babi starb, vertraute er unserem Knechte, daß er nun sein Bettel- leben aufgeben wollte; wenn er sich's recht überlege, so habe ihn eigentlich die alte Babi dazu verhetzt.

Aber das Sprüchwort muß wahr sein: Wer einmal ein Paar Schuhe auf dem Bettelgang zerrissen hat, der hat keine Ruhe mehr.

Kinder hatte der Michel nicht, und so wanderte er wieder fort. Die Kälbe gab ihm eine Strecke Wegs das Geleite, und auf dem Heimweg sammelte sie Futter für ihre Kuh und ihre Ziege.

Manchmal kam der Michel auch den Sommer nicht nach Hause. Man staunte im Dorfe kaum mehr, wenn er wieder kam, die Wanderschaft des Michel erschien als ein guter Nahrungszweig. Ja, es boten sich ihm Manche an, Kameradschaft mit ihm zu machen, aber er nahm Niemand mit.

Es sind wol jetzt zwanzig Jahre her, da standen Viele aus dem Dorfe vor unserem Hause. Der Schlosser Blank stand oben auf der Leiter und nagelte eine kleine viereckige Blechtafel an den Balken unter dem Mittelfenster. Auf der Tafel war in Gold eine zackige Flamme abgebildet, draus schwang sich ein goldener Vogel empor und drunter stand: „Feuerversicherungsgesellschaft, Deutscher Phönix."

„Was ist denn das? Phönix?" fragten die Umstehenden.

Der Schulmeister erklärte, daß er Agent der Gesellschaft sei, die diesen Namen führt. Phönix sei nach der Sage der alten Aegypter ein heiliger Vogel, der viele tausend Jahre lebe, und es lebe immer nur einer; wenn er sterben wolle, so ver- brenne er sich in einem Feuer von lauter Myrrhen, und dann käme wieder ein junger Phönix heraus, der wieder viele tausend Jahre lebe. Der Schulmeister schärfte den Bauern sehr eindringlich ein, daß das nur eine Fabel sei, aber man habe es als ein schönes Sinnbild zu der guten Anstalt gewählt, die dafür sorge, daß der Mensch mit seinem Hab und Gut unbeschädigt aus dem Brandunglück her- vorgeht. Und so habe sich die Gesellschaft genannt, weil sie einem Jeden gegen mäßige Versicherung den Schaden ersetze, der ihm durch den Brand zugefügt wird. Er knüpfte die Mahnung daran, daß ein Jeder in die Versicherungsgesellschaft eintrete.

„Da kommt unser Phönix," hieß es plötzlich, und alle Blicke richteten sich nach dem oberen Dorfe, wo eben der Michel von der Wanderschaft heimkehrte.

Auch der Michel blieb bei der Gruppe stehen und fragte, was das sei.

„Das bist du,“ hieß es allgemein, „du bist auch so ein Vogel Phönix. Der Michel heißt Phönix. Willkommen, Phönix! Guten Tag, Phönix! Wie geht dir's, Phönix?“

Von allen Seiten hagelte es Spott und Witz — und der Witz war gar nicht feinkörnig — auf Michel herab. Niemand bot ihm eine Willkommmshand, und jetzt zum ersten Mal sah der Michel, daß er nicht wie ehedem gering angesehen im Dorfe war — er machte keinen weiteren Anspruch — sondern daß man ihn verachtete, und das hatte er doch nicht geglaubt. Er ging weiter durch das Dorf und hob den Stock hoch, als wollte er Jeden, der noch ein Wort gegen ihn wagte, damit züchtigen.

Aber es kümmerte sich weiter Niemand um ihn, und so senkte er den Bettelstock wieder zur Erde. Zu Hause sagte ihm die Frau:

„Du hast wol schon etwas draußen gegessen? Ich habe nicht gewußt, daß du heute kommst, ich hab' nichts.“

Michel nickte. Er hatte freilich Hunger gehabt, aber er war ihm jetzt vergangen.

Als er am andern Morgen vor sein Haus trat, sah er, wie überall an Thüre, Fensterladen und Balken mit Kreide angeschrieben war: „Phönix.“

Michel war voll Wuth, er nahm seinen Stock und wollte sogleich wieder in die Fremde. Er ging auch davon, aber draußen im Weiherwald an der Hecke, wo er vor Jahren den Stock geschnitten, stand er unversehens still und lächelte vor sich hin. Dann plötzlich wendete er sich, wie wenn ihn Jemand umgedreht hätte, und ging wieder in's Dorf zurück, geradeswegs zum Schulmeister.

„Sie heißen mich den Phönix," sagte er zum Lehrer.

„Das ist gerade keine Schande."

„Sie meinen's aber so, und sie können Recht haben. Jetzt, Herr Lehrer, ich habe fragen wollen, ob ich auch so eine Tafel haben und auch in die Gesellschaft eintreten kann?"

„Warum nicht?"

„Warum nicht? Weil, weil —" es wurde dem Michel schwer, seinen Grund herauszubringen, er konnte nicht sagen, wie verachtet er sich fühlte; endlich sagte er: „Ich möchte nicht, daß die Gesellschaft in Unehre kommt, wenn ich auch dabei bin."

Der Lehrer erklärte ihm, daß das nicht der Fall sei; er zeigte ihm eine große Kiste mit Blechtafeln, und der Michel sagte:

„Ja, ja, wer diese alle anheften könnte, der hätte was gethan in der Welt."

Da die Schulmeisterin in die Stube kam, bat der Michel den Lehrer, mit ihm in ein anderes Zimmer zu gehen; dort sprach er lange, und er muß Gutes gesprochen haben, denn der Lehrer gab ihm das Geleite bis vor das Haus und reichte ihm draußen noch einmal die Hand.

„Ja, ja, sie sollen mich nur Michel Phönix heißen," sagte er leise zum Lehrer, „das ist gut, das soll eine Ehre werden."

Er ging durch das Dorf und lächelte immer vor sich hin und lächelte alle Begegnenden an.

Michel war der Zweite im Dorfe, der in die Feuerversicherung eintrat, auch an sein Haus wurde die Tafel angenagelt.

Er blieb nun im Dorfe, und als die Blätter an den Bäumen gelb wurden, fragten ihn die Leute: „Gehst du denn nicht mehr fort?"

„Ich kann gehen und bleiben, wie ich will," entgegnete der Michel. Aber viel war er beim Schulmeister, und die Leute sagten, er lerne auf's Neue Lesen und Schreiben.

Seit Jahren hatte Michel keinen Schnee im Dorfe gesehen, aber in diesem Jahre, als der erste Schnee fiel, läutete es wieder von der Kirche, und der Michel ging wieder den Berg hinan, auf dem die Kirche stand, aber Käthe ging nicht mit ihm, sie wurde vorausgetragen und nicht weit von ihrer Mutter begraben. Michel war nun einsam, und er blieb allein in seinem Hause. Die Leute sagten, er werde sich auf sein Alter noch gute Tage machen und sich, da er wohlhabend war, eine junge Frau holen und sich pflegen lassen. Daran war aber bei ihm kein Gedanke.

Es war kurz vor Neujahr, da stand der Michel in der Küche am Herd. Er schaute sich scheu um, dann nahm er den vergriffenen und vielbekritzelten Brandbrief aus der Tasche und legte ihn auf das Feuer. Er sah zu, wie das große Siegel zuerst Blasen zog und dann zerschmolz. Mit heftiger Anstrengung faßte er dann den Stock, brach ihn überm Knie entzwei, legte die Stücke auf das Feuer, blies in die Flammen und schrie: „Fort, Bettel! Feuer, bist todt, todt!" Die Brandnarbe an der linken Wange glühte, aber immer mehr blies der Michel in das Feuer, er stand dabei, bis Brief und Stock zu Asche verbrannt waren.

Es war im vergangenen Jahre, da traf ich in einem einsamen Wirthshause des oberen Gebirges eine große Versammlung von Landbewohnern. Hinter dem Tische saß ein altes Männchen und hatte Dutzende von schimmernden Blechtafeln vor sich ausgelegt. „Ihr lieben Leute," predigte er, und obgleich man wohl merkte, daß er das schon oft vorgebracht, hatten seine Worte doch einen eigenen bewegten Ton. „Ihr lieben Leute! Es ist eine große Sache in die Welt gekommen, eine schöne, eine gute, eine brave und eine ehrliche; alle guten Worte passen darauf. Das Beste auf der Welt und das Schönste ist das Feuer, aber auch das Schlimmste und das Häßlichste auf der Welt ist das Feuer. Jetzt haben sich die Menschen zusammengethan und sagen: was es Böses thut, wollen wir auslöschen, und wer das nicht hören will, mit dem soll man kein Mitleiden mehr haben, und man soll ihm keine Gabe geben, wenn er in's Unglück geräth. Warum hat er nicht in guten Tagen vorgesorgt, in ruhigen? O, Ihr lieben Leute! Viele von Euch haben mir Gutes gethan und kennen mich von ehedem. Und jetzt möchte ich Euch was Gutes thun. Seht mich an, mein Backen ist verbrannt vom Feuer, aber in meiner Seele ist noch mehr verbrannt, ich bin ein Brandbettler geworden. Wenn ich Euch erzählen wollte, wie schwer und wie elend das ist, bis morgen früh wär' ich nicht fertig. Drum, wer das rechte Herz hat und den rechten Verstand, der thut jetzt dazu und tritt mit ein in die Genossenschaft. Da haben die Menschen etwas erfunden, was man sich nicht hätte denken können, das kann grausam schaden, und dagegen muß man helfen. Seht, da stehen die Zündhölzchen. Es ist mir recht, daß Ihr lacht. Ihr wißt, wie schnell das eine Flamme gibt, aber dagegen hat man ein Heilmittel finden müssen, und das ist mein Löschblech, die Feuerversicherung.

Saget nicht, daß dadurch mehr Brandstiftungen kommen; da lest, da werdet Ihr Alles sehen, nehmt's mit heim, glaubet mir, es thut Euch gut und Euren Kindern; ich bleibe noch mehrere Tage in der Gegend, und morgen gehe ich von Haus zu Haus und da bringe ich die Täfelchen mit, und wer will, dem nagle ich's gleich fest. Seht! Das sind gute Nägel, die halten brav. Und sie heißen mich den Phönix, und ich bin's gern."

Er vertheilte Zettel und Schriften an alle Anwesenden, worauf das Nähere zu lesen war.

So sprach und that das Männchen. In mir war sofort eine Erinnerung aufgetaucht, und die Brandwunde machte ihn ja kenntlich: das ist der Michel Phönix aus meinem Geburtsdorfe. Aber es erschien mir kaum möglich, daß das Männchen so redefertig geworden sei. Ohne von seinem Stuhl aufzustehen, sagte er zu mir herüber, da ich an einem anderen Tische saß:

„Ich rede nichts gegen andere Gesellschaften, die sind auch gut, und wer da eintritt, thut eben so recht. Sind Sie vielleicht auch ein Agent?" sagte er, aufstehend und an meinen Tisch tretend.

Ich verneinte und sagte ihm, daß ich ihn wohl kenne, ich erinnere mich seiner Hochzeit und seines Hausbrandes.

Er war nun ganz glückselig, ein Ortskind in der Fremde zu treffen, und wir saßen wohlgemuth beisammen. Ich mußte mit ihm auf die Gesundheit unseres Knechtes anstoßen, der doch schon lange gestorben war. Und immer auf's Neue sagte er: „Sehen Sie, ich bin jetzt siebzig Jahre alt, ich habe mein Leben im Elend verbracht. Warum ist das nicht früher eingerichtet worden? Und ich verstehe nicht, warum die Regierungen das Hausiren in dieser Sache nicht erlauben wollen. Ich muß das Gute hehlings thun und jede Minute gewärtig sein, daß mich ein Landjäger in's Gefängniß führt. Und doch ist es so. Man muß den Leuten in's Haus kommen, denn nach einer guten Sache ausgehen, das thun die Wenigsten."

Er erzählte mir, daß er über tausend Täfelchen angeschlagen, und er hoffe es noch zu zehntausend zu bringen, wenn ihm Gott noch fünf Jahre Leben schenke.

Wir saßen noch lange beisammen und er erzählte viel. Als ich am andern Morgen vor das Wirthshaus trat, stand der Michel oben auf der Leiter und nagelte eine Tafel an das Wirthshaus.

„Euch ist's wohl da oben?" rief ich hinauf.

„O wie wohl! Das ist meine Leiter, auf der ich in den Himmel hinaufsteige und den Menschen das Leben sicher machen helfe. Und ich bekomme jetzt noch was Neues dazu. Die Rinderpest ist eine gute Sache?"

„Die Rinderpest gut?"

„Ich mein' nicht so, ich meine es anders. Nächstens hausire ich auch für die Viehversicherung, jetzt sind die Menschen eher dazu zu bringen" . . .

Der Michel wandert noch durch die Lande, und wohl denen, die ihr Haus erst damit festfugen, daß sie es mit der Tafel schmücken, sei es in dieser, sei es in jener Gesellschaft.

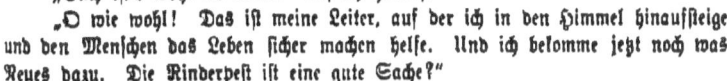

Die Verlobung auf dem Rigi.

Eine Geſchichte von unterwegs.

aſt dir eine luſtige Geſchichte erzählen. Es gibt ja nichts Beſſeres, als etwas Fröhliches berichten und den Menſchen Freude zu machen. Du haſt wohl Recht, daß du den Menſchen Etwas zumutheſt; ſie ſollen, wenn ſie geleſen, was du geſchrieben, anders werden, mindeſtens nachdenklich. Das Zumuthen iſt aber gar oft unbequem; weit willkommener iſt man, wenn man etwas Anmuthendes bringt, und ich habe Etwas. Ich kann's faſt nicht vorbringen vor Lachen, und doch iſt's ungeſchickt, wenn man erzählt und lacht — wie man ſagt — den Rahm davon weg und kommt gar nicht zur Sache. Ich will mich alſo ernſtlich faſſen und berichten.

Du kennſt den Rigi und kennſt auch die Station, genannt „Rigi-Kaltbad". Iſt's nicht ſchön, daß es heutigen Tages keinen ſchönen Hochpunkt der Erde mehr gibt, wo man nicht bequemlich daheim ſein kann, ſeine Nahrung und ſein gutes Bett hat? Freilich koſtet's Geld, aber die Luft und der Ausblick wird drein gegeben, und was für eine Luft! und was für ein Ausblick!

Da drunten iſt der ganze Qualm der Welt, in der man ſich ſeine ſiebzig Jährlein abplagt; hier oben athmet man Thau und Friedensſtille, und wer nicht im Morgenglanz und Abendroth die Kette der Alpen offenen Auges und ſtummer Lippe geſchaut, der weiß nicht, wie ſchön unſere Erde iſt, und er ſtirbt davon weg und hat nie geſehen, wo er geweſen iſt. Aber, lieber Himmel, was für ſonderbare Koſtgänger hat unſer Herrgott und ſeine Diener, die Penſionswirthe auf den ſchönen Ausſichten! Wer die Muſterkarte eines ganzen Sommers ſchildern könnte, wer da ein Photographie-Album anzulegen im Stande wäre, der hätte in einem ſchönen Ausſchnitt unſere ganze civiliſirte Welt beiſammen. Etwas Gutes hat das Wohnen auf den Bergen jedenfalls: die Menschen können nicht mit ihren Equipagen und Livreebedienten prunken. Jene lassen sich hier nicht verwenden und diese wären überaus lächerlich vor den großen Bergen und der Pracht des Sonnen-Auf- und Niedergangs. Luft und Licht, die schönsten Genüsse des Athmens und Schauens, die sind hier die Hauptsache. Wenn nur die Menschen auch vermöchten, all den Plunder von Kleinlichkeit und Sorge drunten im Thale zu lassen. Aber da . . .

Doch halt! ich will ja nicht philosophiren, ich will ja erzählen. So wisse denn und thue es auch Anderen zu wissen.

Im letzten Sommer erschienen hier zwei englische Schwestern — ich meine nicht Nonnen, sondern wirkliche Engländerinnen — in sehr bescheidenen Crinolinen und sehr hochrothen Plaids; die eine war älter, die andere war jünger; ich meine, die eine war so alt, daß man nicht mehr gern nach den Jahren fragt, die andere war eine anmuthige Erscheinung, nicht eigentlich schön, aber ein Gesicht zum Liebhaben, besonders von Augen und Zähnen gar frisch, der Ausdruck still, ein echtes Stahlstich-gesicht, aber auch schon von einem Kalender vorigen Jahres. Die beiden Damen benahmen sich durchaus nicht wie Ladies, — die englischen Wichsfabrikantentöchter, die das Festland bereisen, thun gar vornehm — es waren zwei Waisen, Töchter eines verstorbenen See-Kapitäns, und lebten von einer kleinen Pension. Die Beiden waren sich selbst genug. Jeder Engländer ist ja, wie sein Land, eine Insel, und die Beiden waren Schwester-Inseln. Sie waren bescheiden gegen Gott und die Menschen. Unter Ersterem verstehe ich nämlich, daß sie sich nicht anmaßten, die große Alpen-natur in ihr Album einzuheimsen; auf dem Känzeli saßen sie oft und lasen und bei Tische dankten sie ihren Nachbarn, wenn sie ihnen Speise und Trank reichten, und was noch am meisten heißen will: sogar am Sonntag waren sie menschenfreundlich. Wunderbarer Weise verstand oder sprach wenigstens keiner der andern Gäste geläufig Englisch.

Da kam eines unschönen Morgens — denn es regnete ergiebig — ein steif-beiniger Engländer an, er hatte viel Gepäck. Die ganze Gesellschaft schaute aus den Fenstern und betrachtete den Ankömmling. Und warum soll man sich nicht im Regen auch für einen Engländer interessiren? Er fragte sogleich den Wirth, ob nicht seine Zeitungen angekommen seien, die er sich voraus hierher hatte schicken lassen. Sie waren da und Briefe auch. Nun zerrann im Regen der Lord — denn das sollte er doch eigentlich sein — in einen sehr reichen bekannten Maschinen-fabrikanten. Da Juli im Kalender stand, erschien er bald vom Kopf bis Fuß in gelbem Nanking, eroberte drei Stühle und war in England, d. h. in die „Times", versunken.

Die Futterglocke macht alle Menschen gleich, und so mußte auch der Engländer bei Tisch erscheinen. Ich zweifle, ob er sah, daß auch noch andere Menschen am Tische waren. Am Mittag hellte sich das Wetter auf und der Engländer nickte den Bergen zu, wie wenn er sagen wollte: recht so, daß ihr eure Schuldigkeit thut und euch zeigt!

Ich weiß nicht, wie viel Tage lang Niemand einen Laut von ihm hörte, der

Wirth indeß versicherte, daß er nicht stumm sei und sogar etwas Französisch radebrechen könne.

Es thut mir leid, nicht erzählen zu können, wie der Engländer mit seinen Landsmänninnen bekannt wurde. Eines Mittags sah man sie gemeinsam und mit einander sprechend auf die Terrasse kommen. Es mag ein sonderbarer Prozeß gewesen sein, wie der stumme Engländer sein Schweigen gebrochen hat; wer weiß, welches Wort ihn getroffen. Als aber jetzt die Futterglocke läutete, nahm er wie zornig von seinen Landsmänninnen Abschied, setzte sich allein und mehrere Tage sah ihn Niemand mit den Schwester-Inseln verkehren.

Es war ein schöner heißer Mittag, da ging die jüngere Schwester mit einem Buch unter dem Arm, mit Plaid und Schirm bewaffnet, durch den Hausflur. Dort saß die Schweizer-Magd und stopfte Strümpfe. „Was machen Sie da?" fragte die Engländerin. Die Magd zeigte pantomimisch und ihr den Strumpf vor's Gesicht haltend, was sie arbeite. „Das will ich auch lernen," sagte die Engländerin, legte Buch, Shawl und Schirm ab, erklärte auch durch Zeichen, was sie wollte, und ließ sich von der Magd im Strumpfstopfen unterweisen. Es geht schwer, aber es geht doch. Da kommt unser langer Engländer herbei, die Landsmännin wagt nicht, aufzuschauen. Einen Strumpf vor einem Mannsauge sehen lassen, ist gar unmanierlich; man darf ja nicht einmal davon sprechen. Der gelbe Nanking steht still, nimmt sich einen Stuhl und sitzt wol eine Stunde lang den beiden Mädchen gegenüber stumm da. Endlich fragt er:

„Was machen Sie da?"

„Das ist eine schöne deutsche Erfindung," erklärt sie.

„Well!" sagt er, bleibt noch eine Stunde stumm sitzen, dann steht er auf, sagt nochmals „wol!" und geht davon. Wie es weiter gegangen ist, weiß ich leider wieder nicht, aber das weiß ich, daß der Engländer am andern Tag der Magd den hölzernen Pilz zum Strumpfstopfen ablaufte und ihr ein Goldstück dafür gab.

„Das ist für meine Braut!" sagte er, und er war fast schön, wie er das sagte, um zehn Jahre jünger als sonst; und als das Stahlstichgesicht erschien, waren ihre Wangen mit Farben bekleidet. Alles wurde aufgepackt, zwei Träger trugen die Damen hinab in's Thal, der lange Engländer ging immer neben der jüngern. Das Paar, das sich in Zürich trauen ließ, machte nicht erst die Hochzeitsreise in die Schweiz, es war gleich da.

So, das ist meine Geschichte. Ich weiß nicht, warum ich geglaubt habe, sie wäre so lustig. Es freute mich eben so sehr, daß durch eine kleine Wirthschaftlichkeit, in der sich ein unbefangener Sinn zeigt, ein Glück gegründet wurde. Die Geschichte erscheint mir einfach schön, und ich hoffe, es werden sich auch Andere daran erfreuen, wenn sie auch nicht so herzlich darüber lachen, wie wir Rigi-Gäste lachten, weil wir eben die steifen Persönlichkeiten kannten.

Mumien-Weizen.

Eine Erzählung.

Erstes Kapitel.

Ein Mann in hoher Position.

In seinem Privat-Cabinet auf dem mit grünem Leder bezogenen hohen Drehstuhle saß der weltbekannte Kaufherr Justinus Weiß- haar, alleiniges Haupt des Hauses Christian Weißhaar Söhne. An der Seite des Pultes stand ein alter Mann mit schneeweißen Haaren, er reichte Herrn Justinus Brief auf Brief hin; der Kaufherr las mit großer Schnelligkeit die auszufertigenden Briefe durch und schrieb dann mit einer Gänsefeder, — er gewöhnte sich nie an Stahlfedern —, seinen Namen darunter, wobei er indeß nie vergaß, einen den ganzen Namen einrahmenden Schnörkel zu machen und drei Punkte in einer bestimmten Ordnung darunter zu setzen. Der Alte erhielt die Briefe zurück, ein neben ihm stehender Diener sandelte. Man hörte nichts als Kritzeln der Feder und Knirschen des Sandes.

„Ist noch keine Antwort auf unser Telegramm nach Riga da?" fragte Herr Justinus, während er seinen Namen schrieb. Seine Stimme tönte etwas dumpf, denn er hielt die Zigarre zwischen den Lippen.

„Noch nicht."

„Feuer," sagte der Kaufherr kurz, ohne aufzuschauen.

Der Diener brachte ein brennendes Zündhölzchen. Die ausgegangene Zigarre war wieder entzündet und Herr Weißhaar schrieb weiter.

Die Briefe waren unterschrieben, der Alte ging davon. Herr Weißhaar lehnte sich in seinen Stuhl zurück und streichelte seinen etwas ergrauten Bart, der das ganze Untergesicht einnahm, nur die Lippen waren rasirt; Klugheit und Entschlossen- heit sprach aus dem ganzen Antlitz.

Ein anderer Commis trat ein, mehrere Telegramme in der Hand haltend, er öffnete die Couverts und reichte den Inhalt dar.

Mit großer Ruhe gab Herr Weißhaar die einzelnen zurück; bei einem sagte er: „Nach Liverpool! Wird acceptirt. In Warschau so viel Haber als möglich laufen. Kommen Sie in zehn Minuten wieder!"

Zwei Telegramme behielt er zurück und las sie nochmals durch, dann begann er die Antwort abzufassen. Er hatte die gute Gewohnheit, die Telegramme in runden Sätzen zu schreiben und erst bei der Durchsicht die überflüssigen Worte zu streichen. Eben als er die Feder ansetzte, wurde Herr Konrad Kraft gemeldet.

„Kann eintreten," sagte Herr Weißhaar, ohne vom Papier aufzuschauen.

Ein wohlgestalteter, schwarz gekleideter Jüngling, mit einem rosaroth durch-schossenen Antlitze, feinem röthlichblonden Schnurrbarte und vollem, dichtem, an der Stirn emporstehenden und kühn rückwärts geworfenen langen blonden Haaren trat ein und verbeugte sich gewandt, wenn auch offenbar etwas beklommen.

„Setz' dich, Konrad! Ich bin bald zu deiner Verfügung."

Der junge Mann setzte sich. Der Kaufherr sah nicht um; die Fassung eines Telegramms schien ihm nicht gelungen. Er legte die Zigarre weg und nahm ein anderes Formular vor. Er schrieb bedachtsam.

Der junge Mann hatte Zeit, sich in dem Cabinete umzusehen.

Ueber dem Pulte des Kaufherrn, zu beiden Seiten vom prachtvoll eingerahmten Bilde des Finanzministers mit dessen eigenhändigem Namenszuge: „Seinem Freunde Justinus Weißhaar gewidmet," hingen die in Oel gemalten Bilder eines Bauern und einer Bäuerin in der Landestracht des Gebirges. Es war bekannt, daß Herr Weißhaar mit großer Beflissenheit daran erinnerte, wie seine Großeltern einfache Müllersleute im Gebirge gewesen waren. Erst sein Vater und sein Oheim hatten das große Getreidegeschäft in der Handelsstadt gegründet, das im Welthandel einen ehrenvollen Namen hatte. An der Längenwand des Cabinets hing das lebensgroße Bild des Vaters, ein glattrasirtes, feines, vornehmes Gesicht, nicht ohne Schlauheit und Berechnung in den zusammengepreßten, fein geschnittenen Lippen. Der Hinter-grund des Bildes zeigte den Hafen der Stadt, und zur Rechten des Mannes stand ein geöffneter Getreidesack, worauf mit großen schwarzen Buchstaben geschrieben stand: Christian Weißhaar Söhne, 1795. Der Mann hatte die eine Hand ausgestreckt vor sich und in der Hand war goldglänzender Weizen. Sein Blick schien den Weizen zu prüfen, aber auch hinauszuschweifen über den Hafen und die unendliche See, auf der er das Erträgniß des Festlandes nach allen Weltgegenden versendete.

An der dritten Wand war eine kleine Bibliothek. Sie enthielt Handelsgesetz-bücher, Jahresberichte von den Handelskammern aller Großstädte. Ueber der Bibliothek hing eine große Weltkarte.

Eben als der Kaufherr auf die telegraphische Klingel an seinem Pulte gedrückt hatte und er dem nun Eintretenden die Telegramme mit der Weisung übergab: „Absenden!" wurde der Finanzminister gemeldet.

Der wartende junge Mann hatte sich erhoben, auch Herr Weißhaar stand auf; er war ein langgestreckter, aber wohlgestalteter haltungsvoller Mann.

„Ah, du wartest? Entschuldige," sagte er, und die Redeweise ändernd, setzte er hinzu: „Bitte, gehen Sie auf einige Minuten in's Comptoir, der Minister wird nicht lange bleiben, ich stehe dann sofort zu Ihrer Verfügung."

Während sich der junge Mann nach der Seite des Comptoirs entfernte, wurde von der andern Seite die Thür geöffnet. Der Minister trat ein.

„Guten Morgen, Excellenz," von der einen, „guten Morgen, lieber Freund," von der andern Seite, hörte der junge Mann noch; dann wurde die Thür geschlossen und Konrad Kraft stand draußen im Comptoir. Er sah seinen Vater hinter einem Gitter an einem mächtig großen, messingbeschlagenen Buche; der Vater schaute nicht auf. Konrad sah die lange Reihe der Zimmer hinaus, wo die Comptoiristen arbeiteten, hin- und hergingen, fragten, ausriefen. Hoch oben auf Brettern, die an allen Wänden befestigt waren, standen Kisten mit Bezeichnung der Jahreszahl, viele Jahre zurück. Es war das Archiv des Hauses mit den Dokumenten. Wie viel Hoffnungen, wie viel Erinnerungen und Täuschungen, wie viel bange Erwartungen waren da begraben!

Konrad fuhr sich mit der Hand über die Stirn, es schien ihm schwül zu werden in dieser Umgebung; aber er hatte nicht Zeit, sich dies recht zum Bewußtsein zu bringen, denn er wurde wieder in das Cabinet gerufen, und jetzt kam ihm Herr Weißhaar überaus freundlich entgegen und reichte ihm die Hand, indem er sagte:

„Die Herren vom grünen Tisch werden nie die Handelswelt begreifen. Aber gut! Nun sagen Sie mir," er zog die Uhr heraus und fügte hinzu: „Ich habe eine ganze Viertelstunde Zeit für Sie. Rauchen Sie auch?"

„Nein."

„Um so besser. Nun sagen Sie mir, was bringen Sie gutes Neues?"

„Zuerst möchte ich ein gutes Altes wieder haben," entgegnete der Jüngling gefaßt, „ich möchte, daß Sie mich wieder, wie immer, Du nennen."

„Gut, es bleibt dabei; ich bin ja auch dein Pathe. Also erzähle mir. Was hast du nun vor?"

„Ich glaubte, mein Vater habe es Ihnen bereits mitgetheilt. Hier erlaube ich mir vorerst mein Abiturienten-Zeugniß vorzulegen."

„Ah, ah, schön, schön; sieh da, — mich freut besonders, daß du in der Mathematik das Prädikat „vorzüglich" hast. Nun sag', was hast du nun vor?"

„Ich bin entschlossen, Medicin zu studiren."

„Medicin! Schöner Beruf, menschenfreundlicher Beruf!"

„Ich hoffe nicht zu irren, wenn ich glaube, daß ich zur Naturwissenschaft und speciell zur Botanik Beruf habe. Der Director des botanischen Gartens hat mir angeboten, mich als Zögling aufzunehmen, und ich könnte daneben Vorlesungen hören; aber ich glaube, dies ist nicht der rechte Weg, ich möchte vielmehr Medicin studiren, um, wenn ich mich in meinem wissenschaftlichen Berufe geirrt habe, eine feste praktische Basis zu haben."

„Du willst eine Basis? Gut; ich sehe, du denkst praktisch und hast etwas vom Ordnungssinn deines Vaters." Herr Weißhaar that wieder seine Uhr hervor und sagte: „Ich habe noch zehn Minuten Zeit für dich. Also Medicin studiren willst du! Ich finde das sehr achtungswerth, es gehört sehr viel Menschenliebe dazu, sich um die Magenbeschwerden aller Häuslersfrauen zu bekümmern. Es ist recht gut, daß es solche Menschen gibt. Aber, lieber Kamerad, wie sind die Verhältnisse deines Vaters? Er ist der beste Mensch von der Welt. Aber zu gutmüthig. Er hat an seinen Geschwistern zu viel gethan und sein Bruder in Amerika hat ihn zu viel gekostet, er hätte bälder die Hand von ihm abziehen sollen. Ihr seid allerdings nur noch zwei Kinder, du und deine Schwester. Nicht wahr, sie hat ihr Lehrerin-Examen gemacht? Ich habe etwas mit ihr vor. Aber es wird deinem Vater schwer werden, dich studiren zu lassen."

„Ich hatte gehofft, daß Sie —"

„Gewiß, gewiß, daran soll's nicht fehlen. Aber wenn du ausstudirt hast, beginnt dann erst die rechte Noth."

„Ich würde als Arzt auf ein Schiff gehen, um fremde Länder für meine Specialwissenschaft kennen zu lernen, vielleicht —"

„Auch schön, gut, ich sehe, du denkst weiter hinaus. Aber, lieber Konrad, ich bin kein Tyrann, der die Menschen beherrschen und ummodeln will. Wenn ich's bedenke, hätte ich vielleicht mehr von meinem Leben, wenn ich ein gut situirter Landarzt wäre. Ja, mein Großvater, der Müller, hatte von seinem beschränkten Leben mehr, als ich von meinem erweiterten. — Ich habe auch studiren wollen, ebenso wie du; aber als ich in Secunda war, nahm mich mein Bruder vom Homer weg in's Magazin und an den Hafen, — da waren ganz andere Schiffslisten. Er brauchte einen verlässigen Menschen. Ein Mensch, auf den man sich verlassen kann, ist sehr viel werth, ist eigentlich gar nicht zu schätzen. Ja, lieber Konrad, ich will dir nicht abrathen, aber ich will dir nur sagen: Es hat sein Gutes, wenn man etwas Anderes werden wollte und früh sich selbst bezwingen lernt. Du bist ein guter Rechner und schreibst eine schöne Handschrift; du hast wol auch einen guten Stil. Hast du auch schon Gedichte gemacht?"

Der Jüngling erröthete.

„Gut, sehr gut, das übt den Stil. Meine besten Leute sind immer die, die Gymnasialbildung haben. Man braucht kein Latein zum Comptoir; aber wer Latein gelernt hat, hat Gewandtheit im Ausdruck. — Ich würde es als eine Sünde betrachten, dich von der Wissenschaft abtrünnig zu machen. Wissenschaft ist das Höchste, ist das Schönste. Was sind denn wir? Knechte des Geschäftes. Was haben wir? Eitel Mühe und Sorgen. Und das Resultat? Geld. Ja, wenn man es zu einer gewissen Stellung gebracht hat, handelt es sich gar nicht mehr um's Geldverdienen. Das Geschäft ist ein Dämon, dem man sich verschrieben hat. Ach ja, lieber Konrad, ich will dich gewiß nicht von der Wissenschaft abhalten. Der Gelehrte ist besser dran. Ja, jeder kleine Bauer, der mit dem baaren Gelde in seinem Lederbeutel auf dem leeren Wagen heimfährt, auf welchem er das Getreide zu Markte gebracht, ist besser dran, als der Speculant."

Herr Weißhaar wurde in seiner Rede unterbrochen, ein Telegramm wurde ihm gebracht.

„Ah, von Boston," sagte er. Er las rasch, dann befahl er: „Acceptirt. Telegraphiren Sie das einzige Wort."

Er wendete sich wieder zu Konrad und sagte:

„Da siehst du, wir werden immer gestört und unterbrochen. Lieber Konrad, ich will dir nicht abrathen, ich will dir nicht zureden. Besinne dich. Ich weiß, es wird in der ersten Zeit sehr peinlich sein. Du wirst dich nach deinen Classikern sehnen, wirst sie Abends vornehmen. Ich lese manchmal auch noch in meinem Virgil; nicht wahr, man sagt jetzt Vergil? O fortunatos nimium (o die allzuglücklichen Landbewohner!). Du kannst bei mir eintreten, ich brauche Jemand für delikate Dinge. Mein Gott! Die Herren Beamten wollen auch leben, die Gehalte sind der heutigen Theuerung gar nicht mehr angemessen. Du sollst natürlich alsbald eine Beschäftigung haben, die deiner Bildung angemessen, und wie gesagt, ich möchte dich für mich ganz persönlich. Du erhältst sofort ein gutes Gehalt; bedenke, in deinem achtzehnten Jahre. Die Menschen loben jetzt in allen Dingen die Freiheit und halten sie hoch; aber sie hat ihre dunklen Kehrseiten. Selbstbestimmung! Freie Berufswahl in der Jugend! Wie kann ein Mensch im achtzehnten Jahre festsetzen, was er werden soll? Das wissen Andere viel besser als er, und doch — aber genug, das führt zu weit. Es ist ganz gut, daß du mehr wissenschaftliche Bildung hast, als du brauchst, und dein Vater wird sich von Herzen freuen; er ist alt, es wird ihm gut thun, dich sofort versorgt zu wissen, und wer weiß, ob wir ihn nicht bald pensioniren; er hat seine Augen zu sehr angestrengt und trägt die schärfste Nummer. Also, lieber Konrad, ich will dir nicht zurathen, du bist reif genug, um selbst zu überlegen; ich mußte dir nur Alles auseinander setzen. Du sollst mir jetzt keine Entscheidung geben. Komm morgen wieder, komm auf meine Villa um sechs Uhr Nachmittags. Entschuldige . . ., ich sehe dich also morgen."

Er machte eine Verbeugung; auch Konrad verbeugte sich, er wollte gehen. Der Kaufherr sagte noch:

„Du brauchst nicht durch das Comptoir zu gehen, gehe nur hier durch. Noch eins! Kannst du stenographiren?"

„Ich hab's zum Nachschreiben der Collegia gelernt."

„Gut, ganz gut. Also morgen um Sechs; du bist doch präzis? Merke dir, Pünktlichkeit ist das Erste. Nun Adieu!"

Zweites Kapitel.

Ein Aufruf von Oben.

Konrad ging durch das Vorzimmer, wo der Privat-Sekretär arbeitete. Er ging durch einen langen bedeckten Gang nach dem Vorderhause. Er wußte nicht, wie ihm geschah, wo er war. Im Vorderhause unterm Hofthor stand der Wagen angespannt, die Pferde scharrten, der Kutscher auf dem Bocke knallte, um sie zur Ruhe zu ermahnen. Konrad mußte anhalten.

Da kam die Treppe herab das jüngste Kind des Kaufherrn, ein schlankes, hochaufgeschossenes fünfzehnjähriges Mädchen, sommerlich gekleidet, mit aufgelösten langen braunen Haaren, die den Rücken hinabwallten. Neben dem Kinde ging eine große, sich steif haltende Engländerin; es war die Erzieherin des Kindes.

„Ah, guten Morgen, Konrad!" rief das Kind, „ich gratulire dir."

„Wozu?"

„Du hast ja dein Examen so gut bestanden. Gehst du nun bald zur Universität? Bis wann bist du Doktor?"

Die Engländerin machte gegen das Kind eine verweisende Miene, aber es schien sich nicht daran zu kehren.

„Du kommst doch noch zu uns, ehe du zur Universität gehst?' fragte das Kind, schon mit einem Fuß auf dem Wagentritt.

„Ich weiß überhaupt noch nicht, ob ich gehe," vermochte Konrad endlich zu erwidern. Er konnte nicht sehen, welchen Eindruck diese Antwort auf das Kind machte. Er konnte nicht hören, ob es vielleicht noch etwas entgegnet habe.

Der Wagen rollte davon.

Konrad ging aus dem Hause durch die Straßen nach der Wohnung seines Vaters. Er wußte nicht, wo er war, wer er war.

Zu Hause stand er lange vor seinem Arbeitspulte und betrachtete seine Schulbücher.

Sollte all der Eifer, den er auf das Studium verwendet, vergebens sein?

Er nahm dies und jenes Buch in die Hand, aber er öffnete keines.

Er wurde von seiner Schwester zu Tische gerufen und ging hinab.

Bei Tische sagte der Vater:

„Herr Weißhaar hat mir von deinem Besuche erzählt; freilich wäre es uns lieb, wenn du hier bliebest, denn deine Schwester geht nächster Tage auf das Gut als Gesellschafterin der Baronin und als Erzieherin der jungen Baronesse."

„Ich an deiner Stelle würde in's Comptoir eintreten," sagte die Schwester.

Heftig erwiderte Konrad:

„Wie kann eine examinirte Lehrerin nur einen solchen Unsinn reden! Du an meiner Stelle —, was heißt das? Das wärst ja dann du, und nicht ich."

„Ich glaube, du bist doch zum Gelehrten berufen," sagte der Vater.

„Ich weiß gar nichts mehr," antwortete Konrad.

Und weiter wurde kein Wort mehr gesprochen.

Drittes Kapitel.

Der erste Cylinder.

Wer an diesem Morgen und am darauf folgenden Tage bis gegen Abend den jugendfrischen Konrad Kraft beobachtet, und wer in seiner Seele hätte lesen können, der hätte wol die Frage erneuert: Hat Herr Weißhaar nicht eigentlich recht? Ist es nicht in der That eine wunderliche Annahme, daß ein Mensch von siebzehn, achtzehn Jahren seinen Lebensberuf bestimmen und über sein ganzes Dasein entscheiden soll? Wär's nicht besser, die reifere Einsicht der urtheilsberechtigten Eltern und Freunde hätte die Entscheidung oder sie könnten, wie Herr Weißhaar sagt, disponiren?

Wenn es wahr ist, daß wir die Affen zu Vettern haben, — und es scheint fast, wir können uns gegen die Vetterschaft nicht mehr wehren —, so ist nicht Daumen, Gehirnvolumen, Stirnknochen und Kieserbildung das unterscheidende Merkmal; viel wichtiger ist vielleicht noch die Fähigkeit, daß wir von den tausenderlei Thätigkeiten, die auf dieser Erdkugel uns offen liegen, eine herauswählen. Das Thier hat die gleichen Fähigkeiten und gleichen Thätigkeiten wie seine Ahnen. Mit dem Menschenkinde werden die menschlichen Fähigkeiten und Thätigkeiten immer wieder neu geboren und zu Neuem, noch nicht Dagewesenem gebildet, nicht blos in den Genie's, sondern auch in den Menschen von alltäglichem Beruf.

Ist aber das, was man als Freiheit der Lebensbestimmung ansieht, nicht vielleicht eine Grausamkeit, und steht das Kastenwesen nicht der Natur näher?

Das Gute und Ausgleichende, das in der Qual der Wahl liegt, besteht auch wesentlich darin, daß im Tiefsten die einzelne Berufsart von minderer Bedeutung ist: denn das, was der Mensch als Mensch ist, kann in jeder Berufsart zur Entfaltung kommen. Es kommt nicht darauf an, was ein Mensch ist, sondern wie er ist, wie er das ist, was er ist. Das Menschenschicksal selber ist ein Kunstwerk, bei dem es nicht darauf ankommt, aus welchem Stoffe es besteht und welche Verwendung es findet. Die innere Harmonie, das Gleichgewicht des rein Menschlichen, das von keiner besonderen Thätigkeit abhängig ist, — das bestimmt seine Höhe und Naturvollendung; das Wie ist entscheidend, nicht das Was.

Von diesen Betrachtungen streiften viele das Denken des Jünglings, der ruhelos in seiner Dachkammer auf- und abwandelte. Aus der Ferne brauste das Getriebe der Menschen; nichts Einzelnes ließ sich unterscheiden, aber da arbeitete Alles, ein Jeder in seiner Weise. — Wo wirst du einst sein, wo sollst du sein?

Konrad wußte, daß am Abend die zur Universität ziehenden Kameraden sich in einer Gartenwirthschaft vor dem Thore versammelten. Er hatte auch zugesagt, daß er komme; aber er glaubte seines Versprechens sich ledig betrachten zu dürfen, denn er konnte den Kameraden noch nichts Entschiedenes mittheilen.

Als es beinahe Nacht geworden, wandelte Konrad hin und her durch die Straßen, endlich vor das Thor. Er sah in dem Garten die Lichter blinken, er hörte seine Kameraden jobeln und singen, er schlich vorbei, ruhelos. —

Er ging nach dem botanischen Garten und sah dort die jungen Zöglinge arbeiten. Die Gartenknechte kannten ihn alle, sie hatten ihn lieb. Er ging nach dem Treibhause. Auf dem obern Gelünder saß er lange unter hochragenden Palmen und träumte in's Endlose hinein. Wie oft hatte er hier gesessen! Bei neuen An-ordnungen, oder wenn ein kranker Baum in Behandlung genommen wurde, war er gekommen, und wie oft hatte er geträumt, selber einst da zu wandeln und vielleicht selbst solch einem Garten vorzustehen. Jetzt war Alles das wieder verschwunden. Geisterhaft tropfte der Wasserdampf, der das ganze Gebäude durchzog, von den Blättern, und das tönte so wundersam. Der Garten-Inspektor kam, erzählte von neuen Ereignissen, die sich in seiner Pflanzenwelt zutrugen. Konrad hörte ihn kaum; er sagte, daß er nun lange nicht mehr kommen werde, überhaupt dieser Liebhaberei entsagen müsse. Der Inspektor fragte nicht näher, theilnahmlos ging er weiter; er hatte wol nicht gehört, was Konrad ihm mitgetheilt, oder hatte es nicht ver-standen.

Konrad sah eine wohlgediehene Pflanzung von Mumien-Weizen, die in die Halme schoß. Er freute sich dessen, und der Inspektor sagte, daß diese Getreideart nun auch ein sehr bedeutender Handelsartikel geworden; diese Pflanzung sei aber unmittelbar aus solchen Körnern entstanden, die der Professor der Botanik aus Aegypten habe kommen lassen; man habe wohlbedacht Schlamm unter die Erde ge-mischt, weil solcher im Heimathlande der Pflanze wol auch im Grunde war.

Konrad ging davon. Er vergaß fast sich selbst, indem er über die wundersame Erscheinung nachdachte, daß die Keimkraft noch nach Jahrtausenden zum Leben sich erweden lasse.

Wieder aber wurde es ihm schwer zu Muthe, da ihm die Entscheidung seines Schicksals einfiel.

Er kam am Turnplatz vorüber, er ging hinein; er war einer der besten Turner, er freute sich oft, wenn seine Geschicklichkeit erkannt wurde. Jetzt machte er die kühnsten Bewegungen, einsam in der Nacht, und Niemand sah ihn, als der Mond, der manchmal aus dahinjagenden Wolken hervorblickte. Aber die körperliche Ab-mübung that ihm wohl und versenkte ihn bald in den gesunden Schlaf der Jugend.

Am andern Morgen, als er erwachte, wußte er es nicht zu erklären, aber es war ihm, als hätte im Traume seine Bestimmung sich gebildet, er war entschlossen, Kaufmann zu werden. Er that die Bücher in eine Schublade des Schrankes, als müßte er diese mahnenden Zeugen zuerst zur Ruhe bringen und verbergen. Er wollte wählen, ob er nicht einige zu ständigem Gebrauche zur Hand behalten sollte; aber die Wahl wurde ihm schwer, er verbarg alle.

Beim Frühstück traf er den Vater und die Schwester, diese bereits zum Ausgehen angekleidet; sie erzählte, daß sie schon heute mit der Baronin auf das Landgut ziehen werde.

„Ich meine," sagte Konrad, und seine Stimme hatte seit gestern einen ganz andern Ton; „ich meine, du hättest dir's noch überlegen sollen."

„Was meinst du?"

„Du hattest ja eine gute Aussicht auf eine Stelle in Schottland, die dir der Geschäftsfreund des Hauses Weißhaar verschaffen wollte. Wärest du ein oder zwei Jahre in England gewesen, so hättest du viel mehr Ansehen bei der Baronin."

„Schau, schau, wie klug." erwiderte die Schwester.

Der Vater sah Konrad groß an, während das Mädchen berichtete, daß sie dem Andrängen der Baronin nicht habe widerstehen können; auch seien sie ja Alle der Familie Weißhaar verpflichtet, und es sei selbstverständlich, daß man sich ihr zur Verfügung stelle.

Der Vater nickte bei diesen Worten, und die Tochter fuhr fort: Allerdings habe die zutrauliche Freundlichkeit der Baronin etwas Erschreckendes für sie gehabt, sie wisse nicht, worin das bestehe, aber sie könne sich dieser Empfindung und dieses Eindrucks nicht erwehren, und es sei ein sonderbares Gemisch gewesen, da die Baronin zu ihr sagte: „Eigentlich solltest du, wie früher, da wir noch Gespielen waren, Du zu mir sagen, wie vordem; aber in der Welt — nicht wahr, du verstehst das? — ist es für uns Beide besser, wir nennen uns gegenseitig Sie. In dem Kreise, in dem ich nun einmal lebe, ist das angemessener und führt nicht zu Unzuträglichkeiten; glaub' mir das, du wirst es später selber einsehen."

Die Schwester fügte nochmals hinzu, daß sie eigentlich nur mit einem innern Widerstreben zugesagt habe. Sie hatte ein Gefühl, daß, wo ein gewisses Unnennbares widerspricht, man eigentlich nicht bejahen sollte; aber es bleibe doch albern, da, wo kein faßbarer Vernunftgrund sich darbiete, einer unbestimmten Empfindung zu folgen.

Und nun fragte sie zuletzt:

„Wie hast du dich entschieden?"

Eine Pause trat ein, in der Vater und Schwester auf Konrad schauten. Dieser fühlte, daß jetzt ein Wort über seine Lippen komme, das nie mehr zurückgenommen werden könne.

Es war nur eine kurze Beklemmung, die ihm die Brust preßte; dann aber sagte er:

„Ich . . . ich werde Kaufmann. Ich habe mich geprüft und finde, daß in meinem Verlangen nach dem Studium auch viel Eitelkeit ist, Herr Doktor zu heißen, vielleicht gar einmal Professor; das lockte mich, und dann . . . es ist vielleicht muthiger und kräftiger, seine Neigung zu bezwingen, als ihr nachzugeben, und Herr

Weißhaar ist ein großartiger Mann; er hat etwas Weltbeherrschendes. Es gibt auch in der Kaufmannswelt Charaktere, wie Cäsar, Alexander, denen man gerne dient." —

„Dient," nahm der Vater auf; „es ist recht, daß du das Wort sagst; es ist, wenn man's recht nimmt, kein harter Dienst, aber doch Dienst. Behalte das Wort und merke dir, daß du es heute gesagt, zu dir, zu deiner Schwester und zu deinem Vater; merke dir's, wenn ich auch nicht mehr auf der Welt bin. Ich diene dem Hause jetzt 33 Jahre, mein Vater hat ihm 37 gedient; ich hoffe, es auch so weit zu bringen, wenn nicht noch weiter. Ich bin nichts Besonderes geworden, aber ich bin zufrieden und deine Mutter war's auch; sie war Erzieherin bei der verstorbenen Schwester unseres Chefs. — Nun aber muß ich dir, Konrad, was Besonderes sagen."

Er stand auf und legte die Hand auf die Schulter seines Sohnes.

„Es ist schön und gut, was du da von Herrn Weißhaar gesagt hast. Es ist recht, daß du so denkst, und ist auch die Wahrheit. Er ist ein großartiger Mann und findet sich in alle neuen Verhältnisse und beherrscht sie sofort. Ja, lieber Sohn, Herr Weißhaar ist ein großartiger Mann; aber Eins merke dir: jeder Kaufmann hat zwei Seelen, eine Comptoirseele und eine Hausseele. Wenn Herr Weißhaar dich in seinem Hause zutraulich und deiner besseren Bildung gemäß behandelt und auch einmal sagt, daß er dein Pathe sei, — schön, nimm das ruhig hin, es ist auch ganz wahr bei ihm. Aber sobald er in's Comptoir eintritt, kommt Etwas über ihn, das ich den feuerfesten Schrank nenne; der besteht aus doppelten Eisenplatten, und zwischen diesen Eisenplatten liegt, wie ich mir habe erklären lassen, Holzasche, die kein Wärmeleiter ist. Doppelte eiserne Platten — das ist's, das ist die Comptoirseele, und glaub' mir, es muß so sein. Du kannst als Mensch tausend Gulden herschenken, als Kaufmann mußt du den halben Kreuzer berechnen. Debet und Credit müssen stimmen. Wenn du von großem Gewinne hörst, laß dir's nicht einfallen, daß auch die Mitarbeiter daran Theil haben könnten; wäre das, so gäbe es ja keinen großen Gewinn mehr. — Du wirst schon Alles lernen, und wenn du's richtig lernst, wirst du glücklich sein. Du mußt es weiter bringen als ich."

Ein Wagen fuhr vor, ein Diener der Baronin, in brauner Livree mit Wappenknöpfen, trat ein und bat Fräulein Hermine, zur Baronin zu kommen, die unten warte. Hermine war schnell bereit. Der Vater ging auf das Comptoir, Konrad war allein. Er blieb es nicht lange, denn zwei Kameraden kamen und schalten, daß er gestern den Commers versäumt. Sie erklärten lärmend, in welche Verbindungen sie einspringen werden und was für Hunde sie sich anschaffen wollen. Sie hatten auch einen Gymnasiasten mitgebracht, dem Konrad seine überflüssigen Schulbücher verkaufen sollte. Konrad war anfangs gesonnen, keine herzugeben; er wollte sie zu stetem Andenken aufbewahren. Aber jetzt sagte er, wie sich selbst besiegend: „Ich werde Kaufmann, ich gebe alle meine Bücher her." Und innerlich mit Wehmuth, aber äußerlich in freiem Entschlusse und strenger Berechnung, verkaufte er den größten Theil seiner Bücher. Er sah sie forttragen und schalt die Anhänglichkeit an äußerliche

Dinge „Sentimentalität"; — die darf der Kaufmann nicht haben, Alles ist Werth-gegenstand, hat kein pretium affectionis (Anhänglichkeitspreis). Er fühlte sich sehr stolz, seine erste Bewährung als Kaufmann darzuthun, ja er übertrieb sie noch in gewaltsamer Weise vor seinen Kameraden; diese blieben noch eine Weile und erzählten vom gestrigen Schmaus und zukünftigen Studentenfahrten. Sie wollten doch nicht sofort mit dem „Schwung" brechen; aber auf der Treppe sagten Beide wie aus Einem Munde: „transeat cum ceteris!" (vorbei mit Anderem!).

Der Verkehr mit Konrad war vorbei.

Konrad ging nach dem Comptoir. Er wäre am liebsten jetzt gleich eingetreten; aber „Pünktlichkeit, Präcision!" hat Herr Weißhaar gesagt. Vor dem Hause kehrte er wieder um.

Der Vater hatte ihm Geld gegeben, um sich einen Cylinderhut zu kaufen. In vielen Hutmacherläden ging er vorbei und betrachtete die ausgestellten Kopf-bedeckungen; endlich entschloß er sich rasch, kaufte einen Hut, und als er sich im Spiegel betrachtete, sagte er lächelnd:

„So, jetzt ist der Philister fertig!"

Viertes Kapitel.

Sei wach!

Zur guten Zeit vor sechs Uhr war Konrad Kraft auf der Villa. Vor der-selben standen mehrere Wagen, ein Kutscher in Hof-Livree war nicht zu übersehen.

Konrad meldete sich beim Pförtner; es wurde ihm gesagt, er möge im Garten warten. Er kannte den Gärtner der Villa, er kannte die Pflanzen, die jetzt im Freien standen; er war ja so oft auch hier im Gewächshause gewesen; aber er bannte Blick und Gedanken von dem weg, was ihm ehedem so ganz die Seele ein-genommen hatte. Er war entschlossen, Kaufmann zu werden, und ein Lächeln zog über seine Mienen, da ihn der Gedanke streifte: Vielleicht bringst du's auch einmal so weit und schaffst dir deine Villa mit eigenem Treibhause an.

Er ging nicht zu dem Gärtner.

Der Finanzminister, ein Polizeidirektor, ein Direktor einer auswärtigen Bank, mehrere Vorsteher berühmter Handelshäuser und verschiedene Ministerialräthe speisten heute bei Herrn Weißhaar.

Unter einer schattigen Hänge-Esche, von wo man die Freitreppe der Villa überschauen konnte, wartete Konrad. Jetzt wurden die Flügelthüren geöffnet, mehrere Frauen traten heraus, blumengeschmückten Hauptes und entblößten Nackens; unter ihnen auch die Tochter des Hauses, die stattliche Baronin Haldenwang, die sich hastig Kühlung zufächelte. Den Frauen folgten Männer in Uniformen, im schwarzen Frack, mit Orden geschmückt, die Zigarren im Munde. Konrad verhielt sich ruhig. Da hörte er neben sich ein Geräusch. Er sah Fritze, die jüngere Tochter des Hauses, mit einer Freundin nicht weit von ihm unter einem Pomeranzenbaume stehen.

„Denke dir," sagte Fritze, „gestern ist mir's gelungen, meine Miß gründlich zu ärgern." Sie lachte übermüthig, und wenn sie lachte, drückte sie immer die Augen zu, so daß man gar nichts mehr von ihrem Augapfel sah, sondern nur noch die geschlossenen Wimpern. „Wir fuhren aus," erzählte sie weiter, „nach der Eisenbahn, um meine Schwester Alexandrine abzuholen. Ich weiß, die Miß kann's nicht leiden, darum habe ich besonders freundlich mit dem Sohne unseres Buchhalters, mit dem Konrad Kraft, gesprochen. Er ist ein ganz hübscher Bursche geworden und hat schon ein kleines Schnurrbärtchen. Wie ich ihn ansehe, wird er feuerroth und weiß kein Wort zu erwidern; aber die Miß habe ich doch geärgert. Freilich, wenn ich gewußt hätte, daß er auch ein Comptoirgeselle wird, ich hätte nicht mit ihm gesprochen: schade — er hat mir so gut gefallen."

Konrad erbebte, er hätte aufschreien mögen. Die Mädchen gingen vorüber, sie schauten noch einmal zurück. Wer weiß, ob sie ihn nicht jetzt bemerkt und ob Fritze nicht bereut, was sie gesagt hatte! Aber sie schüttelte die langen Haare und rannte wie ein Reh davon. Sie trug noch ein kurzes Kleid und hatte wunderhübsche braune Stiefeletten.

Konrad hielt die Hand auf's Herz. Noch ist nichts entschieden, noch hat er sich nicht gegen Herrn Weißhaar selber ausgesprochen. Wie hat Herr Weißhaar ein Recht, das zu sagen, und woher anders konnte es Fritze wissen? Daß seine Schwester es der Baronin mitgetheilt, daß diese es dem Vater und Fritze gesagt, das fiel ihm nicht ein. Er wollte kühn vor Herrn Weißhaar hintreten und sagen: Sie irren sich, wenn Sie glauben, Sie könnten über die Menschen nach Ihrem Willen verfügen. Ich danke für Ihre Stelle im Comptoir und bleibe beim Studium ... Hei, wie wird dann Fritze aufschauen, dann wird sie nimmer bereuen, — sie wird sich schämen.

Herr Weißhaar kam die Terrasse herab, Konrad trat in den Weg und, den Cylinder in der Hand, machte er eine Verbeugung.

„Ah, schön, schön, daß du da bist, komm in einer Viertelstunde wieder."

Er ging vorüber.

Konrad wußte nicht, wohin er gehen sollte; er war so müde und glaubte, die Kniee trügen ihn nimmer.

Er setzt sich wieder unter die Eiche; er läßt sich nicht so fortschicken, er wartet hier. Oder soll er sich ganz davon machen, soll er nach Hause gehen und Herrn Weißhaar einen Brief schreiben? Er fürchtet, daß er persönlich grob werden kann, und er darf um des Vaters willen sich nichts zu Schulden kommen lassen. Aber er bleibt, und im Trotz gegen sich selbst und gegen die Welt beharrt er bei seinem Entschlusse, dennoch Kaufmann zu werden.

Herr Weißhaar geleitete den Minister bis an das Thor des Gartens, er ging noch mehrmals hin und her, zuletzt geleitete er eine Dame bis an den Wagen, dann kam er zurück.

Konrad sah auch einen Stadtbekannten, den Polizeidirektor, mit dem Herr Weißhaar Arm in Arm durch den Garten ging, bis an die Grenze der Straße, wo der Polizeidirektor dann zu Pferde stieg und, von einem Landjäger gefolgt, heimritt. Jetzt stand Konrad wieder am Wege, Herr Weißhaar ging auf ihn zu, reichte ihm die Hand und sagte:

„Entschuldige, daß ich dich warten ließ."

Der große Mann, der den Finanzminister geleitet, der mit dem Polizeidirektor Arm in Arm ging, der Cäsar, der Alexander, der so viele Orden trug, dieser bittet Konrad um Entschuldigung! Verflogen war der Aerger, daß er so hin und her-geschoben wurde, verflogen der Trotz gegen den kleinen Backfisch, — das Alles darf den Mann nicht bestimmen.

Was drängte sich nicht Alles in diesem Augenblick zusammen! Es war eine eigenthümliche Art, wie Konrad die Hand des Herrn Weißhaar drückte, länger drückte, als eigentlich gebührlich, und nicht ohne verspüren zu lassen, daß er der erste Vorturner.

Herr Weißhaar lächelte etwas sauersüß darüber; er war in bester Laune.

Der Wein hatte moussirt und die Menschen hatten moussirt, Alles war in bester Ordnung vor sich gegangen. Die Unterhaltung war lebhaft gewesen, die Gäste hatten nicht gelogen, wenn sie beim Abschied sagten, daß sie überaus vergnügt gewesen wären. Und es gibt wenig angenehmere Gefühle, als das des Haushherrn, dem ein Gastmahl, eine Gesellschaft vollkommen gelungen. Da fahren sie hin, die beglückten Menschen, Jeder seines Weges, und der Hausherr träumt ihnen nach, begleitet sie eine Weile mit seinen Gedanken; Etwas von der Künstler-Freude am Geschaffenen beseligt den Haushherrn und beseligte nun Herrn Weißhaar.

„Nun, junger Freund," fuhr er fort. „Du hast dich entschieden?"

Junger Freund! Wie wohl das thut!

„Ja," antwortete Konrad einfach, ohne einen Zusatz, aber es lag eine gedrängte Fülle von Empfindung darin.

„Und zu meinen Gunsten?"

Zu meinen Gunsten! Wie freundlich!

„Ja, ich nehme Ihr Anerbieten dankbar an und will —"

„Schon gut, schon gut."

Herr Weißhaar legte seine Hand auf die heiße Stirn Konrads. Diesem war's, als sollte er einen Segen empfangen, aber Herr Weißhaar sagte lächelnd:

„Diese Studentenmähne lässest du kürzen, das paßt nicht; gegen Schnurrbart habe ich nichts. Also, du meldest dich morgen früh punkt 9 Uhr bei Herrn Greif; wird dir deinen Platz anweisen. Wie gesagt, ich will dich später für mich be-halten zu meiner persönlichen Verfügung. — Laß dir noch Eines sagen und behalte, und wir werden gute Freunde sein. Also," Herr Weißhaar setzte den einen Fuß vor, richtete sich hoch auf und schaute drein, als stünde er auf der Tribüne, — merke dir: Vergessen und Versäumen, das sind zwei Worte, die ich durchaus nicht gelten lasse. Ich hab's vergessen — das heißt bei mir in meiner Sprache: ich bin ein gedankenloser, unaufmerksamer, schlafseliger Schwächling. Ich hab's versäumt — das heißt bei mir: ich bin unzuverlässig und nicht wach. Lieber Konrad! Ich habe mich in meinem ganzen Leben," — Herr Weißhaar streichelte seinen Bart, — „nie weden lassen. Ich war zu jeder Stunde, zu der ich auf sein wollte, immer wach. Man kann seine Natur daran gewöhnen. Ich habe mich nie an Etwas erinnern lassen. Ich vertraue dir, du siehst mir darnach aus, daß du mir nie mit erbarmungswürdiger Miene sagen wirst: ich hab's vergessen oder versäumt. Wachet und arbeitet, hatte mein Großvater, der Müller, immer im Sprüchwort."

Herr Weißhaar schien mit sich zufrieden, er strich sich durch den Bart rechts und links, und schloß:

„Willst du nicht nach dem Treibhause gehen? Ich habe neue Sämereien und Pflanzen bekommen und meine Volkamerien duften olympisch. Ja, das wollt' ich dir noch sagen: vernachlässige deine Kenntnisse in der Botanik nicht, pflege sie weiter, vielleicht, wer weiß —. Nun, leb' wohl, grüße deinen Vater!"

Herr Weißhaar ging weiter; er reichte seine Hand mehr; Konrad verließ die Villa. Als er eben das Gartenthor hinter sich zuschlug, — es klirrte lang, — wurde er angerufen. Eine helle Frauenstimme rief: „Komm, Konrad!" Er zitterte. Wie? Wird ihn Fritze, der neckische Backfisch, anrufen und ihm sagen, daß —. Er sah hin und her, er sah nichts. Da kam seine Schwester; sie freute sich, daß sie nochmals mit einander heimkehren könnten.

Konrad war still.

Fünftes Kapitel.

Das Haus Weißhaar im Innern.

Das Haus Weißhaar wurde als eines der glücklichsten angesehen und war es gewissermaßen auch. Ehre und Ansehen in der Stadt, im Staate, bis hinauf zum Fürsten, war ihm in vollem Maße geworden. Stets sichere Erfolge in der Handelswelt und ein Name von gewichtiger Geltung.

Auch das Familienleben erschien als ein vollbeglücktes, dem nichts als ein Sohn fehlte, der der Träger des Namens und der Erbe der großen Firma hätte werden sollen.

Frau Weißhaar war eine stille Frau von geringer geistiger Regsamkeit, sie sprach sehr wenig, sie hatte immer eine Ruhe, einen wohlwollenden und begütigenden Ausdruck, so daß jeder Freund des Hauses ihr mit besonderer Ehrerbietung begegnete; sie war stets einfach gekleidet, aber es lag eine stillbehäbige, ehrenfeste Art in ihrer ganzen Erscheinung; sie glänzte nicht, aber sie hatte eine besondere Auszeichnung, sie war eine streng kirchliche Frau, sehr thätig in den Missionsgesellschaften und im

Vorstande der meisten mit dem Kirchenthum in Beziehung stehenden Wohlthätigkeitsvereine. Bei allen feststehenden Vereinen, deren Ehrenpräsidentin die Fürstin war, so wie bei allen zeitweise in Nothständen sich bildenden Comité's, die sich hoher Protektion erfreuten, war Frau Weißhaar unfehlbar in der Liste des Vorstandes unter den Namen des höchsten Adels. Sie wurde selbstverständlich als Repräsentantin des Bürgerthums angesehen. In den Sitzungen war sie unbefangen, sie kannte keinen Standesunterschied. Die Frauen, die sich mit ihr vereinigt hatten, galten ihr nur als Mitarbeiterinnen am Liebeswerke. Sie waren ihr gleich. — Es gibt, zumal in den rechtgläubigen Kreisen, eine Gemeinschaft, die man kurzweg den Religionsadel nennen darf. Die Genossen und Genossinnen betrachten sich gegenseitig als die Auserwählten, als den Ehren-Hofkreis des Himmelsregenten, die sehr mitleidig und sehr wohlwollend auf die armen Plebejer, Hintersassen und Heimathlosen in der Religion niederschauen.

Es gab in diesem Kreise Manche, die sich freuten und stolz darauf waren, daß Namen des höchsten weltlichen Adels dazu gehörten. Für Frau Weißhaar war das gleichgültig, sie fühlte sich im Vollbesitze des Religionsadels, prunkte aber nicht damit, war vielmehr dankbar und bescheiden, daß ihr das geworden.

Von jenen Vereinen aus hatte sich auch eine Beziehung zu dem Buchhalter Kraft gebildet; denn Herr Kraft war theils Kassier, theils Kassenrevisor in denselben. Er brachte seine freien Stunden damit zu, die Bücher der Vereine ordnungsmäßig zu führen. Frau Weißhaar war vielleicht die Einzige, die es erkannte, daß Herr Kraft größere Opfer brachte, als diejenigen, die mit großen Summen verzeichnet waren: er opferte seine freie Zeit. Zwischen Frau Weißhaar und dem Buchhalter Kraft bestand eine eigenthümliche Huldigung, natürlich in der reinsten Weise; aber doch sagten Manche: Diese beiden Menschen sollten eigentlich ein Paar sein; aber freilich, sie besäßen dann Beide nichts. Herr Kraft war tolerant gegen Frau Weißhaar; er sagte: Ihre kirchliche Frömmigkeit ist gut, weil sie so viel Gutes dabei thut. Sie dagegen sagte: Die Freidenkerei des Herrn Kraft, — und er war ein starker Freidenker, — kann nicht so schlimm sein, denn er thut viel Gutes dabei.

Herr Weißhaar hatte seine besondere Freude an der Ehrenstellung seiner Frau. Mit ihrer Kirchlichkeit war sie ihm freilich bisweilen lästig, aber er fand es doch schön, daß sie am Positiven hing; das gab ihr große Sicherheit und Bestimmtheit im Leben, und daneben war es auch bequem; es erhielten sich dadurch nicht nur Beziehungen zu einer mächtigen Partei im Lande und am Hofe, — Frau Weißhaar machte auch gar keine Ansprüche in der Unterhaltung: ihr Mann konnte ruhig in den Club gehen und überhaupt seinen Neigungen leben.

Es war volle Wahrheit, wenn Herr Weißhaar merken ließ, daß er sich eigentlich nichts aus dem Gelde mache; was konnte ihm auch daran liegen? Eine Vermehrung um Hunderttausende, ja um eine Million, änderte nichts an seinem Leben und an seiner Stellung. Er hatte den Zustand der Sättigung nach dieser Seite hin vollkommen erreicht. Er ließ deutlich erkennen, daß er eigentlich nur um der Ehre willen auf seinem Posten stehe. Und Ehre scheint ein Element, in dem es keinen Zustand der Sättigung gibt. Nachdem er den ersten Orden erhalten, waren ihm alle andern gleichgültig, und sie drängten sich ihm wahrhaft auf die Brust.

Herr Weißhaar war Mitglied des Herrenhauses, in welchem er sich zur gemäßigt liberalen Partei hielt. Er lehnte bescheiden ab, hörte es aber doch gern, wenn man ihm sagte, er sei der Finanzminister der Zukunft. Er sagte dann jedesmal: „Ich habe nicht studirt, ich habe vom Magazinier auf gedient." Er konnte aber nicht verleugnen, daß er viel studirt und eine Autorität im Handelsrechte war. Schon zweimal war er Referent des Budget-Berichtes gewesen.

Herr Weißhaar war ehrenfest und tüchtig, nur wollte er in Kreisen gelten, die ihm blos eine Art Gnadengeschenk der Ehre zukommen ließen. Er hatte in sich den Stolz des Bürgerthums, aber dieser Stolz war kein in sich gehaltener, er trug ihn gern nach Außen und in andere Regionen hinein. Er sagte sich: Wir Bürger sind nun tonangebend und herrschend in der Welt, und die abgeschlossenen Kreise dürfen für uns nicht mehr da sein; wir müssen diese Schranken durchbrechen. — Der Adel und die Hofgesellschaft sah aber darin doch vielleicht nicht mit Unrecht ein gewisses Andrängen. — Man nannte Herrn Weißhaar und seinen Anhang den Adelsschwanz. Im letzten Carneval war in dem Kreise, der sich oft ausschließlich die Gesellschaft nennt, ein hierauf bezüglicher Scherz gemacht worden, der indeß Herrn Weißhaar nicht zu Ohren kam.

Herr Weißhaar hatte auch eine Zeitung, in der er seine Ansichten vertreten ließ, aber natürlich so, daß er hinter den Coulissen verblieb.

Mit den beiden Töchtern stand die Mutter nur in einer losen Beziehung. Sie hatte versucht, sie in gleiche Richtung mit ihr zu bringen, und als es nicht gelang, ließ sie dieselben gewähren.

Alexandrine, die ältere Tochter, zeigte bald das sichere, frei über andere Menschen und über die Verhältnisse verfügende Wesen des Vaters; nur darin war sie ganz andern Sinnes, daß sie die Kaufmannswelt geringschätzte. Dennoch hatte sie sich bereden lassen, sich mit dem Sohne eines Geschäftsfreundes aus England zu verloben. Der junge Mann, von guter Bildung, arbeitete im Comptoir des Herrn Weißhaar, aber eine Veranstaltung der Mutter löste ganz gegen ihren Willen das eingegangene Verhältniß. Zur Abhülfe für eine durch Wassersnoth schwer heimgesuchte Gemeinde wurde ein sogenannter Wohlthätigkeits-Bazar errichtet. Alexandrine wurde eine der Verkäuferinnen. Sie ragte durch Stattlichkeit ihrer Erscheinung und durch große Gewandtheit vor allen Anderen hervor. Ihre Bude war von der vornehmen Welt beständig umlagert, ihre Tageseinnahmen waren stets die höchsten. Ein junger Gardeoffizier, der als einer der lustigsten Cavaliere galt, scherzte tagtäglich, kaufte allerlei Nichtigkeiten. Ohne Weiteres sagte Alexandrine am Abend, als sie nach Schluß des Bazars heimgekehrt war, ihrem Bräutigam, daß ihr Verhältniß aufgelöst sei; und zum Vater gewendet, erklärte sie entschieden, daß sie den Baron Haldenwang heirathe und Niemand anders. Der junge Engländer reiste alsbald ab, und nach einigen Tagen schweren Kampfes wurde die Verlobung gefeiert. — Alexandrine hatte einen besondern Beistand in der Mutter gefunden, denn eine

Schwester des Barons gehörte zu den eifrigsten Mitarbeiterinnen in den Missions-
thätigkeiten, Mägdeherbergen u. s. w.

Baron Haldenwang nahm seinen Abschied und zog sich auf seine Güter zurück.
Alexandrine war oft leidend; sie mußte jedes Jahr eine Badekur gebrauchen.
Der Vater tröstete sie, daß dies nichts zu bedeuten habe; sein Großvater, der Müller,
habe das gleiche Leiden gehabt und sei dabei steinalt geworden.

„So, der Urahn Müller?"

Sie lächelte, die Baronin —.

„Wenn man doch einmal das Unglück hat, von einem Müller abzustammen,
so hatte der Mann aus dem Volke doch die Pflicht, urgesund zu sein. Es schickt
sich gar nicht für einen Müller — es ist ganz ohne Pietät — gewisse Krankheits-
arten noch auf Enkel zu vererben."

Hätte Alexandrine den Urahn vor sich gehabt, sie hätte ihm den Staub gründlich aus den Kleidern geklopft.

Nach zwei Jahren einer glücklichen Ehe, in der ein Kind geboren wurde, befiel
den Baron Haldenwang eine Lähmung, und die Aerzte erklärten sein Leiden für
unheilbar. Alexandrine erwies sich als gute Pflegerin, sie war sehr aufmerksam
gegen ihren kranken Gatten, der manchmal im Rollstuhl in den Park geführt werden
konnte. Innerlich aber war sie empört über ihr Schicksal.

Fritze, ihre jüngere Schwester, war ein übermüthiger Wildfang, und jetzt, da
sie noch nicht eigentlich in die Gesellschaft durfte und ihr das beständig ernste Wesen
der Mutter langweilig war, hatte sie den einzigen Wunsch, mit zwei ihrer Freundinnen auf ein Jahr in ein Institut nach Brüssel gebracht zu werden, um dann bei
der Heimkehr fest und sicher in die Gesellschaft einzutreten.

Herr Weißhaar war dem eigentlich nicht entgegen, denn er fürchtete, daß auch
Fritze, die ab und zu auf dem Gute der Schwester war und dort mit dem benach-
barten Adel verkehrte, ebenfalls eine Neigung zu einem Adeligen gewinnen könne,
und er hegte den tiefsten Wunsch, daß Fritze sich mit einem Manne von bürgerlicher
Herkunft verbinde; dazu wünschte er natürlich auch einen Eidam, der das große
Geschäft übernähme.

An dem Tage bevor Konrad Kraft sich gemeldet hatte, war am Familientische
von dessen Schwester Hermine die Rede, die am tauglichsten erschien, als Gesellschafterin Alexandrinens und als Erzieherin der Enkelin auf das Gut zu ziehen.
Es wurde auch davon gesprochen, daß der Sohn des Buchhalters so talentvoll sei
und nun die Universität beziehen wolle.

Da sagte Fritze unbefangen:

„Der Konrad Kraft ist ein prächtiger Mensch, ich habe ihn gestern im botanischen Garten gesehen; Hermine muß doch sehr glücklich sein, solch einen Bruder
zu haben."

In den Mienen des Herrn Weißhaar zuckte es und sein Auge leuchtete. —
Warum nicht? sagte er sich, warum soll sich das nicht vorbereiten und anlegen
lassen? Ein talentvoller, wohlgestalteter junger Mensch, den ich mir zum Vertrauten,

zum Eidam erziehe, — warum sollte man darüber nicht mit Bedacht disponiren können?

„Vater, warum lächelst du, was hast du? Sag's doch. Was ist dir jetzt durch den Sinn gegangen?" fragte Fritze plötzlich.

„Kind, es geht Einem viel durch den Sinn, was man nicht so sagen kann."

Am Nachmittage sagte Herr Weißhaar leichthin zu seinem Buchhalter:

„Schicken Sie mir morgen früh um halb zehn Uhr Ihren Sohn!"

So war geschehen, was wir miterlebt haben. Konrad war auf dem Comptoir, er hatte keine Ahnung, welch hohe Bestimmung ihm gestellt war.

Der Halm wächst draußen in freiem Felde und gedeiht der Reife entgegen. Wer weiß, wohin das Korn geführt wird, wem es zur Speise werden soll? Der Freiverfügende beherrscht das Wachsthum des Feldes, das am Boden haftet, wie die Menschen, die sich frei bewegen. — —

Sechstes Kapitel.

Die Geschwister in Condition.

Am andern Morgen ging der Vater Kraft mit seinen beiden Kindern nach dem Hause des Herrn Weißhaar. Unter dem Hofthor trennten sie sich; Hermine ging die Treppe hinauf zur Baronin, Konrad mit seinem Vater nach dem Comptoir. Der Vater zeigte ihm, wo man den bessern Rock ablegt und einen geringeren anzieht. Konrad blieb heute noch in seinem Gewande, zu morgen aber sollte er sich einen Comptoirrock bereit halten. Er wurde dem Bureau-Chef vorgestellt. Der junge Mann reichte ihm die Hand und ließ ihn an seinem Pulte Platz einnehmen. Er erhielt sofort eine größere Berechnung zum Ausarbeiten; sie wurde ihm schwer, er war nicht gewohnt, unter Geräusch, unter Hin- und Hergehen, Fragen und Antworten eine Ausarbeitung zu machen. Er irrte sich mehrmals und dachte, daß er in seiner Dachkammer schnell und ohne Hinderniß damit fertig geworden wäre. —

Durch die ganze lange Reihe der Comptoirzimmer gab es großes Aufsehen. Alles wendete sich von den Pulten ab; denn Fritze ging mit ihrer kleinen Nichte, einem aufgeputzten Lockenköpfchen von neun Jahren, durch alle Zimmer bis zum Trésor (dem feuersichern Gewölbe), um dem neugierigen Kinde Alles zu zeigen. Niemand konnte sich erinnern, daß Fritze je im Comptoir gewesen wäre, sie schien sich auch um die darin arbeitenden Leute nicht zu kümmern; ja, als auch Konrad nach ihr umschaute, bemerkte sie ihn in der That nicht.

Unterdeß war Hermine im obern Gemach bei der Baronin, die so eben aufgestanden war. Die Baronin sagte ganz freundlich: „Es ist sehr schön, daß du so pünktlich bist. Hab' nur Geduld mit mir; ich habe leider gar keine Geduld. Es wird mir gut thun, wenn du mich auch etwas erziehst; nur bitte ich dich, sei nicht zu streng!"

Das war ein sehr liebenswürdiger Anfang. Hermine lächelte und gab eine sehr bescheidene Antwort, wobei sie aber doch wahrheitsgemäß einfließen ließ, daß wir nie mit unserer Ausbildung fertig werden und auch nie fertig werden sollen.

Die Baronin hatte vielleicht ein Ablehnen erwartet und daß Hermine entgegnen werde, es sei nichts mehr an ihr zu vervollkommnen. Eine Sekunde — aber nur eine flüchtige Sekunde — zog etwas über ihre Mienen, wie wenn sie sagen wollte: Pedantin! — Schnell aber wendete sie sich und sagte:

„Ja, sei nur immer recht wahr gegen mich, schone mich nicht; ich bedarf eines Menschen, der mir die Wahrheit sagt, und wenn ich einmal ärgerlich werde, so bitte ich dich zum Voraus um Verzeihung. Verlaß dich darauf, daß ich's eine Minute, oder auch eine Stunde darauf, vielleicht auch erst am andern Tage einsehe; aber daß ich's einsehe, ist gewiß. Ich sollte es dir nicht sagen, aber ich sage dir's doch. Du kannst dir nicht vorstellen, welch ein Glück du für mich bist. Ich sehe jetzt, daß ich eigentlich ohne dich gar nicht hätte weiterleben können. Ach, liebe Hermine, ich habe ein schweres Schicksal; ich kann es nicht allein tragen, du mußt mir helfen. Bitte, gib mir meine Haube dort her, nicht diese, die mit den blauen Bändern. Nicht wahr, liebe Hermine, du nimmst es nicht übel, wenn ich dich um solch kleine Dinge bitte? Das soll dir an deiner Stellung nichts nehmen, und Freunde können ja einander Alles leisten; ich werde mit Vergnügen auch dir helfen. Aber jetzt fällt mir ein, ich möchte dich bitten, — aber nein, es ist zu viel . . ."

„Es wird mir eine Freude sein, Ihre Bitte erfüllen zu können," sagte Hermine, indem sie der Baronin die Haube aufsetzte.

„Es ist zu viel. Du sollst mir aber gar nichts darauf antworten, laß mich's nur sagen. Wenn ich etwas habe, das ich aussprechen möchte und doch vielleicht bei mir behalten soll, ist mir's immer, als hätte ich eine vollgestopfte Tasche an meinem Kleide, die mich genirt. — Ich wollte dich also bitten, daß du in den nächsten fünf Jahren nicht heirathest; glaube mir . . . aber, wie gesagt, ich habe es jetzt nur ausgesprochen; ich danke, daß du mir's erlaubtest; Antwort brauchst du mir nicht zu geben."

„Ich kann Antwort geben: Ich heirathe nie."

„Nie? Ach ja, ich habe einmal davon gehört, du hattest ja seiner Zeit eine unglückliche Liebe. Nicht wahr, es war ein junger Geistlicher, der an der Auszehrung gestorben ist? Ach ja, das mußt du mir einmal genau erzählen, wir werden auf dem einsamen Schlosse Zeit genug dazu haben."

In das Antlitz Hermineus trat eine zitternde Bewegung. Ihr schweres Schicksal war angerufen und sie fühlte in diesem Augenblicke eine Schwermuth und Verzagtheit, so daß sie der Baronin sagen wollte, sie sei vielleicht doch nicht fähig, ihre tiefe Trauer im steten Umgange zu bewältigen. Sie kämpfte mit sich, aber sie schwieg.

Die Baronin drückte auf eine Klingel, das Kammermädchen trat ein. „Frau Heinrike soll mit dem Kinde in den Saal kommen. Komm, liebe Hermine. Hast du schon gefrühstückt? Ich stehe leider spät auf. Das mußt du mir auch abgewöhnen."

Sie traten in den Saal. Frau Heinrike, eine kleine, runzelige Alte mit weißer Haube, trat auch ein; ihr voraus sprang das Kind; seine Locken flogen, es stürzte auf die Mutter zu und umhalste sie.

„Gib auch hier meiner Freundin Hermine einen Kuß; sie bleibt bei uns und wird dich viel Gutes lehren."

Das Kind stand still und betrachtete Hermine scharf. Es flüchtete sich zu der alten Frau Heinrike.

Hermine sagte, halb zum Kinde, halb zur Mutter gewendet: sie wollten warten, bis auch sie und das Kind gut Freund werden.

Das Kind sagte nun, sie wolle zu Tante Fritze, sie habe versprochen, ihm das ganze Comptoir und die Schatzkammer zu zeigen. Die Baronin gestattete es, und als das Kind mit Heinrike davon gegangen war, sagte die Baronin:

„Darf ich fragen, warum du so spröde gegen das Kind gewesen und ihm nicht eine Freundlichkeit erwiesen hast?"

„Es geschah aus guten Gründen. Man darf einem Kinde nichts aufdrängen, vor Allem keinen Menschen. Das Kind kann die Güte und Freundlichkeit, die Sie für mich haben, nicht als Erbe antreten."

„Ich sehe schon, du handelst nach Grundsätzen," sagte die Baronin. Es war unklar, ob sie das in Lob oder in Tadel aussprach.

Die Baronin drängte zu baldiger Abreise. Sie behauptete, daß sie trotz der auf dem Lande oft schwer empfundenen Einsamkeit doch keine Stunde mehr gern in der Residenz sei. Sie erklärte nicht näher, was sie störte.

Bevor die Börsenstunde gekommen war, entstand große Aufregung im Comptoir: der Buchhalter Kraft und sein Sohn wurden nach der Wohnung des Herrn Weißhaar gerufen, um sich bei Hermine zu verabschieden. Konrad sah Fritze hier noch einmal, aber sie schien ihn gar nicht zu bemerken; Konrad hörte nur, wie sie die Schwester bat, doch den Vater zu bestimmen, daß er sie noch ein Jahr in das Pensionat nach Brüssel gebe; die Schwester versprach's.

Zu Hermine sagte die Baronin noch, ehe sie zum bereit stehenden Wagen hinabstiegen:

„Hermine, du versprichst mir, bei mir zu bleiben; du sollst es gut haben, das gelobe ich dir hier vor deinem Vater. Hermine, ich bin nicht undankbar, aber ich bin heftig, ich bin launisch, und die Krankheit meines Mannes hat meine Nerven entsetzlich aufgeregt und ich muß das vor ihm verbergen. Hermine, ich bin heftig; also, wenn ich dich einmal von mir trennen will, gib mir nicht nach, verlaß mich nicht, ich werde dir's ewig danken."

Der Wagen fuhr davon. Das große Gepäck war vorausgeschickt. Die Baronin und Hermine saßen im Fond des Wagens, ihnen gegenüber Heinrike mit dem Kinde, auf dem Bocke beim Kutscher die Kammerjungfer und im hintern Sitz der Bediente.

Konrad ging nach dem Comptoir zurück. Er mußte sich zwingen, seine Gedanken von der Schwester abzulenken.

Wie mochte es ihr zu Muthe sein, jetzt so zum erstenmal durch die Straßen ihrer Vaterstadt zu fahren!

Konrad konnte aber doch keine Vorstellung davon haben, was zwischen den beiden Frauen vorging, ja, sogar mit dem Kinde; denn die Baronin sagte bald:

„Ach ja, ich habe dich noch gar nicht gefragt, welches dein Lieblings-Componist ist?"

„Mozart!"

„Konnte mir's denken. Also Klassiker, die spielst du am liebsten?"

„Ich spiele gar nicht."

„Nicht?"

„Gar nicht; ich habe absolut kein Talent zur Musik, und als ich das erkannt hatte, gab ich auch jegliche Uebung auf."

Die Baronin legte den Kopf zurück; dann sagte sie mit holdseligem Lächeln:

„Es ist mir eigentlich lieb, daß du nicht Klavier spielst; nun sehe ich doch auch eine Mangelhaftigkeit an dir, du wärest sonst gar zu vollkommen."

Das Kind, das nicht gewohnt schien, den Rücksitz einzunehmen, und Hermine mit großen Augen anstarrte, wand sich mehrmals von der alten Heinrike los, die es festhalten wollte, und rutschte vom Sitze herunter. So oft es wieder hinaufgesetzt wurde, strampelte es mit den Beinen und traf jedesmal das Knie Herminens. Das geschah offenbar nicht ohne tückische Absicht; aber Hermine hielt sich ruhig. — Endlich sagte das Kind:

„Fräulein Kraft, willst du mich nicht neben meine Mutter sitzen lassen? Steh' auf, das ist mein Platz."

Alexandrine fuhr zornig auf, aber Hermine sagte begütigend:

„Liebe Adriane, du wirst gewiß gern Höflichkeit gegen Fremde lernen."

Das Kind erwiderte nichts; es schmerzte Hermine in der Seele, daß sie sofort mit Füßen getreten werde, und von dem Kinde, dem sie ihr Bestes widmen wollte. Aber sie war entschlossen, ihre Aufgabe zu erfüllen.

Beim Aussteigen gab sie dem Kinde ihre kleine Handtasche, um sie anzubewahren. Das Kind sah sie wieder verwundert an, es ließ die Tasche auf den Boden fallen, hob sie aber doch schnell wieder auf und hielt sie fest.

Der Zug kam an, man stieg rasch ein und fuhr davon.

Unterwegs ließ sich Hermine von dem Kinde, das diese Fahrt schon oft gemacht, Mancherlei erklären; und die Art, wie sie sich von dem Kinde belehren ließ, statt ihm Etwas zu geben, machte das Kind zutraulich.

Als man gegen Abend an der Station ankam, wo der Wagen vom Gute wartete, und Hermine ihre Handtasche nehmen wollte, rief das Kind:

„Nein, die trage ich, die haſt du mir übergeben!"

Hermine lächelte glückſelig. Sie wußte, daß ſie auf dem rechten Wege war, das Herz des Kindes zu gewinnen.

Siebentes Kapitel.

Die Freundin im Schloſſe.

Man fuhr eine Strede in der Ebene an wohlbebauten Feldern vorbei. Das Schloß, das auf einer kleinen Anhöhe ſtand, war mit einem Neubau in alterthümlicher Weiſe wiederhergeſtellt. Wall und Graben waren noch da.

Man fuhr über eine Brüde, die zwar feſt war, aber durch eine herabhängende Kette noch den Anſchein einer Zugbrüde gab. Drunten im Graben ſtand das Waſſer, von hohem Schilf eingerahmt, und hatte einen Abfluß nach dem Thale.

Im Hofe war Alles ſtattlich. Herr Weißhaar hatte ſeine Tochter reichlich ausgeſtattet. Ein Schiebſeſſel von feinſter Conſtruktion, der an der Treppe ſtand, zeigte, daß hier im Hauſe ein Kranker war, der ſich nicht mehr bewegen konnte.

Auf dem Schloſſe richtete die Baronin für Hermine ein Zimmer neben dem ihrigen ein. Die Freundin ſollte ihr immer nahe ſein, das Kind ſollte bei Heinrike bleiben, um nicht in eine Gewohnheit zu kommen, ſich von Hermine irgendwie bedienen zu laſſen.

Die Baronin ging mit ihrem Kinde in die Zimmer ihres kranken Gatten. Sie kam bald zurück und ſagte zu Hermine, der Baron freue ſich ihrer Ankunft, ſei aber heute zu ſchwach, um einen Beſuch empfangen zu können; er ſei überhaupt für Fremde nur des Morgens zwiſchen Neun und Elf zu ſprechen.

Nach den erſten Tagen ſah Hermine, daß ſie dreifache Pflichten hatte. Sie war Erzieherin des Kindes, Geſellſchafterin der Mutter und vielfach auch Pflegerin des Kranken, der bei all ſeinen Leiden eine gewiſſe weltmänniſche Haltung bewahrte, ja ſogar galant gegen Hermine war.

Hermine wurde bald ein Mittelpunkt des Hauſes. Zu dem Arzte des Städtchens, einem trefflichen, grabſinnigen Manne von ernſtem Weſen, das noch eine Beimiſchung von ſtudentiſcher Formenfreiheit hatte, kam ſie bald in freundliche Beziehung. Sie begriff ſeine Anordnungen ſehr raſch; ſie lernte ſchon nach der erſten Anweiſung die Elektriſir=Maſchine anwenden, und ſo war ſie bald der ſogenannte Hülfsdoktor.

Die Baronin hatte ſie den benachbarten, meiſt adeligen Gutsbeſitzern, darunter mehrere ehemalige Kameraden des Barons, die ihn treulich beſuchten, ſo wie den Frauen des Kreiſes vorgeſtellt. Sie war eine beſcheidene, nie ſich vordrängende, aber auch willig am Geſpräche theilnehmende Geſellſchafterin; und bei Allem, was sie sprach, erkannte man ein vorbereitetes Denken, das sich durch Studium und Nachsinnen bereichert und abgeklärt hatte.

Das Kind, das tückisch und anspruchsvoll war, wurde bei der methodischen und nachgiebigen Weise Herminens immer lenksamer. Es lernte schwer, und Hermine hatte viel Mühe, die Mutter zu beschwichtigen, die das vergeßliche Wesen des Kindes für geflissentliche Halsstarrigkeit ansehen wollte.

Die Baronin hatte eigentlich keine Bildung und im Grunde kein Verlangen darnach; sie durchblätterte die Journale, besonders die illustrirten, sie las auch einmal einen Roman; aber nachdenken, Neues gewinnen, sich erhöhen — wozu das?! — Sie war schön, sie war liebenswürdig, sie konnte gut plaudern, sie war Baronin und dazu noch die unglückliche Frau eines Kranken, — wozu sich weiter bilden?!

Es war eine sonderbare Anwandlung gewesen, daß sie Hermine verpflichtete, an ihrer Weiterbildung zu arbeiten und sich um ihr launisches Widerstreben nicht zu kümmern. — Hermine nahm das sehr ernst, und wenn die Baronin einmal in Unmuth fragte: „Aber, Hermine, fürchtest du denn gar nicht, mir lästig, mir langweilig zu werden?" blieb Hermine unverdrossen, sie lächelte in der Zuversicht, daß der so Wohlbegabten das höhere Glück der Selbstvervollkommnung aufgehen werde.

Im Herbste starb der Baron und zur selben Zeit verlor auch der Arzt seine Frau. Vier Kinder weinten um die Mutter. Der Arzt ging streng seinen Pflichten nach, und sein lernhaftes Wesen und die Haltung, die er bewahrte, wirkten gut auf die Baronin, die mit dem Schicksale haderte, daß gerade ihr ein solches Loos beschieden. Die Baronin und Hermine besuchten das mutterlose Haus des Arztes. Die Kinder waren sehr zutraulich gegen Hermine.

Das Trauerjahr wurde streng gehalten, auch Hermine trug Trauerkleider. Sie begleitete im nächsten Jahre die Baronin und das Kind nach Karlsbad. Als man heimkehrte, sagte die Baronin, es reiche doch nicht mehr aus, daß Adriane den Musikunterricht beim Schullehrer des nahen Dorfes habe. Der Arzt hatte eine Musiklehrerin aus der Stadt empfohlen, die vor Kurzem erst, nachdem sie das Conservatorium der Hauptstadt mit den besten Zeugnissen verlassen, sich in der kleinen Stadt angesiedelt hatte. Die Musiklehrerin kam; sie spielte sehr schön, und die Baronin sagte: „Ach, das Haus ist ganz anders, seitdem solche Musik wieder darin tönt." Sie schickte tagtäglich der Musiklehrerin den Wagen und behielt sie dann noch mehrere Stunden bei sich; denn das heitere, ja fast übermüthige und in scharfen Witzworten sich ergehende Wesen der Klavierspielerin war für die Baronin anmuthend und erfrischend. Sie wurde immer nur bei ihrem Vornamen Alice genannt; denn sie hatte den ungefälligen Familiennamen Schnabel.

Als der Winter herannahte, faßte die Baronin einen kühnen Entschluß: sie nahm Fräulein Alice mit hohem Gehalte ganz zu sich in's Haus. Hermine sah ohne Neid den neuen Günstling; aber je sprudelnder Alice war, um so stiller wurde sie. Ja es that ihr fast wohl, nicht mehr beständig in Anspruch genommen zu sein, sondern sich allein leben zu dürfen. Wie mit einer Andacht hegte sie den tiefen Schmerz, der ihr Dasein gebrochen hatte, und wenn sie zur Baronin gerufen wurde, kam sie wie aus einer abgeschiedenen Welt und sah staunend um, wie das lacht und scherzt und sich vergnügt. Auch das Kind schloß sich immer mehr an Alice an. Hermine war viel allein. Wenn sie zu Tische kam oder im Abendkreise sich befand, hatte sie beständig einen schwermüthigen Ausdruck. Sie schaute oft verloren drein, und wenn sie angesprochen wurde, erwachte sie wie aus einem Traume.

„Hermine, du solltest den Doktor heirathen," sagte die Baronin einmal, und sie sagte es im Beisein von Alice und dem Kinde. Hermine schossen die Thränen in die Augen, sie konnte kein Wort hervorbringen, schüttelte den Kopf und verließ das Zimmer.

Sie schrieb dem Vater, daß sie im Hause eigentlich überflüssig, daß die Baronin ihrer offenbar überdrüssig sei und sie los sein wolle. Sie wollte heimkehren, aber der Vater ließ durch Konrad antworten — er konnte nicht mehr selber schreiben und man verhehlte dies Herminen —: sie müsse vorübergehende Launen der Baronin tragen und nie vergessen, daß die Familie Kraft der Familie Weißhaar treu anhänglich sein und bleiben müsse. Er erinnerte auch an die Worte der Baronin, wie sie in seinem Beisein sich gebunden und verpflichtet habe, ihrer Laune und einer etwaigen Lösung des Verhältnisses nicht nachzugeben.

Für sich schrieb auch Konrad — er hatte jetzt eine fertigere kaufmännische Handschrift — er bestätigte die Mahnungen und Maßnahmen des Vaters und fügte noch hinzu, daß auch er sich bezwungen habe und immer mehr sehe, wie gut es sei, wenn man sich bezwinge. Er habe sich selber die Disciplin auferlegt, alle seine Geisteskräfte auf seinen Beruf zu richten und der Neigung seiner Phantasie nicht nachzugeben. Es gebe nichts Schlimmeres auf der Welt, als wenn man sich zu der Weichlichkeit verleiten ließe, Mitleid mit sich selbst zu haben. Seine Zukunft und die Herminens sei an das Haus Weißhaar geknüpft.

Hermine trug es still, aber sie wurde immer trübseliger, und als sie die Nachricht von dem plötzlichen Tode ihres Vaters erhielt, traf die schwere Kunde nur ein dumpfes Gemüth; sie trug wiederum Trauerkleider.

Die Baronin zeigte sich anfangs sehr theilnehmend, dann aber sagte sie:

„Es wird dir lieber sein, wenn du in deiner Einsamkeit nicht gestört wirst. Ich habe angeordnet, daß du mit Frau Heinrike und dem Kinde speisest. Es hat so viel Unarten, ihr könnt sie ihm allein abgewöhnen, und es wird doch auch viel gesprochen, was das Kind nicht zu hören braucht."

Hermine nickte.

Aber das Kind sah sich verbannt und war gewaltthätig und störrisch. Es quälte Herminen, da sie erkannte, daß sie nicht freie Stimmung genug gewinnen konnte, um über äußere und innere Störungen hinweg ihre Pflicht gegen das Kind zu erfüllen. Sie zwang sich, aber das Kind fühlte das Gezwungene, dem auch die rechte Wirkung mangelte. Auch erschienen dem Kinde die Unterrichtsstunden nebensächlich. Musik galt jetzt allein im Hause, und Adriane machte in der That viel Fortschritte. Sie schien für Musik allein begabt.

Nach einiger Zeit fand die Baronin genehmer, daß das Kind bei ihr am

Tische sei. Sie ließ Hermine mit Heinrike allein speisen; aber das hatte seine Un-
bequemlichkeiten, und nun wurde auch die alte Heinrike herbeigezogen und Hermine
blieb allein. Die gute Alte aß aber beinahe keinen Bissen; sie dachte immer, daß
Hermine wie eine Gefangene auf ihrem Zimmer sitze.

Wiederholt schrieb Hermine dem Bruder, daß sie zu ihm zurückkehren, ihm
die Haushaltung führen und daneben Unterricht geben wolle. Sie erhielt eine
unerwartete Antwort. Konrad schrieb mit großer Freude, daß Herr Weißhaar ihm
ein Zimmer in seinem Hause gegeben, und daß er nun am Tische seines Chefs
speise. Er fühle sich dem Hause Weißhaar unauflöslich verbunden, und Herr Weißhaar stimme ihm bei, daß Hermine die Baronin nicht verlassen dürfe. Sie solle nur
ausharren, es würde sich Alles ausgleichen und freundlich gestalten.

Hermine wurde immer trüber und trüber. Der Arzt redete ihr zu. Er war
freundlich und ehrerbietig zugleich; es schien, daß ihm ein Wort auf den Lippen
schwebte, das er nicht auszusprechen wagte. Er sagte einmal, daß er Hermine wie
eine jungfräuliche Wittwe betrachte, denn er hatte von ihrem Schicksal gehört. Sie
sah ihn groß an, erwiderte aber nichts.

Sie war und blieb einsam. Sie fühlte sich vom Bruder verlassen und hatte
doch nicht den Muth, eigenwillig zu handeln.

Achtes Kapitel.

Ein junger Mann in gutem Curs.

Unterdeß lebte Konrad bereits im dritten Jahre im Comptoir des Weißhaar'schen
Hauses; die Wünsche und Pläne des Herrn Weißhaar, die er nicht kannte, schienen
sich zu erfüllen; er war thätig, frei überschauend und gewandt. Er wurde der
einzige Vertraute des Herrn Weißhaar; er führte dessen Geheimbuch; er verstand
nach kurzen Angaben Denkschriften auszuarbeiten und Briefe delikaten Inhalts abzufassen.

Als Herr Weißhaar Konrad zum erstenmal als Adjutanten zur Börse mitnahm, sagte er zu ihm:

„Wenn du einmal längere Erfahrungen haben wirst, so mache mir nur ohne
Scheu Einwendungen. Ich liebe die Menschen, die sagen können: ich hatte Unrecht.
Diejenigen, die immer unfehlbar sein wollen, sind die eitelsten und gottlosesten Narren.
So verstehe ich den Bibelspruch: Im Himmel ist mehr Freude über einen reuigen
Sünder, der Buße thut, denn über Tausende, die nie gefehlt. Merke dir das, ich
gebe dir damit ein Gutes."

Konrad nahm bald Gelegenheit, Herrn Weißhaar auf die Probe zu stellen, und dieser bestand die Probe. Ja, er fand eine besondere Freude darin, wenn er zu seinem jungen Freunde sagen konnte: Du hast Recht, ich hatte mich geirrt.

Die Herren an der Börse behandelten Konrad mit Bevorzugung, sie lobten ihn übermäßig; er aber behielt sein bescheidenes, sich unterordnendes Wesen.

In den ersten zwei Jahren hielt sich Konrad noch getreu zu seinem Lieblings-studium. Im Sommer verbrachte er die Sonntage auf botanischen Excursionen, im Winter einen großen Theil des Sonntags in den Treibhäusern des botanischen Gartens.

Im dritten Jahre nach dem Tode des Vaters, der ihm noch an's Herz gelegt hatte, unabänderlich getreu dem Hause Weißhaar zu bleiben, — vielleicht wußte der Vater etwas vom Plane des Chefs, denn er lächelte so sonderbar dabei, — bezwang Konrad auch diese Neigung; nur in den Treibhäusern auf der Villa des Herrn Weißhaar sättigte er manchmal seine Lust an den Pflanzen, im Beobachten ihrer Entwicklung und im Erwerb neuer Arten.

Wenige Monate, nachdem Herr Weißhaar ihn in's Haus genommen, kam auch Fritze zurück. Sie war groß geworden, aber nicht eigentlich schön, und immer wieder war es auffällig, daß sie die Augen schloß, wenn sie lachte; das gab ihr etwas Lauerndes. Sie sprach gerne und viel, sie behandelte Konrad leichthin wie einen alten Bekannten, aber wie einen Untergeordneten.

Im Frühling wurde ein großes Fest im Hause Weißhaar gefeiert: der fünf-undsiebzigjährige Bestand des Handlungshauses. Aus Nah und Fern kamen viele Geschäftsfreunde eigens dazu nach der Handelsstadt. Aus Schottland kam ein Mann, mit dem Herr Weißhaar in lebhaftester Beziehung stand, es war ein geborner Deutscher und Vorsteher eines großen Handlungshauses in Glasgow. Die ersten Männer der Staatsregierung und der Stadt waren zu dem Feste geladen, das auf der Villa gefeiert wurde. Herr Weißhaar hatte aber auch das ganze Geschäfts-personal seines Hauses eingeladen. Konrad erschien fast wie der Sohn des Hauses; er bildete eine Bindung zwischen der höheren Gesellschaft und den jungen Kauf-leuten; er sah stattlich aus in seiner Uniform als einjähriger Freiwilliger des Garde-Regiments zu Fuß.

Die Baronin war nicht zu dem Feste gekommen, sie hatte Unwohlsein vorge-schützt; aber in der That war ihr die Betonung der Müllers-Abstammung zuwider.

Fritze dagegen hatte ihre Freude an dem Feste.

Der Feuilletonist der Zeitung, bei der Herr Weißhaar besonders betheiligt war, hatte ihr und einem jungen Gardeoffizier ein Festspiel mit eingelegten Liedern ge-dichtet, worin die Geschichte der Mühle im Gebirge heiter dargestellt war, und das zuletzt damit schloß:

Als der Großvater die Großmutter nahm.

Fritze sah reizend aus in der Landestracht des Gebirges; zum Bedauern der ganzen Gesellschaft aber kleidete sie sich um, bevor sie in die Gesellschaft kam.

Konrad war verschwunden. Bald ging der Vorhang wieder in die Höhe. Auf der Bühne faß eine abgehärmte Gestalt, ganz in Grau gekleidet, winſelnd und jammernd, und ſie klagte: „Ich bin die Hungersnoth," und gab eine grauenvolle Schilderung des Elends. Sie verſank in Schlummer.

Da traten die Genien verſchiedener Länder auf als Symbole der Früchte: der Reis, die Baumwolle, die Kartoffel, der Mais; ſie weckten die Schlummernde und boten ihr Sättigung und Kleidung.

Die Hungersnoth fragt:

„Wer ſendet euch?"

„Dieſer da!" rufen die Genien alle.

Ein Sack bewegt ſich auf die Bühne, darauf mit großen ſchwarzen Buchſtaben geſchrieben war: Chriſtian Weißhaar Söhne, 1795.

Die Genien umringen den Sack, öffnen den Kreis wieder und aus dem Sacke hervor ſpringt ein Knabe mit weißen Haaren, ganz gekleidet wie Herr Weißhaar ſelbſt, ſeine Haltung einnehmend, die linke Hand unter den rechten Weſtenflügel geſtedt. Der Knabe erklärt, welcher Unſinn es ſei, daß man ehedem den Getreide- handel als dem Gemeinwohl ſchädlich betrachtet habe. In kurzen, treffenden Um- riſſen gab er eine Geſchichte des Getreidehandels und erklärte, daß durch denſelben ein Ungeheuer, das vordem ein Schreden der Menſchheit war, auf immerdar gebannt iſt; — es gibt keine Hungersnoth mehr. Die mangelhafte, ja die ganz zerſtörte Ernte eines Landes läßt die Menſchen nicht mehr verkommen. Ueber Meere aus fernen Landen wird der Ernte-Ertrag herbeigeſchafft. Es gibt kein Lokalbeſitzthum mehr, Alles gehört der geſammten Menſchenfamilie.

Zuletzt rief der Knabe:

„So komme du, du Ur-Erbauer des Hauſes; du, edler Ahne, erſcheine!"

Ein Vorhang rollt nieder. Das Bild zeigt ſich, wie es im Cabinete des Herrn Weißhaar hängt: im Hintergrunde der Hafen, davor der Mann, der die eine Hand ausgeſtredt hält, und in der Hand goldener Weizen; ſein Blick ruht auf den Fruchtkörnern, ſchweift aber auch hinaus über die See. Ein allgemeines „Ah!" ging durch die Verſammlung. Das iſt nicht gemalt, das iſt ein lebendes Bild! Und in der That wurde Konrad trotz der Bemalung ſeines Geſichtes erkannt.

Nach dem erſten Aufſchrei der Ueberraſchung wurde Ruhe geboten. Das Bild öffnete den Mund, und jetzt ſprach es, daß es die Weizenkörner nur in die Hand nehme, um ſie auszuſtreuen in alle Welt, zu ſegnen und zu ſättigen. Und jetzt hob er die Hand und ſtreute die Weizenkörner herab, indem er dabei rief:

„Wie dieſe wieder aufgehen durch alle Zeiten, ſo möge auch immerdar neu aufgehen und wachſen das Haus Weißhaar."

Der Vorhang rollte nieder, Alles war voll Glückſeligkeit.

Bald erſchien Konrad wieder in der Geſellſchaft. Fritze eilte auf ihn zu und ſagte:

„Sie ſind doch ein prächtiger Menſch. Wie entſtehen nur ſolche Gedanken in Ihnen? Aber hinterhaltig ſind Sie doch. Warum haben Sie mir nichts von allem dem geſagt?"

„Weil ich auch Sie gern überrasche, wie Sie mich mit Ihrer augenblicklichen Freundlichkeit überraschen."

Fritze antwortete nicht, warf den Kopf zurück, gab ihrer Freundin den Arm und ging davon.

Herr Weißhaar drückte Konrad lange die Hand, dann sagte er: „Du kannst gar nicht wissen, wie glücklich du mich machst. Du beweisest mir, daß ich mich in den Menschen nicht täusche. Hast du Alles aufgeschrieben, was da gesprochen wurde?"

„Gewiß!"

„Das mußt du mir zum Andenken geben."

Am längsten hielt sich der in Glasgow angesiedelte Geschäftsfreund zu Konrad. Er hing sich in seinen Arm und ging mit ihm durch alle Räume.

Nach Mitternacht wurde getanzt, und als Konrad Fritze aufforderte, bedauerte sie, keinen Tanz mehr frei zu haben.

Er ging bald auf sein Zimmer. Hier traf er einen Brief seiner Schwester. Er war ärgerlich, daß sie immer und immer wieder klagte. Er schrieb ihr eine heftige Antwort: sie müsse ausharren, er habe von ihrem Charakter weit mehr Ausdauer erwartet.

Am Morgen, als er den Brief wieder überlas, fand er ihn etwas zu hart. Aber er dachte: Es schadet nichts, wenn man ihr nachdrücklich die Meinung sagt; und so sendete er den Brief ab. Er bekam lange keinen mehr.

Im Hochsommer erst traf wieder ein Schreiben voller Hülferufe ein. Hermine hatte bisher vermieden, das scharfe und bittere, ja das zermalmende Verfahren der Baronin grabaus zu schildern. Konrad zeigte den Brief Herrn Weißhaar; dieser aber sagte:

„Deine Schwester übertreibt."

„Ich will es hoffen," erwiderte Konrad; „denn wenn die Frau Baronin das Alles mit Absicht gethan hätte, — ich weiß nicht, was ich ihr dafür anthäte; ich setzte Leben an Leben."

Das Gesicht Konrads war von Röthe überzogen, sein Auge rollte wild; die heftige, leicht entflammte Natur, die er stets zu beherrschen trachtete, erhob sich in ihm.

Herr Weißhaar sah ihn befremdet an, er legte ihm die Hand auf die Schulter und versprach, der Baronin eindringlich zu schreiben; er notirte sich dies sofort auf seine Porcellantafel.

———

Neuntes Kapitel.

Verlassen und verloren.

Auf dem Schlosse wurden Vorbereitungen zur Badereise getroffen. Herminen wurde nichts davon mitgetheilt, sie wurde eigentlich als abwesend betrachtet.

Am Morgen, als der Wagen gepackt vor dem Schloßthore stand, ließ die Baronin Hermine rufen und — den einen Fuß auf den Wagentritt gesetzt — sagte sie:

„Hermine, ich liebe nicht lange Erörterungen; ich reise nach Karlsbad. Wenn ich wieder komme, bist du nicht mehr da, der Verwalter wird dir dein Honorar geben; ich hoffe, du wirst zufrieden sein. Adieu!"

Sie stieg in den Wagen, Alice, das Kind und die Kammerjungfer ihr nach. Der Wagen rollte davon, dumpf über die Schloßbrücke hinaus. Aus dem Schloß- teiche flogen Wasservögel auf. Hermine sah und hörte das, aber sie starrte drein, als träume sie. Sie ging auf ihr Zimmer, schrieb ihrem Bruder, sie schrieb einem Oheim, dem Bruder ihrer Mutter, der Lehrer in einer Provinzialstadt war. Tage vergingen, es kam Antwort vom Oheim. Er erzählte, daß er in der Hauptstadt gewesen und eben noch in der Stunde angekommen sei, als Konrad nach England abreisen wollte. Konrad habe ihm aufgetragen, der Schwester zu sagen, daß sie un- bedingt ausharren müsse; das Verfahren der Baronin sei nichts als Folge ihrer Krankheit, und man dürfe einem Kranken nicht willfahren in Dingen, die Schlimmes nach sich ziehen. Uebrigens habe Herr Weißhaar einen sehr ernsten Brief an seine Tochter geschrieben, daß sie wieder in das richtige Verhältniß zu Herminen eintreten müsse. —

Hermine sann hin und her, was sie thun solle. Sie war selbständig, sie hatte nicht nach Bruder und Onkel zu fragen; — und sie war jetzt selbständiger als je, denn die Baronin hatte ihr eine namhafte Summe anweisen lassen.

Sie packte ihre Habseligkeiten, aber dennoch blieb sie Tag für Tag. Sie konnte zu keinem Entschlusse, noch viel weniger zu einer entschiedenen Ausführung kommen.

Der Arzt kam bisweilen auf das Schloß, er sah das verstörte Wesen Her- minens, er erklärte, daß sie krank sei, und wollte sie nach einem nahen Badeorte schicken. Er schien immer Etwas auf den Lippen zu haben, ohne es aussprechen zu können. Er sagte nur einmal:

„Bleiben Sie hier, bleiben Sie bei uns, bis ich wieder freien Gemüthes bin. Ich darf, ich kann mich jetzt noch nicht befreien."

Hermine verstand nicht, was er halbverhüllt kundgab. Ja, als sie einsam darüber nachdachte, zweifelte sie, daß sie noch bei gesunder Vernunft sei.

Hatte die Baronin mit Recht sich so gegen sie benommen?

Sie las die Dichter, sie las streng wissenschaftliche Werke; sie fand, daß sie noch Alles richtig begriff. Wo aber fehlte es? Was war denn geschehen? — Sie lebte einsam auf dem Schlosse.

Die Nachricht gelangte an den Verwalter, daß die Baronin in den nächsten Tagen heimkehre. Jetzt wollte Hermine fort. Die Baronin hatte ja gesagt: „Wenn ich wieder komme, bist du nicht mehr da." Das war deutlich, da ist nichts mißzuverstehen. Aber sie wollte nicht so herb von der ehemaligen Freundin scheiden, die so Schweres erfahren hatte und gereizten Gemüthes war. Sie schrieb einen Brief an die Baronin, den sie zurücklassen wollte. Sie weinte auf das Papier, sie siegelte es ein — aber sie reiste nicht ab.

Hermine stand am Fenster und sah den Wagen der Heimkehrenden den Berg heraufkommen. Noch war's Zeit, noch konnte sie sich entfernen, am Wege im Dickicht verbergen, die Heimkehrenden unbehelligt lassen und weiter ziehen in die Welt hinaus. Sie nahm das Geld in die Tasche, sie ging die Treppe hinab, aber auf der Treppe setzte sie sich nieder.

Der Wagen rollte über die Brücke, er hielt vor dem Schloßthore. Hermine raffte sich auf, sie ging nach dem Wagen, sie wollte der Baronin sagen, daß sie jetzt in dieser Stunde das Schloß verlasse, sie wollten gute Erinnerungen gegen einander hegen. Sie stand am Wagen. Da rief die Baronin:

„Du noch da? Ach Gott! Das schadet mir. Ich kränke mich. Das verdirbt mir meine ganze Brunnenkur. Warum bist du noch da? Warum starrst du mich so an? Du siehst ja aus, wie wenn du verrückt wärst. Ach, lieber Himmel, sie ist verrückt! Laß mich."

Ohne ein Wort zu reden, ging Hermine weiter; sie ging über die Schloßbrücke, sie ging nach dem Wall; dort saß sie verborgen, in sich verhüllt.

Da hörte sie den Wagen des Doktors von fern; er kam immer näher. Der Doktor saß in seinem Wagen und dachte darüber nach, daß eigentlich Hermine die Einzige sei, die er seinen Kindern zur Mutter wünschen könne; er glaubte auch an ihr bemerkt zu haben, daß sie Wohlgefallen an ihm gefunden, freilich in sehr rücksichtsvoller, kaum erkennbarer Weise. Aber gegen die Kinder war sie immer so liebreich gewesen und die Kinder sprachen oft von ihr.

Der Wagen kam näher, er ging langsam; an dem Gebüsche, hinter welchem Hermine saß, schien er anhalten zu wollen, und in der That, er hielt an. Der Doktor stieg aus; er sagte zu seinem Kutscher, er möge umkehren und im Dorfe im Thale warten, er gehe von hier an zu Fuß. Kommt er näher? Hat er Hermine bemerkt? Nein, er geht weiter, er zieht den Hut ab und geht den Berg hinan, den Hut in der Hand. Hermine will aufschreien, den Doktor anrufen: Hilf mir vor mir selbst, vor meinen eigenen entsetzlichen Gedanken; sie hatte den Mund geöffnet, aber kein Laut kam hervor . . .

Da, — es plätschert im Schloßteich. Der Doktor hält an, er horcht auf. Es ist vorbei. War das nicht ein seltsames Plätschern? War das eine Wildente? Eine Wildente, jetzt? — Er ging weiter.

Der Doktor kam auf das Schloß und traf die Baronin sehr aufgeregt. Sie klagte, daß Hermine in ihrer verstockten Bosheit ihr den ganzen Erfolg der Brunnenkur zerstört habe; sie fühle wieder ihre alten Schmerzen mehr als je.

Und weiter erzählte sie:

„Und denken Sie sich die Frechheit! Ich treffe im Bade meinen ehemaligen Bräutigam. Mein Vater hatte mich dazu gezwungen, ich war noch nicht bei Verstand: — ich treffe meinen Bräutigam in Karlsbad, und der Mann hat die Frechheit, mich zu ignoriren, und mir noch täglich vor die Augen zu kommen mit seiner Missis im rothen Shawl."

Der Doktor entgegnete:

„Vielleicht war der Mann zu zaghaft und bescheiden."

„Das glaube ich nicht; aber so ist's wieder: Sie, Doktor, wollen mir Alles nehmen, auch meinen gerechten Zorn."

„Wenn sie an Ihrem gerechten Zorn Freude haben, so behalten Sie ihn."

Der Doktor fragte nach Fräulein Kraft, aber Niemand wußte, wo sie war. Der Baronin verschrieb er beruhigende Mittel und sagte, daß Hermine noch heute das Schloß verlasse; er werde für dieselbe sorgen.

Eben als der Doktor wieder vor dem Schloßthore stand, kam der Knecht athemlos daher und rief:

„Drunten im Schloßteiche liegt eine Ertrunkene . . . es ist Fräulein Kraft."

Der Doktor, der Verwalter und der Knecht eilten hinab. Sie zogen Hermine heraus, sie wurde nach dem Schlosse getragen, es wurden Belebungsversuche gemacht — vergebens.

Düster, abgehärmt stand der Doktor vor der Leiche, — da wurde er zur Baronin gerufen, sie liege in Krämpfen.

Der Doktor eilte zur Baronin.

Die Baronin rief ihm entgegen:

„Das hat die verstockte, boshafte Person mir zu Leid gethan, mich zu kränken. Sie weiß, wie mir das schadet. Schaffen Sie sie nur sofort aus dem Schlosse, ich will sie nicht bei mir haben, todt nicht, lebendig nicht, fort, fort, hinaus!"

Mühsam mit seiner Empörung ringend, rief der Doktor:

„Ich hatte bisher nicht gewußt, daß es Giftseelen gibt, wie Sie."

„Ich weiß schon lang," rief die Baronin, „Sie haben ein Liebesverhältniß mit ihr gehabt. Wer weiß, warum sie sich getödtet hat! Die Scheinheilige, — und Sie, Sie sind schuld."

„Man kann nur staunen, wie reich an Unholden eine zur Niedrigkeit strebende Frauenseele ist," sagte der Doktor und verließ das Zimmer.

Die Baronin schrie ihm nach, er sei der Arzt, er müsse ihr helfen, sie sterbe.

Der Doktor kehrte nicht mehr um.

———

Zehntes Kapitel.

Eine Reise in bittern Räthseln.

Es war am Abend, geraume Zeit nach den vorangegangenen Ereignissen, als Konrad aus England zurückkehrte. Er war stolz und selbstsicher. Er hatte mit raschem Entschlusse in Gemeinschaft mit dem Geschäftsfreunde in Glasgow ein bedeutsames und erfolgreiches Geschäft abgeschlossen. Herrn Weißhaar traf er nicht zu Hause; derselbe war zu einer großen Hoffestlichkeit in der Sommerresidenz des Fürsten geladen. Unter den eingelaufenen Sendungen war ein Telegramm an Konrad, „privatim" überschrieben. Es lag schon mehrere Tage hier. Er erbrach es, griff an die Stirn und rief:

„Was ist das?"

Das Telegramm war von dem Arzte des dem Schlosse benachbarten Städtchens und lautete:

„Ihre Schwester verunglückt. Kommen Sie sofort."

Herr Weißhaar war nicht herbeizuholen. Konrad ging wie sinnverwirrt in dem Cabinete des Herrn Weißhaar hin und her. Was sollte er beginnen? Was ist geschehen? Es muß ein Arges sein. Warum sind die Menschen so karg im Telegraphiren? Warum hat der Arzt nichts Näheres gesagt? Ist Hermine todt? Wenn's aber doch nicht wäre?! Aber fort, fort, es gilt kein Besinnen.

Während er zusammensuchte, was er für die Reise mitnehmen könne, sah er auf die Porzellantafel; hier stand noch ungelöscht: „Wegen Hermine meiner Tochter schreiben;" darunter war viel Anderes durchstrichen; Herr Weißhaar hatte also dies unterlassen und Hermine wurde zu Tode geplagt.

Auf dem Pulte stand ein Kästchen. Es war offen und enthielt einen geladenen Revolver. Konrad nahm den Revolver zu sich. Mit fliegender Feder schrieb er:

„Meine Schwester ist verunglückt, vielleicht todt. Sie haben Ihrer edlen Tochter nicht geschrieben. Ich reise ab, und wenn das Entsetzliche geschehen ist —" weiter stand nichts da, als ein großer Strich. Er legte das Blatt in das offene Kästchen, in dem der Revolver gewesen war. Er fuhr nach dem Bahnhofe und telegraphirte an den Arzt, daß er komme.

Der Zug ging erst gegen Morgen ab. Konrad wollte einen Extrazug nehmen; es wurde hin und her telegraphirt, die Bahn war belegt. Vor dem Frühzuge konnte kein Extrazug gegeben werden.

Konrad mußte sich gedulden. Sein Herz schlug gewaltig gegen den Revolver, den er in die Brusttasche gesteckt hatte. Als es zu dämmern begann, konnte er endlich in den Wagen sitzen . . .

Wer je einmal in inneren Seelenmartern, eines sichern Unglücks gewiß, oder ein Ungemach in unbekannter Gestalt erwartend, bang, räthselnd auf der Eisenbahn dahingefahren, — der kann den Seelenzustand Konrads ermessen. Wie ein Traum, wie ein Unfaßliches erschien es ihm, daß da und dort ein Vater, eine Mutter, ein Kind, ein Freund in liebender Umarmung von Angehörigen Abschied nahm, daß man noch winkte, nachrief, Zurückbleibenden und Davoneilenden.

Und wie die Menschen nun von allerlei sprechen, von allerlei Welthändeln: ob Napoleon in der That krank sei oder nicht, wie lange er leben könne, wie die Papiere steigen, fallen? Und dort in der Ecke die Galanterien eines Mannes gegen eine Frau, die ihm nur widerwillig Antwort gibt. Und jetzt lautes Gelächter über eine zweideutige Anekdote, die ein lustiger Alter erzählt ... Ist das ganze Leben nicht ein Fastnachtsspiel?

Konrad hatte die Augen geschlossen, er wollte schlafen, wollte Kraft gewinnen. Er fand den Schlaf nicht. Er hörte, was die Menschen treiben; er konnte nicht theilnehmen, er konnte nicht rufen: „Ich bin auch da." Scheintodt erschien er sich.

Die Morgennebel zogen über die Lande, ein heller Tag brach an. In den Dörfern stieg der Rauch auf. Warum kochen die Menschen? Um noch eine Zeit lang zu leben. Sie müssen doch sterben. Und wer weiß, ob dort nicht auch Elend, unsägliches? Wer weiß, wie Viele den Tag verwünschen, der jetzt anbricht ...

Zur Wirrniß ballte sich ihm Alles zusammen, was Leben war. —

An einer Station stiegen Jäger ein. Sie sagten sofort, daß ihre Flinten nicht geladen seien; sie zeigten die neue sinnreiche Construktion Solchen, die dieselbe nicht kannten. Sie stiegen bald wieder aus und wanderten feldein. Aus den Feldern flogen Rebhühner auf, ein Schuß knallte. Die Rebhühner überschlugen sich und fielen zur Erde. Da hat das Menschenkind wieder einen Leckerbissen, und wenn er verspeist ist, was dann? ...

Weiter ging's des Weges. Konrad sah die Bauern pflügen und dort erntete man erst den Hafer.

„Ihr pflügt und ihr erntet für uns!"

Konrad hatte noch den Curszettel der Getreidebörse in der Tasche, er las ihn und ließ ihn hinausflattern in ein frisch gepflügtes Feld.

An einer Station stieg ein Mann ein mit zwei Studenten. Sie hatten große Blechtrommeln bei sich und Pflanzenbüschel in den Händen.

Einer der Studenten sagte — nach dem Gebirgsrande deutend, an dem man vorüberfuhr — daß er noch nie die digitalis (Fingerhut) so reich und so üppig gesehen habe, wie dieses Jahr; von der Sonne beschienen, habe die rothe Farbe der Dolden etwas anmuthig Leuchtendes, im Schatten stehend aber gewinne das Roth einen tückischen, boshaften Charakter, wie er der Giftpflanze anstehe.

Der Professor lächelte und erklärte dem Jüngling, daß das reichliche Vor-kommen der Pflanze theils vom vielen Schnee des vergangenen Winters, der neues Geröll gebildet habe, theils vom Windbruch, der die Bäume ausgerissen und die tief in der Erde ruhenden Samen heraufgebracht habe, herrühre; denn der luftdicht verschlossene Same behalte seine Keimfähigkeit. Die Getreidearten aber verlieren die-selbe nach wenigen Jahren, selbst bei völligem Luftabschluß. Er zeigte auf ein Feld, wo man eine neue Weizenart gepflanzt hatte, die man Mumienweizen nennt und darüber das Märchen verbreitete, daß man den Getreidesamen nach tausend Jahren aus Mumiengräbern genommen und neu ausgesäet habe.

Wie ein im Traum gehörtes und wieder vergessenes Wort berührte es Konrad. Er schaute verwundert auf und bald war er in eifrigem Gespräch mit dem Professor der Botanik.

Jetzt war doch Etwas da, was die Theilnahme Konrads festhielt und ihn von seinem eintönigen Grübeln und Brüten erlöste.

Der Professor zeigte ihm Prachtexemplare von seltenen Pflanzen, die er gefunden hatte.

Die Umrodung des Bodens durch die Eisenbahn, die Bildung von kleinen Sümpfen in deren Nähe, und kleine Weiher, wo sonst nie solche waren, boten seltsame Neuheiten.

Der Professor fragte, da Konrad gute Kenntnisse der Pflanzenwelt zeigte, ob er in ihm einen Berufsgenossen habe?

Konrad verneinte.

In der Nähe eines felsigen Seitenthales, wo er Ergiebiges zu finden hoffte, stieg der Professor mit den beiden Studenten wieder aus.

Konrad fühlte sich neugestärkt. Die Betrachtung der Pflanzen hatte ihn erfrischt und ihn das Elend vergessen lassen, das er im Herzen trug. Jetzt kam es wieder über ihn; er that nochmals das Telegramm heraus, er deutete an jedem Worte, was da stand und was durch die Bedrängniß zur telegraphischen Kürze ausgelassen sein mochte.

Jetzt nur noch zwei Stationen!

Konrad richtete sich auf. Er wollte sich ruhige Haltung geben, auf Alles gefaßt sein.

An der vorletzten Station wurde die Wagenreihe entlang gerufen:

„Wer heißt Konrad Kraft?"

Konrad gab sich zu erkennen.

„Bitte, steigen Sie hier aus, ich bin der Arzt, ich habe Sie hier erwartet. Sie können mit mir fahren, ich habe einen Wagen bei mir."

Konrad stieg rasch aus. Er reichte dem Manne die Hand; er hätte gerne gefragt, was eigentlich geschehen? Aber im Gedränge des Bahnhofes war es nicht möglich, und noch dazu waren zugleich mit ihm mehrere ländliche Gesangvereine, die sich hier zu einem Feste vereinigten, mit fliegenden Fahnen und klingender Musik angekommen und wurden jubelnd begrüßt.

„Im Wagen werde ich Ihnen Alles berichten," sagte der Doktor; „kommen Sie!"

Elftes Kapitel.

Die Gerechtigkeit auf dem Grabe.

Als sie im Wagen saßen, fragte Konrad:

„Todt?"

„Ja," lautete die Antwort.

Konrad bedeckte sich das Gesicht mit beiden Händen. Er bebte und der Revolver in der Brusttasche schlug gegen sein Herz, das ihm fast zerspringen wollte.

„Ich war der Freund Ihrer Schwester, ich hatte sie still zur Meinigen erkoren, ich war zu zaghaft und war nicht berechtigt, ihr und mir es schon jetzt zu sagen. Sie haben viel verloren, junger Freund; aber wer weiß, ob mehr als ich?!"

Das war ein Herzton, der Konrad in die Seele griff. Er faßte die Hand des Doktors und drückte sie und — jetzt konnte er weinen.

„Sie hat sich selbst getödtet?" fragte er nach langer Pause.

Der Doktor nickte still.

„Nein, sie hat sich nicht selbst getödtet, die Baronin hat sie getödtet."

Der Doktor zuckte mit den Achseln.

„Gäbe es Gerechtigkeit, die Baronin müßte auf's Schaffot!" rief Konrad.

Der Doktor konnte nicht umhin, die unergründliche Bosheit, oder eigentlich einen Egoismus, dessen Abgrundtiefe man nicht ermessen kann, zu schildern.

Konrad sah ihn mit funkelnden Augen an.

„Und glauben Sie," fragte er endlich, „daß die Baronin Gewissensbisse hat?"

„Wo nichts ist, kann man nichts beißen," konnte der Doktor nicht umhin, zu erwidern. Er mußte lachen, auch Konrad mußte lächeln; aber es that ihnen Beiden wehe, daß sie in diesen Ton verfallen waren.

„Ich werde ihr zeigen, daß es noch Strafe und Sühne gibt!" rief Konrad.

Der Arzt suchte ihn zu beruhigen; er sagte:

„Ich habe sie verloren, ich darf sagen, auch durch meine Schuld. Was ist schwerer, ein Unglück tragen, das man selbst verschuldet, oder ein solches, das man nicht verschuldet hat?"

Hätte der Doktor nicht in eigener Herzbewegung, sondern blos in klugem Bedacht diese Frage hingeworfen, um das Denken Konrads abzulenken, — er hätte es nicht klüger machen können; und doch kam es ihm einfach aus dem Herzen.

„Was ist dort, dort am Hügel, die weißen Kreuze? Liegt sie dort?"

„Ja."

„Bitte, lassen Sie hier halten. Nehmen Sie mein Handgepäcke mit, ich komme nachher zu Ihnen in die Stadt, lassen Sie mich hier eine Weile allein."

Der Doktor nahm Konrad das Wort ab, daß er zu ihm komme; er wollte ihm auch das Wort abnehmen, daß er nichts ohne seine Beihülfe thue; aber dies weigerte Konrad.

Er ging nach dem Kirchhofe, er hatte bald erfragt, wo das Grab seiner Schwester war; dort warf er sich laut schluchzend nieder. Wie lange er da lag, was er dachte, was er sann, — er hat sich nie mehr dessen vollauf erinnern können. Aber noch heute erinnert ihn der Geruch des Thymians an jene Scene; Thymian athmete er ein, — es war wie berauschender Duft, und in ihm ging nur ein schweres Sinnen hin und her: Da ist ein Grab. Wo ist die Gerechtigkeit? Wer richtet diejenigen, die den Mord begangen?

Plötzlich wurde er von zwei bewaffneten Männern angerufen:

„Heißen Sie Konrad Kraft?"

„Ja."

„Im Namen des Königs: Sie sind verhaftet."

Zwölftes Kapitel.

Ein Nothsignal.

Herr Weißhaar war spät nach Mitternacht von der Sommerresidenz des Fürsten heimgekehrt. Als er die Orden ablegte, — den, welchen er um den Hals trug, behandelte er mit besonderer Sorgfalt und betrachtete ihn nochmals, ehe er ihn in das Kästchen legte, — da sagte der Kammerdiener zu ihm, Herr Kraft sei zurückgekehrt, sei aber wieder an den Bahnhof gegangen.

„Gut, sage ihm, er soll morgen um halb Sieben zu mir kommen."

Herr Weißhaar begab sich zur Ruhe. Er horchte noch einmal hinüber nach dem Zimmer seiner Frau, ob sie noch wache; er hätte ihr gar zu gern noch gesagt, wie unendlich huldreich der Fürst heute gegen ihn gewesen. Den Schlaf seiner Frau wollte er doch nicht stören, und sie war ja leider gegen Derartiges auch sehr gleichgültig. Dafür hatte es also auch noch bis morgen früh Zeit.

Am Morgen erhielt er die Nachricht, daß Konrad wieder abgereist sei.

Wieder abgereist? Das Staunen des Herrn Weißhaar dauerte nicht lange: denn bald kam der Bureau-Chef, der bei wichtigen Telegrammen anzufragen hatte, und nachdem er diese übergeben, überreichte er den Zettel, den man in einem offenen Kästchen auf dem Pulte des Chefs gefunden hatte.

„In einem offenen Kästchen? In welchem?"

„In dem, in welchem sonst der Revolver ist."

„Und der Revolver ist nicht mehr da?"

„Nein, es scheint, Herr Kraft hat ihn mitgenommen."

„Weiß Niemand, wohin er gereist ist?"

„Doch. Ein Kassenbiener mußte ihn nach dem Bahnhofe begleiten, er ist zu seiner Schwester gereist."

„Gut, ich komme später; lassen Sie mich jetzt allein."

Der Bureau-Chef entfernte sich und Herr Weißhaar rief vor sich selber: „Herr Gott! Was kann das werden? Was will der tolle Mensch?"

Herr Weißhaar schrieb rasch einen Zettel und befahl dem Diener, nach der Polizeidirektion zu fahren und dort zu warten, bis der Polizeidirektor mit ihm käme.

Er vergaß, der Frau zu erzählen, wie gnädig der Fürst gestern gewesen; nur Fritze ließ er rufen und sagte ihr, sie solle sich bereit halten, in einer Stunde mit ihm zur Schwester auf das Gut zu reisen.

Fritze war gern bereit, und nicht lange, nachdem sie weggegangen, trat der Polizeidirektor ein.

„Was ist, lieber Freund, daß sie so bestürmt?"

Herr Weißhaar sagte, es müsse sofort ein Telegramm nach dem Städtchen * gerichtet werden, um Konrad Kraft zu verhaften.

„Konrad Kraft? Höre ich recht?"

„Ja."

„Was hat er gethan?"

„Er . . . er . . . hat meine Kasse bestohlen, er . . . Genug, lassen Sie ihn auf meine Verantwortung verhaften. Aber bitte, keinen Augenblick zu verlieren; in einer Stunde kommt er an und muß beim Aussteigen verhaftet werden. Bitte, fahren Sie sofort nach dem Telegraphenamt und erwarten Sie Rückantwort. — Kommen Sie wieder zu mir und halten Sie sich bereit, mit mir zu reisen. Nehmen Sie einen gewandten Untergebenen in Civil mit. Ich nehme Alles auf mich. Meine Tochter begleitet uns auch."

Der Polizeidirektor fuhr davon, er kam rasch wieder. Der Wagen blieb angespannt, und in den nächsten Bahnzug stieg Herr Weißhaar mit seiner Tochter und dem Polizeidirektor, ein gewandter Untergebener stieg in eine andere Wagenklasse. —

In derselben Minute, als das Signal hier pfiff, wurde Konrad auf dem Grabe seiner Schwester verhaftet.

Dreizehntes Kapitel.

Wer muß sühnen?

Der Doktor wartete vergebens auf seinen traurigen Gastfreund. Er ging vor das Thor; da sah er Konrad zwischen zwei Landjägern daher kommen. Er begleitete ihn nach dem Gerichte. Im ganzen Städtchen war großes Aufsehen.

Beim Gerichte erfuhr Konrad, daß er als Kassendieb verhaftet sei.

Er sah wirr um sich. Er wollte den Doktor fragen, ob er noch bei Sinnen sei oder im Fieber träume; aber er lächelte still. Mit ruhiger Stimme verlangte er die Vorzeigung des Haftbefehls. Es wurde ihm das Telegramm gezeigt, das vom Polizeidirektor unterzeichnet war. Da stand's · in der That, er war als Kassendieb verhaftet, und sehr liebenswürdig war noch hinzugefügt, man solle ihn streng aber freundlich bewachen, der Polizeidirektor würde bald nachkommen.

Konrad sagte, es müsse hier ein Irrthum obwalten.

Der Richter, der das schmerzlich bewegte jugendliche Antlitz sah, konnte nicht umhin, zu sagen: „Das soll mich freuen." Er bat indeß Konrad, er möge selbst seine Taschen umkehren.

Konrad that's. Seine Brieftasche, sowie die einige Goldstücke enthaltende Börse gab er ab. Seine Hand zitterte, als er den Revolver darreichte, und seine Stimme war bewegt, als er sagte:

„Seien Sie behutsam, er ist geladen."

„Wozu hatten Sie die Waffe bei sich?" fragte der Richter rasch.

„Ich glaube mich nicht verpflichtet, das zu sagen."

„Das wird sich finden."

Das anfängliche Mitleid des Richters verwandelte sich in Strenge. Als Konrad nochmals das Taschenbuch in die Hand nehmen wollte, verbot er es streng und erklärte ihm, daß er sich nicht von der Stelle zu bewegen, sondern sich ruhig zu verhalten habe.

Man hatte nach dem Hause des Arztes geschickt. Das Handgepäck Konrads wurde herbeigebracht. Mit dem Schlüssel, den er abgegeben, wurde die Tasche geöffnet und deren Inhalt genau aufgeschrieben. Der Richter fragte:

„Sie haben nirgends Geld oder Werthpapiere vergraben?"

„Ich hatte weiter Nichts, ich verstehe nicht," erwiderte Konrad.

„Und da draußen am Grabe Ihrer Schwester?"

Ein Jammerschrei entrang sich der Brust Konrads.

„Also dort?" fragte der Richter.

„Ist die Welt ein Tollhaus?" entgegnete Konrad. „Wie können Sie glauben, daß ich, wenn ich gestohlen hätte, im Grabhügel meiner Schwester den Diebstahl verberge? Ich verlange, daß Nichts weiter geschehe, vor Allem das Grab nicht beunruhigt werde, bis, wie es hier heißt, der Polizeidirektor kommt. Ich verlange das entschieden."

„Sie haben nichts zu verlangen."

Und zum Arzte gewendet, sagte der Richter:

„Sie werden entschuldigen, Herr Physikus, Sie werden den Herrn Aktuar und den Gerichtsboten nach Hause begleiten; wir sind genöthigt, Haussuchung bei Ihnen zu halten." — Und jetzt wieder zu Konrad gewendet: „Ich möchte gern glauben, daß Ihr Benehmen aus dem Bewußtsein der Schuldlosigkeit stammt, ich wünsche es, aber ich muß meine Pflicht thun. Seien Sie nicht widerspenstig und folgen Sie den Männern hier in's Gefängniß."

Konrad wollte noch einige Worte an den Arzt richten, aber der Beamte verbot es ihm.

Still folgte Konrad zweien Gerichtsboten. Er ward in's Gefängniß geführt, die Thür wurde hinter ihm geschlossen, die Riegel vorgelegt . . . .

Es gibt Anstrengungen, Fortsetzungen von Anstrengungen und Erschütterungen, die es als Räthsel erscheinen lassen, daß man nicht unter ihnen zusammenbricht. Was hatte Konrad nicht Alles in einem Zeitraume von einem einzigen Tage erlebt? Von seiner ersten Ausfahrt als selbständig Handelnder zurückgekehrt, wo er mit aller Anstrengung die großen Eindrücke des Insellandes von sich abwehrte, um das Auge scharf auf das bestimmte Ziel gerichtet zu halten; dann in die Heimath eingetreten, fand er die entsetzliche Nachricht. — Die Fahrt mit ihren tief wühlenden Gedanken, ihren wechselnden Eindrücken, die Begrüßung des Arztes, der Jammer auf dem Grabe und dort von der Hand des Gerichtes gefaßt . . . Sein Kopf war ihm so schwer. Er legte sich auf das Lager, das hier stand, und wundersam! über Alles hinüber blieb ihm nur die Erinnerung an den Professor der Botanik. Seine Gedanken begleiteten den freundlichen Mann über Berg und Thal; sie fanden Blumen und Pflanzen, die still gediehen waren, um von der Hand des Forschers gebrochen zu werden. Und plötzlich — glückliche Jugendkraft, glückliches, unzerstörbares Naturgesetz — Konrad war eingeschlafen.

Es war Nacht, als er geweckt wurde. Er mußte sich besinnen, wo er war, wer er war. Die Riegel klirrten, die Thür ging auf.

„Warum weckt man mich?"

„Der Doktor schickt Ihnen hier Essen und Wein."

Der Arzt hatte es wohlgemeint, aber er konnte nicht wissen, daß Konrad aus einem erfrischenden und belebenden Schlaf geweckt wurde.

„Ach ja, man muß ja essen," sagte Konrad.

Er betrachtete eine kurze Weile das Brod, denn er konnte den Gedanken nicht abwehren: Wer hat das Korn hiezu gesendet? Wer hat Gewinnst dabei gemacht? Er kostete von den Speisen und von dem Weine, dann bat er, daß man ihn wieder schlafen lasse.

Ja, wenn ein Mensch dem andern nur auch so Schlaf geben könnte, wie er ihn wecken kann!

Mit Unruhe, mit grübelndem Rasen, das bis an die Grenzen des Wahnsinns ging, lief Konrad in der kleinen Zelle auf und ab. Endlich sagte er sich: Du mußt dich selbst beruhigen, sonst tödtest du dich. Er verscheuchte alles weitere Ausdenken. Es gelang ihm, noch einmal im Geiste die Pflanzen zu betrachten, die er heute gesehen. Jetzt hatte er in neuer Weise ein Ergebniß der geistigen Diät, die er in den Jahren, seitdem er seiner Berufsneigung entsagt, streng geübt hatte; seine Willenskraft diktirte seiner Phantasie die Vorstellungen und duldete keine anderen.

Von der Straße herauf tönte heller Gesang von geübten Männerstimmen. Das war wol ein Liederverein, der vom Feste heimkehrte.

Ja, draußen vergnügen sich die Menschen, sie ziehen dort an den Gräbern und hier am einsamen Gefangenen vorbei.

Der Gesang verhallte, Alles war still.

Und wieder erbarmte sich seiner der Schlaf, und wieder wurde er aus demselben aufgeweckt.

Der Untersuchungsrichter kam und bat in sehr freundlichen Worten, ihm zu folgen.

„Sie haben nicht zu bitten, ich gehorche Ihnen," erwiderte Konrad.

Er wurde in ein Zimmer geführt. Hier stand Herr Weißhaar. Er trat auf ihn zu, streckte ihm beide Hände entgegen und rief:

„Konrad, verzeih'. Aber es gab keine andere Rettung."

„Ich habe nicht die Ehre, Sie zu verstehen."

Herr Weißhaar erklärte, daß er nach einer früheren Aeußerung habe fürchten müssen, Konrad werde einen Mord an der Baronin begehen, die er für die Schuldige halte.

„Und Sie halten sie für unschuldig? Und Sie selbst sind mitschuldig! Auf der weißen Tafel auf Ihrem Schreibpulte ist ungelöscht, was Ihre Pflicht war. Das wird ewig ungelöscht bleiben."

Herr Weißhaar konnte kein Wort hervorbringen, er schlug die Augen nieder und preßte die Lippen, er sah leichenblaß aus. Endlich sagte er:

„Ich gestehe, ich bin auch schuldig; aber eben, weil sich die Schuld vertheilt ..."

„Ah, schön, schön, ein stiller Mord auf Aktien. Wie hoch ist die Dividende für jeden Theilhaber?"

„Ich muß dich bitten, ruhiger zu sein!"

„Also recht still, recht sanft, recht bescheiden soll ich sprechen? Edler Mann! Herr einer Million, Vater einer Baronin, Ritter höchster Orden, zukünftige Excellenz, bitte, sag' mir doch, du hoher Menschenfreund, sag' mir doch, warum du mich verhaften ließest, an einem gemeinen Orte, an einem so ruchlosen, an dem Grabe eines Mädchens, das mich weiter nichts angeht, als daß es meine Schwester ist, und das sich ermordet hat? — Nein, das sich nicht ermordet hat, das deine edle Baronin ermordet hat. Wie steht denn heutigen Tages der Curs einer Gouvernantenseele und eines Commis? Ist die Waare begehrt? Nicht wahr, flau?"

„Ich bitte dich, lieber Konrad, du weißt, wie lieb ich dich habe!"

„Ja wohl, sehr lieb, besorgt und aufgehoben, hinter Schloß und Riegel; und meine Schwester ist auch gut versorgt, sehr gut versorgt."

„Ich bitte dich, unterbrich mich nicht weiter und überschraube dich nicht! Ich habe ein kurzes und schweres Unrecht an dir begangen, aber ich mußte es. Nur auf diese Weise konnte ich dich davon abhalten, einen Mord an meiner Tochter zu begehen."

„Und wenn!" — rief Konrad.

Herr Weißhaar ließ ihn nicht ausreden, sondern fuhr fort:

„Lieber Konrad, wir haben an euch gefehlt, ich auch und meine Tochter am meisten; sie ist krank."

„Aber noch stark genug, um bis in den Tod zu quälen."

„Das ist ja ihre Krankheit. Konrad, lieber Konrad, sieh mich nicht so verwirrt an, treibe kein frevelndes Spiel mit deinem klaren Verstande; ich bitte, wolle mich doch verstehen! Ich mußte dich abhalten, ein Verbrechen an meiner Tochter und auch ein Verbrechen an dir zu begehen. Was wäre aus dir geworden, wenn du Rache genommen hättest? Und wäre es nicht mein Kind und wäre das Todesverbrechen entschieden, — um deiner selbst willen mußte ich dich gefangen nehmen lassen. Verstehst du mich? Hörst du mich?"

Konrad nickte.

„Und nun," fuhr Herr Weißhaar fort und legte Konrad die Hand auf die Schulter: „Ich danke dir. Ich mußte es; du kannst eine Weile verwirrt, in Leidenschaft verstrickt sein, aber du bist klaren Geistes und reinen Herzens. In dieser Stunde darf ich dir sagen, wie ich dich liebe. Ich habe das Recht eines Vaters an dich. Und jetzt meine Liebe . . ."

„Liebe — jetzt?"

„So will ich warten, bis du meine Liebe erkennst und annimmst."

„Nur Eins noch. Ich bin als Dieb verhaftet, am hellen Tag über die Straße geführt, als Dieb in's Gefängniß geworfen. Wie begleichen Sie dieses Debet?"

Herr Weißhaar ging an die Thür, öffnete und sagte:

„Bitte, treten Sie ein, Herr Polizeidirektor."

Dieser trat ein, reichte Konrad lächelnd die Hand und sagte:

„Sie werden bald über das kühne Abenteuer lächeln. O, es ist ein kluger, weltbeherrschender Kopf, Ihr Herr Vater. Er versteht sogar mit der Polizei zu spielen, — ein gefährliches Spiel. Er hat mir erst auf der Fahrt erzählt, daß Sie so unschuldig seien, wie ich, und warum er Sie doch verhaften lassen mußte."

Konrad sah den Redenden starr an. Hatte er nicht von einem Vater gesprochen? Was ist das? Er mußte falsch gehört haben. Mit ruhiger Fassung sagte er:

„Herr Polizeidirektor, die Behörde mag sich ein solches Spiel gefallen lassen, das ist ihre Sache; aber ich, mir ist meine Ehre angetastet; wer stellt sie wieder her, wie ist sie wiederherzustellen? Ich bin in's Gefängniß geworfen, in Martern! Wer tilgt diese Thatsache aus meiner Erinnerung und aus der Erinnerung der Menschen?"

„Junger Mann," sagte der Polizeidirektor, „das ist Alles nicht so schwer, als Sie sich jetzt vorstellen. Nach dem, was erfolgen wird, ist jeder Schatten eines Vorwurfs von Ihnen getilgt. Gute Nacht! Wir wollen Alle schlafen, morgen beginnt ein neuer Tag."

Er wollte sich zurückziehen, aber Konrad hielt ihn krampfhaft zurück und sagte:

„Muß nicht die Baronin Haldenwang vor Gericht gestellt werden? Pfui über alles Gesetz und Recht, wenn es da keine Strafe gibt!"

„Wie gesagt, junger Mann, morgen ist auch ein Tag, und da wird sich Alles finden. Beruhigen Sie sich jetzt! Folgen Sie mir bald mit Herrn Weißhaar in den Gasthof."

Er verließ das Zimmer und Konrad sagte:

„Herr Weißhaar, ich kann für mich nachgeben, ich weiß noch nicht, wie? Aber die Baronin muß vor Gericht, das ist unverrückbar in meiner Seele, wie das Grab meiner Schwester."

„Lieber Konrad, ich bitte dich, sprich jetzt nichts mehr. Wir sind jetzt alle-sammt verwirrt und angestrengt, du natürlich am meisten."

„Nein, ich bin nicht verwirrt, ich habe noch meine volle Kraft. Traurig, daß es Ihre Tochter, aber noch trauriger, daß es meine Schwester ... Soll die Baronin unberührt durch das Leben gehen, in Gesellschaften in strahlendem Putze erscheinen? Müßte sie nicht eine Züchtlingsjacke tragen?"

„Ich erkenne die Berechtigung deiner Empörung. Ich gestehe dir offen, es sollte hier eine Strafe, eine Sühne sein. Aber es ist nicht nur meine Tochter, es ist auch die Schwester von Fritze. — Fritze ist mit hierher gekommen."

Konrad bedeckte sich das Gesicht mit beiden Händen; er ließ sich von Herrn Weißhaar geleiten, der ihn unterm Arme führte. Er sprach kein Wort mehr. — Als wäre er ein kleines Kind, half Herr Weißhaar ihm sich entkleiden, und Konrad ließ es geschehen. Auch der Arzt war herbeigerufen; er saß mit Herrn Weißhaar am Bette Konrad's, bis dieser wieder einschlief.

Vierzehntes Kapitel.

Und wieder eine Reise in Räthseln, die sich lösen.

Fritze war mit ihrem Vater gereist.

Reisen, neue Bewegung, Veränderung des Einerlei war ihr eine besondere Freude. Sie war mit heiterm Sinn in den Wagen gestiegen. Jetzt gab's wieder einen kurzen Aufenthalt bei der Schwester, die immer so leidend thut und sich immer die schönsten Pariser Toiletten verschreibt und sich sehr gut amüsirt. Da gibt's nun wieder Gesellschaft bei den Nachbarn; ja, da ist sogar eine Freundin, die mit in der Pension in Brüssel gewesen.

Fritze hatte wohl auch vom Tode Herminens gehört, ja sogar, daß sie sich selbst den Tod gegeben. Die Mutter hatte gesagt, Mangel an Religion sei daran schuld; das sagt aber die Mutter bei Allem. Mein Gott! Wenn man sonst keinen Mangel leidet, — aus Religionshunger bringen sich die Menschen nicht um.

Fritze hatte tiefes Mitleid mit dem armen Mädchen, aber sie hatte gehört, daß Hermine einen Bräutigam verloren und nicht mehr heirathen wollte, und nun noch arm dazu! — Die Unglückliche schien ihr nichts mehr vom Leben erwartet zu haben.

Fritze hatte Mitleid mit dem guten Konrad. Sie mochte ihn eigentlich recht wohl leiden, er war immer so dienstwillig, und daß er sie liebte, — sie merkte das sehr wohl, sie ließ sich's auch gefallen, sie reizte ihn sogar dazu. Warum nicht? Es ist doch immer hübsch, von einem jungen Manne angeschwärmt zu werden, und wenn's auch Einer vom Comptoir ist, und das damals bei dem Feste war doch gar zu nett.

Als aber eine der Freundinnen zu Fritze sagte, es sei stadtkundig, daß sie die Frau Konrad's werde, darum sei er in's Haus genommen, darum sei er der Adjutant des Vaters, wenn er zur Börse gehe, — da war Fritze tief ingrimmig; sie sprach mit Konrad kaum mehr ein Wort, sie sah über ihn weg, wie wenn er Luft wäre; er sollte fühlen, wer sie und wer er ist. Ja sogar auf den Vater war sie böse. „Alles für's Geschäft!" Also auch die Tochter wird in's Geschäft eingefügt. Sie will aber nicht so einfältig sein und sich, wie Alexandrine, zuerst mit einem Kaufmann verloben lassen. Es muß doch entsetzlich sein, wenn ein Mensch in der Welt herumgeht, der sagen kann: Ich habe diese Frau, als ich ihr Bräutigam war, hundertmal geküßt. Nein, sie holt sich einen der schönsten Offiziere, den besten Tänzer, und hoffähig will sie auch sein. Warum nicht? Es kommen viele bürgerliche Kaufmannstöchter zu Hofe, die einen Adeligen geheirathet haben. —

Wenn Konrad sie manchmal anstarrte, machte sie ein böses Gesicht; dann dachte sie in sich hinein: „Was wird der für Augen machen, wenn ich mich mit dem Baron oder Grafen so und so verlobe!" Sie theilte der Freundin, die ihr das Geheimniß verrathen hatte, diese und jene Huldigung mit. Die Freundin nannte von da an den guten Konrad immer Bradenburg; Fritze ließ das gelten, und wenn sie mit der Freundin zusammenkam, sprachen sie oft von dem armen Bradenburg, ja, sie thaten es mehrmals in Anwesenheit Konrad's.

Jetzt, als Fritze mit dem Vater und dem Polizeidirektor im Wagen saß, hörte sie die Auseinandersetzung, wie Konrad glaube, daß die Baronin den Tod seiner Schwester verschuldet habe, wie er abgereist sei, um sie zu ermorden, wie man ihn aber klugerweise unter dem Vorwande eines Kassendiebstahls verhaften ließ. Seltsame Bewegungen gingen im Gemüthe Fritzens vor. Daß auch in den Kreis reicher Leute Mord, Verbrechen, Strafe eindringen kann, war ihr nie eingefallen; das schienen ihr Dinge zu sein, die armen Leuten zukommen. Aber Menschen im Wohlstand? im Reichthum? — Sie erschrak vor der Thatsache, als wäre sie inne geworden, daß es Gespenster gibt. Sie haßte Konrad, sie hätte ihn gern erdrosselt, den entsetzlichen Menschen, der es wagt, ihre Schwester als Mörderin ansehen und tödten zu wollen. Und wie konnte er nur das denken, nur das vorhaben, wenn er je einen Augenblick die jüngere Schwester geliebt? Die Männer sind doch gräßliche Geschöpfe. Wie gut und getreu konnte der Konrad aussehen, so liebevoll, so innig. Der Heuchler, der Barbar! Geschieht ihm aber ganz recht, daß er verhaftet wird und in's Zuchthaus kommt, denn wer einen Menschen morden wollte, muß doch auch in's Zuchthaus.

„Aber, mein Gott," sagte der Polizeidirektor, „aber, mein Gott, warum haben Sie übertrieben? Warum haben Sie ein Falsches angegeben, mich betrogen, — ich meine getäuscht, natürlich in bester Absicht, — und dem jungen Mann eine schwere Ungelegenheit bereitet? Hätten Sie mir einfach gesagt, wegen Waffentragens, das hätte ja genügt."

„Das war Ihre Sache!" schrie Herr Weißhaar heftig. „Ich habe Ihnen ja den Zettel gegeben, Sie wußten ja, daß er Waffen bei sich hat. Warum kamen Sie nicht auf den einfachen Gedanken? Das war Ihre Pflicht, das liegt in Ihrem Berufe."

„Herr Weißhaar, ich muß bitten... So seid ihr Herren Spekulanten, ihr spekulirt leicht über's Ziel hinaus. Sie haben mir sofort gesagt: Der Mann hat meine Kasse bestohlen. Warum waren Sie nicht ganz wahr und offen gegen mich? Der arme Mensch! Es ist ein Jammer! Wenn er im Bewußtsein seiner Unschuld sich an den Gerichtsboten vergriffen hat, ist er verloren. Und dazu nur einer solchen Kleinigkeit willen."

Die beiden Männer saßen stumm, grimmig einander gegenüber. Einer machte dem Andern schwere Vorwürfe, ohne sie auszusprechen.

Der Polizeidirektor stand auch in einer gewissen Abhängigkeit von Herrn Weißhaar. Er lenkte daher ein und beklagte mit milder Stimme, daß man ein gefährliches Mittel ergriffen habe; denn für das Mordvorhaben Konrad's sei ja gar kein Beweis da, und den ehrenhaften, allgemein geschätzten jungen Mann werde es sein Leben lang kränken, in solch' einem Verdacht gestanden zu haben.

Fritze horchte auf. Es war ihr, als würde sie um und um gedreht.

Ihr Zorn und Haß verwandelte sich in Mitleid. Gespannt hörte sie zu, wie der Vater darlegte, daß er in seinem ganzen Leben noch nie einen Mann von solcher Seelenreinheit, von solch praktischem Verstande und dabei von solchem Eifer für alles Höhere kennen gelernt habe. Da klopfte das Herz Fritzens heftig, sie wendete den Kopf, sie wollte fragen: „Warum hast du ihn denn so beschimpft und erniedrigt?" Hin und her wogte es in ihrem Innern; sie malte sich aus, wie Konrad in Ketten liege in einem tiefen Kerker auf Stroh, sie wäre gern zu ihm geeilt und hätte ihm gesagt: „Erhebe dich, komm an mein Herz, jetzt weiß ich, daß ich dich liebe, und ich verspreche dir, ich will auf keinen Hofball."

Sie legte ihre Mantille ab, sie knöpfte das seidene Halstuch auf, sie that die Kapuze vom Kopfe. Es war ihr so heiß. Sie steckte den Kopf zum Wagenfenster hinaus, sie sah die Schatten der Rauchwollen immer mit dem Zuge ziehen, immer sich erneuern und verwandeln, — es waren Schlangen-Ungeheuer. Das sind die Ungeheuer, so sehen sie aus, die jetzt Konrad im Kerker über die Welt heraufbeschwören wird. Und in die dunkle Nacht hinaus sprach sie laut: „Konrad, ich liebe dich und ich rette dich. Verzweifle nicht, ich komme; du sollst sehen, was ich vermag, jetzt und mein Leben lang. Raufe dein Haar nicht, ich will dir's glätten; weine nicht, ich küsse dir die Augen; fluche nicht, dein Mund soll nicht fluchen, ich küsse deine Lippen. So, lache nur, zeige deine lieben Zähne." — Immer weiter dachte sie, und jetzt sah sie keine Schlangen mehr am Wege, keine Ungeheuer. Der Rauch ging nach der andern Seite. Der Mond war heraufgekommen und überstrahlte die Landschaft und die weißschimmernden Häuser und Dörfer.

Herr Weißhaar und der Polizeidirektor schliefen und Fritze dachte: Ja, schlaf' nur, Konrad, du schläfst gewiß auch, und morgen bist du glückselig und das hört nimmer auf.

Der Zug ging an einem Kirchhof vorüber, die Kreuze schimmerten im Mondlicht, Fritze zuckte zusammen. „Da sind gestorbene Menschen, die haben gewiß auch einst gejubelt und gejammert. Ach, und da liegt vielleicht die Schwester Konrad's begraben. Warum können wir die Todte nicht mehr aufwecken, daß sie mit uns glücklich ist?!"

Als der Zug anhielt, nahm Fritze ihren Vater bei Seite und sagte:

„Vater, rette Konrad, rette ihn, sonst bin auch ich verloren auf ewig ... ich liebe ihn."

Man fuhr nach dem Gasthof, die Männer gingen nach dem Gerichtsgebäude. Fritze wollte mitgehen; sie ließ sich nur schwer überreden, zurückzubleiben, sie hielt sich gewaltsam wach und mußte lange warten; endlich hörte sie Schritte, und sie hörte, wie der Vater sagte: „Komm nur hier herein, Konrad, du wirst gut schlafen. Sei nur jetzt ruhig."

Fritze nahm das Kissen in beide Arme und küßte es und weinte darauf.

Fünfzehntes Kapitel.

Kampf um Treue.

Am andern Tage hatte man lange zu warten, bis Konrad erwachte. Der Arzt saß bei Herrn Weißhaar und erklärte, daß dies eine überaus glückliche Krisis sei. Die Nerven Konrad's, die bis zum Zerreißen gezerrt waren, werden jetzt wieder beruhigt in die natürliche Spannung kommen.

Während die Beiden noch sprachen, trat der Polizeidirektor ein mit der Erklärung, er könne nicht länger bleiben, er müsse nach der Residenz zurück, er werde dem Präsidenten Alles melden und überlasse Herrn Weißhaar den Ausgleich. „Und das ist noch sehr fatal," setzte er hinzu, indem er ein bedrucktes Blatt aus der Tasche nahm, — „die hochbelobte freie Presse, — da hat dieses Nest auch seine Zeitung, und da steht es. Lesen Sie!"

Er übergab das Blatt, in dem mit großen Lettern gedruckt war:

„Schöne Sippschaft! Der Bruder der Selbstmörderin Hermine Kraft wurde heute als Kassendieb des Hauses Weißhaar Söhne hier verhaftet."

Während Herr Weißhaar noch knirschte und fluchte, trat der Untersuchungsrichter ein. Herr Weißhaar schalt über die Geschwätzigkeit der hiesigen Behörde, die kein Amtsgeheimniß bewahren könne.

Mit großer Entschiedenheit erwiderte der Beamte, daß Niemand von der Behörde es verrathen habe; es müsse auf dem Telegraphenamt kund geworden sein, er werde Untersuchung anstellen.

Herr Weißhaar bat, dies zu unterlassen und nur sofort eine amtliche Widerlegung, eine Aufklärung des Irrthums in die morgige Zeitung zu setzen. Der Untersuchungsrichter bedauerte, daß das Städtchen nicht in der Lage sei, eine täglich erscheinende Zeitung zu besitzen; das nächste Blatt erscheine erst in drei Tagen.

Man berieth nun, Vorsorge zu treffen, daß Konrad des Blattes nicht ansichtig werde. Der Beamte übergab das Taschenbuch Konrad's.

„Haben Sie es gelesen?" fragte Herr Weißhaar.

Der Beamte erklärte, daß nicht er, sondern sein Aktuar die stenographische Schrift verstehe. Es enthielt geschäftliche Notizen und Betrachtungen über Natur und Menschen; ein Freund des Herrn Konrad mit Namen Fritze sei auf jedem Blatte genannt.

Der Beamte ging weg, und Herr Weißhaar sagte erheiterten Antlitzes zum Doktor:

„Wissen Sie, wer Fritze ist?"

„Nein."

„Fritze ist der Name meiner jüngsten Tochter; Konrad liebt sie und sie hat mir ihre Liebe zu ihm gestanden. Mir erfüllt sich dadurch mein innigster Wunsch. Wollen Sie Konrad behutsam darauf hinweisen, daß ich ihm Fritze zur Frau gebe, und daß dies gewiß die beste Ehrenerklärung ist, die ich ihm geben kann, und die alle falschen Gerüchte niederschlägt?"

„Ich möchte wünschen," entgegnete der Arzt, „daß nicht ich, sondern Sie ihm das sagen."

„Gut, gehen Sie in sein Zimmer, sehen Sie, ob er wach ist!"

Der Arzt ging nach dem Zimmer Konrad's. Er schlief noch, er wendete sich, seufzte tief auf und schlief weiter.

Herr Weißhaar hatte der Baronin einen Boten gesendet, sie solle nach der Stadt kommen. Sie trat mit dem Blatte in der Hand ein und rief triumphirend: „Nun siehst du mit deinem sentimentalen Wohlwollen, welch eine elende Bande diese Kraft's sind. Hermine tödtet sich, um mich zu beschimpfen, und dein Liebling Konrad bestiehlt dich."

Die Baronin war nicht wenig erstaunt, zu hören, daß dies nur Täuschung war, und sie rollte die Augen, als der Vater ihr mit scharfen Worten in's Gewissen redete, wie hart und grausam sie an der Unglücklichen gehandelt habe.

„So?" rief die Baronin, „ich durfte erwarten, daß du mich in meinem Unglücke tröstest, und jetzt machst du mir noch Vorwürfe? Ich erlaube mir, zu erklären, daß ich selbständig bin; ich reise sofort zurück, ich erwarte deinen freundlichen Besuch in meinem Hause. Adieu!"

Sie ging, vor der Thür wartete sie indeß, ob der Vater sie zurückrufe; aber er rief sie nicht.

Sie ging zu ihrer Schwester. Als sie auch diese um Konrad jammern hörte, rief sie:

„Tröste ihn, heirathe ihn!"

Und als Fritze erklärte, das werde sie allerdings thun, verließ sie ohne mehr ein Wort zu reden die Schwester und fuhr heimwärts. —

Der Mittag war vorüber, als Konrad endlich erwachte. Herr Weißhaar ging zu ihm, und übergab ihm das Taschenbuch; er wollte herzlich und zutraulich mit ihm reden, aber Konrad sagte, daß dies später vielleicht am Orte, jetzt müsse vorerst alles Geschäftliche im Reinen sein. Er nahm sein Taschenbuch vor, er betrachtete es mit einem seltsamen Blicke, als fühle er, daß das Auge eines Richters Alles durchforscht hatte; aber schnell jeden Nebengedanken bezwingend, setzte er Herrn Weißhaar mit großer Klarheit die geschäftlichen Abmachungen auseinander, die er in England bewerkstelligt, schrieb Alles sauber auf ein Blatt und übergab es Herrn Weißhaar, der ihn ruhig gewähren ließ.

Das Hauptgeschäft war mit dem großen Handlungshause in Glasgow geschlossen. So rein kaufmännisch auch Konrad seinen Bericht hielt, konnte er doch nicht umhin, das tüchtige Wesen des Geschäftsfreundes zu schildern, der mit deutscher Innigkeit englische Bestimmtheit verband, und mit dem er sich in der kurzen Zeit nahe befreundet hatte.

„Nun wären wir fertig," schloß Konrad.

„Was das Geschäftliche betrifft, allerdings."

„Nein, wir sind ganz fertig. Wollen Sie mich ruhig und zum letztenmale anhören? Ich bin Ihnen dankbar, Sie haben es gut mit mir gemeint, und das Letzte, Schwere, das Sie mir angethan, — es war sehr schwer, sehr hart. — aber es ist doch gut, es geschah zu meiner Rettung; es ist wahr, ich hätte ein Verbrechen auf mich laden können, und ich bin nicht so klug wie Andere, die sich eine Unthat, weil sie nicht so greifbar ist, sophistisch überkleistern oder wegräsonniren. Aber gut, ich will nicht mehr daran denken. Mag Ihre Tochter, die Baronin, leben, wie sie kann!"

„Sie war hier."

„Sie war hier?"

„Ja, und ich habe ihr so scharf, als nur Du gekonnt hättest, ihre Unthat in's Gewissen geworfen; sie ging im Zorn von mir."

„Gut, daß sie ging. Ich möchte ihr nicht begegnen. Jetzt erlauben Sie mir, weiter zu sprechen. In meinem Traume, — ich muß lange geträumt haben, — erschien mir ein Mann, der mir auf der Reise Pflanzen gezeigt hatte, und immer wieder sagte er mir: Mumienweizen! — Es soll ein Märchen sein, daß der Mumienweizen Jahrtausende vergraben ruhte, und als man ihn wieder aussäete, frisch aufging. Mir aber ist es kein Märchen. In mir lag ein Korn, es war mit meiner innersten Seele begraben und nun geht's auf. Ich habe untreu gelebt, untreu gegen mich; das muß anders werden. Ich bin entschlossen, — ich halte es für meine Pflicht, Ihnen das zu sagen, aber ich erkläre sofort, daß ich mich durch Nichts, auch von Ihnen nicht, abhalten lasse, — ich widme mich dem Studium der Botanik. Noch ist es nicht zu spät. Ich bin zweiundzwanzig Jahre alt, und ich habe mir bei Ihnen so viel erworben, um meine Studien in Ruhe vollenden zu können."

„Mehr als das."

„Ich will nicht mehr als das."

„Nein, Konrad, höre mich an. Ich habe schwer an dir gefehlt. Du stehst vor der Welt mit einem Makel da, den ich auf dich geworfen. Du weißt noch nicht, wie die Welt ist; sie behält den Vorwurf, die Anklage, in Erinnerung, und vergißt die Rechtfertigung."

„Ich mache mir nichts daraus."

„Brav so. Unglück hat auch sein Gutes. Wie Vieles im Gemüthe, was nie zu Tage getreten wäre, kommt da heraus. Und so laß mich denn sagen: daß du zu dem geworden, was ich vorausgesetzt, ist mein Stolz. Du hast gehalten, was ich dir in der ersten Stunde an's Herz legte, du hast nie Etwas vergessen oder versäumt."

„Ich danke, aber meine innerste Natur hatte ich vergessen."

„Das sind nur Folgerungen deiner jetzigen Stimmung. Ich begreife sie, du wirst bald anders denken. Ich lasse dich nicht, du mußt mit mir zurückkehren, nicht nur um deinetwillen, du mußt es auch um meinetwillen thun; ich stünde in Schmach vor der Welt, wenn ich dich von mir ließe. Ich lasse dich nicht und ... Gib mir die Hand. Es gibt ein Einziges, was Alles tilgt, Alles auslöscht und in Freude verwandelt: du bist mein Sohn, der Gatte meiner Tochter Fritze. — Deine Hand zittert! Komm an mein Herz, du bist mein Sohn, sprich: Ja!"

Konrad hielt die Hand des Herrn Weißhaar fest, er sah ihn wie verloren an; dann fragte er:

„Sprechen Sie aus sich allein?"

„Nein, meine Tochter Fritze hat mir ihre Liebe zu dir gestanden. Was auch die Welt eine kurze Weile reden mag, bald wird sie in den Zeitungen lesen: Die Verlobung meiner Tochter Fritze mit meinem vieljährigen treuen Mitarbeiter und jetzigen Geschäftsgenossen Konrad Kraft zeige ich hiermit an. Justus Weißhaar."

„Es ist zu viel, es ist zu viel!" schrie Konrad und hielt die Hand des Herrn Weißhaar fest. „O, meine Schwester! — Die Schwester deiner Mörderin! — Das ist zu viel, zu viel!"

Er sank auf einen Stuhl und bedeckte sich das Gesicht mit beiden Händen und weinte.

Herr Weißhaar redete ihm väterlich zu. Endlich fragte Konrad: „Ist Fritze mit Ihnen gekommen?"

„Gewiß, sie ist hier im Hause, und wartet, bis ich sie rufe."

„Dann will ich fort, will sie nicht sehen; es würde mich wahnsinnig machen."

„Beruhige dich, du bist stark, du hast den höchsten Schmerz ertragen, du wirst auch die höchste Freude ertragen."

„Nein, nein; oder doch, doch. Lassen Sie mich einige Minuten allein, ich muß Fritze sprechen, ganz allein."

„Das sollst du. Hier im Nebenzimmer warte, bis sie kommt."

Konrad trat in den Nebensaal. Das Zimmer schwankte mit ihm, als wäre er auf dem Schiffe. Er sammelte sich in Ruhe.

Die Thür öffnete sich. Fritze trat ein.

Er sah sie starr an. Die Kniee wollten ihm brechen; aber er ging ihr stramm entgegen, reichte ihr die Hand und sagte:

„Ich danke Ihnen, daß Sie gekommen sind."

Fritze athmete schwer. „So sprichst du zu mir? Und hat dir mein Vater nicht gesagt —?"

„Er hat mir Alles gesagt. Fritze, ich will dein Glück; aber es ist nicht durch mich, oder jetzt nicht, noch lange nicht. — Fritze! Wie du geliebt wurdest, wie du geliebt bist, — so lange ein Mannesherz auf Erden schlägt, hat keines innigere Liebe gehegt, als ich. Ich habe dich nie verkannt, wie du auch gegen mich warst. Aber, Fritze, ich darf nicht dein werden, jetzt nicht, so nicht. Ich war ungetreu, ungetreu an mir selber; ich gehöre nicht dem Kaufmannsstande, und zwischen uns steht jetzt ein Grabhügel. Ueber ihm kann ich dir die Hand nicht reichen, jetzt nicht, Fritze; nicht ich trenne mich von dir, das Schicksal trennt mich von dir. Lebe wohl, ich muß meinen Weg gehen."

Er drückte ihr die Hand, er küßte sie, Thränen fielen darauf. Dann verließ er das Haus und begab sich in die Wohnung des Doktors. Dort traf er glücklicherweise den Botaniker, den er auf der Eisenbahn kennen gelernt, und mit ihm wanderte er hinaus über Berg und Thal. Sein Fuß strauchelte oft, sein Auge war so verdunkelt, daß er nichts sah; aber er hielt sich muthig und gewann endlich neue Kraft. —

Herr Weißhaar und Fritze kehrten nach der Hauptstadt zurück, ohne das Schloß der Baronin besucht zu haben.

Sechzehntes Kapitel.

Ueber den Wolken.

Es gibt Wirkungsarten, deren Ursachen sich nicht fassen lassen. Das große Haus Christian Weißhaar Söhne bestand noch in seiner vollen Geltung. Depeschen kamen, Depeschen gingen, die Magazine füllten und leerten sich; in den Wohnräumen waren große Gastmähler, Frau Weißhaar war eifrig in den Wohlthätigkeitsanstalten, wie zuvor; Alles war im alten Stande, und doch schwebte etwas darüber, wie stilles Unheil.

In der Hauptstadt verbreitete sich das Gerücht, daß Konrad Kraft die Tochter des Herrn Weißhaar mit großer Barschheit zurückgewiesen habe. Das Gerücht drang selbst bis zu Fritze. Sie lächelte. Aber sie konnte eine Bitterkeit doch nicht unterdrücken: der schöne Major, der beste Tänzer, den sich Fritze einstmals zur Reserve behalten, war der Schwiegersohn Weißhaars geworden; die Baronin reichte ihm die Hand, und es stellte sich heraus, daß er der jüngeren Schwester nur den Hof gemacht, um sich der älteren desto unbefangener nähern zu können. Die Hochzeit wurde still gefeiert, das junge Paar reiste nach Italien, Adriane ward in dasselbe Institut gebracht, in dem vorher Fritze gewesen.

Herr Weißhaar stand seinem Geschäfte vor, wie ehedem; aber es war ihm stets, als fehlte ihm die rechte Hand. Er hatte kein volles Vertrauen mehr zu sich, und in diesem Mangel an Vertrauen verließ ihn oftmals das Glück; er hatte große Verluste, in der Welt wurden sie größer genannt, als sie in der That waren.

Frau Weißhaar starb und von allen Wohlthätigkeitsanstalten wurde ihr ein wohlverdienter, inniger Nachruf in den Zeitungen gegeben.

Von Konrad hatte man lange nichts gehört. Nur als der Nachruf vom Tode der Frau Weißhaar in den Zeitungen stand, erhielt Herr Weißhaar einen Brief voll warmherziger Theilnahme; Konrad berichtete dabei zugleich, daß er seine Studien vollendet habe und sich nun auf die Reise nach Südamerika begebe.

Es überraschte die Welt kaum mehr, als ein Circular erging, daß Herr Weißhaar sein Geschäft auflöse. Man bedauerte es allgemein, daß ein so gastliches Haus nun aus der Residenz verschwinde.

Auch Herr Weißhaar ging mit seiner Tochter auf Reisen.

In Glasgow, wo er den alten Geschäftsfreund aufsuchte, hörte er mit Ueberraschung, daß Konrad Kraft am Tage vorher dort gewesen. Sofort wurde nachgeforscht; Konrad war mit einem eingebornen Gelehrten zu einem botanischen Ausflug nach den Hochlanden gewandert.

Als Herr Weißhaar seiner Tochter diese Nachricht mittheilte, sah sie ihn starr an und streckte die Hand aus, als müsse sie etwas fassen.

„Ich hab's geahnt," rief sie. Ihr Angesicht verklärte sich und ihr Auge glänzte.

„Wie konntest du?"

„O mein guter, guter Vater! Als ich heute erwachte, war mir's, als hätte mir Jemand im Traume das schottische Lied von Burns vorgesungen: ‚Mein Herz ist im Hochland!' — Und heute den ganzen Tag umtönt mich seine sehnsüchtige Weise. Plötzlich, jetzt eben, als ich deinen Schritt hörte, ging mir's auf: Mein Herz ist im Hochland! — Konrad ist im Hochland. Komm, Vater, wir ziehen ihm nach, wir suchen ihn, wir finden ihn."

„Kind, was hast du für seltsame Gedanken! Du täuschest dich. Erst auf meine Nachricht hin konntest du das denken."

„Mag sein, mag sein. Glaube du das, ich weiß es anders. Laß uns eilen, fort, zu ihm."

„Aber, Kind, wie sollen wir ihn im Gebirge finden? Es ist weit sicherer, wir senden Boten aus, und warten hier."

„Nein, nein, ich kann nicht hier still sitzen und warten."

Lächelnd willfahrte der Vater, und von dem Geschäftsfreunde begleitet, fuhren sie nach dem Hochlande.

Herr Weißhaar gab vorher genaue Nachweisung, wo ihn Telegramme und Boten fänden, wenn Konrad unterdessen zurückkehren sollte.

Als man am andern Morgen die Fußwanderung antrat, staunte Herr Weißhaar, da er seine Tochter sah. Sie hatte ihr Haar aufgelöst, wie damals an jenem Morgen, als ihr Konrad, zum erstenmal aus dem Comptoir kommend, auf dem Hausflur begegnet war. Unterwegs pflückte Fritze eine Epheuranke, band sie zu einem Kranze und setzte ihn auf.

Der Vater schüttelte oft den Kopf, wenn er sein Kind betrachtete, das mit waghalsiger Kühnheit die schroffsten Höhen hinanstieg, und dann das Lied in die weite Welt hinaus sang. Er fühlte, daß sein Kind auch noch ganz anders auf schwindelnder Höhe war. Wenn sich diese Zuversicht nicht erfüllte? Wenn Konrad auf seinen weiten Wanderungen bereits eine Gattin gewählt hatte? . . .

Es war ein heller, sonniger Mittag. Konrad saß auf einem Bergvorsprung und schaute hinaus über das Gebirge und hinab in's Thal auf den grünen See, der hell erglänzte; aber in der halben Höhe des Berges hatte sich eine Wolke gelagert, die nicht zu weichen schien. Konrad bannte seinen Blick wieder zurück auf die Pflanzen vor ihm.

Da tönte aus der Wolke heraus das Lied: „Mein Herz ist im Hochland!"

Ist das nicht die Stimme? Nein, wie sollte das sein!

Jetzt trat aus der Wolke heraus eine Frauengestalt. Die langen Haare fielen auf den Nacken; auf dem Haupte saß ein grüner Kranz.

Konrad rieb sich die Augen. Ist das Einbildung? Hat sich sein inneres Denken so eine äußere Gestalt geschaffen?

Rüstig schreitet die Frauengestalt bergan; sie kommt näher, immer näher.

Krampfhaft hält Konrad die Pflanzen in der Hand; er richtet sich auf und ruft: „Fritze! Du?"

„Konrad!" antwortet es von unten, und das Echo tönt es wieder.

Er springt den Berg hinab, und die Liebenden halten sich umschlungen.

Fritze gewann zuerst das Wort:

„Ich hab's gewußt, daß ich dich finde!" — „Vater, komm!" rief sie den Berg hinab, „ich hab' ihn gefunden!"

„Vater!" rief Konrad, und das Echo tönte es wieder, vielfältig, die Berge weit hinaus.

„Die ganze Welt ruft: Vater, komm!" wiederholte Fritze.

„Ich kann nicht," antwortete es aus der Wolke; „meine Füße tragen mich nicht weiter. Kommt zu mir, Kinder."

„Wir kommen," erwiderte Konrad, und alle Berge riefen: „wir kommen."

Konrad sah lächelnd auf seine Hand, die noch die Pflanzen festhielt. Er ließ die Pflanzen fallen, streichelte Fritze die Wange und fragte:

„Warum weinst du?"

„Aus Glückseligkeit! Halte nur noch ein wenig an. Mir springt das Herz. So, so, es ist schon besser. O Konrad, wie wunderbar, wie groß und schön ist die Welt! Und wie wir jetzt sind, hoch oben, so wollen wir bleiben, über Elend, über Gräber wegsehen; auch über jenes so traurige Grab. Nicht wahr, du kannst es?"

„Ich kann Alles, Alles mit dir!"

„Wie hast du dich verändert! Du bist so braun, und ich meine fast, größer geworden, und bist doch ganz wie damals."

„Und du! Ich sehe dein Kinder-Gesicht aus dem lieben da herausschauen."

Konrad hatte die Pflanzen fallen lassen; aber Fritze hob sie sorgsam auf, sie ließ sich's nicht nehmen, sie trug sie.

Sie kamen zum Vater Weißhaar. Sie kehrten nach Glasgow zurück und von da in's Vaterland. . . .

Konrad ist Vorsteher des botanischen Gartens an der Universität zu *, und als in diesem Sommer die ersten Rosen aufblühten, saß Fritze im Garten an einem Rosenbusch. Sie hatte ihr Töchterchen, das den Namen Hermine trägt, auf dem Schooße und sang leise: „Mein Herz ist im Hochland!"

Wie Friedrich Rückert seine Lieder singen hörte.

(Geschrieben im Juni 1866.)

———

er Etwas aus dem Leben eines edlen und bedeutenden Menschen weiß, soll es zum Gedächtniß für Alle feststellen.

Ich fühle mich daher verpflichtet, ein schönes Erlebniß Friedrich Rückerts, an welchem theilzunehmen mir vergönnt war, auch Andere miterleben zu lassen.

Friedrich Rückert ist am 31. Januar d. J. in Neuseß bei Koburg, 76 Jahre alt, gestorben. Bei seinem Tode hat sich nicht, wie bei dem seines Dichtergenossen Ludwig Uhland, aller Orten die Verehrung des deutschen Volkes kundgeben können. Denn der ganze Bestand unseres deutschen Lebens und seines Ausdruckes in der Dichtung schwebt seit Beginn dieses Jahres in Frage. Der Dichter der „Geharnischten Sonette" ist dahingegangen, und jetzt, da zum ersten Mal der Rasen auf seinem Grabe grünt, stehen Deutsche gegen Deutsche gewaffnet und in jedem vaterländischen Herzen zittert die Frage: wird es künftighin noch etwas Gemeinsames geben für alle Deutsche, wird man von einem deutschen Dichter sprechen dürfen, ohne hinzufügen zu müssen, ob er von diesseits oder jenseits der Mainlinie? Das ist keine Zeit, um Erinnerungsfeste zu feiern. Und doch, wenn das deutsche Volksthum sich aus diesem schwersten Kampfe rettet, denn die trübste Phantasie nicht voraussahnen konnte — wenn wieder ein Geschlecht auf deutscher Erde leben wird, das sich nicht schämen muß, von Vaterland, von Freiheit, von Bruderliebe, von Einheit zu singen. — dann wird mit Uhland auch Friedrich Rückert im Herzen des deutschen Volkes neu aufleben und ihre Lieder werden aus dem Munde des deutschen Volkes tönen.

Es ist seelenzerstörend, wie es heute nicht möglich ist, an etwas rein Schönes zu denken, ohne daß ein banger Todesschatten darauf fällt. So streift er nun auch die kleine Erinnerung, die ich hier festhalten will.

Ich banne das Dunkel hinweg und will versuchen, jene hoffnungsvolle, noch nicht von der bittersten Täuschung belastete Zeit zu vergegenwärtigen.

Es war im Frühling des Jahres 1846. Ich wohnte in Leipzig in der Quer-straße beim alten Finanzrath Campe, dem Sohne des Robinson-Campe.

Anno 46! Wir können heute kaum mehr ermessen, wie uns Allen damals zu Muthe war. Eine Zuversicht, daß bei der allverbreiteten Bildung und dem ge-meinsamen Herzensbrange die erste große Bewegung im Vaterlande ein einheitliches, geschlossenes Deutschland herstellen werde, ein freudiges Arbeiten, ein Rüsten, wie am Vorabende eines Festes, belebte alle Geister. Wir wissen Alle, was wir seitbem erlebt, wir fühlen an der Bedrückung des Herzens, was wir jetzt erleben.

Doch genug der trüben Ausblicke!

An einem sonnenhellen Frühlingsmittag saß ich in dem schönen Garten beim Hause. Da trat ein Mann von mächtiger Gestalt und markigem Antlitze, mit langen weißen, bis auf die Schultern fallenden Locken, die Mütze auf dem Haupte und mit einem bis auf die Kniee hinabreichenden Rocke bekleidet, auf mich zu.

„Geben Sie mir auch einen Stuhl," sagte er, „ich lasse mich auch gern von der Frühlingssonne durchwärmen. Ich heiße Friedrich Rückert, Sie haben mich in Berlin besucht und nicht getroffen."

So ungefähr sprach er, und ich kann nicht sagen, wie mich's ergriff, da mir der große, innig verehrte Mann seine starkknochige Hand darreichte. Er sagte, daß wir den ganzen Tag (es war etwa 12 Uhr) bis zum Abgange des Eilwagens ungestört mit einander verbringen könnten. Er war im Hotel de Bavière abge-stiegen und ich sollte mit ihm zu Mittag essen. Ich war natürlich bereit. Wir gingen gemächlich schlendernd, von vielen Begegnenden angestaunt, — denn die mächtig erhabene Gestalt mußte Jedem auffallen — nach dem Gasthof. Ich muß sagen, es that mir leid, daß ich das allein haben sollte; ich hätte gern manchem Bekannten und Befreundeten, die des Weges kamen, gesagt: Sieh, das ist Rückert! Ich hielt indeß an mich, da ich schon vielfach gehört hatte, wie seine scheue und ab-geschlossene Natur der leichten und flüchtigen Ansprache des Gesellschaftsverkehrs sich entzog. Wir erhielten zwei gute Plätze an der linken Ecke der hufeisenförmigen Gasttafel, wo man neben einander sitzend doch einander in's Antlitz schauen kann. Mir zur Rechten saß der damals in Leipzig vielbeliebte Komiker des Theaters, Ball-mann. Rückert bestellte eine gute Flasche Rheinwein, wir klangen zum ersten Mal an und waren überaus heiter und wohlgemuth. Ballmann fragte mich wiederholt, wer der Mann bedeutenden Ansehens sei; ich lehnte die Antwort mehrmals ab, ließ mich aber endlich zu dem Versprechen verleiten, nach Tische den Namen zu nennen. Nun ließen wir noch eine Flasche Champagner kommen, mein Nachbar Ballmann that dasselbe und drängte, jetzt mein Versprechen zu lösen. Ich nannte Rückert. — Sofort stand Ballmann auf, klingelte an sein Glas und sprach:

„Meine Herren! Woher Sie auch sein mögen, ich habe Ihnen einen Toast vorzuschlagen, in den Sie Alle einstimmen werden. Ich sage nicht: der Geheimerath

Rückert ist da; ich sage nicht: der Professor Rückert ist da; ich sage auch nicht: der Dichter Rückert ist da; ich sage: Vater Rückert ist da, Vater Rückert lebe hoch!"

Und die ganze Gesellschaft, wie sie eben eine Leipziger Gasttafel zusammenbringen kann, stimmte ein in den Trinkspruch, der sich im Munde Ballmanns gar seltsam pathetisch ausnahm. Rückert, sehr erstaunt, reichte dem Toastbringer, der auf ihn zukam, die Hand und fragte mich dann leise, wer der Mann sei. Ich wich der Antwort aus, denn es war mir sonderbar, ihm zu sagen, daß er der erste Komiker des Theaters sei.

Kaum war nun bekannt, daß Rückert am Tische, als Viele auf ihn zukamen, ihn zu begrüßen. Adolf Böttger, der mit an der Tafel gesessen, ging zu dem Dichter und fragte, ob er das ihm vor Kurzem gesendete Trauerspiel „Agnes Bernauer" erhalten habe. Ich weiß nicht mehr, was Rückert darauf erwiderte, und kann auch nicht genau sagen, ob es Böttger oder ein Anderer war, der sofort dem Kellner rief, er möge Schreibzeug bringen, und Rückert bat, ein Albumblatt zu schreiben. Ich sehe ihn noch, wie er geröteten Antlitzes sich über die Stirn fuhr und sagte: Wissen Sie nichts von mir? Mir fällt nichts ein. Er schrieb eine Vierzeile und wir machten uns bald davon.

Das Gepäck war bereits zur Post befördert. Wir gingen im Gespräch über dichterische Arbeiten durch die Promenaden rings um die Stadt. Zwei Häuser vor dem Postgebäude, an dem Hause mit den grünen Jalousieen, ließ ein glücklicher Gedanke mich Halt machen. Es war noch eine gute Stunde bis zum Abgang des Eilwagens. Wie innerlich gestört ist auch mit dem bedeutendsten Menschen eine solche Wartestunde! Und hier in dem Hause wohnte eine meisterhafte Liedersängerin, die mit wohlklingender Stimme und reinem Verständniß uns Alle in Leipzig entzückte, ja, Felix Mendelssohn ließ sich von ihr seine Compositionen, ehe er sie zum Drucke gab, oft vorsingen. Ich fragte nun Rückert, ob er bereits die herrlichen Compositionen seines „Liebesfrühlings" von Schumann und Franz gehört habe. Er verneinte. Und nun ergriff mich der Gedanke, wie es sein muß, wenn die tiefste Empfindung, die der Dichter im gebundenen Worte hinausgegeben, vom Klange begleitet wieder zu ihm zurückkehrt. Ich bestürmte ihn, mit mir in das Haus einzutreten, wo ihm die edle Frau seine Lieder vorsingen müsse. Er widerstrebte, wies auf sein Reisekleid und auf die seltsame Art, so plötzlich in ein Haus zu fallen, um sich von der Frau des Hauses vorsingen zu lassen. Ich bedrängte ihn aber mit eifrigster Zurede und der Betheurung, daß die Frau ohne alle Ziererei sich gewiß dessen würdig zeigen werde, dem Dichter seine eigenen tiefsten Herzenstöne in die Seele zu singen. Er ließ sich endlich bewegen; wir gingen in das Haus, die beiden Treppen hinan, ich ließ der Dame durch den Diener sagen, daß ich ihr einen hochwillkommenen Gast bringe. Wir traten in den schönen Edsaal, wo rechts und links vom rothseidenen Sopha blühende Fliederbäume in Kübeln standen. Die Dame trat ein und ihr Antlitz strahlte, als ich ihr Rückert nannte. Er entschuldigte lächelnd, daß er meinem ungestümen Drängen nachgegeben; sie aber reichte ihm beide Hände und hieß ihn von Herzen willkommen. Nur so viel weiß ich noch, daß Rückert berichtete, in seinem Garten zu Neuseß sei früher eine Nachtigall gewesen, aber seit zwei Jahren komme sie nicht wieder.

Ich bat, nicht lange mit Sprechen die Zeit zu verlieren, um desto mehr Lieder zu hören.

Die Sängerin öffnete das Clavier und sang.

Ich saß neben Rückert auf dem Sopha, das die blühenden Fliederbäume umgaben. Hatte die Sängerin ein Lied geendet, sofort begann sie ein neues, und mit einem Seelenausdrucke, der die ganze Tiefe und Schönheit der Empfindung kundgab. Fort und fort sang sie wie eine Nachtigall, der aus unerschöpflicher Quelle die Fülle des Tones zuströmt, und Rückert saß da und schaute drein und dicke Thränen rollten ihm die gefurchten Wangen herab. Die Kette der Lieder brach nicht ab. Jetzt, da eines zu Ende war, sagte ich mit der Uhr in der Hand, es sei Zeit zum Aufbruch. Rückert stand auf, küßte die holde Sängerin auf die Stirn, wir gingen die Treppe hinab, wir gingen über die Straße, es wurde kein Wort gesprochen, wir kamen in das nahe Posthaus, die Pferde waren bereits angespannt, der Postillon blies, schnell mußte Rückert in den Wagen steigen, der nun fortrollte.

Noch als ich Rückert im Winter 1861 in Neuseß besuchte, wiederholte er, daß ihm nie in seinem Leben ein dichterisch schöneres Ereigniß begegnet sei, als jenes, da er, plötzlich in ein fremdes Haus verzaubert, von einer edlen Sängerin seine eigenen Lieder singen hörte.

Eine Stiftung in die lebendige Hand.

———

Ich war mit einer ehrwürdigen Matrone befreundet, die voll regsamen Geistes trotz ihrer siebzig Jahre eine ständige Theilnahme an allem Guten, Großen und Vaterländischen bethätigte. In ihrem reichen Hause hatte sie ehedem die Besten der Nation gastlich bewirthet, ja selbst Goethe hatte an ihrem Tische gesessen, und sie erzählte gern davon; jedesmal am 28. August bekränzte sie das Bild, das im sogenannten guten Zimmer über dem blauseidenen Sopha hing; im Wohnzimmer aber hatte sie das Bild des Ministers Stein, den sie ebenfalls persönlich gekannt hatte, und das Schleiermacher's, den sie mit einer gewissen stolzen Ehrerbietung ihren Freund nannte.

Es thut wohl, solche lebendige Zeugen einer bedeutsamen Vergangenheit sprechen zu hören. Und dabei war die Matrone voll natürlichen freien Geistes. allem Muckerischen, wie sie die neumodische Frömmigkeit nannte, scharf abhold. Sie war dem Grabe nahe und sah mit der Ruhe eines Weisen dem Tode entgegen, ohne sich zu den Bequemlichkeiten des Herkommens zu neigen. In ihrem ganzen Wesen war trotz ihrer gemüthlichen Zutraulichkeit stets eine strenge Haltung. Sie saß, wenn ein Besuch da war, selbst auch ein nahe befreundeter, als welcher ich gelten konnte, immer stramm aufrecht, lehnte sich nie an, dabei war sie äußerst säuberlich, ja fast zierlich gekleidet. Ihre feinen weißen Hände, jetzt noch voll anmuthiger Bewegung, waren an der Wurzel immer von schönen Manschetten bekleidet; das volle graue Haar war an den Schläfen je zu einer großen Locke gedreht. Seit Jahren verließ sie das Haus kaum mehr. Sie sprach von ihrem Manne, der ihr vor zehn Jahren gestorben war, beständig mit einem eben so innigen als ruhigen Gedenken. Ich erinnere mich, daß kein Abend verging, an dem sie nicht seiner erwähnte. Sie gab keine Gesellschaften, aber in ihrem Hause herrschte Geselligkeit; sie lud nie zu Tische oder zu einer sogenannten Tasse Thee, aber man fand stets willkommene Bewirthung bei ihr. Ja, da zeigte sich's, daß Gesellschaften und Geselligkeit zweierlei Dinge geworden sind.

Im Winter versammelten sich am Sonntag stets alle ihre in der Stadt verheiratheten Kinder und die näheren Freunde bei ihr, und wenn man am Abend an dem Hause vorüber ging und droben in der Erkerstube die Fenster erleuchtet sah, hatte man immer ein Gefühl der Wärme und des Heimischen; wenn man die Treppen hinauf ging, konnte man sicher sein, in der wohldurchwärmten Stube die Frau bei einem guten Buche oder in Gesellschaft eines Enkels oder einer Freundin zu finden. Und ihr Geist leuchtete immer so ruhig und mild, wie die große Lampe auf ihrem Tische durch die Milchglasglocke.

Eines Abends, als wir allein waren, sprach sie mit mir von ihrem Testamente. Sie sagte, daß sie die milden Stiftungen, zu denen sie bis jetzt Beiträge gegeben, entsprechend bedacht habe, und fragte mich geradezu, ob ich nicht auch einen besondern Wunsch auf dem Herzen hätte.

Ich erzählte nun von den neu errichteten Pestalozzi-Stiftungen für arme Lehrerwaisen und schilderte ihr, daß es für unsere Zeit gerade besonders geeignet wäre, diese Institute reichlich zu bedenken; Schenkungen, hierher gewendet, gehen nicht in die todte Hand, verwandeln sich nicht im Laufe der Zeit zu Unterstützungen von Dingen und Tendenzen, denen man eigentlich geradezu entgegengesetzt ist. Allerdings — und das ist meine private Ansicht — würde ich die Stiftungen an würdige Personen allen Stiftungen an Institute vorziehen; einem oder mehreren Menschen von Würdigkeit und Bedürftigkeit zur Freiheit und Sorglosigkeit zu verhelfen und ihrer Gewissenhaftigkeit so zu sagen das Capital zu leihen mit der Zuversicht, daß sie es bei ihrem Tode an gleich Würdige weiter gäben, das scheint mir weit besser und höher zu sein, als die oft nur aus Bequemlichkeit geschehenen Schenkungen an Institute, so schön und groß auch ihre Zwecke sein mögen; die beste „moralische Person", wie man die Institute nennt, ist der moralisch sichere lebendige Mensch.

Die Matrone nannte diese meine Ansicht, die ich mit allem Feuer meiner damaligen Jugendjahre vertrat, eine Schwärmerei — ich kann sie aber noch heute nicht dafür erkennen. Sie sprach ihre Geneigtheit aus, für die Pestalozzi-Stiftung der Stadt eine namhafte Summe zu testiren, und ich rieth, solches derart zu bewerkstelligen, daß, je nach der Summe, zwei bis drei Kinder auf ihren Namen erzogen werden und am Todestage oder besser am Geburtstage ihrer Wohlthäterin deren Namen feiern sollten. Sie stimmte lächelnd ein und bat mich, ihr recht bald die Statuten der Pestalozzi-Stiftung zu verschaffen.

Voll Glückseligkeit verließ ich die edle Frau und das Haus; denn was gibt es Schöneres, als mitgewirkt zu haben an Feststellung einer guten That!

Hier nun — so oft ich an diesen Punkt denke, gibt es mir einen Stich in's Herz — hier habe ich mich schwer anzuklagen. Ich dachte an die Ewigkeit und vergaß die Zeit. Zwei Tage ließ ich vergehen — überhäufte Arbeit entschuldigt mich nicht vor mir — zwei volle Tage vergingen, ehe ich in jenes Haus mit dem Erker eintrat. Ich hatte die Statuten in der Tasche. Die Fenster, die nach der Straße gingen, waren nicht erleuchtet. Was ist das? Ich eile die Treppe hinauf, da sagt man mir, daß die edle Greisin am letzten Abend von einem Schlagflusse getroffen sei, sie liege ohne Bewußtsein und ringe mit dem Tode.

Am Morgen wurde mir die Kunde, daß sie gestorben sei.

Die Kinder und Enkel dankten mir herzlich für meine tiefe Trauer an ihrem Grabe. Ich sagte ihnen, ich weine auch über mich selber; ich hätte eine That versäumt, welche die Edle noch hatte vollziehen wollen, und bat nun, im Namen der Gestorbenen sollten die Erben die beabsichtigte Stiftung machen. Man gab mir halben Bescheid, aber bis jetzt haben die reichen Erben Nichts gethan. Ich will hoffen, daß es ihnen noch einfällt. Thun aber auch Diese Nichts, so erweckt diese Erinnerung vielleicht andere Menschen.

Wollt ihr eine heilsame und nie verkehrbare Stiftung machen, so denkt an die Pestalozzi-Stiftung, an die Lehrerwaisen!

Eine Stunde nach dem Feste.

(Ein Bild aus dem Leben.)

ie Kinder jubelten und jauchzten, fielen dem Vater und der Mutter um den Hals, dankten und eilten wieder zu ihren Geschenken, und jedes hatte doppelte Freude, die Freude für sich und die Freude des andern; die Dienstboten hatten verwundert und dann das Auge von strahlendem Dank erfüllt die Gaben der Dienstherrschaft nur erst wie zaghaft berührt und mit Freuden gesehen, wie die Hausfrau auf das, was sie bedurften und was sie schmücken sollte, bedacht gewesen war. Die Hand, die noch nicht nach den Geschenken zu greifen wagte, streckte sich zuerst dankend dem Hausherrn und der Hausfrau entgegen.

Man genoß das Glück, ein Fest der gegenseitigen Zufriedenheit zu feiern. Es gibt ja das ganze Jahr keine Gelegenheit, daß die Dienstherrschaft kundgebe: ich bin mit dir zufrieden.

Nun zeigten Kinder und Dienstboten einander ihre Bescherung, bis das Eine und das Andere in sein stilles Kämmerlein ging und sich dort des zu eigen gewordenen Besitzes freute.

Der laute Jubel verstummte allmälig, die hellen Lichter am Weihnachtsbaum wurden verlöscht, die unruhig erregten Kinder waren endlich in Schlaf gesunken, die Eltern hatten in ihre glückseligen, schlummernden Gesichter geschaut und nun saßen sie still bei einander, und Jedes überdachte im Innersten, wie viel Lebensglück ihnen beschieden war, wie viel Lebensfreude in ihnen selbst und in den Kindern ihnen erblühte, und wie undankbar und albern es sei, oft zu klagen und zu zagen, ja manchmal mit dem Schicksal zu hadern.

Lina und Georg — so heißen die Eheleute — gehören zu den glücklichsten Menschen der Erde. Wol war auch ihnen manches Ungemach beschieden. Georg war von seinem Landesfürsten gemaßregelt worden, weil er seine Liebe zum großen Vaterlande bethätigte. Er entschloß sich rasch zu einer industriellen Thätigkeit und hatte viel zu kämpfen und zu ringen, und Lina empfand es schwer — vielleicht schwerer als ihr Mann — daß Georg, der studirt hatte, nun eine fremde Thätigkeit üben mußte. Dabei war sie aber doch heiter und sparsam, so daß das Haus stets einen Gaſtfreund bewirthen konnte, und viele Menſchen wußten es, daß durch das wohlgemuthe Haus „die Straße der Freundſchaft“ ging, und bei aller Sorge für die Familie ſtets die höheren Intereſſen des Vaterlandes und der Menſchheit darin heimiſch waren.

„Wir ſind zu ängſtlich,“ ſagte der Mann, nachdem er lange ſtill da ge=ſeſſen und die Hand der Frau gehalten und öfters gedrückt hatte; „es ſtellt ſich doch immer heraus, daß wir ohne Schuldenmachen durchkommen und auch noch etwas übrig bleibt zur Freude für uns und die Unſrigen; und ich habe noch immer meine Jahresrate für die Lebensverſicherung bezahlen können. Das iſt mein größter Troſt, daß du mit den Kindern nicht verlaſſen biſt, wenn ich ſterbe.“

Die Frau ſah ihrem Manne hell in's Auge und erwiderte:

„Vom Sterben kann keine Rede ſein, und kommt die Stunde, wollen wir der reinen Freuden eingedenk bleiben, die trotz allen Wirrwarrs uns reichlich beſchieden waren. Mir iſt ſo wunderſam zu Muthe, da ich jetzt deine Hand faſſe. Ich denke an andere Hände, die ich gefaßt habe.“

Der Mann ſah ſtutzig auf und die Frau fuhr fort:

„Wie heute, jetzt vor einer Stunde, die Dienſtmädchen meine Hand faßten und mir dankten, wie ich dieſe harten Hände fühlte, die in den Mühen für uns ſich ſo abarbeiten, das ganze Jahr bereit zu jeder Dienſtleiſtung, und nun dieſes einzige Mal faſſe ich dieſe rauhe Hand, die mir dient — ich ſchämte mich, daß meine Hand ſo weich, und ſchämte mich tief im Herzen, daß ich oft unwillig bin über die Dienenden und noch geſtern Kathrinchen hart darüber anließ, weil ſie die Thür offen gelaſſen. Ich ſitze in der warmen Stube und bin unwillig über die, die in jedem Wetter Alles holen und bringen müſſen. Das ſind Menſchen, in jeglicher Weiſe zum Gleichen berechtigt, wie ich, und ſie helfen mir treu und willig und thun ihre Pflicht. Wer bin ich denn, daß ich über ſie regiere? Iſt es nicht Zufall, daß ich in die Lage geſetzt bin, ſie zu meinen Untergebenen zu machen? Könnte mich nicht das Schickſal zu Gleichem auserkoren haben? Wenn ich mich nicht vor ihnen und vor den Kindern und beſonders vor dir geſchämt hätte, weil du mich weich=müthig ſchelten könnteſt, ich hätte die Mädchen umarmt und ihnen alles aus Un=willigkeit Angethane abgebeten.“

„So gebe ich dir einen Kuß dafür, und wir haben uns vor Niemand zu ſchämen,“ erwiderte der Mann und umarmte ſeine Frau. „Ich habe oft darüber nachgedacht: ihr Frauen erſcheint weit weniger human, als wir Männer; es kann eine Frau ein Dienſtmädchen weit härter anlaſſen, als ein Mann einen Be=dienten.“

„Wir werden im Kleinen ſo viel geärgert. Ihr habt nicht mit ſo viel Kleinig=keiten zu thun.“

„Mag ſein, ich will das jetzt nicht erörtern. Das aber iſt eine Freude, daß es ein ſolches Feſt gibt, in dem einmal die Liebe, die Menſchengleichheit auferſtehen kann im Hauſe. In dieſer Stunde ſind Millionen Menſchen glücklich, es brennen

Millionen Lichter und leuchten zahllose Augen. Das Christenthum hat ein schönes Erbe angetreten aus den Saturnalien und den alt-heidnischen germanischen Festen der Sonnenwende; es hat dem edlen Metalle ein neues, glänzendes Gepräge gegeben; das ist der Fortschritt der Menschheit, daß sie das Beste, das reine Gold der Empfindung, bewahrt, aber nicht mit den alten Formen und Zeichen, sondern immer neu umprägt."

Er berichtete nun, wie die ehemaligen heidnischen Feste beschaffen waren, und fuhr fort:

„Siehe, dieses Fest ist so rein und schön, weil es einen Punkt setzt in den Kreislauf der Tage, wo man einander seine Liebe kundgibt. Beim Abschiede und beim Tode sagt man das einander; im gewöhnlichen Lauf der Tage nicht. So hat sich dieses Fest an die Schwelle des Jahresablaufs gesetzt, daß die Menschen stille halten und einander kundgeben, was sie sich sind und wie Jedes dem Andern alles Gute nicht nur wünscht, sondern ihm auch zu eigen gibt, was er vermag."

Und gerade, weil dem Manne das Herz so voll war von seinem eigenen, schönerfüllten Sein, darum verlor er sich jetzt in eine lange Erörterung, wie das Weihnachtsfest die glückliche Erneuerung alt-römischer und germanisch-heidnischer Gebräuche ist.

Sein Geist zog in die weite Welt hinaus und war doch so wohlig und begnügt in sich daheim. Er sprach das aus, was er wußte, und hielt in sich verschlossen, was er fühlte. Er deckte gewissermaßen mit den lauten Worten die Klänge in seiner Seele zu.

Allmälig kamen die beiden Eheleute aber auch auf ihr eigenes Leben zu sprechen, auf ihre erste Begegnung und Alles, was sich daran knüpfte. Die Bäume blühten auf dort im Thal, der Bach rauschte und die Vögel sangen und zwei Menschen erkannten, daß sie für das ganze Leben zu einander gehörten . . .

Mitternacht war vorüber, als sie sich endlich erhoben, um zur Ruhe zu gehen. Sie hatten ganz vergessen, wie lange sie beisammen saßen.

Als der Mann der Frau die Hand reichte und sie aufstehen hieß, sagte er:

„Lina, du brauchst dich deiner feinen Hand nicht zu schämen. Sie vollführt eben andere Arbeit, aber nicht minder wichtige, als die hartgerbten Hände deiner Dienstboten. Wir sind allesammt freie Arbeiter, wenn nur Jeder seine Arbeit treu vollendet und die Liebe im Herzen bewahrt. Du und ich, wir sind wol von den Wenigen, die jetzt noch wachen. Es schläft jetzt eine weite, glückgesättigte Welt. Gute Nacht, Welt! Sei dir ein heiterer Morgen beschieden zur gedeihlichen Arbeit mit feinen oder harten Händen!"

Lina und Georg sind seitdem betagte Großeltern geworden, sie halten sich noch immer frischgemuth. Sie haben keine Kinder mehr im Hause, aber sie besuchen ihre Kinder und freuen sich an der Freude ihrer Enkel, und hell und froh ist ihnen noch immer die Stunde der lauten Freude und tief labend die stille wache Stunde des Alleinseins nach dem Feste.

Wanderer, stehe still!

An steilen Bergeshalden und tiefen Abgründen stehen oft Denksteine, die da besagen: hier ist der und der verunglückt auf seinem Wege, von einer Schneewehe verschüttet, von einem losgerissenen Fuhrwerke oder von einem Unwetter erschlagen. Es heißt dann: „Wanderer, stehe still und bete für die arme Seele des Verunglückten."

Bei Murg an den Ufern des Wallensee's in der Schweiz steht nun ein Denkstein Heinrich Simon's von Breslau, der Jedem, der fortan das schöne Alpenland besucht, ein Halt zuruft zu wehmüthig stillem Andenken und innerer Sammlung.

Was die Kirchenform als Gebet für eine arme Seele auffaßt, muß sich im freien Geiste als innere Erweckung der Erkenntniß und Thatkraft erneuen, und wenn das Streben und Wirken des am Wege dahin Gerafften in dem Wandersmann, der stille steht, neu auflebt, dann ist, — in der freien Fassung des Wortes, — die Seele des Dahingerafften erlöst; sie lebt und wirkt fort in der Ewigkeit des reinen Gedankens und alles Tugendbestandes.

Wenn wir uns den Gang der Geschichte zu vaterländischer und rein menschlicher Freiheit und mannhafter Bürgertugend als einen steilen Bergweg mit Abgründen und Schrofen vorstellen, dann sehen wir die Leidensstationen bezeichnet in den Denkmalen derer, die rüstig voranschreitend am Wege niederfielen, bevor die freie Höhe erreicht ist, dort, wo die Brust leicht aufathmet und die Freude des errungenen Zieles aus den Augen leuchtet. Viele hohe Herzen sind erstarrt, viele hell leuchtende Augen gebrochen hier am Wege.

Der Besten einer, die solche Leidensstationen bezeichnen, ist Heinrich Simon von Breslau.

Es sei einem Freunde des tapfern Kämpfers für Freiheit und Vaterland vergönnt, ein Blatt aus seinem Erinnerungsbuche hier anzufügen.

Es lautet:

„Ich verlebte im besten Glücke den Winter von 46 auf 47 in Breslau, und bald gehörte Heinrich Simon, der sich längst als Mann von unbeugsamem Charakter und unabhängigem Rechtssinn erwiesen hatte, zu meinen persönlichen Freunden. Er war ein schöner, hochgewachsener, schlanter Mann von stattlicher Haltung und überaus feinen Manieren. Seine Rede war stets voll sorgfältigen Ausdrucks, und seine Stimme hatte jenen eigenthümlichen, an's Herz greifenden Ton, den man vielleicht als den Violoncell-Ton bezeichnen dürfte; voll und tief und dabei doch von einer gewissen wehmüthig zitternden Verschleierung. — Er war unverheirathet, aber in seinen beiden Zimmern im Erdgeschosse der Tauenzienstraße sah es, fern von allem gedenkhaften Aufputz, schön und geschmackvoll aus. Er arbeitete fleißig an seinen rechtswissenschaftlichen Werken, und im Gespräche, wenn ihm eine Erinnerung auftauchte, die er lebendiger machen wollte, holte er eines jener actenmäßig eingenähten Hefte, worin Tagebuchblätter, Wirthsrechnungen und allerlei derartige Reise-Erinnerungen zusammengeheftet waren. In seinem ganzen Wesen zeigte sich die säuberliche und exacte, ja die im wahren Sinn vornehme Natur, welcher alles Unschöne, Verkehrte und Halbe von selbst zuwider ist. Im Urtheil war er bei aller Humanität dennoch streng und entschieden, und das widerspricht keineswegs der Humanität. Er nannte das Gute gut und das Schlechte schlecht.

Zu seinen liebsten Freuden gehörte, mit den Kindern seiner Schwester weite Gänge in's Freie zu machen, oft ziellos hin und her, und auf dem Scheitniger Wege oder sonst rief er uns oft zu: Wir machen wieder eine Reise in's Blaue!

Warme Begeisterung für alle Kunst gab dem vorherrschend politischen Wesen Heinrich Simon's einen eigenthümlichen Duft und Glanz der Anmuth.

In den Tagen, als das Patent Friedrich Wilhelms IV. erschienen war, besuchte ich ihn und fand ihn bleich und abgemattet, von vielen Büchern und beschriebenen Blättern umgeben. Er erklärte, daß er seit zwei Nächten nicht in's Bett gekommen; er habe unausgesetzt eine Schrift abgefaßt, die das Patent nach allen Seiten hin prüfe; denn — und dies war sein mir noch vollkommen erinnerlicher Ausdruck — „das Patent ist wie ein Acker voll Mauselöcher." Noch hatte er keinen geschlossenen Titel für seine Schrift, der wie ein Appell den Grundcharakter derselben aussprach. Nach mündlicher Darlegung des wesentlichen Inhaltes nahm er mit Freuden den vorgeschlagenen Titel „Annehmen oder Ablehnen" auf und setzte den staatsrechtlichen und historischen Standpunkt als Erklärung hinzu.

Nun handelte es sich darum, daß die Schrift schnell außerhalb Preußens als Buch über 20 Bogen (denn das gab damals Censurfreiheit) gedruckt würde und in die Hände der zum vereinigten Landtag Berufenen käme. Es wurde rasch ein Briefwechsel mit dem Buchhändler Georg Wigand in Leipzig eingeleitet. (Die Briefe gingen in Berücksichtigung der damaligen Verhältnisse unter der Adresse einer Dame.) Georg Wigand erklärte sich bereit, die Schrift, ich glaube, binnen fünf oder sechs Tagen im Umfange von über 20 Bogen drucken, heften und versenden zu wollen, bevor ein Censur-Exemplar an die sächsische Behörde abgegeben war. Dies hatte der

Verfasser verlangt, damit jede Beschlagnahme unmöglich gemacht würde. Alles wurde unter dem sorgfältigsten Geheimniß in's Werk gesetzt. Heinrich Simon mußte zur Correctur nach Leipzig reisen und lebte dort, vor der Polizei verborgen, unter dem Namen eines Doktor Walter.

Mit Blitzesschnelle war die Schrift in den Händen jedes zum vereinigten Landtag Einberufenen, an jeden Einzelnen adressirt.

Georg Wigand (und das darf dem nun auch dahingegangenen Manne nicht vergessen werden) mußte eine mehrwöchige Gefängnißstrafe für sein Verfahren ab- büßen. Er ertrug sie mit heiterer Laune im Bewußtsein, eine Bürgerpflicht erfüllt zu haben.

Heinrich Simon kam in Untersuchung. Es hieß damals in den Zeitungen, da er von Leipzig aus nicht sofort heimgekehrt war, er sei entflohen; aber er stelle sich alsbald seinen Richtern. Die Untersuchung ist, wie ich glaube, erst nach der März- revolution niedergeschlagen worden . . .

Er machte einen weiten und schweren Lebensweg, bis er das Original der deutschen Reichsverfassung mit den Unterschriften des deutschen Parlaments in der Hand hielt, und solches als treuer Reichswart noch in der Verbannung heilig be- wahrte. —

Wenn das deutsche Reich neu und fest aufgebaut sein wird, dann wird diese Verfassungsurkunde das erste Heiligthum desselben sein, und der Name Heinrich Simon's glänzt unauslöschlich auf demselben."

Ostergedanken.

(1863.)

Werden auch wir in's Grab sinken müssen und nur die traurige Hoffnung bewahren, daß unseren Nachkommen zu Theil werde, was uns versagt war? Wird es dann unseren Nachkommen ergehen wie uns, und so von Geschlecht zu Geschlecht, von Epoche zu Epoche, ewiges Ringen und nimmer Erreichen? Ist der Glaube an die Menschheit — der Glaube, daß Wahrhaftigkeit, Edelsinn und Liebe doch immer weiter bringen — ist dieser Glaube ein Wahn? Oder soll es uns aufrichten und bestärken, daß die Besten der Menschheit immer an die Freiheit glauben?

Bin jung gewesen und alt geworden und habe noch nie gesehen, daß es einen wahrhaft guten und wahrhaft bedeutenden Menschen gab, der nicht die Freiheit liebte. Freilich deuteten und deuten die Klüglinge daran herum und tragen Rechnung und nehmen Rücksichten auf die Lasterhaftigkeit der Niederen und die Lasterhaftigkeit der Höheren, je nachdem es taugt, und sprechen: die Welt ist noch nicht reif! und sie rücken so lange und rütteln und schnitzeln und deuteln und erklären, bis zuletzt die Knechtschaft als Vorschule der Freiheit erscheint, und die Freiheit erst kommen soll, wenn das tausendjährige Reich des Friedens erscheint. So wird zuletzt die Tugend zum Laster und hat allerlei Beschönigungsgründe für sich. Noch hat es keinen Tyrannen gegeben, der nicht glaubte, er habe das Recht zu dem, was er thue, und wenn er zuletzt kein anderes Recht in Anspruch nahm, als weil er — die Macht dazu hatte.

Man träumte und dichtete von einem Völker-Frühling. Der Frühling in der Natur kommt alljährlich zur gesetzten Zeit wieder. Die Natur ist treu, aber die Menschengeschichte — täuscht sie nicht ewig mit den Zielen der Schönheit, der Freiheit und des Friedens?

Seht euch um im weiten Umkreis des Heute!

„Und doch ist Gott!" ruft Lessing's Nathan aus, nachdem er Tage und Nächte lang dem Schmerze nachgehangen, weil ihm die blinde Wuth Alles geraubt.

Und doch ist die Freiheit! rufen wir. Und doch ist die Humanität! Sie ist, sie wird nicht erst!

Millionen Blüthen sind aufgebrochen am Baume der Menschheit seit Jahrtausenden; viele Blüthen sind vom Frühlingsfroste geknickt, vom Winde verweht, viele Früchte abgefallen, bevor sie zur Reife kamen — der Baum könnte die Last nicht tragen, wenn alle Blüthen zu Früchten würden. Kann es nicht auch im Leben der Völker und des einzelnen Menschen so sein? Und doch hat der Herbst noch immer Früchte genug, um die Menschenkinder zu nähren, und die Welt ist nicht so arm, wie sie oft dem verdüsterten Blicke sich darstellt. Wir haben reiche reife Früchte der Freiheit und der Humanität. Dringe in's Herz der Welt ein! Siehe den Widerspruch, mit dem die Völker heute alles Unfreie und alles Unsittliche verdammen. Noch ist er nicht überall zur äußern That geworden, aber er ist bereits zur innern That gereift. Die Freiheit und die Sittlichkeit und die Liebe ist in den Gemüthern, in jener großen Menge, die ehedem nur dumpf und gedankenlos, ja fast der Knechtschaft sich erfreuend dahin lebte. Dein Herz empört sich, wenn du das Leben der Einzelnen betrachtest. Da ist der Hochfahrende, der von Genüssen an sich rafft, was er vermag; er hält sich dafür geboren. Da sind die eleganten Heuchler, voll äußeren Anstands und voll innerer Ruchlosigkeit. Da sind die überaus Klugen, denen alles Edle eitel Schwindel und abgekartete gegenseitige Täuschung ist. Wer wird sie aufzählen wollen, die Ritter und Knappen der ladirten Gemeinheit? Sieh dir aber das große Ganze, den großen Zug der Völker und der Menschheit an. — Eine reine Strömung zieht dahin — und du siehst: Freiheit und Humanität ist und wird immer mehr.

Richte deinen in die Weite schweifenden Blick auf unser deutsches Vaterland!

Fünfzig Jahre sind dahin, seitdem es sich vom Joche des fremden Eroberers befreit. Fünfzig Jahre — eine lange Zeit im Auge des Einzelnen und im Einzelleben des Menschen! Was aber im Leben eines Volkes?

Der äußere Feind war vom heimischen Boden verjagt, man war großmüthig gegen Frankreich — es sollte nicht geschmälert werden, man nahm ihm nicht ab, was sein Ludwig XIV. am hellen Tage geraubt hatte, offen, ohne Beschönigung, und nur mit dem Rechtstitel, daß er eben der Stärkere war. Und im Innern unseres Vaterlandes begannen alle die finsteren Künste der Diplomatie, die Zerrissenheit wurde neu festgestellt und ihr wie zum Hohne eine Bundesgewalt an die Spitze gegeben, die nur die Macht hatte, schlechte Polizeikünste zu üben, aber nicht die Macht, etwas Gutes, Gemeinsames, der ganzen Nation Ersprießliches zu schaffen.

Inmitten des Befreiungskrieges fühlte Deutschland die Wunde kaum, daraus es blutete, wie der Einzelne solche im heißen Kampfe nicht fühlt. Jetzt war es matt, und wohldienerische Vertreter der Frömmigkeit predigten ihm nichts als Demuth und Weltvergessenheit, und wo noch Patrioten aufstanden und an die Noth des Vaterlandes mahnten, da wurden sie eingekerkert und zu Tode gemartert. Man kann die Männer, die von 1815—1830 den Gedanken der deutschen Einheit im Herzen trugen und laut kündeten, hoch gegriffen nach Hunderten zählen. Die große

Maſſe des Volkes war theilnahmlos, müde und matt. Und größer wurde die Zahl
derer, die den deutſchen Einheits- und Freiheitsgedanken in ſich trugen und ihn auf
den Tribünen der kleineren deutſchen Länder — denn die großen verurtheilten
Jeden als Verbrecher, der an das gegebene Verſprechen der Verfaſſung erinnerte —
offen verkündeten ſeit der Juli-Revolution. Die Männer, die ein wirkliches Deutſchland wollten, zählten von 1830—1848 nach Tauſenden; aber erreichten ſie die Zahl
von Hunderttauſenden? — wer weiß! Das aber iſt ſicher: ſeit 1848 iſt die Zahl
derer, die in Wahrheit ein deutſches und freies Vaterland wollen, zu Millionen an-
gewachſen. Und Preußen, das gar nicht mitzählte, wenn von politiſchem Leben die
Rede war, zeigt jetzt ein herrliches Heer von wachen und ſtarken Männerſeelen. Und
Oeſterreich, dem ein ſchwerer Krieg die Verfaſſung abgerungen, muß in freiheitlichen
Einrichtungen ſeine Rettung ſuchen, und die gemeine Geldnoth — nenne es die
Intereſſenpolitik — zwingt zu Idealen, d. h. geſetzlichen Feſtſtellungen. Man will
die freie ſelbſtthätige Mitwirkung der Bürger, und ein preußiſcher Miniſter hat
ſich verewigt, da er ſeine Partei, die ihm nicht helfen will, faul und feig nannte.
Es gab eine Zeit, wo ganze Länder faul und feig waren; aber diejenigen, die ihr
Vaterland und die im Geſetze begründete Freiheit forderten, waren weder das Eine
noch das Andere. Das müſſen die Feinde ſelbſt doch zugeſtehen: freiwillig und im
Bewußtſein, keinen Lohn, ſondern nur Opfer erwarten zu müſſen, hat ſich die große
Mehrheit des deutſchen Volkes in klarer Erkenntniß oder im dunkeln Drange des
Guten auf die Seite der Freiheit und Einheit geſtellt. Sieh dich um, auf welcher
Seite ſind die Männer des Geiſtes, die Talente, die Charaktere? Sie ſtehen einzig
und allein auf Seite der Freiheit. Wenn nicht ſchon der innere Vernunftbeweis für
den unausbleiblichen Sieg der Freiheit ſpräche — hier iſt eine Thatſache und die
höchſte und unleugbarſte: die gemeine materielle Gewalt kann nur durch äußere
materielle Mittel abtrünnige und nothdürftige Vertreter ihrer Sache gewinnen. —
Darum kann man ſagen: Die Freiheit iſt! Nur ihre Geſtalt und Erſcheinung
wird erſt.

Der Tag wird kommen, der helle gebenedeite Frühlingstag, wo die Glocken
durch die linden Lüfte klingen und Deutſchland ſein wird ein freies und einiges
Land! Dann erſt beginnt, wie jetzt im Frühling, die rüſtige Arbeit. Alle guten
und reinen Kräfte regen ſich, unverdroſſen und unermüdlich; es wird fürder nicht
die beſte Kraft aufgebraucht, um die Hinderniſſe wegzuräumen, die Schranken ein-
zureißen, Schutt und Moder zu entfernen; es beginnt das fröhliche und gedeihliche
Pflanzen alles Guten und Schönen, Früchte und Blüthe Bringenden für die Menſchheit, vor Allem für die Volksgenoſſen, und über die Gräber der Geſtorbenen hin
zieht ein freier Hauch, und das Beſte, was ſie gewollt, lebt auf in Denen, die nach
ihnen kamen.

Zwölf Monatsbilder und Gedenkworte.

Januar.

Für

Leib *) **und** **Seele.**

Zum neuen Jahre sei dir vor Allem Gesundheit gewünscht. Aber lerne sie selber bewahren.

Hier einige Winke.

Die Durchschnittskälte dieses Monats (1,32) ist nicht blos darum beschwerlich, weil sie dich tüchtig frieren macht, wofern du nicht in wohl geheizter Stube sitzest, oder im Freien kräftig ausschreitest — die Kälte macht deinen Körper um ein zur Unterhaltung des Lebens nothwendiges Organ ärmer, dies ist die Oberhaut, deren Bestimmung ist, in Gemeinschaft mit den Lungen den Körper von Kohlensäure und anderen Ausdünstungsschlacken zu reinigen, und dafür Sauerstoff in das Blut einzusaugen. Wenn die Kälte dies Hautgeschäft stört, muß die Lunge sich überarbeiten, und wie schon der Altvater Hippokrates gesagt, bist du im Januar vorzugsweise der Brustfellentzündung, der Lungenentzündung, dem Schnupfen, dem Schwindel und Schlagfluß ausgesetzt. Drum sorge für die nöthigen Bedürfnisse der kältesten Zeit: eine warme Stube, eine wollene Jacke und ein warmer Rock.

*) Nach Mittheilungen eines Arztes.

(1865.) Der Neujahrstag hat etwas wie eine allgemeine Geburtstagsfeier. Nicht du und du hast heute deinen persönlichen Geburtstag, sondern wir Alle, die wir da leben, beginnen von heute einen neuen Lebensabschnitt. Dieses Bewußtsein von der Gemeinsamkeit des Lebens ist die schönste innere Festesfeier.

Du durchblätterst zum erstenmal das Kalenderverzeichniß. Du siehst, auf welchen Tag deiner Lieben oder auch dein Geburtstag fällt.

Wir Deutschen allein haben keinen allgemeinen Festtag der nationalen Wiedergeburt.

Es werden hoffentlich nicht mehr viele Kalender erscheinen, bis der Tag verzeichnet ist, an dem die deutsche Verfassung verkündet wurde, die das zerstückte Vaterland zu einem einheitlichen Staate macht, kraftvoll nach innen und stark nach außen.

Dann schaut hoffentlich auch Jeder zuerst, auf welchen Tag das allgemeine deutsche Fest fällt.

(1872.) Jetzt ist der Tag da! Der Tag, an dem das geeinte Deutschland den Frieden schloß mit dem nun nicht mehr allzeit drohenden Frankreich: der 10. Mai.

Februar.

Für

Leib und Seele.

Der Februar meint's noch nicht besser als sein Vorgänger. Was von diesem gilt, das gilt auch von jenem. So nimm hier noch ein paar wichtige Erfahrungssätze über die Wirkung der Kälte auf den Körper: Je öfter, schnell hinter einander, eine Erkältung stattfindet, desto schlimmer ist es für die Gesundheit; denn desto langsamer stellt sich die innere Wärme wieder her.

Eine sehr starke Erkältung schadet viel weniger, als öfter wiederholte, wenn sie gleich viel geringer sind.

In der kalten Jahreszeit nimmt das Vermögen, Eigenwärme zu erzeugen, bei vielen Menschen zu, aber nicht bei allen. Prüfe dich, ob du zu den Letzteren gehörst, wenn dies, so ist der Winter dein Feind, gegen den du dich waffnen mußt.

Der plötzliche Temperaturwechsel, von Kälte zu Wärme, von Wärme zu Kälte, ist um deßwillen so gefährlich, weil der Körper Zeit braucht, um seine Kräfte, namentlich die innere Eigenwärme, für eine gegebene äußere Temperatur zu stimmen. Fehlen ihm hierbei die Uebergänge, so sind innere Blutstauungen die Folge, Blutstauungen, die wieder andere Krankheiten nachziehen.

Fastnachtslust! Da wird jeder Mensch zum Dichter an sich selbst, und es thut wohl, einmal aus dem Einerlei heraus, aus dem Alltäglichen, Altgewohnten, ein Anderer zu sein. Vielleicht ist die übermüthige Laune in dir gerade dein rechter Mensch, vielleicht bist du das ganze Jahr vor dir selber verlarvt und in der Fastnachtszeit kommst du aus dir selbst heraus.

Das aber bleibe fest: Nur wer das ganze Jahr mit Ernst und Strenge die eigenen und die allgemeinen Angelegenheiten betreibt, hat das Recht, zur Fastnachtszeit der tollen Laune zu huldigen.

Das eigene Glück im Auge eines Freundes strahlen sehen, ist, wie wenn ein Baum am Wasser steht und sein helles Spiegelbild scheint wider im Wasser; das Himmelsgewölbe über uns rundet sich durch das im Wasserspiegel erst ganz ab.

März.

Für
Leib und Seele.

Die schlimmste Zeit ist vorüber. Schon blüht das Schneeglöckchen und die Schlafthiere erwachen aus dem Winterschlaf. Ja, am Ende des Monats schwingt sich der liebliche Herold des Frühlings, die Lerche, in die Luft.

Halte streng auf Lufterneuerung und Luftreinigung in deinem Schlaf- und Wohngemach. Der Winter würde nicht so viele Krankheiten hervorbringen, die im Frühjahr zum Ausbruch kommen: englische Krankheit, Drüsen, ja Schwindsucht bei Kindern, Rheumatismus und Gicht bei den Alten, wenn man nicht meistentheils in verschlossener, unreiner Luft lebte. Die Lufterneuerung ist eine schwere Aufgabe, aber man muß sie lösen; eingeschlossene Luft ist Giftluft. Man schaffe die gußeisernen Oefen ab und bediene sich der alten deutschen Kachelöfen. Die eisernen Oefen trocknen die Luft zu sehr aus, erkalten zu leicht und zerstören eine der obersten Gesundheitsbedingungen: gleichmäßige Temperatur.

Von Jahr zu Jahr wird die Erde neu bebaut, und sie nährt die Menschen von Geschlecht zu Geschlecht. Die Wissenschaft hat in neuerer Zeit die Bodenbebauung erhöht und gefördert, wie noch zu keiner andern vor uns. Ihr aber, die ihr die Scholle wendet, vergesset nimmer: Der Mensch lebt nicht vom Brod allein; die Freiheit durch das Staatsleben, die Liebe als die wahre Religion, die Schönheit und Erkenntniß durch Kunst und Wissenschaft, diese erst machen den Menschen zum Menschen.

———

Betrachtet man einen Wirbel im Strome, so zeigt sich's, daß die Form des Wirbels ganz genau dieselbe bleibt, aber die Bestandtheile, die Atome, woraus er sich aufbaut, wechseln jeden Augenblick.

Dies kann als ein anschauliches Bild des Stoffwechsels in allem Leben betrachtet werden.

———

April.

Für
Leib   und   Seele.

Der Altvater Hippokrates hat gesagt: „Alles, was die Erde hervorbringt, ist ähnlich und entsprechend der Erde selbst." Nun ist der April die veränderlichste Zeit im Jahr: Kälte und Wärme, Regen und Sonnenschein wechseln in buntem Wirrwarr mit einander ab. Man möchte sagen: die Natur hat das Wechselfieber. So geht's auch mit dem menschlichen Körper. In keiner Zeit des Jahres ist er so sehr zu fieberhafter Aufregung und zu epidemischen Fiebern geneigt, als im April. Die Fieber sind Krisen, Reinigungsprozesse für den Körper. Wo sich beim Schmelzen des Eises und des Schnees die Wasser stauen und Sümpfe hervorbringen, da bildet sich Sumpfluft, die Wechselfieber erzeugt. Was kannst du thun, um deinen Körper in seiner Aprilstimmung zu meistern? Kann der Arzt den altüblichen Frühlings-Aderlaß billigen? Er ist so verwerflich nicht, als Viele behaupten wollen; aber ich rathe zu einem wirksamern Mittel. Das ist eine Blutreinigung, acht Tage lang fortgesetzt, also etwa, des Abends vor Schlafengehen genommen, ein Theelöffel voll gestoßenen Rhabarbers, oder ein Theelöffel voll Curella'schen Brustpulvers, aber nichts von den Quacksalber- und Marktschreier-Mitteln, die in den Zeitungen lügenhaft angepriesen werden.

———

Wetterwendisch und stürmisch sind alle Zeiten der Entwickelung. Du darfst dich nicht der vollen Zuversicht hingeben, wenn die Frühlingssonne jetzt hell und warm scheint, und nicht der Verzweiflung, wenn der überwunden geglaubte Winter wieder hereinbricht; die Stürme, die über die Erde wehen, schütteln die Bäume und rütteln die Wurzeln bis in den tiefsten Grund zu neuem Leben auf, aber der Frühling kommt — in der Natur wie im Menschen- und Völkerleben.

———

Der Baum am Ufer, dessen Erdreich der Bach nährt, hält dem Bach dafür den Untergrund fest. Der Baum hält den Boden und hält sich dadurch selbst.

Es ist wol nicht nöthig, das Sinnbildliche dieser Anschauung zu erklären.

Mai.

Für
Leib und Seele.

Du wirst es im Mai, das glaub' mir, erfahren, ob dein Körper innerlich gesund ist, oder ob dir, vom Winter und vom April her, eine Krankheit oder eine Krankheitsanlage in den Knochen steckt. Bist du gesund, so wirst du dich kräftig fühlen, bist du es nicht, so wirst du Schnupfen, Reißen in den Gelenken und andere kleine Krankheiten nicht los.

Jetzt treibt die Erde all' ihre Fruchtbarkeit nach außen: sie macht aus Salzen und Gasen der Erdkruste und der Luft den wundervollen grünen Teppich ihres Pflanzen- und Blüthenreichs, sie legt Heilkräfte und Gifte nieder in Kräutern und Wurzeln.

Ahme ihr nach! Wenn du nicht gesund bist, sporne die schlummernden Kräfte des Körpers an, nach außen hin thätig zu sein, benutze das Hautleben, um dich herzustellen. So nimm denn oft, wenn du kannst, ein warmes Bad, wo nicht, so reib' dich täglich auf dem ganzen Körper ab mit verschlagenem Wasser: zu diesem magst du Spiritus, oder Rum, oder Kümmelbranntwein zusetzen, oder besser noch nimm Kampherspiritus. Die Haut wird sich beleben und deine Krankheitsanlagen fortdünsten:

Das Herz geht auf, der Frühling ist da!

Wer nicht einmal im Leben tiefergriffen eine Blume betrachtete, der hat die Wunder und Wonnen des Daseins nie empfunden; Da wächst ein Pflänzchen und birgt Farbenpracht und Blüthenduft in sich und breitet sie aus.

Unser Menschenleben muß noch ein höheres, ein freies, friedlich brüderliches werden, damit wir würdig seien, daß sich die Erde um uns her mit den Wundern der Blume schmückt.

Die Maikäfer fressen die kaum entschlüpften Blätterknospen. Den entwickelten können sie nichts anhaben.

Denk' an die Jugenderziehung!

Juni.

Für

Leib   und   Seele.

Wohl uns, daß der Himmel uns jetzt das Geschäft abnimmt, unsere Zimmer zu heizen, ja die Sonne hat es jetzt darauf abgesehen, das Leben wohlfeiler zu machen. Denn was ist die Wirkung aller theuren Speisen und Getränke, die wir vorzugsweise im Winter reichlich zu uns nehmen? Sie werden durch den Luftsauerstoff in unserm Körper, gleichwie in einem Zugofen, verbrannt; diese Verbrennung, von der Lungen- und Hautathmung verursacht, bringt die thierische Wärme hervor, treibt die verbrauchten, abgenutzten Bestandtheile aus dem Körper und bereitet das Blut zur Ernährung vor; sie röthet das Blut. Du kannst also, wenn du willst, mit gutem Gewissen im Sommer mindestens die Hälfte an Speisen ersparen; denn die Sonne ernährt dich; sie erwärmt dich. Thust du es nicht, lebst du unmäßig, nimmst du nicht weniger Fleisch und schwer verdauliche Speisen zu dir, als im Winter, dann wird es dein eigner Schade sein. Du wirst krank werden. Denn wo das Bedürfniß reichlicher Nahrung fehlt, da haben die Verdauungsorgane auch nicht die Kraft, ein ihnen gebotenes Uebermaß zu verarbeiten. Darum ist der gesundheitliche Wahlspruch des Sommers: Mäßigkeit.

Das ist die wonnige Rosenzeit, die Wiesen prangen in allen Farben, erquickender Sonnenschein durchbringt alles Leben.

Die höchsten Güter des Lebens, Sonnenschein und balsamische Luft sind allgemein. Wenn es nur die Menschen verstünden und frei genug wären, sich dessen vollauf zu erquicken.

Das eigentliche erste volle Erträgniß des Jahres gehört aber nicht den Menschen, für die Hausthiere sammelt der Mensch zuerst das Futter, bevor ihm die Erde das für ihn selber bietet.

———

Wenn das Getreide auf dem Felde wogt, wer sieht da noch den gepflügten Grund und wer denkt des Pflügenden!

Auch in der Staatengeschichte vergißt man oft in der Ernte dessen, der den Boden urbar machte.

———

Juli.

Für Leib und Seele.

Der Altvater Hippokrates in seinem Wunderbüchelchen: „Ueber die Luft, die Gewässer und die Erde," hat wie ein Seher aus alter Zeit schon haarscharf die Wirkungen bestimmt, welche die ganze Außenwelt auf unsern Körper hervorbringt. Was wir jetzt von Reisenden über die Krankheiten erfahren, woran vorzugsweise die Menschen in den heißen tropischen Erdstrichen leiden, das hat auch der Vater der richtigen Heilkunde schon gewußt. — So wisse denn, was er von den Sommerkrankheiten sagt und was sich unter den Tropen bestätigt. Die Sommerhitze bringt Gallenkrankheiten, Gallenfieber, Gelbsuchten, gastrische Fieber hervor, und wenn die Ursachen ihrer Entstehung anhaltend und nachdrücklich wirken, so wird zuletzt daraus die Cholera, d. h. die Brechruhr. Was soll ich thun, magst du fragen, um nicht von solchen Krankheiten befallen zu werden? Wenn du es kannst, nimm alle Tage ein kühles Bad, ein Flußbad, ein Seebad oder wasche dich am ganzen Körper kalt ab. Du wirst dadurch deine Nervenkraft erfrischen. Fühlst du dich sommerkrank, fehlt dir der Appetit, hast du Uebelkeit, so nimm, falls du kein Zimperling bist, flugs ein Brechmittel, und du wirst einer voraussichtlichen Krankheit vorbeugen. Willst du nicht brechen, so nimm öfters eine Messerspitze voll Soda (Natron bicarbonicum) mit einigen Körnern gestoßenen Pfeffers.

Der vielstimmige Vogelsang schweigt jetzt im Juli, nur noch wenig Stimmen werden laut und die Blüthen am Boden sind vereinzelt; jetzt ist die strengste Arbeitszeit draußen im Felde und hört nimmer auf bis zum Herbst.

Das ist wie im Menschenleben das rüstige Mannesalter. Es gilt, sich zu sammeln aus allen Träumen und unbestimmten Hinausdenken, und mitten im Wirken und Schaffen leuchtet die Sonne des Lebens am höchsten.

———

Todtreif nennt man jene Stufe der Zeitigung, in der das Korn in der Aehre bereits ganz verhärtet ist. Der richtige Landwirth wartet nicht, bis es dazu kommt, sondern erntet, so lange der Nahrungsstoff im Korn noch eine gewisse Flüssigkeit hat.

Man kann das auch auf viele gute Entschlüsse im Leben anwenden. Geh' an die Ausführung, bevor sie todtreif sind!

———

August.

Für

Leib   und   Seele.

Wo sind im August, ja während der ganzen drei Sommermonate, die reichen Leute? In den Heilanstalten, an den Heilquellen und auf Reisen. Haben denn wirklich diese Heilquellen, welche man im Sommer trinkt, so wunderbare Vorzüge vor anderen Heilmitteln? Und ist es nöthig, um ihrer Anwendung willen, in die Bäder zu reisen? Es ist wahr, daß einige wenige Heilquellen zu den besten Heilmitteln gehören, die wir haben; aber es ist auch gewiß, daß viel Mißbrauch mit ihrer Anwendung getrieben wird. Das Reisen in die Heilanstalten ist eine Gewohnheit des Luxus, und wem die Mittel dazu fehlen, der kann ohne Nachtheil jede Heilquelle zu Hause trinken. Damit tröste dich, sehnsüchtiger Kranker! Aber Eins ist gewiß: das Reisen erheitert den Geist, und nach einer Cur befördert es deren gute Wirkung. Wer denn reisen will, der mag die Reichen mit Koffern die Welt durchziehen lassen: Du Vater mit geringem Einkommen und zahlreicher Familie, magst eine kurze Strecke auf den Eisenschienen gleiten, dann aber mach' Halt, nimm mit deinen Kindern den Wanderstab und reise nach alter deutscher Sitte zu Fuße.

———

Fragt die Landwirthe aller Orten, aller Zeiten — es gibt auch in den fruchtreichsten Jahren keine volle Ernte; bald ist diese bald jene Fruchtart nicht vollkommen gerathen, und doch fehlt es den arbeitenden Menschengeschlechtern nur in wirklichen Mißjahren an voller Sättigung.

Auch im Wirken für die Menschengemeinschaft gedeiht nicht Alles, was die heißen Herzenswünsche erstreben, aber auch hier bleibt genügende Frucht, wenn wir nur rüstig und unablässig fortarbeiten.

———

Im Flusse, der zur Herrichtung der Mühle regulirt wird, stehen Männer und wälzen die Steine weg, die seit unserer Erdbildung da liegen.

Wir können nur die Wasserkraft lenken zu unseren Zwecken, aber Wasserkraft ist sie für sich selbst und nicht von uns, sie wird nur durch Reguliren und Exerciren unser.

———

September.

Für
Leib   und   Seele.

Die Zeit der Fruchtreife und der Ernte und der angestrengten Arbeit! Dies Ziel der ganzen Weltarbeit unseres Planeten: reife Früchte, reifes Korn, Wild in den Wäldern, Wein auf den Weinbergen so viel, daß man alle Hände voll zu schaffen habe, um es in den Scheunen und Kellern und Kästen und Truhen unterzubringen, dies Ziel des ganzen Kreislaufs der Jahreszeiten ist erreicht! Welcher Sinn liegt für den Menschen in diesem Hergang? Der Mensch soll arbeiten im Bunde mit der Natur! Sie selbst ist unser Vorbild; denn sie schafft unausgesetzt, und wenn sie ihren Winterschlaf hält, so arbeiten sich im Innern ihres Markes die geheimnißvollen Kräfte fort, womit sie Leben spinnt für alle ihre Kinder. Laß dir zu guter Stunde gesagt sein: Wahrhaft gesund wirst du nie sein, es sei denn, daß du mit Fleiß, vielleicht auch mit Anstrengung, in und mit der Arbeit deine Kräfte übst, die Kräfte deines Körpers und deines Geistes. So ist der Wille und die Ordnung der Natur! Und wenn du dieser Ordnung von Jugend auf bis in dein Alter treu bleibst, wird es dir am täglichen Brod nicht fehlen. Und gesegnet sei unser Zeitalter, das durch alle seine Bestrebungen dahin geht, die Arbeit des Menschen zur obersten Culturmacht auf Erden zu erheben.

Jeden Morgen sind unterm Apfelbaum viele in der Nacht abgefallene Aepfel, fast alle wurmstichig. Dieser Fruchtbaum ist ein Bild des Menschenlebens. Zahllose Blüthen müssen im Frühling sterben, und in jedem Lebensalter fallen unreife Früchte ab, nur wenige kommen zur vollen Zeitigung, und doch ist das Leben, im großen Ganzen betrachtet, voll schöner Fülle.

———

Du wanderst im Waldthal und singst vor dich hin in reiner Lust aus voller Seele. Plötzlich hörst du, wie der Widerhall des Waldes zurücktönt.

So ist es. Halte nur die Melodie deines Lebens unbeirrt für dich fest! Wenn du an die rechte Stelle kommst, wird das Echo widertönen.

———

October.

Für

Leib   und   Seele.

So hätten wir jetzt Früchte, Getreide, Gemüse, Fleisch und Wein. Möchtest du wissen, worin das Geheimniß der gesunden Ernährung steckt? Es soll dir in Kürze gesagt sein. Stärkemehlartige Stoffe und eiweißartige Stoffe und einige kalkartige Salze und etwas Phosphor und Eisen, das sind die chemischen Bestandtheile, aus welchen unser Körper zusammengesetzt ist. Und alle diese Stoffe werden uns in und mit unsern Nahrungsmitteln in größerer oder geringerer Menge geliefert. Das praktische Gesetz der Ernährung ist: daß wir die richtige Mischung, das richtige Maß der verschiedenen Nährstoffe zu uns nehmen. Fleisch und Eier, Getreidefrüchte und Schotenfrüchte sind die nährendsten Stoffe, weil sie am reichsten sind an eiweißartiger Materie. Aber das Eiweiß und die ihm ähnlichen Stoffe wollen verdaut sein. Zur Erleichterung ihrer Verdauung dienen Fett, Zucker und Fruchtsäuren. Die Gemüse sind keine vorzüglichen Nahrungsstoffe, weil sie wenig Eiweiß enthalten, darum: gesegnet sei der Hausstand, der Brod und Früchte, Fleisch und Eier zur Mahlzeit liefert. Und willst du ein Urbild wissen, worin alle Nährstoffe im schönsten Verhältniß enthalten sind, so ist es die Milch, sie schadet nie und nährt am Besten.

Das erste Feuer im Ofen macht die Häuslichkeit neu behaglich; die Freudenfeuer auf den Bergen, die am Jahrestage der Schlacht bei Leipzig leuchteten, sind erloschen.

Der achtzehnte dieses Monats hätte ein froher und freier Gedenktag werden müssen, wenn nicht das deutsche Volk um die Ergebnisse seines heißen, glorreichen Kampfes betrogen worden wäre.

———

Das gewaltige Rauschen des Stromes verdeckt alle übrigen kleinen Geräusche, Gespräche und Getöne. So auch, wenn eine große Zeitbewegung alle Gemüther ergreift, verschwindet das Kleinleben, verschwinden die kleinen Schicksale, die kleinen Leiden des Einzelmenschen.

———

November.

Für Leib und Seele.

Warum doch mögen im November so viele Menschen von Schwermuth angewandelt werden? Macht der Anblick der sich entblätternden Bäume sie so traurig? Schwerlich! Der Mensch lebt in und mit der Natur so eng verbunden wie ein Kind im Mutterschooße. Es ist der große Umschwung im Naturleben, der im November seine Kräfte herabstimmt. Die kalte und feuchte Nebelluft des Herbstes hemmt die Ausscheidungen seines Körpers; die Sonnenwärme hat aufgehört, ihn zu beleben, und seine Organe sind noch nicht eingerichtet und geübt für die neue Ordnung des Winters. So wirkt der November mit den Störungen einer Uebergangsperiode. Man ist geneigter, in dieser Zeit zu erkranken, als zu irgend einer andern Zeit. Was soll man dabei thun? Jedermann soll wissen, welches der schwache Theil seines Körpers ist, der vor Erkrankung gehütet werden muß. Ruckt darin eine kommende Krankheit, so beuge man vor mit Hinzuziehung ärztlichen Rathes. Im Uebrigen gestattet und gebietet der November eine stärkende Diät. Die traurige Nebelstimmung magst du verscheuchen mit edlem Rebensaft oder gutem Gerstensaft. Zu keiner Zeit werden diese Genußmittel wohlthätiger für dich sein; auch merke dir, daß warme Getränke: Thee mit Rum, Glühwein und Punsch, zu dieser Zeit sehr heilsam sind.

Die Schillerfeier am 10. November 1859 hat gezeigt, welch einer hohen, reinen Erhebung das deutsche Volk fähig ist und wie es feiern kann in Einmüthigkeit und reiner Begeisterung.

Wenn einst — und hoffentlich bald — dem deutschen Volke jener hohe, alljährlich wiederkehrende Festtag gegeben ist, an dem seine Einheit und Freiheit begründet wurde, dann wird sich immer auf's Neue zeigen, welch eine tiefe Begeisterung aller Orten lebt und nur des weckenden Rufes bedarf.

Das praktische Genie im großen Staatsleben, wie in der kleinen Einzelthätigkeit, besteht wesentlich darin, daß man weiß, was man selber will, daß man aber auch weiß, was die Anderen wollen, und noch mehr, was die Anderen wollen sollten und zuletzt wollen müssen.

December.

Für Leib und Seele.

Nach dem, was du bisher gelesen, wirst du vielleicht glauben, daß dir im December, als dem ersten Wintermonate, das Schlimmste, oder vielmehr die größte Gefahr für die Gesundheit bevorsteht. Dem ist aber nach statistischen Ermittelungen nicht so: denn die größte Sterblichkeit fällt im deutschen Klima in den Monat Februar. Auch hat dies einen physischen Grund. Denn der niedrigste Sonnenstand ist zwar am 21. December; aber der Sonnenstand führt erst nach einiger Wirkungsfrist die meteorologischen Folgen herbei, welche eine nachdrückliche und direkte Wirkung auf das organische Leben haben. So fällt denn der kälteste Tag in die letzte Hälfte des Januar, und da auch der schädliche Einfluß der größten Kälte erst nach einer gewissen Zeit sich in den Erkrankungen kundgibt, so haben wir im December noch nichts zu fürchten. So wünsche ich dir denn zu Weihnachten die schönsten Güter: Gesundheit und Zufriedenheit des Gemüths, und wenn du deine Seele mit dem Lesen guter Bücher erquickst, so empfehle ich dir, mit deiner Familie auch gute Schriften über die Gesundheitspflege nicht zu vergessen. Denn diese Wissenschaft fängt an, in Deutschland Interesse und Achtung einzuflößen. Sie umfaßt auch die schönsten praktischen Kenntnisse, ja sie zieht die tiefsten Fragen der Philosophie in ihren Bereich naturwissenschaftlicher Forschung.

Das ist die Zeit, in der die Innigkeit der Familiengemeinschaft ihre schönste Blüthe treibt; in des Lebens Mühen und Sorgen leuchtet die Kindschaft. Wie hier der Künstler im Bilde zeigt, daß die Geschenke bringenden Engel sich selber an den Spielen erfreuen, die sie aufbauen, so erwacht in manchem Vater, in mancher Mutter das Kind, das sich an den Spielen, die für die Kleinen bereitet sind, selber ergötzt.

So lange dieses Kind in den Erwachsenen schlummert und sich gern erwecken läßt, so lange bleibt Freude und Glückseligkeit unter den Menschen.

Gib Acht, ob du nicht alle deine Bekannten nach folgendem Beispiel in zwei Klassen eintheilen kannst!

Die Einen sagen: Sieh' diesen schmutzigen Knaben! Die Anderen sagen: Sieh' diesen schönen Knaben, der dabei so schmutzig ist!

Die Einen sehen immer das Häßliche, die Anderen immer das Schöne zuerst.

Ein Wunsch zum Schluß.

Ein Stücklein aus dem Leben des unvergeßlichen alemannischen Dichters Johann Peter Hebel hat mir immer am meisten das Herz bewegt. Hebel war einstmals in einem Dorfe über Nacht, und da hörte er das Nachtwächter-Lied, das er selber gedichtet hatte, drunten auf der Straße vom Nachtwächter singen . . .

Dieses schönste Glück, das Hebel zu Theil geworden, habe ich in anderer Art auch erfahren. Schon manchmal wurden mir meine eigenen Geschichten erzählt, besonders auch aus diesem Buche.

Das gehört zum Besten, was mir geworden, und deß will ich dankbar gedenken, bis der letzte Tag des Lebens herankommt. Möge das, was mir die Seele bewegte, in der Seele meiner Volksgenossen haften und zu Gutem und Schönem wirken.

Inhalt des zweiten Bandes.